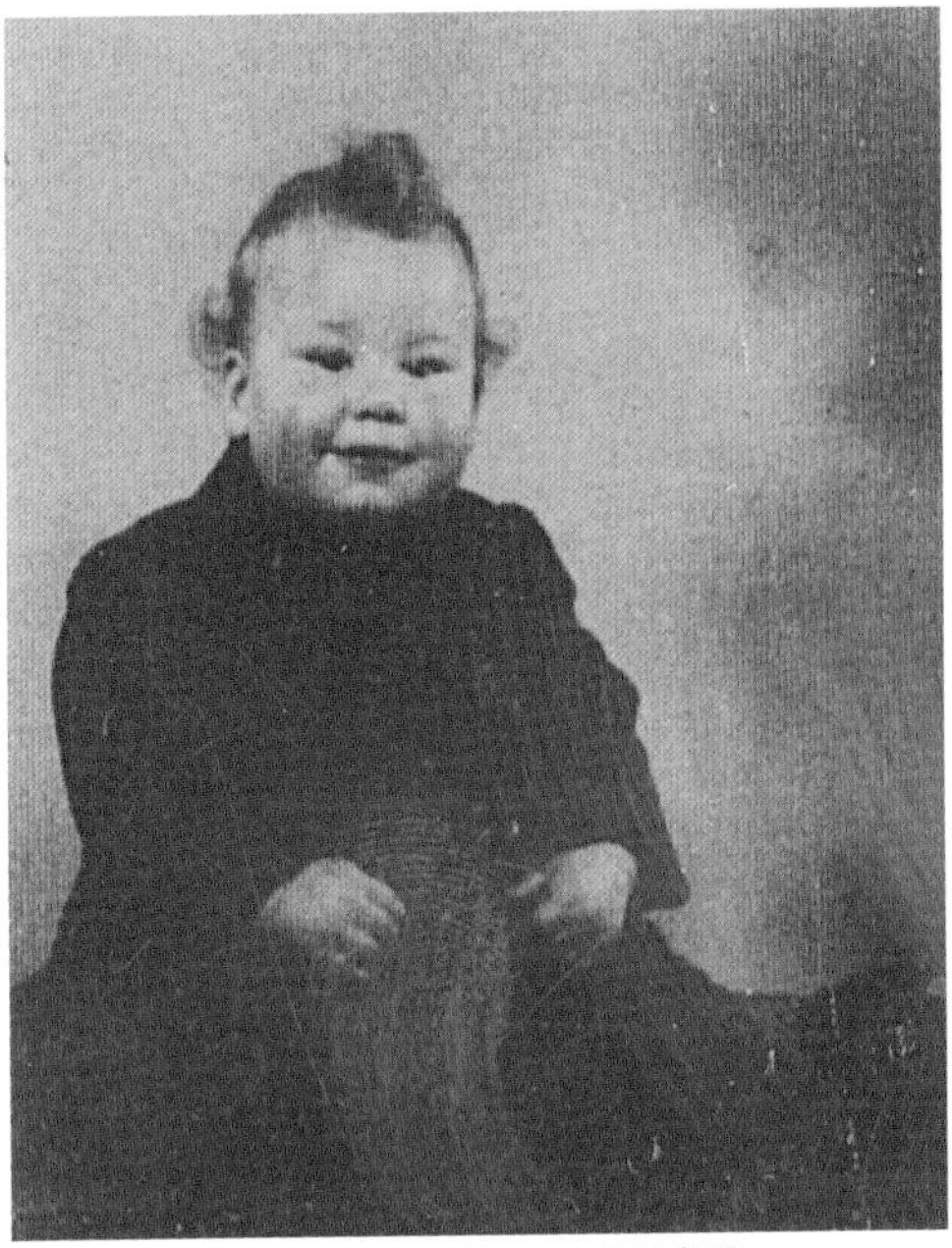

生後16ヶ月のわたし——1941年頃。
PHOTO COURTESY OF THE AUTHOR

上・左　母と父の結婚式。着座の人物左からアニーおばさん、父、母、ドリーおばさん（父の妹）。
上・右　母と父。
PHOTO COURTESY OF THE AUTHOR

空からみたマーフィールド。キャム・レーン、兄ジェフリーの家、わたしの母校、そしてボトム・フィールドがみえる。
PHOTO COURTESY OF THE AUTHOR, SOURCE UNKNOWN

わたしと母、1942年。PHOTO COURTESY OF THE AUTHOR

わたしとトレヴァー、1943年。
PHOTO COURTESY OF THE AUTHOR

幸せいっぱい、1944年
PHOTO COURTESY OF THE AUTHOR

うちの庭にいるアニーおばさん（母の妹）。レンガ塀でトイレのドアを隠している。防空壕のうしろにローヴァーの犬小屋がのぞく。
PHOTO COURTESY OF THE AUTHOR

右　ブラックプール桟橋のトレヴァーとわたし、1948年。
PHOTO COURTESY OF THE AUTHOR
左　1947年——トレヴァーとわたしとローヴァー、戸口に立つ母。となりはリジー・ディクソンの家。
PHOTO COURTESY OF THE AUTHOR

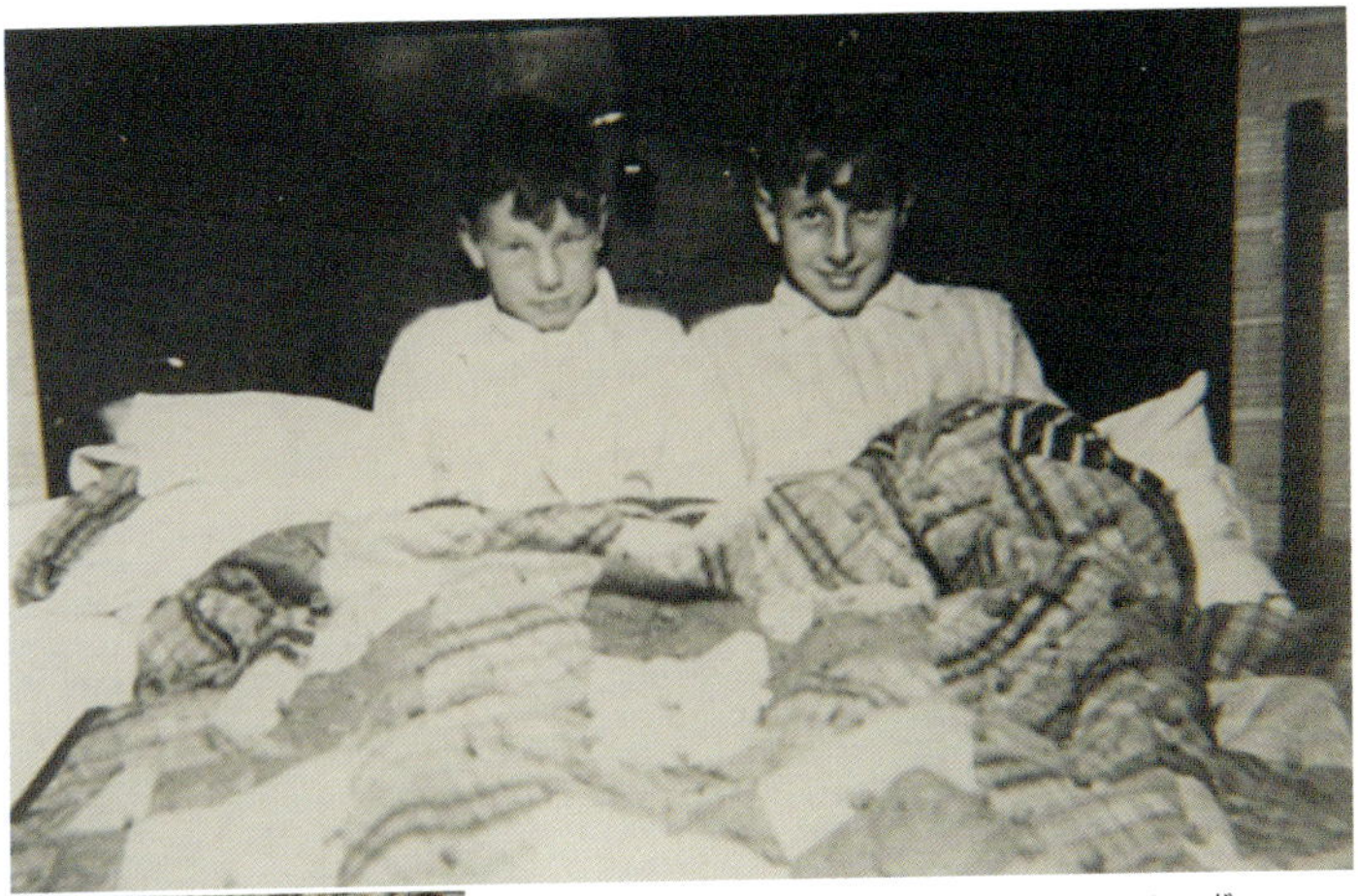

上　1946年頃、5年間共有したベッドにいるトレヴァーとわたし。
PHOTO COURTESY OF THE AUTHOR
左　アニーおばさんの家の外にいるわたしと友人とローヴァー。
PHOTO COURTESY OF THE AUTHOR
下　ブラックプール遊歩道を歩く母と友人たち、9歳のわたし。
PHOTO COURTESY OF THE AUTHOR

クロウリーズ男子校のクラス写真。ハイ校長の右隣に座るのがわたし、1951 年。
PHOTO COURTESY OF THE AUTHOR

1951 年のイースターパレード。
PHOTO COURTESY OF THE AUTHOR, SOURCE UNKNOWN

上　マーフィールド教区教会聖歌隊員のわたしとデニス・マーシャル。PHOTO COURTESY OF THE AUTHOR
左　クロウリーズ男子校。わたしは左から２番目に座り、後列に立つ黒セーターの子がフレッド・フィッシャー。PHOTO COURTESY OF THE AUTHOR, SOURCE UNKNOWN

ウェストライディング・カウンティ演劇コース、1953年。ハーレクイン役のわたし（前列左）。左から3番目に立つのがノーマン・ランバート、右から4人目がブライアン・ブレスド、右から2人目がトレヴァー・パークス。PHOTO COURTESY OF THE AUTHOR

両親とわたし。ストラットフォード・アポン・エイヴォンに向かう途中。PHOTO COURTESY OF THE AUTHOR

上　ハドソン家具店、1957年。バーをお求めですか？
PHOTO COURTESY OF THE AUTHOR
左　トレヴァーとパットの結婚式、1956年。兄ジェフリーとわたしは右に（わたしの新調スーツの袖にご注目）。PHOTO COURTESY OF THE AUTHOR, SOURCE UNKNOWN

わたしのこどもたち、ダニエルとソフィーと。1985 年、ヨークシャーデールにて。
PHOTO COURTESY OF THE AUTHOR

愛車ジャガーＸＪＳ 12。まだ所有している。
PHOTO COURTESY OF THE AUTHOR

ボールプールの結婚式の写真はヴァイラルに、2013 年。
PHOTO COURTESY OF THE AUTHOR

『X-MEN』！　長いあいだ生き別れだった兄弟。わたしとサー・イアン・マッケラン。
PHOTO COURTESY OF THE AUTHOR

上　フィレンツェのサニーとわたし、2019年。最高の人生！
PHOTO COURTESY OF THE AUTHOR
右　有名な「はじめてのスライス」ピザ写真、2013年。
PHOTO COURTESY OF THE AUTHOR

公衆の面前で腕立て伏せをして、不滅の存在に。ロサンゼルス、ＴＣＬチャイニーズ･シアター正面、2020 年。
PHOTO COURTESY OF THE AUTHOR

世界中の人々がみた悪名高きハロウィーンの仮装、2013 年。
PHOTO COURTESY OF THE AUTHOR

『ゴドーを待ちながら』の宣伝をするわたしとイアン。ニューヨークのコニーアイランド、2013 年。
PHOTO COURTESY OF THE AUTHOR

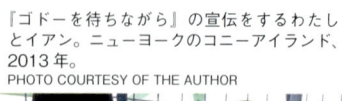

自叙伝
パトリック・スチュワート

Making It So
A Memoir

BY
PATRICK STEWART

パトリック・スチュワート
有澤真庭［訳］

TAKESHOBO Co., Ltd.

Making It So
by
Patrick Stewart

英文学にとどまらず、演技と演劇の真髄について目を開かせてくださった
恩師ルース・ウィン・オーウェンとセシル・ドーマンドの思い出に。

人生は、善と悪とをより合わせた糸で編んだ網《あみ》なのだ。
我々の美徳も過ちによって鞭打たれなければ、傲慢の罪を犯すだろうし、
我々の罪は美徳によって抱きとめられなければ、絶望するだろう。

――ウィリアム・シェイクスピア、『終わりよければすべてよし』

（『シェイクスピア全集33　終わりよければすべてよし』松岡和子訳、筑摩書房、２０２１）

目次

g It So

Makin

凡例

・原則として映画、戯曲、書籍名は『』、テレビ・ラジオ番組、楽曲名は「」で括った。
・訳注および、文中の引用文献表記は割注で示した。
・テレビシリーズ'Star Trek'のカナ表記は本書では「スター・トレック」で統一した。

第一章

自分たちはその場所を〝ボトム・フィールド〟と呼んでいた。ここが〝ボトム〟なら、〝ミドル〟と〝トップ〟はどこなんだろう、などと考えたことは一度もない。そんなことを考えても、労働者階級の人々が暮らす北イングランドのこのあたりでは意味がなかった――自分たちこどもはおろか、地域全体にとっても。どこへも行きつかないし、そんなことをまぬけにも声に出してたずねようものなら、耳もとをベルトでぶたれて説教をくらうのがオチだ。「いってーおめーはナニサマのつもりだ？　そんな愚にもつかねー質問しやがって。ナマいうんじゃねーぞ、ガキが」

　われわれガキはみんな、キャム・レーンか、キャム・レーンと交わるタウンゲート通り沿いに住んでいた。そのふたつの名前だけでも、耳ベルトを何度かくらうに値する謎がある。〝Camm《キャム》〟にはいったいどんな意味があるのか？　当時はさっぱりわからなかったが、のちにそれが、もとをたどればノルマン人たちが使っていたことばで、フランスの都市カーンの出身者を指す土地由来の名称だと知った。「土地由来」。そんなすかしたことばを吐いただけで、夕食抜きでベッドに行かされるだろう。

　それから、〝タウンゲート〟については？　みわたす限り、〝タウン〟や〝ゲート〟と呼べるような場所はない。石畳の短い小道に沿って数軒の家が並び、奥まった敷地の三角形の二辺に家が立っているだけだ。キャム・レーンと同様、どの家も小さくて質素な外観の、たいてい「一階一間《ひとま》、二階一間」建てで、われわれキャム・レーンに住む特権階級はタウンゲートのこどもたちをみくだしていた。家の造りは同じでも、自分たちと比べ、不潔そうな粗野な環境で――そっちの方角からしょっちゅうわめき声がきこえてくるようだった。とはいえ、友だちがふたり、タウンゲートに住んでいた。フレッドは家が貧しすぎて、一年中素足に長靴を履いて学校に通っていた。

わが故郷マーフィールドは英国最大のカウンティ、ヨークシャーの西端に位置するウェストライディング・オブ・ヨークシャーと呼ばれる地方に属する。舞台や「新スター・トレック」のジャン＝リュック・ピカード艦長役でわたしを知る向きは、北イングランド出身ときくと、しばしば驚く。われわれがいうところの〝北《ザ・ノース》〟はアメリカ合衆国でいえば、ラストベルト工業地帯に相当する。労働者階級の住民はタフで、文化とものごしは洗練された南部の、とりわけロンドンのそれとは一線を画した。

わたしがこどものころ、マーフィールドの人口は約九千人だった。川沿いには「機織小屋《はたおり》」とひかえめにいってていたものの、実際には四、五階建ての製織工場が数棟立っていた。母のグラディスはそこで働いた。ほかに地場産業といえるのは農業で、おもな農作物はトウモロコシ、小麦、芽キャベツ、ケール。ケールといっても、おしゃれなサラダ用とは違う。すべからく飼料用で、おかげでマーフィールドの牛はいつでも健康そのものにみえた。牛乳配達は紙パックや瓶ではなくバケツにあけ、荷車に載せて年老いた馬に引かせる。母は大きな水差しに牛乳をわけてもらっていた。そそぎたての牛乳はまだほんのり温かく、おいしい。低温殺菌処理がされていたとは考えにくかった。

ひとりになりたいときの避難場所、ボトム・フィールドはときどき牛や羊を放牧できるように、自然のままにしてある草地のひとつだ。この草地は教区教会の催しにも利用され、夏の持ち寄りバザーやブラスバンドの演奏会、サッカーとクリケットの試合などが開かれた。一九四五年九月、わたしが五歳のとき、町のおとなたちがV–E（ヨーロッパ戦勝）を祝ってこどものためにここでピクニックを開いてくれた。

ボトム・フィールドに、草がのび放題に茂る一角があった。わたしのひそかな楽しみは、その草の上に寝ころがって空に浮かぶ雲を眺めることだった。ときには雲はそれとわかる形をとった。動物、城、帆船、山。想像力と、午睡でみる夢とを刺激してやまなかった。

空を飛ぶ夢を何度もみた。大好きだった。空に舞いあがるにはただそっと腕を上げ下げしてはばたけばいい。ゆっくり垂直に浮かび、そのままどんどんのぼっていく。恐怖はまったくなく、ついには体を水平に倒せる高さまであがる。そうしたら頭をぐいっとあげてさらに上昇し、雲間を縫って飛ぶ。なぜだか夢のなかでも雲の上には出なかった。たぶんわたしのようなマーフィールドのこどもは、高い野心を抱くことを期待されていなかったからかもしれない。確かに、宇宙まで飛んでいく夢は一度もみなかった。

わたしがこの世に誕生したのは一九四〇年七月十三日の土曜日、午後五時ごろだ。父は出征中のため不在だった。わたしの誕生は、少しばかり予定をずれこむ。というのも、その朝母を診《み》た助産師がまだ出産には間《ま》があると判断し、午後はマチネ上映の映画をみに〈ヴェール・シネマ〉に行くと決めたせいだ。映画館はわが家から半マイルばかり離れた、マーフィールドの町なかにある。

ところが、助産師が出かけてまもなく母が破水し、わたしの生まれる機が熟す。映画に行くときいたわたしが、なんの映画か確かめようとしたのではないかと自分ではにらんでいる。隣人が、映画館に行って助産師を連れて戻ると申し出てくれた。だが映画好きで優しい心根の母は申し出を断り、助産師が戻るまでもちこたえるといった。

そういうわけで、わたしは出たくてしかたないのに、助産師に映画を最後まで楽しんでもらおうとの母の心遣いにより待ったをかけられた。産道で辛抱強く待っていたそのとき、映画がいかに重要で、演技こそわが人生の一大目標になる――つまり、できるだけ早く演技をはじめるべきだとの理解にいたったと考えるのが、わたしは好きだ。何はともあれ、母とわたしはもちこたえた。助産師は間に合い、わたしが生まれた。カメラの前に即立てる状態とはいかなかったが、お尻を叩かれ手早くホースで水をかけられたあとは、クローズアップの準備ができた。

名前は父にちなんでつけられた、といってもいいだろう。父の名はアルフレッドだが、戦友からはパットと呼ばれた。なぜかというと、父はかんしゃく持ちで、わたしの育った土地では「パディを投げとばす」というのがカンカンに怒ることのスラング（とアイルランド人への悪口）だったからだ。父はアイルランド人ではなくイングランド人だったため、〝パディ〟が英国風の〝パット〟になった。父はそのあだ名を気に入っていた。一九三九年の出征前に、妊娠中の母に女の子だったらパトリシア、男の子だったらパトリックにするようにいいつけた。

幼いわたしにとって父は見知らぬ人だったが、おそれ知らずの屈強な男だときかされた。一九二〇年代と三〇年代に父はキングス・オウン・ヨークシャー軽歩兵、通称KOYLI《コイリー》の一歩兵としてインドに派遣された。兵卒から軍曹に昇進した父は、授与された勲章の数々を誇らしげに胸に飾っていた。英国が第二次世界大戦に参戦するころ父はすでに四十代だったが、英国軍の栄《は》えある落下傘《らっかさん》連隊の熱心な創設メンバーになった。

輸送機から飛びおりるには年をとりすぎていたものの、連隊は父の年齢を新兵徴募の道具に利用した。父は反抗的なひげを短く生やし、うちの家系の男たち全員と同様、若禿《は》げだった。徴兵官は父をいつもかたわらに立たせた。徴募スピーチのここぞというとき父にうなずき、それから赤いベレー帽をむしりとって禿げ頭をさらす。徴募官は若い兵士たちをみくだすように語りかけ、こうわめいた。「お前たちはどういう了見だ？　こんな年寄りが輸送機から飛びおりられるなら、お前らにだってできるはずだろ？　それとも腰抜けぞろいか？」これは効いた。父スチュワート軍曹のクローンとなるべく、志願兵が列をつくった。

何年もあと、空挺師団兵がなぜ傑出した戦闘員になるのか、父が説明してくれた。戦時中に二度、父は砲弾の飛び交うなかドイツ軍の占領地帯に降下している。輸送機内の兵員ははじめ、父によれば全員おびえていた。だがいったん飛びおりてパラシュートが開く経験を味わったあとは、完全な命知らずに変じた。男たちが歌ったり口笛を吹いたり、あるいは空中を舞いおりていく仲間の落下傘兵をはやしたてる声を父はきいた。無事に降着し、被弾せずにパラシュートをはずしてしまうと制御不能の戦士になった。

そう、それをきいたわたしはスカイダイバーになろうと心に誓った。ぼくだって、父さんみたいに勇敵に上空から雲をみおろしてやるぞ！　唯一の違いは、舞いおりながら撃たれる心配をしなくていいところだ。こどものころは、早くスカイダイバーになりたくてしかたがなかった。だが、なぜかそれは……実現しなかった。先日、孫のいる八十歳の女性がベテランのスカイダイバーとタンデムで航空機から飛びおりたというニュースを読んだ。無事に着地し、たいそう堪能されたという。たいしたものだ——とはいえ夢は夢のままにしておくほうが、わたしに関してはいいことに気がついた。

ジャン＝リュック・ピカード艦長になったわたしを目にする前に父は没した。「新スター・トレック」に父はどんな反応を示しただろうと、よく考える——自分と瓜ふたつ、出演の決まったときには四十六歳だった息子が、宇宙をまたにかける船の指揮を執る光景に。誇りに思うだろうか？　宇宙艦〈エンタープライズ〉に乗り組んで、わたしの背後に立ち、ピカード艦長が「発進《エンゲージ》」という瞬間、ひじでつついてやりたいと思っただろうか？

実をいえば、父はわたしのそばにいた。だが、それを理解するには何年もかかった。

妻のサニーはわたしがヴィクトリア朝のこども時代を送っていたと、好んで友人に触れまわる。いろんな面で、妻は正しい。わたしのいちばん最初の記憶のひとつは、キャム・レーン十七番地のわが家の前庭にあがる階段の最上段に座り、点灯夫が通りのガス灯を灯していくのを眺めたことだ。毎日夕暮れどきに点灯夫はやってきた。一本の棒で、ランプのガラス板を開ける。つぎにガスをひねり、もう一本

の棒で火をつける。よく彼に「'ello!《エロー》」と大声で呼びかけると、「Ay oop!《エイ オップ》（よお！）」とか「Ow do?《アウ ドゥー》（元気か？）」と返してきた。ディケンズの小説を地でいっていた。

われわれはきつい北部なまりで話し、ヨークシャーの方言はアメリカ人はおろか、ロンドンっ子にもほぼ意味不明だった。「ハロー」はわれわれのいいかただと「アウドゥー」。「ナッシング」は「ナウト」。「ザ・ウィンドウ」は「ト・ウィンダー」。「ほっといてくれ《リーヴ・ミー・アローン》」は「ゲロフ！」。友だちを遊びに誘いたければ「Ata laykin aht?《アタ レイキン アート》」といった。〝Ata〟は〝art thou〟が変化したもので、意味は〝are you〟。〝Laykin〟は〝playing〟の非常に古いいいかただ。シェイクスピアの時代、俳優たちは〝lakers《レイカーズ》〟と呼ばれたりした。〝Aht〟は〝out〟のこと。

わたしの家、それに似たりよったりのほかの四軒は、通りから引っこみ、かさあげされた庭面《にわも》に横並びに並んでいた。庭にあがる階段は八段。段数をよく覚えているわけは、友だちと数を数えながらぴょんぴょんのぼったりおりたりして遊んだからだ。わたしのいう〝庭《ヤード》〟の意味を説明すべきだろう。それは各戸の正面に敷いた石板で仕切られた、シンダー（石炭の燃えがら）と泥でできた大きな長方形の敷地を指す。わたし玄関口にはそれぞれブーツスクレーパーが置かれ、家に入る前に靴底からシンダーを落とせた。わたしはいまだにアメリカ式の〝庭〟の使いかたになれない。ロサンゼルスのわが家には、表と裏の両方に庭があるが、わたしにいわせれば、美しい庭園《ガーデン》だ。

こども時代に住んだ家の右手には、アンダーソン・シェルターと呼ばれる防空壕がふたつあった。わたしが生まれたころに掘られたに違いない。波形のスチール製の壁は半分地面に埋まり、弓なりに湾曲した屋根が乗っていた。シェルターは庭に立つ五軒の家族共用だったが、そこへ避難した記憶は一度もない。めったになかったものの、空襲警報が鳴ると、パジャマやドレッシングガウン姿のみんなが急いで道路を渡り、アニーおばさんの家の大きな石造りの地下室に隠れた。

アンダーソン・シェルターの唯一の活用法は、女の子とふたりきりになって、九歳のこども同士の無邪気なキスをしたり抱きあったりするぐらいだった。とはいえ、完全にふたりきりにはなれなかった。ある日の午後、友だちの女の子といわばひきこもって《テイク・シェルター》いると、ふたりの親密な時間をとなりのリジーおばさんに邪魔された。リジー・ディクソンは普段は優しい女性で、夫のギルバートともどもわたしの母と同じく製織工場で働いていた。たまたま間の悪いときに、シェルターの入り口をのぞいただけだ。女の子とわたしのもくろみを目にしたとき、リジーはやめなさいときっぱりいった。両親にいいつけなかった点では、話のわかる人だった。

キャム・レーン十七番地は前にも述べたが、昔ながらの「一階一間、二階一間」建てだ。一階に正面玄関があり——裏口はなく——開けてすぐが居間だった。部屋は正方形で、玄関の左手に大きな窓があり、シンダー敷きの庭に面している。玄関を入ってすぐに二段の石段が据《す》えられ、のぼるとさらにドアにぶつかるので、それを開けると二階へあがる階段に出る。階段の下にはまた別のドアと階段があり、地下室へ通じている。

そこからはじめるとしよう、地下室の説明から。部屋は全体が石かレンガでできていた。壁の一面にぴったり接し、石のテーブルがある。テーブルの上には両親が「金庫」と呼ぶ物入れが載っていた。中身は貴重品ではなく、食料だ。生肉、ベーコン、野菜、ミルク。金庫の扉は網状だったため、地下室の冷気は通せても虫の進入は防げた。わが家で食料の保存はどうしていたのかサニーにたずねられ、冷蔵庫のたぐいはなかったとこたえたときの、サニーの驚きぶりが忘れられない。

地下室はレンガ壁でふたつに仕切ってあり、庭に掘られた石炭用シュートが、レンガ壁の背後に通じていた。石炭を詰めた袋を背負い、配達員が家の前の敷石まで運んでくると、鉄製のフタの脇に投げおろす。それから袋をひっくり返して、中身を地下室にそそぎこむ。すると石炭のほこりがもうもうと巻きあがり、金庫の網では防げないため、地下室からとってきた食料はぜんぶほこりを洗い落とさないといけなかった。

一階の居間中央には、木製の大きなテーブルと椅子四脚が置いてある。椅子の座面にクッションはない。サイドボードにはカトラリー、皿、コップ、それにわたしのジグソーパズルとボードゲーム類が収納されていた。「ボードゲーム類」と書いたが、あるのはモノポリーひとつのみで、それで遊ぶのが大好きだった。

うちのような貧しい家庭のいちばんの娯楽が金と不動産に関するゲームだなんて、いまから思うと何やらこっけいだ。わたしはメイフェアとパークレーンを所有するのが好きだったが、富の象徴という以上にその名前の意味するところは知らなかった。鉄道の駅を所有するのも好きで、できれば四駅ぜんぶ、そうすればそこにコマを進めたゲームの参加者から二倍のレンタル料を徴収できた。友だちと遊ぶときはバンカーになれたが、兄か両親が相手のときは不適格だといってやらせてもらえなかった。

まだあのときのモノポリーセットを持っている。箱はずっと前になくしたが、オモチャの紙幣とカードとはしの折れたゲーム板は、わたしの青年期を生きのびた。近ごろでは友人の家を訪問した際、たまにモノポリーの箱が棚に載っているのを目にすると、むしょうに遊びたくてしょうがなくなる。

居間の床は古くてひびの入ったリノリウムで、暖炉の前にはハンドメイドの小ぶりのラグが敷いてあった。そうそう、暖炉。暖炉がわが家の中心だった。黒い鉄製だが、母は大理石ででもできているみたいに念入りに手入れをした。「ブラッキング（黒色塗料）」と呼んでいたペーストで母が毎週磨き、終わるとぴかぴかに光った。

冬には暖炉の真ん前でラグの上に寝そべるわたしのとなりに、たいていはうちの飼い犬、ボーダーコリーのローヴァーがはべる。わたしがスチュワート家でいちばん年下なのを心得て、お守り役を買って出ていたに違いない。ローヴァーが死んだとき、まだ十歳だったわたしは寂しくてたまらなかった。

暖炉の中枢は火格子で、地下室から運んできた石炭か、経済的に厳しい時期にはコークスを燃やした。暖炉の火は好きだった。だが、触るのを許してもらったことはない。たった一度、火かき棒を拾いあげて触ってみたとき、たまたま家にいた父がわたしの手からとりあげてこういった。「ほかの男の入れた火に決して触るんじゃない」。この教訓は、孫子《まごこ》の代まで伝えてある。

火格子の右側には下から石炭で温めるホットプレートがあり、湯を沸かしたり、スープやブロス（肉や魚を野菜などで煮出しただし汁）を温められた。火格子の左側にはやはり石炭で温めるオーヴンが設置され、そこで母が肉を料理した。もっとも火の第一の役目は部屋を暖めることで、その点は申しぶんなく機能した。何年も暖炉の火だけが家の暖房源だったが、わたしが十代に入ったころに小さなファンヒーターを購入した。

暖炉の左手には底の浅い石造りの流し台が据えられ、冷水の出る蛇口が上についていた。家にはそれだけ——温水は出ない。流しの脇に小さなガス台があり、火が焚かれていないときはそこで湯を沸かした。

石段の上は小さな踊り場になっていて、正面のドアは両親の寝室へ通じ、その左どなりの狭くて薄いドアを開けると、五歳上の兄トレヴァーと共有していたダブルベッドがある。だから厳密にいえば、わが家は「一階一間、二階二間」建てになるのだろう。とはいえ「部屋」とは名ばかりで——空間をベッドがほぼ独占していた。かろうじてドアが開く分の余裕があり、ドアのうしろにごく小さな衣装ダンスが置かれ、われわれの数少ない服をしまっていた。ふたつの寝室を隔てる壁はごく薄く、互いの物音が筒抜けで、気まずいけれど好奇心をそそる音がきこえた。

兄と共有したベッドの片側には、上方に上げ下げ窓がついていた。冬のあいだや雨模様の日、窓は閉めてある。だが夏の夕べ、ベッドに寝かしつけられたあと、下枠がベッドとちょうど同じ高さにくる下の窓を上げて、玄関の上り段に腰かけた両親やおとなりの、うわさ話や雑談をする声が入ってこられるようにした。うちのほかに数軒のこども部屋が庭に面していたため、おとなたちは声を落としてしゃべる。それでもときおり笑い声や、タバコに火をつけるためにマッチを擦る音がきこえてきた。暑い夕べ、それらの親しげな、ほっとするような物音に耳を澄ますのが好きだった。安全で、下にいるおとなたちに守られていると実感できた。

それが、わが家だった。

ちょっと待った、という声がきこえる。あれはどうなんだ……御不浄は？　告白しよう。二十四世紀の〈エンタープライズ〉指揮官は、トイレも浴室もない家で育った。

キャム・レーン十七番地の脇にずんぐりしたレンガ壁の建物が立っており、建物奥の片側に便所がふたつ、もう片側にふたつあった。真ん中にゴミ箱がある。便所は各家庭に割り当てられていた（五軒目の家にはトイレ設備があったらしい。なんたるぜいたく！）　個室にはそれぞれ便器とドアがついていたが、電気も暖房も手を洗う流しもない。トイレットペーパーもなく――古新聞のみだった。原始的にせよ少なくとも配管は通っている。上にタンクがついていて、ひもを引っぱって流す。

寝室ごとに潜んでいるのが、〝ガザンダー〟と呼ばれるおまるだ。ガザンダーというのは北部人がベッドの「下に置く」ものに使う表現で、用途は小便に限られた。「大《ナンバー・ツー》」の必要に迫られたら、日が昇るまで辛抱するほうを選んだ。

スチュワート家のトイレは、わたしにはもうひとつ、読書室という使いみちがあった。家に団らんの場がひとつしかなければ、小説本やコミックを読みたいときにほかにどんな選択肢がある？　二階の寝室は論外だ。なぜなのかときかれても困るが、就寝前の使用は両親に禁止されていた。うちにはテレビもレコードプレイヤーもなかったが、ラジオがいつもかかっていて集中できない。何時間も、あのトイレで過ごした。真冬にはオーバーコートを着てウールの帽子を被《かぶ》った。個室に照明はないためロウソクを持って入る。灯《あか》りにもなるし指先も暖まる。

そして、読みに読んだ。家には本らしいものはほとんどなく——大きな医学事典一冊、戦争関係の本数冊、それに聖書のみ。けれどマーフィールド公共図書館にはすごくいい児童書コーナーがあり、年齢があがってくると、アメリカ文学のコーナーを読みあさった。ヘミングウェイ、フィッツジェラルド、スタインベック、それからレイモンド・チャンドラーが生みだしたフィリップ・マーロウの探偵小説。かたはしから読んだ。一度に二冊しか借り出せないため、土曜の午前中は図書館で過ごすのが常だった。わたしのとぼしい人生経験では小説中に理解できないことばや行動にちょくちょく出くわし、それは構わなかったけれど理解したいと切実に思った。それでも、物語を追って読みつづけた。あのときあの場所、地元の図書館で、わたしのストーリーテリングを愛する心が芽生えた。

以上でトイレ事情に関する説明終わり。さて、幼少期の暮らしぶりの描写の仕上げは——ぱんぱかぱーん！——風呂ナイトだ。週に一度の金曜日、風呂ナイトはやってくる。風呂の水を沸かさないといけないため、乱してはならない厳密な手順が定められていた。復員後、父が家にいたときはいつも最初に風呂を使った。金曜の晩は、地元のパブと労働者クラブめぐりに費やす週末のはじまりだからだ。

まずは、流し台と暖炉のあいだにあるガスボイラーのタンクに数ガロン分の水をためる。これは冷水の出る蛇口にホースをつけてこなした。つぎに、ガスを点火する。ボイラーが温かいうちに父がせっけんをつけたブラシを泡立て、やかんの湯でひげをあたる。父は昔ながらのまっすぐなカミソリを使い、えりあしをそるときに呼ばれるのは、いつもわたしだった。カミソリの扱いが上達した理由は、もし父を傷つけたらどんな目にあわされるかを想像して、震えあがったのが大きい。もう少し長じると、ときどき（理由はすぐにわかる）カミソリをのどもとに走らせたくなる衝動と闘わなければならなくなった。

これは危険かつおそろしい役目だった。父は短気だし、仲間と飲みに出かける晩は、清潔な身だしなみにこだわったからだ。だが、そのうちコツをつかんで手際がよくなり、父に重宝された。三《スリー》ペンス（ヨークシャーなまりでは〝スルッパンス〟）のお駄賃をくれ、そのうち六ペンス（〝タナー〟、おそらくは十八世紀の王立造幣局の原版彫刻師ジョン・ギズモンド・タナーにちなむ）にあがった。

父がそり終えるころには、風呂用の湯がだいたい温まる。トレヴァーとわたしがいいつかって、地下室から古いブリキの風呂桶を運びあげた。ボイラーの栓のそばに置き、石炭の粉を払ってから湯を満たす。そのあとは全員二階に行かされ、父はだれはばかることなく服を脱いで風呂に浸かれた。からすの行水の父はすぐに上にあがってきて、服を着ると夜のお楽しみに出かけた。それを合図にトレヴァーの番になり、下におりていくと父が使ったのと同じ湯につかる（そのあとただちに桶をあけ、ガスボイラーに水を入れ直して湯を沸かし、母とわたしが使った）。

父は午後七時半に出かける。服装はグレーのフランネルに白いシャツ、落下傘連隊のタイをしめ、ブレザーの胸ポケットにはＫＯＹＬＩの記章をとめた。すこぶる立派にみえた。

トレヴァーもからすの行水で、体をふいて服を着次第同じく友だちに会いに出ていった。だがその前に、風呂の湯をあける仕事が待っている。それには、地下室からゴム製のチューブをとってきて、先っぽを風呂水に浸してからもういっぽうのはしを強く吸って湯をチューブに通し、古い石の流しにあける。これは楽しい仕事とはいえず、兄はいつもやったあとで歯を磨いていた。トレヴァーは十八歳になると英国空軍に入隊し、そのため十三歳のわたしに風呂桶をあける役目がまわってきた。誤って風呂水を飲みこんだ記憶は一度もないが、作業中口のなかがひどい味とせっけんと汚れでいっぱいになった。もちろん兄のひそみにならい、そのあと歯を磨いた。

つぎはわたしの番だ。母がラジオを素敵な曲に合わせる。わたしはトレヴァーのお下がりのドレッシングガウンに着替え、ボイラーが温まって桶に湯をためる準備ができるまで本を読んで過ごした。風呂桶にまたいで入り、お湯にあごまで浸かるのが好きだった。ただし、暖炉側の桶の側面から体を離しているよう注意しないといけない。湯水よりもずっと熱くなっているからだ。家族全員がそれぞれ風呂桶のはしに触って、ひどいやけどを負った。

母はいつも、タオルを火にかざして温めておいた。風呂からあがるとわたしをくるんで全身をふいてくれ、そのたびに心地がよかった。そのあとパジャマ――一時はトレヴァーのお下がり――を着る。やっと、母の番がまわってくる。わたしはそばにいたが、コミックブックに頭をうずめてプライバシーを尊重した。そのうち、母はわたしに背中をフランネルで洗う仕事を任せるようになった。決まり悪さを覚えたことはない。わたしは母が大好きだったし、体を洗ってもらい、母は大いにやすらぎと満足を覚えていた。そんな感情を、悲しいかな母はめったに味わわなかった。

人生の最初の五年間、父の出征中は母ひとりがわたしの親であり、そのころの母はもっと幸せだった。それに思いいたったのは、あとになって昔を振り返ったときだったが。

幼少期のわたしの人生はおおむね至福といえた。両親のベッドは大きなダブルサイズで部屋をふさいでいたが、となりに小さなベビーベッドを置くすきまがあった。普段はそこで眠った。母がいつも——眠るときと起きたとき——すぐ近くにいてくれたため、安心しきっていられた。柔和でまるい、美しい母の顔が、お日さまみたいに照っていた。

ベビーベッドのガードレールは片側を押しさげることができ、ベッドを転がって母のマットレスに移動したのが、いちばん最初の記憶のひとつだ。となりにくるや、母が上掛けをわたしにも広げてくれ、母の体温でぬくもったコットンのトンネルのなかに入る。わたしが母をくすぐり、母がわたしをくすぐり、ふたりでケタケタ笑い、笑い疲れて母の腕のなかにおさまる。頭を母の首もとにうずめると、髪がわたしの顔にかかった。

まるくなって笑う同じ遊びを、ときには安楽椅子やラグの上でやり、家賃の集金人がきたときにさえやった。前述したように生活の苦しい時期で、家賃を払えないことがちょくちょくあった。だからノックの音がするといつもだれがきたのかわかり、ふたりして大テーブルの下に隠れて窓からのぞきこむ集金人の目から逃れた。男は何度もノックして叫んだ。「ねぇ、スチュワートの奥さん、いるのはわかってるんですよ！　ドアを開けてください！」わたしがクスクス笑うと、母はわたしの唇に指を当てて黙らせた。男が行ってしまったとわかるなりテーブルの下から転がり出て、ばかみたいに笑った。

深刻な状況だったが、母はわたしに決してそうと感じさせなかった。ただの楽しいゲームにすぎない。母の精神状態にそれがどんな影響をおよぼしたのかはわからない。とはいえ、確実に代償を払ったはずだ。

両親はわたしが生まれる前から、わけありの関係にあった。トレヴァーとわたしにはずいぶん年の離れた兄ジェフリーがいて、婚外子ではあったが、ふた親を同じくする実の兄弟だった。未婚のまま、母は一九二三年九月に兄を産んだ。父は即座に認知した。ところがジェフリーの生後まもなく入隊し、訓練期間を経てKOYLIの同胞とともにインドへ送られる。

ジェフリーは粗野なユーモアセンスの持ち主で、成人後はわたしのうら若いガールフレンドたちに「どうも、おれはジェフリー。バスタード（「ろくでなし」と「私生児」両方の意味がある）だ」と自己紹介して悦に入っていた。ジェフリーがそれをいうたびにわたしは笑った。どれほどおかしいかは北部アクセントの発音を知らないと伝わらないが、女友だちが示したショックを受けた様子に、もっと注意を払うべきだったように思う。なぜジェフリーがそんなことをいうのか不明だったが、彼なりにざっくばらんに「お嬢さん、パトリックの家族についてすべてを知ってほしいんだ」といっているみたいで、わたしは構わなかった。

両親がどこでジェフリーの子づくりをしたのか、よく考えた。母グラディスの実家でないのは確かだ。母は両親のフリーダムとメアリー・バラクラフ、妹のアニーおばさんと同居していた。それに父アルフレッドの家でもないだろう、まだ母親のメアリー・スチュワートと暮らしていたのだから。父と母がホテルを利用するぜいたくをしたとは考えにくい、そんな金はなかった。ジェフリーにどこだと思うかきいたとき、辛らつなこたえが返ってきた。「茂みの陰だろ」

ジェフリーはまた、実の父親は別にいるというアルフレッドが憎悪したセオリーを抱いていた。トレヴァーとわたしがジェフリーと似ていないのは事実だった。ジェフリーの姓は、スチュワートではなく母方のバラクラフだ。母が一九七七年に息をひきとったとき、ジェフリーは冗談めかして父が殺したとほのめかした。ふたりが後年住んだマーフィールドの公営住宅《カウンシルハウス》で、枕を使って。

まずあり得ない。真相は、ジェフリーは生まれて年端《としは》もいかないうちから父親を好きになれなかっただけだ。アルフレッド・スチュワートが入隊したとき、母方の祖父がカウンティの裁判所まで母を伴い、父に養育費の支払いを認めさせる訴えを起こした。グラディスが勝利し――わたしは関係書類をみたことがある――父は送金してきたが、たいした額ではない。ジェフリーと母は祖父母のバラクラフ家に住み、裕福ではないながら、快適で安全な住まいを提供された。

フリーダム・バラクラフはだれにきいても注目に値する人物だった。短軀《たんく》のがっしりしたヨークシャー男で、禿げ頭――わたしは両方の家系から受けついだ――だが、立派な口ひげをのばしていた。マーフィールドの地区代表議員に選出され、やがては全員一致でマーフィールド町議会の議長に就任する。労働者の権利と要求の擁護者だった祖父は、隣人と議員双方から非常に敬愛された。

母はバラクラフ家で育った日々を好ましく記憶していた。父親が金曜日か土曜日の夜に、労働者クラブから数人の友人を連れて帰宅することがよくあり、みんながご機嫌だった。母がいうには、フリーダムは寝室へあがってきて、自分の娘を抱きあげると階下《した》へ連れていった。祖父母は古いアップライトピアノを持っており、母グラディスは独学ながら名ピアニストだった。ときどきフリーダムは客のために演奏をリクエストした。ピアノの上に娘を座らせることもあり、グラディスは喜んで歌を歌い、場を盛りあげた。

フリーダムの人生でわたしが最も興味を引かれるのは、議員の職務のよそにあった。ボトム・フィールドの脇には北部名物の持ち帰り用パイと豆の店があり、祖父がいっとき営んでいた。おいしいミートパイと柔らかい豆とグレービーソース、ぜんぶフリーダムお手製だ。ときどき店を手伝った母が、料理は「まずまずの味」だったといっていた。祖父は懐の広い人で、健康や金銭問題に苦しむ地元の家庭にパイと豆をみずから配達し、代金は受けとらなかった。フリーダムは一九三七年、わたしが生まれる三年前に他界した。生前に会ってみたかったと、強く思う。わたしの息子ダニエルのミドルネームは彼の曾祖父からもらって、フリーダムとした。一九三五年、父がインドでの兵役を終えたため、母のバラクラフ家での日々は終わりを告げた。帰国早々父は母と結婚し、まもなく母がトレヴァーを身ごもる。

これは情熱的な、長年にわたるラブアフェアが頂点を迎え、とうとう世間から容認される形に落ちついたということなのか？　アルフレッドは喜んでグラディスと再会し、祝福に満ちた未来を期待した？　別の相手から逃げだした？　労働者階級のありふれた家族持ちとしての、因習的な生活に骨をうずめる覚悟がついた？　父に関するこういった憶測のいずれもが信じがたい。わたしにわかるのは、映画版の父なら、うまく演じられるということだけだ。

そして、優しいグラディス・バラクラフは？　なぜ母はアルフ・スチュワートに捨てられた十年あまりもあとになって、彼と「結婚する」といったのか、わたしにはとうてい理解しかねる。離れていたあいだも、ずっと父を恋い焦がれていたとか？　いつまでも若いままではない三十代の女性として、アルフレッドで手を打とうと思った？　もう両親との同居にうんざりした？　ジェフリーには父親が必要だと感じた？　最後の説は疑わしい。兄にはお手本となる優しくて愛情深い、フリーダム・バラクラフがいたのだから。

いずれにせよ、両親は結婚してパイと豆の店のそばに立つ「ローデッカー」、平たくいえば小さな平屋《バンガロー》に移り住んだ。わたしはそこに住んだことがなく、母が指さして教えてくれたとき、こども心にもあまりの狭さと窓の小ささにぞっとした。ジェフリーにはさぞやおそろしかったはずだ。寝室は三人でひとつしかなく、それも、居間の片隅だった。あるとき一家はキャム・レーン十七番地に引越し、ジェフリーはこども時代に住んだ祖父母の家に戻る。一九三〇年代に祖父母が亡くなると、ジェフリーはその家で新たな住人、アニーおばさんとその夫、アーノルド・カートライトと同居しつづけた。このとりあわせもまた、とりざたされたことはない。

アーノルドおじは好きだった。孤独癖で人見知りだが、柔和な、茶目っ気のあるユーモアセンスがあった。ところが父は彼をよく思わず、一九三九年になって英国がドイツに宣戦布告したときには憎しみに変わった。アーノルドは兵役に就かなかったのだ。理由は知らない――平和主義者ゆえか、健康上の理由か、兵役免除される何らかの重要な戦時職についていたのか。だが、軍服をまとわなかったことで、父の目には臆病者に映った。呆れるほどに、父はアーノルドを「あの女」呼ばわりした。

一九三九年に父が再入隊したとき、家族は驚いた。年がいっていたし、長く兵役に就いていたため義務を免除されていたというのに。グラディスとトレヴァーに加えて、まもなくさらにもうひとりこどもの面倒をみることになる暮らしに、すぐさま飽きたのではないかと思う。ひとくちメモ。数十年後、第二次世界大戦を背景にした戯曲の脚本が送られてきたので目を通した。ある場面で、兵士が妻との別れを惜しむ。ピンときた。わたしは英国が参戦して一年たらずで生まれた。父がお国に尽くすために旅立つ前夜に母は懐妊したのかも？　日付をみると、そのようだった。よりにもよって、自分がこの世に生を享《う》けたことをアドルフ・ヒトラーに感謝すべきなのか？

父方の歴史にはあまり明るくない。青年時代のあるとき、父は母親と三人の兄弟とともに、イングランド北東部のタインサイドからウェストライディング・オブ・ヨークシャーに引っ越した。タインサイドがスコットランドに近いこととスチュワートの姓を根拠にして、霧に包まれた歴史のなかにスコットランド人の先祖がいたと考えるのがわたしは好きだ。絵のようなハイランドの谷か、眺めのいい湖沿いに住んだ人々の末裔《まつえい》だと想像しては楽しんでいる。

だが、家系のこちら側の調査結果は、とぼしいものだった。とある細目がわたしの目を引いた。曾祖母エリザベスの結婚証明書の妻の署名欄に「x」と記されている。読み書きができなかったのだ。それをみると、すごく悲しくなった。どんな人生を送ったのだろう？　どんな苦労を耐え忍んだのだろうか？　違う人生を夢みた？　わたしの人生をどう思ったことだろう。〈エンタープライズ〉での日々を演じてきて、ときどき、自分の役ジャン＝リュック・ピカードをうらやましく思わずにいられなかった。時間を旅する能力があれば、艦の転送機で遠い場所にテレポートできる能力があれば、どんなにいいだろう。まあ、本音はただ、過去をやり直したかっただけなのだが。

少しはましな状況に改善できたかもしれない。

ヨークシャーはまた産炭地でもあり、父は十四歳のときに学校を退学し、「炭坑にさがって」働いた。だが、坑夫ではなかった。炭坑の切羽《きりは》を区切る重いゴム製もしくは革製のスイングドアを開けるのが仕事だ。坑道に座りこみ、門扉を押しあけて馬またはロバのひく石炭を積んだトロッコを通す。仕事はそれだけだった。それが坑夫のカンテラに値するかどうか知らないが、わたしが生まれたキャム・レーンの家の棚に飾ってあり、父のものだと見当をつけた。

炭坑仕事は長つづきしなかった。危険で不健康な仕事を父の母親が嫌い、ほかの仕事を探させたのだ。それにはガラス吹き、LMS（ロンドン・ミッドランド・アンド・スコティッシュ）鉄道でのペンキ塗り、地元の鉄道機関庫でのアルバイトがふくまれた。地下をうろつきまわるのはどんな気分なのか一度父にたずねたことがあるが、返ってきたのはしかめっつらと長い、くたびれたため息だけだった。それ以上きくのを控えさせるには、それでじゅうぶんだった。

もうひとつのタブーは、父方の祖父ウィリアム・スチュワートについての話題だ。ウィリアムに会ったことはなく、めったに口の端にのぼることもなかった。祖父の名前を出しただけで父は怒り、きかぬが花だと察した。わたしが会ったことのある唯一の祖父母はウィリアムの妻メアリーで、人を寄せつけない印象を与えた。こどものころ何度か家を訪ねたが、覚えている限り祖母はほとんどしゃべらず、しゃべったときは全員が拝聴したものの、決まって楽しい話ではなかった。メアリーばあちゃんはたいへんな上背で痩せており、口は永遠にへの字、北部の頑固さが居座る顔面から、髪が常にうしろにきつく引っぱられていた。祖母はぱっとしない組み合わせを巧みに着こなした。ブラウス、カーディガン、

「良識的な」靴。

だが、とある祖母宅の訪問は、ひどく違った。未来へ脱線するのを許してほしいが、それは一九六〇年、わたしが二十歳のときに起きた。人生を一変させるオールド・ヴィック・シアター・カンパニーの二年間におよぶ海外巡演《ツアー》に出ようという直前のことだ。座長はなんと、ヴィヴィアン・リーその人。『風と共に去りぬ』〔一九三九〕のスカーレット・オハラ役と『欲望という名の電車』〔一九五一〕のブランチ・デュボワ役で、二度のオスカーを受賞した大女優だ。その冒険については、のちほど語ろう。

それで、この懸案の旅行の知らせが祖母の耳に入ると、わたしの出発間際に手紙を寄こして訪ねにくるよう要請された。祖母の住むブラックプールは、長くのびる明るく照らされた遊歩道と、にぎやかな娯楽施設で有名な、ランカシャー海岸のリゾートタウンだ。ブラックプールは労働者階級向けのリゾートだったため、そこで楽しい夏休みをたくさん過ごした。とはいえメアリーの手紙は招待ではなく呼び出しであり――そして休暇を過ごすためではなく、きき役をつとめるためだった。

本能は断れといったが、家族会議の末、メアリー・スチュワートが命令してくるなど前代未聞のことなのだからわたしは尊重すべきである、みんなの好奇心を満足させるためだけにでも、という結論に達した。母が同行を申し出てくれた。メアリーを結構気に入っていたのだと思う。おそらくは父に指図でき、翻弄できる人物を目の当たりにする喜びをくれたからだろう。

母とわたしはブラックプール行きの列車のなかで弁当のサンドイッチを食べた。祖母が手紙で昼食は出さないと言明していたからだ。到着すると、祖母の住みこみコンパニオンで、ドロシーと仮に呼んでおく女性がお茶を淹《い》れてくれた。

母とわたしはお茶をしながら世間話をしようとしたが、それは祖母のコミュニケーション術の範疇《はんちゅう》ではなかった。何か腹にいちもつあるのは間違いない。お茶がすんで手早くさげられると、祖母はドロシーに日用品を買いに行く時間だといって、母と一緒に追い出した。ああ、神様お助けください。メアリーばあちゃんとふたりぼっちになってしまいます。わたしの苦手意識は重篤な不安に変わった。念を押すが、わたしは小さなこどもではなく——二十歳《はたち》だった。

ふたりきりになると、祖母は安楽椅子を向かい合わせにして座り、語りはじめた……謎めいた、長らく不在中の夫、つまりわたしの父の父、ウィリアムについて。その顔からは見慣れた厳《いか》めしさが消え、意外にも柔らかさが現れた。どれだけウィリアムを愛したか、どれだけ働き者の夫だったか、どれだけ四人のわが子を、むろん父をふくめて愛したかを話した。そして、どれだけウィリアムは劇場の仕事が好きだったかを話した。

ええ!? ちょっと待って。劇場だって! 劇場って**なんの**???

ジャロウの劇場だよ、と祖母はいった。メアリーとウィリアムが住んでいたヘバーンに近い、タインサイドにある町の名前だ。父がその地方で生まれ、幼少期を過ごしたのを知っていたが、父の父が演劇に少しでも関わっていたなんて、初耳もいいところだ。

ウィリアムは舞台の道具方でね、と祖母はいった。舞台用の背景や一部の装置を手がけていた。また、舞台裏に限らず、劇場のあらゆる部署で雑役係として働いた。ある日——祖母は正確なことのてんまつは知らない——ひとりの俳優が姿をみせなかったとき、ウィリアムが代役として舞台にあげられた。セリフはたいしてなく、ふたつかみっついったあとはそこに棒立ちになり、そのうちほかの俳優が舞台袖まで引っぱっていった。だが、それでじゅうぶんだった——演技に目覚めたウィリアムは、劇場支配人につぎの役が欲しいと頼んだ。報酬は要求しなかった、小屋付き道具方の仕事をつづけるつもりだったからだ。もちろん、支配人は応じた。ロハで新人劇団員が手に入る。そのころの演劇業界は現在よりくだけたビジネスだったという印象がある。

さて、祖母は話しつづけた。劇団は祖父に本来の仕事のかたわら、役もどんどん振っていった。するとこの道楽は、何か別の段階に進んでいった。おそらく、いちばん合っているだろう表現は端的に、「野心が生まれた」。

祖母の話はここまでくると少々混乱ぎみになり、細部を思い出すにつれ、とり乱しはじめた。メアリーの夫は道具方をやめて、俳優業を目指したがる。それが意味するところはひとつ。ロンドンだ。ウィリアムはヘバーンと家族をあとにして、ショービジネスの人生を追求した。祖母がわたしに語った細部のぜんぶは追えなかったが、要点はこうだ。ウィリアムは新たなキャリアを歩みだし、ウェストエンドで仕事にあぶれることはなかった。ヘバーンには一度も戻らなかった。祖母と四人のこどもは捨てられた。振り返るに、父親に捨てられた過去を持つ父が、その轍《てつ》を踏んだということはあり得ると思う。

祖母にはヨークシャーのウェストライディングに何らかの伝手《つて》があり、五人家族はそこを居に定め、そうして父はヨークシャー人となった。メアリー・スチュワートは無一文だった。洗濯ものを引きうけ、自宅で働きながらこどもの面倒をみ、全員で小さな石造りのコテージで身を寄せあって暮らした。苦しい時期だったはずだ。英国は第一次世界大戦後の大不況に打ちのめされ、北部はとりわけ貧困と飢えにあえいだ。祖父が演劇への愛を発見した町、ジャロウは労働者の怒りと不満の爆心地となった。一九三六年、職を失った、おもに地元造船所のベテラン二百人の男たちがデモをはじめ、ひと月かけてはるばるロンドンまで行進し、のちにジャロウ・マーチとして有名になる。

その時代を祖母とこどもたちがどうやってしのいだのか、もっとききければよかったのだが、詮索はしたくなかった。そもそも祖母がこの話をしてくれたことが驚異だ。父にはふたりの兄弟ウィリアムとクリフォード、後年わたしがドリーおばさんと呼んでなついた妹のドリスがいた。祖母はこどもたちのほのぼのする逸話をひとつ披露してくれた。ある年の十二月、メアリー・スチュワートはクリスマス前のお菓子づくりに精を出し、四本のフルーツケーキを焼いた。いまでもわたしの好きな北部の郷土菓子、フルーツケーキをイングランドのこの地方では早めにつくって暗所に寝かせ、「熟成」させる。祖母の家には鍵のかかるサイドボードがあった。ケーキに鍵をかけるのは重要だ。祖母いわく、常に腹をすかせたこどもたちがもしサイドボードに手を出したら、クリスマスのお菓子がなくなってしまう。

あきらかに、祖母はこどもたちの行動力を甘くみていた。ある日母親が外出すると、スチュワート家のこどもたちは長男ウィリアムの指揮のもと、ねじ回しを手に入れて戸棚のうしろをはずし、鍵のかかった正面を回避する。こどもたちはフルーツケーキを一本とると注意深く両端を切って、そのあと柄の長いスプーンで中身をほじくりだしてその場で食べた。食べ終わったときには疑問の余地なく満腹し、切り落とした両端を戻して、ケーキ全体を異状なしにみせかけた。そしてケーキを戸棚に戻すと板をもとどおりにねじどめした。

数週間が経ち、クリスマスイヴがきた。祖母がサイドボードの鍵を開けてケーキをとり出す。もちろん、すぐにばらばらになった。どんな反応をしたのかわたしはたずねた。祖母は、普段は洗濯ものを水から出す長い木製のトングで、こどもたちを台所中追いかけまわした。しまいには椅子に腰をおろし、さめざめ泣いたよ、とうちあけた。

あとでドリーおばさんが最後に耳にしたスチュワート家の祖父の消息を話してくれ、穴を埋めた。ウェストライディングの治安判事裁判所が、年上のほうのウィリアム・スチュワートを扶養義務を怠《おこた》ったかどで有罪とし、家族に毎週生活費を入れるよう命じた。しばらくは送金してきたが、やがて途絶える。

ロンドン市警察がウィリアムを捜索し、テムズ川の南側にあるエレファント・アンド・キャッスル・シアターの舞台に立っているのをつきとめた。警察が到着したときは、すでに劇を上演中だった。舞台監督が警官たちに舞台の両袖を調べさせると、祖父が出を待っている。逮捕して即刻署に連行すると申し渡した。ウィリアムは観念したが、舞台に出てつぎの場面を演じるのを許してほしいと訴えた。それがどちらにしろ彼の最後の出番だった。さもなければ、と祖父が気遣わしげにいった。観客のせっかくの夕べを台なしにしてしまう。

警官は男の謙虚な訴えをききいれた。ウィリアムが舞台に出て、場面を演じる。ところが、出番が終わると素早く舞台の反対側にはけ、大胆にも逃亡した。祖母によればそのまま行方をくらましたが、のちにアメリカに渡り、俳優業をつづけたところまでは足どりを追えた。

わたしが初めてアメリカ合衆国の土を踏んだのは、オールド・ヴィック・シアター・カンパニーの海外ツアーの終わり近く、一九六二年初頭だ。ふたりの年齢とタイミングを考えあわせると、祖父ウィリアムと孫のパトリックが同時にアメリカの地にいた可能性は皆無ではないな、とふと思った。

あの日わたしをブラックプールに呼びつけた理由を、祖母は決してはっきりとはいわなかった。演劇へ関心を示す者の前例が家族にないわけではないと、教えたかったのだと思う。出奔《しゅっぽん》した夫を、おそらくはなぜかいまだに誇りに思い、愛情を感じていたのだろう。ともあれ、祖母の呼び出しのタイミングは先見の明があったと証明された。海外ツアー中に、母からの手紙で祖母メアリー・スチュワートの訃報を知った。記憶に残る一対一の話し合いが、祖母を目にした最後となった。

この悲しい知らせのあと、長い散歩に出たのを覚えている。故郷から何千マイルも離れたわたしのいまの生きかた、メアリー・スチュワートの送った人生について、思いをめぐらせた。祖母は灰色の北部の道、それにときにはブラックプールの遊歩道を一、二時間歩いた程度の経験しかない。母グラディスの地平も、祖母よりたいして広くはない。一度もイングランドを離れたことがなく、それどころか国内だってろくに知らなかった。両親が一度、わたしの出演するシェイクスピアの舞台をみに、ストラットフォード・アポン・エイヴォンまで足をのばしたことがある。それが母にとってのいちばんの遠出で、あとはマンチェスターのライブラリー・シアターでわたしが演じた舞台の、土曜の午後のマチネにアニーおばさんときたことぐらい。それは現代劇で、罵《ののし》りことばや汚いことばづかいが頻出し、大半をわたしの役が発していた。わたしが長い熱弁をふるったあと、舞台ではひとしきり沈黙が落ちるが、それを破ったのは客席からの、間違いなくおばさんの声だった。「やだ！　あんなもん、うちらのパトリックじゃねーわ」

北部人気質は、世界征服の野望とは無縁だ——少なくとも、うちの一家はそうだ。わたしが十歳のころに抱いただいそれた望みは、長距離トラックの運転手になることだった。マーフィールドでは卒業後すぐに工場か炭坑に働きに出る男子がほとんどで、女子はだいたいが製織工場に就職した。何人かは少年院送りになり、数年後には刑務所に収監された。

夏休みに北海沿岸へ行くロードトリップの途中、ロンドンからエジンバラへ向かう主要道路のＡ１を横切ったところで、飲み物とアイスクリームを買うために休憩した。わたしは駐車場に立って、びゅんびゅん行き交う車両を眺めるのが好きだった。けれどよだれを垂らしたのは乗用車ではなく、大型トラックに対してだ。

同じくらい列車も好きで、とりわけ機関車に夢中だった。〝トレインスポッティング（機関車の型式やナンバーを調べたり覚えたり車両をみに行ったりすること）〟というおかしな英語表現をきいたことはないだろうか？　わたしは熱心なスポッターだった。友だちのブライアンと一緒にマーフィールドの土手に立ってはスポッティングしていた。たいていの機関車には主動輪の上に番号を示す湾曲したプレートがついている。だが、ごく少数のプレートには名前が表示されており、それが貴重だった。われわれの立っている場所からまっすぐ行くと小さな歩道橋がかかっていて、そこをスポッティング場所に選ぶ子たちもいた。それはつまり、しばしばわれわれに先んじてやってくる機関車をみつけるということだ。その子たちが「名前付きだ！」と叫ぶのをきくと、期待で身震いした。
ここを通る機関車はだいたい以前に何度もみていた。だが、そうじゃないときは大声が絶叫に変わり、特別な一本だとわかる。絶叫から完全なヒステリーにエスカレートしたときのことを、はっきり覚えている。口をあんぐり開き、目を飛びださんばかりにして〈サー・ナイジェル・グレズリー〉が煙突から白煙をあげながら轟音とともに走りすぎるのを眺めた。その名前を本でみたことならあるが、実物を目にできるとは、想像すらしなかった。忘れられない思い出だ。

トレインスポッティングの無謀な例が、もうひとつある。十一歳のとき、ロンドンのフェスティバル教会（セント・ジョン教会のこと）で行われる「夕べの祈り」に、わたしの所属する教会の聖歌隊が招待された。教会はウォータールー橋付近のラウンドアバウト沿いに立っており、当時は《1951フェスティバル・オブ・ブリテン》を開催中だった。これはいわば英国限定の博覧会で、祖国の偉業を祝い、戦後の暗い世相を吹きとばす効果があった。それまでわたしはロンドンに行ったことがなく、聖歌隊は鉄道で移動するのを常とし——トレインスポッティングとはえらい違いだ。二泊しかしなかったが、有名な観光名所ぜんぶと、もちろんフェスティバル自体の未来的なハイライト、「発見のドーム」と「スカイロン」を見物した。家に戻ると、母はまっさきに「パトリック、何がいちばんよかった?」とききき、わたしは威張ってこたえた。「母さん、おれ、〈マラード〉に触ったよ!」期待したのとはまったく違うこたえが返り、母は戸惑い顔になった。同じく聖歌隊の一員として旅行に行ったトレヴァーがいった。「母さん、パトリックはアホだ。〈マラード〉っていうのは蒸気機関車のことなんだ」。トレヴァーの主張はどちらも正しいと認めよう。**しかし**。当時の〈マラード〉は、蒸気機関では世界最速の時速百二十六マイルを記録し、それを達成したのはわれらが縄張り、ヨーク北部の線路だ。聖歌隊の乗る列車がキングズクロス駅に着いたとき、プラットフォームの反対側でアイドリングしていた機関車こそ、エジンバラから到着したての〈マラード〉だった。

　聖歌隊一行は車両を通りすぎた。もとい、一部は通りすぎたが、わたしは違った。立ちどまって、ボイラーにエッチングされた名前を畏敬の目でみつめた。〝MALLARD〟。プラットフォームの先でトレヴァーがわたしの名前を呼ぶのをきいたが、このひとときを無駄にするなんてあり得なかった。つま先立って手をのばし、プラットフォームのふちで体を前に倒し、そして……ほんの――かすかに……触れた……ネームプレートに。確かに線路の上にするっと落ちて、けがをしたかもしれない。だがしなかった。わたしは〈マラード〉のネームプレートに触ったのだ。

　この経験は、ロサンゼルスでの舞台がはねたあと、カーク・ダグラスが楽屋にあいさつに寄ってくれたことと並んで、人生最大のハイライトの座を占める。しかしそれはまた、わたしが育った環境を象徴してもいた。大型トラックと名前付きの蒸気機関車が、最大の気晴らしだったこども時代を。

　わたしが五歳のときに第二次世界大戦が終わり、父がとうとう〝デモブ〟した――正式に軍務を離れ、復員することを指す軍隊用語だ。そして、わたしのこども時代の日々が完全に様変わりした。

父の側からすれば、デモブはひどく気落ちする経験だったはずだ。英国軍を除隊したとき、父は落下傘連隊のRSM、連隊付き曹長だった——下士官クラスのスーパースターだ。ところがマーフィールドに戻ってきた父は、ただの男でしかない。彼の下で任務についた数名の地元復員軍人を、おそらくのぞいては。

後年兄のジェフリーからきいた話では、父の鬱屈には別の理由の可能性があった。除隊前、父は部隊長の大佐から復員後の予定をたずねられた。父には予定などなかった。すると大佐はロンドンのドーチェスター・ホテルを知っているかときいた。ありませんとこたえると、ドーチェスターはロンドンの豪華五つ星ホテルで、ドアマン助手の空きがあり、父のために融通してやれるという。そのオファーのさらなるうまみは、二年すれば主任ドアマンが引退予定であることだ。もしまじめに勤務をつづければ、あとを引きつげる。報酬はたいした額ではないものの、チップはかなりを期待でき、とりわけ主任ドアマンともなれば、ホテルに住みこむことさえできた。そのうえ、スチュワート夫人がホテルの職に興味があれば、みつくろうこともできると大佐は請けあった。

父はその可能性に期待を膨らませ、申し出を感謝するが、先に妻に相談する必要があると大佐に返答し……キャム・レーンの母はこの法外な知らせをきいたとたん、言下に断ったらしい。ホテル住まいにも、収入にも母はなびかなかった。ただマーフィールドにずっといたい、それだけだった。

母の判断について熟考し、わたしが出した結論は、唯一暮らした土地にいる安心感を手放すのが母は怖かったのだろうということ。だが、この逸話で最も驚くべきは、父が母の意志を尊重して働き口を断ることに同意をした点だ。それまでの五年間を母とは離ればなれに暮らし、父はひとりでうんとうまくやってきた。ロンドンでの生活は、可能性に満ちた安定したものになっただろう。双方納得すれば、母抜きで生活し、北の家族に仕送りをする手はずも可能だったはずだ。マーフィールドでは反対に、父の未来はまったくの不透明だった。キャム・レーンの過去五年間をずっと、愛情深い母親とふたりのこどもだけで暮らし、そして通りの向かいにはおばとおじが住んでいた。わが家の空気が変化しはじめたのがいつかは特定できない。何十年も分析し、一九八〇年代初頭になってやっと、こども時代に経験した暴力、恐怖、恥、罪悪感を理解し、折りあいをつけられた。最初に踏みだす最も重要なステップは、それらが起きたことを完全に自分に認めることだった。それにもかかわらず、「あれは何年何月の土曜の晩だった」といえるところまではとうてい達していない。それはいまだに埋もれたままだ。わたしにわかるのは、五歳の自分はしごく幸せだったということ。七歳になるころには、もはやそうではなかった。

第二章

ある日のボトム・フィールドで起きた事件が、わたしを震えあがらせた。仲間とボールを蹴って遊んでいたら、一匹のリスが木の枝を駆けあがった。一同は驚いて蹴るのをやめ、小動物をにこにこしながら観察した。リスはこの界隈では珍しかったのだ。すると、年上の少年が大声をあげながらこちらへ歩いてきた。何をみているのか知りたがるので、木の上の小さな生き物を指さす。そのとき、少年が空気銃を持っているのに気がついた。銃を持ちあげて構える。「やめろ!」と叫んだが、遅すぎた――少年は引き金を引いた。命中したと思うと、リスが幹を滑り落ちはじめた。木の皮に爪を立て、つかのま落下がとまる。だが、もちこたえられなかった。必死に幹を引っかきながら、リスはどんどんずり落ちていき、小さな音とともに草の上でこときれた。

わたしはきびすを返してその場から急いで逃げだし、壁を越えてキャム・レーンのうちまで走った。乱暴に玄関のドアを開けてなかに入ると、工場から帰ったばかりの母と鉢合わせ、母が驚いてわたしをみた。母に腕をまわし、わたしは声をあげて泣いた。そのうち少し落ちつき、目撃したことを話した。それが、生き物の死を目にする初めての経験になった。母はわたしをしっかり抱きしめて落ちつかせ、涙をぬぐった。とはいえ、わたしはひ弱なこどもではなかった。そんなぜいたくは許されなかった。このあたりの遊び場では、タフでなければいじめの対象になる。ときにはわたしがいじめっ子になったこともあり、今日にいたるまで後悔している。クラスに手の不自由な子がいた。骨と皮の小さな拳に短い指が三本だけついている。われわれはその子をとり囲んで暴力で脅し、石壁に手を打ちつけて血が出ないか試させた。残酷な楽しみのためだけに。男の子がいわれたとおりにして満足したわれわれは、砂利道に突き倒して笑いながら走っていった。深い恥の念とともに、あの行為を覚えている。

だが、リスの一件はわたしの、より思いやりのある側面に訴えかけたに違いない。改めて思い返せば、リスの死が涙を誘ったのではなく、木にしがみつこうとした必死の努力に共感したのだ。あわれな生き物の感じていた恐怖を感じとり、それがわたしのなかの恐怖を誘発した。他者の恐怖と感情に自分を投影したこと、それこそがまさに、のちに「演じたい」という欲求につながったのではないかと思っている。

この共感はほどなく、リス事件をなだめてくれた母に対して向かいはじめる。父の帰還の記憶はとくにないが、突然、キャム・レーン十七番地のわれわれの日常に父が入りこみ、兄のトレヴァーとわたしの目には、家にいても父が幸せそうでないのはあきらかだった。

仕事を、これはという仕事をみつけるのは楽ではなかった。重大な責任を担う尊敬すべき人物という、軍で築いたステータスにみあうような仕事は何もない。復員直後の父は、基本的に日雇い労働者だった。側溝を掘り、セメントを混ぜ、トラックから荷を下ろした。命令を与えるのではなく与えられた。のちにはインペリアル・ケミカル・インダストリーズ社がハダースフィールド近郊のリーズ・ロードに建てた巨大な工場で、塗装工として働いた。この職場で吸いこんだ何らかの薬品のせいで、父が健康を害したのは間違いない。インドでマラリアの熱発作を二度起こした父の肺はすでに弱っており、仕事から帰ると、作業着を脱ぐ前にいやな臭いを発散させていた。

逆に、母は製織工場の仕事を非常に誇りにしていた。一度だけ職場へ行ったことがあるが、ガチャンガチャンうるさい音を立てる機械と染料と蒸気で気が休まらなかった。けれど、すがすがしいとはいえない場所で、母がいかにもすがすがしく支度をはじめ、グレーの綿コートを羽織り、髪をピンでまとめてターバンのようなものでおおう様子を目の当たりにした。真っ当な日々の労働にただ満足しているだけではない。連帯意識、母と女性の同僚たちが互いに支えあう喜びを謳歌《おうか》していた。除隊後の父は単にその感覚を持てずにいた。

一度だけ、父がわたしをぶった。たいして痛くはなかったが、屈辱感がいつまでも残った。デモブ後まもない休日、家族でブラックプールへ遊びに行ったときのことだ。遊歩道を歩いていた父が、青果店に目をとめた。「ちょっとあの店で買うものがあるからお前たちはそのまま歩いてろ。あとから追いつく」と父はいった。まもなく父が戻ってくると、背中にまわした手に何かを持っていた。「パトリック、目をつぶって手を出してみろ」

いわれたとおりにした。何か異質で奇妙な手ざわり、けばだってほんのり柔らかい感触があった。小さな生き物かも。手を引っこめると、それは地面に落ちた。目を開ける。みたことのないものだった。桃だ。ただ、いまでは歩道の上に落ち、衝撃で無惨につぶれていた。

温暖な国々に駐屯したことのある父は、新鮮な果物の喜びをよく知っていた。父のシナリオでは、疑わしげに果物をみながら「父さん、これは何?」とわたしがきく。すると父が「これはな、桃だよパトリック。うまいぞ!」とこたえる。そこでひとくちかじってみたわたしが、こぼれるような感謝の笑みを浮かべる。そう期待していた。だが、息子はドジを踏んだ。

父はカッとなった。わたしの頭を思いきり平手ではたいた。遊歩道は人の往来が多く、父がわたしを叩くのを大勢がみた。仲裁に入る者はおらず、代わりに咎《とが》めるような目つきを浴びせた。わたしはといえば、体はなんともないが心は恥でいっぱいだった——父を失望させたことと、他人に注目されたことの両方で。

父との生活のすべてが悪いわけではなかった。遊び好きの、一緒にいると楽しい相手にもなり、とりわけインドに駐屯中、輸送機から降下した話をきくのは最高だった。英霊記念日には町の公園でやる追悼行事にいつも連れていってくれ、その日の父はブレザー、白いシャツ、レジメンタルタイといういでたちで、勲功章も八個ばかりつけていた。わたしは勲章を眺めるのが好きで、持たせてくれたときは大切に扱った。リボンのひとつに、小さな樫の木の葉のブロンズピンがついていた。父の説明では「勲功者リストに名前が載り」、つまり上官が作戦行動後にあげる報告書で父の軍功を特記し、それを賞して授与されたのだという。

一九四五年七月、わたしが五歳になる一週間前、英国が戦後初の選挙を実施し、労働党党首クレメント・アトリーが勝利をおさめ、ダウニング街十番地からウィンストン・チャーチルを追い出した。父は生涯熱烈な労働党支持者だった。地元の投票所に一緒に連れていかれ、そこはたまたまわたしの通うリー・グリーン幼児学校だった。父がわたしに仕事をいいつけた。校舎で父が投票しているあいだ、わたしはほうきの柄に段ボールを釘打ちしてつくったプラカードを持って、歩道を行ったりきたり行進する。段ボールには「労働党―ミスター・ポーリングに投票せよ」というスローガンが書かれていた。ミスター・ポーリングは地元の選挙で父がひいきにしている候補だ。前の晩、行進しながら唱えるスローガンを練習させられた。「投票せよ、清き一票をミスター・ポーリングに／彼以上に適任なし／われらの味方ミスター・ポーリングを勝たせる力がわれらにはある／彼が闘いつづける限り」。少々矛盾した論調だな、といまさらながら気づいたが、当時は筋が通ってきこえた。

いいつけどおりに行進してスローガンを唱え、プラカードを頭上に掲げる。振り返ったら、仏頂面の警官が進路前方に忽然《こつぜん》と立っていた。「きさまはいったい何をやってるんだ?」と警官が叫んだ。「おい、こっちによこせ」。ほうきの柄をとろうとしたが、わたしはかわしていった。「やるもんか、これはおれのだ!　父さんに頼まれたんだ」

「この生意気なくそがきめ、思い知らせてやる!」と警官がいい返し、手を上に振りあげて頭をはたこうとした。当時の警官には、世間的に許されていた行為だ。その瞬間、校舎から出てきた父が状況をみてとった。外出用に連隊付き曹長の制服を着ていた父は絵のように立派だった。警官が手をおろした。「覚えとけよ」とわたしにささやく。それからわたしを父に渡し、さっと敬礼した。

何年も経ち、父の死後まもなくマーフィールドの地元のパブ〈ザ・プロウ〉で飲んでいたときのことだ。見知らぬ老人が近づいてきて、一杯おごってくれないかとねだった。「なあ、おれはあんたの親父さんを知ってたぜ。最近亡くなったんだってな。一緒に戦争に行ったが、そりゃあたいした御仁だった。仲間から一目置かれてたよ。えらく尊敬されてた。教えてやるが、親父さんが練兵場を歩けば木にとまった鳥さえさえずるのをやめたもんさ」

　勲章は父になぐさめとノスタルジアを与えてくれたが、戦後の暮らしを満足させる力はなかった。ある時点で、父は「週末アルコール依存症」といわれる存在になった。仕事のある平日は父は一滴も飲まず、月曜から木曜の晩は比較的平穏に家で過ごす。だが金曜、土曜、日曜は……気をつけろ。

　いつもの入浴とえりあしのひげそりをしたあと、父はパブか労働者クラブに出かけた。そこでは仲間と思い出話に興じ、スヌーカーやダーツやドミノをした。そしてひどく酔っ払う。エールが定番——強い酒は好まなかった——だが、おお、酒が入るとおそろしいほど残酷になった。

　トレヴァーとわたしはいつも父が帰宅するころにはベッドに入っていたが、眠りはしなかった。父の帰ってくる足音がしないか、きき耳をたてていた。よく、歌いながら戻ってきた。「アイル・テイク・ユー・ホーム・アゲイン、キャサリン」みたいなロマンチックなバラードなら、吉兆だ——センチメンタルなムードに浸り、暴れる気配はない。だが軍歌であれば、荒《すさ》んだ気分とともに家に帰り、けんかを求めている。ときにはすでにひと暴れしてきた——少なくとも一軒のパブでけんか騒ぎを起こして出入り禁止にされていた。

　母は必ず父を待っていた。それは賢いことだった。もし帰宅時に寝ていれば、即もめごとを意味した。いつ父が帰ってもいいように起きていて、スナックとお茶で父の怒りを少なくともなだめる用意をしておく。しかし、父の機嫌を直せる手だては何もない夜もあった。ささいな理屈をつけては怒った。やれサイドボードの何かの置き場所が違うだの、椅子を動かしただの、食事がうまくないだの。母は料理がうまいほうではなかったが、それは問題ではない。父はいまの境遇に腹を立てており、エールに怒りを焚きつけられ、すべてを母にぶつけた。

ことばによる虐待だけで、しばしばじゅうぶんひどかった。だが母がとほうにくれていい返すと、今度は矛先を体に向けた。トレヴァーとわたしは進行状況を監視するシステムを確立した。階段を忍びおり、居間に出るドアのうしろに静かに座る。階段はちなみに、冷たいむき出しの石造りだった。父に与えられた罰のひとつを覚えている。兄のした何かが父の不興を買い、罰として階段にドリルで穴をあけ、踏み板をとりつける下準備をさせられた——断っておくと電気ドリルではなくハンドドリルを使い、何ヶ月もかけて格闘していた。

階段の上に一緒に腰かけ、トレヴァーとわたしは身を寄せあっておそろしい物音から互いを守った。父が母をぶっている。平手打ちのときもあれば、握り拳のときもある。いつも、頭部を狙った。

思い出すだにいまだ信じられない。こともあろうにどうしたら母に暴力をふるえるんだ？　どうしたら暴力をふるうのが、こともあろうに父なのか？　そんなときは父を憎んだ。同じ屋根の下で暮らさなきゃいいのにと願った。どうか出ていってくれ、ある日目覚めたら父が死んだという知らせがきますように。金曜夜の悶着《もんちゃく》をいやになるほどみてきいていくうち、両親のリズムに慣れてきたある晩、トレヴァーとわたしは母の盾になった。父がいよいよ暴力に訴えそうだと察すると、居間に走っていって懇願する。「だめだ、やめて。母さんをぶたないで！　母さんをぶたないで！」ときには拳を振りあげ、力をこめて握りしめる父の前に、トレヴァーは割って入った。

するると、最も奇妙なことがこの仲裁のさなかに起きた。呪文がとけたかのように、父がゆっくり腕をおろしたのだ。そして背中を向けると、服を脱ぎはじめた。黙って、ゆっくり。ズボンを脱ぎ、注意深く折り目に沿ってたたみ、金属製のハンガーにそっとかける。まるで状況を正すために、軍の訓練を実践しているみたいだった。いっぽう、わたしは母を抱きしめ、母はわたしに腕をまわしてすすり泣いた。

トレヴァーが十八歳で英国空軍に入隊したとき――間違いなく父から逃げだしたい一心で――母の援護者はわたしひとりになり、両親のあいだに立ちはだかるトレヴァーの仕事を引きついだ。幸い、最悪の暴力沙汰が起きたときトレヴァーはまだ家にいた。一度、父がビアマグで母の頭を激しく殴りつけ、床に倒したのだ。トレヴァーとわたしが駆けつけたとき、母はひどく出血し、意識がもうろうとしていた。トレヴァーはおとなりのディクソン家に助けを求めに走り、リジー・ディクソンが電話のある近所の家に飛びこんだ。彼らは救急車を呼び、警察も呼んだに違いない、警官がひとり、戸口に現れた。

儀式をはじめ、ばか丁寧に服をたたむ父を、警官はけげんそうに見守った。しかし、警官はわれわれの味方ではないと、すぐに悟った。救急医が母に気つけをして傷を手当てするあいだ、警官は母をたしなめた。父ではなく、その場をとりつくろうために。「スチュワートの奥さん、ご主人を挑発するような真似をしなすったんでしょう」。そう警官はいった。「けんかはふたりでするものですよ」。父はお咎めなしだった――家庭内暴力がまじめに扱われる以前の当時では、ごくありふれた結末だ。ここで時間をとって、リジー・ディクソンに感謝を捧げる必要がある。しかり、彼女はわたしが女の子と防空壕で一緒にいるところをみかけてお説教をたれた女性だ。だが、何よりリジーは強くて真っ当な、情に厚い人だった。母同様に工場で働くディクソン夫人はギリギリの生活というものを知っており、父の無茶な飲み代《しろ》に腹を立てていた。ビールは安い。たぶん一杯一シリングだったが、わが家は一シリングの無駄づかいもできなかった。

だが、ディクソン夫人がキレたのは、母に手をあげたことに対してであり、リジーはわが家の内情に通じていた。両家を隔てる壁はとても薄い。ある夜、父がまたもやけんかを煽っているのを耳にした夫人の堪忍袋の緒が切れた。うちの家の玄関からすっとんでくると、父が母を殴ろうとしている。体格のよいディクソン夫人は袖をまくりあげ、拳を父の鼻の下に当てた。そしてゆっくりと、だがはっきりこういった。「さあ、アルフ・スチュワート、わたしを殴ってごらん。どうなるだろうね」。父はリジーをみつめ、背中を向けると庭に出ていった。ディクソン夫人は母をいたわるように腕をまわしていった。

「グラディス、今度亭主が手をあげたら、わたしを呼びな。おやすみ、おとなりさん」

両親は一度も別居しなかった。ときとともに父の怒りはおさまっていき、手をあげるのをやめた。わたしがすっかり屈強な少年に成長したのも不利な要素にはならない。年のわりにガタイがでかく、すじのいいボクサーだった。ボクシングをしたのは十代なかばの一年間だけだったが、負け知らずだった。父のほうはインド駐屯中にボクシングをしていた。わたしのどこかで、あらゆる状況に反して父を真似たいと思う部分があったのかもしれない。最後に出た試合はトーナメント戦で、友人の、わたしよりさらにひとまわりでかいフレッドと対戦した。だが実力伯仲、わたしのくりだした右アッパーカットがフレッドを捉えた。鼻からたちまち血が吹きだしてフレッドとわたしとリングマットに飛び散る。レフェリーがフレッドの鼻を調べて折れていないのを確認したが、試合は即時中止になった。二度と試合には出なかった。わたしに期待をかけていた体育の教師はがっかりしていたが。マットの血がまざまざと、わが家で同様な光景を目にした記憶を想起させたためだと思う。

その日の遅く、父は結果をききたがった。フレッドの鼻血のせいでレフェリーが試合をとめたこと、ボクシングはやめることを話した。簡単だった。父の反応は予想外だった。顔が和らぎ、肩に手を置く。父にはまれなジェスチャーだ。何もいわなかったが、わたしの選択を理解して受け入れたのはよくわかった。

あの瞬間を思い返すと、もの悲しい気持ちになる。ボクシングをやめたせいではなく、父とのあいだに心の通じあう対話が成立したことに気づき、もっとできればよかったのにと、いまにして思うからだ。男同士腹を割って話し合う機会が父の他界する一九八〇年以前にあったのに、一度も実行しなかった。父は応じてくれただろうか？　わかる日はやってこない。

父に対する感情ときちんと対峙《たいじ》するのに何十年もかかった。六十歳の坂を越えてからやっと、こども時代に目撃して耐えてきたことをおおやけに認められた。とうとうそれができたとき、わたしは自分の立場を利用して家庭内暴力への世間の関心を高め、そのようなおそろしい試練をくぐり抜けた離婚女性とこどもを支援する英国の団体Ｒｅｆｕｇｅへの寄付と注目集めに尽力している。

父が「愛している」というのをきいたことは、一度もない。里帰りをして引きあげるときや、電話を切るときにさりげなく口にすることすらしなかった。ごく最近になって、やっとその事実に気づいた。それは、いまや長寿フランチャイズとなった「スター・トレック」の（当時）最新シリーズとなる「ピカード」（二〇二〇・二〇二二・二〇二三）の記者会見に、クリンゴン人士官役のマイケル・ドーンとともに出席したときだった。マイケルは六フィート三インチの偉丈夫だが、素顔は優しくて茶目っ気たっぷり、無口で軍人タイプの役柄とは正反対の男だ。彼とは三十五年来のつきあいになる。インタビューを切りあげ、つま先立ってマイケルを抱きしめてこういった。「マイケル、愛してるよ」。静かにマイケルが返した。「愛してますよ、パトリック」

そのフレーズを軽々しく用いる人間ではわたしはないが、このときはするりと口から出た。母に対しても同じく、いつも愛していると伝えていた。けれど戦後のイングランドでは男同士がおおっぴらに口にすることはなく、父に関する限り、どちらにしろ「愛」は語彙《ごい》に入っていなかったかもしれない。

わたしのように問題のある家庭に育った者が、演技に惹かれる理由を思いつくのに別に心理学の博士号はいらない。舞台の上という安全な、実生活から逃避できる空間で別の人間になり、別の時間と場所を生きられる。

だが、そのような天職を夢にみようとすらする前、わたしは音楽と映画、とりわけアメリカのものならなんでも好きな、ただの貧しい英国人のこどもだった。父はラジオでボクシングの試合中継をきき、ニューヨークでやる試合のうち、なかにはマディソン・スクエア・ガーデンという、壮大な響きの会場で行われるものもあった。トレヴァーとわたしは、一階のラジオに接続された小さなスピーカーから流れる中継をベッドのなかできいた。ジョー・ルイスがひいきのアメリカ人ボクサー、ブルース・ウッドコックがひいきの英国人ボクサーだ。われらスチュワート兄弟で試合を再現し、ラジオの解説者の声音《こわね》を真似た。

土曜の朝になると、トレヴァーとわたしはBBCの音楽番組「チルドレンズ・チョイス」に熱心に耳を傾けた。番組は、ニュースのあとの九時五分にはじまる。平日が「ハウスワイヴズ・チョイス」で、女性のリスナーから送られたリクエスト曲をかける。主婦向けは週に五日あった。われわれこども向けは一日だけ。家にレコードプレイヤーはなかったので、自分の選んだ曲をきく手段はなかった。兄とわたしは土曜の朝を大切にし、朝食がすむとパジャマのまま二階に駆け戻り、小さなスピーカーで番組をきいた。

「チルドレンズ・チョイス」のレパートリーはきわめて限られており、曲の多くが繰り返しリクエストされ、それはつまり、トレヴァーとわたしがそらで歌えるようになったことを意味する。カウボーイの歌には格別心を奪われ、まぶたに浮かぶアメリカ旧西部の風景は、世界でいちばんロマンチックで楽しい場所に思えた。「おいらは老カウボーイ」「ラレード通り」「ゴースト・ライダーズ・イン・ザ・スカイ」「ウーピー・タイ・イー・ヨー」——今日この日まで、そらで歌える。

けれど映画は――いまでは母が選んでくれる。母は映画館に行くのが好きで、それはわれわれの階級にも手が届くぜいたくだった。マーフィールドには〈ヴェール〉と〈リーガル・パビリオン〉の二軒の映画館があり、家から歩いて二十分の距離だ。地元以外ではデューズベリーの町に五軒、ハダースフィールドの町に三軒あり、どれもバスに乗ればさして遠くはない。

とはいえ、初めて母と息子で映画をみに行ったときは、悲惨だった。映画のタイトルは『ザ・ハンド（*The Hand*）』だったと記憶しているが、映画ガイドには『五本指の野獣（*The Beast with Five Fingers*）』〔一九四六・日本劇場未公開〕の題で載っている。より無害なほうの題だったとしても警告の役目を果たしたはずだが、母はあまり直観的でも詮索好きなたちでもなく、気軽にわたしを映画館へ連れていくと、なんと切断されて命をもった何者かの手に主役のピーター・ローレが苦しめられるホラーだった。おどろおどろしい劇伴の響きわたるなか、跳梁跋扈《ちょうりょうばっこ》する手が人々の首を絞めてまわる。母もわたしも、耐えきれずに上映途中で劇場を出てしまった。

だが、ふたりは不意打ちの恐怖を克服して映画に通いつづけた。ウォルト・ディズニー映画、ドリス・デイのミュージカル、ランドルフ・スコットの西部劇。イングランドの片隅の外で営まれる人々の暮らしを、アメリカ映画のなかに、たとえ理想化された姿とはいえ垣間みていた。青々とした芝生が住宅街の通りまでのびる光景をみた。わが家のシンダー敷きの庭とはえらい違いだ。新聞配達の少年になり、歩道沿いに自転車を漕いで、バッグから出した新聞を、ぴかぴかの真新しいアメ車のとまるドライヴウェイに放り投げたくてたまらなかった。

車ひとつとっても、わたしのような未来のカーマニアを魅了した。両親は運転を習ったことはなく、ましてや車の所有など、およびもつかない。近所では一軒だけが自家用車を所有していた。一九三〇年代製造の、堂々たる四人乗りジャガー。奥さんが運転する姿をよくみかけた。ご主人は何らかの要職についており、奥さん自身、〈メゾン・ヴァレリー〉という名前の美容室を経営していた。車は大きくて車内が広々しているのをわたしは知っていた。自分で運転したことこそないものの、後部座席で店名の由来になった夫妻の美しい娘、ヴァレリー嬢といちゃついたことが一度だけあるからだ。

映画の趣味がもっと洗練されるにつれ、ひとりで映画館に足繁く通いはじめた。あのころはそれが唯一、本当にみたい映画をみる手段だった。映画代を稼ぐため、あっちやこっちで御用ききをした。ご近所のドアをノックして「何かご用はありませんか、どんな野暮用でも構いません」ときいてまわるのを、恥ずかしがったりしなかった。時間にもっと余裕のある週末には、ＵｂｅｒＥａｔｓの前身のような商売を考えついた。金曜の朝、フィッシュ・アンド・チップスの注文を各家庭からとる。その日の午後、フィッシュ・アンド・チップスのスタンドの列に並ぶわたしをみると、店員からうめき声があがった。山ほど注文するのを知っていたからだ。夕食を届けに近所に戻り、買い出しと配達のつつましいサービス料を回収した。

初めて繰り返しみたいと思った映画は、十四歳のときに公開された『波止場』〔一九五四〕だ。最初はひとりで、月曜の晩にみた。友だちとわたしには、母親同伴じゃないときに映画館に入りこむやりくちがあった。列に並ぶカップルかひとり客に声をかけ、代金を出してこども料金のチケットを買ってもらい、劇場に一緒に入り、そのあと見知らぬ協力者とは別れる。ふたりのこどもを利用しようとするおとなにひとりも会わずにすんだのは奇跡だ。

最初、『波止場』が白黒映画だとわかるとがっかりした。一九五〇年代のテクニカラーが好きで、映画の未来はそっちにあると思っていた。けれど席を立たないでよかった。『波止場』はわたしをぶっ飛ばした。あの映画をみるまで、自分や家族のような人間の出てくる映画に出会ったことがなかった。ブルックリンに住んでもいなければ港湾労働者でもなく、地元に波止場もなかったが、登場人物と彼らの境遇に自分自身と重なる部分があった。みすぼらしいアパートメントに住み、所有物はたいしてない。苦労して糊口《ここう》をしのぎ、毎朝桟橋に列をつくっていつもあるとは限らない仕事にありつこうと淡い期待を抱く。

映画の最後のセリフ、港湾労働者がいう「ようし、さあ仕事だぞ」はいつまでも頭に残った。マーロン・ブランド演じるもとボクサーは、リー・J・コッブ率いる組織に牛耳《ぎゅうじ》られた組合ボスの策略に打ち勝つ。映画の結末となるその見返りは、単にみんなに仕事が行き渡り、日当を受けとるだけだ。わたしには理解できた。

その週の水曜日と金曜日に『波止場』をもう一度みに戻った――週に三度。有名な、タクシーの後部座席のシーンを飽かずにみた。ブランドが堕落した兄のロッド・スタイガーに「自分だってタイトルをとれた」と鬱憤をぶつける。そのシーンの白眉は、スタイガーがブランドに銃を向けると、ブランドは冷静にそっと押しのけ、兄をあわれんで首を横に振るくだりだ。その瞬間の自然主義と感情的なパワーは、完全には理解のおよばぬやりかたでわたしを打ちのめした。まだ俳優のようなみかたはせず、俳優になろうとは考えもしなかったが、何か特別なものをみているのがわかった。二十年後、初めて出演した『怒りの日』〔一九七五〕というスリラー映画で、スタイガーとの共演シーンがあった――なんと、車の後部座席で銃をスタイガーに向けるのだ。そのときのわたしの心情を想像してみてほしい。

とまれ、演技の前に学校があった。リー・グリーン幼児学校（実際の草地《グリーン》にちなみ、人名にあらず）は家から歩いて十分の距離だ。最初のうちは、母が無理をして学校に送り迎えしてくれた。ところがそれをつづけるには工場での仕事をやめるしかなく、うちにそんな余裕はない。加えて、母は工員仲間との交流を惜しんだ。そんなわけでわたしは六歳にしてひとりで通学しはじめ、その時間を大いに満喫した。

ちょくちょく必要以上に家を早く出ては寄り道する。通学路の途中に精肉店があり、窓ぎわに吊るされている肉の塊に魅了された。部位のわかる肉には格別に。リブがお気に入りで、しげしげ観察しながら自分のあばら骨のあたりを指でなぞる。そのとなりにひづめとスネが――煮沸してストックにするため――吊るされ、キドニー、レバー、心臓とつづく。けれどいちばん魅力的なディスプレイはブタと羊の頭で、生気のない目で窓の向こうからこちらをみつめていた。

ときどき頭と話ができると想像しては、会話をひねりだした。「ブタでいるってどんな気分？ まだブーブーとかメーメーとか鳴けるの？」それから自分でブーブー、メーメー鳴いて、窓を叩き、大笑いする。すると不機嫌な店主ににらまれ、決まって追い払われた。「こら！　あっちへ行け！」

ブタの頭にひるまなかったのは、父が珍味とみなしていたからで、母が年に三、四回父のために奮発した。バケツに入れて持って帰り、でっかい鋳鉄のなべに入れて何時間も煮立てる。それからそのまま皿に載せ、父の前に出す。父は大きなアーミーナイフとフォークを手にとり、型破りな食事をはじめる。わが家だけの風変わりな儀式で、トレヴァー、母とわたしはそれを合図に散歩に出かけ、食べ終えるまで父をひとりにした。フォークに刺したブタの頭を頬ばるところを一度もみたことはないが、食べ残しはほとんどないのが常だった。

この儀式には素敵なおこぼれがあった。父がテーブルを立つと、母が大きなスプーンでなべのなかの煮汁に浮いた脂をすくう。脂をきれいなたらいに移し、地下室に安置しておく。そうやってできたスプレッドをパンに塗り塩少々をふりかければ、おいしいトーストのできあがりだ。このオープンサンドイッチを家族は「ラーディ」と呼んでいた。

トーストのこぼれ話を。わたしはいまでも朝にラーディを一枚食べるのが好きで、ほとんど焦げるまでカリカリに焼き、とろっとしたオックスフォード・マーマレードをつけあわせる。近ごろはもちろんトースターを使うが、こどものころはそんなに簡単ではなかった。トーストをつくれるのは火が入っているときに限られる。だからつくれるときはスライスを厚めにカットして、パン焼きフォーク——頑丈な針金製の三つまたの——を持ってきて、それから火の上にかがみこんでパンを注意深くひっくり返し、両面をこんがり焼く。いまだに、あれが最高のトーストだ。

腹をすかした兵士の熱意をもって食べる。テーブルマナーはわが家で重要視されていなかった。トレヴァーとわたしに課された唯一のルールは、出されたものは残さず食べること。例外は認めない。わたしはこの命令を遵守したが、礼儀作法に注意は払わなかった。何十年もあと、「新スター・トレック」や様々なハリウッド映画の主演をつとめたとき、アメリカ人の仕事仲間はわたしの食習慣の獰猛《どうもう》さに引いていた。シェイクスピア俳優には、いかにも似つかわしくない。三つ子の魂なんとやら……。

　精肉店を過ぎると、高い石垣が延々とつづく。つま先立って毎朝石垣の向こうをみようとした。なぜか？　なぜならその向こうには傾斜のついた牧草地が広がり、はしが〝ha-ha（隠れ垣）〟で仕切られていたからだ。〝ha-ha〟は古いことばで、低くて部分的に沈みこんだ石壁を意味し、草を食《は》む家畜から敷地を守っている（のちにこのことばの語源を、わたしの最初の演技指導者ルース・ウィン・オーウェンから学んだ。ルースはその手の隠れ垣に囲われた屋敷に住んでいた）。通学途中に立ち並ぶ家々は、うちの近所ではまずみかけないたたずまいだった。石造りの大きな三階建てで、広いポーチがあり、高価な車がドライヴウェイにとまっている。ウーズレー、ジャガー、サンビーム。そこに住んでいるところを想像してみた。あんな空間をひと家族だけで使うのだ。住人に知り合いはいなかったものの、なぜかこどもたちが寄宿学校に入っているのを知っていた。

　学校にたどりつく直前、小さな建物を通りすぎる。そこでは男がハードキャンディと、一年に何回かタフィーアップルをつくって売っていた。タフィーアップルの季節には一本を買えるだけ小銭をためて、食べながら下校した。毎回、べとつくタフィーのコーティングをなるべく長持ちするようにゆっくりなめ、じゅうぶん薄くなったらおもむろにリンゴ本体をかじる。たいてい緑色の皮の、おいしいグラニースミスだった。

リー・グリーン幼児学校には三年間、八歳になるまで通った。イングランド教会の付属学校だったため、毎日始業前に祈り、賛美歌を歌い、聖書の朗読をした。クラスの前で朗読する係には一度も選ばれなかった。なぜかは知らない。たぶん父が無神論者だと知っていたのだろう。

とはいえ、ある〝パフォーマンス〟を覚えている。組織ぐるみの辱《はずかし》めを娯楽に変える方法を初めて理解した一件となった。先生が本を朗読中、わたしは退屈していた。母がいつも清潔な白いハンカチを月曜ごとにくれ、一週間それを使った。ハンカチを出してひまつぶしになんとなくかじりはじめたら、みつかってしまった。

「前へ出なさい、パトリック・スチュワート。いま何をやっていました?」と、先生が問いつめる。恥ずかしさのあまり、声が出なかった。「ほら、パトリック。話しなさい」。どうにか小声でつぶやいた。

「ハンカチを食べてました」

「ハンカチを食べていた」と先生が教室中に知らしめる。「みんなに話す気がないなら、やってみせてちょうだい」。しぶしぶわたしはハンカチのはじっこを口に入れた。それから、すごくゆっくり、ちょっとずつ、ぜんぶをふくみはじめる。同級生がクスクスしはじめた。それで、わたしは赤っ恥をお笑いに変えるきっかけをつかんだ。

生徒たちが「ぜんぶ食べろ！　ぜんぶ食べろ！」と合唱する。目が飛びだし、頰を膨らませ、顔が真っ赤になるのを意識しつつ、わたしは任務を完了した。終わると鼻から大きく息を吸いこんで、大きなげっぷとともにツバまみれのハンカチを吐きだすと、だれかの机に落ちた。拍手喝采だった。非常に厳格な先生でさえ、この芸に微笑みを禁じ得なかった。

ハンカチを回収し、席に戻る。だが座る前に、まだはやしたてている同級生に一礼をした。そう、わたしの最初のカーテンコールだ。

八歳になると、わたしは崩壊したクロウリーズ男子校にあがった。「崩壊した」と表現したのは、先生が生徒におびえていたからだ。そんなひとり、ワード先生は無謀にも、クラスの一生徒の態度を大声で叱った。生徒はただ、あざ笑った。ワード先生は間髪をいれずに頰を平手打ちした。その同級生は叫んで教室から飛びだし、一分後、図体のでかい兄を連れて戻ると、兄はすぐさま先生の上着のえりをつかんでツバを吐いた。兄のうしろ盾を得た弟は背中を殴った。

ワード先生が助けを叫ぶ。生徒は全員そのころには立ちあがって目をむいていたが、だれも手を出さなかった。兄はワード先生ののどを締めあげ、仰向けに机に押し倒した。先生は顔が紫色になり、とうとうハイ校長が駆けつけると、兄をひきはがした。兄は自分の教室に戻された。同級生はただ席に戻り、悦に入っていた。記憶にある限り、兄弟にはなんの罰も与えられず、学校に残った。

クロウリーズ在学中、マーフィールドのクォリー劇場の存在を知った。クォリーはすばらしい野外劇場で、以前は実際に採石場《クォリー》だった。天然の石壁を背景に利用し、その前にプラットフォームをしつらえて舞台にした。観客が座るのは土砂と石を掘削してできた大きな窪地で、円形劇場よろしく曲線状の座席の列が、段々にせりあがっている。

劇場は聖公会の修道会、復活修士会《コミュニティ・オブ・レザレクション》の敷地にあった。町で修道士《ブラザー》をみかけるのは珍しくはない。ローブ姿ではなく前がボタンダウンのくるぶしまで届く黒いカソックを着用し、腰に黒い帯を巻いている。修道士は学者然とした優しい男たちで、社会活動にいそしむ点においてカトリックのイエズス会士の同類だと思えばいい。だが、わたしにとって最も重要だったのは、初めて演劇体験をした場所を、復活修士会が提供してくれたことだ。

一九四九年、マーフィールドは町の歴史を主題にした野外劇の祭典開催を決めた。マーフィールドはアマチュア俳優の宝庫であることを断っておく。町に点在する教会とチャペルの多数が定期的に劇を上演し、クリスマスにはパントマイム、つまり英国の伝統的な音楽と喜劇のクリスマス・レビューをやった。英国の慣習により、チャーミング王子の役はいつも若い女性が演じ、コミカルな〝デイム〟役は女装した男性が演じた。野外劇に参加するためのしきいは低く——単にボランティアになればよく、それでわたしはボランティアになった。わたしに振られた小さな役は劇の冒頭、中世時代の場面に登場する。端役ではあったがトム・オタウンゲートという名前の、威勢のいい登場人物だ。

野外劇で体験したすべてが最高だった。稽古、ドレスリハーサル（ゲネプロ）、たった一度きりの午後五時の本番。演出したのがだれかは記憶にないが、指示どおりにできるだけうまく演じようとしたのは覚えている。年若い出演者のなかには稽古中にやたら神経質でシャイになり――そして本番直前にはすっかりあがってしまう者がいて、理解に苦しんだ。

舞台恐怖症は幸いにも、わたしには無縁の悩みだった。ちょっと脱線させてもらおう。これまでの役者人生で、ちらりとおそれを味わったことが三度だけある。一度目は、真っ暗な舞台に立ち、スポットライトがわたしを照らすのを待っていたときだ。照明をきっかけ《キュー》にわたしのセリフ、「はじめからはじめよう」を発する。それはブリストル・オールド・ヴィック・シアター・スクールの二年目、ディラン・トマスの傑作『ミルクウッドのもとに』のナレーター役を振られたときだった。

二度目は一九九八年のハリウッド・ボウルで、譜面台のうしろに立っていたとき。交響楽団がスティーヴン・ソンドハイム作詞・作曲のすばらしい『スウィーニー・トッド』から、胸騒ぎのする序曲を演奏していた。コンサート用に編集されたこの演目でわたしはタイトルロールを演じ、リン・レッドグレーヴがラヴェット夫人を演じた。ふたり芝居で、オーケストラがスウィーニー登場の導入部を力強く演奏するあいだ、わたしの心臓が早鐘を打った。

三度目は二〇〇九年、イングランドのマルヴァーン劇場の舞台袖で、サミュエル・ベケットの戯曲『ゴドーを待ちながら』の照明が明るくなるのを待っていたとき。よき友人のイアン・マッケラン扮するエストラゴンが、セットの壁を乗り越えて舞台中央によろめき出ると、床に座りこんでブーツの片方を脱ぎ、「なにやってもダメ。（『新訳ベケット戯曲全集1　ゴドーを待ちながら／エンドゲーム』岡室美奈子訳、白水社、2018）」という。そのセリフが、わたしのキューだった。

いまになって、みっつの経験に共通する点に気づいた。『ゴドー』の数秒をのぞき、どれも舞台に出ずっぱりなのだ。

しかし、マーフィールドの町興し野外劇の最中にそんな心配はしなかった。一回だけの上演が終わると、悲しすぎて泣きそうになった。何かがわたしに起きた。クォリー劇場の舞台で経験したことをもっと何度も何度も味わいたくなった。そのすぐあと、別の機会が訪れた。地元の教区教会が、クリスマスの時期にパントマイムを上演する。兄が登録したとき、わたしもした。

クリスマス・パントマイムの主催者はトレヴァーを大歓迎したが、わたしはお呼びではなかった。兄のほうが歌がうまく、演技がうまく、ずっと見栄えがよかった。わたしの演技経験は町の野外劇のみ。だがトレヴァーがうまいことわたしをねじこんだ。わたしはジョン・ブル役、英国人を象徴する架空の人物で、アメリカのアンクル・サムの親戚だが、もっとでっぷりして、たいていユニオンジャック柄のウェストコートを着ている――痩せっぽちの九歳の少年が演じるにはいささか無理があった。セリフはふたつしかなかったが、野外劇同様にすべての瞬間を愛し、今回は豪勢にも、三回もの上演があった。順調な滑り出しだ。

クリスマス・パントマイムの直後、わたしは教会の聖歌隊のオーディションを受けた。兄は数年来の優秀な聖歌隊員で、祭壇の両側、南側《ディケイナイ》と北側《カントーリス》に分かれて座るために振りわけられた隊の、いっぽうのリーダーに選ばれた。われわれの教区のセント・メアリー教会はマーフィールド規模の町にはきわめて異例なことに、聖堂並に大きかった。聖歌隊の名指揮者アロット氏が、箱に似つかわしい壮麗な聖歌隊に育てあげた。実際、イングランドの教会聖歌隊ベスト12入りをするほど高く評価され、それが十一歳のとき、《1951フェスティバル・オブ・ブリテン》の一貫としてロンドンでわたしが歌うことになった理由だ。

トレヴァーと違い、わたしはできのいい聖歌隊員ではなかった。兄にはいい恥さらしだ。それでも、わたしは楽しんだ。クリスマスの時期はとりわけ、ヘンデル作「メサイア」の「ハレルヤコーラス」を、全身全霊で歌った。隊には入隊式もあり、それもすごくおもしろかった。教会の裏手にある墓地のはしっこには節くれだった古い樫の木が立ち、「悪魔の木」と呼ばれていた。幹が根元近くでぱっくり裂けていて、男の子たちが体をよじってもがけばなんとか割れ目を通り抜けられた。聖歌隊に新入りがくると、火曜日の晩の初めての練習後、全員でその少年をつかまえて両腕をうしろ手にして縛り、釘を何本か生やした棒で新入りをつついて木の穴を通り抜けさせる。もし叫んだら、もっと強くつついてやると脅した。やってみると、これは楽しい余興だった。だが、ひとりかふたりの子にとっては違った。

親にいいつけ、ある火曜日の晩、アロット氏がこの儀式はおしまいだと宣告した。

ロンドン旅行からしばらくして、わたしのアルトの声がひび割れた。しばらく歌うのはやめて、テナーかバリトンかバスのどのパートに声変わりするかはっきりするまで待ったらどうかとアロット氏がアドバイスした。本音は、わたしにやめてほしかったのだと思う。聖歌隊には戻らなかったので、きっと喜んだことだろう。

母は教区教会に行くのが好きで、とりわけ聖歌隊員の息子ふたりと一緒に行くのを好んだ。それだけに、ホール教区牧師がひどい俗物で、クリスチャンの風上にもおけない輩《やから》だったのを思い出すと、苦々しい気持ちでいっぱいになる。牧師は確かオックスブリッジ出身で、教会の向かいの巨大な家に家族と住んでいた。礼拝後、牧師が教会の扉に立って出ていく会衆にあいさつする。だが、何度も目撃して不快だったのは、ホール牧師は裕福か、社会的地位の高い教区民にだけ時間を割いていた。幾度となく母は手を差し出して「ありがとうございます、牧師さま」といった。ホール牧師は完璧に無視した――または母が近づいていくとひるみ、まるで卑《いや》しい女工の手を握ると何かが伝染《うつ》るとでもいわんばかりだったこともある。われわれ聖歌隊員があの男をつついて悪魔の木をくぐらせられたらいいのに、と願った。

クロウリーズの最終学年では、〝イレヴン・プラス〟と呼ばれる国が定めた試験を受ける決まりだった。これは一日がかりの疲れる行事で、英国人の大勢のこどもの将来を決めるのに大きな役割を果たしていた。事実上の選別システムであり、どの生徒がグラマースクールにあがれる学力があるかを見きわめる。金持ちがわが子を入れる私立の寄宿学校のつぎに、グラマースクールは英国の中等学校で最も審査が厳しい。ほかの選択肢には、こどもの大半が押しこまれる新中等学校と、学業ではなく技術を学ぶテクニカルスクールがある。

わたしはイレヴン・プラスに受からなかった。

そこにいたる経緯については家族の議論の的だった。トレヴァーの説では、わたしは試験を受けて落ちたとなる。だがそれは違う。わたしはイレヴン・プラスで起きたことの次第を、鮮明に覚えている。真相はこうだ。

五月のうららかな春の日。試験は一日がかりのため、母が工場に出勤する前に弁当を包んでくれた。

父はそのとき従事していた仕事に出かけたあとだ。母が出かけてすぐ、学校まで十分の道のりを歩きはじめた。

クロウリーズ男子校が視界に入る直前、T字路がある。右に五十ヤード行くと、学校の校庭入り口だ。左は静かな田舎道がつづき、半マイルほど緩やかにくだったあと、デューズベリーとハダースフィールドのあいだをカルダー川沿いに走る、交通量の激しい本街道に出る。

この日、魔が差したわたしは、左を選んだ。

本街道を渡って丘をくだり、鉄橋下をくぐってから川沿いを歩く。川に面したパブを通りすぎ、また左に曲がり、谷の南側をのぼった。そこからはマーフィールド・ゴルフクラブがみえる。スチュワート一家のような者には門戸を閉ざしたお高くとまった場所だ。ほかには石造りの大きな家が二軒、最後にブルーベル・ウッドをみはらせた。その一帯は、名が体《たい》を表して実際に林《ウッド》があり、春にはブルーベルがびっしり実る。お気に入りの場所で、何度も訪れた。ひとりで、家族と一緒に、学校の仲間と一緒に。数年後には、ガールフレンドを連れていった。

ブルーベル・ウッドからはマーフィールドのパノラマ風景を一望できた。町全体が北と西に広がっている。学校の屋根がみえ、校庭の生徒たちさえみえた。天気は完璧な五月、お気に入りの道を二時間歩いて腰をおろし、石垣に寄りかかって弁当を食べながら眺めを楽しんだ。ちょっとだけ昼寝までした。この日をこども時代のいちばん楽しい一日として記憶している。自分へのすばらしい贈りもののように。

とはいえ、キャム・レーンに戻る道順は、注意深く練る必要があるとわかっていた。同級生のだれにも、もっと運が悪ければ先生方に会いたくなかった。遠まわりにぐるっと円を描くルートをとって家に戻る道中、幸い知った顔に会わずにすんだ。正面玄関を開けたとき、母がひとりでいた。すぐにこうたずねられた。「お帰り、どうだった?」できるだけさりげなく、「うん、うまくいったよ。おやつは何?」と返事をした。それで終わりだった。

驚いたことに、試験をすっぽかした影響はわずかだった。つぎの日学校に行くと、担任の先生が昨日どこにいたのかときいた。いいわけをすると、午後に一緒にうちにきて、両親と昨日のできごとを話し合った。日を改めて試験を受けてはと提案される。けれど、結局親はわたしに無理強いはせず、試験は受けずじまいだった。学力試験をサボった罰も受けなかった。

両親はそれほど教育熱心ではなかった。わたしがグラマースクールに行こうがどうしようが気にしなかったと思う。それどころか、ひそかに安心したかもしれない。イレヴン・プラスに受かったら、確実に金がかかるからだ。自費で購入しなければならない制服、競技服、体操用の服、教科書、サッチェルバッグ代はばかにならず、そんな金はなかった(ちなみに、俳優仲間で世代の近いトム・コートニーは、ヨークシャーのやはりつましい家庭の出身だ。わたしと違ってトムはイレヴン・プラスに受かり、グラマースクールに進学している。トムのすばらしい回想録『*Dear Tom*』〔二〇〇〇・未邦訳〕で、親は制服とおそろいの帽子しか買えず、おばが学校のスカーフ代を払ったとのくだりがある)。

いまでも疑問に思うのは、なぜ狡猾かつ気まぐれに、進学の機会にみずから背を向けたかだ。将来が開けるチャンスだったかもしれないのに。

おそれたのかもしれない——自分が劣っているという証拠をつきつけられて生きていくことになる可能性を。自分を守ろうとしたのかもしれない、落ちこぼれの烙印を押される精神的苦痛から。そのいっぽう、当時の暮らしのような未来を求めなかったのは確かだ。目の前を素通りし、自分の爪痕を残せない世界で生きるのはいやだった。

そんないりくんだ感情を、俳優業をはじめて最初の二十年ばかりはずっと抱えてきたが、それが完全に悪いわけでもなかった。その葛藤が、自己鍛錬と強固な意志をもたらした。確かに、失敗への恐怖に足もとをすくわれて、チャンスをつかみ損ねることもあった。だがそれ以外はわたしに動機を与え、貪欲にした。父は勤勉と献身を通してとるに足らない男から連隊付き曹長へと変貌した。同様の決意が、わたしにキャリアのはしごをのぼらせつづけ、働きづめの、引く手あまたの俳優にした。

グラマースクールについては、いちばん近い学校がキャム・レーンから歩いていける距離にあり、通学は楽だった。だが、それが最大の利点だとすれば、じゅうぶんとはいえない。いまにして思えば、わたしはかなり怖じ気《おけ》づいていた。あの学校との因縁は深い。グラマースクールの運動場と競走用トラックはクロウリーズ男子校の校庭とは塀を隔ててとなりあっていた。そこの生徒はわれわれとは違ってみえた。お高くとまり――その印象は、道で鉢合わせた際に裏づけられた。一度ならず、ほかのクロウリーズの生徒同様集団で襲われたことがあり、グラマースクールの少年たちはわれわれ、そこへ入れるだけツキのない者をあざけった。たった一度だけ、芝居をみにキャンパスに足を踏み入れたことがある。わたしは白い目でみられ、指をさされ、少年たちが互いにひそひそうわさしあうのがみえた。

面と向かって「ここで何をしてやがる？　もといた場所へ失せろ！」と、あからさまに口に出す者がいなくとも、空気を感じとった。キャム・レーンの住人でグラマースクールにあがった者はいない。そこは所属したいコミュニティではないと知っていた。

それに、正直グラマースクールに行っていたら苦労したはずだ。読書は得意であれ学業としてではなく、学級での評価は低く、落ちこぼれだった――おそらく、スポーツをのぞいては。十代のはじめ、ヨークシャー・スクールスポーツというカウンティ規模のトーナメント競技会で、短距離とハードルの地区代表に選ばれる程度には、わたしは優秀なアスリートだった。競技会当日の土曜日、開催地のビバリーの町で、しゃれた制服姿のグラマースクール生徒と互角に戦うどころかうち負かし、全レースと準々決勝で一位になった。

つぎの準決勝で起きたことは、わたしの人生に早晩待ち受ける曲がり角の、いいヒントになった。わたしは演技をやめていなかった。それどころか陸上競技会のはじまる前の二晩を学校の演《だ》し物、ジョン・ダイトンの笑劇『*The Happiest Days of Your Life*』に費やした。陸上競技は土曜日に実施されるため、わたしは板ばさみになった――もし決勝に残れば、マーフィールドに戻ってその夜の舞台に立つ時間がなくなる。

そのため、つぎのふたつのレースを捨てた。どちらもわざと四位になり、準決勝と決勝から脱落した。ふたつ目のレースが終わったとたん、ロッカールームへ走っていき、マーフィールドへ戻るため普段着に着替えた。ほぼ着替え終わったところへ、コーチがドアから飛びこんできた。カンカンだった。「スチュワート、いまお前が何をしたか、なぜやったかわかってるぞ！　カークリーズの恥さらしめ！」と、うちの地区を引きあいに出して罵った。「おれがコーチのあいだは二度とその面《ツラ》をみせるな！」

わたしのしたことは誇れないし、周囲を失望させたのを知っていたが、演技への強い衝動は抑えがたく、そちらを優先した。

一九五一年九月、わたしはマーフィールド・セカンダリー・モダンスクール（現マーフィールド・フリー・グラマー）でつぎなる教育ステージに入った。わくわくした。クロウリーズの仲間が大勢一緒だったし、毎日通学時に父の兄、クリフォードの家の前を通るからだ。クリフォードおじさんは学校の運動場の境界に新築されたばかりのカウンシルハウスに住んでいた。

おじさんはそればかりか学校の主任管理人をしており、そのおかげでわたしは早速、ある種のステータスを手に入れた。寒くてじめついた日に地下のボイラー室にいるおじを訪ねられるのは、ありがたかった。なぜかというと、校舎は国防省の貯蔵庫を転用して日が浅く、暖房設備が整っていなかったからだ。クリフォードおじは鋭いアイロニー感覚を備えた賢い人で、弟のアルフレッドより優しかった。奥さんは母と同じグラディスという名前で、ふたりはとても仲がいい。

クリフォードとグラディスの末っ子トニーはわたしと同学年で、いい友人になった。また、彼を通じ、クラシック音楽に親しんだ。ハイドンとモーツァルトが好きなトニーはすばらしいレコードコレクションを持っており、何時間もトニーの家の応接間で一緒にききいった。わが家では望めないぜいたくだった。若いときに結んだ友情が、無意識に趣味嗜好を方向づけるいい例だと思う。トニーは仲間内でも飛び抜けて賢く、ランクが上のグラマースクールによりふさわしいことがまもなくはっきりした——そして、まさしくそこがトニーの落ち着き先だった。遅い編入試験を受けて合格したため、一年目の終わりに別れ別れになった。トニーのために喜びはしたが、ひどく寂しかった。

セカンダリー・モダンスクールの校舎は横に長く、両脇に広い芝生があった。メインホールは集会室と食堂と舞台兼用だ。このホールは数年前から正式に「スチュワート・ホール」と呼ばれている。両親が存命なうちにみせてやれたら、どんなによかっただろう。

ホールには四段の階段であがり、その手前の壁に、わたしを魅了した絵が飾られていた。朝礼に向かう列に並ぶとき、いつもその絵を眺めた。鎧《よろい》を着た老人の肖像画で、彼が被る美しい金色の兜《かぶと》には手のこんだエンボス模様が施され、羽根飾りがついている。口ひげをはやし、自信と決意をみなぎらせた表情だ。四年間飽きずに眺め、そのたびに、絵がかきたてる感情に鼓舞された。

絵の話を持ちだしたわけは、数年前に『X-MEN』シリーズの『LOGAN ローガン』〔二〇一七〕プロモーションのため、ベルリンに滞在した折に遭遇したできごとのせいだ。空き時間に妻のサニーとわたしは市のすばらしい絵画館を訪れた。オランダ黄金期の作品を集めた展示室を歩いていると、突然、足がとまった。部屋の反対側の壁に――あの絵、金の兜を被った男の、その原画が掛かっている。感激のあまり、サニーによればわたしは蒼白だったらしい。心配した妻にどうしたのかときかれた。わたしは何もいわずに部屋の反対側へサニーを連れていき、六十年あまり前、その複製画に対してしたのと同じように、絵をみつめた。

肖像画の脇に添えられた絵画館のラベルで、題名がわかった。『黄金の兜の男』、レンブラント・ファン・レイン派の作とされる（それが意味するのは、かつてはレンブラント作とされていたが、現在では工房のひとりの作とみなされている）。その場に釘づけになった。再び十一歳のこどもに戻ったわたしは、学校の廊下に立っていた。未来への展望など最低限しか持てなかったこどもに。いまここに立ち、金の兜を被った人物にやはり驚異の念を抱きはしても、成人男性となってベルリンにきている理由は、映画祭で上映されるハリウッド映画の主役をつとめたためだ。兜の男とわたしは、いまでは対等の立場にいるだろうか？　深い感慨と記憶を一瞬で呼び起こすアートの秘めたる力を、決してあなどることなかれ。

　パソコン画面であの絵を再度眺めていて、ぎくりとした。金兜の男の風貌は現在の自分に似ている。わたしが魅了されつづけた原因は、これだったのか――こどものときに無意識に、ある種の予兆として認識していた？

　マーフィールド・セカンダリー・モダンスクールは、グラマースクールに比べれば学力は落ちるが、以前わたしの通ったふたつの学校とはまったく違っていた。第一に、カリキュラムがずっと多彩だった。英語、数学、歴史、地理、科学、音楽。それに加えて週に一度、金工、木工、家政学の副教科があった。最初の二科目はドリルとのこぎりで手作業をする機会があるので好きだった。真鍮《しんちゅう》のレターオープナーをつくり、また、長兄ジェフリーと大好きな奥さんのアルマのために特別にデザインした飲み物用のワゴンは、かなりみごとに仕上がった。ジェフリーもアルマも亡くなって久しく、正直いえばワゴンをとり戻したい気がする。いまは三人の息子たちのひとりが持っているが、返せといったら呆れられるだろうか?

モダンスクールに入学した年、美術のフィリップ・ヘイコック先生が、学校にろくろと小さな窯を購入させた。これに夢中になった。すべての工程が自分に向いていた。粘土をとってきて、こねて柔らかくし、ろくろに叩きつけ、両手でまるくする。粘土を整え、造形していく。できに満足できずに粘土の塊に戻し、水を少し上からふりかけてまたやり直す。すごく扇情的、すごくセクシーだった、たとえ思春期前の体験であっても。ロンドンに所有するフラットに、学校でその昔つくったポットを二点持ってきた。わたしが収集しているイヌイットの陶器と一緒に、棚に居座っている。イヌイットの作品に比べればわたしのはいかにも貧弱だが、サニーが初めてみたときにマーフィールド産の来歴を話してやると気に入って、飾るといってきかなかった。ヘイコック先生は喜んでくれただろう。

「家政学」というのはアメリカ人がいうところの家庭科だ。早い話、料理教室だった。わが校はブルーカラーの町の共学校だったため、女子生徒のほうが男子より料理には熱心だろうと普通は考えるはずだ。ところが家政学の教師、ときめく名前のミセス・コリーモシーは時代を先どりして男女で区別しなかった。先生は全員を立派な料理人に仕立てる気満々だった。料理の歴史と、素材が互いにどう作用しあうかという科学の講義をした。生徒は切って揚げて焼いて茹で、授業の終わりに自分たちがつくったものを喜んで食べた。同じ年代と育ちの英国人男性で、同様の授業を受けた者をほかに知らない。わたしが強く信じているのは、優しいコリーモシー先生は家でろくすっぽ食べられないこどもが生徒のなかにいるのを知って、週に一度はまともな食事を全員がとれるようにおもんぱかってくれたという説だ。

しかし、わたしがいちばん惹きつけられたのは、英文学だった。二年目、わたしは担任でもあるセシル・ドーマンド先生の英文学クラスに振りわけられた。先生はのちに、人生を一変させる影響をわたしに与える。

背が高くハンサムなドーマンド先生は、くだけた態度でわれわれ生徒の警戒心をといた。くだけすぎはせず——もしぼんやりしている生徒がいれば、すぐさまチョークが頭に命中した。実をいえば、そのせいで生徒に人気だった。もし飛んでくるチョークを素早く受けとめられたら、ドーマンド先生に「ブラヴォー！」と褒められ、クラスみんなの拍手がもらえる。

けれどわたしがドーマンド先生を慕ったのは、ウィリアム・シェイクスピアの戯曲を教えてくれたからだ。学期がはじまって早々、先生は『ヴェニスの商人』の本を各自に配った。ドーマンド先生がアマチュアの俳優兼演出家ということは知らなかった。『ヴェニスの商人』のことも、つゆほども知らなかった。

ドーマンド先生が戯曲の第四幕第一場を開けといった。先生は場面のなかの登場人物リストを読みあげ、生徒を役に割り当てていった。自分は振られずにすみそうだと思った矢先、先生が「スチュワート——シャイロック」といって、配役が終わった。

〝シャイロック〟の名前は、わたしにはなんの意味もなかった。劇中最も複雑な難役を割り当てられたとは知るよしもない。

「よし」とD《ドーマンド》先生がいった。「読みはじめろ」。全員がうつむいて、奇妙な文字組みの文章を読みはじめた。黙読する。ほどなくして、D先生がわめいた。「黙読するな、ばかたれ、声に出せ！　これは舞台劇だぞ、アクションだ、ドラマだ、ナマなんだ。出だしから読み直せ」

われわれはいわれたとおりにし、そして震えあがった。だれも、読んでいる内容の意味がわからなかった。ストーリーもわからなければ、ことばの意味も大部分がわからなかった。〝宿敵〟？〝空虚〟？〝ドラム（重さの単位）〟？〝頑迷〟？　実世界でそんなことばを使うやつがいるか？

同級生が奮闘するのをききながら、何が起きてるのか必死に把握しようとしていると、突然紙面から〝シャイロック〟の名前が目に飛びこんできた。名前の直後に長たらしいセリフがつづくのをみるには、じゅうぶんな間があった。「ああ、やばい」と思った。「貧乏くじを引いたぞ」。わたしは深く息を吸った。吐きだすと、同級生がわたしのキューラインを読んだ。「品位ある答えを期待しておるぞ、ユダヤ人《Jew》。（『新訳　ヴェニスの商人』河合祥一郎訳、KADOKAWA、2005。ルビは引用者による）」

〝Jew〟？　ああ、そのことばなら知ってるぞ！〈デューズベリー・マーケット〉という大きな青空市場があり、威勢がよくて声のでかい、愉快な露店の店主が芝居がかった調子で山のような品物を叩き売っている。最初のかけ声はたいてい「二ポンド。二ポンドくださる御仁はだれだい？」で、つづいて「だれもいない？　そうかい、じゃあ、一でどう？　十シリングは？　五？　わかった、ええい、二シリングだ。前にいる美しいご婦人が**お買いあげ**」という調子だった。露店の上にかかる看板には〈**Jewのルー　毎週土曜日に営業中**〉とある。

この男、ルーがユダヤ人についてのわたしの知識の集大成だった。マーフィールドにわたしの知るユダヤ人はいない。聖歌隊席に座っているときやBBCラジオのニュースをきいているときに、数えきれないほどその単語を耳にしたはずだ。だがそうだとしても、まったくピンとこなかった。わたしにとってユダヤ人とはルーで、彼が好きだった。

そのため、シャイロックの人種を考慮に入れ、ルー式のいいかたを採用して読みあげた。
「手前の意向についちゃ、だんなにせんから申しあげたとおりですんで」
そのとき、それが起きた。やったのだ。人生で初めて、ウィリアム・シェイクスピアの書いたことばを声に出していった。そのときは、なんということはなかった。シェイクスピアはそれまで自分にとってなんの意味もなかった。だが、これを書いているいま、わたしは興奮を覚える。あのとき、あの場所で、すべてがはじまった。

戯曲の実際のセリフは、「私の決意は閣下にすでに申し上げました。（I have possessed your grace of what I purpose）（訳は同前）」だ。山場の裁判場面、シャイロックの長広舌《ちょうこうぜつ》の出だし。いまではよく知っている。シャイロックは四度演じた。ブリストルのレパートリー劇団で一度、ロイヤル・シェイクスピア・カンパニーのひどく異なる趣《おもむき》の舞台で二度、そしてリーズ・プレイハウスのワンマンショー用に、シャイロックをもとにわたしが創作した役で。

けれど、年若いシェイクスピア弱者のわたしにはさっぱりだった。「I have possessed your grace」って、どういう意味だ？ 「of what I purpose」のpurposeは動詞なのか？ どういうこと？ 何をいっているのか、ちんぷんかんぷんだった。その日以降、ドーマンド先生の授業では『ヴェニスの商人』はとりあげられなかった。

とはいえ、シェイクスピアのことばを音読するのがいやだとはいわなかった。好奇心に火をつけられた。シェイクスピアのことばには、色があった。絵が描かれてみえた。セシル・ドーマンド先生はマーフィールド・セカンダリー・モダンスクールの残り三年間ずっとわたしの英語の先生で、文学と演劇への興味をさらにかきたててくれた。退屈で気を抜けず、ときにはおそろしい日常から離れ、フィクションの世界に逃避するのを、わたしが楽しんでいたのを先生は察したのだと思う。

第三章

ドーマンド先生はシェイクスピアをわたしの人生にもたらしただけでなく、初の大役に抜擢した。クリスマスに演じられるキリスト降誕劇のヨセフ役だ。このなりゆきにはある単純な理由で、わくわくした。マリア役の女の子に、夢中だったのだ。ひどく個人的な心理的アプローチをスタニスラフスキーなら認めてくれるだろうが、思惑どおりにことは運ばなかった。稽古のときはせいいっぱいセクシーなヨセフになろうとしたのに、長いグレーのうそくさいつけひげ姿にするとD《ドーマンド》先生が決めたため、試みは完全に失敗に終わる。みんなに、イエスの母マリアをふくめ、笑われた。

こうして振り返ると――最初にシャイロック役、つぎにヨセフ役――ドーマンド先生はわたしに演技の素質があるのを感じとり、まじめに演じがいのある役を（楽しくてロマンチックな機会とは裏腹に）あえて与えたのだと思う。先生の教えかたに古くさい高尚さはほとんどなく、わたし向きで、教えることに情熱を持っていた。若いころはプロの俳優を目指されたのではないだろうか。D先生は、俳優のキャリアを示唆してくれた初めての人だった。おそらく先生は、自分が逃した道を代わりに歩ませるチャンスをわたしにみいだしたのだろう。それと、わたしが〝キャム・レーンのパトリック・スチュワート〟から離れ、まったくの別人になる喜びを味わうことには意味があると考えたのかもしれない。わが家で働いている力学に、先生は確実に気がついていた。

ドーマンド先生は形成途中のパトリック・スチュワートにもうひとつ、はるかに重要な建て増しをした建築家だった。「俳優」という建て増しを。一九五三年の早春、わたしは校長に呼び出された。「やばい、おれは何をやらかしたんだ？」校長はフランク・バセットという名前で、まさに名前どおりの人物だった。ヨークシャーでは〝バセット〟は〝バスタード〟に近い発音になる。この判定理由の開示はのちほど改めてする。

校長室にはドーマンド先生と、一度もみたことのない男性が座っていた。ジェラルド・タイラー、と紹介を受けた。すぐに頭のなかで警報が鳴る。D先生に開眼させられて以来シェイクスピアを愛読していたわたしには、〝タイラー〟の姓はシェイクスピア作品の手下のように響いた。ティボルト、ティレル、タイラー……そらね。ドーマンド先生の説明によれば、タイラーさんはウェストライディング地方議会の教育課で演劇指導の顧問をつとめており、わたしに申し出があるという。なぜだかそれは朗報ではなく凶報に響いた。

ところがタイラーさんが話しだすと、ソフトで快く響き、ほっとするヨークシャーなまりがかすかにあった。議会はきたる春の公休日（五月最終月曜日）に合わせた学校の春休み中、八日間の「演劇合宿コース」を開き、アマチュア演劇、イングランドでいうところの〝am-drams《アム・ドラムス》〟に打ちこむ若者から老人までの地域住民を対象に、指導と教育を施す予定だと説明した。このコースの参加者は全員、照明係や音響係から俳優、演出家にいたるまで演劇指導を受け、八日間の締めくくりには観客を入れて発表会の夕べを開く。インストラクターはプロの演劇人たちだ。

バセット校長とドーマンド先生がこのプログラムの参加者にわたしを推薦したのだと、タイラーさんが教えてくれた。唯一の問題は、参加資格の最低年齢は十四歳で、わたしはまだ十二歳であること。そのため、とタイラーさんは説明した。書類を調整する——いいかえれば、ごまかしをする——わたしが十四歳だと記入して。だれかにきかれたら、それが自分の年齢だとこたえる。無理な話ではない。十二歳にしてはわたしは体格がよく、同級生より年上にみえた。

「で、パトリックくん、どう思う?」

返答に詰まった。そんな申し出をされたことはなく、理解が追いつかなかった。〝合宿〟とは家に帰らないという意味かとたずねた。そうだという。すべてを——クラス、食事、宿泊施設——議会が提供する。プログラムは、北イングランドの中央を走るペナイン山脈にあるマイゾルンロイドという小村のカルダーヴェール高校で実施される。

わたしはジレンマに陥った——申し出に興奮しつつも、そのようなプログラムに参加すれば、わたしが演技にも演劇にも外の世界にも無知だとばれてしまうのが怖かった。D先生が自分もコースの生徒になるので喜んで面倒をみようといってくれたおかげで救われた。それさえきけたらよかった。その場でイエスといった。

家に帰って両親にこのわくわくする申し出を告げると、費用の話が持ちだされた。父が単刀直入にいった。「いくらかかるんだ?」わたしは「議会が出す」とはどういう意味か、正確なところはわからないと話した。きいてこいといわれた。

翌朝、休憩時間にドーマンド先生に費用をきくと、現地へのバスの往復運賃以外はぜんぶ支払われる、とのこたえが返ってきた。このうれしい知らせに両親は満足し、わたしの参加が決まった。

合宿までの六週間、頭のなかはそのことでいっぱいだった。すごくどぎまぎした。わたしよりも年上の人間たちに囲まれる。グラマースクールの生徒、大学の学生、仕事と収入のあるおとな。講師とコーチは名のある大学や演劇学校からくるときいた。まもなく生徒仲間となる者の一部は、すでにプロの俳優になる準備を進めている。どうしてこうなった?

クラスメートには、演劇訓練生になる懸案の合宿については話さなかった。からかわれるに決まっているからだ。なので友だちの家に泊まりに行くとだけ伝えた。何を着ていくか、心配でたまらなかった――選択肢は多くない。手持ちの服はすごくとぼしかった。学校でD先生に服装規定についてたずねると、完全にカジュアルだと請けあってくれた。とはいえ、ワークアウト用の服を持ってくるようにと入れ知恵された。毎朝ムーブメントのクラスや体操ではじまるからだという。わたしは学校の体操着を荷物に詰めた。サッカーショーツ、Tシャツ、トレーナー(アメリカ式にいえば〝スニーカー〟)。それで正解だった。プログラムは五月の開催で、ペナイン山中でさえ暖かい日があった。

ハリファックスの町なかのバス停で、ドーマンド先生と待ちあわせる。見送りにきていた先生の婚約者、メアリーはすごくきれいな人で、D先生が味方なのをさらに心強く感じたほどだ。バスのなかではずっとおしゃべりをしどおしで、先生があんまりくつろいで親しげだったため、自分の担任であるのを忘れないようにしないといけなかった。わが人生のさらなるディケンズタッチ。貧しいこどもの前に忽然と現れた後援者が、わびしい生活から引っぱりだしてくれる。

マイゾルンロイドでバスをおり、急な坂を徒歩でのぼった。ドーマンド先生が大きな、どっしりした建物を指さす。カルダーヴェール高校だ。到着すると、駐車場で人々がこんにちはやごきげんようを交わしあっていた。わたし以外のみんながみんなと知り合いのように思えた。幸い見覚えのある顔、地方議会の演劇顧問、ジェラルド・タイラーがすぐにあいさつしてくれた。

学校の教室が一時的に寮に変えられていた。六台のキャンプ用ベッドが並ぶ教室へ案内される。各生徒への割り当ては、枕、シーツ、毛布のみの簡素さ。棚やたんすはおろか、窓にはブラインドさえない。けれど気にしなかった。狭いベッドにトレヴァーとぎゅう詰めになるのに慣れていたし、他人と寝室を共有するのはもの珍しかった。

割り当てられたベッドにスーツケースを置いたとたん、居丈高《いたけだか》な、ひどく上背のある三、四歳年上の男が歩いてきて、すぐさまわたしの手をとると、ぎゅっと握手した。ノーマンだと名乗る。ノーマン・ランバート。バーンズリーの真北にある炭坑の町ダートンからきた。ウェイクフィールド・グラマースクールの奨学金をもらったときいて一瞬うさんくさく思ったが、それから父と兄がふたりとも坑員で、カウンシルハウスに住んでいるとつづけた。同類だ。加えて演技を愛している。ノーマンとわたしは生涯の友人になった（だが悲しいことにノーマンはわずか六十歳で世を去る。生前は俳優だけでなく、航空業界でも実り豊かなキャリアを築き、晩年はアメリカに移住してマクドネル・ダグラス社の仕事をした）。

教室は徐々にルームメイトでにぎわってきたが、一台のベッドが空いたままで、未来の使用者をめぐる謎に緊張が高まった。すると突然、ドアが勢いよく開いて、人間台風が入ってきた——がっしりした、自信たっぷりな男が、全員とすごく陽気にあいさつを交わして相手をぎゅっと抱きしめた。ほぼ四歳年上。男はブライアン・ブレスドだと自己紹介した。ブライアンが世界的に名の知れた俳優兼登山家兼冒険家にして、「ブラックアダー」〔一九八三～八九・TV〕『キャッツ』『フラッシュ・ゴードン』〔一九八〇〕「*I, Claudius*」〔一九七六・TV・日本未放映〕などのテレビ番組やミュージカル劇や映画のスターになるのは先の話だ。だが、即座にブライアンが唯一無二の存在だとわかった。比類がない。ノーマンやわたし同様に彼もまたつましい家庭、サウス・ヨークシャーの炭坑の町メクスバラ出身だった。だんだんわたしは肩の力を抜きはじめた。

全員でダイニングルームに移動すると、タイラーさんがつぎの七日間の予定表を広げ、ガイドなりアドバイザーなりロールモデルとなる男女を紹介した。たちまち、非凡な外見の男に目が行った。背が低くてオリーブ色の肌、突きでた鼻、濃い黒髪が額からまっすぐうしろにくしけずられている。中央ヨーロッパの強いなまりがあり、美しく折り目のついたズボンとソフトなスリッポンを履き、かなりエキセントリックな丈の長い上着を着ていた。ラファエル・シェリー。ニックネームのルディのほうが通りがいいが、名高いブリストル・オールド・ヴィック・シアター・スクールの著名な「ムーブメント担当主任」だと紹介された。動作《ムーブメント》を鍛錬すべきものとみなしたことはなく、この人物——ナチから逃れてきたユダヤ系プロシア人だとあとから知った——がどんな影響をわたしに与えることになるか、予想もしなかった。

また、小柄で落ちついた、短髪の黒髪と美しい笑顔の中年女性にも惹きつけられた。発声の先生、ルース・ウィン・オーウェンと紹介される。

クラスはあくる朝とともにはじまった。全員が大きなホールのフロアに広がり、ルディ・シェリーがわれわれ生徒のあいだを縫って歩きながら、姿勢、バランス、静止状態について話す。ぐいぐい引きこまれたが、なまりが強くてところどころききとれなかった。つぎにわれわれを並ばせて、部屋の四隅をぐるぐる歩かせた。わたしはかちこちに緊張した。そのうち、自分が不自然かつこっけいにも左腕を左足と一緒に出し、つぎに右も同じようにしているのに気がついた。速度をあげ、落ちついてバランスをとるようにとルディがみんなに指示を出す。

すっかりまじめくさって集中していたところへ、ルディが突然叫んだ。「なんてこった、やめ、やめ！それじゃあ妊娠したオカマみたいな歩きだぞ！」大爆笑が起き、全員肩の力が抜けてたちまちクラスの風向きが変わった。時間は素早く過ぎ、気分が浮きたった。汗だくになったけれど、ウォームアップは万全だった。毎日ルディのエクササイズではじまり、目が覚めるとレッスンが待ち遠しくなっていた。
五、六種類の異なる台本が配られ、生徒たちで回し読みした。土曜の夜に演じるショーケースの戯曲で、様々な作品のアンソロジーだった。車座になって台本を読み合わせ、終えると、ルースが土曜の夜に上演する作品の配役を翌日発表すると説明した。わたしが出るのは伝統的なコメディア・デラルテのロマンスもの。コミカルな従者のハーレクイン役を演じる。
午後に行われる剣戟《けんげき》のデモンストレーションがわたしは待ちきれなかった。剣や槍をふるい、プロの殺陣師が実演する。最初にコーチをつけてもらうひとりに志願した。立ちまわりには難なくなじみ、プロの俳優となって最初のうちは、剣でやりあえるチャンスを楽しんだ——剣や槍を持たせると豹変する俳優の存在に早晩気づくまでは。

夕食時、生徒は長いベンチに一緒に座って互いに知り合いになり、演劇人がよくやるように笑ったり騒いだりした。食事のあとは村のパブに繰りだすおとなもいた。われわれ未成年組は夜更かしをしておしゃべりをつづけた。夜になるころにはこの冒険に踏みだしたときに心配した、怖じ気づくような要素はなくなっていた。

みんながわたしをわけへだてなく、実際より年上のように扱ってくれるのがうれしかった。また、参加者のあいだにはじゃれあいや健全な性への好奇心があり、思春期に入ったばかりのわたしが浮き足だったことも、つけ加えておこう。プログラムは賢くて楽しくてきれいな女の子だらけだった。とりわけ、バーバラ・ダイソンのまばゆい顔と笑顔に目が吸い寄せられた。マーフィールドの五マイル西に位置する町、ブリッグハウスからきたバーバラは、一緒にいると楽しい相手だった。夕食後にテラスでおしゃべりするうち、すっかりうち解け、年をきかれたときにドーマンド先生とタイラーさんとの固い約束を忘れてしまい、本当の年齢を教えた。驚きうろたえた表情がバーバラの顔をよぎった。けれどふたりともそのつまずきを乗り越え、いい友だちになった。

さらに、ブライアン・ブレスドとも急速に親しくなった。たいていブライアンがしゃべり、わたしはきき役にまわった。世の中と創造性についての知識が豊富で、わたしがそれまでに出会った人間のうち、いちばん口汚かった。苦悩と危機と性がらみの武勇伝には、卑語と慣用表現とエロティシズムがちりばめられていた。わたしはむずむずとどきどきを両方味わったが、そこに誇張と粉飾が透かしみえないほど世間知らずでもなかった。けれど気にしなかった。ブライアンの想像力は、話そのものと同じぐらいすばらしかった。

一週間があまりに早く過ぎた。終わってほしくなかった。ついに趣味を同じくする人たち、すんなりなじむ人たちのなかにいる。確かに全員年上で、概してわたしより賢かったが、そこが気に入った――彼らから学べるところが。それに、共通の目的をわかちあった。生《ナマ》の観客に最高の娯楽を提供し、その過程を楽しむという目的を。

土曜の夜がやってきて舞台がいまにもはじまるというとき、わたしはこれっぽっちも緊張しなかった。舞台にあがり、観客の前に出たくてしかたなかった。母は友人と学校まではるばるやってきて、あらゆる瞬間を楽しんだと、あとで教えてくれた。母に残ってもらい、みんなに――わたしの新しい家族、そうわたしは思った――会わせたかったけれど、遅い時間のバスに乗って帰宅しないといけなかった。母と友人をマイゾルンロイドまで送っていってバスに乗せたあと、丘の上に急いで戻る。優れた人々と、いっときでも離れていたくなかった。最後の夜は床《とこ》につくのすら惜しかった。夜明けまでみんなで語りあかし笑いあった。

バッグを荷造りしたあと、朝食の席で皆に別れをいった。場所と集団をあとにするのをあれほど悲しく思ったのは、あとにもさきにもなかった。けれどもだれもが口々に「来年また会おう」といっていた。一九五四年に同じ日程と場所で、コースをもう一度やる予定があるとのうわさが流れたのだ。ドーマンド先生が戻りのバスで保証してくれたため、わたしの渇望はなだめられた。

先生はまた、ジェラルド・タイラーさんがわたしのできにえらく満足したので、奥さんと共同演出をしているブリッグハウス・チルドレンシアターに招きたいとの伝言をことづかっていた。ブリッグハウスはマーフィールドにほど近いため、その劇団のことは知っていた。専用の劇場があり、こども向けのレパートリーに加え、古典も定期的に上演する。劇団の演《だ》し物は、サウス・ヨークシャーおよびウェストライディング中によく知られていた。

これは、大きなステップアップだった。アマチュアといえど経験豊富な俳優たちと共演できるチャンスだ。魅力的なバーバラ・ダイソンが同劇団の一員であるのもまた、動機のひとつになった。あの子に再会できる。カルダーヴェール高校で一緒に過ごした一週間、年の差は問題なさそうだった。一、三度キスをしたが、そこどまりだ。

あの合宿ですごく進展したもうひとつの関係は、ルース・ウィン・オーウェンとのものだった。別れのあいさつに行くと、抱きしめられて、わたしにはみどころがあるといわれた。そして、自分と勉強をつづけたいかを知りたがった。信じられない！　どうすればいいかルースにきいた。ルースもサウス・ヨークシャー在住だという。週末にルースの家に通えるなら、演技指導をつづけてもらえる。住所と電話番号を教わり、帰宅すると公共交通機関での行きかたを問い合わせた。

可能ではあったが、楽な旅ではない。マーフィールドからデューズベリーまでバスに乗り、そこで乗り換えてシェフィールドの北部にあるホイランドという町へ向かう。そこから一マイル半歩くと、片田舎に立つルースの住まいにたどりつく。ぜんぶで片道三時間半かかり、バス代で小遣いが消える——道のりは遠いが、通うつもりだった。ルースは夏季休暇のあとにはじめようと提案し、そうすればプログラムのほかの参加者に打診して、太っ腹にも無料で受けられるレッスンに興味がないか、たずねる余裕ができる。日曜日の午後はどうかときかれ、完璧だった――地区教会の聖歌隊の日々はありがたいことに終わりを告げていたし、合宿でできたふたりの親友、ノーマン・ランバートとブライアン・ブレスドもルースのレッスンを受けることになったのを、まもなく知った。

　一九五三年、十三歳を迎えた夏は、とりわけ暑くて晴天つづきだった。友だちのブライアン・ホールズワースが家族旅行のお供に誘ってくれた。ヨークシャー北東部の北海にのぞむ海辺のリゾート地、ファイリーで一週間を過ごす。以前のわたし、演技人生を歩む前のわたしなら、楽しい経験になったはずだ。家庭内の不和から逃れ、美しい町で過ごす夏休み。実際楽しいヴァケーションになったが、そのいっぽうで気もそぞろだった――ルース・ウィン・オーウェンのレッスンを受けて、ノーマンやブライアンと再会できることしか頭になかった。優しさと知識をわけ与えようとするあの人たちの善意が、わたしの人生を変えつつあった。彼らといると、孤独感がまぎれた。情熱の対象を同じくしていたからだ。あの人たちとずっといたくてたまらなかった。それにひきかえ、ファイリーでの行楽は退屈このうえなく感じられた。

　学校に戻るのも、やはり死ぬほど退屈だった。変わりばえしなかった。ただ、始業日にたいへんな名誉がわたしに授けられた。マーフィールド・セカンダリー・モダンスクール三年生の身で、監督生、つまり生徒代表のひとりになったのだ。ところが数日後、この栄誉は白紙に戻るに違いないと確信させる、おぞましいできごとが起きる。

ごく普通の一日だった。友だちのブライアン・クークとわたしは休憩時間中、同学年の女子ふたりと廊下のあたりでふざけあっていた。完全に罪のない行為だった。笑ったりからかったり、ふざけて押したり。校庭とは両開きのドアで仕切られ、曇りガラスの窓から向こう側がぼんやりみえる。突然、ドアが荒々しい勢いで開き、顔を真っ赤にしたバセット校長が現れた。「みたぞ!」と校長が叫んだ。「何をしているかこの目でみた、女子といちゃついていたな。汚らわしい。校長室の前で待っていなさい!」

女子もふくめてみんなが抗議したが、バセット校長は耳を貸さず、こう命令した。「いうとおりにしなさい。女子ふたりはロックウッド先生のところへ行くように」。校長がいうのは、女性の副校長のことだ。

バセット校長は校長室へすごい剣幕で戻り、ブライアンとわたしがあとから廊下をついていった。廊下で長いこと待っていると、校長と話し合っていた教師が校長室から出てきた。名前が呼ばれる。わたしはまったく心配しなかった。うしろめたいことは何ひとつやっておらず、すべて説明できるとわかっていた。

だが、問答無用だった。校長は部屋の隅へ行き、帽子掛けから丈の長いむちを引き抜くと、わたしに片方のてのひらを上にして出せといった。起きていることが信じられないまま、いわれたとおりにする。校長はむちを頭の上に振りあげ、「ヒュン」という音とともにわたしの開いたてのひらを、激しく打ちすえた。死ぬほど痛い。それで終わりではなかった。さらに三回むち打つと、もう片方の手も出すようにいい、そちらも四回打ちすえた。とうとう、校長がむちをおろした。わたしは目から涙をあふれさせて叫んだ。「ぼくらは何もしてません！」大きな間違いだ。バセット校長はわたしをにらみ、もう二回右手をむち打った。

「部屋を出て友だちを通せ！」校長は怒鳴ると荒い息をついた。両手を脇の下にはさんだわたしは、ドアを開けられなかった。校長がうなってわたしを押しのけ、ドアをがっと開くとブライアンを呼びつけた。ブライアンがわたしに目配せをして入る。おびえていたのは、わたしが受けた仕打ちを漏れきいたからだけではなかった。

ブライアンは皮膚に問題があり、とりわけ手に症状が出やすい。無造作な握手でさえひどく腫れあがるのだ。バセット校長に叫んで教えようとしたときには、すでにむち打ちがはじまっていた。ドア越しに四度だけむちの音がきこえ、突然とまる。ブライアンの症状に気がついたに違いない。部屋のなかがしんとなり、それからくぐもった声がした。ドアが開いて、ブライアンが出てきた。なんてやつだ。やはり頰を涙がぬらしていたが、くだんの手を高く持ちあげ、特大の笑みを浮かべていた。無事なほうの手をわたしの肩に置き、ぶたれたひどい有様の手を顔の前に突き出す。

「やつをつかまえたぞ」とブライアン。「逃がすもんか」

ブライアンはすぐさま校舎を出るとまっすぐ帰宅し、父親に一部始終を話した。父親がおっとり刀で学校へ飛んできて、バセット校長と対峙した。数日後、ブライアンの父親は地元の教育当局に手紙を書き、正式に苦情を提出した。

二学期が過ぎたが、校長にはなんのお咎めもないようだった。そののちまったく予想外のある日の朝礼で、バセット校長が夏学期の終わりに退職すると発表した。はじめ、そのニュースは完全な沈黙で迎えられた。それからホールの後方で四年生が祝いの口笛を吹いた。たちまち、ホール中に笑いとはやし声が炸裂した。

ロックウッド副校長がなんとかホールを静めたものの、バセット校長はわたしとブライアンを虐待した日と同じく、怒りで真っ赤になった。最高なのは、校長はもはや何もできなかったこと。いい気味だった。

秋学期がはじまると、新任の校長がやってきた。チャールズ・ベズリー。若々しく、ほがらかそうな雰囲気を発散している。ゴードンストウンというスコットランドの私立寄宿学校から、マーフィールド・セカンダリー・モダンへの転任となる。その学校は、厳格でレベルの高い屋外スポーツで知られていた。数年後、ゴードンストウンはエリザベス女王とフィリップ殿下がチャールズ皇太子を送りこんだ学校として名を馳せ——世間を驚かせた。イートンかハーロウを選ぶというのが大方の予想だったからだ。

そのような高名な私立学校の主任教師がウェスト・ヨークシャーの工場町にあるセカンダリー・モダンスクールの校長職を選択するとは、わたしの目には高潔なおこないに映った。ベズリー校長に好印象を抱く。生徒会の会長に紹介を受けたあと、校長は楽しいスピーチをした。ひかえめでおかしく、人を惹きこむ語り口で抱負を述べた。盛大な喝采が起きた。

それからロックウッド副校長が腰をあげ、恒例の新学期の発表をした。まず、新任の先生の紹介。つぎに、みんながききたがっている件に移る。全校生徒のリーダーであるヘッドボーイとヘッドガール、およびマーフィールド・セカンダリー・モダンスクールの四つある班《ハウス》のリーダーである各ハウスヘッドの名前だ。

「ヘッドボーイ、パトリック・スチュワート」

自分の名前が呼ばれ、びっくり仰天すると同時に、なぜだか意外ではなかった。「HB」と頭文字で呼んでいる肩書きに幻想を抱いたことも、役目を果たしたいと思ったこともない。単に考えのおよばないことだった。わたしみたいな家庭のこどもに起きるたぐいのことではない。それなのに、バッジがわたしのえりにとめられると――そのころにはちゃんとした制服のブレザーを手に入れていた――しごく当然に思われた。やる気が湧いた。自信を持ってヘッドボーイの役目を果たせると、完全にわかっていた。それはわたしのなかにいるアルフレッド・スチュワートの、最良の部分だった。

それ以来父のこのヴァージョンはわたしの人生とキャリアで何度も顔を出した。とりわけ〈U.S.S.エンタープライズ〉のブリッジで、初めて指揮を執ったときに。壇からおりようとしたら、ロックウッド副校長に腕をつかまれた。「まだ終わってませんよ」。先生はつづけて、学校のハウス各四班の代表《ヘッド》を発表した。

「バリー班《ハウス》のヘッド、パトリック・スチュワート」。気がついたら壇上に立ち、もうひとつのバッジをえりにピンどめされていた。

今回は、身にあまる栄誉とみなすことにした。バリーハウスには立派なヘッドが十二分《じゅうにぶん》につとまる生徒がたくさんいる。始業式のあと、役目について話し合うためベズリー校長と個人面談した際に、バリーハウスの代表にはうちのクラスの別の生徒がなるべきだと提案した。

校長がにっこりしてうなずく。承知してくれたと思った。すると、こういわれた。「まさに、それだからこそきみがヘッドボーイとハウスヘッドになるべきなんだ」。よくわからなかったが、校長の態度から察するに、与えられたばかりの重い責務に黙ってかかったほうがよさそうだった。

なぜ、それほどの名誉を与えられたのだろう、優秀な成績をおさめてなどいないのに。ヒントは、その夜わたしの「昇進」を知らされた父の反応にあった。父は何もいわなかった。ただ笑ってうなずいただけ。まるですべてが当然のなりゆきであり、この日を待っていたかのように。いいや、わたしは連隊長に選ばれたのではなく、同学年の男子生徒二ダースおよび全校生徒の年少のリーダーに指名されただけだ。

父にはたくさんの短所がある代わり、リーダーシップの心得を自ずとわたしにそそぎこんでいた。実際、ヘッドボーイとハウスヘッドの実務に不安はまったく覚えなかった。ふたつの地位の思いがけない恩恵は、学科の成績があがったことだ。リーダーシップの力量が正式に認められたため、知的な自信が向上した。

朝礼で登壇することもヘッドボーイの特権と責任の範疇にふくまれ、規律や生徒の素行に関する告知をすることもあれば、学科とスポーツの成績優秀者を発表することもあった。たいていは突き刺すような知的なまなざしのヘッドガール（ああ、そのとおり。またもや熱をあげた）がとなりに立ち、全女子生徒に同様の発表をした。それに、自分たちで選んだ小説の一節を読むこともあった。ある月曜の朝、地方紙の日曜版を手に登壇し、おもしろい記事やほっこりする記事を読みあげた。この最後の役目をとりわけ楽しんだ。学友をつかのま、学校から外の世界に連れ出したような気分がした。

　また、校内の規律や行事について監督生たちと話し合う会議では、ヘッドガールと交替で議長をつとめた。お気に入りは、先生と職員および校長が同席する会議だ。部屋におとながいて、自分もその一員のように扱われるのがよかった。こども時代という人生のやっかいな一時期を、あとにしつつあると実感した。

　会議で自信が増し、父がそれに気づいたのを感じた。わたしがヘッドボーイに指名されたことが、ヒエラルキーと組織を重んじる父の気質をくすぐったのは確かだ。わたしははしごの最上段にのぼった。驚き、少しだけいらだたしかったことに、父が学校のＰＴＡ活動に加わった。あとで知ったのだが、わたしのいちばんの味方、ドーマンド先生にうながされてのことだった。まもなく父はＰＴＡ会長の座におさまった。会長役は父に何がしかの重みを与え、除隊後に失った栄誉をいくらか回復するのに役立ったように思う。

　年度はじめのあわただしい時期、ルース・ウィン・オーウェンの自宅で演技指導を受けるのを待ちきれない気持ちが、一時的にそがれた。とはいえ日曜のレッスン初日前夜は、興奮でほとんど眠れなかった。

翌朝バスに乗るときは、ほとんど気もそぞろだった。バーンズリーで客が乗りおりし、うれしいことにノーマン・ランバートが乗ってきた。二台目のバスをおりてルースの家に着くまで、おしゃべりしどおしだった。一マイルも歩くと舗装道路をはずれて未舗装の道に入り、さらに四分の一マイル歩いたのち、とうとう大きな門の前に出た。二百ヤードの長い車道の先に、大きな邸宅がみえる。築二百年は経っているに違いない。隠れ垣《ha-ha》とその先の牧草地まで広がる美しいフロントガーデンの芝生に沿って、かさあげしたテラスがある。晩夏の美しい一日の数時間を、こんなお屋敷で客として過ごせるとは、ほとんど信じられなかった。

勢いこんでドアベルを押した。家の奥のほうで音が響くのをノーマンとわたしはきいたが、すぐにはだれも応答しない。少し待って、上品な足音がしずしず、ずいぶん長そうな廊下をやってくる。ドアが開くと痩せて背の高い高齢女性が現れ、うさんくさそうにこちらをねめつけたあと、やっといった。「お入んなさい」。女性から受けた印象からすれば、「出ておいき」といわれてもおかしくなかった。無愛想で陰気な顔、話しかたはそれまできいたどれとも似ていなかった。いやに上流階級っぽい、まのびした話しかたで、唇をほとんど動かさない。

あとで知ったのだが、人生がディケンズを模倣するもうひとつのいい例で、この女性の名前はミス・ステラ・ペティワードというのだった。傑作だ。ミス・ペティワードはルースの係累だか家族の友人だかで、何十年もルース家に居候していると、しばらく経ってからきいた。ミス・ペティワードの無言の案内でタイル敷きの廊下を歩いてキッチンに行くと、そこにルースがいて、ノーマンとわたしはぎゅっと抱きしめられた。

キッチンにはまた、十五、六歳の絶世の美少女がいた。豊かな赤毛が肩にかかり、顔は信じがたいほど美しく、完璧な青白い肌をして頬だけが繊細な薄桃に染まっていた。名前はメグ。この家の住人で、ルースは娘のように扱っていたものの、血縁ではなかった。フルネームはマーガレット・シャトルワースといい、イングランド北西部のランカシャー出身で──何年もあとで知ったが──メグの母が、ルースの友人だった。メグはルースとイアンの夫妻のもとに身を寄せていた。イアンの苗字はややこしいことにウィンでもオーウェンでもなく、ダンビーといった。イアンはヨークシャー石炭委員会の重鎮だった。夫妻にはアンとサリーという気さくな娘がふたりいて、メグは事実上ふたりの姉妹かつルースに演技を教わる弟子として住みこんでいた。メグ・シャトルワースはすでに師匠にちなんでメグ・ウィン・オーウェンという芸名を名乗っていた。もしこの名前にきき覚えがあるなら、メグはのちに人気のテレビ番組「*Upstairs, Downstairs*」〔TV・一九七一～七五・日本未放映〕に出演し、『ラブ・アクチュアリー』〔二〇〇三〕ではヒュー・グラント演じる首相が無心に踊っている姿を目撃する、厳格な秘書を演じたからだ。

ほかの生徒もすぐにやってきた。うれしいことにブライアン・ブレスドと、一週間の演技合宿コースにいたもうひとりの少年、ロイ・セムリーだ。その日に何をしたかは覚えていないが、月日が経つにつれ、リズムが固まった──〝ルーティン〟ということばでは、ルースに教わった時間に起きたことを描写するには退屈すぎる。第一に、趣のある場所があった。レッスンが行われるのはたいていルース家の豪華な居間で、古めかしいが快適な安楽椅子とソファがしつらえられ、壁には時代ものの絵画と鏡が掛かっている。戸外には、天気がいいときに過ごせる美しい庭園があった。夏のあいだはときどき芝生に座って指導を受けた。何を教わったか？　ルースはプロの俳優で、ことばを愛した。われわれのやったすべてがそれに集約された。ドーマンド先生同様、ルースは教え子をシェイクスピア漬けにしたが、よき友人のデイム・ペギー・アシュクロフトの代役をしばしばつとめ、たとえば『ヴェニスの商人』のポーシャを演じたこともあり、ドーマンド先生と違ってより本能的な、頭であまり考えないアプローチをとり、シェイクスピアのことば、さらにはことば全般に向かった。音に宿り、前後のことばとどう関連づけるかで決まる、ことばのパワーについて話した。ことばが頭からのみくると信じるのは誤りだと諭した――体全体から生じ、体全体へ向ける。ルースにとって、ことばはすべてだった――彼女からわたしはオノマトペ（擬音語）を学び、それ以来お気に入りのわざになった。

　ルースこそ、自分が発するセリフと心からつながる手助けをしてくれたすばらしいボーカルコーチたちの第一号だった。コーチはみんな女性だ。シシリー・ベリー、パッツィ・ローデンバーグ、クリスティン・リンクレイター。リンクレイターはスコットランド人で、とりわけ独創的だった。ことばについて沈思黙考し、全身のあらゆる毛穴から染みこませたのちに声に出せと、教え子の俳優を指導した。わたしがロイヤル・シェイクスピア・カンパニー在籍中、クリスティンは一ヶ月間講師をつとめた。ある稽古では、床に全員を寝そべらせ、ひとりの団員に詩をひとことか一行、ほかの者にはきこえないように耳打ちする。俳優たちは床に横たわり、室内は動きも音もなく、静寂のうちに秘密めいたことばを体内で沸騰させる。やがて、避けがたい一瞬が訪れ、ことばが解放を求める。ときにはそれは静かに起こり、動作を伴わず、寝たままの俳優がことばをそっと空中に向けて話す。ほかの者は立ちあがり、大声でいい放って両腕をのばした。こう書くとあやしげだが、スリリングな演習だった。俳優がことばを発した瞬間、ほかの俳優に何かが飛び火し、それがまた別の俳優に――反射的だとか軽薄な反応ではなく、深い、真に何かを伝えあう必要性が生まれる。すると突然ひとつの場面が、作為のない人間的なやりとりとなって生じる。けれどルースとの週末のレッスンが、すべてのはじまりだった。役を研究し、なりきり、舞台で生かすという、わたしが必要とする貴重な指導を受けた。自分には悪いくせがあり、ルースがそれを破ってくれた。生まれつきじっとしていられない性質《たち》だったが、動きをとめて安定を保ち、平常心でいる重要性を教わる。ルースはまた、わたしがセリフをしゃべっているとき、たまに息をするのを忘れてしまうのをみてとった。観客はそれを感じとると指摘した――息をとめたり、苦労してセンテンスをいい終えれば演技をさまたげる緊張が生じ、観客は瞬間的にわれに返ってしまう。適切に息をするのは、セリフを発する際にことばと同じぐらい重要な要素だと教えられた。

ルースがもうひとつとりくんだのは、わたしのなまりだ。回を重ねるにつれ、日曜日のレッスンはこの地域の少年少女の生徒でいっぱいになり、大半が「ヨークシャー語をしゃべって」お里を知らしめていた。もし真剣に演技の道に進みたいなら、〝容認発音〟、業界でいう〝RP〟を学ぶ必要があるとルースはいいつづけた。RPは基本的にBBCのニュースキャスターが話す話しかただ。単に上品ぶって貴族風に話せばいいと思われがちだが、そうではない。貴族は彼ら独自の奇妙な、発音上おかしなアクセントをするからだ（たとえば、英国王室の人々はトラウザーズ（ズボン）ではなく〝トライジーズ〟をはく。RPではあり得ない）。ちなみに、BBCはその後、ポリシーを変えた。近ごろではニュースキャスターは自然なご当地なまりでしゃべるよう奨励されている。英国の日常の実像をより反映し、わたしは気に入っている。

　それはともかく、ルースは首尾よくわたしのなまりを撲滅したため、ヨークシャーの親族はわたしがたとえわざとヨークシャーなまりで話しても、もうそれらしくきこえないといい張る。けれどサニーは、電話でわたしが家族と話すときはいつもわかる、ＲＰアクセントがはっきり北寄りになるからだ、という。


　ルースが読ませたのはシェイクスピアに限らなかった。われわれの偏狭な頭に、ジャン＝ポール・サルトルの『出口なし』をねじこんだ。「地獄とは他人のことだ」という警句は、この実存主義的戯曲からの引用だ。秀逸ながら獰猛な作品で、むさぼるように読んだ。だが、ルースが予習用に指定したシェイクスピアのセリフが、いちばん好きだった。お気に入りはハムレットの独白と、『リチャード三世』で未来のリチャード王が開口一番にいうセリフと、『ヘンリー五世』のヘンリーのセリフだ。女子は『ヴェニスの商人』のポーシャ、『アントニーとクレオパトラ』のクレオパトラ、『お気に召すまま』のロザリンド、『十二夜』のヴァイオラのセリフを演じた。

　日曜の午後数時間、美しい家の快適な椅子に座って、親愛なる友人たちがシェイクスピアのテクストを演じるのに耳を傾け、それからルースの分析をきくのは極楽気分だった。ばか騒ぎもたくさんした、とりわけブライアン・ブレスドが顔を出していたときは。けれど互いに深く尊重しあう環境づくりにも配慮した。部屋を満たす沈黙は、はやしたり笑ったりの騒がしい瞬間と同じぐらい刺激的だった――畏怖と黙想の、謎めいたひととき。

わたしはまだ十代前半で、ルースの居間で過ごした日々は、初めてじっくりと演技に、そして音と顔とことばと喜びでできた輝かしい世界に没頭できる至福の体験となった。あの気持ちを忘れたことは決してなく、それ以来、稽古場であれサウンドステージであれ、ミッションをわかちあう魔法のようなあの環境を、再現しようとしてきた。可能ではあったものの、参加者が全員そう望んだときに限られる。少し年があがると、ルースが土曜日の早めにきて泊まっていくよう誘ってくれた。週末の泊まりがけでは、レッスンを受ける楽しみが増すばかりだった。とはいえルースの家に泊まると、落ちつかない要素がひとつあった。

初めて居間に一歩入ったときから、一枚の絵画に衝撃を覚えた。十七世紀と当たりをつけた服装の、見目麗しい女性の全身像。幻をみたのかもしれないが、その絵の方向に視線を向けるたびに、ごく薄い霧に包まれているようにみえた。わたしの眠る客用寝室に似たような時代の服装をした違う女性の古い絵画があり、やはりその絵も説明しがたい霧に包まれてみえた。日没後霧はもっと濃くなった。そして、かすかに光り出す。

わたしはおびえた、心の底から。寝室にはスタンドがなく、ドア脇のスイッチでつく天井の照明しかなかったため、ベッドで読書するのは問題外だった。不気味な光を長くみているのに耐えられず、それでいつも同じ手順を実行するようにした。パジャマ姿で部屋に立つと、肖像画と霧を最後に一瞥《いちべつ》し、それから明かりを消してベッドに飛びこびざま、頭まで上掛けをかぶる。朝までその状態でいる。

とうとう正気を疑われる危険を押し、意を決して絵の周りにみえる「光」のことをルースにうちあけた。ルースがにっこりする。「あら、気がついたの」。ルースの声は楽しそうだが、わたしは安心できなかった――超常的な幻視《ヴィジョン》を肯定されて、よけいに不気味だった。「そうなの、ずっとあるのよ」とルースがつづけた。「前の家に住んでいたときもあったの。霧はわたしたちについてきた」

その日の発声練習がはじまったため、この話題は打ち切られた。だが、あとでふたりきりになったとき、ルースはこういった。「この屋敷と家族のことをあなたに話そうと思う。ききたいならね」

ききたいに決まっている。

ルースの話では、彼女の家族とその住まいには、ちょくちょく幽霊が現れた。ある家では、家族のひとりが説明のつかないあらゆる物音をきいた。だれもいない部屋で話し声をきき、だれも使っていない階段で足音をきき、だれも押してないのにバタンとドアが閉まった。いちばんの怪異は、ある夜、ルースらしき少女の人影がベッド脇に立っていた。ルースが少女に微笑むと、少女は笑い返してそれから消えたという。

一家がいまの家に引っ越したとき、少女も一緒についてきた。ただ、外見は変わった。ルースの寝室にはバスルームが付いていなかったため、用を足したくなったら階下の長い廊下を歩かなければいけない。ドアを開けると、しばしば少女が彼女を待っていた。ルースの手をとって廊下を導いていく。バスルームにつくと、微笑んで消えた。

わたしは絵の周りの霧がみえる数少ないひとりだといわれた。この種のフェノミナをほかに経験したことがあるかルースが知りたがったが、なかった……そのときは。とはいえ、パトリック・スチュワートの幽霊話を待ちきれなければ、「新スター・トレック」初期、ロサンゼルス近郊のシルバーレイクはモレノ・ドライヴの家に住んでいた箇所までページをすっ飛ばされたし。どうも、わたしは幽霊を厄介払いできないようだ。

ルースと若い弟子たちとともに過ごした経験は、夢のようだった。たった十三歳ながらに自分の人生を値踏みして、社会的地位のある人たち――ルース、ドーマンド先生、ベズリー校長――が平凡な家庭のこどもに大きな信頼を寄せてくれたことで変わりつつあるのに気づいた。先生がたに寄せられた信頼は伝染する。マーフィールドに戻ったわたしは町の様々なアマチュア劇団の門を叩き、歓迎されているとの印象を受けた。

最近、引き出しの底で一九五四年のレッツ製スクールボーイ・ダイアリーをみつけた。四月四日の日曜日にはじまる週は、こんな具合だ。

日曜日。フランシスと会う予定だったのに彼女の自転車が壊れた。教会に行ったけどいなかった。

月曜日。ジェラルドと映画。エリザベス・ブレイクリーがきてとなりに座った。エリザベスをみたのは一ヶ月ぶりだ。

火曜日。ジーンと話す。すごくいい子だと思う。

水曜日。ミッチェル先生とクラスメートと〈ハリソンズ〉に行った。（?）

木曜日。演劇クラブ。ドーマンド先生が劇をもらえなかったため十分で終わった。（?）

金曜日。ジェラルドと祭りに行った。フランシスをみかけた。家まで送らなかった。

土曜日。フランシスと〈パビリオン〉（映画館）に行った。夜は祭りに行った。家まで送った。


悪くあるまい？　十三歳にして、こんな毎日を送っていたのだ。

マーフィールドは小さな町ながら、少なくとも七つの現役演劇ソサエティがあった。テレビジョンはまだ揺籃期で、目はしの利くわがコミュニティは自分たちの娯楽を編みだすのに熱心だった。母ですらその手のソサエティで、女性ばかりのオールドバンク・メソジスト教会演劇グループに所属していた。グループが上演する劇には男性の登場人物も出てくるが、それはなんの障害にもならなかった――メンバーには男役専門の女性が二、三人いた。クリスマス・パントマイムと同様、女性が男役を演じてもだい、い、い、れひとり変だとは思わなかった。観客は男を演じる女性を嘲笑することは決してなく、完全に受け入れていた（完全に受け入れていたのは、異性を装うのが舞台上にとどまる場合に限る）。

母はセリフを覚えるのが苦手なため端役ばかりで、使用人やメイド、一度は執事役もやった。それでも母が出ていればどんなお芝居だろうと毎回足を運び、楽しく鑑賞した。けれどもある晩、気まずいことが起きた。劇中、メイド服姿の母がお盆を持って登場した。セリフをいう。「燻製の魚を運んでメアリーが登場」。観客は大笑いしたが、登場場面に受けを狙う意図はなかった。何が起きたのか、すぐにピンときた。セリフ覚えが悪い母は、舞台袖に台本を置いて、出番直前に見直した。「燻製の魚を運んでメアリーが登場」はセリフではなく、ト書きだった。とまれ、母のいいかたを気に入った。すごくアヴァンギャルド、すごくブレヒト的だ。でも不幸にも、笑いがかわいそうに母を混乱させて、本来のセリフをいわずじまいで舞台をはけた。

けれど母があの状況のおかしさを理解するのに、長くはかからなかった。その後、わが家では話し合うには具合の悪いことが何か持ちあがるたび、母がのっけにトチったセリフ、「燻製の魚を運んでメアリーが登場」をだれかが口にし、その場をなごませた。毎回効き目があった。

わたしのアマチュア演劇、〝アム・ドラムス〟での活動はもっと中身があった。十代なかば、気がつけば同時に四つの劇団に所属していることもあった。学校がほとんど宿題を出さなくて助かった、そんな時間は最低限しかとれなかったから。演技への情熱、それが与える喜びがどれほど大きくても、実際のキャリアとはみていなかった。演技はただ楽しむものだ。おそらくそのせいで、俳優をなりわいとすることを想像できなかった。仕事とはどういうものかは両親の目を通してみており、仕事は楽しむべきものではなかった。

十五歳たらずでマーフィールド・セカンダリー・モダンの卒業が近づき、身の振りかたを考えなくてはいけなくなった。トレヴァーがそうしたように、テクニカルカレッジ受験を家族で検討した。しかし技術系に興味はなく、正直、これ以上学校に通いたくはなかった。規則と風紀に縛られ、興味のないことを勉強したりやったりするのには飽き飽きだった。ヘッドボーイとバリーハウスのヘッドの肩書きさえ、魅力を失いつつあった。

ある午後遅く、食事当番のわたしが終業時に机と椅子を片づけていると、ドーマンド先生が通りかかった。「あのな、パトリック。ヘッドボーイはそんなことをしなくていいんだ」。わたしは楽しくてやっているし、年下の生徒のいいお手本になると思うと説明した。「ところで、これからどうするんだ？ パトリック。三ヶ月後にはここの生徒じゃなくなるんだぞ」

わたしはつぎにどうすべきか思いあぐねていると告白した。ドーマンド先生は考えこむような間をとった。それからいった。「演技を考えたことは？」

意味がわからなかった。「演技はしてますよ。すごく楽しんでます」

「そうか、それじゃ、それをキャリアにしたらどうだ？ 演劇学校に二年行くんだ。そうすれば準備ができる。ルースと週末のレッスンをつづけているのを知っているし、きみを学校演劇に出そう、卒業後もね。そうしたらシェイクスピアについてもっと話せる」

はじめ、わたしはことばを失った。それから首を横に振って、わたしの側の理屈を説明した。「すみません、できません。職業俳優になった人なんて知りませんし。ぼくみたいな人間には無理です」

「そこが間違ってるんだ」ドーマンド先生が切り返した。「〝きみみたいな〟人間が俳優として注意を惹きつけはじめている。ひとりかふたりは大成しているよ」

「だれですか？」

「そうだな、アルバート・フィニー、スタンリー・ベイカー、リチャード・ハリス。劇界は変わりつつある」

しかしそんな励ましのことばだけでは、恩人のセシル・ドーマンドから発せられたものであろうと気は変わらなかった。単に「現実的じゃないので」と返事した。

話し合った数日後、校長室に呼び出された。ベズリー校長からわたしに話があった。ドーマンド先生が提案された演劇学校進学を拒んだときいたが、合っているかね？　そうだと肯定した。

「それなら、パトリック、きみが気に入りそうな話が別に持ちあがってね。ザ・デューズベリー・アンド・ディストリクト・リポーター（地元紙のことだ）の編集長、ヘンリー・ウィルソンと話していたんだ。そうしたらヘンリーが、これからするオファーにきみを推したらどうかと提案した。記者見習いの枠で取材スタッフに空きがあるっていうんだ」

三年前に参加した一週間の演劇プログラムのときと同様、わたしは年齢が足りなかったが、特別な許可が出る。ベズリー校長が説明するには、こういうポジションの候補者は通常十七歳か十八歳で、グラマースクール出身だ。たいていがわたしよりもっと高い試験結果と成績をおさめている。

「それでも」と校長。「きみの能力や、ヘッドボーイとして立派につとめたことをひとしきり話した。きみは勤勉で、さらには地元マーフィールド育ちだ。知っていると思うが、あの新聞にはマーフィールド版があり、その意味できみは適任だよ。お父さんには輝かしい戦歴があり、ヘンリーはすごく尊敬している。当校を巣立ったつぎの日から仕事をはじめられるぞ。どう思う？」

その場では面食らった顔をしたに違いない、まったくのまぬけづらでないとしたら。混乱し、同じぐらいうれしかった。地元紙の記者だって！　わたしの思考と野心からこれほど遠いことはない。風刺のきいたパンチ誌を毎週読んで、記事やレビューやユーモアを楽しんでいたのは確かだ。ひそかに、もしかしたらいつの日か、あんな記事を書けるだけ賢くなるかもと思った。でも、正規の仕事としてものを書く？　ばかげている。返答に窮した。

ベズリー校長が沈黙を埋めた。「いいかい、ドーマンド先生と話し合ったら、先生は全面的に賛成だといっておられる。ほかに話をした職員も同意見だ。それに、きみはマーフィールド・セカンダリー・モダンスクールの誇りとなる。ここの卒業生でそんな仕事に就いた者はいないからね。よく考えてくれるかい？」

わたしはそうするというしるしにうなずいた。校長室を出るとき、ベズリー校長がにんまりしたのに気がついた。

その晩両親に、新聞社から申し出があったことを話した。ベズリー校長はすでにこの件を父と話し合っていた。なにぶん父はＰＴＡの会長でもあるからだ。成功と体面のよさを父は評価した。デューズベリー・パブリケーションの姉妹紙、マーフィールド・リポーターを毎週金曜日に読んでいる父が申し出を受けるよう熱心に諭したのも驚きではない。母は好もしさとプライドのにじむ目でわたしをみた。新聞の仕事を受ければ、母が喜んでくれるとわかった。母に本当に求めるのはそれだけだ。

それで決まりだ。さようなら演劇、こんにちはジャーナリズム。

第四章

これから就こうとしている仕事の備えは、まったくできていなかった——知力面でも体力面でも。ベズリー校長にタイプか速記ができるかときかれた。どちらもできない。すると夜間学校で両方を教えられる人物をみつくろってくれ、わたしはすぐに通いはじめた。親切な校長はさらに、餞別までくださった。家に何年も置いてあったというライトンのポータブルタイプライターだ。わたしは得意げに、それを自宅のテーブルに置いた。

衣装部門においてもわたしは失格だった。記者にふさわしい「おとなの」服を持ちあわせていない。学生時代の最後の三年間は、どこへも制服のブレザーとグレーのフランネルのズボンで通した。スーツは当時まだ持っていなかった。しかも、とうとう買ったあかつきには一度しか袖を通さずに終わる。数年後、トレヴァーが結婚したときだ。父はそのために界隈でいちばん安い、デューズベリー生活協同組合の仕立屋にわたしを連れていった。寸法を測らせ、青いウール製のスーツを選んだが、好みじゃなかった。父は寸法を大きめにするよう仕立師に指示した。「成長すればピッタリになり」、何年も着れるからだ。兄の結婚式の写真に映るわたしは、長すぎる袖に手がすっぽり隠れている。すでに成人後の身長五フィート十インチまでのびて、それ以上成長する余地はなかった。いうまでもなく、できるだけ早くそのスーツは処分した。

で、初めてのちゃんとした仕事には、何を着ていけば？　このときは両親が既製のスポーツジャケットを買ってくれた。それから貯金の一部でコーデュロイのズボンを買った。当時コーデュロイはボヘミアンが着るものとみなされ、わたしなりの理屈では、記者の資質には欠けても、少なくとも記者にみえる。わたしの最新パフォーマンス用に新調した衣装だ。あとから新聞社での親友兼ロールモデルのバリー・パーキン――世慣れて老成した十八歳――に感化され、海泡石パイプを仕入れて記者のルックを完成させた。

ザ・デューズベリー・アンド・ディストリクト・リポーター紙は、いまにして思うとマンハッタンの高層建築、フラットアイアンビルのミニチュア版ともいえる三角形のビルに入っていた。この仕事が舞いこんでからオフィスに初出勤するまでのあいだ、当紙のはしからはしまで熱心に目を通した。しかし、自分がこの新聞社の気風に合うとは思えなかった。記事に気圧《けお》されて腰が引けたからでなく（引けなかった）、新聞の中身の大半が退屈な地方ネタだったからだ。リポーター紙に少しでも興味を引く記事は皆無だった。わたしはジョン・スタインベック、レイモンド・チャンドラーの小説、ジョージ・バーナード・ショーの戯曲、パンチ誌のウィットに富むコラムを愛読していた。比ぶるにリポーター紙はすべてが地区評議会議事録、道路閉鎖の告知、退職するビジネスマンへの賛辞などに占められている。犯罪的に退屈だ。

もっと、やりがいのある仕事にする方法をみつけようとした。ロビー活動に数週間いそしんだ結果、チャーリー・ピクルスというたいそうな名前の次長の説得に成功し、教会のホールで演じられるアマチュア舞台の評を書かせてもらう許可を得た。劇と演技は悪くなく、楽しめたため、好意的な劇評を書いた。翌朝、タイプした原稿をチャーリーに手渡した。

チャーリーは骨と皮ばかりのくたびれた男で、基本的にはうめいて意思疎通を図る。席に戻りもしないうちに、次長がとりわけ大げさにうめくのがきこえた。わたしの名を呼ぶ、穏やかならぬ声音で。ニュース編集室にいる全員が手をとめ、わたしのほうをみた――これは雷が落ちるぞ。おそるおそる、次長の席へ引き返す。チャーリーはわたしの劇評を声高に読みあげ、決めフレーズを読んだ直後、そこでやめた。「親密な小劇場には完璧な」演目だった、と評した箇所だ。

「親密？　意味がわかっているのか？」チャーリーがいった。

「はい。意味は――」

「親密！」チャーリーが一喝してわたしを黙らせる。「うちの新聞にそんなことばを載せられるか！」

クスクス笑いとにやにや笑いが編集室内をめぐった。チャーリーのうしろに立ったわたしはショックを受けた表情を浮かべ、片手を口の前に持っていった。それがさらに笑いを誘い――ひときわ大きかったために、チャーリーが座ったまま振り返り、社内の様子を見まわした。わたしは真顔に戻ったが、今度はわたしが次長をからかったととられた。

リポーター紙にいたその後の数ヶ月、あの日の朝のひとことまと、一般家庭で読まれる新聞にわたしが潜ませようとした恥ずべき、スキャンダラスなことばを忘れさせてもらえなかった。評議会や地方裁判所の取材から戻るたび、ほぼ毎回だれかに今朝は〝親密〟なことを何か目撃したかときかれた。実をいえば、わたしはまんざらでもなかった。仲間として受け入れられた気がしたからだ。

新聞は週に一度、ローカル市場向けに三つの地方版を発行している。旗艦紙がデューズベリーで、ほかにマーフィールド・リポーターとバトリー・リポーターがあった。三紙とも中身はフロントとバックページ以外は同じだ。スタッフは記者が約八名、概して若手だった。同僚の大半はデューズベリーでの仕事を、より大手の、もっとうまみのある職場に移る踏み台にしていた――おそらくはリーズの日刊紙ヨークシャー・ポストへ、そのあとは大手全国紙へ。

　それでもわたしはいま、まさしくこの場所にいられるのが幸運だとわかっていた。新聞社に初出勤した日、もうひとり新入りがおり、ケンブリッジ大卒で六歳年上の彼はわたしの何兆億倍も賢そうだった。新入り同士のよしみで気さくに話しかけられ、家族と経歴をきかれた――それから出身校も。ほっとしたことに、真実を話してもこちらをみくだすような態度をとらなかった。どちらにせよ数ヶ月後には、彼を待つ明るい未来へと前進していった。前述した三歳年上のバリー・パーキンとは、すぐにいい友人になった。一九五〇年代のクールな若者の振りをできたのは、全面的にバリーのおかげだ。バリーはタウンホールで開かれる土曜の夜のダンスに入りこむ手助けをしてくれた。そこは十七歳未満は入場禁止で、もう一度年齢のさばを読む誘惑に抗《あらが》えなかった。ダンスホールは――女の子がいるところだ。バリーは最新のステップをぜんぶ知っていて、数時間仕事の手があいたときはいつでもダンスを教えてくれた。バリーがリードでわたしがいつも女の子役なのは、ちっとも気に障らなかった。どう動けば女の子たちが喜ぶかがわかるからだ。

　ダンスホールでマジでヤバいほどイケてる《リアリオ・トゥルーリオ・クーリオ》集団は、テディーボーイズだった。ビロードのえり、膝丈のエドワードジャケットを羽織っているのでそう呼ばれる（〝テディー〟はエドワード七世の愛称）。〝テッズ〟はティーンのロカビリーファッションを体現していた。細身のぴったりしたズボン、ストリングタイ、厚底靴、そしてグリースでなでつけたやたら大きな髪形は、前髪をかきあげてうしろでわける――〝DA〟または〝ダックアース（アヒルの尻）〟と呼ばれるわけかただ。みんなテッズには近寄らなかったものの、わたしはひそかに憧れた。テッズはタウンホールのステージ右側隅の手前で踊り、その場所以外では踊らず、彼らの縄張りに入る勇気はだれにもなかった――ナイフを持ち歩くので有名だったからだ。テディーボーイズはダンスパートナーの女性に忠実なため、彼らのムーブは呼吸がピッタリでみごたえがあった。わたしはテッズのムーブを真似ていくらかは成功し、壁ぎわのベンチに座る女の子の気を引いた。わたしのダンススタイルは、それ以来実は進歩していない。

しかし、週給六ポンドの駆けだしジャーナリストの生活は全般に、とりたてて刺激的とはいえない。せいぜい年季の入ったプロの仕事ぶりに接して楽しんだ。数少ない女性スタッフにしてマーフィールド・リポーター紙のフロントページ担当のキャップ、マーガレット・コートという中年女性の助手にわたしは任命された。

マーガレットは上品なヒルマンミンクスを運転し、わたしを同乗させた道中、追っているネタのあらましや、欲しい情報をどうやって入手するかを伝授してくれた。マーガレットに誘導され、かたくなな取材相手が重い口を開くのを目のあたりにした。たいていはおだてあげて重要人物になったような気分にさせる。話をうながすような合いの手を入れて会話を自分の望むほうへ誘導するタイミングを、マーガレットは心得ていた。

　マーガレットが抜け目のない記者なのは確かで、わたしが本心ではジャーナリズムに興味がないのをすぐに見抜いた。自分で自分に完全に認める前に、本当は演技で食べていきたいのだと認めさせた。舞台に立つのはどんな気持ちかたずねられ、喜んでベラベラしゃべってしまった。

　彼女の部下《ナンバー・ツー》になって数週間後、マーガレットはわたしを座らせ、マーフィールド担当の役目について説明した。デューズベリーまで毎朝バスで通わなくてすむと知り、ひと安心する。代わりに自分の自転車にまたがって、わたしが取材にくるのを待っている町内の様々な人物を訪ねてまわる。マーフィールド・ブリッジクラブの女性会長から、町いちばんのゴシップ好きで知られるとある精肉店の経営者まで、幅広く。ブタの頭を食べる父の習慣から、精肉店と店内の生々しい光景にも動じなかった。ジョークを連発する店主がオチをいうタイミングで羊の頭部をさばく奇妙なコントラストを、とりわけ楽しんだ。

　取材先としてはほかに、地元評議会の事務員がいた。職場に不満を持つ事務員は恨みまじりに洗いざらい秘密をぶちまけたが、裏をとれなかったため記事には起こせなかった。警察署、消防署、葬儀社、救世軍をまわり、そこここでめぼしいネタを集めた。パブ〈ブラック・ブル〉のバーテンダーは酒が招いた不名誉な話でもなてしてくれたが、これまた活字にはできない。

　複数の教会と司祭館にも顔を出した。ホプトン教区の聖公会高教会派《ハイチャーチ》の司祭からは、めぼしい話をもらったためしがない。司祭はわたしをみくだしていたと思う。これっぽっちもハイではないマーフィールド教区教会で聖歌隊員をしていたと話したからだ。けれどホプトンにもう一軒ある教会、ウェスレー派教会《チャペル》では事務員をしている高齢の女性がいて、大きなチューダー様式の家に住み――十六世紀に建てられた本物だ――毎回、居間で美しい銀器のポットからコーヒーをついでくれた。

毎日の訪問の習慣から二ヶ月ほど過ぎたある朝、事務員は声を抑え、秘密めいた口調でいった。「あなたにはオーラがあるってわかってる?」

なんのことかわかりません、と返事をした。

「すごくまれなのよ。前にみたのは一度だけ、ある日曜の晩の説教にきた牧師の周りにあったの。薄いブルーのオーラがあなたをとりまいてる」。わたしは肩越しに振り返った。「いいえ、だめよパトリック。あなたにはみえない。特定の人にしかみえないの。でもあなたの周りをぐるっととりまいて、美しいわ。あなたはとてもいい人だってわかる」

わたしはぎくりとして、何もいえなかった――身のまわりでまたもや心霊現象が起きた。その手の存在を招くような真似は何もしていないのに。「大丈夫」。教会事務員がわたしのコーヒーをつぎたしながらいった。「そりゃあ少しは剣呑《けんのん》な気分になるわね。でも、どうかわたしがいったことを忘れないで。あなたの人生がどこにあなたを導こうと、オーラがいつでも輝いてるって」

この話をうちあけたのはふたりだけだ。母はわたし同様どう受けとめればいいかわからなかったが、演技コーチのルース・ウィン・オーウェンとは前に幽霊と古い絵をとりまく光る霧の話をしたことがある。ルースはこの知らせを平然と受けとめた。

「ええそうよ。マイゾルンロイドで初めてあなたに会ったときにみたし、いまもみえてる」とルースがいった。「怖がってはだめ。あなたのお友だちは正しいわ。美しいオーラよ。でも演技しているときはみえない。なぜかしら。たぶん、それを頭において稽古すべきでしょうね。舞台の上ですごく大きな利点になるかもしれない」

フーム。それまでは一度として、ルースたちがわたしから感じとるものが、天賦の才の徴《しるし》かもしれないとは思いもしなかった。ふたりのことばをそのまま受け入れるよりほかになかった、自分には見当がつかなかったから。とはいえ、舞台上の演技からオーラが出ているのを感じとったことならある――強く感じた俳優は、ジュディ・デンチ、ジュリエット・スティーヴンソン、ハリエット・ウォルター、イアン・ホルム、イアン・マッケラン――それは彼らのわざより饒舌《じょうぜつ》だった。まるで、おのおのがみえない真実のマントをまとい、常に光り輝く演技を、より一層際だたせているようだった。

毎週水曜日の午前十一時、地元聖公会の修道会である復活修士会《コミュニティ・オブ・レザレクション》、略してCRの司祭館の壁に自転車を立てかける。CRの最上長プライアー神父《ファーザー》は、いつもコーヒーの入ったポットとビスケットの大きな鉢を用意してくれていた。神父の書斎を一時間以内に辞することはなかった。プライアー神父はおしゃべり好きで、わたしは完璧なきき手だったからだ。何より、神父は大の演劇好きだった。しばしばロンドンに所要ができ、そのたびに三、四作は観劇していた。

プライアー神父は芝居を描写してくれるだけでなく、再現してみせた。デイム・ペギー・アシュクロフト、デイム・シビル・ソーンダイク、アラステア・シム、サー・ドナルド・ウォルフィット、サー・

ラルフ・リチャードソン、そしていちばんのごひいき、サー・ローレンス・オリヴィエの物真似をして。時間は飛ぶように過ぎ、いつも訪問の最中に一度か二度ドアがノックされ、心配した修道士《ブラザー》がなんの騒ぎかと顔をのぞかせた。

CRはまた、記者として手堅い特ダネの入手先でもあった。社会正義運動に積極的な修道会は、司祭のひとりであるトレヴァー・ハドルストン神父を南アフリカに派遣し、ヨハネスブルグ郊外ロセッテンヴィルにある修道会の伝道団を監督させた。その職務のなかで、神父はアフリカ民族会議の若き党員ネルソン・マンデラと組んで、アパルトヘイト政府の決定に抗議した。政府はソフィアタウンという郊外地区を整地して、土地の人々を強制移住させていた。神父の努力が認められ、民族会議はハドルストン神父に「解放運動に多大なる献身をした人物」に贈る最高の名誉賞、イシュトワランドウェ勲章を授与した。

しかしながら、ハドルストン神父の活動は南アフリカの与党である国民党と対立し、分離主義者の党首らは神父を脅迫する。神父の身の安全をおそれ、CRは一九五五年十二月、隠密裏にイングランドに呼び戻し、メディアと世間にはその事実を伏せていた。だがそれも、水曜朝の習慣である芝居好きのプライアー神父訪問をすませ、自転車を漕いでいた新米記者パトリック・スチュワートが、丈の長い黒のトップコートをまとったひょろ長い男に気づくまでだった。冷たい外気に白い息を吐きながら凍った芝生を横切るその人物が、ハドルストン神父なのはひと目でわかった。でも……南アフリカにいるはずでは？

わたしが最初にとった反応は、興奮のあまり口をあんぐり開けてみつめることだった。興奮した勢いにまかせ、神父の名を呼びかける。立ちどまってこちらを向いた神父に、急いで近づいた。神父は向かってくる若者の機先を制して注意深く、「ハロー」と声をかけた。わたしは少し息切れしたものの、礼儀正しく名乗った。「ハドルストン神父、パトリック・スチュワートと申します。デューズベリー・リポーターで働いています。あなたをここでおみかけするとは驚きました。てっきり、まだ南アフリカにいらっしゃるとばかり思っていたもので」

神父は黙って、こちらを値踏みしている。なんといってもわたしはたったの十五歳だ。再びこのうえない恭《うやうや》しさで邪魔したことを詫び、二、三質問にこたえてもらえないかとたずねた。またもや沈黙。それから温かく、ほがらかな笑顔になった。「そんなに驚くにはあたらないでしょう、ミスター・スチュワート。質問はなんですか？」

話したのは数分だけで、メモ帳はとり出さなかった。終えると神父に礼をいい、自転車に乗って家まで戻り、やってきたデューズベリー行きのバスに乗った。真っ赤な顔をしていつもより早めに出社したわたしに、ニュース編集室の皆が驚いた。何を企んでるんだとチャーリー・ピクルスがきいた。速攻でタイプしなきゃいけないんです、重要な出会いがあって、メモをとらなかったからと説明した。

タイプライターから紙を引き抜いたときは、ほんの数文しかなかった。ストーリーの概要を読んだあとで編集部員に背景を埋めてもらえばいいと判断したからだ。一枚の紙をチャーリーのデスクに持っていく。次長は二度読んだ。身動きしないで「これは」とうめく。だが、それから俄然生気を帯びて、わたしのひじをつかむと廊下に連れ出した。「ヘンリーと話さなくては」という。編集長のヘンリー・ウィルソンのことだ。編集長室のドアを次長はノックしなかった。ただあわてて入っていき、わたしがタイプした紙を上司のデスクに叩きつける。ウィルソン編集長はさっと目を通していった。「よし、ポスト紙に電話するぞ。時間はまだある。交渉はわたしがしよう。チャーリー、そこのスチュワートから詳細をききだせ。これは世界的スクープだ！」

　そしてみよ、ぎっしり背景の埋められた記事がその晩、発行部数を誇るヨークシャー・ポスト紙に掲載された。掲載が決まる前、記事にわたしの署名は入れてもらえるのか、チャーリーにたずねた。じろりとにらまれ、「おとといこい」と目顔で返されただけだった。

　それでもやはり、いまだにあの一件を誇らしく思う。分別をもって行動を起こし、ストーリーをものにした。ジャーナリストにふさわしい本能を備えているなら、この道を進むべきだろうか。問題は、たとえ手柄をあげようとも、ジャーナリズムはわたしの居場所ではないと知っていたことだ。

　最も神経にこたえたのは、訃報欄を書くこと――というよりその取材自体だったと思う。有名人ではなく市井《しせい》の、マーフィールドでわたしのような家に生まれ育った労働者階級の人たちだ。普通は一行で終わる。故人の名前と住所に、遺族の名前を添えるだけ。死亡から葬儀までのある時点で死者の家のドアをノックし、身分と来訪の理由を告げると必ず招き入れられた。

　例外なく、配偶者もしくは親族のだれかがわたしに椅子とお茶を勧めてくれる。窓のカーテンは普通閉められ、その場にふさわしい暗さと厳粛さを保ちつつ、わたしがメモをとれるように照明を絞ってつけてくれる。そっとお悔やみを告げてから質問するように、とマーガレット・コートにアドバイスされた。ルース・ウィン・オーウェンから首尾よく標準的な発音で話せるように仕こまれたが、弔問に際しては親しみやすいヨークシャーなまりに戻して相手を安心させた。

取材は十五分か二十分以上はかからなかった。お茶を飲み終えてメモを閉じる。だがそのあと、おそれていた瞬間がやってくる。親切心と奇妙な必要性にかられ、「故人に会っていかれますか？　本当に立派にみえるんですよ」ときいてくるのだ。

わたしは決まって、弱々しくこう返事するよりなかった。「その、お手数をおかけしたり、ご気分を害したりしたくありませんので」。覚えておられるだろうか、リスの死から立ち直ったのはそれほど何年も昔ではなかった。ところが、わたしのひかえめな異議に対する反応はいつも、必ず「いやいや、手数なんかじゃありませんよ、パトリック。こちらへ、さあ」。そして別室か上階の寝室へ案内されると、開いたお棺のなかに、死化粧師のデリケートな仕事のあとを顔にくっきりと残した故人が横たわっている。

マーガレットの教えどおりにかしこまって立ち、手は前で握りあわせ、頭をこころもちさげる。一分間黙禱《もくとう》したのちに頭をあげ、深々とため息をついていう。「はい、本当ですね。立派なお顔です」。これを合図に妻または夫が遺体に涙ながらのキスをし、わたしには「ありがとう」といって出口へ案内する。

ある忙しい朝、たてつづけに三体のなきがらに案内された。オフィスに戻ったときは顔から血の気が失せていた。年上の記者のひとりがどうしたのかたずね、わけを話すと、わたしを恐怖の目でみた。「パトリック、マーガレットが教えてないのか？　そんな必要はないんだ。こういえばいい。遺体をみるかときかれたら、『どうもありがとうございます。ですが身内に不幸があったばかりで、お誘いを受けたらまだ動揺すると思います。ご遠慮させてください』って」

彼は正しかった。正直、このいいわけに多少のやましさを覚えたものの、数十年後に両親が死亡するまで二度と再び遺体をみずにすんだ。

ジャーナリストとしての進路に立ちはだかる最後にしてはるかに大きな障壁は……アム・ドラムスだ。チャーリー・ピクルスがわたしを信用しはじめ、その結果夕方の遅番取材にわたしを派遣するようになった。けれど一九五五年の終盤、わたしは四、五種類の舞台に出演していて、しかもいい役をもらえた。いずれも稽古は平日の夕方に行われたが、もし出られないなら劇団にわたしの居場所はない。そのためバリーやほかの気心の知れた記者ととり決めを交わし、稽古のときはカバーしてもらい、彼らの手が塞がっているときはわたしがカバーした。さらに連絡網を確立し、取材を振られた事件の詳細を電話で教えてもらう同意をとりつけた。情報に自信があるときは、若気のいたりで、ときたま記事をでっちあげた。新聞の読者には違いがわからないが、ジャーナリスト倫理を根本的に汚すような行為に、やはりうしろめたさを覚えた。

そしてある晩、町議会の取材を担当させられたとき、町の中央にある工場で大きな火災が発生した。ミスター・ピクルスが電話をかけまくって火事の取材にまわせる手すきの者を探した。わたしが町役場、つまりほぼ現場に隣接する建物にいると教えられ、それで白羽の矢が立った。

どんな展開が待っているか、おわかりだろう。わたしは実際には別の町で稽古中で、翌朝オフィスに出勤したときですら火事のことは何も知らなかった。おそろしい形相のチャーリーがわたしを待っていた。「きさま、いったいどこにいた⁉」と迫る。わたしは何もこたえなかった。一時間後、編集長のオフィスに呼ばれた。

ウィルソン編集長はひどく自制していた。最初に説明を求めた。わたしは真相を話した。芝居の稽古をしていて、同僚に会議の詳細を教えてもらう手はずだったと。即刻クビになると思ったが、ウィルソン編集長はもっと公正だった。「スチュワート、きみの行為は容認しがたく、あと一日たりとがまんならん。しかし、うちに残してやろう、まぬけな素人演劇をすっぱりあきらめるならな」

窮地に立たされた。究極の決断のときだ。こたえを奮い起こすのに長くはかからなかった。

「ウィルソン編集長、申し出をありがとうございます。ですが、芝居をつづけていこうと思います」

「それならタイプライターを持って当紙からとっと出ていけ」デスクから立ちあがって編集長がいった。「いますぐに」

編集室に震えながら戻ると、バリーにことのてんまつを話した。「行くな、考え直せ。大きな間違いだぞ。これよりましな仕事なんてみつかりゃしない。ウィルソン編集長に謝ってこい、追い出されないから」

けれどもわたしは固辞した。考えを変えないとわかり、バリーは抱きしめてくれた。「お前はどうしようもないばかだ。だけど決心したのは偉いぞ」

わたしはライトン・タイプライターを片づけ、オフィスをあいさつまわりした。マーガレットが嗚咽《おえつ》し、わたしは申しわけなく思った。けれどいちばん驚かされたのは、チャーリー・ピクルスにだった。しかめっつらの次長が骨張った腕をわたしにまわしてぎゅっと抱きしめ、「寂しくなるよ、スチュワート」といった。それは、こうとしか分類できない瞬間だった……「親密」と。

その夜の夕食の席で、両親に新聞社をやめたことを報告した。母は心配そうに、少しおびえてみえた。ほっとしたことに、父は冷静だった。うなずいて、こういった。「わかった、パトリック。それで……どうするんだ？」

すぐにはわからないとこたえたが、新しい仕事を探し、生活費の分担はつづけるといった。それまでは給料の三分の一を入れていた。一、二年して年齢条件を満たしたら演劇学校に入るつもりだともつけ加えた。

驚いたことに、ふたりとも頭をうなずかせ、さもこの発言を予期していたみたいな反応をした。「お前の人生だ、好きにしろ」父がいった。それだけだった。

数日後、いとこのトニーとパブで落ち合う約束をした。クリフォードおじの息子で、グラマースクールに編入した子だ。職業俳優になるという計画を意気に感じて、仕事の当てをくれた。トニーはデューズベリーの家具店でバイトをしていたが、やめる予定だった。辞表を出すときに店にわたしが現れ、後任の正社員として店長に推薦する段どりを決めた。

トニーの機転が功を奏した。数日後、界隈一高級な、四階分のフロアを占め、近隣の富裕層を顧客とするハドソン家具店の新米販売員になっていた。わたしは店のヒエラルキー底辺に位置し、上からオーナーのデレク・ハドソンさん、店長、副店長、第一販売員、第二販売員、そして、最後にわたしがきた。

わたしの一日は地下からはじまる。やかんに水を汲んで沸かし、濃い紅茶をマグにそそいで販売員に持っていくのが役目だ。正面玄関を掃除して、ショーウィンドウの明かりをつけ、それから階上の全照明をつける。顧客用のトイレが二階にあり、清潔かつ快適さを維持する係のわたしはときどき窓を開けることになった。

火曜と木曜は正面の窓を磨く。土曜日はかき入れどきで、内側と外側の両方を磨いた。ハドソンさんみずから土曜のにぎわう店に顔を出したがった。店に現れるや、わたしはドアから飛び出して角にできたおしゃれなカフェからカプチーノを買って戻る。それから地下におりて一週間着ていた冴えないグレーのスモックコートを脱ぎ捨て、ジャケットとタイをつける――土曜日のわたしは正式な販売員だ。身分の低い〝三番目〟ではあるが。

土曜日はつぎのように進んだ。ドアベルが鳴る。客が入店する。店長がすぐさまデスクの背後から立ちあがって客を出迎え、ハドソンのすばらしい商品をみせてまわる。店長の手が塞がっているあいだにベルがけたたましくなったら、副店長が新手の客を出迎える。そうやって序列をくだっていく。それはいわば、ある種のおみくじだった。どんな客が自分にまわってくるかはわからない。家中に家具を置きたくてしかたない得意客かも――わたしが働いているあいだ、これは実際に一度だけあった――もしくはひとつも買う気のない、ただの冷やかしと判明するかも。

わたしはたいへん優秀な家具販売員だった、自分でいうのもなんだが。土曜日には店内をたくさんうろつき、わたしの出番とみてとると準備に入り、新しい客を素早く、だが注意深く値踏みする。年齢は？　服装はどうか？　声はどんな印象？　何より肝心なのは、どんな販売員ならいちばん安心して家具を買いそうか？　そして、即座にその人物になる。まるでルース・ウィン・オーウェンの演技レッスンみたいだが、ずっと簡単だった。つまりはこういう理屈だ。もし取引をしたければ、安心できる相手としたいと思うだろう。それで、ときには客に露骨なヨークシャーなまりであいさつする。「どーもどーも。当店《とーてん》へよーこそ」。ときにはニュートラルなRP発音を使った。「いらっしゃいませ。どんなお品をお求めでしょう」。この挑戦を楽しんだ。形から入った記者見習い時代みたいだったが、すぐに見返りがあるところが違う。売りあげのパーセンテージをもらえた。

しかし、これはただの、あざといみせかけではなかった。準備を怠らず、店長と販売員、ハドソンさんにすら質問をした。店で扱うブランドの歴史を学んだ。商売をつづけてどのくらいになるのか、評判はどうか、そして最も重要なのは、リードタイム（発注から配達までの時間）だ。ウィルトン織りとアクスミンスター（ウィルトンの最高級品が店でいちばん値の張る品だった）の違いを学んだ。

品定めに時間をかける慎重なお客に当たった場合、急《せ》かさなかった。コーヒーか紅茶はどうかと勧める。「ミルクとお砂糖は？　ブラック？　わたしはとなりの部屋におります。どうぞごゆっくりおくつろぎください。当店の安楽椅子をお試しあれ。ベッドに横たわってみてください。ウィルトンのなめらかさを感じて。わたしはパトリック、ご用命はなんなりと」

そう、わたしは優秀な販売員で、実入りはよかった。稼ぎは未来の野心のため、貯金にまわす。ところで、野心のことは上司には話さなかった。店長には一生勤めあげる家具販売員を手に入れたと思っていてほしかったからだ。不正直だって？　そうは思わない。わたしの計画は、店で働きはじめて一年以内に演劇学校に入学する。だが、それは演劇学校のオーディションに受かり、つぎに貯めたお金で学費をまかなえるかどうかにかかっていた。どちらもたいへんな難問だ。もししくじれば、ハドソン家具店での仕事をつづける必要があった。

日中を家具店で働く利点がひとつあり、夜間は時間が空くために稽古に支障なく出られた。わたしは〝まぬけな素人演劇〟がうまいとの評判を地元でとりつつあり、オファーされる役はどんどん大きく、より上等になっていった。しかし、すべてが大勝利とはいかなかった。デューズベリー演劇クラブはわたしの入団を断り、正直、その痛手から決して立ち直れなかった。俳優人生では勝利を振りはらい、拒絶にしがみつく、とりわけ駆けだしのころには。あのクラブに落とされたことは、数年後、サー・ローレンス・オリヴィエにナショナル・シアター入団を断られたときよりも大きな傷となった。

また、ルース・ウィン・オーウェンと彼女のお化け屋敷通いを熱心につづけた。悲しくも、ブライアン・ブレスドはもはや顔をみせなくなった。国民兵役で陸軍に徴兵されたからだ。だがそれから、幸運が舞いこんだ。扁平足のため軍を除隊になったのだ。ブライアンはすぐさまブリストル・オールド・ヴィック・シアター・スクールに願書を出して受かった。うあああ～。四歳年上のブライアンにわたしは嫉妬し、野心に火がついた。ブリストルを志望校に定める。

ルースに相談すると、ブリストルはわたし向きだとの意見で一致した。また、わたしの懐具合と、演劇学校の学費を捻出するのがいかに難しいかを説明した。ある日、わたしの問題について考えたすえ、最良の選択はウェストライディング地方議会の奨学金を申請することだと結論づけたとルースがいった。それは理にかなっていた。たいへん楽しかった毎年のマイゾルンロイド演劇合宿を主宰したジェラルド・タイラーが、ウェストライディング地方議会の演劇指導顧問をしている。これは英国政府が国家としても地方としても芸術面の教育に価値を認め、芸術で食べていく志のある者の夢と才能をのばすために、資金を確保していた牧歌的な日々の話だ。

ルースの指導でわたしはブリストルのオーディションとウェストライディング地方議会の奨学金、両方に願書を出した。演劇学校からはすぐに返事がきた。イエス、オーディションをするが、ひと月かふた月後になり、日どりが決まるのを待つように。議会のほうはそれほど期待が持てなかった。奨学金の申しこみ多数のため、面接にこぎつけるだけでも何ヶ月もかかるとの通知を受けとった。その間《かん》にわたしは履歴書の資格欄を書き送る――たいへんだ、資格なんて何もない。十五歳で学校教育を終えた。試験を受けたことは人生で一度もない。書けるのは、年に一度のマイゾルンロイドコースに参加したことと、地元のアム・ドラムスでの活動記録だけだ。

一九五七年の春、週末に演劇学校のオーディションを受けるため、家具店から一日休みをとってハダースフィールドからブリストル行きの夜行列車に乗った。二時間ほどしか睡眠がとれず心配になった。駅で早めの朝食をとり、ヴィック・スクールまで歩いていく。最初、校舎を目にしたときはものたりなく思った。物理的には単なるセミデタッチド・ハウスが二軒くっついた家だ。もっと壮麗な建築物を想像していたのに。

秘書室で腰をおろして待つよう指示された。学期休みで校内は閑散としている。だが数分後ドアが開き、校長のダンカン・ロスと対面した――友人からは〝ビル〟と呼ばれるとのちに学んだが、なぜかは知らない。普通と違う外見の男だ。細身で健康的、青白い肌に頰だけが赤みを帯び、髪は短くて巻き毛の剛毛、オレンジ色をしている。手を差しだして握手し、当校にようこそと歓迎したあと教室へ通された。巨大なベイウィンドウが道路の向こうに広がる緑地、クリフトンダウンスに面していた。ロス校長が部屋の中央に立つよう身ぶりで指示する。家具はなく、ひどく無防備に感じた。

何を演じるのかと問われた。ルースと練習した二作品の題名を挙げる。シェイクスピア作品の一節と、サルトルの『出口なし』からの一節だ。しばらく校長は沈黙し、感心したのか失望したのか興味を引かれたのか、判断つかなかった。それから「シェイクスピアからはじめて」というと部屋の片側へ寄り、窓枠にもたれる。快晴で、日光がガラス窓を通して差しこみ、事実上わたしの視界から校長の姿が消えた。まるでひとりきりになったような気がしたが、そういう狙いだったのかもしれない。

ロス校長がこういった。「ゆっくりでいい。急ぐ必要はない。準備ができたらはじめて」。そのころにはわたしは睡眠不足を感謝した。疲労が幸いして神経を鈍らせたようだった。ゆっくり二度深呼吸をし、はじめた。できには満足したが、またもや長い沈黙がつづく。

それから、日射し越しに声がした。「よし、今度はサルトルを」

『出口なし』はシェイクスピアより長くて複雑だが、なんとかやり通し、上々のできで、実際演じる過程を楽しんだ。またもや意味深な沈黙が返る。

そして、再び声がした。「きみはいくつだ?」

十六歳だとこたえた。そのころには校長は窓ぎわから離れ、姿をさらした。両手をポケットに入れている――「いいサインじゃないぞ」と思った――それからまた窓辺に戻る。オレンジ色の髪に後光が差して、燃えているみたいだった。「国民兵役はどうなんだ？　二、三年後に行くのかい？」

わたしは六ヶ月年齢が足りず、政府は徴兵をやめる予定だときいていると話した。「ああ、もちろんそうだな。間違いだと思うが」。絶対間違いじゃない、だがその感情はうちにしまっておいた。

「すごく若いね。でもずっと年上にみえる」。またぞろ苦しい間《ま》。「よし、入学を認めよう。九月からだ。入学許可の通知を郵送させる。住所が正しく登録されているか確認していくように。お疲れさま」

なんてこった、こいつは現実のできごとなのか？　落ちつこうと深呼吸をしてから、「ありがとうございます」といった。

ロス校長は待合室まで送ってくれ、わたしはかばんを手にとり、そのあいだも心臓はばくばくしっぱなしだった。別れぎわに校長がいった。「九月に会おう」

校長が去ると、秘書がにっこり笑うのに気がついた。「わかってた、受かるって！　おめでとう」

外に出て、道路を渡り、ダウンスで空いているベンチをみつける。呼吸を落ちつかせようとしたが、楽じゃなかった。いま起きたことが、信じられない。言下に拒否されるか「ありがとう、追って連絡する」といわれるのを予期していた。その場で即合格になるとは予想しなかった。だれかにいますぐに教えたくてたまらなかったが、ブリストルへはひとりできており、知り合いはだれもおらず……もちろんこれは、携帯電話が出現する何十年も前の話だ。

午後遅くに家に戻り、すぐに両親にこの知らせを伝えた。母は驚きつつもまごつき、とはいえ喜んでくれたのは確かだ。父は冷静に受けとめたようにみえ、けれど握手をされ、それはかつて父がやったためしのない行為だった。

それでもやはり、わたしの大金星をわかちあえる仲間が必要だった。それで、新聞社のもと同僚バリーを訪ねた。バリーはわたしがすごくみたかった大喜びの反応をしてくれた。「でかしたスチュワート、すごいじゃないか。わが道を行け！」

と、同時にこうきかれた。「でも、学費はどうするんだ?」ぐさっ。それについては帰りの列車でじっくり考えた。貯金はとぼしく、学費を借りられるような親類縁者もいない。地方議会の奨学金を申請したが、わたしのすかすかの資格では望み薄だ。けれどその週末、いつものレッスンに行ったとき、ルースはもっと確信があった。「電話がくるのを待ちなさい」といって、乾杯のためにワインの瓶をあけてくれた。ヴィック・スクールが休みのブライアン・ブレスドもたまたま居あわせ、気分が上向いた。

つぎの月曜、わたしはハドソンさんにちゃんとうちあけようと決め、ブリストル入学を許可された旨を話した。ハドソンさんは喜んでくれ、本心から祝ってくれた。しかし、費用面をずばり指摘された。「パトリック、学費はどうするね? 二年間の授業料だけじゃない。教科書代、宿代、食費、それに多少の小遣いがいるはずだ」。一瞬、氏が金を融通してくれるのかと思った――その財力があるのは確かだ――だが、それは起きなかった。

それでわたしはハドソンで働きつづけ、できるだけ貯金し、地方議会からの吉報を祈った。両親は親切に、給金を貯金にまわすならもう家に入れなくていいといってくれた。わたしは反対したが、譲らなかった。人生で初めて母と父が善意とプライドで結託したのを感じ、ふたりに望外の感謝の念を抱いた。

アム・ドラムスの活動はつづけ、わたしがブリストルに受かったことが、様々な演劇団体に広まった。彼らは惜しみないあと押しをしてくれた。劇団のひとつが、稽古中の芝居をデューズベリーの一幕物演劇祭に参加登録した。競争には六つの団体が出場し、恥知らずにもわたしをはねつけたデューズベリー・ドラマクラブも入っていた。演劇祭の週がくると芝居の題名が帽子に入れられ、演じる順番をくじで決める。われわれは金曜日、最終日前日の晩になった。土曜日に最後の上演があり、つづいて審査員が最優秀作品賞、演出賞、男優賞、女優賞を選ぶ。

わたしは最優秀男優賞の有力候補とみなされ、白状するとそのような名誉を受けるのは当然で、アム・ドラムスと別れを告げるにふさわしい方法だと確信していた。われわれの出番がすんだつぎの晩、演劇祭最後の舞台をみた。男性の主役を、なんとなく見知っている非常にハンサムな若者が演じ、だれがみても光っているのが歴然だった。

「まずい、こいつは思ったようには楽勝とは行かないぞ」

わたしは自分を二枚目とみなしたことはなく、周囲もみなしていなかったと記しておこう。女の子にはもてたが、演劇の世界ではわたしの強みは演技力にあり、みてくれがいいからではない。謙遜とは違う。鼻はでかいし眉毛はもじゃもじゃ、教室では野暮ったい眼鏡をかけていた。近視だったため裸眼では黒板の字がみえなかったからだ（のちにコンタクトレンズに変える）。それらの欠点はほどなくして若禿げによって悪化した。一九九〇年代初頭、ジャン＝リュック・ピカード艦長を演じるようになってしばらく経ったあと、初めて多少は二の線でも行けそうだとの感覚をもった。それは単に、TVガイド誌が「ホットなテレビタレント」と題し、読者投票の結果を巻頭特集したおかげだった。わたしは全テレビ番組中トップの〝ホット〟な男性に選ばれた。不条理だ。女性のトップ（にして表紙を飾る共演者）がシンディ・クロフォードだったのが、不条理度を深めた。

そんなわけで、別の劇に出ているこの美男子が突然男優賞のライバルになった。うちの演出家にやばそうだと弱音を吐くと、彼は「いやいやいや、パット、きみがとるよ」といい張った。劇場にはバーがあり、われわれは授賞式直前まで不安をまぎらわすために飲んでいた。式は幸先よくはじまった。のっけからうちの演目が作品賞に選ばれた。だがそのつぎの演出賞と女優賞はよそに渡った。そしてそのあと、男優賞も逃した。理由は自明の理だ。彼はルックスがよく、わたしは違う。

あとから考えると優れたルックスじゃないのは、実は利点だった。美形は観客やエージェントやプロデューサーたちに、成功は約束されているとの満足感と期待をひと目で与える。ただ、常に約束が果たされるとは限らない。鳴かず飛ばずに終わった美形俳優と、容姿には恵まれないが飛ぶ鳥を落とす勢いの俳優多数と仕事をした。それに、容色は月日とともに色あせ、代わりになるものが必要になる。ところがしばしばそれは持ちあわせないのだ。

告白タイム。男優賞を逃したあの瞬間は、決して薄れない。記憶をたぐるたび、いまだに何年も昔の土曜の夜、デューズベリーで味わった感情が甦《よみがえ》る。敗北感。前に書いたように、われわれ俳優は異常なほど人生が自分たちに配ったまずい札に固執し、いい札を捨て去る。ほかの例を挙げよう。初めて出演したアマチュア作品『*The Happiest Days of Your Life*』の新聞評に載ったわたしに対するコメントを、一言一句覚えている。「……そしてホップクロフト・マイナー役のパトリック・スチュワートは、みられたものではない」

さて、単に「みられる」と評価されてうれしがる者はいない。だが、とりわけ深い辱めの穴が、みられたものではない人間には待っている。わたしはどうしたんだ？　どうしてあの劇評にしがみついている？　演技を六十年つづけてきて、すべてをかんがみれば、よくやったと納得できる。

どうにか演劇祭でくらったひじ鉄を生きのび、長々と待ったすえに、ウェストライディング地方議会の奨学金担当課からの通知がきた。指定された日の午後四時に、ウェイクフィールドの町で審査団と面接する。

一九五七年の夏、問題の日。店を早退する許可をもらい、デューズベリーからウェイクフィールドの街なかに出るバスに乗った。そこには地方議会のオフィスが入る堂々としたヴィクトリアン様式の建物がある。座って自分の番を待つように指示され――しばらくかかった。スケジュールは予定より遅れていて、すでに大勢の申請者との面接が終了し、わたしのひとり前の面接がいましも進行中だった。

それで、美しい木の羽目板の控え室でわたしは待った――かちこちに緊張して。最後のハードルだ。もし落とされたら、おそらくは一巻の終わりだった。なんだっていい、なんらかの奨学金をもらえたら、職業俳優になる夢がかなうかもしれない。

この面接で何を期待されているのか、見当がつかなかった。オーディションをするとは書かれていない。それでも、セリフをふたつ用意した。ブリストルでやったのと同じシェイクスピア作品と、J・B・プリーストリーが書いた『夜の来訪者』からの一節。『出口なし』のセリフはレパートリーから落とした。面接官のだれもサルトルになじみがなく、彼の名前を持ちだしたらうぬぼれていると思われるのではと心配したからだ。対してプリーストリーはヨークシャーの誇る息子、ブラッドフォードからたったの数マイル離れた土地の生まれだ。計算ずくの選択をなんら恥じるつもりはない。

突然、面接室の両開きドアが開いて、十代後半の若い女性が大股で出てきた。ドアを閉め、長いため息をつく。それからわたしをちらっとみて、生意気に親指を立てるとさらに生意気なウィンクを寄こした。それがわたしにどんな効果を与えたか、その子は知るよしもない。うなずき返し、長い息を吐きつつ、まぬけづらに映ったに違いないが、にっこり笑ってみせた。「ようし！　あの部屋へ入れてくれ」。ところが、まだその時間ではなかった――待たされつづけ、その間わたしの新たな友人、ウィンクガールについて審査団が検討しているのだろう。

とうとうわたしのためにドアが開き、笑みを浮かべた男性が名前を呼んだ。それはジェラルド・タイラー、マイゾルンロイドの先生だった。わが擁護者、わが味方！　先生をみてほっとした気持ちを抑え、先生もクールに振る舞い、無言で広い部屋の真ん中に置かれた椅子に座るよううながす。全員スーツとタイの、厳めしそうな男たち約八人の列と向き合った。

丁寧（ヨークシャー語版の丁寧、という意味）に経歴と、マーフィールドの生まれか、住んで何年になるかをきかれた。なぜ演技がしたいのか？　なぜブリストルで学びたいのか？　ちょっと若すぎるのでは？

質問はどれも応じやすく、予期した半分も難しくはなかった。いちばん気むずかしそうな面接官が、おそろしい顔でわたしを見据えてこういうまでは。「ミスター・スチュワート、きみに奨学金を与えたとしよう。ブリストルで二年間学び、退学にならず、卒業したとしよう。ウェスト・ヨークシャーで俳優になることに、どんな得がきみにはある？　奨学金が有効に使われたと、どうわれわれに納得させる？　われわれは何を得るね？　なんでも構わないが」

男の芝居がかったけんか腰は驚くにあたらなかったが、それでも驚いた。ここは結局、荒っぽいウェストライディング、「Wir thes muck, thes brass（泥のなかに金脈あり）」のことわざ発祥の地だ。また別の、励みになるお気に入りの警句が「Eyt all, sup all, pay nowt. Ear all, see all, say nowt, and if thaiver does owt for nowt, di it for thisen.」、いいかえれば、「食って飲んで金は相手持ち。ただで働くなら自分のためにやれ」だった。

わたしはせき払いをすると、即興でこたえた。「面接官どの、俳優の仕事はたいていの人が携わる普通の仕事とはすごく違うとご理解いただけますよね。フリーランスで各地を渡り歩き、どこへ向かうかあらかじめ計画を立てることはほとんどありません。ですが、こうはいえます。ウェストライディングでキャリアを築くチャンスがあれば、そうするとお約束します。この土地でわたしは俳優になりたいと思ったわけで、単なるお金以上の借りを永遠に負っているのです」

読者諸兄姉が何を思われたかわかっている。「歯が浮くぜ、パトリック」。まあ、一時は方便でしかなかった。けれど弁明すると、二年後プロになっての演劇界での初仕事は、イースト・ヨークシャーと接するリンカン・シアター・ロイヤルでの舞台監督助手で、ふたつ目はヨークシャーのシェフィールド・プレイハウスの劇団員だ。およそ五十年後、ハダースフィールド大学（ここもヨークシャー）の学長職のオファーを受け、誇りに思い承諾し、十二年在職した。それゆえに本当になった。

針のむしろの刑が終わると、バスに乗ってマーフィールドに帰る。ブリストルから帰りのバスで感じていた昂揚感と満足感こそなかったものの、それでもできるだけのことをしたという気持ちを抱いて。

そのあとは再び苦しい待ち状態と、ハドソン家具店での日常業務に戻り、週六日働いた。わたしの感情は希望と絶望、自信と落胆のあいだを大きく揺れ動いた。明るい目のウィンクガールの記憶さえ、自信をつけさせてはくれなかった――あの子はわたしよりうんと落ちついていた。

ウェイクフィールドで面接を受けた五週間後、家具と絨毯を売る長い一日からぐったりして帰宅すると、母が玄関で待ち構えており、マニラ紙の封筒を手にしていた。ウェストライディング地方議会の差出人住所と、わたしあてなのをすぐにみてとった。

封筒を開けて、なかの手紙をみた。「親愛なるミスター・スチュワート、地方議会は謹んでここにお知らせ……」

そこでわたしは読みやめて母の目をみた。「どうなの、パトリック?」母が期待をこめてきく。

わたしは声に出してつづきを読み、カウンティ・メジャーという奨学金を授与されたことを母と同時に知った。それがどういうものかはわからない。だが翌日、別の手紙を受けとり、今度はジェラルド・タイラーからだった。タイラーさんはわたしを祝福し、カウンティ・メジャーは毎年たったふたり、ティーンの女子とティーンの男子しかもらえないと説明した。わたしは地方議会の歴史上、初めてケンブリッジまたはオックスフォードの卒業生にはならない奨学金受給者だった。

奨学金ですべてをまかなえる。授業料、教科書代、旅費、宿泊代、食費。両親は一ペニーも払う必要がなく、わたしもなかった。

わたしはわが道を行く。俳優になる。俳優に。

第五章

人生にはみずから句読点をつける手段があり、章と章のあいだをはっきりと句点で区切る。ブリストルへ移る準備と同時に、唯一わたしの知るわが家、キャム・レーン十七番地に別れを告げた。

わたしはまったく気づいていなかったのだが、しばらく前から両親はカウンシルハウスの入居待ちリストに載っていた。第二次世界大戦後、英国政府は〝カウンシル・エステート〟の建設を請け負い、労働者階級の住環境改善に力を入れた。古式ゆかしいヴィクトリアン様式の住居からのステップアップを象徴する、庶民に手の届く団地。一九五七年、とうとうアルフレッド・スチュワート夫妻の名前が呼ばれ、古い「一階一間、二階一間」建ての家と一家はおさらばし、狭いけれど真新しい、そっくり同じ外観で立ち並ぶ赤レンガのセミデタッチド・カウンシルハウス八軒のうち、一軒へ移り住んだ。

新居は家族の暮らしを一変させた。正面と裏手に小さな庭があり、人生で初めて表口と裏口があった。玄関ホール、キッチン、居間、独立した寝室がふたつ、屋内のバスルームもある。部屋はどれも非常に狭いが、われわれ三人にとってはぜいたく三昧に思えた。一家はふた間の家と屋外トイレをあとにした。いまでは六つの部屋と眺望がある。裏手を走る線路の向こうには、教区教会と墓地まで広がる緑の野原がみえる。また、ブラック・ディック塔もみえた。塔はわたしのお気に入りの、絵になる石の建造物——十七世紀、この地域の下院代表だったサー・リチャード・ボーモント準男爵の幽霊が出るとうわさされた館の残骸だ。

新居の立つ丘の斜面にぐるりと敷かれた道路、サイクス・アヴェニューも、やはり新たに敷設された。デタッチドハウスが何軒かみおろせ、それもまた、自分たちにしてみれば社会的地位が一段あがったことの表れだった。キャム・レーンでひとつだけ惜しいのは、コミュニティの感覚だ。コミュニティで育まれる友情、思いやり、ユーモア、あいみたがいの感覚。とはいえ新たに持てるようになったプライバシーを楽しんだ。ひとりきりになるために、もはやロウソクを持って寒い屋外のトイレに行かなくてすむ。ひとり占めできる部屋がいつでもあった。天国だ！

もうひとつの大きな変化。父が居間にテレビセットを入れた。いまどきの巨大フラットスクリーンモデルとは、似ても似つかない——月貸しの小さな画面で、映るのは白黒の番組のみ。けれどわが家に「世界」をもたらした。これは、若い時分と第二次大戦中に諸外国を見聞してきた父にとって、大きな意味を持っていた。父はそのころをひどく懐かしみ、それがフラストレーションと、ときおり怒りを爆発させる一因だったと考えている。

父はまた、キッチンの窓の外に小さな温室をつくり、手塩にかけるようになった。トマト、きゅうり、インゲンを育てるだけでなく、蘭への興味を深め、美しい品種を栽培した。ひまわりを植えさえし、連隊付き曹長の柄《がら》にもないと、ひどく感慨を覚えた。父がひまわり好きだった記憶はない。いい兆候だと受けとめた。

ブリストルへ出発するまでの数週間は、浮かれてぼうっとしているうちに過ぎた。ハドソンさんには辞職願いを提出した。彼と店員は心から喜んでくれ、励みになった。働きおさめと演劇学校がはじまるまでにあいだがあくようにし、ひと息ついて、おそらくはどこかでちょっとした休暇を楽しめそうなオフタイムをつくった。それは実現しなかったが、ルース・ウィン・オーウェンのレッスンはつづけ、一学期十二週間、週六日のハードな学校の授業に備えた。

買い物もした。ブリストル・オールド・ヴィック・シアター・スクールは初日から使用する用品のリストを送ってきた。黒いダンスタイツ、バレエシューズ、〝バレエサポート〟がリストアップされていた。バレエサポートはいまでいう〝アスレチックカップ〟だ。リサーチをしてそういった品物を買える小さな店がリーズにあるのを発見する。それらの商品を店で買うと思うと気まずかったので、感情面の支えに新聞社時代の仲間、バリー・パーキンを連れていった。遠出のあいだ中、バリーにからかわれっぱなしになるのを予測しておくべきだった。けれど、バリーとのあの時間は大切なものになった——そのころ彼は英国空軍に入隊し、ともに過ごせる時間が貴重なのを承知していた。実際、そのあとクリスマスと夏季休暇の夜に何度かパブで飲んだものの、その後は音信不通になった。

当時、遊び半分でつきあっていた地元の女の子がいた。真剣なつきあいではまったくなく、たいてい週にひと晩映画に行ったり、タウンホールの土曜のダンスに行ったりした。ところが、ブリストル行きを告げるとその子は泣きだした。一週間後、最後のデートの夜、二度と会いたくないといわれた。会う意味がある？　と。異論があるはずはなかった。頭のなかではすでにマーフィールドから片足を出していた。バリーがあとくされなく発てとアドバイスし、それが正しいことだとわかっていた。バリーはまた「それにだなー、ブリストルで出会いがあるかもわからねーだろ？」ともいった。それもいい指摘だ。

新居での毎日は、少しばかり緊張した。母が目にみえてふさぎこんだ。まもなく末息子、母のベイビーが家を出ていく。学期が終わるごとに帰省するし、夏休みには地元でバイトをして自分の寝室で寝泊まりすると保証しつづけた。口からでまかせに、また一緒に旅行に行こうとさえいった。残念ながら、その約束は守れなかった。

それに、父とふたりきりになることも心配だったのだと思う。トレヴァーが生まれてから二十年以上、母はずっと、少なくともひとり、しばしばふたりの味方が家にいた。父との諍《いさか》いは劇的に頻度が減り、わたしの知る限り父が暴力をふるうこともなくなった。とはいえトレヴァーとわたしはカウンシルハウスにふたりきりになったら問題が起きるかもと、気が気ではなかった。父は蘭とひまわりの世話に熱を入れ、アメリカニワトコのワインをつくりはじめさえし、エールと違って文明的な家庭人らしく、母と家で飲んでいることで多少は安心できた。

一九五七年の九月が近づくと、もの思いに沈みがちになった。家族のみならずわたしの青春、故郷の町、生まれ育った生活に別れを告げるのだという実感が、自分のなかで膨れあがる。マーフィールドを長時間散歩してまわり、わたしが通ったみっつの学校、遊んだり空想にふけった原っぱ、未知の世界を知った映画館、慣れ親しんだ川、運河、線路に声を出さずに別れを告げた。どういうわけかいちばん離れがたかったのが、なだらかに起伏しながら町を囲む丘陵だった。丘のことを考えたら、自転車に乗って野原を遠乗りしたくなった。

高級自転車ではないが、十三歳のときに父が買ってくれ、新聞記者時代に取材でまわっていたときに乗ったのと同じ、頑丈なラレーだ。こども時代の友人ふたり、デイヴィッドとブライアンを誘って一日がかりのトレックに出かけた。地元の通りをただ流しただけではなく、長い、罰みたいな百十五マイルの距離を、頭をさげ、呼吸を荒くしてあの夏の日曜日に走った。何年もあと、タイツを履き、スリムなピカード艦長の制服をつけた脚を、すごく引きしまっているとよく褒められた。わたしの返事はずっと同じだ。「サイクリングだよ、きみ、サイクリングのおかげだ」

あるとき、デイヴィッド、ブライアン、わたしの三人は、大胆にもペナイン山脈の起伏に富む高地、ヨークシャー・デールズ目指してツーリングに出かけた。過去にはデールズの裾にしか行ったことがなかったが、オトレーとグラシントン、さらには谷の奥深く、ワーフェデールの町まで二十マイルあまりを漕いだ。ああ、羊が散在する緑の丘、美しい石造りのコテージ、壮大な静けさよ！　南に進路を変え、すすけた工場とバラックがつづくこども時代から見慣れた景色に戻ると、胸がずきっとし、深い悲しみを覚えた。

ブリストルに発つ数日前、デールズまでひとりで走ったが、ちっとも孤独ではなかった。冷たい空気を吸いながら、これほどなぐさめられ、もてなされ、歓迎され、インスピレーションの湧く場所にきたことはないと気がついた。鉄門の柵に自転車をつなぎ、イングルバラ山の頂上までのぼっていく。頂上からは遠くの丘や谷、谷間に根を張るこぢんまりしてのどかな村々がみえた。そのいっとき、ヨークシャーを離れがたくなったが、そうしなくてはいけないとわかっていた。俳優になるのだ。どれほど美しくても、デールズはその機会を与えてはくれない。

どこへ住もうとまたは仕事をしようと、あの日を忘れたことはない。何年もあと、「新スター・トレック」時代に愛する英国製レーシングカー、緑色のジャガーXJS12に乗り、ロサンゼルスのダウンタウンに向かって何かの野暮用で走っていた。〝走って〟は寛大な形容だ。午後四時のラッシュアワーのただなかで、われわれは全員のろのろと這い進んだ。ルーフを開放していたのは、空気の状態を思えば悪手だった。巨大なスモッグの低い雲に包まれながら、わたしはある思いに打たれた。「ヨークシャーで家を買おう」

兄トレヴァーの少なからぬ手助けで、その夢は実現する。六ヶ月後、イングランドのわたしの唯一の家が丘のてっぺんに立ち、数十年前のあのときに立った頂からほど近い、ワーフェデールの谷をみおろしていた。隣家までは最寄りでも半マイル離れていた。東側にはひとけのない荒れ地が無限に広がる。友人と家族を泊まりに招いたが、孤立した立地に居心地の悪さを覚える者がひとりならずいた。娘のソフィーはひと晩でさえひとりでは泊まることを拒否した。だが、わたしはこの家を愛し、長い期間をひとりで過ごしても不安や危険を感じたことはない。少し前に家を売ったが、二十五年にわたり、ロサンゼルス、ロンドン、ニューヨークからの大切な避難場所だった。

だが、一九五七年に戻ると、こども時代の思い出の場所にうしろ髪を引かれつつ別れを告げた。とうとうスーツケースに荷物を詰め終え、ジャケットに腕を通し、タクシーを呼ぶ。母を抱きしめてキスし、父すら抱きしめた。母は泣いていた。父はストイックだった。わたし？　混乱して、ろくに息もできなかった。これが望みなのはわかっている。だけど本当に？　絶対か？　とり消すには遅すぎる。さようならキャム・レーン。さようならタウンゲート。さようならサイクス・アヴェニュー。さようならマーフィールド。さようならウェスト・ヨークシャー、そして、わたしに与えてくれたすべてにありがとう。

ブリストル。マーフィールドから二百マイル離れたイングランド南西部のこの港町には、最初から強い印象を受けた。ダンカン・ロスとのオーディションの日はほとんどみてまわれなかったが、戻ってみると、みどころ満載の地であることに気づいた。サンフランシスコにゴールデンゲートブリッジがあるように、ブリストルには万能のクリフトン吊り橋が、険しく岩がちなクリフトン峡谷の底を流れるエイヴォン川の上高くに架かる。

ブリストルはかつて、そしていまも主要な文化の要衝《ようしょう》であり、広々としたブリストル競馬場とシアター・ロイヤルを擁し、後者はオールド・ヴィック・シアター・スクールとは別物の、崇敬される名高きブリストル・オールド・ヴィック・シアター・カンパニーの拠点だった。シアター・ロイヤルは一七六〇年代に建てられ、英語圏では最も古くから連綿と営業をつづけている劇場であり、壮麗にして美しい。平土間席を囲むのはドレスサークルと呼ばれる客席エリアで、凝った金細工《フィリグリー》の装飾が天井まで届く。サークルの上にさらに天井桟敷があり、詰め物をした座席の背後に並ぶ数列の木製ベンチは、一七六六年のこけら落としのときのものだ。ベンチの最後列に座ると、頭が天井すれすれにくる。観客席と舞台の近さが観劇体験の緊張度を高めた。観客と俳優の双方に、全五百四十席の劇場には普通は望めない親近感をもたらす。シアター・ロイヤルでわたしが初めてみた舞台は『ゴドーを待ちながら』――のちに俳優として非常に親しむようになる芝居――で、幕間《まくあい》になるずっと前に、この場所に恋をした。

けれど、シアター・ロイヤルに初めて目をとめたときは、プロフェッショナルという意味においてはまだ俳優でもなんでもなかった。ブリストルにきたばかりで、故郷から温かい祝福とともに送り出されたため、演劇学校での自分の居場所に不安があった。ブライアン・ブレスドが在籍二年目に入り、ルース・ウィン・オーウェンのところで知り合ったもうひとりのヨークシャー仲間、ロイ・セムリーもいると思うと、勇気が湧いた。とはいえほかの生徒は見知らぬ者たちだ。裕福な中産階級の子女で、私立学校で教育を受け、大学の学位を持つ者もいるというプロフィールを、十把一絡《じっぱひとから》げに設定した。全員がイングランド南部出身で、ＢＢＣのニュースキャスターみたいに話し、ポケットを現金でぱんぱんに膨らませ、小遣いを使い放題なのだ。

学校に寮はなかったが、事務室の口添えで個人宅のひと間を間借りできた。ねぐらと週七日の朝・夕食が、きわめて手頃な値段で手に入る。そこの住所を訪ねて家を目にし、満足した。ＢＢＣのブリストル・スタジオの近所にあり、家は手入れがいきとどき、くつろげる家具付きだった。家主の女性は魅力的な人で、わたしを歓迎してくれ、中産階級のアクセントで話した。ひとつ気に入らなかったのは、寝室に通されたとき、シングルベッドが二台置かれていた点だ。ルームメイトがいるとはいわれなかった。いくらかほっとしたことに、同居人はなんと、ロイ・セムリーだという。ロイは女主人と夕食をとっている最中に到着し、わたしと同じだけルームメイトの存在にムッとなったが、わたしには気持ちよく接した。

翌朝、宿から十五分歩いてヴィック・スクールに登校する。早めに着いた。どうにも肩身が狭い。晴れて生徒の一員にはなったものの、限られた教育のせいで社会的なひけめを感じた。学業に秀でてもいなければ見聞を広めるような旅もしていない。気軽に雑談を交わす備えはできておらず、時事問題や流行りの話題に気の利いた意見をいうこともできない。教室が埋まるにつれ、ぜんぶで約二十名の生徒のうち男子より女子が多いことに気がついた。うしろの席について、できるだけ目立たずにいたかった。

　午前九時、ダンカン・ロスが偉大なムーブメントのマエストロ、ルディ・シェリーと、見覚えのない中年女性を伴って入ってきた。演技主任のダフネ・ハードだと紹介される。全員がいんぎんにミス・ハードと呼ぶその女性は、おそろしい存在だった。椅子に背中を預けずまっすぐにのばし、肩の上で頭をそびやかした。ミス・ハードがバッグを開けてタバコの箱とライターをとり出すのを見守る。手慣れた仕草で一本タバコを引き出し、鮮やかな口紅を塗った唇のあいだにはさみ、火をつけ、吸い、それから長々と、細い煙を吐きだす。ライターとタバコの箱をバッグにしまい、そこから今度は小さな灰皿をとり出し、左のてのひらにバランスよく置くと、右手で火のついたタバコを持ち、あごと同じ高さにする。わたしはミス・ハードに魅了され、賛嘆の目で見入った。早くもわれわれにコーチをつけはじめたかのようで、この女性の秘密を教わりたくてしかたがなかった。

ロス校長はつぎの一年間の予定、とりわけ一学期目の進めかたを話した。一クラスが少人数になるように、二組にわける。だが毎朝九時きっかりに、全生徒でルディ・シェリーとムーブメントのウォームアップをする。月曜から金曜まで演技プログラムに集中し、それには脚本研究、役柄分析、即興、独白、中世とルネッサンス時代のドラマの違いと類似、同じく王政復古喜劇、ヴィクトリア朝のメロドラマ、ヨーロッパの演劇（チェーホフ、イプセン、ブレヒト、イヨネスコ）、それにショー、シェーファーからピンターまでの現代劇の違いと類似がふくまれる。また一連の〝演技ゲーム〟をやって生徒の発想力、役への理解度、演じる役同士の関係における発展性をテストする。

ワオ！　ロス校長のいっていることの半分しかわからなかったが、興奮した。ルース・ウィン・オーウェンをのぞいて、こんなふうに演技について論じた人などだれもおらず、アム・ドラムスの演出家では皆無だった。アマチュア演劇をやっていた五年間はもっぱらセリフを覚え、楽しみ、「振りをしよう」と考えただけだ。

ミス・ハードは韻文を担当し、詩からはじめてシェイクスピアへ進むといった。シェイクスピアのことばと通じあう方法を学んだすべてが、ほかの劇作家全員のことばと通じあう助けになると説明した。ミス・ハードはまた、即興クラスも教える。

校長が話を切りあげたとき、ルディがタイツとTシャツに着替えてバレエシューズを履くようにと指示した。男子生徒にいまわしき「サポーター」をつけろとはいわなかったが、必要なのは知っていた。困った。カップをつけるのが恥ずかしいのではない。つけるためには下着を脱がなければならず、これまでおとなに自分の性器をさらしたことは、マーフィールドのかかりつけ医にさえなかった。地下の更衣室に向かう前にルディがわたしに気づいた。握手をして、学校に歓迎するといってくれた。その光景をみた同級生たちが目を見交わすのがわかった。それで、少し気分が上向いた。

広くて天井の低いムーブメント・スタジオも地下にあった。全員が集まり、男子も女子もぴっちりした露出ぎみの体操服（そのときにはバレエサポートを無事につけ終えていた）姿だ。ほかの生徒も自分同様恥じらっているのをみてほっとした。神経質な笑いといたたまれなさそうな顔を一様に浮かべている。サポートをつけていない男子がひとりいて、想像の余地を残さなかったが、気にしていないようだった。ルディが指摘しませんようにと願ったが、思慮深く名指しにはせず、単に安心と安全に関する一般的な注意をするにとどめた。

ウォームアップはシンプルで、マーフィールド・セカンダリー・モダンスクールの体育でやったのと似たりよったりのストレッチやカーディオエクササイズなどをした。つぎにルディが音楽を流すと、すぐにエミール・ワルトトイフェルの「スケーターズ・ワルツ」だと気がついた。BBCのラジオ番組「チルドレンズ・チョイス」の定番で、その日にいたるまで小学校の音楽の授業で無数にきいてきた。ルディが、彼なしでウォームアップをする朝が今後はちょくちょくあると説明した。「スケーターズ・ワルツ」に合わせて演じる一連のムーブメントを教わる。ダンスみたいだが、おのおので動き、けれど正確に同じ振りつけを演じることで、互いにつながるという説明だった。毎朝そうやってウォームアップをする。

だが、それで終わりではなかった。発声のウォームアップもやり、一曲まるごと歌う。歌詞カードがまわされるのかと思った。ところが違った――毎年、新入生が自作の歌詞を書く。二年生がお手本を示しに翌日やってきて、彼らのウォームアップ・ソングを歌ってくれるという。自分たちのヴァージョンを一週間で考え、来週月曜日の朝にルディ、ロス校長、ハード先生を一九五七年度クラスの歌詞スタイルでもてなすことを期待された。

この説明をきいて、ひとりの生徒が目を輝かせた。茶目っ気のあるハンサムな男子で、名前はロビン・フィリップス。ロビンとわたしは今年度の生徒では最年少で、チャーミングでめまいがするほど賢いロビンはわたしには欠ける資質を持っていた。教養あるロビンの発音は教養ある雰囲気と外見に合っているが、両親は映画スターのスチュワート・グランジャーの庭師とハウスキーパーだとあとから知った。更衣室に戻ったとき、ロビンが歌詞を書いてみたいといいだした。異論は出なかった。

つぎの朝、ロビンがカナダ人の同級生、パトリシア・アームストロングと共同で書いた歌詞を持ってきた。休憩時間にふたりで一緒に歌ってきかせた。その後はクラス全員で一年間毎朝、ふたりのものした歌詞で歌った。記憶では、以下のとおりだ。

スクールに通い
規則のすべてを愛し

ムーブメントを学ぶ
すごくクールさ。

まだできない
けれど逃げはしない
笑顔でいて、きみたち
死んじゃいないぜ……いまのところは。

コール・ポーターばりとはいかないが、これが一九五七年の話で、生徒は若かったことを忘れないでほしい。みんながロビンの詞を気に入り、好評を博して本人はこのうえなくご満悦だった。わたしは特別感心した。これまでの短い人生のなかで、ロビンほど現代的で賢いやつに出会ったことはない。たちまちクラスのスターになって、卒業までそのままだった。ロビンはキャリアの後年、ロイヤル《R》・シェイクスピア《S》・カンパニー《C》で上演した『ヴェローナの二紳士』でわたしを演出し、カナダで有名な舞台演出家になったことを喜んで付記しておく。

クラスの小ささのおかげで、互いにすぐ知り合いになり、自分の見立てがどれほどひどい間違いだったかを学んだ。多様なクラスで、様々な階級と教育レベルの寄せ集めだった。マーガレット・バロンは高校卒業後すぐに入学し、わたしよりも世間知らずだ。グレニス・ガードナーはロイ・セムリーやわたしと同じくヨークシャーのつましい出身。アニータ・ハートウェル・ジョーンズとジリアン・キッチェンはロンドン出身の上品な女子だったが、わたしと親しくなるのに躊躇はしなかった。アニータはいまでも定期的に連絡をとる同窓のひとりだ。ありがたいことに、ヴィック・スクールの記憶を掘り起こすのを助けてくれた。

さらにカナダ人三人、アメリカ人ひとり、オーストラリア人ひとり、そしてエイドリアン・フィンチという名前の、魅力的な若いニュージーランド人がいた。一学期、わたしはエイドリアンとそのフラットメイトでわたしの友人ジリアン・キッチェンとたくさん過ごした。エイドリアンに根無し草の空気を感じた——故郷から遠く離れ、周りのすべてが奇妙でなじめずにいる、わたしをふくめて。ほら、それなら彼女ともっとなじみになる絶好の理由になるじゃないか？　二学期の終わりには、エイドリアンとわたしはカップルになった。

それからハンガリーからきた男子がふたり、うちのクラスにいた。生徒の大半より年上で、一九五六年のハンガリー革命から逃れてきた難民だった。当時はソビエト連邦があの国を牛耳っており、圧政を強いる政府に抗って蜂起したハンガリー人を排除するため軍隊が派遣され、二千五百人を虐殺した。それが引き金となって移民の波が起き、イングランドとアメリカ合衆国にも一部が流入した。ハンガリー人の同級生ふたりのうち、ジョージ・キシュヴァルヴィはブダペストで自分の劇場を経営するすでに大成した演出家だった。楽しくて優しい男で、友人になった。もうひとりのシャンドア・エレシュは経験豊富な俳優にして、マチネ・アイドル風のハンサムだったけれどときどき傲慢になり、われわれをみくだした。

また、ほかの同級生の倍近い年齢の男、リーダー・ホーキンスについても触れておきたい。三十代後半のリーダーは学校にくるまでの全半生を石油会社で働いてきた。実際、リーダーは西インド諸島で貨物船に飛び乗るとリヴァプールまではるばる旅をし、そこからブリストルまで列車に乗って、ダンカン・ロスにオーディションを受けさせろと嘆願した。リーダーの入学が許可されたと伝えられてうれしく、彼の野心と献身に感心した。やはり親しい友人となった彼は、プロの性格俳優として成功する。

結局、ロイ・セムリーと同室の期間は長くはなかった。一部には、どちらもこの割り当てを好かなかった——そしてロイはどちらにしろヴィック・スクールをやめることにした——からだが、主たる理由は二年生が自分の下宿先に空きがあると教えてくれたからだ。そこは四階建てのテラスハウスで、別の学校、ブリストル大学の敷地に立つ美しいギリシャ復興建築、ヴィクトリア・ルームスの裏手にあった。内輪では「ライオンズ・デン」と呼ばれていた。ライオンズという一家が経営し、下宿人の面倒見がすこぶるよかったからだ。

そこに住むのは大きな恩恵があった。もう気づかれたと思うが、わたしはいつも年上の人間といるのを好み、二年生は、たいして年が違わなくとももっと経験豊富でアドバイスもしてくれた。それにまた、下宿にはデボラ・ヘクトという若い女性がいて、オールド・ヴィックの美術部で働いていた。劇の上演を支える裏方とその仕事が、演劇人ならだれもが知っているように、舞台に立つ俳優たちと密接に絡みあっているということへの理解をヘクトは深めてくれた。

ライオンズ・デンの同居人たちの影響か、もっと自信を持って会話に加わり、気を抜けるようになった。ちょくちょくなんの話をしているのか、わからなくなったけれど。セリフか場面の練習をするとき、いつも読み合わせを申し出てくれる気前のいいフラットメイトがいて、手直しを提案し、論争をしかけ、違う選択肢へ押しやってくれた。この過程は、教師による教育と同じぐらい重要で啓蒙的だった。

エイドリアンと過ごす時間では、別種の教育を受けた。それはある土曜の宵の口、彼女のフラットで無邪気にはじまった。ルームメイトのジリアンは外出しており、わたしはテレビをみに遊びにいった。エイドリアンとふたりでソーテルヌの安ボトルをわけあう。宵の口が夜になり、朝になった。

日曜に目が覚めたとき、わたしはもう童貞ではなかった。ふたり分のカプチーノを買いに外に出たら、まともに歩けなかったのを覚えている。足が脳のいうことをきかず、不安定にふらふら歩き、いまにも膝が折れて道路に飛びだすかと思った。主日（日曜日）、ブリストル郊外の静かな中産階級の住宅街にふさわしい光景ではない。とうとうコーヒーショップにたどりつき、ドアのかまちにしがみついて店内に入るのに成功した。入り口に新聞スタンドがあるのに気づき、オブザーバー紙を一部手にとる。新聞を引き抜いた拍子に、スタンドと新聞もろとも尻もちをついた。店員が走ってきて、店に秩序を回復する手伝いをしてくれた。起き直ると、親切な店員が助けが必要かたずねた。

「助け？　なんで助けが要るんだ？　おれは男だぞ」。それからおとなしくコーヒーを注文した。だけどわたしは二度とその店に足を踏み入れなかった。

ともあれ、エイドリアンとわたしは卒業後もしばらくつきあっていた。


ヴィック・スクールの授業でテクニックを叩きこまれた。テクスト、韻文、セリフ、ムーブメント、即興。ウェストライディング・ドラマの合宿コースで学んだのと大きくは違わず、より精妙で厳格だった。もはやただ演じて楽しむだけのアム・ドラムスの領域にとどまってはいなかった。役づくり、役を脚本から立ちあげて呼吸をさせるやりかたを学んだ——役に固有のやりかたで、パトリック・スチュワート流のではなく。

目的について学んだ。役を演じているときに、もしその人物がどこへ行くのか、何者なのかさえ混乱したりあやふやになったら、単に自分にこう問いかける。「この人物は何を求めているのか？」実に単純なテクニックだ。常に脚本どおりだったり忠実である必要はない。こたえをつかんだとき、というか思いついたとき、少なくとも真実味が生まれる。

ところで、そういった問いかけは自分ひとりで考えるべし、外部の影響でぶれないように、と教わった。在校中とプロになってまもないころ、このプロセスが好きだった。部屋でひとりで座り、脚本、ノート、ペン以外は何もいらない。

いまから書くことはいわずもがなだったり、基本に思えるかもしれないが、信じてくれ。すごく重宝するから。
はじめに脚本を読み、何度も繰り返し読みながらノートに自分の発見を書いていく。「リサーチ」と呼べなくもないメモがびっしり書きこまれた、ＢＯＶＴＳ（ブリストル・オールド・ヴィック・シアター・スクール）のロゴのついたノートの山を、いまでもとってある。脚本を読むたびに明確な目的があり、それを念頭において、読みこんでいく。

一度目：どんな物語、話なのか？
二度目：何についての戯曲か？
三度目：わたしの役は自分のことをどう語っている？
四度目：わたしの役のことを、ほかの役は本人の前ではどう語っている？
五度目：わたしの役のことを、ほかの役は陰ではどう語っている？
六度目：戯曲のなかの真実は？
七度目：戯曲のなかの虚偽は？
八度目：わたしの役は実際に何をする？

ダンカン・ロスにこのアプローチを教わった。いずれはこんな面倒なプロセスを踏む必要がなくなる日がくる、とロス校長はいった。スキルが磨かれきちんとチューンナップされれば、それらの疑問が本能的にわかってくると。まさしくそれが起き、そうなったときはうきうきした。演技がわたしの血肉になった。とはいえ今日この日まで何度も脚本を読むのは好きで、とくに映画やテレビ番組では、脚本を読みながら形づくられていく感情をメモする。

おもしろいことに、映画とテレビといえば、これらのメディア向けの演技指導は受けなかった。あとから思うと、奇妙な欠落だ。ヴィック・スクールの創設者のひとりローレンス・オリヴィエをふくめ、偉大な舞台俳優がひんぱんに映画出演をしているというのに。カメラの前でやる演技には違うテクニックがある。これに関してわたしが学んだ最も強い影響を受けたレッスンは、二十年近くあとになり、かのロッド・スタイガーから、『怒りの日』という彼の主演映画がロンドンでロケ撮影されたときに学んだ。『質屋』〔一九六四〕、およびこども時代の強烈な映画体験となった『波止場』以来、わたしはスタイガーのファンだ。

一九七五年の映画『怒りの日』はわたしの初出演作で、撮影時間は一日半しかなかった。それをきいたロッドは、トレーラーに招いて昼食を一緒にしてくれた。チャンスとばかり、映画の演技で学ぶべきは何かを質問した。ロッドは少し考えてからこういった。「パトリック、理解しないといけないのは、カメラは考えを撮るということだ」。シンプルだが、深かった。どんな種類の演技をしようと、もちろん考えなくちゃいけない。だが観客よりも、カメラは俳優近くに寄る。舞台では見逃されても、カメラは絶対に捉える。

おそろしいミス・ダフネ・ハードの発声授業は、根本的にはルース・ウィン・オーウェンとやったことのつづきだった。ヨークシャーなまりはだいたい消えたが、ミス・ハードはわたしの北部なまりの母音がまぎれこむのがすごく好きだといった。「セクシー」だと——それで、もちろん、わたしは戦略的にそれをもっと活用しはじめた。

本当に苦労した授業は即興で、これまたミス・ハードの管轄下にあった。即興の経験はゼロだ。ページ上のことばを読んで飲みくだす訓練しか受けておらず、本音をいうと、最初は意義すらわからなかった。確かに同級生の即興をみるのは楽しい、とりわけロビン・フィリップスのような生まれついてのお調子者がやる即興は。だがわたしをふくめ、ほかの生徒は壊滅的だった。

しばらくして、即興の才のなさに恥じいるあまり、ばかな真似をした。ソロないしふたりによる即興をするとわかると、自分がやることと即興の筋立てを前もって考えた。演習そのものの完全な否定だ。当然、先生にも同級生にも見抜かれて、ブーイングを浴びることもあった。

散々だった授業のあと、ミス・ハードが居残りを命じた。ふたりきりになると、どうしたのかときかれた。ミス・ハードを好きになり信用しはじめたため、正直に、自分がこっけいにみえるのが怖いと認めた。

「でもパトリック、ほかの授業のときはすごく怖いもの知らずじゃない。何が違うの？」すぐにはこたえられなかった。

「あなたにやってほしいのは、つぎの即興クラスでは何も用意してこないこと。ほかの生徒がすることをただ楽しんで鑑賞しなさい。呼ばれたら、即興であることを確実に利用して。準備にいくらかけてもいいけど、あらかじめ計画してはだめ。心を澄ませ、これはという感情をみつけ、吸収し、それから外に出す、どんな形をとろうが構わずに。そして恐怖を手放しなさい、なぜなら――そして最も大事なのは――間違いはあり得ないからよ。間違いなんてない、前もって考えてくる以外はね。利口になることが目標じゃないの――真摯《しんし》に、無防備になることを学ぶの」

無防備！　そう、もちろんそれだ！　それこそがおそれの正体だった。無防備になるのは最悪の事態が起きるのを招くことになると、経験上信じるようになった。五歳のときに父が復員し、そのときから無防備でいることとすなわち危険に身をさらすことだった。もちろんそれまでセラピストにかかったことなどなかったが、この気づきには癒やし効果があった。ミス・ハードはどうしてわたしの頭のなかで起きていることがわかったんだ？　そして信じてほしい、先生は知っていた。ドアに向かいながら、振り向いてこういったのだ。「決して忘れないで、パトリック。教室では常に安全なの」

再び、どうして知ってるんだ？　十二歳のときの経験を、だれにもひとことも漏らしたことはない。舞台に初めて立ってみて、どんな場所よりも安心を覚えるとわかった。その知識はキャリア中わたしにとどまり、点と点を合わせたのがダフネ・ハードだった。ヴィック・スクールにいるあいだ即興は決して上達しなかったが、それ以降、授業をずっと楽しむようになり、醍醐味《だいごみ》を理解した。

もしヴィック・スクールが理想的な教育の場だとの印象を与えたなら、事実そうだからだ。教師は常に生徒を支え、励ました。呪詛と侮蔑のパンチを浴びせて虐待し、スタジオをボクシング場に変えてしまう演技コーチや大学教授のおそろしい話をきいたことがある。演劇にいじめの余地はない——その必要も——だが悲しいかな、それに喜びを覚える不見識極まりない教師は存在する。

だが、ある意味でヴィック・スクールにも限界があった。『波止場』に惚れこんだことでわたしが当時すでに勘づいていたのは、一九五〇年代のアメリカの演技シーンはわれわれよりも先を行っているという事実だった。コンスタンティン・スタニスラフスキーが著したメソッド演技の基礎教本『俳優の仕事』は全生徒の必読書だったが、ダンカン・ロスがスタニスラフスキーの演技論をとりいれたのは、そこどまりだった。役を「生きる」や役に「なる」がわれわれの語彙やカリキュラムに入ることはなかった。それより、われわれの基板はそれらしく役を「演じる」ことにあり、これをいうのは残念だが、わたしはあまりに長くそこで停滞していた。一九六〇年代なかばのロイヤル・シェイクスピア・カンパニー時代の初期までずっと。

役を演じるのに「正しい」方法があるとガチガチに思いこんでいた、正解がみつかるまでは間違えているのだと。まるで、本当に優れた俳優は全員秘密の暗号を教えられ、わたしのようにもがき苦しむ俳優は試行錯誤するしかないかのように感じた。そしてなんとか暗号を解いたときでさえ、どの舞台でも毎回、寸分違わずまったく同じ演技をするのが自分の義務であると考えた。これがたやすいことだと匂わせるつもりはない、たやすくないのは確かだからだ。そうではなく、いいたいのは観客がユニークな体験をするのを否定していたのだと——わたしの演技をみているとき、観客がみているのは、かつて大勢の観客がすでに何度もみたものだった。

公平を期せば、それが二十世紀なかばの演劇界では主流のスタイルだった。ゆるぎなく安定した演技をみせて観客を楽しませようと尽くす、うっとりするほど輝かしい俳優たちをわたしは目にし、共演してきた。だが、俳優は成長せねばならず、時代と状況に適応するのがわたしはときどき遅かった。

いい例を――何年もあと、一九八七年のことだが――「新スター・トレック」の第一シーズンから引こう。番組の仲間たちはこの話が好きで、とりわけ、実際よりさらにわたしを愚か者に仕立てた自分たちの説を唱えてはからかう。けれどこれはわたしの物語につき、わたしの説を書こう。

わたしはルース・ウィン・オーウェン、ダンカン・ロス、ダフネ・ハード、ルディ・シェリーら、師匠に規律を守るように叩きこまれた。ショービジネスでは、それが基本だ。映画のセット、テレビスタジオ、もしくは舞台のどこであろうと、つらい状況になり得る。規律だけでなんとかその日を一同が乗り切ることもままあった。ところがそのような規律を求めることそれ自体、ひとつのわざなのだ。

ある日、第一シーズンの撮影が半分ばかり進行したころ、わたしは「新スター・トレック」主要キャストメンバーに集合をかけた。これは新番組であり、契約更新の保証はなく、わたしはセットでの規律をたいへん憂慮するようになった。ふざけあいの度が過ぎ、雑音と笑い声をたてすぎ、本番に向かう準備と集中が足りていないように映った。この件について、一同に苦言を呈した。ものいいは、いまではしぶしぶ認めるが、ずいぶん尊大ぶってきこえたかもしれない。

「セットにはわれわれのように早くあがれたり、出が遅かったり、たまのオフ日すらない人々がいる」とわたしはいった。「彼らに協力し、できるだけ早く撮影を進める義務がわれわれにはある。ところがどうだ、諸君は内輪だけで楽しみ、プロにあるまじき振る舞いに耽溺している。みっともない。つつしみたまえ」

いい終えると、一同しんとなった。すると、保安主任ターシャ・ヤー大尉役のデニス・クロスビーがいった。「もう、パトリックったら！　ときには楽しまなくちゃ」

椅子のアームを叩いて、わたしは反論した。「デニス、われわれは楽しむためにここにいるのではない」。重い沈黙のあと、それまでがまんしていた笑いの発作が、キャストのあいだで爆発した。皮肉な拍手すらちらほら耳にはさんだように思う。わたしはセットを猛然と出ていった。カンカンに怒っていたものの、基本は自分に対してだった。しくじったのを知っていた。

キャストの仲間は絶対にこの一件を忘れさせてくれず、うんざりするほどしょっちゅう蒸し返した。また、いつも引きあいに出されるのが、第二シーズンにはおそらく、そして皮肉にも、わたしがセットで最も規則破りな人間になったことだ。一日一回はばか笑いしているのは全員のせいだと、共犯めかしてニヤリとしつつ、わたしは弁明した。


閑話休題、ブリストルに戻ろう。ヴィック・スクールのあの一年目、わたしがいちばん満足できたのは、演技の側面のうち、体の使いかたを探求し、実験した授業だ。これは、それまで通っていた学校でずば抜けていたのが、サッカーか陸上だったためかもしれない。体はよく鍛えてあり、ルディ・シェリーがわれわれの歩きかたを「妊娠したオカマ」みたいだとからかうのを興《きょう》がったのは、気の利いたいいまわしのせいだけでなく、ルディがそれをどう変えてくれるのか、早く学びたかったからだ。基本的に、わたしは指導を受けるのが好きな、体育会系だった。

ルディはわれわれをのべ何時間も大きな円を描いて歩かせ、指示を飛ばした。ときどき生徒のひとりを選び出して、見本に使う。たとえばそれがわたしだった場合、ルディはわたしの歩きかた、頭、肩、腰の保ちかた、足を出す角度、手首の曲げかたを修正して皆に示した。ルディの調整はとことん念が入っていたため、完全に修正し終えると、一インチ身長がのびて、五フィート十インチから五フィート十一インチになる。奇跡みたいだった。

だが、ルディは単にエレガントかつスムーズな、自信に満ちた動きかたを教えただけではない。悪い姿勢が体とムーブメントに与える影響を研究させ、高齢者や病気持ちの役をどう演じれば説得力を出せるか、理解する助けをしてくれた。わたしはまだティーンエイジャーだった。五十年後の自分の体はどんな案配《あんばい》なのか？　老人の挙動をどうすれば体現できる？

ルディのレッスンには底知れない価値があった。三年後、シェフィールドのレパートリー劇団の団員になった初めてのシーズンで、つづけざまにふたつの舞台で違う役を演じなくてはならなくなった。ひとつ目は金持ちで上品な二十二歳の役、ふたつ目は貴族のお屋敷につとめる八十五歳の執事役だ。ふたつ目の役は、一幕の終わりのほうで登場し、客と主人に向かって「壁掛けの間《ま》でお茶のご用意ができております、だんなさま」と呼びかける。

この役柄はもともとロンドンの上演時、一八七九年生まれの正真正銘年季の入った、無声映画時代までそのキャリアをさかのぼる俳優のアーネスト・セシジャーによって創作された。それほど高齢の男は、どんなふうに歩くのか？　この疑問を熟考したすえ、わたしはキューのかかるずっと前から登場シーンをはじめようと決めた。顔を床に向けたまま、足を引きずって開いたドアを通り、一歩につき二、三インチ以上は進まない。

舞台前方で場面が展開するあいだわたしは歩きつづけ、俳優のひとりがそれに気づいてクスクス笑いはじめた。すぐに、舞台上のさらにふたりがつづいた。これはほかのキャストメンバーの気に入らず、演出のジェフリー・オストに苦情がいった。だがオスト氏はわたしの手法をおもしろがって、変えるなといった。それに勇気づけられてさらに早くから歩きはじめると、舞台をさまたげるクスクス笑いがよけいひどくなった。そのうちクスクス笑いがわたしに影響しはじめ、とうとう口を開いてセリフを発する代わり、笑うよりできない晩がきた。さらに悪いことに、キャストがわたしの茶目っ気に慣れすぎて、わたしが登場する前から笑いはじめた。そのころにはやりすぎたのを悟った。最後のふたつの舞台では、ステージの陰からセリフを叫んだ。

この一件を誇りはしないが、体使いの可能性を開いてくれたルディ・シェリーに感謝している。ひとつ否定できないのは、あの役の歩きを、演出家が喜んでくれたことだ。

数十年後、「新スター・トレック」で緊張がほぐれると、キャスト仲間にこの話をした。マイケル・ドーンがすかさず、わたしのよぼよぼ執事が足を引きずって歩く様子をカメラの前で再現してみろと迫った。

パラマウントの倉庫のどこかに、わたしが作戦室からよろよろと〈エンタープライズ〉のブリッジへ歩いていき、「壁掛けの間でお茶のご用意ができております、だんなさま」というアウトテイクが眠っているはずだ。ブリッジの全員が笑い、だが監督は何が起きているのかわからず、喜んではいなかった。思い出せ。ここにいるのは楽しむためではないのだ。

第六章

ヴィック・スクールの一学期目が終わったあと、クリスマス休暇を両親のカウンシルハウスで過ごした。マーフィールドに帰省した。また、ホリデー期間中は近所の郵便配達をするバイトもした。楽しかった。夜明け前に郵便局に行き、手紙を仕分け、常勤の局員とコーヒーを飲み、素敵な所属意識を味わえた。

だが、年輩の局員から何を勉強しているのかきかれ、ブリストル・オールド・ヴィック・シアター・スクールに通っているとこたえると、相手はだまってわたしを見返した。あきらかに戸惑っていた。工学とか、テキスタイル・デザインとかの返事を期待した局員には、意味が通らなかったのだ。家族パーティに二度ばかり顔を出して同じ質問をされたときも、似たようなきょとんとした顔をされた。特別気にかけなかったのは、自分がハイレベルの演技を学ぶマーフィールド出身者第一号かもしれないという考えを楽しんでもいたからだ。けれど心のなかで、多少のうしろめたさとともに、自分の人生があと戻りできぬほど変わったのを感じた。マーフィールドがそれまでずっとわたしの全世界だったのに、いまではほとんど無意味になってしまった。ブリストルと向こうでできた友人たちが恋しく、戻るのを待ちきれなかった。

二学期目は、前の学期のカリキュラムのつづきだった。とはいえ、教師陣は要求と期待の水準を徐々にあげていった。一学期目に感じた居心地の悪さは、すっかり影を潜めていた。いまでは自分がヴィック・スクールに属しているのを知っていた。高い教育を受けていなくても、もはや生徒仲間に臆さなくなった。自分たちは対等だった。演技への飢えを抱えて久しかったが、その飢えはいまでは目的と焦点を持ち、しかもれっきとした前途があった。

ある週末、仲間四人でブリストルからロンドンへ、芝居見物に車を走らせた。ロンドン・オールド・ヴィック・シアターで上演されている『ロミオとジュリエット』のマチネ上演に間に合う。ウェストエンドの颯爽《さっそう》とした看板俳優ジョン・ネヴィルと、未来の映画スター、クレア・ブルームの主演だった。この戯曲を好きだったことはなく、実際演じたこともなかった。冗長だし、後半はとくに退屈だ。けれどこの舞台に限っては、神がかっていた。

ヴィック・スクールで受けた訓練から、最高のシェイクスピア俳優たちを新たなレンズを通してみることができた。とりわけ、ジョン・ネヴィルに目をみはった。ネヴィルは長身で細身、惚れ惚れするようなハンサムで、音楽的だが力強い意志をこめてセリフを話す。ロミオがポール・ロジャース演じるマキューシオの親友であり、舞台のときよりずっと前からの仲だったと本当に信じさせた。有名な「どうしてあなたはロミオなの」のバルコニーの場面で、ネヴィルがクレア・ブルームのジュリエットをみあげたとき、目にみえてネヴィルの様子が変わった。あたかもジュリエットの美しさをみて、より強くなったかのように、だが同時によりもろくなったようでもあった。

それから「待て、何だろう、あの窓からこぼれる光は？　向こうは東、ジュリエットは太陽だ。（『シェイクスピア全集2　ロミオとジュリエット』松岡和子訳、筑摩書房、１９９６）」そうセリフをささやいたネヴィルは、もう同一人物ではなかった。何かに深々と突き刺されてその場に釘づけになり、身動きできずにいると、ジュリエットがこういってセリフを終える。「ロミオ、名前を捨てて。あなたの体のどこでもないその名の代りに私のすべてを受け取って。（前同）」決意と大胆さで胸を膨らませ、ネヴィルがいう。「受け取ろう、君の言うとおりに。恋人とだけ呼んでくれれば、それが僕の新たな洗礼。今からはもうロミオではない。（前同）」心底ぞくぞくした。あそこまで深い変わり身など、わたしにはとてもできない。いままで、跳んでみせるべきところをとぼとぼ歩いていただけだったと気づかされた。生《ナマ》の舞台に俳優と観客の両方がすっかり虜《とりこ》になり夢中になるのは、それが理由だ。あの瞬間を何年経ってもずっと覚えている……ご経験がおありだろう？　いまでもありありと思い出せる。六十年以上経ったいまでも。いつの日かジョン・ネヴィルに会って、彼がわたしに何を与えてくれたのかを伝えたかったが、それはかなわずに終わった。

春休みが近づくと、すごく気前のいい奨学金を受けているにもかかわらず、小遣い稼ぎをする必要ありと判断した。なぜか？　なぜなら、急速に髪の毛を失いつつあり、ブリストルでみかけたヘアクリニックの施術代が入り用になったからだ。わたしの髪は黒っぽくウェーブがかっていたが、演劇学校の一年目、十七歳のとき、加速度的に薄くなりはじめた。下宿から学校へ歩いて通う途中、店に貼られた写真に目をとめた。それは禿げ頭の人物が、男らしいオールバックの以前の自分に戻る施術前／施術後の写真だった。髪が失われていくにつれ、そのクリニックが気になりだした。ある日、とうとう意を決して店に入り、店員に相談した。施術代をたずねた。そのときポケットマネーがもっと必要だと悟った。

春休みにマーフィールドに戻ると、クリニックと同様に先手を打った。実家の前の道を少し行ったところに、個人経営の建築請負業の小さな店がある。店に入り、社長をみつけて技能のいらない三週間分の仕事が何かないかたずねた。すると、レンガ職人の親方が人手を必要としていて、すぐにも雇えるという。現場は通りの先にあった。完璧だ。

結局、人生でいちばん必死に働いた。きいていなかったのは、ただのレンガ職人の下で働くのではなかったこと。チャンピオン、王者だった。冗談をいっているのではない。レンガ職人の競技会が存在し、建設業界ではきわめてまじめに受けとめられている。わたしの仕事は、つぎのとおり。まず親方が壁を築いている作業場のそばに積まれたレンガの山からレンガをとってきて、小さな山をつくる。つぎに、モルタルを混ぜる。普通の建築現場では、これは単に、セメントミキサーのスイッチを入れればすむ。しかし、チャンピオンにとっては違う！　モルタルは人の手で混ぜないといけない。レンガの山の脇で出番を待っているのは、砂とセメントの袋、また袋だ。シャベルと大きな平たいベニヤ板を渡され、表面を混ぜあわせる。別のレンガ職人がチャンピオンのモルタル〝レシピ〟をくれ、あいまいな余地のない表現で書かれているとおりに、水一滴変えずにやれと指示された。問題ない。科学の授業みたいだ。

チャンピオンがすぐにも現れるはずなので、わたしはシャベルですくってこねはじめる。まもなく背の低い、がっしりした男がやってきた。レンガ職人の王様だ！　黙ってわたしにうなずき、上着を脱ぎ、こてを手にとる。一、二度わたしが混ぜたモルタルをまわすと、ほっとしたことに、満足したようだ。それからモルタルを乗せはじめる。あんなに素早い手つきをみたことがなかった。サーカスのジャグラーみたいだったが、棍棒やボールや火のついたたいまつの代わりに、レンガとモルタルとこてをジャグルする。わたしはチャンピオンのわざと手際のよさに驚嘆し、口をぽかんと開けてみとれていた。一滴のモルタルも無駄にせず——すべてが壁に塗りこめられた。

すぐにもう一回分のモルタルをこねなくてはいけないのを悟る。最初の分は一瞬で消えてしまった。ところが間に合わず、チャンピオンが鬼の形相で待っている。「急げ、このなまけ者！」親方が叫んだ。

「待たせるんじゃねー！」

昼休みがあって助かった。そうでなければその朝の作業をとてもやりとおせなかった。倒木の上に親方ととなりあって黙って座り、サンドイッチを食べる。思いきって話しかけ、仕事について質問をした。はじめ、親方はひとことうなって返すだけだった。けれど熱心なきき手を得、少しずつ説明に熱が入りはじめた。そうしてわたしはレンガとモルタルを使った仕事の個人授業を受ける栄誉にあずかった。

皮肉ではない。チャンピオンのことばを、若きパトリック・スチュワートは無駄にしなかった。約十年後、最初の妻シーラ・ファルコナーと結婚したとき、初めて家を買い——小さな、ウォーリックシャーにある十五世紀に建てられた住居で、ウィートシーフ荘《コテージ》というひなびた名前がついていた。その家でわたしはチャンプから習ったことを実行に移した。コテージのこぢんまりした居間の古風な魅力が、現代的な安っぽい外観のガスヒーティング・ユニットで台なしになっている。ユニットは、レンガ壁の正面にあるコンクリート製の炉床の上に設置されていた。ユニットの周りを大きくて醜い木枠が囲い、てっぺんは七フィート幅の年代ものの分厚い梁《はり》に接していた。

何週間も古い梁を眺めるうち、少しずつ、目にしているのが大きなイングルヌック暖炉で、おそらくはこの家が建てられた時期と同じだけ古いものだと確信するようになった。その晩遅く、シーラが寝たあと、わたしは父から受けついだ古い道具箱を漁って、頑丈なハンマーとでかくて鋭いノミをとり出した。仕事にかかり、レンガをひとつ、またひとつハンマーでとりのぞいていく。寝ぼけ眼《まなこ》のシーラが、無理からぬことに不機嫌そうに階下のわたしに声を張りあげ、何をやっているのかきいた。数分で終わると請けあった。

その夜、ハイビームの懐中電灯で照らしてレンガ壁にあけた穴をのぞきこんだ。穴の奥には家の建材に使われたのと似たような、大きめの石のブロックがみえる。それだけわかればじゅうぶんだった。翌日早速ガスをとめて人を呼び、暖房ユニットをとりはずさせた。これから数日間、炉床がわたしの攻撃目標となる。二日ばかりかかったものの、とり壊し作業で昔の炉床が現れ、しっかりしているが手入れが必要だとわかった。調べてみると、グロスターシャーのレンガ会社がエリザベス朝時代の、現代より長いレンガを製造していた。

つぎに、自分の手でモルタルをこねて作業にかかる。レンガを並べていく作業は人生で最も報われた行為だった。となりはしゃれではなく、村の鍛冶屋《かじ》だ。通りの向かい側に立つ炉でみごとな鋼鉄製の煙道をつくってもらい、炎と煙が上にのぼるようにできた。煙突を掃除したあとは、火入れ式だ。このときのわたしはロイヤル・シェイクスピア・カンパニーに在籍していた。一座の俳優たちを招き、暖炉の修復を祝してスパークリングワインで乾杯した。燃える薪が炉床とレンガの暖炉を照らし、わたしたちを暖めた。ありがとう、チャンプ。

何年もあと、家主が変わったウィートシーフ荘の前を通る機会があった。窓からのぞくと、わたしが修復した暖炉で火が燃えているのがみえた。長くもつものをつくれたと知って、満足だった。

暖炉の修復作業中、わたしの頭頂部に髪の毛が一本もなかったことは書いたかしらん？　汗水垂らしてレンガを積んで稼いだ賃金を、ブリストルのクリニックの施術に投じたのになんの成果もあげなかった。三、四回通い、電気の通るパッチを頭皮に当て、ハンドマッサージをし、様々なクリームを塗った。だが望みはなかった。十九歳のころにはいまと同様に禿げていた。

演技のうえでそれは特別悩みの種にはならなかった。自分が理想の恋人ジョン・ネヴィルではないのを知っていた。わたしが気にかけたのは、デートだ。魅力的な若い女性は、若禿げの男とつきあったりしないと考えていた――社会的に受け入れられ、好まれてすらいるいまとは違う。禿げかけていたときにエイドリアンとステディな関係にあったいっぽう、別れたあとに感じたのは、デートに気おくれする感覚、女の子と親しくなろうとしても、相手は髪の大部分をすでに失った若者とカップルになる自分を想像できずにいた。時代は変わった、確かに。

一時、残った髪をのばして頭皮の周りに丹念に広げ、バーコードヘアにしてみた。けれどハンガリー人の同級生で、友人のジョージ・キシュヴァルヴィがその戦略を阻止した。ジョージはわたしが参加している作品を演出していて、稽古に立ち寄ったある日、わたしのところに歩いてくると、わたしを観察し、それから憤慨していった。「お前は何をやってるんだ？」

そしておもむろに手でわたしの髪をぐしゃぐしゃにして、苦心の髪形を乱した。わたしを猛烈になじる。「自分らしくするんだ、そうじゃなきゃ絶対俳優になれないぞ!」

ジョージは既婚者で、そのあと彼の家を訪ねたとき、突然うしろからわたしをつかんではがいじめにされた。彼の奥さんがはさみを手に現れ、髪をつまむとすごく短く切った。わたしは「やめろ、やめてくれ!」と叫んだ。けれどジョージはわたしの耳もとに口を寄せ、すごくそっといった。「これで俳優になれるぞ」

それ以来、拘泥《こうでい》しなくなった。クスヌム《ありがとう》、ジョージ。

わが運命《フェイト》と——または頭《ペイト》と?——折りあいをつけたら、戦略的な利点を与えられたのに気づいた。禿げ頭はかつら制作師からすれば理想的な白紙も同じで、どんなヘアスタイルだって試せた。それに、ウェストエンドかブロードウェイで一夜にしてスターになる行く手が待っているわけではないとわかっていた。予算の限られた英国のレパートリー劇団で働くことになる。デリケートなつくりの、ささやかなかつら——人工毛髪製で、小さいほどいい——をつけてオーディションに向かうのが、わたしのやりくちになった。あとから演出家の前でかつらをとってみせる。「何が手に入るか、おわかりでしょうか?ここに二十代初めの若手俳優がいます。けれど同時に性格俳優も手に入るんです。ひとりでふたり分の、お値打ち俳優ですよ」

三つめの学期の終わり、夏が近づくと、エイドリアンとわたしは一緒に休暇を過ごせないか、予定を話し合った。地元の大規模な建築現場で働いて小遣いを稼ぎ、ついでに体もうんと鍛えようと、すでにひと月分の契約をすませていた。そして実際に働いた。仕事のひとつに、トラックに積まれた舗装用コンクリート板を一度にひとつずつ、ひとりでおろす作業があった。幸い母が分厚い庭仕事用のグローヴを持たせてくれ、わたしの美しい俳優の手を荒れさせずにすんだ。

バイトがあったため、ヴァケーションは残り三週間しかなかった。マーフィールドに二晩泊まってもらい、わたしの故郷をみせて楽しく過ごそうと、エイドリアンを招待した。ひどい間違いだった。エイドリアンは中産階級の子だ——父親はニュージーランドで事業をしている。うちのカウンシルハウスと労働者階級の町は彼女の期待したものではなく、楽しめなかった。

これはエイドリアンを貶《おとし》めたいのではなく、自分の手落ちだ。マーフィールドとわたしの故郷の暮らしぶりをあらかじめ説明しておかなかった。演劇学校では、生徒同士が過去や出自を話し合うことは少ない。学校にいるのは、演技を愛するから、そして得意だからであり——そうでなければその年に選抜された少数には入っていない——自由時間には演劇で食べていくことや、未来を熱っぽく語り合った。そしてわたしは大半の生徒よりも自分の出自について口が重かった。十四歳になるまで兄と一緒のベッドに寝ていた事実を触れまわったことはない。恥ではなく、自己防衛による反射作用みたいなものだ。いまでもわたし同様、こども時代に金に苦労した人々とは自然と親しくなる。何を話し何を話さないか、暗黙の了解がわれわれにはあった。

だが、ヴィック・スクールでは、わたしは中産階級だとたやすく誤解された。ヨークシャーなまりを落とし、どんどんリラックスし、朱に交わった。エイドリアンにわが家で経験することをこまかく話しておくべきだった。つつましい暮らし、父の気むずかしさ。何より、うちのカウンシルハウスはわたしにとっては宮殿であっても、ふたつしか寝室がないことを。このころにはエイドリアンとわたしは活発にセックスし、夜をともに過ごすのに慣れていた。けれどアルフ&グラディス・スチュワートと同じ屋根の下でそれは起きない。そのため、エイドリアンがわたしの部屋を使い、わたしはソファで寝た。エイドリアンをできるだけ家の外に連れ出し、毎晩違うパブへ連れていって地元の友人に紹介したが、どうみても楽しんではいなかった。

埋めあわせに、スペイン旅行をぎりぎりになって予約した。エイドリアンがニュージーランドからイングランドまではるばる旅をしたいっぽう、わたしは祖国を離れたことがなかった。だが、殻を破って旅行代理店を利用した初のスチュワートになり、戸惑いながら不慣れな手続きをした。ロンドンまで列車で向かい、フォークストーン行きに乗り換え、そこでフェリーに乗ってフランスはディエップ港へ渡ってさらにパリ行きの列車に乗る。パリ発の列車で海辺の町タラゴナへ到着し、一週間そこの小さなホテルで過ごしたのち、ブリストルへ戻って二年目を迎える。

旅の初心者にしてはうまくやったが、パリの北駅で新人のやりがちなミスを犯し、あやしげな運転手にタクシーに乗らないかときかれ、誘いに応じた。男の車に乗ったとたん、メーターがないのに気づいた。ぼったくられると悟ったときにはすでに走り出していた。幸い、エイドリアンもわたしも荷物は軽めでバッグを膝の上に載せていたため、赤信号で雲助タクシーから逃げだした。何よりエイドリアンの前で失態を演じたのが恥ずかしかった。

われわれはビーチで楽しく過ごし、バルセロナへ足をのばすと、ひと目で恋に落ちた。唯一当てが外れたのは、バルセロナのモヌメンタル闘牛場で闘牛見物をしようと決めたときだった。スペインと闘牛は同義語だ、体験しない手はない。

すぐに闘牛の真実を学習した。最初は無害にはじまり、すばらしい音楽とマタドールとその助手が列をつくって入場し、最後に一頭目の雄牛が登場する。牛はばかでかく、マタドールのほっそりした姿に影を落とした。だがそれからマタドールの助手たち、バンデリリェロが牛に駆けよると、美しい装飾が施されたダーツを体に突き刺した。その展開にまず、エイドリアンとわたしはむかついた。牛が苦しんでいるのはあきらかで、首と胴から血がしたたり落ちた。

そして、儀式のクライマックスがやってきた。マタドールは片手に剣を構え、小さな真紅のケープのはしをもう片方の手で持った。小さく何度か跳躍すると、牛にどんどん近づいていく。牛はいままでは頭をさげていたが、可能なときは首を振ってマタドールを威嚇《いかく》した。牛と闘牛士が目を見交わす瞬間があり、両者ともに動かなかった。それから男が剣を振りあげ、素早く数歩踏みこんで牛の背中に深々と、柄《つか》に届くまで突き刺した。観客が歓声をあげたが、エイドリアンとわたしは押し黙っていた。マタドールが牛のかたわらに立つ。牛の頭はほとんど砂地にめりこみかけ、鼻から血を流していた。

突然牛が前脚を折って膝をつき、口から血があふれ出た。つかのまもがくと横倒しになり、動かなくなった。観客は大騒ぎだった。エイドリアンとわたしは座ったまま、信じられずに互いに顔をみあわせた。彼女の目に浮かんだショックと恐怖を決して忘れない。わたしはしばらく息をつめていた。ふたりは会場をあとにし——通常料金には六回分の見物代がふくまれた——列車に乗ってタラゴナに戻った。

ブリストルでの二年目、最終学年はプロフェッショナルを目指すための授業へとより露骨にシフトし、メイクとかつらの基礎クラスが一度だけあった。かつら部門ではわたしは頭ひとつ（ダジャレ御免）先んじていたが、メイクに関しては学ぶことがたくさんある。最も有用だったレッスンは、ドーランの塗りかただ。当時はライヒナーが舞台メイクの最大手ブランドだった。老人か空想上のキャラクターを演じるのでなければ、白人の俳優に必要なのはライヒナーの№９スティック一本と№５スティック一本だけ。№９は赤っぽい茶色、№５はクリーミーなピンク。顔中に両方を塗りつけ――わたしの場合、頭頂も――混ぜあわせてなめらかなトーンをつくる。

これは、標準的なメイクアップのやりかただった。なぜならあの時代の重くて原始的な照明は、赤みを帯びた茶色のほとんどを洗い流してしまい、自然な、メイクをしていない素肌のようにみせるとされていたからだ。照明とメイクが進歩するにつれ、演劇界でいわゆる「５＆９ルック」は流行遅れになり、ロートルの役者だけが惰性でつけつづけている。

わたしはロートルにはほど遠かったものの、若い時分についた習慣はなかなかなくならない。ブリストル時代からほぼ十年後、ロイヤル・シェイクスピア・カンパニー初出演となる戯曲のテクニカル・リハーサルのはじめ、演出家のピーター・ホールがプロダクションのうしろから叫んだ。「パトリック・スチュワート、きみはいったい顔に何をつけてるんだ？」

おそらくわたしは顔を赤らめただろうが、メイクが濃すぎて目立たなかったはずだ。

「その……何もつけてません、ピーター」と返事をした。これが爆笑を呼び……それと、ホール氏の返しも。「それなら、舞台をおりてその気色悪い〝何も〟を落としてから戻ってこい」。教訓になった。さらばライヒナー5&9。

最近、引き出しの奥にしまいこまれたあの時代のメイクアップ・ボックスをみつけた。父が戦功でもらった勲章を一時期しまっていたが、もっと立派な箱を手に入れて古いのをわたしにくれたのだ。なかにはまだ№5と№9のオリジナル・スティックが入っていて、何十年も未使用のまま眠っていた。また、この世界では「レーキライナー」で通っている紫っぽいスティックも入っており、それを顔に引くとしわができ、老けてみえる。数十年前にシェフィールド・プレイハウスの楽屋で、ヘンリー・ベケットという名前の俳優と一緒だったときのことを、それで思い出した。当時ヘンリーは八十代で、深いしわがあった。だからといって本物のしわにレーキライナーを埋めこむのをやめはしない。楽屋では不気味にみえたが、観客席からはほかの方法では醸しだせない形で、説得力のある老け顔にみえた。

また、衣装のクラスもあり、ピンとこないかもしれないが、予想よりずっと役に立った。タイツ、ダブレットとホース（ダブレットと合わせて履く昔のタイツ）の正しい身につけかた、および——とりわけ大事な——手ぶりをしていないとき、または衣装にポケットがないときの手をどうするかを教わった。こたえ？ ただ脇に垂らす、気をつけをしているみたいにではなく、だらっと。これは、衣装にちゃんとポケットがついているときにも適用される。舞台でしょっちゅうポケットに手を入れている俳優をみると、落ちつきのなさが目についてしまう——そんなポーズはわざとらしい、くつろいだ振りをしているという印象を与え、実際にわざとらしさを伝えようとしている以外は感心できない。

あえていうと、これはまた、政治の舞台でも適用される。二〇〇〇年の大統領選挙では、わたしはアル・ゴアを支持した。当時はパラマウント・ピクチャーズの撮影所で仕事をしていて、ある日スタジオのヘッド、シェリー・ランシングに撮影所《ロット》で演説をするゴア副大統領の紹介役を引きうけないかとたずねられた。シェリーは、ゴアが「スター・トレック」ファンだといった。わたしは大喜びで引きうけた。バックステージでゴア氏と対面し、ユーモアとくつろいだ態度に魅了された。

わたしが紹介し、ゴア氏がステージへ歩いて出ると、熱のこもった拍手が湧いた。ところが、もはやくつろいではみえなかった。あのわざとらしい気どらなさで、片手をポケットに入れたのだ。わたしはステージの脇にどき、パワフルで奮いたたされる演説をきいた。けれど少し話してはポケットに突っこむ手を替える。気が散って、演説の効果を薄めていると感じた。実生活でだれもそんなことはしない。

イベント終了後、わたしは副大統領に実証ずみの「ポケットに手」のアドバイスを、だめもとでする決心をした。ゴア氏は注意深くきいて礼を述べた。しかし、テレビで彼の選挙活動を追っていたら、手をポケットに交互に突っこむマヌーバーをつづけており、がっかりした。

それが理由でジョージ・W・ブッシュに選挙で負けたと示唆しているのではない。ほかにたくさんの要因があったのは確かだ。だが数年後、ニューヨークのさるイベントで、アメリカ自然歴史博物館が主催する環境問題のチャリティに参加し、演説をする予定があった。アル・ゴアがきていることすら、肩に手を置かれるまで知らなかった。振り向くと、前副大統領がいた。氏はにっこり笑ってこういった。

「パトリック、もしあなたのいうとおりにしていたら、すべてが違っていたかもしれないね」

演劇学校二年目で演じた舞台は、一年目よりもヴァラエティに富んでいた。ルーマニア生まれのフランス人不条理劇作家ウジェーヌ・イヨネスコの短い戯曲『授業』『椅子』『禿の女歌手』の三作を上演する夕べが開催された。わたしは最後の戯曲に出演し、ご想像どおり夫役を演じた。

それ以前に不条理劇をみたことはなかったが、ライドを満喫した。イヨネスコを演じるのは楽しく、魅力的で、ときに怖い。二十世紀屈指の重要な劇作家とみなされたが、一九七〇年代以降は人気にかげりが出たようで、プロになってからは演じたことがない。だが彼は英国演劇界の間口を広げる役を演じ、ハロルド・ピンター、サミュエル・ベケット、ジャン・ジュネの初期の戯曲への道筋をつけ、やがては彼らの作品が台頭していく。N・F・シンプソンという英国人劇作家がいて、やはり功労者リストからは漏れがちだ。シンプソンの『*One Way Pendulum*』と『*A Resounding Tinkle*（チリリンリン）』（という題なのだ）を演じたが、すごく楽しかった。

最後の年に演じた大作舞台は、ウェールズの天才ディラン・トマスの『ミルクウッドのもとに』。もともとはラジオ放送用に書かれ、一九五四年一月二十五日に初めてBBCで放送されたとき、十三歳だったわたしもきいていた。一階の部屋の隅を占領している古い安楽椅子にまるまり、母の許可をもらい耳をできるだけラジオにくっつけて。

ディラン・トマスが何者か知らなかったが、釘づけになった。よく響く声が、ことばをつむぐ。「はじめからはじめよう。春、小さな町の月のない夜。星はみえず、真っ暗な……」。声の主はすぐにわかった。リチャード・バートン、トマスとは同郷のウェールズ人だ。

トマスは本来この戯曲に「第一の声」と「第二の声」というふたりのナレーターを設定している。だがブリストルでやった舞台では、演出のダンカン・ロスがふたつの声を合わせてひとりにし、わたしをナレーター役に抜擢した。稽古まで三週間しかなかったが、ロス校長はわたしにナレーター役を振るとあらかじめ教え、二週間よけいにセリフを覚える時間をくれた。

これは真にプロレベルの舞台でわたしが演じる初の大役であり、興奮と不安を同時に覚えた。その晩をわたしがコントロールし、トーンとテンポを定めるのだと、ロス校長が説明した。ナレーターは伝統的な主役とは異なり、舞台上のストーリーテラーとして機能し、観客に直接語りかけるのだとも。

稽古は楽しさと笑いに満ちていた（エヘン）。初めて、それ以降ずっと愛するようになるセンセーションをわたしは感じた。俳優で、たまたま友人でもある一団を率いる。みんながわたしの引きうける重責を尊重し、協力的だった。稽古ごとに自信が深まった。

そして、生の観客を入れての本番がやってきた。上演は三回のみ。意図的にわたしはほかの俳優と距離をとり、集中して心の準備をした。

照明が消え、舞台へ出ていき、ステージ中央の軽く光るばみり《マーク》へ向かって静かに歩いていく。そこまで行くとスポットライトがともり、わたしの頭部だけが照らされる。最初のセリフを発するため、息を吸いこむ。いよいよだ。ところが、口が開かない——開くのを拒んだ。パニックが胸のなかで膨れあがる。だが、より大きな力がそれを制し、唇が開いて、わたしは最初の一語を発した。「はじめから……」

わずかに間があいたあと、残りのフレーズを吐きだした。「……はじめよう」。心臓の脈打つ速度がゆっくりになり、気がつくとわたしは落ちついた、優しい口調でしゃべっていた。まるで観客がひとりしかいないみたいに。たまたま目をとめた顔、一列目の真ん中に陣どっていたのはダフネ・ハード、わたしの先生だった。先生はまっすぐ見返し……微笑んだ。それが必要なすべてで、わたしは解き放たれた。数分経ったかと思われたあと、わたしは劇を締めくくるセリフを語っていた。「突然、風にゆすぶられ、この春《スプリング》に訪れた二度目の暗い時間に、森がはね起きる《スプリング》」

すごく奇妙だったことがある。カーテンコールのためにみんなが集まったとき、わたしの頭にあったのはただ、「もう一度演《や》りたい、**いますぐ！**」という一心のみ。そして、その直後に観客が出ていかなければ演っていた。あの気持ちをそれ以来、何度か感じた。なにものにも代えがたい気分だ。

演劇学校生としての時間が終わりに近づいたある日の朝、学校の秘書にロス校長から放課後話があるといわれた。それ以上の説明はなかった。時間が過ぎるほど、どんどんその個人面談が心配になってきた。それまで校長室に呼び出されたことはなく、呼び出しはたいてい、悪い知らせを意味した。たいへんだ、何か問題が起きたのか？

六時ごろ、とうとうわたしはロス校長のデスクの反対側に座っていた。たぶん二十分ほど、校長は彼の学校におけるわたしの二年間の成果について、穏やかに励ますように話した。『ミルクウッドのもとに』の演技を褒められた。わたしが直面した試練や困難を指摘されたが、すべて建設的な意見だった。そして、二秒間間《ま》を置き、校長は寂しくなってきた赤毛を両手ですごく乱暴になでた——何か複雑かつ／または気まずいことをいう前にやるとわかっているジェスチャーだ。

「パトリック、きみは決して成功できない……」

ああ、なんてこと、まさか。

「……失敗に保険をかけていては」

まあ、出だしはひどかったものの、無難に終わった。結びで冒頭を埋めあわせた。

けれど正直にいうと、あのことばの裏にある複雑な英知が根づくまでに何年もかかった。ロス校長がいったのは、失敗にこだわるべきではない（それはわたしがあまりに長いあいだ、過度にこだわってきたことだ）というだけでなく、こだわりを勇気に変えろ、大胆さと野心と図太さを動員して、といったのだ。校長はわたしの才能を認めていたが、わたしのなかにためらいがあり、それが自分を押さえつけているのを感じとった。

ロス校長があの日にくれたアドバイスは、最上だったと信じる。中年にさしかかって初めて、その助言に完全に身を任せる決心がついた。それまでの年月を無駄にしたというのではない。創造的な冒険に満ちていたから。だが、たくさんの喜びと創造的な機会を、失敗を案じるあまり逃したのを知っている。

しかしいまや、ロス校長の英知はわたしの職業と生活に完全に染みこんでいる。これまでしまっておいた秘密を、この場で明かそう。舞台に初めて出ていこうとするたび、もしくは重要なシーンでカメラがまわり出そうというたび、わたしは己れにいいきかせる、声に出すけれどこっそり、「どうとでもなれい」と。

もちろん、どうとでもなっては困る。ただ、そういってしまうと解放されて、舞台に踏み出し、カメラの前を横切る踏ん切りがついた。自信を持ち、素っ裸で、図太く。ありがとう、ダンカン・ロス。俳優の卵の集団に向けてトークをするとき、何かひとつだけアドバイスをいただけますか、と決まってたずねられる。いつも「イエス」とこたえ、ロス校長がくれたアドバイスの短縮版を与える。「図太くいけ」


ヴィック・スクールにおける二年間は、「最後の舞台」と呼ばれる公演で頂点に達する。プロの劇団ブリストル・オールド・ヴィック・シアター・カンパニーが、キング・ストリートの豪華な劇場シアター・ロイヤルを三日間貸してくれ、そこで舞台を上演する。さらに学校はエージェント、劇場支配人、舞台監督、プロデューサーら重要人物に招待状を送る。また、舞台で役をもらった生徒は、そうしたければ演出家やエージェントに自分で招待状を送ってもいい。ロンドンから百マイル離れていても、当校は優秀な人材を輩出することで有名だった。

　友人のブライアン・ブレスドを例にとれば、彼はすでに前に進んでいた。一年前に学校を卒業後すぐ、英国のレパートリー劇団としては当時おそらく最高峰のノッティンガム・プレイハウスで俳優兼舞台監督助手としての地位にありついた。在団一年目の彼を訪ねていくと、どぎついとはいわないまでもひどく生々しい語り口で、精力旺盛な成人男性として送るプロのレップ（レパートリー）シアター俳優の生活を披露してくれた。わたしはうらやみ、そんな高みにはとてもいけないと思った。ブライアンは短期間テレビに出演し、警察ドラマの新番組「Z-Cars」〔TV・一九六二〜七八・日本未放映〕の主役のひとりを演じた。番組自体は十六年間つづいた。ブライアンと彼の役柄、ウィリアム・〝ファンシー〟・スミス巡査は英国の人気者になった。

　最後の舞台に選ばれたのは、リチャード・ブリンズリー・シェリダンによる十八世紀の風刺劇『批評家』および、ジョージ・バーナード・ショーの、なぜかみたこともきいたこともなかった戯曲『ブランコ・ポスネットの暴露』。ロス校長が『批評家』を演出し、クラスのスター、ロビン・フィリップスが主役のミスター・パフに抜擢された。ショービジネスのプロたちに、ロビンを輝いてみせられるだけのパワーを求めての選択というのが、生徒たちもっぱらの共通意見だった。

　だが、どうして『ブランコ・ポスネットの暴露』が選ばれたのかはだれにもわからなかった。ショーの戯曲としては劣り、とりわけおもしろくも興味深くもない。カナダ人の同級生アラン・ギブソンが、馬を盗んだと糾弾される町の酔っ払い（アメリカの西部が舞台だ）ポスネット役に抜擢されたいっぽう、わたしは彼の八十歳の父親役だった。はじめから、わたしにはこの役をものにできないとわかっていた。アメリカなまりがうまく習得できず、アメリカ人の愚鈍な老人をそれらしくも演じられない。事実、できなかった。ひどい演技で、みんなにそれがわかった。なまりも、外見も、〝老人〟になろうとして無理をした演技も……すべてがみられたものではなかった。演出のウィリアム・ムーアは演技教師のひとりで、わたしが苦労しているのをみていたが、まったく助けにならなかった。あとから思えば、ムーア先生なら役にふさわしかったろう。

対照的に『批評家』は大成功を博し、主役を張ったロビンは魅力全開だった。自信にあふれ、抑制がきき、目に快い。この演目でわたしはロンドン塔の守衛の端役をもらい、シアター・ロイヤルの楽屋をロビンと共有し、ある意味で光栄だった。プロの劇団が使うとき、この楽屋はピーター・オトゥールが使った。彼はだれとも共有しない。

ロビンは優雅で人気があり、快活な若者だった。実際、わたしが初めてゲイだと認識した人物だ。故郷のマーフィールドにだってゲイが大勢いたに違いないが、一九四〇年代や五〇年代にそれを明かすことは考えられなかった。ロビンがあけっぴろげなのは、おそらくはショービジネスの世界で育ったゆえの健康的な副産物だ。

だが、彼と楽屋を共有するのは苦痛だった。上演のたび、幕がおりたあと、ほぼすかさずドアを激しく叩く音がした。一夜目、わたしは愚かにもドアを開ける間違いを犯し、そのため笑顔を浮かべた演劇界のプロたちの列と対面してしまい、向こうはロビンを期待したのにわたしが立っているので戸惑っていた。わたしは恥ずかしくなり、屈辱を感じた。ヴィック・スクールのプロトコルに従い、約六十通の招待状を様々なレパートリー劇団の演出家たちに書き送った。最も大規模な劇団――マンチェスター、バーミンガム、リヴァプール、グラスゴー――から最も小さな無名の劇団まで。反応は、断りの手紙が数通。どこもわたしを欲しがらなかった。数週間後、小さな劇団からぽつぽつ誘いがきて、オーディションを受けたものの、どこにも採用されなかった。

二度目と三度目の『批評家』の上演後はロビンにドアを開けてもらい、わたしはうしろで壁に張りついていた。ロビンの客が長居することはめったになかったが、賞賛と祝福を彼に浴びせるのをたっぷりきかされるほどにはいた。ロビンはわたしの苦しい立場に気を遣って会話に引きいれたが、一時的にふたりきりになったとき、わたしはそうしないよう頼んだ。「いいんだ、ロビン。わたしのことは放っておいてくれ」

三度目の上演かつ最後の晩、わたしは絶不調だった。演劇学校で経験した善意とポジティブなヴァイブスのすべては幻に思えた。わたしはしくじり、おそらくは人生の二年間を無駄にした。この間《かん》エイドリアンがどこにいたのか思い出せないが、賢明に距離を置いていたのだろうと想像する。わたしの演技は上演ごとに悪化し、ロス校長とほかの教師陣の顔が失望にくもるのがみえた。

その夜、シアター・ロイヤルのロビーでパーティが開かれ、まずまずだった上演の千秋楽だけでなく、演劇学校生活の終わりを祝った。朝になればわれわれは別々の道を行く。まあ、行く道があればだが。ロビンはすでにブリストル・オールド・ヴィック・シアター・カンパニーからの誘いを受けた——われわれが舞台を踏んだ由緒ある劇場が、彼の新たな家となる。

ロビーは楽しそうなはしゃぎ声、笑いとグラスが鳴る音であふれ返っていた。わたしは耐えられなかった。ワインをグラスのふちまでそそいで劇場まで歩いて戻ると、ほっとしたことに、無人だった。平土間席の真ん中に座り、空っぽのステージと美しい観客席をみつめる。心のなかで、わたしはさよならをいっているのだと気がついた、永遠に。この場所だけでなく——すべてに別れを告げていた。キャリア、夢、英国の劇場で生きていくこと——まだはじまってもいないのに。見果てぬ夢だとわかっていた。尻尾を巻いてヨークシャーに戻り、家族と友人にてんまつを説明する。そんな状況を、どうすれば切り抜けられるというのか？

このときがいちばん、すべてにけりをつけることを真剣に考えた。頭にこんな思いがよぎる。「二分歩けばブリストル港の冷たくて真っ暗な海に出るぞ」

けれどわたしは腰をあげず、そこに座っていた。なぜか？ 突如、自信の天啓に打たれたから、ではなく、入水自殺なんてすれば、ロビーで楽しんでいるみんなの気分を台なしにするからだ。人生最高の年月を一緒に過ごしたすばらしい人たちみんなの気分を？ そんな仕打ちはできなかった。

オペラ的な絶望に浸っていた時間に不意に邪魔が入り、肩に手が置かれるのを感じた。『ブランコ・ポスネットの暴露』の演出兼教師のビル・ムーアだった。大丈夫か、と彼はたずねた。わたしにできたのは首を横に振ることだけ。ビルは素早く座席の列をまたぎ越してとなりに座った。

なぐさめのことばをかけられ、傷ついた心が癒される展開を期待しているなら、ページをめくってほしい。それは起きない。

ビルはこういった。「パトリック、正直にいっていいか？」

いい出だしではない。この枕詞で、いい話がされたためしはない。だれかにそうきかれたら、あっちにいけというに限る。

けれど、わたしは相手の求める返事をした。「どうぞ」

「パトリック、きみはいい俳優になる、性格俳優にね」とムーア先生はいった。「そしてきみは俳優業をつづける、だがいっぱしの評価を得るにはあと二十年かかるだろう」

ほら、いったとおりだろ？ ページをめくるべきだったんだ。

二十年！　二十年だって？　おれが生きてきた年より長いぞ！　どう返事をすればいいかわからなかったが、何を思ったかは覚えている。「ファック・ユー、ビル。たわごとをいってんじゃねぇ。みてろよ。すげえ俳優になってやるからな、**いますぐに**」

わたしはワイングラスをあけ、パーティに戻り、エイドリアンをみつけた。抱擁しあい、愛情に満ちた別れのことばを互いにかけたが、再び会うかは不確かだった。わたしは分別を保って友人たちと別れを交わし、彼らの前途を心から祝した。それから宿に帰って荷物をまとめ、つぎの日列車に乗ってマーフィールドに戻った。

故郷に戻って最初の朝、バスに乗ってデューズベリーへ行き、公共職業安定所で無職の登録をして、当該の資格を得た。平易な英語でいうと、失業手当を受けた。父はわたしを恥じたと思うが、奨学金は使い果たしてしまい、けれども母に少しでも食費の足しを入れてあげたかったし、バス代とたまの酒代も必要だった。

スチュワート家は問題を抱え、生活も苦しかったものの職業倫理だけはあった。〝登録〟をした家族は何年もひとりもおらず、労働者階級のこのコミュニティで失業手当の世話になる者は普通、仕事嫌いのなまけ者とみなされた。家族をがっかりさせて本当に申しわけなく思ったけれど、母は父と違い、優しく思いやりがあり、すぐに仕事がみつかるといってくれた。俳優業のことではないのはわかっていた。

わたしの暗黒期だったが、何かが起きると自分にいいきかせつづけた。そしてそれから……何かが起きた。家に戻って三週目、電報を受けとる。イースト・ミッドランズの都市、リンカンにあるシアター・ロイヤルの芸術監督からだった。もしまだ興味があるなら来シーズンに空きがあるが、早急に返事が必要とのことだった。電話番号が添えられていたが、うちにはまだ電話がなかった。それで、ポケットに小銭がたくさんあるのを確認し、パブ〈ダスティ・ミラー〉の電話ボックスまで四分の一マイルを歩いていった。

電報の発信者、芸術監督のK・V・ムーア氏につないでもらうと、彼はしかり、空きがあるが、舞台監督助手を兼ねた俳優だという。早い話が汚れ仕事と端役専門のコンビネーションだ。理想の仕事とは必ずしもいえないが、演劇の仕事であり、すぐに承諾した。週給？　ほんの六ポンド十シリングほど。上等だ。

翌月曜日からはじめてほしがっている。それはつまり、わたしに声をかけたのは別のだれかが抜けたせいということ。けれどそれがなんだ？　もし一番目の候補じゃないなら、いまはそうだ。部屋のことをたずねるとムーア氏は助手につなぎ、助手が電話番号をふたつ教えてくれた。まだポケットにコインがあったので、時間を無駄にしないことにした。番号のひとつに電話すると家主が出て、空きがあるという。賄《まかな》い付きの貸間、つまり朝食と夕食こみで週三ポンド十シリング。すごくいい条件だと思い、土曜日にそちらへ行くと伝えた。

〈ダスティ・ミラー〉の外の電話ボックスに入ったときは、元手も未来もない失業者だった。出たときはレパートリー劇団の舞台監督助手兼俳優となり、週給と、食べて頭を横たえる場所ができた。うなだれていた男が胸を張って歩き、母と父に知らせるのを待ちきれなかった。

ふたりは喜んでくれ、興奮しているわたしに目を細めたが、母はちょっと悲しんでいるのがわかった。わたしが戻ったのがうれしく、当分は一緒にいたかったのだと思う。実際、そのときはだれにもわからなかったが、あの三週間が、ふたりと一緒に過ごすいちばん長い時間となった。

第七章

マーフィールドで過ごす最後の夜の飲み友だちは、むろんバリー・パーキン、新聞社のもと同僚だ。パブに繰りだしてへべれけになり、閉店後はバスでバリーが両親と暮らすレイヴンスソープのカウンシル・エステートへ場所を移した。家族は留守で、バリーは父親がスコッチの瓶をどこへ隠しているか知っていた。ロニー・ドネガンをターンテーブルにかけて、ちびちびやりはじめる。

ロニー・ドネガンはスキッフルの大スターだ。英国ロックの先駆けとなるスキッフルは、バンジョー、アコースティックギター、洗濯板、ティーチェスト・バスで演奏する、いわばホームメイドのフォーク・ジャズ。ピンとこないかもしれないが、ロニーは一九五〇年代の超大スターで、未来のビートルズ、ザ・フー、レッド・ツェッペリンのメンバーが音楽に興味を持つきっかけになった人物だ。数年前、妻のサニーと出席したイベントでことばを交わした人あたりのいい中年男性が、自分たちが歓談している姿を生前の父親にみてもらえたらどんなによかったでしょう、といった。父親は有名なミュージシャンで、「新スター・トレック」の大ファンだという。父親の名前をたずねると、「ロニー・ドネガン」とこたえた。わたしはびっくりするやらぞくぞくするやら……そして、つかのま十四歳に戻った。

とはいえロニーの音楽のせいで、夜更けすぎにバリーの家でわたしが前後不覚になったわけではなかった。よき友人と酒を飲みきってしまうと、遅い時間と、母が心配しているだろうことが気になりだした。もう最終バスは出てしまい、それで歩いて帰った。一マイル半の距離だったが、ゲーゲー吐いて、一度は歩道で屈辱的に転倒し、二倍ほど時間がかかった。

　まあ、晴れて芸術をなりわいとする身となったいまは、そうしたけりゃ羽目をはずすことだってできるのだ。


　リンカン市へわたしの住むマーフィールドからじかに行くのは不可能に近いが、複数の乗り継ぎを経てどうにか指定された日曜日、目的地にたどりついた。リンカンは向かっていくにはドラマチックな場所だ。というのも、周りの風景がパンケーキ並に平らなためだった。何マイルもの遠くから、古都の中心部が識別できる。中心部はリンカンシャー・カウンティで唯一目立つ丘の上に位置し、頂上には市が有名な理由、リンカン大聖堂が鎮座する。あれに匹敵する建築物はイングランド中どこにもない。聖堂の一部建築は十一世紀にさかのぼり、巨大にして厳かなファサードの背後には、ゴシック様式の尖頂を持つ非常に高い塔が三本そびえる。リンカンに住んでいたときは、少なくとも週に一度は聖堂を訪ねたが、そのたびにまだ探検していない一角を新たにみつけるほど、大きく野心的な建築だった。聖堂は都合よく下宿先から短い歩きで行け、劇場へも歩いていけた。あらゆる仕事がそうだったらいいのだが。

　わたしが到着したときには劇場のシーズンはすでにはじまっており、翌日にはわたしのプロデビューとなる演目、『宝島』の稽古がはじまった。ロバート・ルイス・スティーヴンソンの有名小説を原作とする舞台劇だ。わたしは海賊のひとり、モーガンを演じる。役は小さいが、それとは別の責務がある。雇われた理由の半分は、劇団の舞台監督助手としてだ。

肩書きはそれなりに立派だが、実状ははしごのいちばん下にいて、みんなにこきつかわれる使い走りだった。この仕事で好きなのは、ステージドアの鍵をもらい、毎朝最初に劇場に入れることだ。

入るとまず、大きなコーヒー沸かし器に水をいれ、ガス台を点火して湯を沸かす。つぎに大きなほうきで舞台をはく。名前は伏せるが、テレビと映画のセットに出入りするようになると、ある若手俳優がスタジオ行きのリムジンがほかの俳優と相乗りなのをこぼしたり、トレーラーからセットまで歩く距離が長すぎるとかんしゃくを起こしたりしていた。そういう俳優には活を入れてやりたい。自分の特権に無自覚すぎる。わたしがテレビと映画で仕事をするようになったのが、四十代でよかった。それまでにはそれぞれの階層で働く俳優の暮らしに通じていたからだ。すべての俳優を舞台掃除とコーヒーづくりからはじめさせればいいのに。

舞台監督助手の管轄で、稽古と本番中のプロンプターをつとめることもあった。台本を追って、必要とする俳優にセリフをつけ、テクリハ中は照明、音響、出のキューを送る。本番中は二階に駆けあがって出番の迫る俳優を呼びにいっていた。トランシーバーや舞台裏のスピーカーのような現代のテクノロジーがまだ備わっていなかったからだ。だが、お気に入りの仕事は小道具の買い出しだった。もうひとりの舞台監督助手が演劇学校を出たての、とても若い活発な女性で——そう、また惚れた。いい友人以上ではなかったが、わたしをぼーっとさせるあだっぽさがあった。よく一緒に小道具を買いに行くと、彼女は一休みして、スナックを食べに小さなティーショップに寄っていこうと誘った。ひとりではとてもそんな真似はできない。

終演後は毎回最後の俳優とスタッフが出ていくのを待って明かりを消し、夜間は鍵をかける。実際は、劇場の古いしきたりに従ってひとつだけ明かりをつけっぱなしにするので、明かりのついた裸電球が、ぽつんと舞台中央に吊りさがっている。

毎晩、ひとけのない劇場で、裸電球の下に立ち、観客席と帰ったばかりの観客の波動を吸いこむ時間をつかのまとった。ついいましがた俳優たちが立っていたセットを眺める。いまではわたしはその一部だ。それどころか、わたしには果たす責務がある、たとえ地位の低い舞台監督助手であろうと。「ここが」とわたしは思った。「いまではわたしの家なんだ」

リンカンのわれわれの劇場――ブリストルと同じ、シアター・ロイヤルという名だ――は週がわりのレパートリー制、つまり、劇団はひとつの演目を七日ごとに上演していた。考えると驚きだ。第一に、われわれがこなしていたことが、第二に、そんなにたくさんの上演に集客があったことが。だが、当時はレパートリー劇場運動の隆盛期だった。二十世紀初頭にマンチェスターの劇団がはじめた運動で、主催者たちは演劇を大衆に届けようと熱心だった。マーフィールドの労働者階級の人々がアム・ドラムスを熱狂的に応援したのと似て、イングランド全体が、大、中、小都市の、どれも地元住民が演じる無数のレパートリー劇団を支援した。

レパートリー劇場運動はまた、若い才能を育成しプロモートするシステムでもあった。プレミアリーグの下に何階級もあるイングランドのサッカーや、メジャーの下に三階級のマイナーリーグがあるアメリカ野球の同類だ。週替わりレップは野球のシングルAみたいなものだった。予算、人材、作品の質は劣れど、それでも楽しい夜の娯楽。その上の階級は、隔週がわりのレップ。最上級が、ストラットフォードのロイヤル・シェイクスピア・カンパニーや、ロンドンのナショナル・シアターになる。

レパートリー劇団の多くが、おそらくは政府の多額の補助金で結成された。芸術は生活に必須なもので、お遊びなどではないと断言する人々と政府とのあいだに合意があった時代に育ち、わたしは幸運だった。レップ運動のあらゆる階級の劇場に、多数の熱狂的な観客がついていた。演劇などエリート主義の芸術形式で、公的資金の無駄づかいだと切り捨てる向きにわたしが腹を立てるのは、それが理由だ。そういう憎むべき姿勢が広がったのは、一九七〇年代後半にマーガレット・サッチャーが台頭したときで、社会構造をひどく損ねたようにわたしには映る。芸術と芸術家の卵たちに公的な投資をしていた時代が、二度と再びこないのではと懸念する。

週がわりレップのスケジュールは狂気の沙汰であれ、驚くほど楽しめる舞台をつくりあげた。普通は通常の稽古に四日半、テクリハに一日当てられる。それにつづいてオープニングナイトがあり、翌日はマチネとソワレの上演となる。

日曜日はオフの日で、俳優たちはつぎの芝居のセリフを覚えるのに当てていた。主役であれば、基本的に一日でセリフを覚えて台本を手放す。おそろしい！　だがプロのレップ劇団で実際に働けることに夢中で、スケジュールの無謀さを気にかけるには、わたしは若すぎた。

芸術監督のK・V・ムーアは、主役のキャスティングにとっぴなアプローチをとっていた。最新の演目セットが決まると、劇団のベテラン俳優を数人集め、ポーカーをひとしきりやる。最初に三回勝った俳優がうまみのある役につく特権を得る。システムの正確な詳細は不明だが、少なくとも、なぜたまにひどいミスキャストの俳優が演じるのかは理解した。若者のナイーブさで、この方式はどの劇場でもやっている慣例だと思いこみ、それでいつかはわたしもいい役にありつけるかも、と希望を抱いてポーカーを覚えた。けれど英国のレパートリー劇団にいた年月で、ムーア氏のとっぴな配役システムの別ヴァージョンに再び遭遇したことは、ついぞなかった。

現場主義の週がわりレップで個人的に受けた教訓は、『*Saturday Night at the Crown*』という舞台からだった。題名が示唆するように、舞台はパブ。劇団ヒエラルキーの底辺にいつづけたわたしは〝パブの客〟役を与えられ、第二幕と三幕の大半を、黙ったままテーブル席に座っていた。だが、主役の女性には暗記するセリフがたんまりあった。上演中、第二幕のさなかに彼女はセリフを忘れ、手をばたつかせた。舞台監督助手がセリフづけをささやいたが、その状況でよくあるように、恐慌状態になった女優はきいていなかった。

そこで、わたしは気高くも救いの手を差しのべた。キューを知っていたので、彼女のセリフを自分のであるかのようにいいはじめた。安堵と感謝の顔つきで、女優がつづきをひきとる。わたしはこのうえなく満足し、舞台にいるほかの俳優ふたりからうなずきと笑顔でわたしの助け船をねぎらわれると、満足度がいや増した。

ところが！　二度目の惨事が起きた。まだ長いセリフの途中でスピードが落ち、とうとうとまってしまったことに、だれもが気づいた。そのとき、自分のしでかしたことを悟った。わたしは第二幕ではなく第三幕のキューを出してしまい、楽しく彼女の背中を押したセリフは、芝居を締めくくるものだった。すわ、いまこそ日ごろ鍛えられた俳優たちの機転のきかせどころだ。一同状況を察すると、即興で三十ページばかり芝居を戻り、第三幕が二幕から無理なくつながるように仕切り直した。

観客はだれも気づかなかったが、演出家はしっかり気づいた。芝居がはねたあと、大目玉をくらった。同じ芝居の違う上演で、舞台監督助手の仕事でも似たような大失敗をやらかした。階段を二段跳びであがり、俳優に出を逃したぞと伝えた。彼があわてて舞台に走っていき、セットのドアから入ると、俳優たちの沈黙と戸惑いの目に迎えられた。舞台からはけた彼が、わたしに鋭く耳打ちした。「おれじゃない、お前の出だ」

あのあとクビにならなかったのは奇跡だった。けれどその手のしくじりは週がわりレップではままあることで、リンカンの一座は過去の失敗談を、とくにわたしに限れば、キャリアの駆けだしだったことも手伝い、酒の肴《さかな》にしていることに気づいた。演劇人はとんだ災難話に目がない——すんでしまえば。

リンカンでのわたしの時間は、短くして終わりを告げた。二ヶ月目、唐突にシェフィールド・レップからの電話を受けた。演劇学校の卒業近くにオーディションを受け、よそと同じくなしのつぶてだった劇団だ。

シェフィールドの芸術監督ジェフリー・オストが、常勤の俳優の仕事をオファーしてきた。待遇は気前よく、週給八ポンド十シリング。そういうわけで、スタートを切らせてくれたムーア氏に大いに感謝しつつ辞意を告げ、シェフィールドに移籍し、リンカンを発ってから二十四時間もしないうちに新たな戯曲の稽古に入った。さらにいいのは、シェフィールドは隔週がわりレップ、つまり一作につき二週間まるまる稽古に当てられ、わたしのキャリアが右肩あがりになったことだ。

リンカンに別れを告げる少し前、ヴィック・スクール時代のガールフレンド、エイドリアンから連絡があった。レップ劇団に雇われたばかりだという――わがリンカンに！　エイドリアンとは数日しかオーバーラップせず、再会できたのはうれしかったものの、いささかぎこちなかった。ふたりはなんとなくカップルを解消した。

けれど、運命はときに、尻切れトンボの幕切れに決着をつける。リンカン・レップでエイドリアンが踏む最初の舞台は、Ｋ・Ｖ・ムーアに代わりジョン・ブリッタニーが演出した。頭の切れる、才能豊かな若者だ。ジョンとエイドリアンはすぐに意気投合する。数ヶ月後、わたしがシェフィールドに腰を落ちつけたころ、エイドリアンからジョンと婚約したと知らせる手紙を受けとった。ふたりは一九六〇年に結婚し、数十年後にジョンが他界するまで幸せな結婚生活を送ったと、喜んで書き記そう。エイドリアンは、最近知ったのだが、悲しいことに二〇二〇年七月に永眠した。彼女を忘れることは絶対にない。

シェフィールドでの仕事は、南のはしではあったが、わたしをヨークシャーに連れ戻した。シェフィールドは過去も現在も変わらず労働者階級を誇りにしている工業都市、英国の主要な製鋼業都市であり、メジャーサッカーチームがふたつと、敵にまわしたくはない人々がいる。そこはまた、ジョーとジャーヴィス、ふたりのコッカーの故郷でもあった。後者はロックバンド、パルプのリーダーで、庶民の賛歌「コモン・ピープル」を作詞した（たまたま、〈U.S.S.エンタープライズ〉歴代船長のひとりウィリアム・シャトナーがお門違いのカバーをしている）。

シェフィールドのたまらない伝説をもうひとつ。ある晩うんと年上の裏方と飲んでいたら、女性の製鋼業者の話をきいたことがあるかとたずねられた。金曜の晩にパブが閉まったあと、女たちは街なかのストリートの真ん中をねり歩き、大声で歌い、うさんくさい目を向けた男には罵声を浴びせるという。裏方の話では、その女たちは外見の気に入らない男を激しくぶちのめすが、お咎めを受けないことで知られ、警察でさえ手を出せない。

これらのいずれも、われらが芸術監督のデリケートな好みと気質とは相容れなかった。六十代のジェフリー・オストは上品なアクセントで話し、シェフィールドのレップ劇団の拠点、プレイハウスでの長い在任歴を持つ。彼を前にすると、いつも自分のつましい出自を意識し、その劣等感は、ジェフリーが英国の上流階級から少なくともひとりの俳優を一座に加えるよう気を配っていると俳優仲間からきいたとき、さらに高まった。なぜか？　なぜならシェフィールドを訪れた上流階級の俳優の家族をもてなすのが、ジェフリーは好きだからだ。

ジェフリーはまたひどい潔癖症で、セックス、ロマンス、大声、呪詛、暴力への耐性がなかった——

芸術監督にしては実に奇妙な性分だ。艶っぽい場面になると、終わるまで本当に席を外すのに気がついた。こどもが目をおおって耳を塞ぐみたいに。

いっぽうで、ことばを不適当に発音したり、社会規範を犯したり、わたしの場合でいえば、上流社交界の娘とデートをする裕福な二重姓の若者を演じているときにヨークシャーなまりを滑りこませたら、いつでも正す気満々だった。

オープニングナイトを控えたある月曜日の午後、本番前のゲネプロ中、起き得る事故のすべてが起きた。出番をはずし、セリフを忘れ、別人の衣装をつける者があれば、だれかが舞台袖で吐き、だれかが泣きながら舞台を走り去り、終幕近くでは大判の書き割りが舞台前方に倒れてきてあやうく俳優にぶつかりかけ、舞台裏の一部があらわになった。混乱のうちに、カーテンコールすらぐずぐずになった。

われわれは演出家からの最悪の叱責に備えた。ところがジェフリーは舞台端《ばな》まで近づくと、ただこういった。「すばらしい、みなさんよくやりました！　すごくいいですね、上出来です。うれしく思いますよ」そして、「ああ、ひとつだけ。パトリック——傘を逆向きにたたんでいましたね」

シェフィールド・レップは芸術面においては非常に保守的な劇団で、リスクをめったに冒さない。舞台がはねたある晩、一座でバーへ繰りだすと、劇場の役員一名と合流した。だれかが前年の演し《だ》物、イプセンの『野鴨』のことを話題にあげた。どうやら売りあげがふるわなかったらしい。ほかの俳優がイプセンは好きじゃないといい、けれどチェーホフは好きで、『かもめ』をやりたがった。すると役員はグラスをバーに叩きつけてこういった。「だめだ！　絶対にやらん！　鳥の芝居は金輪際禁止だ！」

とはいっても、われわれはいい仕事をした。わたしをのぞいた劇団員は経験豊富で、ジェフリーは演目の物理的側面、俳優のムーブメントや配置を決めるのがうまく――〝絵になる〟舞台づくりの名手だった。基本的に、ジェフリーは演出家というよりもオーガナイザーで、それが悪いことはひとつもない。

シェフィールドに在籍中は、おもに俳優仲間から学んだ。いちばん感心したのは、キース・バロンだ。様々な理由で際だっていた。わたし同様キースはヨークシャーのウェストライディング出身だ。わたしと違い、演劇学校には入れなかった。高校卒業後、なんとかジェフリーにオーディションをしてもらう。ジェフリーは感心し、だが見習いとして採用してその特権を得るために劇場から報酬を受けとるのではなく、支払うという条件を飲まざるをえなかった。

けれどわたしがきたころにはキースは劇団の正式メンバーに昇格しており、たいていは演目に登場する未成年の主役を演じ、メアリー・ピカードという名前（幸先のいい名前だ）の、才能豊かな若手舞台美術家と新婚ほやほやだった。キースとメアリーとわたしはすぐにいい友人になり、ふたりの広々とした平屋のフラットへ、日曜のランチを食べに誘われた。キースはその後、英国テレビ界ですばらしいキャリアを築き、デニス・ポッターのテレビドラマ「*The Nigel Barton*」二部作〔TV・一九六五・日本未放映〕と、警察ドラマ「*The Odd Man*」〔TV・一九六〇～・日本未放映〕に出演し、晩年まで仕事をつづけて「バーナビー警部」〔TV・一九九七～〕や「刑事フォイル」〔TV・二〇〇二～一五〕などの番組に出演した。彼はわたしが一緒に仕事をする栄誉にあずかった最初の、本当の〝有名俳優〟だった。

あの時代の劇団メンバーでほかに思い浮かぶのは、アマンダ・グリンリング。貴族のバックグラウンドを持つ――たぶんジェフリーの社交の輪のひとり――いい女優で、『*The Reluctant Debutante*』の主役を張り、わたしはその舞台で二重姓の上品な男を演じた。アマンダがらみでいちばん大事な思い出は、しゃっくりをとめる秘訣を教えてくれたことだ。秘密保持のためくわしいやりかたは明かせないが、しゃっくりをしている者の目をじっとみつめる、きわめて真剣に——もしだれかがクスクス笑ったりにやついたりしたら、呪文はとけてしまう。わたしのこどもたちは父親のパワーを完全に信じており、大きくなって家を出たあとでもしゃっくりをとめたくなるとわたしに電話をかけてくる。アイコンタクトなしでも毎回とめてやった。

実際、以前妻のサニーとその両親にストラットフォード・アポン・エイヴォンの観光案内をしたとき、薬局の店員がひどいしゃっくりの発作を起こしてわれわれに謝った。わたしは彼女をじっとみつめていった。「もうとまった」。すると、しゃっくりが本当にとまった。若い女性店員は、それに気づくと泣き出した。なかなか感動的な経験だった。さて、義理の父親は引退した緊急救命医で、教育を受けた、科学畑の男だ。店を出ると、わたしのひじをつかんできいた。「いったいどうやったんだ?」わたしはこれから述べることと、まったく同じ返事をした。「秘密は明かせません」。だけどありがとう、アマンダ・グリンリング。

シェフィールド・レップには十八ヶ月在籍し、俳優になるための教育において、あの時期を演劇学校と同じほど重要な章だとみなしている。舞台袖で過ごしたたくさんの時間に仲間の劇団員の演技を研究

し、どう演じてどう演じないかを学んだ。演技に全身全霊で当たる俳優たちのわざと献身を吸収した。俳優が準備を満足にしてこなかったり、単に脚本のできが悪かったりしたときの、悲しい末路をみた。エネルギーに満ちあふれてパワフルな演技をする俳優、静の演技で同じだけ強いインパクトを与える俳優をつぶさに研究した。

　何より、演技に「正しいやりかた」はひとつもないという考え、役柄そのものの求めに応じてエゴを昇華させる備えを、常にしておくべきだと気づかされた。これはいまにいたるまで、引きうけた仕事のすべてに適用している。たとえば、パンデミックによるロックダウン中、わたしはくだらないがすごく楽しいＵｂｅｒ Ｅａｔｓのコマーシャルを『スター・ウォーズ』俳優のマーク・ハミルと一緒にやった。長さの異なる台本で何本も撮ったが、最長でも四十五秒だった。監督のガイ・シェルマーディンという若者は、こういいつづけた。「遅すぎる、もっと速くいえますか?」疑問に思いつつも要求に応じたが、もはや意味不明なことをふたりでまくしたてているとしか思えなかった。ところが再生してみると、完璧だった。企画の必要性がわたしにこれまでにない演技を要求し、いまではもっと早口のセリフを試すのにやぶさかではない。

　シェフィールドでの二年目、わたしは英国舞台俳優労働組合《ブリティッシュ・アクターズ・エクイティ》の劇団代表に選ばれた。リンカン支部の暫定組合員になり、職業俳優として四十週間の就労後、正規の組合員になった。強力な労働組合員一家の出であるわたしは、仲間の俳優がわたしを信用して責任を委ねてくれたのが誇らしかった。たとえ実情は、ほかにだれも引きうけたがらず、若造のわたしに喜んで押しつけたのだとしても。

　組合は現在も存在するが、もはやかつてのようなパワーハウスではない。マーガレット・サッチャーが首相在任中に手をまわし、職業俳優に組合加入を強制できないように規則が改変された——サッチャーとサッチャー政権を忌み嫌うもうひとつの理由だ。劇団に加わっているときは常に、非組合員に加入を勧めている。わが盟友サー・イアン・マッケランも同じことをしている。組合員としての経験から、組合の保護があるほうがよりよい生活を望めるのを知っていた。

職業俳優としての人生の秘訣を学びながら、おとなになる方法もまた、学んでいた——といえるかも。シェフィールドのネザーエッジという地区で、生まれて初めて下宿ではなくフラットを借りた。建物は完璧な、赤レンガのセミデタッチド。フラットと呼ぶにはあまり完璧ではないが、基本的には地下室で、裏口からおりていくとキッチンと寝室と居間があり、どの部屋も四面の壁におさまっている。ひとつきりの窓は裏庭に面し、日がほとんどささないためにいつも明かりをつけていた。それでも道路に出たところにバス停があり、市の中心部行きのバスに乗れば、そこから劇場までは歩いてすぐだ。ひとり暮らしにわくわくした。

入居するにあたって食料品を仕入れる必要があるのに気がつき、それでこぢんまりしたマーケットと青果店に行った。わたしは自炊の経験がない。瓶や包みや箱や缶詰に入った品物を買うのは慣れていても、新鮮な農産物のような未包装の食材となると、ちょっと困った。つまり、キャム・レーンのときは母のお使いをしたが、いつも何をどれくらい必要か、メモしてくれていた。

だが、一家族分の適切な量がどうしても思い出せなくてひとり分がわからず、かといってあの当時実家に電話することは、法外に金がかかることの代名詞で――どちらにしろ親はまだ電話を持っていなかった。そのため、自分頼みだった。オレンジ四個、たまねぎ二個、にんじん一ダース――どれも妥当そうだ。でも、ジャガイモは？　〝ストーン〟ということば（十四ポンド相当）を注文時に使っていたのをぼんやり思い出す。けれど二ストーン？　五？　半ストーン？　わからない。

念のため、八ストーン注文した。青果店の店員はわたしを奇妙なしかめっつらでみたが、肩をすくめて奥の部屋へ行った。少しして手伝いと戻ってくると、ふたりとも袋をたくさん運んできた。それをみたわたしは、いぶかしげに店員にいった。「それが八ストーン？」

「そうだよ」

その瞬間、失敗したと悟った。だが若すぎて、こういってひと悶着起こすのは気がひけた。「すみません、家事に不慣れでして、ジャガイモ部門で過度に注文しすぎたことにいま気がつきました」。それが状況を改める理性的かつ合理的な方法だった。しかし、これ以上注意を引くのをおそれ、しゅくしゅくとことを進めて百ポンド以上する八ストーンのジャガイモを家に持ち帰った。ぜんぶで四往復した。

つぎに、別の問題が起きた。小さなフラットのいったいどこにジャガイモをしまえばいいんだ？　みつかったのは、キッチンシンク下の戸棚だけだ。開けると不愉快なかび臭さが漂ってくる。部屋を点検したら、そこら中に湿気が充満し、汚くて古い壁紙ははがれかけ、木製のベースボードに染みができていた――戸棚だけではなくフラット中、水の染みが天井まで届いている。しかし、この物件にはちゃんとしたガス暖炉がついていた。晩秋だったため、最大限活用しようと決める。ガスの火が部屋を暖め、湿気を追い出してくれることを願った。

だがだめだった――部屋はかすかだが腐った臭いが常に漂い、消えてくれない。幸い月払いの契約で、クリスマスが近づくなか以前の貸部屋とどっこいのをみつけた。裕福なカップルが所有する美しいデタッチドハウスの屋根裏部屋で、バスルーム付きの個室だった。じめついて不潔なフラットを退居した日は寒くて陰うつ、雨が降っていた。引き払うのが待ちきれず、喜び勇んでスーツケースやほかの所持品をタクシーに放りこむ。最後にフラットのなかに鍵を置いて出ていこうというとき、心の平安のため、いま一度点検をして何も忘れ物がないか確認することにした。長くはかからない――つまるところ、ワンルームだ。

ほぼすべてのドアと戸棚を開けると、予想どおりすべてきれいにしてあった。だが、それからシンク下の戸棚に目がいった。頭のなかではなかに何もない確信があり、それでもとりあえずみるべきだと考えた。掛け金を外す。とたんに戸棚の両扉が勢いよく開き、頭と肩を突然緑色の蛇に食いつかれた。叫び声をあげて背中から倒れ、ＳＦ映画でエイリアンに襲われる犠牲者よろしく腕をばたつかせた。

そのとおり、八ストーンのジャガイモの逆襲だ。わたしは存在を忘れはてており、暗くて湿った暖かい戸棚が理想的な温床となって芽を出し、緑色のべとつく触手に成長したのだ。困ったわたしはタクシーを帰し、三十分かけてジャガイモの修羅場を掃除した。この話でとりわけ驚いたのは、それが特別ではないことだった。長年のうちにできた友人の多くが、若いころに似たようなジャガイモ貯蔵事件をやらかした経験があるとうちあけた。

わたしの新たな住居は、あらゆる意味でずっと文明化されていた。家主のアーサーとサラの夫妻は、わたしがフリーの晩は居間に招いてくれた。たいてい暖炉ではあかあかと火が燃え、一九五九年の基準では大きくて立派なテレビに何かしら映っていた。番組が終わると、アーサーがテレビを消して「それで、どう思った？」ときいてくる。単に「よかった」とか「悪かった」とかの感想ではなく、突っこんだ考察、評価、分析をききたがった。わたしにとってそれは新鮮で、ためにもなった。娯楽についてまじめに考え、ニュースを批評する——わたしの地平を広げたといってもいい。多少の罪悪感とともに、そんな環境が普通の、中産階級のこどもたちに嫉妬を覚えた。

シェフィールドにきて二シーズン目のはじめ、舞台監督チームの新顔に目をとめた。ジル・ポメランスという美しい、黒髪の若い女性だ。ブリストル大を卒業したばかりという。演劇学校時代、ふたりは同時期にかの地で学んだはずだが、一度も会っていない。たちまち熱をあげた。ジルはすばらしい心根と遊び心を持ち、シェフィールドで生まれ育った土地っ子だった。

気楽につきあいはじめたが、職場恋愛は秘密にしておくのが賢明だとふたりで決めた。ある日曜の晩、ジルの家に招かれた。両親は遅くまで帰ってこない。完璧な豪邸の書斎で宵を過ごし、テレビをみながらグラスワインを何杯か飲んだ。そのあいだ抱きあっていたが、それだけだ。これ以上なく満ち足りて、ねぐらに帰る前にもっと一緒にいたいとだけ願った。たぶんそう望むあまり時間の感覚が狂ったのだろう、突然ドアの開く音がした。

わたしをみたジルの両親は驚いた、というのはひかえめな表現だ。ふたりはあきらかに、わたしの存在を容認しなかった。ジルもわたしも当時二十歳を過ぎていて、性欲旺盛な十代とは違ったのだが。あからさまにうろんそうな目でジルの父親がわたしを値踏みし、「帰ってもらおう」といった。ポメランス氏に肩をつかまれ、正面玄関まで〝エスコート〟される。放り出されこそしなかったものの、それに近く、戸口の外へ小突き出され、ドアがバタンとしまったときは、あやうく背中に当たるところだった。

瀟洒《しょうしゃ》な界隈の暗い通りをわたしは二十分間歩き、頭にあったのはわたしの去ったあと、どうなったのかだけだった。ジルにとって楽しいはずがない。翌朝会ったときジルは昨夜のことを詫び、だが二度とああいう形では会えないといった。ポメランス家への出入りを禁止された、何も悪いことはしていないのに。ジルの両親は娘に大きな望みをかけ、あきらかにわたしはそこにはいなかった。

おとなになってまもないころ、二、三度このたぐいの経験をした。二年後、マンチェスター・ライブラリー・シアター・カンパニーに在籍中、シェイクスピア劇で初の主役、『ヘンリー五世』のタイトルロールをつかんだ。カリン・ファーナルドという気鋭の若い女優が、ヘンリー王と結婚することになるキャサリン王女に扮した。その後何年もかかって悟ったが、台本の要求に従ってだれかに「愛している」といいつづけるのは、危険な商売だ。いいつづけるうち、実生活で信じはじめるようになる。カリンは一作のみの出演でマンチェスターを離れたが、彼女とわたしは長距離恋愛をはじめた。ただただカリンを崇拝した。

ところが、カリンの父親ジョン・ファーナルドはブリストル演劇界の重鎮で、ロンドンの王立演劇学校で演出をしていた。ジルの両親同様、ファーナルド氏とその妻で女優のジェニー・レアードは娘に壮大なプランを描いており、再び名もなき地方のレップ俳優パトリック・スチュワートはそのなかにふくまれていなかった。カリンの両親には二度会ったことがあり、丁重ではあったが冷ややかさを、しかと感じた。あるときカリンはウェストエンドの舞台で主役になり、ふたりの関係は立ち消えになってしまった。わたしはいやだったが。

ああいう経験は傷つく。傷つかないわけがあるか？　白状すると、ときどきささやかな空想を頭のなかで演じている。もし「スター・トレック」式のタイムトラベルが可能なら、わたしを認めなかったあの親たちと、未来のわたし、すなわちサー・パトリック・スチュワートOBE、ロイヤル・シェイクスピア・カンパニーのアソシエイト・アーティストにしてウェストエンドやブロードウェイの舞台を踏み、複数のテレビシリーズと複数の映画、さらには熱狂的ファンのいる文化的フランチャイズ二作品への出演歴を持つ身として対面することがかなうなら、どうなっただろう。何か違いがあっただろうか？たぶん、違わない。あの親たちが愛娘にわたしを近づけたくないのは、わたしが貧困すれすれの労働者階級出身で、たまに役をもらってもこれといった適切な教育を受けていないからだ。

正直にいえば、拒否されたことの代償を支払った。不当な扱いを受けたと感じたが、心のどこかではあの人たちが正しいと思った――自分はふさわしくないと。その感情は何年も尾を引いた。

若者のころのわたしを知る友人のなかに、こういうのがいるのは確かだ。「ばかをいえ、パトリック。お前はいつも自信にあふれていたじゃないか――全身の毛穴から自信がしみ出していたぞ」。まあ、そうみえたかもしれないが、みえただけだ。うわべだけで、真実ではない。いまでさえ、あのときの感情が甦ると、隠そうとしてしまう。俳優として〝劣る〟からじゃなく――それは克服した――ただ受け入れてもらえるパット・スチュワートになろうと、心をくだいているからだ。

シェフィールドで稽古にいそしむある日、わたしあての電報がきて、切符売り場《ボックスオフィス》に置いてあるといわれた。送り主はロンドンのオールド・ヴィック・カンパニーで、もしまだオールド・ヴィック海外巡演《ツアー》に参加の意志があるなら、併記した電話番号に電話するよう指示していた。「ちょっと待て。オールド・ヴィックの、なんだって？」

オールド・ヴィック海外巡演なんて、きいたことがなかった。そんなものにオーディションを申しこんだ記憶はない。エージェントもマネージャーもいなかった――わたしにあったのはシェフィールド・レップの愛する仕事だけだ。そんなうまい話がどこから転がりこんだのか、謎は決して解けなかったが、電報はどこぞのわたしを認めない父親か何かの差し金で、娘からわたしを遠ざけるために自身の影響力を行使したのではないかといぶかしんだ。「スチュワートの若造めを、メルボルンとその先まで船で送り出してやれ。それで万事解決だ！」

キース・バロンやほかの劇団員に相談すると、とりあえずその番号に電話して、電報について問い合わせてもばちは当たらないという全員一致の結論に達した。

そんなわけで電話すると、ツアーの総支配人、ダグラス・モリスにまわされた。参加に興味があるならオファーの詳細を、三作品の舞台台本とわたしの配役表と一緒に郵送する。だが即決しなければいけない、たったいま、電話を切る前に。以上を説明するモリス氏の口調はそっけなく、ぶしつけすれすれだった。

　わたしの置かれた立場は不当だった。しかし、ロンドン・オールド・ヴィックからのオファーだって？　海外ツアー？　わたしは二十歳だった。断れるわけがあるか？　その場でオファーを受け、指で十字を切ってプレイハウスが契約を解除してくれるように祈った。その日の稽古が終わったあとにジェフリー・オストにうちあけると、彼は驚いて、完全には信じていないようだった。だがそのあと、もしそれが本物のオファーならわたしは受けるべきで、残念ではあるがわたしを手放すといってくれた。

　二日後、小包が届いた。なかには三編の台本、手紙、契約書が入っており――モリス氏は約束を遵守し、すべて真っ当にみえた。手紙によれば、ロンドンで四週間後に稽古がはじまり、その二ヶ月後には一座でオーストラリアへ渡る。ツアー期間はぜんぶで十八ヶ月が予定されていた。オーストラリアとニュージーランドではメルボルン、シドニー、ブリスベン、アデレード、パース、オークランド、ウェリントン各市をまわる。南半球で六ヶ月過ごし、その後中央および南アメリカの八都市を巡演する。詳細は追って知らせる。

　三編の台本をみた。ウィリアム・シェイクスピアの『十二夜』。うん、知っている。でも、アレクサンドル・デュマが一八四八年に書いた小説がもとの『椿姫』に、ジャン・ジロドゥの戯曲『ルクレチアのために』の英語版『*Duel of Angels*』だ？　みたこともきいたこともねーぞ、おい。

　つぎに、わたしが割り当てられた役をみた。『十二夜』でわたしに振られたのは、「役人その二」のみ。ほかの二作では「キャスト」、つまりなんであれセリフのない、頭数されあえばいい役だ。アイタッ。こいつはまったくもってよろしくない。

だが、それから報酬金額をみた。目の玉が飛びだしそうな、週給三十五ポンド。うちの家族のだれひとり、こんなに稼いだためしはない。さらに、三作ぜんぶの主役を張るツアーの花形は……ヴィヴィアン・リーだった。そう、ミス・スカーレット・オハラその人、わが国が生んだ最も偉大な映画スターのひとり――そしてツアーの一年前まではレディ・オリヴィエ、英国俳優の最強カップルのかたわれだった女性だ。

さあ、こいつはおもしろくなってきたぞ。手紙には夜会服――つまり、タキシードとブラック・ボウタイ――を荷造りする必要があると指示してあった。ツアーの先々でいくつものフォーマルなイベントに参加するためだ。

望み薄な配役の知らせに反し、その夜ベッドについたときは、ツアーが与えてくれる可能性を思ってうきうきした。その夜の舞台がはねたあと、劇団の友人がプレイハウスのバーで数杯おごってくれ、みんなで飲んだ。わたしの禁断の恋人ジルさえ顔をみせた。ジルはグラスを掲げて祝ってくれたが、目に涙をためていた。つぎの晩はキースとメアリーがふたりのフラットでお別れパーティをしてくれた。あくる朝の列車でマーフィールドへ戻り、十八ヶ月分の荷造りをした。

両親には前もってわくわくするような人生の門出について書き送ってあり、ふたりはとなり近所に触れまわり――もちろん父方の祖母メアリー・スチュワートにも知らせた。ちなみにこれが、祖母がわたしをブラックプールに呼び出して、蒸発した祖父の話をしたときだった。母とわたしが訪ねた同じあの日、祖母がわたしに語ったもうひとつの逸話をお教えしよう。スチュワート家がまだタインサイドに住んでいたころ、一家は余った部屋をときどき週貸しし、借りるのはたいてい、地元の演芸劇場に出演するあいだ一時的に町に滞在する芸人だった。常連のなかに、若いカップルがいた。ある年、夫妻が新生児を連れて現れ、出演のある晩の世話を祖母に頼んだ。赤ん坊はやけに陽気な子で、祖母は楽しんで世話をしたという。

その子の名前？　スタンリー・ジェファーソンだ。成長して、アメリカ合衆国で芸人になったときに苗字をローレルに改めた。そう、祖母は伝説のコメディアン、スタン・ローレルのベビーシッターを（つかのま）つとめたのだ。

マーフィールドでの短い里帰り中の特筆すべき事件はほかに、新聞記事になったことだ。劇評でちらりと触れられたのをのぞけば、初めてだった。小さな町をニュースが駆けめぐる途中、わたしのくだんの海外渡航のことがデューズベリー・アンド・ディストリクト・リポーター紙の以前の雇い主、ウィルソンさんの耳に届いた。ニュース編集室のもと同僚のひとりが、わたしを取材して記事にした。

その記事の題名は「**地元少年、ヴィヴィアン・リーと海外巡演へ**」うんぬんで、わたしに関しては寛大な評価をしてくれた。だが、注目されてまんざらでもなかったことは認めよう。

第八章

海外ツアーに向けた稽古は、フィンズベリー・パーク・エンパイア・シアターで行われた。エンパイアは洞窟めいた二千席の劇場で、ヴォードヴィルとミュージックホールが隆盛だった時代の一九一〇年に建てられた。いまや風雨にさらされみる影もなく、数年後にはとり壊されることになる。それでもれっきとしたロンドンの劇場に、職業俳優として初めて立っていることに興奮を覚えた。

ホテルの宿泊代は出せないので、劇場近くに安っぽい外観の、中身は輪をかけて安っぽい四階建ての下宿屋をみつけた。ぶっきらぼうな年輩の女性に上階の部屋へ通されると、ダブルベッドが二台置かれ――一台はすでに若い男性が占拠し、ぐっすり眠っていた。起きたとき、男は濃いアイルランドなまりで自己紹介した。しばらくして下の大きなダイニングテーブルへ一緒におり、ほかの下宿人に引きあわされた。全員がわたしのルームメイトと同じく、若いアイルランド人だった。すぐに彼らから質問攻めにあった。どこからきた？　どこで働いてる？

だれもオールド・ヴィック・カンパニーをきいたことがなかった。ひとりがたずねた。「それは建設業者かい？」

そういうことか。この若者たちは全員アイルランドからの出稼ぎで、建設現場で働いているのだ。経済危機のアイルランド共和国では彼らのような者の働き口は少なかった。わたしはのけ者だった。芸術畑のイングランド人。おずおずと、実は自分は俳優で、ロンドンには海外ツアーの稽古にきたと明かした。

案に相違してからかうどころか感心され、ツアーと芝居について質問された。それに、みんなはわたしの名前〝パトリック〟を気に入った。〝スチュワート〟はもともとはアイルランド姓で、スコットランド人が使いだすようになったと説明すると、それで決まり――わたしは同胞だった。日曜の晩は、夕食後決まってお気に入りの地元のパブに繰りだす。混雑した騒がしい店で、常連は下宿と同様ほぼアイルランド人が占めている。新たな友人一同がパブの客にわたしを俳優のパトリックだと誇らしげに紹介した。その場にいる男たちの多さを目にしたとき、わたしは逃げだした――おびえたからではなく、全員に一杯おごる金がなかったからだ。ハウスメイトたちにうちあけると、爆笑された。

「こっちがおごるよ、パトリック！」ひとりがいった。わたしは名誉あるゲストだ。

その夜眠りにつきながら考えたのは、わたしの育った環境にはびこる偏見についてだった。夜道を歩いていてアイルランド人たちがたむろしてるのをみたら、きびすを返すか道の反対側に渡った。彼らは、、、、アイルランド人だ。わたしはマーフィールドで非常に閉鎖的な生活を送り、地元の人種的偏見は根強かった。アイルランド人は信用するな、といわれどおしだった。あいつらは善良じゃない。粗暴だ。人をだます。金だけが目当てだ。ロンドンにきてたったのひと晩で、それまでのひどい思いこみがきれいさっぱり払拭《ふっしょく》された。

フィンズベリー・パーク・エンパイア・シアターでの稽古初日は、そこまで温かい歓迎を受けなかった。オールド・ヴィックの芸術監督、マイケル・ベントールが演出担当のロバート・ヘルプマンを一同に紹介した。ヘルプマンは小柄で細身なオーストラリア人で、はじめはバレエダンサーとして名を成した。舞台芸術界の大物で、ダンスのみならず演劇をも制し、俳優兼演出家として確固たるキャリアを築いた。こども時代に映画『チキ・チキ・バン・バン』〔一九六八〕をみたことがあれば、醜悪な長い鼻のチャイルドキャッチャーとして、ヘルプマンをご記憶かもしれない。わたしは彼に魅了された。動くときは精妙に振りつけられたダンスステップを踏んでいるようで、じっとしているときはいつもポーズをとっているようだった。

　とはいえヘルプマンが初日にとった態度には感心できなかった。彼は劇団員数名の名前を挙げたが、（わたしみたいな）その他大勢はまったくの無視。そしてベントールとヘルプマンが舞台を去るとき、名前を挙げた俳優たちだけに優雅な声がけと握手をした。解せなかったし、さらには侮辱的だと受けとめた。地方劇団はそんなやりかたの仕事はせず、ロンドンではより高い行動倫理を期待していた。より低く、ではなく。

　ヴィヴィアン・リーがいてくれてよかった。ミス・リーは紹介が終わると、キャストの全員に声をかけ、それぞれの名前を注意深く、心からの興味を持ってたずねた。わたしは彼女と会ってなんというか、幽体離脱状態になった。あれほど有名で、さらにはあれほど才能ある人物と対面したことがなかったからだ。四十七歳のヴィヴィアンは世間からひどく注目された離婚劇に加え、結核の発作と精神疾患、特定するといまでいう双極性障害ですり減っていた。だが、じかに会ったとき、そんな気配はみじんもみせなかった。ヴィヴィアンは明るくて気さくな働き者で、映画のなかと同じだけ美しく、流れ落ちる長い黒髪をしていた。ツアー自体と自分の立場にどんな疑念を抱いていたとしても、ヴィヴィアンと同じ場所に居あわせ、まもなく舞台をともにすると考えると、ぞくぞくした。ヴィヴィアンの恋人、ジョン・メリヴェールというハンサムな俳優もまた旅一座の一員で、やはり外向的で気さくだった。

時間を無駄にせず、われわれはすぐに『*Duel of Angels*』の稽古に入った。ヴィヴィアンはすでにこの芝居に主演し、高い評価を得ていた。それで、不可思議な三戯曲の組み合わせに多少合点がいきはじめた。ヴィヴィアンはたいへんな仕事量を負わされ、芝居に慣れていれば、それだけのぼるべき山が低くなる。

わたしはまた、ダグラス・モリスにも会った。一座の支配人で、電話でわたしに「はい」か「いいえ」の即答をぶっきらぼうに迫った男だ。じかに会うと、さらにひどかった。恩着せがましく冷笑的、いやらしいやつで、笑うというよりしかめっつらをした。常にスーツとネクタイ姿で、プロダクション・マネージャーの自分は階級が上なのだと始終われわれに意識させたいらしかった。ほかの俳優の面前で、モリスはわたしに封筒を手渡していった。「スチュワート、きみの配役の詳細だ」。皮肉な調子で「配役」ということばを強調して発音する。にやついた顔がいやでも目につき、即座にわたしに対する悪意を感じとった。

数日のうちに、ビリングの低い俳優仲間数人と友人になり、とりわけウィットに富み、斜に構えたブルース・モンタギューとは意気投合した。ブルースはダグラス・モリスと仕事をしたことがあり、若手俳優を苦しめて楽しむ男だとのわたしの推測を肯定した。実際、ロンドン・オールド・ヴィックの連中はこの残酷な男に「マグレス・ドリス」というあだ名をつけていた。

初日に劇場を出次第、わたしはマグレスが手渡した封筒を開いた。中にはわたしが演じるすべての役を特定してリストアップした紙が一枚入っていた。『*Duel of Angels*』では〝町の住民〟と〝カフェのテーブルに座る男〟。どちらもセリフはなし。『椿姫』ではジレ伯爵役。有望にきこえるが、宿に戻って台本を調べると、伯爵は芝居の冒頭一場面しか出番がなく、セリフはなかった。そのあとわたしは二度ほど登場する。〝パーティの客〟と〝召使い〟として。ふたつの劇、セリフはなし。

そして、『十二夜』がある。シェフィールドではすでにアントーニオ役を演じたことがあり、まずまずの役だった。だが、オールド・ヴィック・カンパニーでは、単なる……〝役人その二〟。第三幕第四場のみに登場し、なんとみっつもセリフがあった。「アントーニオ。オーシーノ様の訴えによりお前を逮捕する」「さあ、こい」「さあこい。くるんだ」。ワオ、なんと豊かなシェイクスピアのセリフであることよ。みっつの芝居を合わせ、ぜんぶでみっつの短いセリフ。ああ、それから『十二夜』でもうひとつ、セリフなしの役があるらしい。〝船乗り〟役だ。拾いものは、前もって打診のなかった代役に『十二夜』で振られていたことだった。主要な役ではなく、第五幕に登場する司祭役。八行分のセリフがひとつだけある。

心が折れた。これでは小学校の一年生のときに与えられた役以下の配役だ。十八ヶ月レップで舞台を踏んだのちに期待した役ではない。

屈辱を感じた。友人や家族になんといえばいい？　みんな、ショックを受けるはずだ。衝動的に、マグレス・ドリスに電話してツアーをおりるといってやろうと思った。いまではやつのにやにや笑いの理由がわかった。

下宿に戻り、新しくできたアイルランド人の友人たちと夕食の席につく。ひとりがわたしの荒《すさ》んだムードに気づき、どうしたのかたずねた。最初はためらったが、どれだけの期待を彼らがかけてくれたかを思い出し、ぶちまけようと決めた。

「そりゃあひでえ」が最初に返った反応だった。

別の者がいった。「電話なんかするな。ただ行かなきゃいいんだ。くそくらえっての」

だがわたしのルームメイトが冷静にいった。「まあきけよ、気に入ったやつと知り合いになって、有名演出家やスター女優と仕事をするんだろ。だけどいちばん重要なのは、いい金になり、他人持ちで世界旅行ができるってことだ。お前はまだ二十歳だ。こんなチャンスは二度とないかもしれないぞ。やれずじまいになるいろんな経験を考えてみろ、訪れたかもしれない場所を」

テーブルにいた別の男がつけ加えた。「それと、食べ物。女たちも」

最後の展望は実らなかったものの、友人たちは正しかった。この海外ツアーを逃していたら憤死ものだったろうし、マグレスはウェストエンド界隈で簡単にわたしの名前を貶められることに気がついた。決定はなされた——歯を食いしばって居座る。

出番のとぼしさのささやかな恩恵として、稽古に出る必要がほとんどないため、ロンドンを探検できた。

ザ・マルを歩くのは楽しい。映画館で本編上映前にかけるニュース映像でおなじみの通りだ。とくに、海外の要人がロンドンの町を訪れ、通りの両側にユニオンジャックと来訪したＶＩＰの国旗が交互にはためく光景は何度もみた。あらゆる旅行者と同様、トラファルガー広場、ピカデリー・サーカス、シャフツベリー・アヴェニュー、リージェント・ストリート、パークレーン、セント・ポール大聖堂、タワーブリッジ、国会議事堂を見物した。けれどたいていは、狭くて曲がりくねったロンドンの裏通りで迷子になるのを楽しんだ。

それから、野卑でせわしないソーホーを探検した。ロンドンの音楽と若者文化の中心地だが、わたしはびくついた。バーには危険なエネルギーが脈打ち、店の前と周りの売春宿にはセクシーな服装の売春婦が立っており、「楽しんでかない、お兄さん？」と呼びかけられた。どのパブも一度しか行かなかった。たくさんある店を制覇したかったからだ。バーテンダーとのおしゃべりを楽しんだ。活気があって、笑えるジョークを飛ばすのが好きなバーテンダーがいた。それ以外、とりわけ年輩のバーテンダーはもの静かだが、戦時中の話をせがむと——ほぼ全員が出征していた——とっておきの話を嬉々として披露した。皆一様に、出身地をたずねてくる。ヨークシャーだとこたえると、必ず首を横に振った。「いいや、行ったことはないね」。彼らはわたしの地元を軽蔑しきっていたが、別に気にとめなかった。最初の数日間でわたしが呼ばれたのは、衣装合わせ、大使館でのビザの手続き、写真撮影、パスポートの確認、そしてかつら制作師との打ち合わせ（ヘルプマンはジレ伯爵をひどく高齢の老人にしたかったため、白髪のかつらをつける予定だった）だけ。また、チャリングクロス・ロードの古着屋で夜会服を買った。ダブルですごく重く、着心地の悪い素材で、正直まぬけにみえたが、手が届くのはそれだけだった。ある日、改訂版の『風と共に去りぬ』が新たに劇場公開されるため、一座の全員をぜひともプレミア上映会に招待したい旨を主催者側に伝えておいたとミス・リーが発表した。わたしの初めてのプレミアになる。そして、公衆の面前で初めてあのタキシードを着る日が現実になった。

このころには友人たちに別れを告げて下宿屋を出、セントマーティンズ・レーンのロンドン・コロシアムへ歩いていける距離の、もう少しましな宿に移っていた。それはつまり、タクシーを出てレッドカーペットを歩く必要がない――タキシード姿の自分がまぬけに映るのを知っていたので、目立ちたくなかった。会場では上映前にシャンパンがふるまわれるレセプションが二階のバーで開かれ、俳優仲間はわたしとわたしの野暮ったいスーツをダシにして大はしゃぎした。どうやらこの場面を目にしたミス・リーが、わたしを気の毒に思ったらしい。突然ヴィヴィアンの恋人ジョン・メリヴェールがわたしの脇にきて、上映中はヴィヴィアンのとなりに彼が座り、もう片側をわたしに座るよう彼女が求めていると、耳打ちした。わたしはすでに彼女に夢中で、この親切な申し出には感極まってしまった。

申しぶんなかった。ヴィヴィアンのとなりに座り、「ミス・リー」とあいさつをすると、彼女はわたしの手をとったのだ。

「パトリック、ヴィヴィアンと呼んでちょうだい」

アイルランド人の旧友は正しかった。一生ものの経験がすでにてんこ盛りだ。その夜、もうひとつあった。映画がはじまって一時間ほどすると、ヴィヴィアン——そう彼女を呼べることが、まだ信じられなかった——がわたしを向いて、再びわたしの手をとった。涙を浮かべていた。

「ごめんなさい、パトリック。でも行かないと。一緒に仕事をした親しい人が大勢死んでしまって、すごく悲しい。映画の残りを楽しんでくれますように」。そして、夜のなかに消えていった。

ちっぽけな役で『椿姫』の稽古にのぞむのは、不愉快づくしでもなかった。説明すると、劇中ヴィヴィアンはマルグリット・ゴーティエという女性を演じる。マルグリットは十九世紀に実在し、二十三歳で死んだマリ・デュプレシスという悪名高い娼婦がモデルになっている。中年の女優にはいささか無理のある役だが、ヴィヴィアンは優雅に演じきった。

最初の場面はパリのオペラ座が舞台で、もっといえば豪華なボックス席が並ぶ広い通路だ。その晩の演《だ》し物が幕間《まくあい》に近づくと、すぐに舞台はボックス席に座っていた華やかに着飾る観客でいっぱいになり、中央席に座るマルグリットのうわさ話に花を咲かせる。この場面でヴィヴィアンは長く美しい白のガウンを着て、白い羽根製のケープをむき出しの肩に羽織っていた。

劇中劇の幕間が終わると、観客たちはボックス席に戻り、音楽が再びはじまる。従僕がマルグリットの愛人ジレ伯爵を案内して舞台を歩き、マルグリットのボックスのドアを開ける。伯爵がかがんでマルグリットの手にキスをし、ドアが再び閉まる。

これが、実際の劇場で観客の目にするすべてだった。念を押すと、もし観客のなかにわたしを知る者がいたとしても、白髪のかつらを被って白いつけひげをつけ、杖をついて歩く背中をまるめた老人がわたしだとはわからない。

お楽しみ部分は、観客の目には決して触れない。豪華なボックスのドアがしまった瞬間、ヴィヴィアンとわたしはもはや観客からはみえず、だが長い場面が終わるまでは舞台をおりられない。そこでヴィヴィアンはゲネプロとそのあとの公演中、羽根のケープを脱ぎ捨て、わたしを向いて微笑むと、こうささやく。「さあ、パトリック。今日は何をしたのか教えてちょうだい。何を企んでたわけ？」ボックスを出られるようになるまで、ふたりでひそひそおしゃべりをした。それで、週に三回ほど、偉大なるヴィヴィアン・リーとふたりきりになるちょっとしたひとときがあった。

そのひとときは、別のときにわたしが受ける散々な扱いを緩和してくれた。労働ビザ用の写真を撮る段になると、オールド・ヴィックに雇われた写真家がエンパイア・シアターのステージドア脇の小部屋にスタジオを構えた。撮影の段どりはマグレスが手配した。わたしはいちおう早めに着いて、辛抱強く自分の番を待った——ところが、とんと名前を呼ばれない。ほかの俳優がきたときは、すぐにも仮のスタジオに通された。わたしの座る目の前で。とうとうできるだけ何気ない調子でひかえめに抗議すると、マグレスはいった。「パトリック、ビリングの順にやっているんだ。下位のきみは待ちたまえ」。そっとささやくことさえしなかった。俳優仲間と舞台監督一同の前でいい放ち、わたしにかかせる恥を底あげした。

なぜマグレスがわたしを叩かれ役に選んだのか、いまでもわからない。ブルース・モンタギューが指摘したように、英国のプロフェッショナル演劇の最高峰たるウェストエンド劇界の、ある種の新入りいじめだったのかもしれない。それとも、マグレスが単に性根のくさったやつだったというだけだろうか。昨今ではわたしのような立場の者があれほど露骨な職場いじめにあえば、法的手段に訴えるかもしれない。だが、当時はにっこり笑って耐えるだけだった。

ヘルプマンのほうは、いじめ体質というわけではなく、演出家として優秀だったが、小者と議論などしていられないほどの重要人物だとうぬぼれていたのは確かだ。稽古に入って一週間しても決してわたしのほうをみず、話しかけもしなかった。ヘルプマンから初めて受けた指示といえば、わたしのひじをとり――ジェフリー・オストと違ってヘルプマンは座席からではなく舞台にあがって指示を出した――立たせたい位置へ動かされただけだった。まるで、わたしは背景の一部であり、生身の人間ではないかのように。

二週目の終わりには、ヘルプマンは端役のわれわれがだれかを知りたいとも思っていないと理解するにいたった。もし演出上調整したければ、こう叫ぶ。「おい、そこの！　違う、お前じゃないまぬけ、お前だ、もうひとりのほう！」または、もう少し具体的にしたければ、「お前、緑のシャツ、ひどい色だな、ミス・リーに近づきすぎだ。離れろ！　それからお前、赤いタイツの――緑シャツと一緒に立て」

劇団員をそのような尊大かつ冷たい態度で扱う演出家に、いまならがまんしない。だがわたしは若く、ツアーは辱めを相殺できる豊かな経験を提供してくれた。まずはロンドンからメルボルンへの移動があった——そして、若きパット・スチュワート初の、空の旅が。なんという航路だったろう。フランクフルト、アテネ、カイロ、カラチ、カルカッタ、バンコク、シンガポール、そしてオーストラリアのノーザンテリトリー、ダーウィンへの、三十時間の旅。燃料補給のために立ち寄ることもあれば、乗り継ぎのために立ち寄ることもあった。基本的に、ローカル線を飛んでいた。わたしは興奮のあまりどうにかなりそうだった。

ブルース・モンタギューとわたしは空港におりるごとにグラスをあけると誓い——そうした。また、空港ごとに絵はがきを買い、短いメッセージを書いて両親に送った。先日、探しものをして古い整理ダンスを漁っていると、ゴムバンドでとめた箱をみつけた。開けてみて感動したことには、そのときの絵はがきが入っていた。一枚目はフランクフルトからで、こう書いてあった。「いまのところ順調」。マラソン競争でもしているみたいに。

マグレスから旅行中は身だしなみを整えろと厳命されていた。なぜならわれわれはオールド・ヴィックのみならず、英国そのものを代表しているからだ（ヴィヴィアンとヘルプマンは別行動で移動した。おそらくはファーストクラスかチャーター便の、より負担の少ない航路で）。当時はボーディングブリッジがなかったため、搭乗するには全員で滑走路をぞろぞろ、搭乗機のタラップまで歩いていく。ヒースロー空港から出発するわれわれを撮影しようと新聞社がカメラマンを派遣し、エコノミーの旅にもかかわらず女優陣は全員帽子と手袋をして着飾っていた。

記憶によれば、ツアーは一週間の『椿姫』を皮切りに、つぎに『*Duel of Angels*』を一週間、そして『十二夜』を一週間上演した。つまり、ロンドン・オールド・ヴィックの旅一座の一員としてセリフを発するまで、わたしは二週間待たねばならなかった。

三作ともきわめてうまくいったが、いちばん好きなのはシェイクスピアだ。みるのが、であって、役人その二を演じるのはいやでしかなかった。役名が示すように、レスリー・モクソン演じる役人その一の部下だったが、レスリーにはなんの悪意も持っていない。毎回この場面が終わると、すごくほっとした。出番はまだ残っていたが――ふたりの役人は劇中でいちばん長い最後の場面冒頭に再登場する。レスリーとわたしは上手《かみて》の舞台端《ばな》で二十分間立ちっぱなしだ。居眠り防止のため、舞台上の演技と夜ごとのヴァリエーションを観察していた。もし俳優のだれかの演技に火がつけば、エネルギーが伝染して共演者の演技も引きしまる。ときおりセリフのいい間違いが起きた――ツアーが長引くにつれ、とちりでクスクス笑いの発作が起きやすくなる。経験上、しごくまじめな俳優ほど、クスクス笑いをしがちだった。ジョン・メリヴェールはとりわけこの件では有罪だ。

ある夜の上演で、『十二夜』の最初の場面、本来は第二場――ヘルプマンが順番を変えた――の冒頭で、船が難破したあと、ヴァイオラ――やはりヴィヴィアンは演じるには少々とうがたっていた――が数名の船乗りにまじって立ち、こういう。「どこの国なの、ここは」

ここで劇場が真っ暗になり——一時的な停電だった。船乗りのひとりを演じたわたしは小道具のランプを持っており、たまたま懐中電灯が仕こんであったが、それを使う場面は劇中になかった。スイッチを入れて素早く前に出ると、ヴィヴィアンの顔の近くに掲げる。ヴィヴィアンはひきつった笑顔を向け、場面を演出どおりにつづけたあと、ほかの俳優が彼女を暗い舞台からはけさせた。つぎの場面までに舞台照明が戻った。

幕間で、舞台監督助手にミス・リーがいますぐ会いたがっているといわれた。ヴィヴィアンの楽屋の前で、彼女のメイドが待っていた。メイドがドアを開け、「パトリックがきました」と呼びかける。わたしが入ると、ヴィヴィアンは鏡台に座っていた。鏡に映るわたしの不安顔をみて、手を差しのべた。「お手柄ね。場面を救ってくれた。あやうく続行できなくて悲惨な結果になるところだったもの」

できる限りなんでもない振りを必死に装って、わたしはいった。「その、ほかにやりようがなかったので」

「ばかいわないで」と、ヴィヴィアン。「あなたがしたことはすばらしいわ。ありがとう」。わたしは差し出された手をとった。手の上でお辞儀をして、放し、部屋を出る。誇らしさで輝いていた。

すでに何度も恋愛話を披露してきたが、ヴィヴィアン・リーに恋をしたからといって、責められるだろうか？　とりわけ、わたしにどれだけ親切だったかを思えば？

この流れでもうひとつ逸話があるのだが、ストーカーめいてきこえるかもしれない。ヴィヴィアンのメイドはいい人で、たまたまヴィヴィアンの運転手と結婚していた。ふたりともわたしは好きで、そこそこ親しくなった。すべての劇場においてヴィヴィアンの楽屋は舞台と同じ階にあった。『椿姫』で登場するときは毎回、流行遅れの、チューブとゴム球が上についている香水スプレーのボトルを持って、メイドが彼女の先頭に立った。ヴィヴィアンが通る進路の空中にスプレーし、すぐに袖にひきさがる。劇団員の一部は、ヴィヴィアンがこれをやりたがるのは裏方がにおうせいだと考えた。それは違う——彼女が演じるのは高名な高級娼婦マルグリット・ゴーティエで、香水のミストは役づくりの一貫なのだ。

　香水の銘柄すらわたしは知っていた。ヴィヴィアンの鏡台に載っているのをみた。ジャン パトゥ（現パトゥ）の「ジョイ」。楽屋裏を移動する途中、ときどきちょっとまわり道をして袖の一部を通り、ヴィヴィアンの香りを吸いこんだ。

　メルボルンを巡演中、重大なイベントと重なった。わたしの二十一歳の誕生日だ。ブルース・モンタギューと一座の若手女優三人とシェアしている広いフラットで開く誕生日パーティは、都合よく日曜日だったので夜がオフになり、気兼ねせずにみんなを呼べるとわかった。予想どおりヘルプマンもマグレスもこなかったが、ヴィヴィアンとジョンはきてくれ、ほかの劇団員も全員がきた。ヴィヴィアンは手書きのカードと金色のリネンのハンカチーフをプレゼントしてくれた。ハンカチは、ご名答。「ジョイ」の香りがした。いまでも持っている。

　ロンドン・オールド・ヴィックは非常にゲイ色の強い一座だった。芸術監督のベントールはゲイで、ヘルプマンもしかり。ふたりは一緒に、いまでいうセーフスペースをうまくつくりあげた。一座のなかでゲイ男性は性的指向をオープンにできた。

シドニーでは六週間ばかり滞在し、ボンダイビーチのそばの瀟洒なフラットを、三人のゲイの俳優と共有した。ロデリック・ホーン、ニコラス・ライト、フランク・ミドルマス。わたしは仲間に入れてもらって名誉に思った。クリシェにきこえるだろうが、普段つるんでいた男たちよりウィットに富んで文化的だったからだ。

それ以来、大勢のゲイの友人ができ、ポール・ルドニック脚本のコメディ映画『ジェフリー!』〔一九九五〕ではゲイ男性を演じたこともある。だが、わたしの育った環境のため、当時はゲイの繊細さはわたしにはまったく新鮮で、彼ら三人との生活はそれまでに受けたことのないすばらしい教育になった。彼らといるとくつろげた。フランクは『十二夜』でサー・トービー・ベルチを演じ、のちに性格俳優として開花する。すばらしい料理の腕前を持ち、オフの夜は豪勢な夕食をふるまってくれた。ニックは容姿が美しい男の典型で、劇作家として成功し、トニー賞にノミネートもされた。そしてニュージーランダーのロッドはギタリストの名手で、親友になった。悲しくもロッドは一九八〇年代にＨＩＶ陽性になり、故郷に戻って余生を過ごした。

無意識にわたしはフラットメイトの態度を吸収し、一緒に行動してゲイの感性をとりいれた。現在なら盗用か、たぶん模倣と呼ばれるのだろう。確かに問題だ。だが当時の自分を思うと、無教養な若造が道をみいだし、懸命にそこへはまろうとしていた。それはわたしの演技力の根幹で――なりきるコツをつかむのが得意なのだ。不安をおし隠してヴィヴィアン・リーを「ヴィヴィアン」と気兼ねなく呼べる人間になる方法を学んだように。けれどフラットメイトとの友情は演技ではない。心から好きになった。

ほぼ毎日、ボンダイビーチに通って泳ぎ、ボディサーフィンをした。あれほどきれいなビーチをみたことがなかった。美しい砂と波と快適な水温、それから体中に日焼けローションをスプレーするのが仕事の男を気に入った。嘘じゃない。その男はローションを張った大きなプラスチックの桶をスプレーホースにとりつけて、二分でまんべんなく体をコーティングしてくれる。必要なら彼のところに戻って、塗り直してもらえた。

そんなわけで、シドニーに滞在した数週間にわたしはこれまでで最高の日焼けをした、まんべんなくこんがり。マグレス・ドリスはカンカンだった。劇界には不文律があり、太陽には近づかない、日焼けが特別に求められない限り。結局、緑っぽいメイクアップを施してブロンズ色の顔を隠し、ジレ伯爵を演出家の意図どおりにできるだけ青白く、生気のない顔色につくった。けれど日焼けは見栄えがしたし、マグレスにぎゃふんといわせてやれ、じゅうぶんおつりがきた。

俳優としての仕事は微々たるものだったため、観光客になる時間があった。ブルース・モンタギューともうひとりの劇団員、デイヴィッド・ドディミードとでグレートバリアリーフを訪れた。ブリスベンを海岸沿いに北上するとみえるクオイン島では、カンガルーの棲息地に行った。クリスマス――オーストラリアでは夏――をアデレードの魅力的な都市で過ごし、ヴィヴィアンが寛大にも川船を貸し切ってくれ、キャスト一行で一日遊覧した。

けれどヴィヴィアンはわれわれのうちただひとり、本物のプレッシャーにさらされていた。三つの舞台すべての主役としてだけでなく、旅一座の全権大使を担っていた。人伝手にきいた話では、不眠に悩み、心身ともに疲弊していたという。うまく隠していたが、アデレードをツアー中のある夜のこと、一日二回の上演を終えたあと、一座の全員が広大な私有地の真ん中にぽつんと立つ巨大な屋敷に招待された。女主人はアデレード一の名家を招き、ブラックタイは必須。ヴィヴィアンはリムジンで到着し、残りの団員はバスで往復した。

気さくではあるが正式な紹介がひとしきりなされたあと、ヴィヴィアンが女主人を向いて丁寧にいった。「晩餐の席へ連れていってください」

「いいえ、まだです」と女主人がいった。「晩餐の前に、ボールルームでレセプションがあります。もちろんいくつかスピーチが予定されていますけど、長くはかかりませんから」。気まずい沈黙が落ちた。

「あなたはおわかりになっていません」と、ヴィヴィアンがいった。「わたしたちは一日中働いて、いまは夜の十一時過ぎです。夕食を食べねばなりません。すぐに食べるか、引きあげるかです」

女主人の顔に浮かんだ表情から、そんなふうにいわれることに慣れていないのはあきらかだった。口もとをぎゅっと結び、深く息を吸いこみ、それから名前を呼ぶ。男が彼女のかたわらに現れた。この家の執事だ。「みなさまに夕食をいますぐお出しして、ボールルームにいるほかのお客さまには、いつでも食べはじめてくださるようにとお伝えしなさい」といいつけた。女主人はけなげにも、それからわれわれを広大なダイニングルームに案内した。ごちそうを満載したテーブルが輪になっている。「どうぞ召しあがれ」といって、女主人はホールに戻っていった。

ヴィヴィアンは一同ににっこり笑いかけていった。「きいたでしょ。どうぞ召しあがれ！」

だが、週を追うごとにヴィヴィアンの疲労との戦いはより顕著になっていった。恋人のジョンがこんな提案をした。毎晩舞台がはねたあと、三、四人の団員をふたりのアパートに連れていき、ワインを飲みながらパーティゲームをする。そのうちヴィヴィアンが眠気を催し、すんなり眠りにつけるかもしれない。つらい任務だ、そうじゃないか？　ヴィヴィアンは予測不能で、いつまで起きていたがるかはわからないと、ジョンが警告した。だがわれわれは果敢にも、有名映画スターとパーティをして、寝かしつけるという崇高なる使命を果たしつづけた。

わたしは最初の俳優グループに入り、総勢四人がアパート行きに選ばれた。ジョンとヴィヴィアンはスナック、酒、高価なワインをふんだんにふるまってくれた。ヴィヴィアンがジェスチャーゲームをしようと提案した。ふたり組の三チームに分かれる。サイコロを振って組み合わせを決め、驚くなかれ、わたしはわれらがスターとペアになった。グループで別れ、相手チームを煙にまく映画や舞台や本やテレビ番組の題名をこっそり打ち合わせる。

ヴィヴィアンは楽しそうに笑ってわたしを主寝室へ引っぱっていくとベッドにとなりあって座り、これはという題名を思いつこうとした。それに関しては役立たずだった——わたしに考えられたのは、これだけだ。「ヴィヴィアン・リーの寝室にふたりきりでいる……ヴィヴィアン・リーと」

ゲームがはじまり、題名を渡されたヴィヴィアンがわたしにヒントを出す。彼女のマイムにより、それが歌の題名で、四語なのはわかった。だがその四語がそれぞれ何を表すのかがわからない。突然、ヴィヴィアンがタイトルをいっぺんに演じると合図した。了解。

ヴィヴィアンが背の高い草原か牧草畑を歩くような身ぶりをする。わたしはすでに混乱していた。それから彼女の顔が明るくなり、歩きながら男性がマスターベーションをしているとしか形容できないジェスチャーをした。

いったいヴィヴィアンは何をやってるんだ？　思いついたことばは唯一「マスかき」だった。だが「マスかき」が歌の題名のわけがない――もしくはわたしの素朴で純情な頭で理解できる限り、ヴィヴィアン・リーのボキャブラリーにあるわけがなかった。なんてこたえればいいか、どうしたらいいかわからなかった。

ジョン・メリヴェールが助け船を出した。「あきらめろ、パトリック。こたえを教えてもらえ」。ヴィヴィアンは同意したが、でも、といった。最後のチャンスをあげてから、と。

ヴィヴィアンのマスターベーションのマイムが、さらに大きくなった。わたしの驚きもだ。とうとうわたしに叫んだ。「『故郷の空』だってば！」――ロバート・バーンズの詩をもとにしたスコットランドの伝統的な民謡だ（原題の〝Coming Through the Rye［ライ麦畑で出逢うとき］〟および歌詞に性的なふくみがある）。

ヴィヴィアンの大声にみんなが爆笑した。わたしについては、同情的なハグをヴィヴィアンにしてもらった。ゲームはもう何周かした。とうとう朝の四時ごろ、女主人が宣言した。「朝食タイム！」キッチンに行くと、ベーコンと炒り卵をつくって皿に山盛りにしてくれ、われわれはガツガツ食べた。それからヴィヴィアンがとうとうおやすみをいい、小グループはフラットに戻った。

　われわれの帰ったあとヴィヴィアンはすぐに横になり、昼までぐっすり休息できたと、つぎの日ジョンが報告した。たいへん感謝もしてくれた。心のなかで、わたしは思った。「ミス・リーのためなら、お安いご用です」


　わたしの士気は、オークランドに着いたときにさらにあがった。その地でオールド・ヴィック旅一座のわれらプロレタリアは、専制的なミスター・ロバート・ヘルプマンが社交の場で恥をかくのをみて溜飲をさげた。市でのマチネ上演の直前、観客のなかにＶＩＰ、トンガのサローテ女王がいると一同に知らされた。上演後、女王が舞台裏にくることになったという。

　サローテ女王は六フィート以上の上背があるカリスマ的な女性だった。女王に拝謁できると思うと興奮した。エリザベス女王の戴冠式を報じるパテ社のニュース映像で、雨の日に無蓋馬車から微笑んで群衆に手を振っているのをみたことがある。まあ、正直いって、ロバート・ヘルプマンとマグレス・ドリスの階級主義な慣習を思えば、じきじきに拝謁がかなうみこみはなかった。われわれは二列に並ばされる。前列にはミス・リーとミスター・ヘルプマン、つづいて一座の主要メンバーが並ぶ。残りはうしろで列をつくる。

　最後の幕がおりたあと、俳優たちが整列し、トンガの女王陛下がヘルプマンにエスコートされて舞台にあがった。ミスター・ヘルプマンがヴィヴィアンに引きあわせると会話が弾み、それから前列に沿って紹介をつづけた。列の最後にくると、ヘルプマンはヴィヴィアンのところへ連れ戻ろうとした――だが、女王陛下はそこに立ったまま後列に目をやり、はっきりした大声でいった。「あら、いいえ。みなさん全員にごあいさつします」

わたしのすぐ前に立っていたヘルプマンの顔に、混乱とパニックがよぎるのがみえた。われわれその他大勢がだれだか知らないのだ。女王陛下は彼の俗物的態度に気づき、困らせたかったのだと思う。ひとり目の俳優、デイヴィッド・ネットハイムというオーストラリア人が、われらが演出家を恥から救い、女王に手をのばしていった。「デイヴィッド・ネットハイムです、女王陛下」。全員があとにつづいた。サローテ女王は微笑んで全員と短くことばを交わしてからヴィヴィアンのところへ戻った。これは、ツアー全体でいちばんうれしい瞬間だった。なぜなら女王は期待を裏切らないどころかそれを超えてみせ、ヴィヴィアンがヘルプマンと近しい間柄であっても、この当然の報いの瞬間を愉快がっているのが察せられたからだ。

旅まわりの最初の行程がニュージーランドを残すのみになると、つぎの行き先について様々な憶測が飛んだ。インドと日本？　南アメリカ？　憶測が憶測を呼び、ツアーの残りはキャンセルになるとほのめかす者さえいた。

とうとう決定的な知らせがきた。ニュージーランドのウェリントンでの上演終了から一週間のち、メキシコシティで初上演をする。その地で一週間過ごし、つづいて以下の各都市を一週間ずつまわる。ベネズエラのカラカス、ペルーのリマ、チリのサンチャゴ、アルゼンチンのブエノスアイレス、ウルグアイのモンテヴィデオ、ブラジルのサンパウロとリオデジャネイロ。

わたしは有頂天だった。教育こそあまり受けていないものの、読書家だったのを思い出してほしい。アステカとインカ文明の発祥地に行ける。このわたし、一年前にロンドンで初めて多くの時間を過ごしたばかりの若造が。また、ウェリントンからメキシコシティへ行くまでに五日間のオフをもらった。キャスト仲間のニック、フランク、ブルースと空路を調べ、〝正式な〟オールド・ヴィックの旅程と同じ値段で、メキシコに行く前にホノルルとサンフランシスコを経由しても、宿泊代だけ自費で払えばいいとわかって興奮した。

そんなわけで、アメリカの土を初めて踏んだのは、合衆国の最新加盟州、ハワイに着いたときだった。ホノルルの混みぐあいをボーイズとわたしは予期しておらず、交通渋滞と観光客の数に辟易《へきえき》したが、ワイキキビーチにまともなホテルをみつけ、ピニャコラーダをがぶ飲みし、サーフィンは得意じゃないのを学んだ。特大のボードを借りて、乗ろうとした最初の波から乱暴に放り出された。波間にもまれ、ボードでしたたか頭を打った。一瞬本当に溺れるかと思ったが、ありがたくも足が水底の砂地についていて、ビーチまで歩いて戻り、何も起きていない振りをした。

サンフランシスコへ飛び、その地で過ごしたのはひと晩だけだが、起伏の急な丘と建築と吊り橋に恋をするにはじゅうぶんだった。七年後、そのころにはロイヤル・シェイクスピア・カンパニーの一員だったわたしはこの美しい都市を再訪し、ゆっくりみてまわった。

メキシコと南アメリカツアーでは残念な側面がひとつあり、『十二夜』が演目からはずされた。わたしにセリフがある唯一の芝居だったのに。本当にいらだたしかったのは、外した理由だ。ヘルプマンはとんでもなくおためごかしの理屈を持ちだし、南アメリカの観客はまだシェイクスピア劇を最後まで静かに座って鑑賞できないだろうから、「シェイクスピア名場面集」の夕べを創作して彼とヴィヴィアンが寸劇を演じ、残りのキャストで補足のために必要なセリフを埋めるというのだ。

われわれはヘルプマンの思いこみに呆れた。事実、同じ年にヨーロッパの有名劇団やオペラ団がわれわれのまわった都市すべてを巡演し、故郷と同じ〝難しい〟演目を上演してもチケットは売り切れ、熱狂的な反応を得たと知る。

メキシコシティのベジャス・アルテス宮殿でのオープニングナイトは、上々とはいかなかった。演目が細切れなために観客がまさしく落ちつかなかったからだ。その晩の最初の場面はヘルプマン自身が『リチャード三世』の開幕冒頭の独白を演じた。「いまや不満の冬が去り、ヨークの太陽が栄光の夏をもたらした」というべきところを実際にいったのは、「いまや不満の夏が去り、ヨークの太陽が栄光の……冬をもたらした」だった。

舞台袖で忍び笑いしているわれわれの声が、ヘルプマンの耳に届きましたように。不幸にも、ヴィヴィアンも気まずいスタートを切った。ふたつめの抜粋は『夏の夜の夢』からで、ティターニアがオーベロンと出会う場面だ。ヘルプマンが舞台前方の袖から登場する。ヴィヴィアンは四段駆けあがって舞台の中央奥へ。だがその途中、かかとまで届く白いドレスのすそに足をひっかけて転んでしまった。あらまあ。少なくともヘルプマンは苗字に恥じず、手を貸した。

日曜日ごとにつぎの目的地へ移動するため、観光はあまりできなかった。みんなが疲れ、とりわけヴィヴィアンは深刻だった。しかも、行く先々でたいていオープニングナイトのフォーマルなレセプションに参加するよう要請される。だが、わたしは断固とした決意のもと、メキシコシティから三十マイル北東にある古代都市、テオティワカンを一度ならず二度までも訪ねることができた。一度目は、団体ツアーに参加した。二度目はひとりで行った。あの場所の記念碑的な壮大さに浸りたかったからだ。豪華な寺院とモニュメントのあいだを一マイルの長さの「死者の道」が通り、最も印象的な遺跡、巨大な「太陽のピラミッド」までのびる。あれから何年ものち、アステカとマヤの寺院や遺跡をいくつか訪れたが、テオティワカンほど強烈に畏怖の念を覚えたことはなかった。

われわれがまわったほかの都市のうち、みんなのいちばんのお気に入りはブエノスアイレスだったと思う。目の肥えた観客の反応はよく、眠らない街は終演後のナイトライフにたくさんの選択肢を提供した。ある日、一座の全員でバスに乗り、田舎の大牧場《エスタンシア》で野外料理パーティを開いた。自分たちの座るまさにその場所で育てた肉を、焼いて食べる。あの日に出されたステーキに匹敵する肉料理を、その後の人生で食べたことがない。

それだけではまだ冒険が不足とばかり、帰途、運転士が退避所にバスを寄せて無線電話で何者かと数分間通話した。切ったあと、市から離れているあいだに軍のクーデターが起き、通りで戦車をみかけても驚かないようにと知らせた。それ以外はすべて平常どおりだと運転士は保証した。

一座のだれかが、夜の公演はキャンセルになるかたずねた。「典型的な俳優の発想だ」と、わたしは思った。「夜がオフになることしか考えない」。だが運転士は、それどころか庶民はチケットを奪いあって今宵を楽しもうとしますよ、といった。クーデターのあとはいつでもそうだという。まるで、世界でいちばんありふれたできごとでもあるみたいに。

一九六二年にツアーが終わり、抱擁と涙と電話番号の交換と、連絡をとりあう約束が交わされた。けれど未来のマンチェスターでのハウスメイト、ロッド・ホーンと一生の友になったフランク・ミドルマスをのぞき、一座の仲間とは二度と会わなかった。最悪なのは、ヴィヴィアンが五年後に結核の合併症で他界したことだ。そのころには最初の妻シーラと結婚して二年になろうとしていた。知らせを受けたとき、肩を落としてみえたに違いない。シーラはヴィヴィアンがわたしにとってどんな存在だったのかたずね、いま述べた話を初めて妻にうちあけた。それまではだれにも話したことがなかった。

　ロンドンへ戻る旅は、メルボルン行きの往路、あちこちに立ち寄りながらの旅とは反対だった——リオからヒースローまでの直行便に乗った。ツアー後の空虚感に落ちこむまいと決意し、それで終了前にジェフリー・オストに手紙をしたため、シェフィールドへの出戻りを打診した。ちょうど、オストは一九六二～六三年シーズンをまとめようと苦戦している最中で、一作目の、きいたことのない無名の戯曲の助演をオファーされた。脚本を読んで感心できなかったものの、とにかくオファーを承諾した。

　また、マンチェスター・ライブラリー・シアター、リヴァプール、ブリストル・オールド・

ヴィックにも手紙を書いた。すべてシェフィールドより評判が上の劇団だ。わたしの意識では、十八ヶ月におよぶヴィヴィアン・リーとロンドン・オールド・ヴィック・カンパニーとの仕事を終えた直後につき、よりレベルの高い劇団で働く用意はできていた。

そのため、マンチェスター・ライブラリーの芸術監督デイヴィッド・スケイスからの返事が届いて小躍りした。ロンドンにくる際に喜んでわたしと会うという。

スケイスはすばらしい監督だが、とんでもなく予算にうるさいとの演劇ゴシップを人伝手にきいた。それで、かつらをみつくろって面談につけていった。たちまちデイヴィッドを気に入り、新シーズンにわたし向けの役があれば受けたいと話した。それからかつらをとって、「ひとりでふたり分のお値打ち役者」ルーティンを演じる。スケイスは目を輝かせ、あとで連絡するといった。楽観主義でいっぱいになり、わたしの若禿げに少しだけ感謝した。

翌日、デイヴィッドから電話がほしいとの電報をもらった。監督はすぐに本題に入った。全シーズンにわたし用の役を用意し、なかには『十二夜』のオーシーノ公爵（ふむ、悪くないぞ）と『ヘンリー五世』のヘンリー王（イエス、イエス、ファック、イエス！）がある。

わたしのサラリーはシェフィールドにいたときと同等（ううむ、少ない）だが、だからといってがっかりしないと決めた。オールド・ヴィックのツアーで蓄えがあるし、ふたつのシェイクスピア劇の主役を張れる。そのうちのひとつは史上最強の役だ。いずれにしても、職業俳優をつづけられる。

第九章

この考えをはっきりいう勇気はそれまでなかったが、俳優としてのわたしの究極の野望は、ロイヤル《R》・シェイクスピア《S》・カンパニー《C》の一員になることだった。正直、以前はそんな考えを抱くことさえ自分に許さなかった――いちマーフィールドの青二才には高すぎる目標に思えた。だが自分に自信を持つようになると、手が届く目標だと思いはじめた。すぐにではないとしても。わたしの計画は、地元の劇団に数年間在籍して経験を積み、いい実績をつくったのち、ＲＳＣに売りこむ。一朝一夕で実現するとは期待していなかった。まだ二十二歳のわたしが年相応の、おいしい大役に抜擢されることはあり得なさそうだったからだ。二枚目の若者の主役、つまり、ハムレットには。演技教師ビル・ムーアがあまり助けにならない指摘をしたように、わたしは性格俳優であり、大成するまでしばらく待つ運命にあった。

だがメンターのルース・ウィン・オーウェンとセシル・ドーマンドは、わたしの頭と胃袋にザ・バード（シェイクスピアのこと）を叩きこみ、わたしは喜んで数年かけて彼を消化したのちに世界一偉大なシェイクスピア劇団に自分を売りこむつもりだった。

いっぽう、マンチェスター・ライブラリー・シアターは目的にかなうすばらしい劇団だ。また、もう一段はしごをのぼった証しに、劇団は本番前の稽古に驚くべき三週間を費やせた。

唯一の障害はシェフィールドで一本、ぱっとしない題名の忘れやすい戯曲『Love in the Time of Bloomers』の出演を引きうけたことで、ジェフリー・オストはつづく一シーズンまるまる戻ってくるよう誘ってくれた。わたしは三十五マイルばかり離れたマンチェスターに移ることをおずおずと話した。ジェフリーはとても礼儀正しい男だが、わたしに腹を立てているのがわかった。なんといっても、たった二年前わたしに大きなブレイクチャンスをくれた人物だ。だが、それがショービジネスというものだと、ある友人が請けあった。

『Love in the Time of Bloomers』でわたしの相手役を演じるジャネット・マナーズは、ロンドンの演劇学校を出たての、若い南アフリカ人だった。一年かそこらで彼女は実名のジャネット・サズマンに戻した。賢い選択だ。その名前で彼女は英国演劇界のスターダムを駆けあがり、一九七〇年には映画と英国テレビの世界でも名を馳せる。七一年には映画『ニコライとアレクサンドラ』でアレクサンドラ皇后を演じ、アカデミー賞にノミネートされた。

ジャネットはわたしに秘密をうちあけた、われわれは同じ穴のむじなだと。デイヴィッド・スケイスは、ジャネットにもきたるシーズンにマンチェスター・レップ移籍をオファーしていた。シェフィールドの団員には、ジャネットとわたしを身勝手で、ジェフリーを失望させたと感じる者もいた。だが、ふたりとも若く野心に燃えており、上にのぼれるあらゆる機会をつかむことは、プロの演劇という非常に競争の激しい世界では常識だった。ジャネットとわたしはまた、〝五分間ロマンス〟の最中で、一緒にマンチェスターに移るいい理由になった。

わたしが自信を深めていった表れとして、マンチェスターでの二週目、柄にもなく攻めの一手に出た。英国のラジオ番組で人気のコメディアン、フランキー・ハワードが全国の映画館をまわるツアー中、一週間町に短期滞在することになったが、驚いたことにわたしの下宿先である俳優向けの宿泊施設に泊まった。フランキーをきいて育ったわたしは、会えるのが楽しみだった。ところが、ふたりの道が交わることはなかった——わたしが得た情報では、フランキーは日が落ちるまで、つまりわたしが稽古中のあいだは決して部屋を出ず、彼が出演する劇場へは姿をみせなかった。

けれどもフランキーに会いたい一心で、家主とプランを練った。ある朝彼に朝食を持っていくとき、家主がわざと〝忘れ物〟をする。忘れられたティーカップを二階のフランキーのベッドルームへ運ぶ仕事をわたしが任され、かくして偉大なるひょうきん者との対面がかなう。ドアをノックすると、きき間違えようのないフランキー・ハワードの声がし、彼特有の芝居がかった口調で応じた。「お入り、ディア」

わたしが現れると、フランキーは悲鳴をあげた。「ひゃー！　あんただれ⁉　あっちへいって、ディア！」これはおなじみのフランキー・ハワードだ、わたしは大受けした。それから彼はベッドカバーを頭まで引っぱりあげ、その下からつぶやきはじめた。「だれなの、だれなの、ディア？」

気づかなかったのは、フランキーはゲイで、その横で半身を起こしているマネージャーのデニスは彼の恋人でもあった。デニスはわたしをにらんでこういった。「そのカップを置いて失せろ、さもないと困ったことになるぞ」。フランキーがつけ加える。「そうよ、ディア、そう、困るの。あっちへいって」

想像した夢の出会いとはいかなかったが、ある種、完璧だった——彼のコメディスタイルにぴったり合っていた。二年後、フランキーはウェストエンドで上演された『ローマで起こった奇妙な出来事』というミュージカルに出演した。わたしはチケットをつかみ、終演後、舞台裏に行った。彼の楽屋のドアをノックすると、招き入れられた。自己紹介しようとしたら、彼は機嫌よく遮って叫んだ。「だれか知ってるわ、ディア！　マンチェスターでわたしの寝室に押し入った子ね！」ぜんぶ許してもらった。

マンチェスター・ライブラリー・シアターでの毎日を満喫した。劇団はすばらしく、監督のデイヴィッド・スケイスは熱意あふれる楽しみがりな男で、ジェフリー・オストの性分とは正反対だった。舞台の上で飛び跳ねるスケイス、一階正面席で体を折り曲げて笑うスケイス、後列から酔っ払いみたいにわれわれに叫ぶスケイス、または俳優の耳もとに自信をつけることばをささやくスケイス。仕事を愛し、俳優を愛した。

シーズン最初の演し物『*The Buried Man*』はわたしの独壇場だった。ヨークシャーに住む労働者階級の人々の話だ。こども時代のなまりに戻って楽しんだが、ジャネットは苦戦し、それでわたしはヨークシャーなまりの指導役をロハで買って出た。ジャネットはすごく努力したが、なまりは出たり消えたりした。「彼が窓の前を通るのをみたばかり」というセリフに悪戦苦闘していた。本書の冒頭のくだりを思い出してもらえれば、ウェストライディングでは「窓」を〝ザ・ウィンドウ〟とはいわず、〝ト・ウィンダー〟という。かわいそうなジャネットは正しくいおうとして追いつめられていた。

けれど『十二夜』では本領を発揮して、わたしのオーシーノの相手、ヴァイオラ役を射止めた。急速にのびているのがあきらかで、学校を出てまもないのに主役に抜擢された。さらに、ある夜うちあけてくれたことには、英国演劇界のレジェンドにしてロイヤル・シェイクスピア・カンパニーの高名な芸術監督（そして素敵なレスリー・キャロンの夫）ピーター・ホールが上演をみにくるとの知らせがエージェントからあったという。劇団からジャネットを引き抜いて、つぎのＲＳＣシーズンに出演させたいと望んでいるからだ。

内心、とんでもなく嫉妬した。ジャネットはすでに将来を約束されている。けれどもまた、これを好機だともとらえた。ピーター・ホールがオーシーノ役のわたしをみるのは、ＲＳＣ長期誘惑計画のスタートとして悪い方法ではない。舞台を踏むわたしを芸術監督が目にするのは、ストラットフォードの劇場によろよろ入って十分間のオーディションを受けるより百倍よかった。

とはいえ近道を空想せずにはいられなかった。ホールが観劇にくる夜、舞台がはねたあとで近くの〈カフェ・リアル〉で落ち合い、飲みながら話す予定だとジャネットは教えてくれた。ふたりが会っているあいだ、わたしはバーの反対側に座り、それから帰ろうと腰をあげたあと、何気なく立ちどまって声をかける。「おやすみ、ジャネット。ああ、ホールさん、これはなんと！　こんばんは！　今夜の舞台をみてくださってありがとうございます。楽しんでいただけたらよかったのですが」。そして、ピーター・ホールの胸ぐらをつかみ、顔をくっつけてこうささやく。「わたしを気に入ったな？　最高だったろ？　さあ、正しいカードを切ればおれが手に入るぞ。忘れがたい経験をさせてやる。レスリー・キャロンとの結婚生活よりいい思いができるぞ。これがおれの電話番号だ。じっくり考えろ」

もちろん終演後は、バスに乗って宿に帰った。正しい選択をしたと思う。マンチェスター新聞が

「酔っ払った俳優、RSC監督を脅して逮捕」という見出しをでかでかと打つ図を思い浮かべ、こう思った。「いいや、そんな価値はないさ」

数日後、ステージドアでジャネットに会うと、にっこり浮かべた笑みが物語っていた。『十二夜』の公演が終了次第、ジャネットは即刻RSCに加わるよう招かれた。初めての役は『薔薇戦争』四部作のジャンヌ・ダルクの予定だ。RSCは新シーズンの幕あけとして、その演目をすでに発表ずみだった。

そのときに人生を変える電話は鳴らなかったが、興味深い新たな光明が差した。マンチェスターの劇団員で、『十二夜』のサー・トービー・ベルチを演じたチャールズ・トーマスが興奮ぎみに、RSCのキャスティング主任モーリス・ダニエルズから手紙がきたと教えた。ピーター・ホールがマンチェスターに戻って、『ヘンリー五世』に出演するチャーリーをみにくる。開幕は一月後半、クリスマス劇のあとの上演だ。

これぞ、苦悩と恍惚だった。チャーリーはつい最近大学を出たばかりだ。わたしのリンカン時代のように、単なるパートタイムの俳優で、舞台監督助手の仕事も負っていた――それなのにチャーリーはチャンスをものにしている！

だがいっぽうで、主役を張るのはわたしだ。ホール氏がわたしを見逃すことはまずあり得ない。突然、地方劇団で経験を積むというわたしの急がばまわれプランは窓から投げ捨てた。RSCを欲し、いますぐ欲した。

家族向けのクリスマス劇『豚飼い王子』の仕事をしながら、空き時間に『ヘンリー五世』を猛勉強した。ヘンリー役はきわめて自然にしっくりきた。フランス侵攻のひそかな野望を抱いたから、ではあらず。単に役を愛し、ルース・ウィン・オーウェンとの日曜の午後以来、ひさびさにヘンリーの偉大なスピーチに浸ったからだ。ただ、いまはもう十五歳ではなく成人した男で、完璧に違うみかたをした。権力というものをもっとよく理解した――望みを達成するための道具として、それがどういうもので、どう働くのか。

また、きく方法を学んだ、演劇学校でとくだん教わらなかったことだ。観客として、その場面で長ゼリフをいう人物に注意を払う役目の俳優に、いつも興味を引かれた。存在感とパワーを持ってきくことは、それ自体が演技の高等技術だ。そのわざを学ぼうと決心した。ヘンリーの最初の場面ではきき役にまわっている時間が多く、二番目の場面ではそこにイングランドの裏切り者への押し殺した怒りの層が加わる。いちばん好きなのは、壮大なアジンコートの戦い前夜の場面だ。ヘンリーの一途さ、忍耐、決意。この役をものにできれば！　ＲＳＣはもはや、遠い夢ではない。すぐ手の届くところに……

……と、思った。ヘンリーを演じる喜びに夢中になるあまり、わたしのヘンリー像に対する観客の反応を自分と切り離していた。唯一気がついたのは、マチネのあとのカーテンコールで毎回、腰抜けの卑劣漢ピストルを演じたマーティン・ジャーヴィスのほうがわたしよりも大きな喝采を浴びたことだ。ピーター・ホールとモーリス・ダニエルズは実際に観劇にきて、実際にチャーリー・トーマスをストラットフォードでのシーズンに誘った。だがわたしには、なんの声もかからなかった。

落ちこむことを自分に許したが、五分間だけだ。前を向き、明るい面をみる必要がある。わたしにはマンチェスターにすばらしい仕事があり、少なくともＲＳＣのお偉方にわたしとわたしの仕事を知ってもらった。

マンチェスター・ライブラリー・シアターの団員のあいだに、愛するわれらの上司デイヴィッド・スケイスが新たな職場に移るとのうわさがたった。ＲＳＣへの鬱憤《うっぷん》がくすぶっていたところへもってきて、うわさが真実じゃないことをせつに願った。デイヴィッドから打ち合わせに呼ばれたときは心配がいや増したものの、すぐさま本人がなだめてくれた。マンチェスターを去ることは認めたが、新天地に同行してほしいと誘われたのだ。リヴァプール・プレイハウスは、マンチェスターと等しくすばらしいレップ劇団だ。いや、もっと上だ。わたしに一座を率いてほしいという。マンチェスターからリヴァプールまでの距離は、マンチェスターとシェフィールドの距離と同等だ。一年以内にハルの劇団で仕事をみつけられれば、イングランド北部工業地帯のレップ劇団を制覇できる。

マンチェスターで過ごす冬のあいだ、初めて車を買った。一九三九年式フォード・プリフェクト。第二次世界大戦が勃発したとき、もとの所有者は車庫にしまいこんで基本的に二度と使わなかった。けれど認めよう、これは一九三〇年代製造のフォードだ。アンティークな外見のアップライトボディ、縦長のフロントグリル、まるく飛びだしたヘッドライト。ジェームズ・ボンド映画の第一作『００７は殺しの番号』が公開された一九六二年には時代遅れにみえた。それでもれっきとした車であり、ぜんぶわたしのものだ。マンチェスターからリヴァプールまでの道のりは、青年時代に走ったいちばん長い距離だった。ロサンゼルスの交通渋滞は全力でドライヴの楽しみに水を差してくれたが、いまでもハンドルを握るのは嫌いじゃない。
とはいえ、プリフェクトが強いる「ちんちん」スタイルの運転に一年間耐えたあとに売り払い、ここ ろもち、よりモダンな一九四九年式ＭＧ・Ｙタイプを買った。すごく気に入っていたが、三年目にイングランド南部のＡ４道路を走行中に故障して動かなくなった。つぎの車はもっと派手めのＭＧ、ＴＦ１２５０コンバーチブルで、一九六七年に初めてのこどもダニエルが生まれたときに手放した。ＴＦ１２５０には乳母車もストレッチャーも、その他のベビー用品も置けるスペースがなかったからだ。ダンはいまだにそれが理由でわたしに嫌われたといい張っている。

リヴァプールには一シーズンしかいなかった。シーズン一作目の『*The Rough and the Ready Lot*』はアラン・オーウェンという名前の若い劇作家が書いた、傭兵にまつわる生々しい戯曲だ。アランは出世株だった。なぜなら、ビートルズの映画第一作『ビートルズがやって来るヤァ!ヤァ!ヤァ!』〔一九六四〕の脚本を書き終えたところだったからだ。

ご存じに違いないが、リヴァプールはビートルズ発祥の地であり、彼らが何者かはぼんやり知っていたものの、クラシック音楽ファンのわたしは彼らのくわしいプロフィールを知らなかった。わたしのフラットからフェリーでマージー川の対岸に渡って通勤する途中、フェリー埠頭からプレイハウスへの近道になる裏通りをみつけた。その裏通りを半分行くと、〈ザ・キャヴァーン〉という看板を掲げたドアがある。ドアの前ではしょっちゅう若者がたむろして写真を撮っており、ある種の地下の空間へ通じているらしい。誓っていうが、〈ザ・キャヴァーン〉が何かも、なぜ若者たちがたむろしているのかも、まったく知らなかった。ビートルマニアが世界的なピークを迎える一九六四年のさなかであっても。〈ザ・キャヴァーン〉の向かいには、〈ブーツ・ケミスト〉店の商品搬入口があった。これを覚えている理由は、もし昼どきにその前を通りすぎると、〈ブーツ〉の若い女性店員のグループが休憩中にタバコをふかし、タフを気どっていたからだ。わたしのような若い男が横切るたびに女性たちはからかい、はやしたて、口笛を浴びせかけた。そんな場面に出くわしたことはあとにも先にも一度もない。立場が逆転し、すごく愉快だった。

リヴァプールのそのシーズンにやったみっつめの戯曲はノエル・カワードの『花粉熱』で、アラン・オーウェンとは別世界だった。わたしは〝性格俳優〟の面目躍如たる一家の家長デイヴィッド・ブリスを演じた。普通は中年俳優に振られる役だ。わたしの記憶に突き刺さったある事件は、しかし戯曲とはなんの関係もなかった。

ジェニファー・スターリングがわたしの演じる役の妻、ジュディス・ブリスに扮した。ジェニファーは非常に厳しい減量プログラムを実行し、ダイエットシェイクのラージサイズを飲んだら、あとは一日何もとらない。わたしはジェニファーの健康を気遣い、そんなやりかたが安全とは思えない、とりわけ十二日間もつづけるなんて体に支障が出ると意見した。だがジェニファーは心配は何もいらないと請けあった。

ある晩、幕があいてから五分ばかり経って、舞台のほうから叫び声がきこえた。わたしはそのとき控え室《グリーンルーム》で舞台監督としゃべっていた。第一幕のずいぶんあとの出番だったからだ。だが、ジェニファーが息子と娘役の俳優とともに登場したばかりなのを知っていた。

再び叫び声がした。だれかが役に入ったまま「父さん！」と叫んだ。急いでドアを通って袖までいくと、そこで息子役の俳優が叫んでいるのがみえた。「父さん助けてよ、母さんが！」

こども役の俳優たちがソファにおおいかぶさるように立ち、そのうしろからハイヒールが突き出しているのがみえる。まだジェニファーが履いたままだった。床に横たわり、意識を失っているらしい。こどもたちがわたしをみて、舞台にくるように手まねきした。舞台監督も行けと指示したが、わたしは小声で抗議した。「だめだ！　幕をおろせ」

そのときにはさらに数名の俳優が袖に集まった。つぎの出番を控える俳優が出ていってこどもたちと即興をはじめ、すぐにほかの俳優も加わった。四人で即興を試み、ジェニファーをソファに持ちあげて座らせる。そこまでいくと観客は混乱し、ざわつきはじめた。あれは演技か？　緊急事態なのでは？　数名の笑い声がした。また、男が実際にこう叫ぶのをきいた。「医者はいるか？」どうみても事態は笑いごとではなく、舞台監督は決めあぐねて立ち往生している。そのためわたしは緞帳のレバーまで走っていって引っぱった。幕がおりてひと安心し、そしてイエス、医者が舞台に駆けつけた。医者はジェニファーに気つけを施し、楽屋へ連れていった。十分ほどでジェニファーは芝居を続行できそうになるまでに回復した。

劇が再開してジェニファーが登場すると、観客はスタンディング・オベーションをした。

わたしはいっぽう、その夜の悪役だった。観客にではなく、キャストにとって。舞台に出て手助けするのをわたしは拒んだ。息子と娘を演じた俳優たちは、わたしを許そうとしなかった。

だが、あの夜のわたしの思考の流れをできるだけ思い起こせば、つぎのようになる。われわれが演技をしているという観客の信頼を、裏切りたくなかった――『花粉熱』のような気楽な戯曲であろうと。あのとき幕をすぐにおろしていたら、舞台上の世界は保たれていたはずだ。実際には何かひどい手違いが起きて、緊急事態を芝居の一部にしようとした行為を、観客と共有してしまった。舞台上の世界が、単に中断されたのではない――破壊された。ジェニファーがもち直して果敢に演技を終えたのには気分が浮きたったし、安心もした。けれど虚構の世界が露呈し、それがいやだった。ああするよりどうしようもなかった。

だが、それがリヴァプール在団中に起きた、いちばんドラマチックなできごとだった。『花粉熱』はたいへん評判がよく、あの劇場の芸術監督としてデイヴィッド・スケイスが終身在職権《テニュア》を得る一助となったのを喜んだ。しかし、つぎのシーズン、わたしは前へ――そして南へ――進んだ。ブリストル・オールド・ヴィックへ。すぐ近所の演劇学校に通っていたときに憧れた劇団だが、いまや二十四歳という分別くさい年の、年季の入ったプロだった。『オリヴァー・ツイスト』の舞台版で、チャールズ・ディケンズの気むずかしいスリの元締めフェイギン役に抜擢され、張りきった。

数年前に小説を読んだとき、その役を演じる自分を想像したので、どうみせたいかは正確にわかっていた。衣装係とメイク係と一緒に、このヴィジョンを実現した。うすよごれた肌、もつれた髪、汚いひげ、クレイジーな眉毛、そして黒ずんだ歯。猫背になって、横へ足を引きずるように歩いた。それらすべてにぶっきらぼうな、ずいぶんカリカチュアしたイーストロンドンのユダヤなまりを上乗せし、当時は気に入っていたものの、少なからぬ観客には不愉快だったろうといまさらながら気づいた。上演時は自分の演技に満足していたが、いまでは後悔している。「いまとは時代が違った」といういいわけではじゅうぶん正当化できないことがときどきある。

公演中、きわめて悪質なインフルエンザにかかった。たぶん、因果応報だ。せき、発汗、悪寒、高熱。代役はいなかったため、出つづけなければいけなかった。三日目は土曜日で、マチネとソワレの上演がある。ふたつ目の上演の半分過ぎ、わたしはひざまずいて床に大の字にのびた。キャストのだれかがわたしを助け起こそうとしたが、追い払ったのを覚えている。床に横たわったまま、場面をつづけるほうを選んだ。譫妄《せんもう》状態で、ある時点ではセリフを一気にまくしたて、ほかの役者が話すすきを与えなかった。それだけしゃにむに舞台をおりたかった。ひどく具合の悪いフェイギンの演技をビデオで確かめたくてならないが、そんなものが存在しないのは、まあ確実だ。

シーズン後半、わたしは『ヴェニスの商人』のシャイロックを演じた。戯曲になじみがあるのはドーマンド先生によってシェイクスピアの洗礼を受けたのがこの作品だったからだが、この役を演じるには若すぎ——フェイギンもそうだったが——年齢差を補うためにうんと露骨に、これみよがしにグロテスクにみせようとした。幸い、これが最後のシャイロック役とはならなかった。その後さらに三回演じ、そのたびに円熟していき、最後は現代のヴェニスを舞台にした現代的衣装の作品だった。

ブリストルのこのシーズンであった最も大きな進展は、ゴウン・グレインジャーという名前の素敵な、安っぽい外見の俳優と知り合ったことだろう。俳優生活の負の面にはすでに触れたが、そのなかには芽生えかけた友情が、同じ舞台の仕事が終わるとしばしば立ち消えてしまうことがある。だが、ゴウンとの友情は消えなかった。それどころかずっと親友のまま、ゴウンとの——そしてすばらしい奥さんゾーイ・ワナメイカーとの——友情は、十年ごとに深まっている。

こういってよければ、ゴウンはとうとうわたしに青春を送らせてくれた——二十代のなかばにして。夜ごとのパブ詣でや未熟な恋愛の試行錯誤をこれまで書きつらねてきたものの、実のところ実際にティーンだった当時は、貯金をしてプロの俳優になるためにしゃかりきに働いたせいで、ほとんどの人がその年ごろの思い出としている奔放な自由を心から謳歌できなかった。

悪漢ゴウンがすべてを変えた。水曜の晩のポーカーゲームを、わたしともうふたりの友人とではじめた。劇場の立つ通りを曲がったところの私設馬券売り場に連れていかれ、競馬の賭けかたを手ほどきされた。それから酒とデートがあり、しばしばふたつを組み合わせた。父の飲酒癖と友人バリーの父親のスコッチでへべれけになった不名誉な一夜の記憶から、飲酒はときたま一杯たしなむ以上の衝動は覚えなかった。だがゴウンはカクテルが好きで、文明化された紳士らしい飲みかたを教えてくれた。これに関しては彼の影響がいま現在もつづいていて、妻のサニーとわたしは、ほぼ毎晩カクテルを一杯たしなんでいる。サニーの十八番、アヴィエーションはさっぱりするジンカクテルなのと、クレームドヴァイオレット・リキュールが入っているおかげでみためも美しい。

一度だけ、ゴウンの影響が裏目に出た——結果については本当に、わたしにも等分の責任があった。

ブリストル・オールド・ヴィックのシーズン最後の演目は、ジョージ・バーナード・ショーの『聖女ジョウン』だった。すばらしいキャストで、卓越した技量のバーバラ・リー＝ハントが主演し、ゴウンと海外ツアーの仲間だったフランク・ミドルマスが共演した。わたしはウォリック伯に扮し、毎回この役を熱心に演じた――一度をのぞいて。

ゴウンとわたしは午後がオフだったため、ブリストルの郊外、クリフトンのパブ〈コロネーション・タップ〉でランチをとろうと決めた。〈ザ・タップ〉はサイダーが売りで、とりわけ強くて濁りのあるスクランピーが名物だった。〈コロネーション・タップ〉で出すスクランピーは実際非常に強く、バーテンダーと顔なじみでなければ一度に半杯しか出してもらえない。バーテンダーはキャラが立っていた。閉店時間がくると、彼はピスヘルメット――英国軍がインドで被っていたトーピー――を被った。ヘルメットの正面には「**ピス・ハットを被ったぞ、ピス・オフ《帰った帰った》！**」というフレーズが書かれていた。

ゴウンとわたしはサイダー二杯でランチを流しこんだ。これは気にしなかった。まだ午後の一時半で、舞台に立つのは晩の七時半だ。わたしの小さな地下のフラットは角を曲がったところにあり、家に戻ると横になって酔い覚ましの昼寝をした。

起きたときは六時半だった。まずい。ベッドを出たときにつまずいた。くそっ、すぐにわかった――まだ酔ってる。

それでもきびきび三十分歩いて劇場に向かうあいだにしゃっきりするだろうと、たかをくくっていた。到着し、支障なく顔をつくったが、衣装を着ようとするとタイツが履けず、やっと履けたときにはうしろ前なのに気がついた。ああ、まだべろんべろんだ。

出番がくるのは第三場、非常に長い場面で、わたしの役が、テリー・ハーディマン演じる知的なボーヴェ司教と複雑な交渉に入る。場面がはじまる直前、なんとかテリーの腕をつかんで昼間のできごとを話し、助けを求めた。

テリーが破顔した。あきらかにそれを待っていた。

場面はおよそ二十分あり、請けあうが、舞台で過ごした最長の、いちばんおそろしい二十分だった。ことばを明瞭に発するのに苦労しただけではなく、思い出すのが難しかった。予想どおり、テリーは楽しんでいた。笑顔——より正確にはにやにや笑い——を張りつかせっぱなしだった。終演後自分の演技をあまり覚えていなかったが、一座の仲間は何週間もわたしのろれつのまわらない、意味不明なセリフを真似した。

しかし、この大失敗にもいい面がひとつあった。一生ものの教訓を得た——本番前には二度と酔うべからず。

でも、という疑問の声がきこえる。ゴウンはどうした？　彼はうまくやったのか？　ついているやつだ、うまくやった。ゴウンの役柄はロベール・ド・ボードリクールという酔っ払いの従者だ。その夜の演技はゴウン史上のベストだったに違いない。

同じシーズン、『Lock Up Your Daughters』というミュージカルをやった。わたしは腐敗した裁判官スクイーザム氏を演じ、ウェストエンドの経験豊富な俳優で十八歳年上のジョアン・ヒールが妻のスクイーザム夫人を演じた。初めてやったフルミュージカルで、悲しいことに、最後のミュージカルのままだ。認めざるをえないが、ミュージカル面では、ジョアンのおかげで舞台をやりとおせた。

振付師は、才能豊かなシーラ・ファルコナーだった。あとで知ったが、彼女はすでに受賞歴があり、厳しい芸の道でキャリアを築いてきた。まずはクラシックバレエのダンサー、つぎにウェストエンドの劇場ダンサー、のちには有名な英国の振付師ジリアン・リンの助手として。シーラの同僚が教えてくれたのは、ブロードウェイのミュージカルがロンドンで上演されるたび、プロダクションは毎回彼女を主役のダンサーとして雇おうとしたらしい。アメリカ式のムーブメントを生来理解していたからだ。『*Lock Up Your Daughters*』はシーラにとって試練だったはずだ、ゴウンとわたしをいっぱしのダンサーに仕立てる役目を負わされたのだから。

けれど、わたしのことはそれほどわずらわしくは思われなかったようだ。公演の終わりには、シーラとわたしはつきあいはじめていた。シーラはすばらしいユーモア感覚の持ち主で、演技がどれほどわたしにとって大事かをいわなくても理解し、彼女もまた、ダンスに深く打ちこんでいた。われわれは互いに尊敬しあい、ロマンスがついに成就し、ほどなく結婚を前提に婚約する。

一九六五年の日々が進み、ゴウンとわたしはふたりともブリストルの二シーズン目に再度歓迎されたが、条件がついていた。シーズンの後半、劇団は二手にわかれ、いっぽうはブリストルに残り、もういっぽうはアメリカ合衆国巡演《ツアー》に出る。このツアーにはサー・タイロン・ガスリーが演出する『ハムレット』の新たな舞台があり、ゴウン・グレインジャーがデンマーク王を演じる。わたしはというと、ブリストル残留組だった。

ゴウンのために喜んだものの、ツアーに参加したかった。芸術監督のヴァル・メイに『ハムレット』に配役してくれるよう懇願したが、わたしに合う役はないと、けんもほろろだった。ヴァルは意図的にわたしとゴウンをわけたのではとの疑惑をずっと抱いている。そしてたぶん、もしそれが真実なら、正しい判断だった。ふたりそろってアメリカ合衆国のツアーに出たら、すごくまずいことになっていたはずだ、とりわけ舞台がはねたあとは。

シーズン中、ロンドンで二週間過ごした。ある晩、ロイヤル・シェイクスピア・カンパニーの最新公演『ハムレット』をみに、ウェストエンドのオールドウィッチ・シアターへいった。ピーター・ホールの演出で、主演はデイヴィッド・ワーナーだ。劇評家は舞台に狂喜していたが、それでもわたしに与えた衝撃の備えにはならなかった。

幕があくと、舞台照明と場内照明の両方が一斉に消え――「非常出口」のサインすら消える防火法違反――観客を真っ暗闇と静寂のなかに放りこんだ。全員――満員札止めの千二百人――が飛びあがったと思う。闇のなかから声がし、バナードーを演じる俳優が戯曲の最初のセリフ「だれだ？」を発したときに。

デイヴィッド・ワーナーについては、きわめて端的に、演劇史に名を刻んだ。われわれデイヴィッドのどはずれた演技をみた者には——バーガンディのスカーフを首に巻き、金髪をビートルズのモップトップヘアにし——まるで、ハムレットのことばが初めて話されたみたいだった。ワーナーとピーター・ホールは『デンマークの王子ハムレットの悲劇』に青春ものの風味を与え、時代に合ったヴァージョンを創造した。

デイヴィッドはわたしと同年代の二十四歳にして、この舞台でたちまちスターの座に駆けあがり、演劇ファンのみならず、ビートルズやローリング・ストーンズに嬌声をあげていたティーンをも惹きつけた。のちにデイヴィッドとわたしが友人に、そして同じ舞台を踏むことになるとは当時は思いもよらず、さらにはほぼ三十年後、「新スター・トレック」のオールタイム・ベストエピソードの一本、「戦闘種族カーデシア星人」二部作（一九九二）で火花を散らそうとは、想像もしなかった。『ハムレット』のあの舞台はロイヤル・シェイクスピア・カンパニーに加わりたいというわたしの欲望に火をつけた。このころには最初のエージェントと契約し、もはやだれかがわたしに目をとめるのをじっと待つのはやめようと決心した——オーディションを受けまくるぞ。

すでにわたしはブリストル・オールド・ヴィックが一九六五年秋に組んだ興行作品の配役表に載っていた。チェーホフの『桜の園』、『ヴェニスの商人』（シャイロック役）、そしてその年のクリスマス作品『*The Happiest Days of Your Life*』——一九五三年にアマチュア演劇デビューしたのと同じ笑劇だ。今回わたしが演じるのは偉ぶった傲慢な父親で、生徒ではなかった。わたしのエージェントはＲＳＣのオーディションを押さえてくれたが、ブリストルでは切れ目なく仕事があったため、日曜日に受けなくてはならなかった——そして二十四時間のうちにストラットフォード・アポン・エイヴォンに行って帰ってくる。話はついた。

　この時点でわたしは大きな賭けをし、クリスマス劇のあとはブリストルに戻らないとエージェントに伝えた。ゴウンがいないなら楽しくない。これは、おそらくわたしにとっては無謀な行為だった。もしＲＳＣに採用されなかったら、わたしはプロになって初めて無職になる。


　ＲＳＣのキャスティング・ディレクター、モーリス・ダニエルズとのオーディションは、十一月後半の日曜午後六時に決まった——変則的だが対処できる。ストラットフォードに住む友人のチャーリー・トーマスに、フラットの予備の部屋を提供してもらえた。オーディションを受け、チャーリーと奥さんのところでひと晩過ごし、夜明けにブリストルへ急ぎ戻る。

　ＲＳＣは対照的な作品をふたつ用意するようにいった。演じたことのある役にしておくのが無難だと思い、シャイロックと、もうひとつはヘンリー五世の独白に決めた。

　チャーリーのフラットはＲＳＣのキャンパスからクロプトン橋を渡った反対側にあり、十五分歩くとロイヤル・シェイクスピア・シアターのステージドアにたどりつく。寒い雨の夜で、有名な橋を、背中をまるめ首をちぢめて渡りながら頭のなかでふたつのセリフを反芻《はんすう》していた。名高い劇場がバンクロフト庭園の先にぼんやりそびえている。近づくにつれ、神経が昂ぶった。「わたしは眼鏡にかなうだろうか？　じゅうぶん独創的か？　彼らがすでにみていないものをみせられるのか？」

ベルを鳴らすと、誰何《すいか》された。入り口で守衛の男に名前を告げたときのことを、決して忘れない。ドアを通り、左に折れて別のドアを開ければ、舞台に出ると説明された。ホール氏が待っているという。ホール氏？　あのピーター・ホールが？　レジェンドの？　モーリス・ダニエルズと会うとばかり思っていたのに。

厳密には、実際そうだった。とうとう袖を歩いてロイヤル・シェイクスピア・シアターの空っぽの舞台に立つと、一階正面席の半分ほど奥に三人の男たちがみえた。白髪の男がぷらぷら通路を歩いてきて、モーリス・ダニエルズだと自己紹介する。「それからあそこのふたりはピーター・ホールとジョン・バートンだ」――芸術監督と共同芸術監督。わたしの頭にひとつの思いが浮かんだ。「オーマイゴッド、いよいよだ」

ホール氏が手を振っていった。「ハロー、パトリック。ようこそ」バートン氏がいった。「こんなひどい夜にきてくれてありがとう。はじめようか。何を演じてくれるのかな？」

劇場はほかには閑散として、観客席の真紅だけが暖かみと色みを帯びていた。これほどひとりだけ、さらしものになった感覚になったことはない。何を演じる？

こたえようと口を開いたが、声がかすれそうだと感じ、間をとり、ツバを飲みこんで、それからいった。「ありがとうございます」。そして演じる二作品を伝えた。

その瞬間、一年前にホールとバートン両氏が『ヘンリー五世』を演出したことに思いいたった。わたしがおそらくはだれよりも尊敬している英国俳優、イアン・ホルム主演で。

わたしは何を考えていた？　でももう遅い。運を天に任せ……

誰だ、そんなことを願うのは？
ウェスモランドか？　立派な身内が何を言う、
我々がもし戦死する運命にあるのなら、
イングランドの損失は我々だけでたくさんだ、
もし生き延びるなら……

そして最後に、四十六行のセリフと体感十二時間後……

……誰かが聖クリスピンの祭日に我々と共に戦った
話をすると、男がすたると恥じ入るだろう。

（「誰だ」からここまでのヘンリーのセリフは『シェイクスピア全集30　ヘンリー五世』松岡和子訳、筑摩書房、２０１９）

つかのま、沈黙が落ちた。それからジョン・バートンが舞台に近づいていった。「よし、よし。たったいまきみは、貴族の小集団に話していたね。ひとりだけに話しかけるとしたらどうかな？　ウェスモランドにだけ。やってみてくれ。だけど時間をかけて、急がなくていい」
なんととっぴでおもしろいアイデアだろう！　慎重に時間をかけて、新たな設定をかみくだいた。バートンが通路を歩いて戻り、振り返ったとき、再びセリフをいった。

十二行ばかりセリフをいったところでピーター・ホールがいった。「よろしい。じゃあ今度は同じセリフを全イングランド軍に向けて放ったら？　もう一度はじめてくれ」

ああ、わかったぞ。「どれだけうまく演じられるかだけじゃない。どれだけ指示をちゃんと受けとめて調整できるか知りたいんだ」。間をとって、気をとり直し、それから千人の兵士に向けて演説した。すごく楽しくて、このゲームをつづけたかった。今回はスピーチを終わりまでいわせてくれ、終わると三人とも少し拍手してくれた。

「このへんで」三人のだれかがいった。「きみのシャイロックをみようか」

舞台をひとしきり歩きまわり、ヘンリーを頭から追い出す。歩きながら、シャイロックはヘンリー同様、実際にはただひとりに話しているのだと初めて悟った。何人かがほかに居あわせ、きいていたとしても。即座にスピーチ前の調整をした。

アントーニオさん、これまで何度も
取引所では、私の金のこと、利子のことで
さんざっぱら罵ってくださいましたねえ……

（『新訳　ヴェニスの商人』河合祥一郎訳、KADOKAWA、2005）

再び三人は独白の最後までやらせてくれた。それから舞台端まで歩いてきて、力強い握手を交わした。ピーター・ホールがいった。「ありがとう、よかったよ。あとで連絡する」

あああああ、その場のオファーはなしだ。

失望が押しよせるのを感じ、舞台をおりて考えた。「しくじったのか？　二度目はもうない？　実際の演目でわたしがこの舞台を賑やかす日はこないのか？」

じめついた、冷えこむバンクロフト庭園を歩いて戻りながら、頭のなかでいま起きたことを何度も何度も反芻し、占い、結果をさぐりあてようとした。むなしいだけで、実のところまったく見当がつかなかった。

チャーリーのフラットに戻ったとき、起きたことをぜんぶ話した、一言一句。受かるのは確実だよ、とチャーリーがいう。明日にはモーリス・ダニエルズのオフィスから知らせがくるさ。

こなかった。だがそのつぎの日にきた。夢がかなった——ダニエルズ氏がわたしのエージェントを通し、ロイヤル・シェイクスピア・カンパニーの来シーズンへの参加をオファーした。週給三十五ポンド、『ヘンリー四世』と『ヘンリー五世』両舞台、「キャスト」としての出演料。

最後の部分が少々不安だった。オールド・ヴィックの海外ツアーでマグレス・ドリスがサディスティックにもとるに足らない配役をわざと教えなかった、歓迎されざる記憶が甦ったからだ。

だが、エージェントが今回はそんな不面目には遭わないと確約した。そして彼は正しかった。『ヘンリー四世』第一部で、わたしはサー・ウォルター・ブラントを、『ヘンリー四世』第二部ではトーマス・モーブレー卿を演じる。小さいがやりがいのある役だ。何より最高なのは、それだけじゃなかった。ピーター・ホールがロンドンで上演した彼の『ハムレット』をストラットフォードで再演し、デイヴィッド・ワーナーがいま一度主役の王子に扮する。わたしは一座をエルシノア城へひき連れてくる座長、および劇中劇の主役たる劇中王の役だ。『ヘンリー五世』ではフランス皇太子ルイを演じる。

やった！　役がついた。いちばんの大役ではないが、野心と存在感を備えた、立派な役だ。頭がぐるぐるした――これまでそれを目標にがんばってきた夢が、とうとう実現する。

いのいちばんにこのニュースを教えた相手はゴウンで、快哉《かいさい》をあげてくれた。その夜、ブリストルの舞台――ブレンダン・ビーハンの『人質』――がはねたあと、われわれはスコッチ・オンザロックのタンブラーで乾杯し、互いの成功を祝った。ふたりとも望みをかなえた、『ハムレット』に出ることもふくめて。確かにふたりが演じるのは違う大陸、違うプロダクション、違う役柄に扮して上演される『ハムレット』だ。だがゴウンがアメリカ合衆国のツアーに出るいっぽう、わたしはストラットフォード・アポン・エイヴォンのロイヤル・シェイクスピア・カンパニーに加わるのだ。

クリスマスとブリストルの舞台『*The Happiest Days of Your Life*』への準備期間は永遠につづくみたいだった。軽い作品で、演じるのは楽しい。けれどわたしの人生は変わろうとしており――シーラ、RSC――ギアを入れたかった。

幸いキャストには恵まれ、そのなかには才能にあふれ、年若い赤毛の女優ジェーン・アッシャーがいた。みんながジェーンはポール・マッカートニーとつきあっているのを知っていたが、ひどく気を遣って、本人の周りではポールの名前は出さないようにしていた。とはいえ一九六五年といえば、アルバム『ラバー・ソウル』の発表とニューヨークのシェイ・スタジアムを満員にしたコンサートを開いた年だ。仲間をスターの目でみずにいるのは難しかった。

上演後のある夜、パブの〈オールドデューク〉に座っていると、だれかがパーティゲームをしようと提案した。テーブルを囲んで座り、ひとりずつ質問にこたえる。「百万ポンドもらったら、最初に何を買う？」

わたしの番がくると、すかさずいった。「アストンマーティンDB4。すばらしい車だ」

話はつぎの土曜日に進む。マチネのあいだに、ポール・マッカートニーがブリストルにきているというわさが広まった。今晩の舞台をみにくる！　だれもが興奮でわれを忘れ、ただジェーンの前では平静を装おうとベストを尽くした。

上演後、楽屋でひとり普段着に着替えていたら、ドアがノックされた。下着姿のまま叫ぶ。「入ってくれ」

ドアが開くと、生身のポール・マッカートニーが立っていた。「やあ、パトリック」と、ポールがいった。「ジェーンからきみはアストンマーティンが好きだってきいたよ。ほら、運転よろしく」。わたしのほうへ鍵束を放る。

そのあとポールはジェーンと合流しに行った。わたしはびっくりした――ズボンを履き、自分をつねり、これが本当のできごとだと確かめた。

三人はステージドアから外に出、ポールは歩きながらファンにサインしてやった。彼のシルバーのアストンマーティンDB5が道路のはしにとめてある。三人で乗りこんだ。わたしが前に座り、ポールとジェーンはうしろに、かわいらしくくっついて座った。

「そうだ、ぼくはバースに行ったことがないんだよね」と、ポールがいった。「連れてってくれるかな?」

車好きのわたしはアストンのハンドルを握りしめただけで興奮し、しかもポールとジェーンの運転手役をおおせつかった。道路の混み具合はそれほどひどくなく、車を楽に操れた。何度かポールはアクセルをふかせとハッパをかけた。「そうだ、行け、追い抜け! もっと早く、もっと。やれるぞ! 行け!」

励まされて感謝したが、ある考えが頭をよぎった。「もし事故ってポール・マッカートニーが死んだりしたら、わたしはポール殺しとしてのみ歴史に名を残すことになるぞ」

けれど、無事に劇場に戻った。わたしの古いMGをとめている場所でおり、ポールとジェーンはアストンの前部座席に移った。ふたりとも素敵な人たちで、ポールはすごく気前よかった。

数十年後、とあるイベントでポールに再会した。初めて会ったときからいままで、ずっと世界屈指の有名人でありつづけている。わたしが自分なりの名声を確立したのは比較的最近、「スター・トレック」とジャン=リュック・ピカードのおかげだ。その間の年月大勢の俳優と仕事をし、わたしのツキは増えたり減ったりした。ポールは少なくともわたしの顔を覚えていてくれるかも、と期待した。もしかして。

ところが二度目に会ったときにポールがいったのは、「やあパトリック、ブリストルで会ったときにぼくのＤＢ５を運転させてあげたの、覚えてる？」

びっくりだ。ポールの人生で起きたあらゆることのなかで、目の前にいる中年男をブリストルで出会った若者とマッチさせたのだ。

けれど、それがサー・ポールという人だ。さほど昔でもないあるとき、ウェストハリウッドにいたわたしがサンセットタワーホテルの〈タワーバー〉――すごく豪奢な店で、セレブがうようよいる――で夕食をとっていると、店内が興奮でざわめいた。なぜか？　だれあろう、サー・ポールが入ってきたのだ。彼はいつものように、わたしに心のこもったあいさつをしてくれた。数分後、二度目のざわめきが起きた。なぜか？　なぜなら、サー・ポールに合流したのはだれあろう、さきごろナイトに叙されたサー・リチャード・スターキー、またの名をリンゴ・スターだったからだ。

わたしのテーブルは先に食事をはじめており、彼らより先に終えた。立ちあがって店を出るときポールがきて、さよならのハグをした。そのとき耳もとでこういった。「リンゴを知ってるかい？」

だれでもリンゴを知っている、だが会ったことはない。それで、ポールがリンゴを手まねきし、突如としてわれわれは顔を突き合わせていた。北イングランドのつましい生まれの男三人が、ロサンゼルスのおしゃれなレストランで。

「ちょっと待てよ」とポールがいった。「サー・リンゴ。サー・パトリック。サー・ポール。おい――くそ円卓の騎士だな！」

だが、これはすべて、まだ先の話だ。一九六五年の終わりに話を戻すと、ジェーンとポールが走り去ったときは真夜中を過ぎていたが、ちっとも眠くなかった。むしろ「これは本当に起きたことなのか？　だれが信じてくれる？」との思いでくらくらした。

〈オールドデューク〉は閉まっていたため、だれにもこの話をできなかった。けれど一杯やらずにいられようか。地下のフラットに戻ると、スコッチの瓶に数滴残っていた。

ウィスキーのグラスを手に座り、わたしはこう思おうと決めた。「イエス、あのポール・マッカートニーのアストンマーティンでドライヴしたのは本当のことだ。それが起きたのは、ＲＳＣ入団とシーラとの結婚が決まり、運が向いているからだ。守護天使がわたしの肩を叩いてくれた」と。

第十章

念願のロイヤル《R》・シェイクスピア《S》・カンパニー《C》の仕事でひとつ予期していなかったのは、居住先の複雑さだった。稽古はしばしばロンドンで行われるが、舞台は七十五マイル離れたストラットフォード・アポン・エイヴォンで上演される。逆のこともあった。ストラットフォードで稽古し、それからロンドンのオールドウィッチ・シアターで上演、そこがわれわれの第二の小屋になる。

シーラとわたしは稽古中にロンドンで結婚するほうが、より理にかなうと決めた。ストラットフォードのあるウォーリックシャー・カウンティにいったん腰を落ちつけてしまえば、生活はもっと複雑になるからだ――シーラには自分の舞台があり、その稽古はロンドンで行われる。

ノッティングヒルゲートに住む友人に、四週間フラットを又貸ししてもらった。一日オフをもらったとき、ストラットフォードまでドライヴしてＲＳＣが劇団員用に押さえている住居をみに行った。選択肢が多いのは劇場の向かいにある賃貸住宅だったが、それはいやだった。ウォーリックシャーに住むなら年中観光客に悩まされる街なかではなく、田舎がいい。幸い、ストラットフォードから八マイルほど離れたウェクスフォードの小さな村落に、ＲＳＣはこぢんまりしたデタッチド・バンガローの伝手があった。巨大なトウモロコシ畑を背にして立ち、みわたす限りほかに家はなく、けれど五分歩くと古いカントリー・パブがある。完璧だ。シーラとわたしは一緒に生活をはじめたばかりで、すでに都会と田舎に家があった。

ロイヤル・シェイクスピア・カンパニーの一員としての第一日目は、ロンドンはコヴェントガーデン、アーラム・ストリート四十一番地に立つ建物ではじまった。現在このスペースはドンマー・ウェアハウスとして知られ、戯曲やミュージカルを初演している。このころは単に、ウェアハウスと呼ばれていた。いまでこそ高級店でいっぱいのコヴェントガーデンだが、当時は流行遅れの都市型マーケットがまだ独占していて、小さな屋台では果物や野菜があらゆる形で売られていた。

緊張しつつ、ウェアハウスの長い階段を初めてのぼる。ロイヤル・シェイクスピア・カンパニーを長いあいだずっと求めてきたが、聖域の内側に入り、神々として崇めてきた俳優や演出家たちと仕事をするとなると、まったく話が違う。彼らのメソッドは、彼らの秘密はなんだろう？　ついていけるだろうか？　わたしにその価値があるのか？

ドンマーでは『ヘンリー四世』第一部・第二部の稽古のため団員が集まっていた。すぐにイアン・ホルムをみつけた。わたしが最高中の最高とみなしている俳優だ。ＲＳＣの巨人がさらにふたりいる。六十歳近いポール・ロジャースと、ＲＳＣの創設者のひとり、トニー・チャーチ。デイヴィッド・ワーナーの『ハムレット』でポローニアス役を演じるチャーチをみたことがあり、本作ではヘンリー王を演じる。ふう！　もうカンザスにいるんじゃないいね。

それから、ＲＳＣの幹部連がやってきた。ピーター・ホール、ジョン・バートン、ウェールズ人の演出家クリフォード・ウィリアムズ、総支配人デイヴィッド・ブライアリー、そしてそびえたつような、ひげを生やした美術監督ジョン・ベリー。少なくとも五十名はあの部屋にいたはずだ。

午前十時、舞台監督が打ち合わせの開始を告げる。ピーター・ホールが緊張をほぐすひかえめさで自己紹介し、タイトなスケジュールだと説明した。演技量の多さをかんがみて、ホール、バートン、ウィリアムズが三人がかりで演出し、同時に複数の稽古を進め、しばしば晩にまたがる。「『ヘンリー四世』第一部第一幕第一場の稽古にかかろう。十分ではじめるぞ」

そんなふうに、何気なく稽古がはじまった！　第一場に出る俳優の全員が椅子を持って輪になるように指示される。わたしも入っていた。王の忠実な副官サー・ウォルター・ブラントに配役されているからだ。

クリフォードがこの場面の演出担当だった。シンプルな読み合わせをするのだと思った。わたしには軽い作業になる——サー・ウォルターはセリフなしだ。ところが、クリフォードは台本を開かなかった。左を向いて、トニー・チャーチに場面の説明をさせた。トニーはいわれたとおり、ヘンリー王に対する考察と、王の意図をどう探っていくかをかなりくわしく説明した。トニーが終わると、クリフォードはトニーの左に座るウェスモランド役のマイケル・ジェイストンにうなずき、マイケルは同じく場面についての意見を述べた。

ヘンリー王とウェスモランドだけが第一幕第一場でセリフのある役だが、セリフなしの役があと四人、この場面にはいる。マイケルが話し終えると、クリフォードがわたしの右側に座るセリフなし俳優に会話をつづけるよう身ぶりで示した。おそろしいことに、つぎに呼ばれるのがわたしだと気づいた。だが、何もいうことなんてない。セリフがないため、この場面についてたいして考えなかった。

わたしの番がきたとき、「右に同じです」という主旨をもごもご、サー・ウォルターは王が決めた方策にはなんであれ手を貸すというつまらない分析と一緒につぶやいた。情けない。ＲＳＣの稽古に初参加して二十分、もう知ったかぶりをしている。順調な滑りだしだ。

第一場の出演者が全員発言し終えたあと、クリフォードはジョン・バートン――ＲＳＣのテクストの大家――が、この場面でサー・ウォルターにかけるヘンリー王のセリフを少しいじり直したと告げた。それはつまり、なんと第一幕第一場でわたしにセリフができたことを意味し、素材にあらかじめなじんでおくべきだったのだ、本物の俳優がするように。

シェイクスピアのテクストでは、ヘンリー王はサー・ウォルターを身ぶりで示し、彼の友人が「喜ばしい歓迎できる知らせ」をもたらしたと、王自身が話す。ジョン・バートンの賢いアイデアは、サー・ウォルターの知らせをわたしがみずから報告して場を活気づける。わたしがいうことになったのは、以下のセリフだ。

ダグラス伯は敗れました。
二十二人の騎士をふくめ、一万の勇猛なスコットランド兵が、
みずからの血にまみれ死体の山となり果てるのを、この目で見ました。
ホウムドンの丘からです。捕虜としてホットスパーが捕らえたのは

敗将ダグラス伯の長男であるファイフ伯マードック、
さらにはアソル伯、
マレー伯、アンガス伯、メンティス伯。

いい知らせは、セリフのあるわたしの役に、ほぼ二倍しゃべる分量が増えたこと。悪い知らせは、夢の仕事の初日に準備不足で臨んだこと。その晩ノッティングヒルゲートに戻る列車の座席に座り、二度と再び、そんなひどい間違いをしないと誓った。

初日にわたしの出番があるのはあの一場面だけだったが、舞台監督に稽古の残りを見学してもいいかたずねた。監督は驚いた顔で「もちろん」といった。つぎの場面は、ハル王子、フォルスタッフ、ネッド・ポインズが登場し、それはすなわちイアン・ホルム、ポール・ロジャース、ダニエル・モイニハンの演技をみるチャンスだった。

彼らのような優れたアーティストの仕事ぶりをじかにみられる恩恵ははかり知れない。すべてをみる、という意味だ。役の内と外、俳優として人間として、互いにどう接するのか。真実をどうやって求め、偶然をどう利用するのか。どうやって楽しむか。うまくことが運ぶときは、感覚を共有しているという、ほかでは味わえない喜びが部屋に満ちる。そこにこそ、われわれ俳優が奇妙で気まぐれな稼業にいそしむ大きな秘密があると、わたしは確信している。
イアン・ホルムは一日目から、最高に〝きわめて〟いた。もの静かで注意深く、当意即妙にして細やかだった。これから九ヶ月、ほぼ毎日イアンを観察できるなら、たぶん彼から学んだことを多少なりと練習にとりいれられるだろう。イアンの友人になろうとか、仲間とか相棒になろうとして彼をわずらわせたり、とりいったりはしたくなかった。けれど何かの弾みでわれわれが同じ舞台を踏んでいると気づいてくれるよう願った。そして、上演中にそれが起きた、一度だけ。
『ヘンリー四世』第一部にはハル王子と父王のすばらしい場面があり、そこでは父王が王子の浪費を激しく叱責する。場面の終わりで、王子は父王に自分を誇りに思わせてみせると力説する。王はこたえていわく、

そのひと言、十万の謀反人が死んだに等しい。
この戦いの指揮と全権をお前に任せよう。

ブラント登場。

（『シェイクスピア全集24　ヘンリー四世　全二部』松岡和子訳、筑摩書房、2013）

登場するには、金属と木でできた重たいドアを押し開いて出なければならない。苦戦したが、だんだん慣れていった。ある晩の上演で、景気づけにドアを勢いよく閉めてから、素早く王に近づいてひざま

ずこうと決めた。ドアは狙いどおりにいったが、ひざまずけなかった。上着がドアにはさまり、引き戻されてしまったのだ。上着を引っぱろうとしても、びくともしない。観客に笑いだす者が出たため、王に伝える七行のセリフは立ったままいい、すんだら一目散に袖にはけることにした。

わたしよりも舞台端《ばな》に立つイアンを振り向いて、セリフをいおうとしたら、イアンが満面の笑みを浮かべている。目線を合わせると、彼はいたずらっぽく片眉をあげてみせた。一瞬絶句した。だがそれからイアンは真顔に戻り、わたしは気をとり直してセリフを終えた。王役のトニーがセリフをいい、それからわれわれ三人がはける。イアンがドアを叩いて開け、わたしの上着を解放してくれた。トニーが最初に出ていく。イアンが腕を振ってわたしに先に出るように合図した。王宮では不適切な順番だが、素直に従う。袖に出ると、イアンは片腕をわたしにまわしてぎゅっと絞り、にっこり笑って闇に消えていった。

わたしのロールモデルと九ヶ月一緒に働いて、それが唯一本当につながった瞬間だったが、じゅうぶん満足だった。イアンに認められた、最高に優しいやりかたで。イアンは王子様だった、あらゆる意味で。

一九六六年、ロンドンのロイヤル・シェイクスピア・カンパニーでめまぐるしい日々を送っていた最初の数週間のさなか、シーラとわたしはケンジントン・アンド・チェルシー戸籍役場で結婚した。立会人にして式の唯一の出席者は、俳優仲間のドナルド・ギーと奥さんのシャーリーだけだ。シャーリーは当時大きなお腹を抱え、式がはじまったとき、登記係がシャーリーとわたしを前に呼び出した。どうやら彼女がわたしの婚約者で、できちゃった婚だと思ったらしい。

ドナルドが最初に勘違いに気がついて進行を中断させ、奥さんを重婚から救った。まあ、少なくともシーラとの結婚は、笑いに包まれてスタートした。手続きがすんだあとはレセプションのたぐいは開かず、手早くランチをとっただけでシーラもわたしも午後の仕事に戻った。その日の終わり、パークレーンのどんづまりに立ち、ハイドパークをみはらす新築ヒルトンホテルの美しい部屋で再度落ち合う。そこで急いで着替えてタクシーを拾い、オールドウィッチ・シアターへ。数週間前、結婚の日どりが確定しないまま、この夜のハロルド・ピンター作品『帰郷』のチケットを買っておいた。性的な駆け引きと結婚生活で生じる張りつめた関係の残酷なこの戯曲には、イアン・ホルムとポール・ロジャースが出演する。

結婚式の夜に観劇するにはまったくもって不適切な戯曲だったが、見逃すわけにいかない。タクシーに乗りこむ前、期待に胸がいっぱいのあまり、ホテルのドアマンへチップを渡すのに手間どった——当時は慣れていなかった——ため、頭をタクシーの屋根にぶつけてしまった。オールドウィッチへの道中、頭の切り傷をがまんし、シーラがちり紙で血を拭きとってくれた。オールドウィッチに着いたとき、わたしはでっかいたんこぶをつくり、頭が割れんばかりに痛かった。けれども、がんがん響いてくる舞台だった、あらゆる意味で。

ストラットフォードで上演される『ヘンリー四世』第一部の一般試演は、マチネだった——ロイヤル・シェイクスピア・カンパニーの劇団員として、わたしが踏む初舞台だ。サー・ウォルター・ブラントに扮し、出番を待って袖に立つうち、興奮と、信じられない思いがないまぜになって圧倒された。役のせいではない、これまでに演じてきた数々の役よりも難しいわけではなかった。それは、これがRSCの舞台だったからだ。月面を歩くニール・アームストロングさながらの気分。少年時代、訪れるのは夢でしかなかった場所に、いま足をつけている。

ストラットフォードで『ヘンリー四世』二部作が初演を迎え次第、われわれはつぎの演し物『ヘンリー五世』の稽古をはじめた。皇太子を演じるのは大好きだった。なんという痴《し》れ者――傲慢でかんに障る、自慢屋の女性蔑視者で、「馬を恋人にするほうがましだ」とのたまう。アジンコートの戦いのあと、皇太子は臆病風にふかれて自殺を口ばしる。

残念ながら皇太子はきわめて早期に退場するが、ピーター・ホールにはすばらしい案があり、ヘンリー王がフランスのキャサリン王女に求婚するとき、皇太子をフランスの宮廷に呼び戻す。セリフこそないものの、無言で演技をし、不機嫌になり、ときに涙ぐむ。ヘンリー王役のイアンが皇太子に向けてことばをかけるため、わたしのいる正当性ができた。また、たいへん美しい衣装をまとえたのは、キャリア中めったにないことだった。

新人キャストのひとり、突き刺すような青い目をした若者は、マルコム・マクダウェルといった。まだ演劇をはじめてまもなく、セリフのある役にありついた経験はなかった。事実上のエキストラだ。舞台袖でイングランドの陣羽織からフランスのものにあわてて着替えた姿を覚えている。とはいえマルコムはとても小さな役ながら、代役を担当していた。役のひとりは、ヘンリーが有名な聖クリスピンの日のセリフ（「少数の我ら、幸せな少数の我ら、兄弟の一団（『シェイクスピア全集30　ヘンリー五世』松岡和子訳、筑摩書房、2019）」）をいい終えるときに入ってくる伝令だ。

マルコムがその役を急きょ演じる日がきた。全団員が土曜日早朝に呼び集められる。大役の助演俳優が体調を崩し、出演できなくなったのだ。そのため配役の組みかえが起きた、というのも、セリフの少ない役から多い役へ、エキストラからセリフの少ない役へと、順番に繰りあげていくシステムを採用していたからだ。それで、演出家たちはこの組み直された配役で舞台稽古をしておくのが得策だろうと考え、結局非常に長引いてしまい、マルコムが伝令役をおさらいする時間がなくなった。観客はすでに席について待っている。舞台監督が、マルコムに大丈夫だと励ました。伝令が三行のセリフをいうとき、きみはずっと舞台にエキストラとして立っていたじゃないか、と。セリフはこうだった。

陛下、至急ご出陣を。
フランス軍は華々しく隊列を整え、
今にも進撃開始となりそうです。

（同前）

マルコムは舞台監督のいいぶんを受け入れ、全員が準備のために走っていく。上演中マルコムが舞台裏の暗い片隅に立ち、セリフを暗唱しているのがずっと目に入っていた。とうとうイアンが聖クリスピンの日のセリフをぶちはじめると、マルコムが袖で位置につき、キューを待つあいだもまだセリフをつぶやいていた。

ついに、キューがきた。マルコムが走っていき、イアンの前でひざまずき、彼をみあげ、目をそらし、再度イアンをみて、口から出たことばがこれだった。

「急げ急げ！　あいつらがくるぞ！」

それから間があき、

「あいすみません」

マルコムはこの話をする許可をくれた。舞台の上で頭が真っ白になって、セリフを忘れる苦い経験をした若い俳優を勇気づけるメッセージになるからだ。二年後、リンゼイ・アンダーソン監督が『ｉｆもしも・・・・』〔一九六八〕の主役にマルコムを抜擢し、さらにその二年後、スタンリー・キューブリックの『時計じかけのオレンジ』〔一九七一〕の主役を射止める。マルコムとわたしは一九九四年に再会した。わたしの最初の「スター・トレック」長編映画出演作、『ジェネレーションズ』〔一九九四〕でマルコムは悪役ソランを演じ、ふたりして大いに楽しんだ。

『ハムレット』の準備期間はたったの二週間しかなかった。とはいえそこまで切羽詰まってはおらず、オールドウィッチで上演した去年の爆弾的作品のリバイバルになるため、主役級は全員同じ俳優が演じる予定だった。例外はオフィーリアで、もとはグレンダ・ジャクソンが演じたが、つぎにジャネット・サズマンに交替し、今回の再演版では、エステル・コーラーがつとめる。

　わたしもそれほど重要な配役ではないにしろ、新顔のひとりだ。それでも『ハムレット』で座長および劇中王としての出演——それぞれ王子の役者仲間と、役者仲間がハムレットのためにお膳立てした芝居で演じる役柄——はピーター・ホールとの、一対一の稽古ができる機会を保証した。

　稽古は一時間にも満たなかったが、なんという一時間だったろう。まず、ピーターは座長の長広舌をぜんぶしゃべらせ（やがてピラスの眼前に、現れいでしプライアム／いにしえの剣《つるぎ》振り上げて、ギリシャの軍に挑めども（『シェイクスピア全集1　ハムレット』松岡和子訳、筑摩書房、1996）……）、それから二点ばかりダメ出しをしたあとでいった。「もう一度」。今度は韻文の一行目すらいい終えないうちにピーターがストップをかけ、別の指摘をした。セリフを暗記していても、台本を手もとにおいてピーターの指摘を書きこむように指示する。わたしは最初からやり直しはじめ、ピーターがまた別のダメを出し、そしてもうひとつ、さらにもうひとつ。終わるころにはページに余白部分が残っていなかった。

　やっとセリフの最後にたどりついたとき、彼がいった。「わたしの指摘をぜんぶ覚えている必要はないが、自分で練習しておきなさい。よし、最後の一回だ」。わたしはもう一度セリフをいい、時間切れになった。その夜帰宅して台本を開くと、下線を引かなかった行がひとつもないのに気がついた。彼の指示を、どうしたらぜんぶ覚えていられるだろう？

けれどわたしは腰を据え――練習して練習した。そして、フルキャストで『ハムレット』の最初の通し稽古をする日がきた。最初のわたしの場面が終わると、ピーターがわたしと目を合わせ、二本の親指を突き立ててみせた。その日の残り、わたしは内心ほくほくしていた。

これが、わたしの初めての『ハムレット』だった――三十二年後にもう一度、現代的な衣装の演出作品に出たときは、わたしはクローディアス王を演じ、デイヴィッド・テナントが主役を張った。テナントは一緒に仕事をするに喜ばしい相手だった――ひどく自由で、俳優のひとりひとりとたちどころに、惜しげなくつながれる天賦の才の持ち主だ。

だが、デイヴィッド・ワーナー演じる『ハムレット』の当時、ＲＳＣはスポーツ狂集団で、夏はクリケットチーム、冬はサッカーチームを結成した。わたしは両方のレギュラー選手だった。六六年はワールドカップ・トーナメントの開催地にイングランドが選ばれ、ホームチームが決勝まで進む、栄光の夏となった。

当時の西ドイツとの決勝戦は、土曜のマチネの最中に行われた。世紀の一戦で、英国史上最も多く視聴されたテレビ放映番組としての記録を保持している。大半のイングランド国民とわれわれに違いはなく――だが、舞台があった。そのため、器用な裏方が小さなテレビセットを奈落に設置してくれた。出番のない俳優は舞台下にかがみこんで試合の行方を追い、ついつい歓声をあげていた。

　幕間に劇場支配人が楽屋裏までやってきて、多数の観客からほえ声や歓声で舞台に集中できないとの苦情がきたと伝えた。支配人は控えるようにたしなめたが、いちばんやかましかった犯人はハムレットその人、デイヴィッド・ワーナーだったと記しておこう。

　奈落に忍びこめない場合、試合経過を追う別の手段があった。長いかつらを被る役のある俳優が、イヤホンをその下に忍ばせ、衣装に隠したラジオに差しこんでいた。劇中劇をやろうというとき――わたしの見せ場だ――この俳優が、わたしにつぶやいた。「西ドイツが得点したぞ」。なんてこった、頭にそんな情報を入れたまま、どうやって座長のセリフをはじめたらいいんだ？　幸い、イングランドが4―2で勝った。ハッピーデイズだ。

　大役を演じていない身の恩恵がひとつあり、通常公演の日は劇場を早めに出られた。わたしの役は『ハムレット』の全五幕のうち三幕目で消えるからだ。ただ、一般客向けの試演初日の晩は、最後の舞台あいさつまで残っていなければならなかった。

　前年のロンドン公演の成功により、デイヴィッド・ワーナーは二十四歳にして国民的アイドルになった。舞台がはねたあと、ステージドアの前で少数のファンが出待ちをする光景は珍しくない。だが試演初日のその夜は、大群が押しよせた。

ドアを開けて帰ろうとしたら、人の波に出迎えられた。ファンの多数がサイン帳やプログラムやペンを手にしている。大半が若い女性だ。ミニスカートを履いたかわいい金髪の子が、わたしの顔にプログラムを突き出す。ところが、わたしが手にとろうとすると引っこめた。

ものすごく居丈高な態度でその子がきいた。「あんた、有名なの？」

なんとおかしな質問だ。そんな質問をされたことはついぞなかった。とはいえ、この状況を思えば質問の意味は正確に理解できる。微笑んで、首を横に振る。群衆はすぐに左右に割れてわたしを通した。がっかりしたか？　イエス。少しばかり傷ついた？　イエス。だが、その晩家まで運転しながら、ずっと笑っていた。気がついたのだ。あの女の子は、わたしに贈りものをしてくれた。野心のスイッチが入った。ピーター・ホールのダメ出しを生かそうと必死になり、周りの俳優たちに感嘆しっぱなしだった稽古中は抑えていた感情を思い出した。わたしは野心家だった！　ＲＳＣの所属になってみせた！　そのとき、あの子の質問にどうこたえるべきだったか、閃いた。「まだ無名だよ。だけど乞御期待」

すでに述べたが、シーラと住む田舎のバンガローの裏手はトウモロコシ畑で、周りは自然でいっぱいだった。家の片側には小さな果樹園があり、リンゴ、スモモ、ダムソンスモモの木が植えられていた。それ以前に果物の木を育てたことがなく、秋のはじめ、収穫物を袋に入れて劇場のグリーンルームに持っていくと、たちまちむさぼり食われた。また、ひまわりも植えたらすくすく育つどころか、わたしよりも丈がのびて、驚いた。

理想的な暮らしにきこえるが、実のところ、シーラとわたしはあまり一緒に過ごさなかった。シーラは振付師兼ダンサーとしてツアーに出ていて、一九五〇年代にティーンアイドル歌手だったトミー・スティールの主演映画『心を繋ぐ6ペンス』〔一九六七〕に出演した。映画を当時まだキャリアゴールとして視野に入れていなかったわたしは、仕事にありついたシーラに感心した。

家で待つ者がいないため、RSCの俳優仲間にくっついて、夜の公演後はストラットフォードでの行きつけ、仲間うちでは〈ダーティ・ダック〉と呼んでいたパブ兼ホテル〈ブラック・スワン〉を目指した。閉店時間がきてパブのドアに鍵がかけられると、正式に承認を受けたRSCメンバー専用の、営業時間外クラブ同然になるという情報は耳にしていた。

まじめな話、「正式に承認を受ける」のは楽ではない。〈ダック〉の秘密を守れると信用されるまで、しばらくかかる。幸い、手近にスポンサーをふたりみつけた。ノーマン・ロドウェイとゴドフリー・クイグレイ、どちらもアイルランド生まれの俳優だ。ふたりはわたしを保証してくれ、クラブの一員に認められた。ただ単に酒を飲むだけではなく――ダーツ、ポーカー、ビリヤードに興じた。酒が入ると、ときたま怒号や拳がひとつふたつ飛んだ。つまるところ、われわれはウィリアム・シェイクスピアの偉大な作品に密に接しているのであり、それは人の感情を昂ぶらせる。

ＲＳＣの一九六五～六六年シーズンが終わりに近づくにつれ、わたしの不安はいや増した。一座に所属した十ヶ月を愛したが、再契約を求められる保証はない。

実際、二十六歳を前に、夢の仕事を手に入れた。これ以上に幸せで、刺激を受けたことも、すばらしく親身な人々に囲まれたこともなかった。残りたくてしかたなかったが、選択権はわたしにはない。

同僚からきいた話では、ピーター・ホールのやりかたは、シーズンの終わりに一座の俳優をひとりずつオフィスに呼び出し、演技レビューのような面接を内々にする。すでにふたりの俳優が、シーズンが終わったらそれまでで、よそに当てを探すときだと告げられたときいた。わたしにプランＢはなかった。もしわたしが〝それまで〟リストだったら、つぎにどうしたらいいかわからない。映画やテレビの仕事への興味はなく、ロイヤル・シェイクスピア・カンパニーに質の上で匹敵する劇団はほかになかった。静かな絶望が入りこんだ。

とうとうその日がきた。ピーター・ホールとのゆゆしき面談。猛烈に緊張しながら、ほかの俳優が面談を耐え忍ぶのをオフィスの外で待つ。いい展開のようだった。笑い声と楽しげな声がした。ドアが開いたとき、その人物、わたしが好きな人物が、ピーターと握手をしている最中だった。部屋を出ながら彼はわたしににっこり笑いかけ、サムズアップをしてくれた。

つぎはわたしだ。ピーターがわたしを招き入れて机のうしろに座り、わたしは向かい合って立った。

心のなかでは再び十二歳に戻り、バセット校長――わたしのてのひらをむち打ったあの男が甦る。ピーターが手ぶりで座らせようとしたが、わたしはためらった。もしわたしを解雇するなら、また立ちあがって惨めに足を引きずって出ていくことになる。

最初にピーターがいったのは、「まあ、長くはかからないよ」

いいいい、ああやっぱり。バセット校長再びだ。

ピーターがつづけた。「パトリック、RSCにはアソシエイト・アクターズ・グループというのがある。特筆すべき点として、メンバーには三年契約を結んでもらう。ほとんどの俳優が同意してくれたが、柔軟性、独立性をより求める者もいて、それは理解できる。だが、この申し出を受けてくれるよう望むよ。きみをRSCにとどめておきたいからね」

飛びあがりたかった。バンシーみたいに叫び、ピーターを机越しに引きよせて口に熱いキスをしたかった。けれどここは演劇学校じゃない。くそう、ここは天下のロイヤル・シェイクスピア・カンパニーだ！　それで、わたしは最善を尽くしてイアン・ホルム風の演技をした。冷静かつ厳しい顔つきで、静かに敬意をこめていう。「ありがとうピーター、あなたのオファーを喜んで受けます。それがわたしの望みでした」

握手を交わす。ピーターは来シーズンのプログラムはまだ未定だが、彼と共同演出家たちはエキサイティングな演し物のシーズンを計画中だと説明した。わたしはあのオフィスにその後の数年間で何度も訪れたが、特別なこの瞬間を、決して忘れなかった。

外に出ると、RSC図書館の入り口そばに流行遅れの赤い電話ボックスがある。シーラに電話をして結果を伝えるため、まっすぐ歩いていった。コインを入れると、シーラが出た。

「ぼくだよ」

「どうだった？」シーラが興味津々にきいた。

わたしは口を開いたが、しゃべれなかった。すすり泣きはじめた。

「ああパトリック、すごく残念」

「違う、違うよ――残れるんだ！　三年間の契約をもらった！」

電話ボックスはなぜかまだそこにあり、前を通るたびに感謝に満ちたうなずきをせずにはいられない。ずっとそこにありますように。

第十一章

ロイヤル《R》・シェイクスピア《S》・カンパニー《C》の専属《フルタイム》劇団員として、三年契約を四回更新し、十四年間在籍した。RSCは職業俳優が望み得る限りの安定した生活を保証してくれ、それは一流大学でテニュアの教授になるのと似ている。おかげでシーラとわたしはふたりとも忙しく働きながらも、やがては快適な家庭生活を築けるようになった。在団が長引くことがわかると、賃貸のバンガローを引き払い、質素だが快適な築四百年のコテージ——わたしが修復した古いイングルヌック暖炉の——を購入した。バーフォードという村にあり、ロイヤル・シェイクスピア・シアターからは車で二十分の距離だ。初めてのこどもダニエルが一九六七年に生まれ、五年後に娘のソフィーを授かる。

　RSCで過ごしたわたしの時間は、そうであれかしと願ったすべてであり、それ以上だった。経験したなかでわたしの予期していなかったたぐいのものが、ひとつあった。ストラットフォードの歴史的な劇場観客席を埋める人々は、この場にいることに興奮した。彼らの大勢がわれわれのもとへ、世界の反対側から遠路はるばるやってくる。パトロンたちは貯金をはたき、ウィリアム・シェイクスピアの戯曲が彼の故郷で、彼の故国最高のシェイクスピア俳優によって演じられるのを、わざわざみにくるのだ。

　劇団としてわれわれには重い責任があり、それを承知していた。場内の照明が最初に落ちて、幕があがり、万雷の拍手喝采に迎えられる前から、期待と興奮をひしひし感じとる。ロイヤル・シェイクスピア・シアターで演じられる舞台は、ほかとは一線を画した。一大イベントなのだ。劇団員は非英語圏からきた演劇ファンの団体ツアー客が、劇場のどこに座っているかを悟るエキスパートになった。たいていその一帯は異様に静かだからだ。皆と同じように楽しんでもらいたくて、彼らを喜ばせるために腐心した。たとえば、もし演目がコメディであれば、ドタバタ大げさに動きまわって笑いをとろうとする。われわれの努力は徒労に終わりはしなかった。最後のお辞儀のときに最も熱狂的に拍手喝采してくれるのは、しばしばそれらの席の人々だった。

とはいえRSCにきてまだ日の浅いうちは、すばらしい仕事自体と、等しくすばらしい安定した仕事の恩恵の両方に慣れるのに、しばらくかかった。最初のシーズンが終わり、オフを過ごすためロンドンに戻ると、ハイドパークそばのベイズウォーターにフラットを借りた。シーラとわたしは中古家具で部屋を埋め、テレビセットを初めて借りた。テレビジョンがわたしの未来で演じる法外な役割を思えば、二十六歳になるまで持っていなかったなんて、なんだかおかしい。

RSCの契約下にあるアソシエイト・アーティストとして、仕事がないときでも報酬を受けとった。だが、あまりに不慣れな状況であり、間違っていると感じた。落ちつかない。働いていたかった。運よく、オールドウィッチの稽古に参加していたときに演出家のジョン・バートンに出くわし、彼に仕事の予定がないとこぼした。ジョンはロンドンが拠点なのか、もしそうなら彼のフラットで週に二、三回韻文の勉強会をする気があるかときいた。

英国屈指の偉大な演出家と？　わたしはチャンスに飛びつき、二ヶ月ほどふたりでソネット、長ゼリフ、韻文、散文にとり組んだ。ジョンのアプローチは学術的だが、もしそれが俳優の目的にみあうなら、韻文を声にするときに感情と身体性をそそぎこむのを厭《いと》わなかった。ピーター・ホールがより伝統的なアプローチをとってシェイクスピアの意図どおりにセリフを締めくくるのを好むのに対し、ジョンのほうはセリフの終わりをもっと流動的に、つぎの思考をはじめる手段とみなした。いまでも台本を読みこむときは、常にそれを念頭に置いている。メリルボーンのジョンの狭くるしい書斎で、台本を膝に置き、一対一の勉強会を持てたなんて、なんという特権だろう。

つぎのRSCシーズンに再招集されたとき、わたしはトレヴァー・ナン演出の『じゃじゃ馬ならし』では頭の鈍いコミカルなペトルーチオの相棒グルーミオ役、デイヴィッド・ジョーンズ演出『お気に召すまま』では追放された前公爵役に配役された。デイヴィッドとは組んだことがないが、トレヴァーとは一年前に経験ずみだ。トレヴァーはRSCの神童で、わたしより半年しか年上じゃないのにすでに共同演出家の地位にあった。われわれは親しい友人になるが、幸先のよいはじまりとはいかなかった。前のシーズン、トレヴァーはRSCの非シェイクスピア劇『復讐者の悲劇』にわたしを引きいれた。当時はシリル・ターナー作とされたが、現在はトーマス・ミドルトンに帰《き》されている戯曲だ。どちらもシェイクスピアの同時代人だった。

トレヴァーの説明では、戯曲はふたりの兄弟ヴィンディスとヒポリトを中心に展開する。ふたりは一族に不名誉をもたらし、妹を辱めた公爵への復讐をはかる。名優イアン・リチャードソンがヴィンディスに配役され、トレヴァーはわたしにヒポリトを演じさせたがった。なんだって? いつからはじめる?

だが、わたしはその戯曲を知らず、台本をもらったとき、何かが正しくないと気づいた。最初の場面はヴィンディスとヒポリトのセリフではじまるが、ヴィンディスが長広舌をふるい、ヒポリトがいうのは基本的に「そうとも、兄上。そのとおりだ」とか「まったくだ、兄上のいっていることは正しい」といった相づちがすべてだった。確かにわたしはイアンの登場する場面の大半にいた――そして、イアンと同じ舞台に立ててぞくぞくした――が、事実上わたしは何もいわない。トレヴァーにしてやられた。ずっと腹を立ててもよかったが、彼を好きすぎた。前の年のクリスマスパーティで、トレヴァーはギターを持ってステージにあがり、ロニー・ドネガンの曲を歌った。この男と組みたくないと思うなんてできない。

新シーズンがはじまると、RSCが様変わりしているのがわかった。前シーズンの俳優の大半はいなくなり、まったく違う座組になった。初顔合わせまでみたこともきいたこともない若手俳優がふたりいた。ひとりはロジャー・リース、もうひとりはベン・キングズレー。『じゃじゃ馬ならし』のふたりはともに猟師役、基本的にはエキストラだ。

ところがわずか二シーズンで、ベンとロジャーは劇団のスターになった。ふたりとも愛すべき輩で、それぞれハムレットを演じ、ふたりとも大物を引き当てた。ベンは映画『ガンジー』(一九八二)に主演、ロジャーはマンモス級の八時間半にわたるRSC作品『ニコラス・ニクルビーの生涯と冒険』に主演し、ロンドンからブロードウェイにトランスファーして再演された(また、テレビシリーズ「チアーズ」〔TV・一九八二〜九三〕で百万長者の敵役ロビー・コルコードを数シーズンにわたって巧みに演じた)。ロジャーが静かで内気な男の反面、ベンは正反対で、彼とわたしはいい友人になった。

RSCのそのシーズンに加わったもうひとりの新人は、ロイ・キニア。パロディスケッチ番組「*That Was the Week That Was*」〔TV・一九六二〜六三〕のレギュラー出演や映画『ヘルプ！　4人はアイドル』〔一九六五〕のビートルズのおっちょこちょいな引き立て役として、英国のテレビと映画のオーディエンスにはおなじみの顔だった。RSCにおけるロイの最初の役のひとつは『お気に召すまま』のタッチストーン。シェイクスピア自身がタッチストーンを道化と書いており、ロイははまり役だった。背が低くてふとっちょ、観客は彼をみるだけで笑った。だがタッチストーンは言語の使い手でもあり、ロイは最大限その特質を生かした。彼はアドリブで悪名を馳せ、RSCの一部純粋主義者たちは眉を吊りあげたが、わたしは違う。

わたしのみかたはこうだ。ハムレットは座長に、こんなことばをかける。「それから道化役には決められた台詞以外は喋らせるな——なかには頭の足りない客を笑わそうと、先に笑いだすのがいる。(『シェイクスピア全集1　ハムレット』松岡和子訳、筑摩書房、1996)」いいかえると、シェイクスピア自身がロイのような喜劇俳優と仕事をし、劇作家としての彼はまさしくロイがしたこと、台本からそれて「決められたセリフ以外」をいう役者たちに悩まされたのだ。けれどロイはすごく巧みにやったから、シェイクスピアだって許したはずだ。

例を挙げよう。タッチストーンは愉快なセリフを吐き、嘘の分類法をでっちあげて七つの種別があると断言し、ばかげた名前をつけていく。たとえば、「儀礼的返答」、「穏便なる皮肉」、「粗暴なる切り返し」(『シェイクスピア全集15　お気に召すまま』松岡和子訳、筑摩書房、2007)など。このセリフのあと、ジェイクイズという役がたずねる。「もう一度いまの嘘つき呼ばわり七段階を順序どおり言えるか？（前同）」タッチストーンはこう返す。「そりゃあもう、こちとら喧嘩するとなりゃ、きちっと型どおり教科書どおりだからな——あんた方に礼儀作法の教科書があるのとおんなじさ。（前同）」そして、ジェイクイズの要望に応える。だが、ロイは「教科書どおりに喧嘩する」のセリフへすぐに移る前に、まず目をぐるりとまわし、こうさしはさむ。「そうくると思ってましたよ」

わたしはこの場面に出ているが、一年以上にわたり、イングランドでも、そのあとのアメリカ巡回公演でも、上演のたびに笑い、舞台上のほかの俳優たちも笑い、そしていやはや、観客に大受けだった。のちにロイの移籍後、タッチストーン役の後釜を引きうけたが、その決断をいまだに後悔している——どうしてまた、喜劇の天才のあとをついだりしたんだ？

シーズンの終わり、ＲＳＣはわたしのアメリカデビューにあたり、立派な舞台を用意してくれた。ロサンゼルスのダウンタウンで、ミュージックセンターの工事がちょうど落成したところだった。巨大な総合芸術施設のミュージックセンターには、ドロシー・チャンドラー・パビリオン、マーク・テーパー・フォーラム、アーマンソン・シアターが入っている。市のトレンドセッターにとって、そのような施設を建てるのは危険な賭けだった。なぜなら当時のロスのダウンタウンはよどんで活気がなく、南カリフォルニアがリンカーンセンター式の文化的メッカを支えていくだけの基盤があるのか定かじゃな

かったからだ。

ミュージックセンターの戦略の一端は、テーパー・フォーラムがロイヤル・シェイクスピア・カンパニーのような専属の劇団を持ち、劇団同士で文化交流プログラムを組んで、RSCの英国製戯曲をテーパーにかけ、逆もやるというものだった。そのプランは完全には実現しなかったが、RSCは『お気に召すまま』と『じゃじゃ馬ならし』をミュージックセンターのふたつの劇場のうち、大きいほうのアーマンソン・シアターで上演した。

われわれがロンドンを発ったのは寒くてじめついた一九六八年の一月で、からりと晴れたカリフォルニアで六週間過ごせるのを全員がたいそう喜んだ。新しい滞在先をみたとき、喜びはいや増した。ブライソン・アパートメント・ホテルというボザール様式の巨大なアパートで、マッカーサー公園そばのウィルシャー大通りに立っている。ビルはまだ健在で、オーナーは『深夜の告白』〔一九四四〕と「パパ大好き」〔TV・一九六〇〜七二〕で有名な俳優のフレッド・マクマレイだったのをのちに知る。

ブライソンの部屋は寝室しかなかったが、天井が高くて窓は大きく、ウィルシャー大通りをみおろせ、南は遠くボールドウィン・ヒルズまでみわたせた。当時は知らなかったが、この霧のなかのどこかに、カルヴァーシティーのメトロ・ゴールドウィン・メイヤー・スタジオ——現ソニー・ピクチャーズの撮影所がある。MGMはこどものころにお気に入りだった映画を数多く製作した会社だ。若いころに憧れた映画スターの車がその昔、目と鼻の先にあるスタジオゲートを出入りしていたのだ。気づいていたら、その場にくずおれてしまっただろう。

体を慣らすためと、休息のために劇団は一日休みをくれたが、寝つけず、どちらにしろ外を探検したくてしかたなかった。あてもなく歩き、がまんできないほど空腹になったとき、ビバリーとランパート・ブールバードの角にハンバーガーの屋台をみつけた。屋根にはでっかく〈トミーズ〉と書かれた看板がかかり、大行列ができていた。大いに期待の持てるしるしだ。カリフォルニア・ハイウェイ・パトロールの車が二台、店の外にとまっている。三台目がやってきて、警官が車から出ると、列には並ばずカウンターに直行して注文する様子を観察した。早くも地元文化の一端に触れたぞ！

わたしが偶然出くわしたのは、地元で熱狂的に支持され、最近では〈オリジナル・トミーズ〉の店名で知られるハンバーガーチェーンの第一号店だった。列に並び、前に立つ男に何を頼んだらいいかきいた。男はうさんくさそうにわたしをみたが、英国なまりがわたしの無知の免罪符になったらしい。

「注文すべきなのはひとつだけだ。トミーの持ち帰り、ぜんぶ載せ」

もちろん彼は、まったくもって正しかった。バーガーはばかでかく、メルテッドチーズ、ピクルスのスライス、オニオン、トマトがこぼれんばかり。店員はしっかり包んでくれ、わたしは途中でビールの六本入りパックを買って、ほくほくしながらブライソンまで歩いて戻り、冷蔵庫にしまった。バーガーがでかかったため、ひとくちごとに飲んでいったら、ビールを三本あけた。

ＲＳＣの連中に〈トミーズ〉を布教し、二、三日後には全劇団員にわたしの発見を周知させた。シェイクスピア俳優の珍奇なバーガー屋台詣では地元民の耳目を集め、警官さえもわれわれに注目しはじめた。

たまたま、これはパット・スチュのアメリカ料理をめぐるおおやけの冒険史上、最初のエピソードとなったにすぎない。およそ十年前、そのころわたしはサニーと婚約し、ブルックリンのパークスロープに家を購入して同居生活をつつがなくはじめたところだった。ふたりとも寝過ごして朝食を逃し、少々二日酔いぎみで、はらぺこだった。サニーが地元の店、七番街の〈スマイリング・ピザ〉へ連れていった。てっきりホールで注文するのかと思ったら、違った。「だめ。ニューヨーク・スライスを別々に食べるの」

　ニューヨーク・スライスというのはきいたことがなかった。ピザがくると、スライスからトッピングがぜんぶ地面に落ちてしまわないように苦労した。「まるめるんだってば！」サニーが叫んだ。「だからニューヨーク・スライスっていうのよ」。わたしは自分の食生活の歴史的進歩にひどく興奮し、まるめたスライスを誇らしげに持つわたしの写真をサニーに撮らせた。それをツイッター（現X）に投稿し、「初めてのピザ〝スライス〟」とキャプションをつけ、それきり忘れた。ところが……

　その後の二十四時間で、わたしとわたしのスライスは国際的なメディアセンセーションを巻き起こす。一部は誤解からだった。当時七十代の旅慣れた男がそれまでピザを食べたことがないとは、まったくもって不可解だと思われたのだ。わたしが意味したのはただ、スライスを注文して、ナイフもフォークも使わずに手でまるめて食べたのは初めてということだ。それでもやはり、わたしの私的ピザ史への世界からの飽くなき好奇心は静まらなかった。複数の報道機関からインタビューを申しこまれた——何年も音沙汰のなかったＢＢＣをふくめて。ところがいまや、こぞって熱心にわたしの話をききたがる、ピザのスライスの話を。

アーマンソン・シアターで上演されたＲＳＣの演目にしてアメリカの観客を前にしたわたしの初舞台は、大成功だった。喜ばしいことに、アメリカ人が観劇するときはいい時間を過ごしにきているのであり、感情を出し惜しみしたりしないとわかった。実際、アメリカで上演したあとに英国に芝居を持っていくと、少しばかりがっかりすることがある。ロンドンでは観客が反応を控えているように感じるからだ――おそらくは〝間違った〟反応をするのをおそれているのだろう。

ロサンゼルスでＲＳＣの遠征公演をしているあいだ、衝撃的な知らせを受けた。ピーター・ホールが芸術監督をやめて、サー・ローレンス・オリヴィエが引退を表明したナショナル・シアターの芸術監督を引きつぐという。ピーターの後任はトレヴァー・ナンだった。ロスにいるわれわれは驚いたが、喜びもした――トレヴァーは経験こそ浅いものの、才能はまぎれもなく、部外者と違いわれわれ全員と友人だった。

これは実際、トレヴァーとわたしの長く実りの多い仕事上の関係のはじまりとなった。ピーター・ホールに関しては、悲しいかなあともう一度、十八年後に仕事をしただけだ。わたしが唯一踏んだナショナル・シアターの舞台、一九八六年に上演されたピーター・シェーファーの『ヨナダブ』で組んだのが最後となり、職業上の数少ない不満のひとつとして残っている。

ロサンゼルスにいるあいだ、ＲＳＣが一九六八年のシーズン開幕を『リア王』で迎えることもまた知った。エリック・ポーターがリア王を演じる。シーズン後半、トレヴァーはジャネット・サズマン、ヘレン・ミレン、バーナード・ロイド、アラン・マッケンジー・ハワード主演で『から騒ぎ』を演出する予定だった。『リア王』と『から騒ぎ』ほど異なる性質の芝居をひとつのシーズンで演出するというのは、大胆な選択に思えた。ふたつの戯曲は何年も離れて書かれ、その差はテクストに歴然と出ている。『から騒ぎ』は一五九八年の作で、人物造形も物語も大味な喜劇、いっぽうの『リア王』は一六〇六年に書かれ、円熟味があり苦くて精妙で複雑だ。

わたしは『リア王』ではコーンウォール公爵、『から騒ぎ』ではコミカルな悪者ボラキオ役を振られた。コーンウォールは舞台が半分を過ぎる前に死ぬものの、おいしい怪物的役どころ――グロスター伯爵の両目をくり抜く男がコーンウォールだ。わたしは彼を嗜虐《しぎゃく》趣味で怒りっぽく衝動的、かつ長いあいだ沈黙していることから、虎視眈々《こしたんたん》と機会をうかがう男として演じようと決めた。目潰し場面では、トレヴァーが演出したようにグロスターの顔を踏みつけ、小道具の目玉を顔からつかみ出す。それからコーンウォールがもう片方の目玉をえぐりだしながら、全シェイクスピア中白眉の醜いセリフをいう。

「どうだ、忌々しい、まるでクラゲだ！　これで貴様の光も失せたろう？（『シェイクスピア全集5　リア王』松岡和子訳、筑摩書房、1997）」

コーンウォールはこの場面のあとまもなく、傷がもとで舞台の外で死ぬ。一時期はここで幕間に入っていた。つまり、わたしの夜が終わり、帰宅の前に〈ダーティ・ダック〉に寄っていけた。プロからひとこと。スコッチ&ソーダのオンザロックほど、目玉えぐりのあと頭をすっきりさせるものはない。だがトレヴァーは幕間をあちこち動かさざるをえなかった。なぜなら「忌々しいクラゲ」場面のあとは、バーならぬトイレに駆けこんで吐いている観客が続出したからだ。

『から騒ぎ』はかなり軽い劇だ。戯曲自体と演じること両方においてそうだった。わたしの役、ボラキオの相棒コンラッド役をベン・キングズレーが演じ、楽しいといったらなかった。どうやら楽しみすぎたらしい。公演の終わりのほうで、キャストのだれかがトレヴァー・ナンに正式に苦情を訴えた。ベンとわたしが出演場面で不必要にこっけいに振る舞い、あまつさえ即興のセリフをいい、そのため劇の進行が滞っている、と。苦情はだいたいにおいて事実だった――わたしはボラキオをコックニーなまりで演じ、それだけで笑いを呼ぶ――ために、ベンとわたしはよけいな演技はそぎ落とせと注意された。だがナンはこっそり、ふたりの演技プランをすごく気に入っているから、なくなるのは寂しいと耳打ちした。

わたしを邪道だと思っているのを隠さない団員のひとりが、バーナード・ロイドだった。『から騒ぎ』の正統派主人公のひとり、クローディオを演じる俳優だ。わたしより六歳上のバーニーはとびきりハンサムで、豊かな髪がひどくうらやましかった。バーニーは仕事に関しては四角四面になり、同僚と波風を立てることもあった――わたしをふくめて。ある日の稽古でわたしの大げさなボラキオがかんに障ったバーニーは、演出家を向くと、まるでわたしがその場にいないかのようにいった。「トレヴァー、あの男はこんな調子でいくのか？　もしそうなら、おれたちは時間を無駄にしている」

憤慨し、わたしはやり返した。「バーニー、〝あの男〟とはだれのことだ？　わたしには名前がある」。

「そうだ、そのとおりだな。すまない」とバーニーは謝った。それから絶妙のタイミングでこうつけ加えた。「それはそうと、知りたいんだが?」稽古場に笑いが起き、彼とわたしのあいだのわだかまりが永遠にほどけた。

一九六九年初頭、RSCの一部がロサンゼルスへ戻って『から騒ぎ』を、そしてそのシーズンの別の舞台で、わたしは出ていないクリストファー・マーロウの『フォースタス博士』を上演したとき、バーニーとの関係が真の友情にまで深まった。わたしは一作だけの出演だったので、シーラを誘ってブライソンの御殿みたいなフラットに、幼児のダニエルと家族三人で滞在した。慣れ親しむようになったロスの街を自慢げに案内できる時間はたっぷりあった。さらに、実際はたいへんな好人物のバーニー・ロイドにふたりともメロメロになった。

その後、一九七〇年代と八〇年代にバーニーとわたしはアメリカ合衆国を一緒にまわった。ときには俳優仲間のトニー・チャーチとアメリカ人の学者ホーマー・D・スワンダーとともに、移動教育プログラムを組むこともあった。俳優はたいていぜんぶで五人、少なくとも女優をひとりはそのミニ一座に入れる。グループは大学のキャンパスを渡り歩き、一週間ずつ講義と演技をした――だいたいは演劇科と英文科でやったが、心理学と数学のクラスにもたまに顔を出すと、しばしばいちばん受けがよかった。週に二晩シェイクスピアの舞台劇を披露し、とぼしい人材で切り盛りしてたった五人ですべての役を演じた。シェイクスピアの福音を広めるには気の利いた方法で、旅まわり中はそれぞれ週に千ドルの報酬が出た。

バーニー・ロイドは何度かその巡演に加わり、わたしはできるだけ同行した。数十年が経つうちわたしには家族同然の存在となり、やがて俳優の道を志しはじめた息子のダニエルとも親密になり、のちにはサニーとも親しくなった。二〇一八年に最後にバーニーを訪れたとき、以前は厳格だった男が、悲しいことに病床に伏し、ずいぶん苦しんでいた。サニーがマッサージを申し出ると、ひどく恥ずかしそうに同意した。三十分ばかり、サニーが優しくマッサージを施した。痛みを和らげてもらった礼を丁寧にいったあと、バーニーはうたた寝しはじめた。ベッドにたくしこんでやり、寝入りばなに微笑んだバーニーにふたりはキスをして、すぐにまた会いにくるといった。車に乗ると、サニーとわたしは身も世もなくすすり泣いた。バーニーは三週間後にこの世を去った。

　ロサンゼルスの自宅のオフィスに、『冬物語』のカミローとレオンティーズの扮装をした往年のバーニーとわたしの額入り白黒写真が、デスクの左上に飾ってある。バーニーは手をわたしの腕にかけ、このうえなく優しい目をわたしに向けている。彼はずっと、わたしのそばにいる。

　一九七〇年、国に戻ったわれわれＲＳＣの一座は、英国演劇界もうひとりの偉大なピーター——演出家のピーター・ブルック——が、ストラットフォードに戻って『夏の夜の夢』を演出するとき、期待に沸きたった。ブルックは大物中の大物だ。一九六四年、ＲＳＣでピーターは『マルキ・ド・サドの演出のもとにシャラントン精神病院患者たちによって演じられたジャン＝ポール・マラーの迫害と暗殺』の英語版初演を演出した。観客と演劇史家には『マラー／サド』のほうが通りがいい。

伝説的な作品は一年後ブロードウェイで再演され、イアン・リチャードソンとグレンダ・ジャクソンが主演した。『マラー／サド』はトニー賞の演劇作品賞を、ピーター・ブルックは演劇演出賞を受賞した。わたしがピーターとRSCで一度だけ仕事をしたのは、オールドウィッチでの『追究―アウシュヴィッツの歌』という朗読劇だった。大所帯の出演者が一列に並べられた椅子に座り、二台の書見台まで順番に歩いていって朗読する。『マラー／サド』の作者ペーター・ヴァイスによる台本は、一九六〇年代初頭にあったフランクフルト・アウシュヴィッツ裁判をもとにしており、ホロコーストで担った責任により、二十二名の被告人が刑事告発された。長年のあいだに日曜の晩の朗読劇をみたという人物数名と会ったが、人生で指折りの、力強い演劇の夕べだったといわれた。

そのような次第で、いうまでもなくわたしはピーター・ブルックと再び仕事をしたかった。観客に深遠な経験を与えられるすばらしい演出家だ。『夏の夜の夢』は深刻劇で知られる男にしては不釣り合いに軽い選択だと思ったものの、障害にはならなかった。実際は、ピ、ー、タ、ーが障害だった。わたしはピーターと打ち合わせをしたが、キャスティングされなかった。完全にうちひしがれ、個人的に受けとめた――わたしはピーター・ブルックにはふさわしくなかったのだ。それが俳優の人生であり、成功した者にとってでも変わらない。こういう感情がなくなることはない。

結局、もうひとつのシェイクスピア喜劇、『ヴェローナの二紳士』に配役されたが、残念賞に思えた。一度この芝居をみたことがあって、感心しなかった――シェイクスピアの最初期の、もしかしたら最初の戯曲かもしれず、戯曲家としての力量はまだ完全に開発されてはいなかった。けれど演出がだれあろう、ブリストル・オールド・ヴィック演劇学校で同級だったかの青い瞳の少年、ロビン・フィリップスだと知ると、気分は一気に盛りあがった。加えて配役も、それほど見劣りしない。ヘレン・ミレン、イアン・リチャードソン、エステル・コーラー。たぶん彼らもブルック氏に却下されたくちだと考えると、自尊心がなぐさめられた。

わたしはラーンス役――そう、また別のお笑い担当の召使いで、今回はイアン演じる二枚目のプローティアスに仕える。たいして役得はない。だが、それからラーンスについて大事なことを忘れていたのに気がついた。彼には相棒がいる、クラブという名前の犬だ。わたしは犬が好きだが、舞台で共演したことはない。突然、ヴェローナのほうがアテネ（『夏の夜の夢』の舞台）よりも、ずっと好ましく思えた。

犬の共演者をキャスティングするのは、わたしひとりだけの仕事にしようと決めた――その直感により確信が持てたのは、ロビン・フィリップスと最初にクラブについて打ち合わせたときだ。ロビンが候補犬の写真をみせた。大型の、ハンサムな、長髪のコリー。いや、いや、いや、違う、違う。ラーンスの犬にはまったくそぐわない。エレガントすぎ、ミドルクラスすぎ、美しすぎる。

わたしは少しばかり調べ、ストラットフォードから十マイルのアルセスターに保護犬のケンネルがあるのを知った。予約をして、オーナーに会いに車を走らせる。彼のオフィスに座ってわたしが目的を伝えると、オーナーが遮った。「あなたは間違った場所にいます。訓練ずみの、演技のできる犬はここにいませんよ。普通の保護犬だけです」

「まさに！」

ゴージャスで、ちゃらちゃらした舞台慣れした犬に用はないんです、実生活で会っても二度見しないような犬が欲しい。ただし、個性があるに越したことはないんですが、とわたしは説明した。

ケンネルのオーナーは半信半疑ながら運動場の見学に連れていった。引きあわされた犬たちは優しくてかわいらしかったが、どれもラーンスの友人とは思えなかった。

「別のいいかたをさせてください」ケンネルのオーナーにいった。「気骨のある、たぶん一匹狼の印象を与える犬を探しています」

そうきくと、男の顔が輝いた。「なんだ、そういってくださればいいのに。こちらへどうぞ」

彼の自宅裏庭で、ひまそうに芝生に横たわっていたのは、マズルに白いものがまじる、黒い中型犬だった。つまらなそうな目をこちらに向け、それからかんでいた骨に戻る。ちくちくした。こいつがクラブかも——平凡で目立たない、わたしと同じく。名前はブラッキー、それもまたなぜか完璧だった。

ブラッキーの保護者に、稽古がはじまるときから公演終了まで、五ヶ月のあいだ一緒に住む必要があると話した。また、演出家の了承と、一座に年寄りの保護犬を迎える許可を劇場からとる必要があるとも説明した。持ってきたカメラでブラッキーの写真をとるあいだ、犬は完全に無視していた。騒がず、尻尾も振らず……ただそこにいた、いまという瞬間に。本物のメソッド演技犬だ。ロッド・スタイガーなら彼を気に入ったことだろう。

ロビンとロイヤル・シェイクスピア・シアターから青信号をもらったあと、ブラッキーは稽古のはじまる数日前に、バーフォードのわが家にきた。お手本のように行儀よく、優しくてしつけずみ、そして排泄のときは礼儀正しく庭に歩いていった。わが家の大きなイングルヌック暖炉の前で、ゆったり昼寝するのを気に入った。

稽古初日、わたしはブラッキーを舞台監督のオフィスに残し、会議室へ行って全劇団員に加わった。

ロビンが全員を歓迎し、演出プランを説明する。話し終えると、床をくるっとまわってわたしを向き、そこでわれわれの舞台の出演者、クラブを紹介するという段どりをあらかじめふたりで決めていた。

まずは口上だ。わたしは犬の名前がクラブで、それ以外の名で呼んではいけないと説明した（自宅でシーラとわたしは同じことをした。ブラッキーはすでに、役名で呼ばれるのに慣れていた）。さらに、クラブはラーンスの犬であり、それゆえわたしのものだと俳優仲間に断った。ときどき耳をかく以外、キャストは彼にかまってはいけない――この勅令の遵守にヘレンとエステルが苦労していたが、非難はできない。

さらにはクラブがその場にいないように振る舞うべきだと主張した。イアン・リチャードソンは、みあげたことに、これを完璧に実践した。イアンの役はクラブが嫌いで、クラブが近くにいるとあからさまに顔をしかめる。稽古で何度か、それから本番でも、ブラッキー／クラブがすごく低い声でイアンにうなるのがきこえた。観客にもきこえ、受けをとっていた。

わたしの口上が終わり、ついに最新キャストメンバーを部屋へ連れてくる。当然、たちまち「はうう」の合唱が起きたが、みんなを黙らせ、犬をわたしの椅子の脇に座らせた。ブラッキー／クラブは少しうさんくさそうに、周りをひとしきりみまわし――とても大きな部屋に、見慣れない顔がたくさんいるぞ。けれどすぐに興味をなくし、のびをすると寝てしまった。われわれは最初の本読みをし、舞台美術が提示された。目新しいところでは、下手《しもて》の舞台端に小さなプールがある。衣装デザイナーからクラブに何か身につけさせるつもりがあるかきかれると、おそらく少々むきになって「もちろんない！」とこたえた。実際、上演ごとに首輪をはずしさえした。クラブは年寄りの野良犬で、身分証明のたぐいは何もつけていないはずだ。

ブラッキー／クラブに楽屋裏の周りを散歩させたら、暗がりをいやがるのがわかった。それでも劇場にいるときはひもを決してつけなかった。ひもなしで、なんでもしたいようにさせたかった。初めて舞台にあがったときは、舞台と観客席そのものに落ちつかない様子をみせた。広くて暗すぎ、あきらかに不安を覚えている。けれど、すぐに周りに慣れた。それでも千二百人の観客にみつめられたときにどんな反応を示すのか、心配せずにいられなかった。テクリハのあいだ、見知らぬ人々や雑音に慣れてくれるよう願った。

稽古はうまくいった。ブラッキー／クラブとわたしは一緒に、ふたりだけで初登場し、ラーンスが第二幕第三場冒頭のセリフ三十五行分をいう。だいたいにおいて、愚痴だ。「このクラブってやつは、とんだひねくれ者だ。おふくろは泣き、親父は嘆き、妹はシクシク、女中はオイオイ、猫は両手をしぼり、家じゅうが上を下への大騒ぎなのによ、この血も涙もない犬っころときたら、涙一滴こぼしゃしない（『シェイクスピア全集27　ヴェローナの二紳士』松岡和子訳、筑摩書房、2015）……」

この場面を何回も稽古するうち、犬は繰り返しに慣れた。わたしのそばで落ちつき、頭を足に乗せ、目を閉じて、ほんのときどき周囲をみまわすというのを習慣にし、完璧だった。そして、ある日の通し稽古で、わたしの独白の最中、ブラッキーはわたしをみあげて長々と、わざとらしくあくびをした。稽古場中が大爆笑し、ヘレン・ミレンが叫んだ。「彼のほうが一枚役者が上手ね、パット！」

ブラッキー／クラブは生まれついての役者だ。舞台上の彼を心配する必要はないとわかった。客席が満員だろうと、演技は実に首尾一貫していた。まあ、常にとはいわない。ある晩、クラブは小プールのふちまで近づいた。わたしのセリフの途中で、観客の注意がわたしからクラブへ完全にそれるのを感じた。クラブを盗みみると、じっと水をみつめている。水面に映る舞台照明の複雑な反射に見入っているのだと気づいた。じっと動かずに一点をみつめる。それはおそらく、わたしに与えられた最も強力な演技レッスンだった——一点集中のパワーは舞台俳優には重要で、だが選択的に使わないといけない。舞台俳優のキャリアを通じてあんなふうにひたと目をみすえたことは数えるほどしかなく、毎回、内心でこうつぶやいていた。「ありがとう、クラブ」と。

ケンネルオーナーの入れ知恵で、わたしは常に褒美の犬用おやつをポケットに入れていた。クラブはおやつの存在を知っていたが、おねだりして騒いだことはない。だが退場するたび、忘れずに褒美をあげるようにしていた。ある晩、本番中に一度だけ、わたしのセリフの最中にブラックが立ちあがって袖をうろついた。その備えはできていた。単に袖を向いておやつをしまっているポケットに手を入れる。プロフェッショナルなクラブは舞台に戻ってきた。その場でおやつを与えてねぎらい、観客は拍手喝采でねぎらった。

そして、わたしの犬の共演者が最高の演技をみせるときがきた。われわれはいつもの手順を踏んだ。

ラーンスがセリフをいい、クラブが脇にだるそうに座り、頭を前足に乗せる。だが突然、わたしの共演者は頭をあげてお座りをした。そして片足を持ちあげた。観客と同じ瞬間に、わたしは足のあいだの物体が、大きくピンク色に勃起しているのに気がついた。

もちろん、たちまち騒然となった。一瞬間を置いて、大笑いと拍手がクラブの気をそいだ。けれど一瞬だ。すぐに注意を戻して目下の仕事をつづける。頭を曲げて、舌を出し、ペニスを長々と、ゆっくりなめた。

大騒ぎが戻り、今度はさらにひどく、観客のなかには立ちあがって拍手や歓声を送る者までいた。劇は完全に立ち往生してしまった。わたしは絶句して、手の打ちようがなかった。ただ彼をみて、微笑むしかできない。

幸いクラブはすぐに足をおろし、ペニスは消えた。観客にはこの瞬間が稽古をしたように映ったに違いなく、メソッド犬が臆面もなく即興を演じたのだと種明かしをしたくなかった。

しばらくかかってやっと笑いがおさまり、芝居をつづけられるようになった。とうとうつぎのセリフをいい、それがたまたま、「俺が犬だ。(同前)」。

またもや観客は騒然となった。セリフの残りを省略しようかと思ったが、優雅にやる方法を思いつかず、つづけた。「いや、犬はこいつ自身で、俺は犬。おーっと、この犬が俺で、俺は俺自身。ま、いいか、いいか。(同前)」読点のたびに新たな爆笑を呼んだ。

シェイクスピア俳優はしばしば、新しいことを何もできないと嘆く。過去四百年間でできることはやり尽くされてしまった。だが、これはその見解が適用されない範疇に入れてもいいと思う。そしてまた、クラブに本番中におやつをあげた二度目となった。その夜の〈ダーティ・ダック〉では、わたしは一杯も自腹を切る必要がなかった。

あの犬を愛した。毎回カーテンコールに加わり、ひもはなし。最後のコールのあと、クラブは再びブラッキーに戻り、団員が周りに集まって、ぽんぽん叩いて抱きしめ、さよならをした。翌日、ブラッキーをアルセスターのケンネルに連れ帰った。シーラ、ダニエル、わたしは彼をとても恋しく思った。決して彼を忘れない。ブラッキーがロイヤル・シェイクスピア・カンパニーの劇団史に永遠に刻まれると思うと、うれしくなる。

第十二章

これまでの人生、なりゆきで様々な場所へ行ったが、なぜかニューヨークとは縁がなく、ましてや世界的に有名な舞台で演じることなど、夢のまた夢だった。幸い、風向きが変わろうとしていた。ブロードウェイへの道筋をつけてくれたのは、だれあろうピーター・ブルック、ロイヤル・シェイクスピア・カンパニーでわたしをはねつけた人物だ。

あまり大きな声でいいたくないが、ブルック版の『夏の夜の夢』をみたときは舌を巻いた。われわれの舞台『ヴェローナの二紳士』は好意的な評価を得たが、（ブラッキーの革命的パフォーマンスにもかかわらず）ピーターの演目の前に完全に影が薄れた。まず、『夏の夜の夢』は超モダンでびっくりするほどミニマルなデザインだった。セットは純然たるホワイトボックス、床の敷物もふくめて装置は一切なく、例外がティターニアの閨房《けいぼう》で、天井から吊りさげられた赤いふわふわの巣があがったりさがったりし、しかるべき時点でティターニアとボトムが乗る。

シーシアスとオーベロンはひとり二役でアラン・ハワードが演じ、同じくティターニアとヒポリタをサラ・ケステルマンが演じた。恋する女性たちは流れるような白いガウン、男性の愛人は白いパンツに明るい色のシャツを身につけている。ブランコのことはいったかな？　そう、要所要所でピーターは俳優にハーネスをつけてバトンから吊るし、アクロバットを演じさせたり前後に揺らしたり、ときには観客の頭上に出ることすらあった。サイケデリックといっていいほど奇抜だが、きわめてフィジカルでもあり、キャストに尋常ではない運動能力を要求した。

一九七〇年秋に上演されたブルックの『夏の夜の夢』ほど、チケットが飛ぶように売れたRSC作品をほかに思い出せない。ブルックの企みが評判になると、すべての上演が売り切れになった。ストラットフォードのシーズン終了後、ブロードウェイに舞台を移すと発表されても驚きではなかった。それからまもなくして多少の配役交替がじきに発表されるとのうわさをきいた。ノーマン・ロドウェイが鋳掛け屋トム・スナウト役を楽しめず、降板することになりそうだという。それでも、わたしはピーター・ブルックから電話がきて、一九七一年一月が開幕予定のニューヨーク公演でロドウェイの引きつぎを頼まれるとは、予想もしなかった。

スナウトは戯曲中セリフのある役としてはいちばん小さな役のひとつだ。六人の〝職人〟のひとりで、『夏の夜の夢』の劇中劇『ピラマスとシスビー』を演じる、平たくいえば相当まぬけなアテネ人の素人大根役者だ。

やりがいのある要素のある役とはいえない。また、シーシアスとオーベロン役アラン・ハワードの代役もオファーされた。頑丈なプロのアランが舞台を逃すとは考えにくく、とくに今回は限定的な公演で、そのためおいしい釣り餌というほどでもない。けれどはっきりさせよう。ピーター・ブルックと仕事ができ、このようなとほうもない、注目の的の舞台でブロードウェイに行けることが、必要じゅうぶんな動機になった。それで、もちろんトム・スナウト役を喜んで受けるとピーターに返事した。

シーラはわたしの選択を全面的に支持した——乗り気だったのは、ニューヨークに仕事ではなく単なる同行者として行け、ブロードウェイのショーを何本もみてアメリカのダンスシーンのトレンドを探れるからだ。ダニエルはまだ学齢ではなかったので連れていき、セントラルパークにほど近い西七十二丁目のしゃれたアパートを短期契約で借りた。

一座はブロードウェイのビリー・ローズ・シアター（現ネダーランダー）で八週間、その後ブルックリン・アカデミー・オブ・ミュージック（ＢＡＭ）で三週間の公演を予定していた。この順番は逆のようだが、ピーターはブロードウェイ公演のあとに、大胆にもブルックリンのダウンタウンで、生々しい〝実世界〟に浸かろうと図った。

稽古時間は限られた。基本的にわたしはノーマンの穴埋めだ。だが、ピーターはわたしのしたいように試してみていいという。その励ましのことばさえもらえればこっちのものだ。わたしはきついヨークシャーなまりで演じようと決め、アメリカの観客がなんとかそのユーモアを理解してくれるよう願った。

その戦略が完璧にはまるセリフが一行ある。職人たちは彼らの芝居をどう設計しようか話し合っている。芝居のなかでは主役のふたり、禁断の恋人たちが両家を隔てる塀にあいた〝割れ目〟越しに話すことになっていた。だが、そんな塀をどうやって舞台に運べばいい？　どんどん追いつめられ、それがわたしのキューとなる。わたしは長めの間をおき、おもむろにスナウトに洞察をいわせる。「塀を運んでくるなー無理でないかい」。ブルックリンでさえ、とりわけそこでは大受けした。

職人たちはこの問題を、スナウト自身が壁を演じることで解決する。彼が登場し、こういう。

お目にかけますこの芝居、ひょんなことから
この私、スナウトと申す者ですが、石塀の役を演じます。
塀は塀でもただの塀ではございません。
実を申せばひび割れた穴、いわば割れ目がございます。
相思相愛のピラマスとシスビーは、この割れ目から
こっそりとささやき合うという寸法。

（『シェイクスピア全集4　夏の夜の夢・間違いの喜劇』松岡和子訳、筑摩書房、1997）

『夏の夜の夢』の伝統的アプローチでの演技は、スナウトが両手の指を一本ずつ立てて「割れ目」をつくり、そこから恋人たちが話す。しかしわたしはもっといいやりかたがあると思い、スナウトが小道具を使うといったことを利用した。「これなる粘土、漆喰と、これなる石が何よりの証拠。わたくしこそはその石塀、嘘いつわりはございません。（前同）」

建築作業中の劇場裏手で、古いレンガをみつけた。両手にレンガを持って上下に重ね、それから芝居がかってふたつを離して「割れ目」をつくる。スナウトが自分の案を天才的な閃《ひらめ》きだと信じきって、それをやるというのはどうだろう？

つぎの稽古は通しだったが、わたしのしようとしていることをだれも知らなかった。レンガを用意して、思いつきを実行する。成功した――ピーターでさえ笑い、それはまれなことだった。

二日後、オープニングナイトが迫るなか、全幕の通し稽古をした。スナウトのセリフにくると、再びレンガの芸をやる。すぐにピーターが待ったをかけた。「やめ！」そしていった。「パトリック、なんでそれをやっているんだ？」

「その、あなたが気に入ったかと思って」

「それは二日前だ」と、ピーター。「何か違うことをしろ」。満員の稽古場で、そういい放った。ピーターを無礼な鈍感野郎だと思わせるつもりはないが、そのときは傷ついた。彼はもうこの演技をやってほしくない。探求を決してやめるなとハッパをかけた。それで、彼の要望に応じてレンガをおろした。

一月二十一日の初日を数日後に控えた試演期間中のある日の午後、たまたま地下鉄から歩いて劇場へ向かい、タイムズスクエアを渡っていると、ピーターと出くわした。舞台の調子はどうかと彼はたずねた。「いいです……二、三をのぞけば」。ピーターは道の真ん中でぴたりと立ちどまり、わたしの腕をとると目を合わせていった。「いってくれ」。わたしが話しはじめると、車の往来がまたはじまり、われわれをかすめて走りながら怒ったタクシーの運転手が警笛を鳴らした。心配ごとを吐きだしながら、ピーターもろとも安全な歩道まで移動する。劇場で別れ、ピーターは正面入り口へ、わたしはステージドアへ。なかへ入る直前、ピーターがわたしの名前を呼んだ。「パトリック！　レンガでやったやつを覚えてるか？　あれを戻せ。気に入った！」

かくしてわたしのレンガ芸が戻った。観客には必ず受け、ニューヨーク・タイムズ紙のベテラン劇評家クライヴ・バーンズはオープニングナイトの舞台レビューで、「単刀直入にいえば、これまでにみたシェイクスピア劇のうち、最高だった」と評した。チケットは飛ぶように売れ、ボックスオフィスには舞台がはねるたびにもう一度みたいと望む観客が列をなした。

ほんの少しだけ、奇妙な展開がひとつあった。ふたりの若い女性が、ほぼ毎回、決まって前列の同じ席に座った。うれしくないわけではないが、このご婦人がたは問題になった。そのうち、ジョークでオチをいう前に笑いだし、ほかの観客の興をそぐようになったのだ。ふたりにそっとことばをかけてほしいと、一座から劇場のフロントマネージャーに頼んだ。マネージャーは声をかけ、ふたりは控えてほしいとの要請を受け入れたが、抑えようとしてがまんしているのがわかった。

人気の過熱ぶりに、われわれ演じる側でさえ浮き足だちはじめた。上演前と上演後、出番がないかアクションに関わっていない者たちは、舞台装置に沿って上を走るバルコニーに座るか立つかできた。そこからこっそり有名人を探してスパイした。みつけたときは、ささやきあって情報を伝達する。「三列目、左側通路から五番目――ロバート・レッドフォードだ」「左側通路の二列目、ローレン・バコール発見」。終演後は、スターがあいさつにこようと決めた場合に備えて楽屋のドアを開けておき、通りすぎる彼らを盗み見するまでになった。

ある晩、わたしの楽屋の外で声がし、急いで通路に出てだれがきているのか確かめた。目の前にポール・ニューマンとジョアン・ウッドワードが立っている。ニューマン氏はアラン・ハワードの楽屋を探しているが、迷ったと説明した。もちろんふたりはアランを探していた――舞台の主役だ。けれどわたしは氏に道順を教える栄に浴した。説明を終えるとポールとジョアンのふたりとも握手をしてくれ、「舞台の成功おめでとう」といった。「こいつはクールだぞ」と、思った。

このへんで、大人気のブロードウェイ公演中、鋳掛け屋スナウトにファンクラブができたと伝える頃合いかもしれない。ある晩ステージドアの外で出待ちをしていた若い女性から、これをきいた。「塀を運んでくるなー無理でないかい」のセリフが、流行に敏感なニューヨーカーたちのあいだで、実現が難しい何かを表現するキャッチフレーズになったということだった。いうまでもなくわたしは面食らい、ものすごく喜んだ。

予定どおり、舞台はやがてBAMに移動した。観客席はだだっ広くて照明が異なるせいで、スター探しのひまつぶしがすごくやりにくくなった。それはともかく、観客の反応はむしろ輪をかけて熱狂的で、カーテンコールがいつまでもつづいた。それだけでも鳥肌がたったが、この興行を格別楽しいものにしているのは、何よりきら星のようなキャストだった。アランとサラを筆頭に、ベン・キングズレー、フランキー（フランシス）・デ・ラ・トゥーア、バリー・スタントン、テリー・タプリン、フィリップ・ロック、ジョン・ケーン、そして、デイヴィッド・ウォーラー。生涯忘れられない時代だ。

こうして、いまでもつづいているニューヨーク市とのラブアフェアがはじまった。一九七一年初頭のビリー・ローズ・シアターでの稽古初日、早めについたわたしは七番街と四十一丁目の隅にあるデリに気がついた。店に入ると大混雑していたが、わたしは気にしなかった。カウンターのうしろの壁に貼られたサンドイッチメニューの幅広い選択肢を検討する時間ができようというものだ。なかにはわたしのわからない単語もふくまれている。

店内はごった返し、カウンターの男たち――全員男だった――がさらに奥の、実際にサンドイッチをつくっている男たちに注文を叫んでいる。突然、「つぎ！」と声がし、注文ききがわたしをみて、気短そうに注文を待っていた。ためらいがちに、腰の引けた英国人の流儀でいった。「ああ！　その……どうも、おはよう。わたしは、その、あの、コ……コーンビーフサンドイッチを、ライ麦パンでくださ い、よろしく。それから、ええと、できたら……あの、サラダを載せて、その、持ち帰りにしたいんだけど。よければ」

カウンターの男は、あたかもまるっきり理解不能なことばをしゃべったかのようにわたしをみた。それから、完全な無表情で奥の店員に叫んだ。「コーニー・カウ二匹、ライ麦通過後ジャングルに到着、持ち帰り」。ああ、ニューヨーク！

第十三章

「小さな役などない、小さな俳優がいるだけだ」とはよくいわれる。『ヴェローナの二紳士』のラーンスと『夏の夜の夢』のスナウト役を振られ、わたしの一部はいきりたったものの、うまく立ちまわり、また、共演者たちとの仕事を純粋に楽しめたことで、価値ある経験となった。とはいえだからといって、ロイヤル・シェイクスピア・カンパニーの頼れる脇役として一生骨をうずめるつもりはない。『夏の夜の夢』公演中は、アラン・ハワードの代役に備えて準備を怠らぬいっぽう、アランは頑健で演技に生きる男だから、実際に出番があるとはまったく期待しなかった。アランを深く尊敬した。いつも自分の仕事に精通していた——役を理解し、受け入れ、探求した。だが、少し短気なところもあった。一、二度度を失うのをみた。もし彼が仕事に没頭しているときに舞台上のだれかの真剣味が足りないと感じると、かなりいやなヤツになった。ベン・キングズレーとわたしが共演した『から騒ぎ』で、お笑いコンビとして愉快な即興をいくつもかましていたとき、稽古どおりにやるべきだと抗議したひとりだ。それでもわたしはアランを非常に尊敬していた。

予想どおり、ブロードウェイ／ブルックリン・アカデミー・オブ・ミュージック（BAM）の公演中アランは一度も舞台を休まなかった。だがロンドンに戻って『夏の夜の夢』のホワイトボックス版を短期間オールドウィッチで凱旋公演したとき、アランが糖尿病を患っており、いつなんどき症状が出てもおかしくないと知った。ある晩の上演中、いつになくアランの演技に覇気が感じられなかった。つぎの晩、ベンとバリー・スタントンと共有している楽屋にいると、舞台監督がドアをノックし、アランがまだ現れないといった。それは〝半分〟を十分過ぎたところ、つまり幕あけまで二十分だったが、わたしはアランの到着をほぼ疑わず、何かの理由で遅れ、気むずかしくなっているぞと思った。だがそれから〝四分の一〟になってもまだアランは現れず、〝五〟の声がかかると、舞台監督がわたしにアランの衣装に着替えるよういった。

アランはくるぶし丈の紫の服と白いスリッパを履き――それだけだった。アランの楽屋へいって手早く用意をしたが、ガウンを着るのは待つべきだと感じた。一年近く――有頂天で、とつけ加えてもいいかも――アランだけに結びつけられていた衣装。彼の楽屋にいるのは落ちつかず、だが深呼吸をして声のウォームアップをやり、開口一番のセリフを練習した。「さあ、美しいヒポリタ、私たちの婚礼の時も近づいた。（『シェイクスピア全集4　夏の夜の夢・間違いの喜劇』松岡和子訳、筑摩書房、１９９７）」

突然ドアが勢いよく開き、芸術監督が震える声でいった。「パトリック、アランはこない。きみがいけ」。それで、ガウンをまといこそすれメイクの時間はなかった。

芝居のしょっぱな、ピーターの思いつきで舞台の両側のドアから全団員がなだれこみ、オーベロンは下手《しもて》からまっさきに登場する。団員に囲まれて出番を待ちながら、いくつもの手がわたしの肩に触れ、腕を絞り、サラ・ケステルマンが頬にキスをした。どれもすごく勇気づけられた。と、観客席が静まる。舞台監督が舞台を歩いてきたからだ。「アラン・ハワード急病のため、今夜のオーベロン役はパトリック・スチュワートが演じます」という声がきこえる。

つぎに何が起きるか正確に予測がついた。観客席からうめき声があがり、それから怒気をふくんだ会話が交わされる。アランはとても人気があった――彼のお株を奪う不埒なペテン師は何者だ？　そして、場内照明が落ちる。ドアを押し開けて、大股で舞台に出る。観客はいつもどおり拍手した。全キャストが位置につくまで、少しかかった。それから最初のセリフをいい、舞台がはじまる。

幕間に入り、いまのところすべて順調だった。コーヒーを飲んで（名案ではないかも）楽屋で息つぎのエクササイズをしていると、出演者仲間がつぎつぎドアから頭をのぞかせては、いい仕事をしていると請けあってくれた。それから舞台監督が現れていった。「パトリック、技術係と相談したんだが、後半の飛行パートはカットすべきだってみんながいってる。危険すぎるからな」

しかし、前半が滞りなくいったことに自信を得たわたしはいった。「いやいや、一度したことがあるし、もう一度できるよ。大丈夫」

舞台監督は首を振っていった。「ダメだ、危険すぎる」。わたしは大丈夫だと力説した――すると、ぼけなすの舞台監督は折れて、わたしにアクロバットのフルコースをやらせた！　舞台後半中に「もうおしまいだ」と思う瞬間が何度かあったが、奇跡的にケガもせず舞台を汚すこともなかった。気がつくと、わたしは同僚と袖に立っていて、最後の場面の出番を待っていた。

ベン・キングズレーがハグをし、どんな気分かきいた。「最高だ。だけど芝居の場面でわたしが合いの手を入れる箇所がたくさんありすぎて、どこにくるのかあやふやなんだ」

「ちょっと待ってろ」ベンがいい、急いでどこかへ消えた。台本を脇にはさんですぐ戻ってきたところで、わたしの出場がきた。最後の場面で全員が床に座り、反乱の首謀者フィロストレイトが長ゼリフをいうあいだ、ベンがとなりにきて、観客にはみえない太ももものうしろに台本を滑らせた。俳優仲間のありがたさよ！　ありがとう、サー・ベン。わたしのオーベロン役デビューの掉尾《ちょうび》を立派に飾らせてくれて。

翌朝、アランから電話があり、わたしに礼をいって謝った。薬を飲んだら気を失い、目覚めたときはもう間に合わなかったと説明した。「とにかく今夜は大丈夫だ」

「よかった、アラン。それはよかった」。だが実際に考えていたのは、「もう一度長い昼寝をしたらどうだい、アラン。わたしは**もう一度**演りたいんだ」

十八ヶ月後、再びアランの代役でオーベロンを演じる機会があった。ピーター・ブルック版『夏の夜の夢』がリヴァプールで再演され、アランと彼の代役が体調を崩したのだ。わたしはストラットフォードでRSCが打った一九七二年度の《ローマ・シーズン》――『ジュリアス・シーザー』『アントニーとクレオパトラ』『コリオレイナス』――に出演中で忙しかったものの、チャンスに飛びついた。

残念ながら、リヴァプールの座組は概して一新され、ニューヨークとオールドウィッチの初演メンバーはそこにはいなかった。主演と代役が出られない以上、舞台はキャンセルされるものとキャストは期待した。ところがRSCではそうはいかない。当時のRSCはシェイクスピア労働市場だったため、わたしはしゅくしゅくとローマ（ストラットフォード・アポン・エイヴォン）から引っぱりだされてアテネ（リヴァプール）へ落とされた。キャストのなかにはこれに非常に不満を抱く者もいて、抗議のため午後の稽古ではわたしの出ている場面に参加しなかった。実際、ふたりの配役仲間とはその夜の舞台、観客の面前で初めて顔を合わせた。リヴァプールでは都合オーベロン役を四日連続で演じた。その間ストラットフォードではわたし自身の代役が喜んで役目を果たしていた。

とうとうオーベロンをはじめから演じるようになったのは、一九七七年のロイヤル・シェイクスピア・カンパニーの舞台で、そのときはジョン・バートンと、わたしの妻シーラの師匠ジリアン・リンが共同で『夏の夜の夢』を演出し、ティターニア役のマージョリー・ブランドと共演した。

この公演でわたしはダニエル・デイ＝ルイスがのちに『ラスト・オブ・モヒカン』（一九九二）でやったような、みごとな長髪を与えられた。デイ＝ルイスのは自前だった点が異なるが。衣装（といえれば）はすごく短い腰布だけ。このときのわたしの写真がインターネット上に広く出まわり、鷹揚に賛辞と受けとめたものの、「新スター・トレック」の共演者、ジョナサン・フレイクスは「かの有名なヌードのオーベロン」でわたしをからかう機会を逃さなかった。

ヌードは一九七二年の《ローマ・シーズン》にもつきまとった。『コリオレイナス』で、わたしはタイトルロールの将軍の敵転じて味方転じて殺人者、タラス・オーフィディアスに抜擢された。戦闘場面ではＮＦＬのチアリーダーも真っ青の超ミニスカートを履いたわたしと配下のヴォルサイ軍を目にできる。また、コリオレイナスがオーフィディアスの邸を不意にたずねる場面があるが、台本を読んだところ、ふたりのやりとりにエロティックな緊張を感じとった。衣装デザイナーに、宝石とスカート――くるぶしまであるが、薄手のいちばん軽いシルク――を身につけただけの格好にできないか頼んだ。この

衣装が望みの結果を生んだ。イアン・ホッグ扮するフレネミーのコリオレイナスの周りをまわるわたしはもはや戦士ではなく、女性的で優雅な、おそらくは性的に興奮しているオーフィディアスだ。この男に隠れた二面性をみいだしたことが、役を演じるいちばんの醍醐味になり、そこまで深く掘らせてくれたトレヴァー・ナンに感謝している。

わたしは仕事に打ちこむ若い俳優で、また、体も鍛えていたため、演出家がヌードかヌードに近い扮装をわたしで探求しようと決めたときは、決して尻ごみしなかった。一九六八年の演目『トロイラスとクレシダ』でトロイア人を演じたわれわれは、ヴォルサイ人の軍服とよく似た貧弱な衣装だった。それから『ヴェローナの二紳士』でラーンスの役づくりにとりくみはじめたころ、ロビン・フィリップスがある場面——舞台にいるのはクラブとわたしだけ——を、全裸で演じてみてはと提案した。

認めるが、提案にどきっとした。だが、稽古でやってみた。ロビンは観客席から舞台監督以外は全員席を外させた。わたしは黒シャツと黒ジーンズを脱ぎ、とうとう下着を脱いだ。ふう、この小屋はすきま風が入るなあ、え？

舞台上で裸になるのは、思ったより心細くはなかった。逆に、感じかた、セリフのいいかたにおいて自由な要素があった。クラブもまた裸だが、いまにはじまったことではなく、わたしと一緒に出場《でば》を演じ、自信満々にはけた。ところがロビンがわたしを実名で舞台に呼び戻すと、感覚が変わった。

ラーンスとして戯曲の世界にいる限りは安全だと感じた。しかるにいま舞台にいるのはパトリックで、パトリックは自意識過剰すぎ、観客の前で全裸になるなんてとても無理だ。そういう状況では、もはや仕事どころではなくなった。

ロビンにそう話した。彼はわかった、でも舞台栄えしていたぞといったが、それ以上この案をゴリ押ししなかった。服を着て、全裸とはおさらばした。

一九七二年の《ローマ・シーズン》中、わたしは『ジュリアス・シーザー』でキャシアス役に抜擢された。シーザー暗殺の陰謀にブルータスを引きいれた人物だ。マーク・ディグナムがみごとなシーザー役を披露したが、観客をぞくぞくさせたのは、ブルータスに扮した面長の俳優ジョン・ウッドの強烈な演技だった。

以前にジョンの演技をみたことがあり、たいへん感嘆したものの、われわれは逆の配役をされたと強く信じた。キャシアスはおそろしいほど激しやすいが、徹底して弁がたつ――ジョンそのものだ。ブルータスはより用心深く、思慮深く、自意識が強い――わたしのほうがしっくりくる。稽古では調子が出なかった。ジョンはブルータスをまるでキャシアス的な性格のように演じていた。わたしには行き場がないように思えた。内々にトレヴァーに相談したが、何も悪いところはなく、ふたりの仕事を気に入っているといわれた。

だが、試演のころにはさらにこじれていた。稽古直前にだれかがジョンについて警告した。「あいつから目を離すと面倒なことになるぞ」。わたしはこれを、ジョンに気をつけろという意味だと受けとった――ジョンもむら気な性格で通っていたからだ。だがこの警告は額面どおりのものだった。ジョンはまさしく、舞台にいる全員の注目を浴びるのを好んだ。案の定、何度目かの演技のあと、自分が話しているあいだ、全員が彼の演じるブルータスにちゃんと目を向けていないとトレヴァーに文句をいった。もしだれもがブルータスをみないなら、発言に重みがでない、というか、そうジョンは考えた。

このいいぶんに、もっともだと共感したかもしれない、あるひとつのことがなければ。ジョンは舞台上の共演者に対して視線を向けないことで悪名高かったのだ。

これはわたしと彼との重要な対決場面でさえあてはまった。わたしが話しはじめるとジョンは自分の足もとをみおろすか、観客のほうを向くか、天井を凝視した。ほとんどわたしをみなかった。彼がやったことで最も腹立たしいのは、わたしがセリフを終えたときだ。しばしばジョンはまったく動かず、誓っていうが、このくだり全体をきいていなかった。それから、まるで驚いたようにわたしをみて、首を振り、しかるのちやっと自分のセリフをいって舞台にギアを入れる。

そうかと思えば、わたしが最後のセリフに行きつこうというタイミングでこちらに目を向け、笑い、例の否定的な首振りをする。いちばん侮辱的なのが、わたしがいい終える前から話しはじめることがあり、まるで「ああ、わかったわかった、それはもう前にきいた。た・い・く・つ！　今度はほんものの役者が話す番だ」といわんばかり。

そういった場面がどんどん増えていき、とうとうある晩、わたしはキレた。それは、ブルータスのテントの場面ではじまった。彼とキャシアスが激しくいい争い、その後和解する。芸術を模倣する人生を、芸術が模倣していた――わたしに対し絶えずいらだち、態度の悪いこの男に、丁重に接しようとする。

キャシアス　キャシアスが今日まで生きてきたのは、
ブルータスの浮かれ騒ぎのネタや笑いぐさになるためだったのか、
当のキャシアスは悲しみと乱心で苦しみ悶えているというのに？

ブルータス　さっきは言い過ぎた、俺の心も乱れていたのだ。

キャシアス　そこまで言ってくれるのか？　君の手をくれ。

ブルータス　手と共に真心も。

ジョンはこれ以上ないほど不実かつ冷淡にいい放った。だが、われわれはつづけた。

キャシアス　ああ、ブルータス。

ブルータス　どうした？

キャシアス　君には俺を大目に見ようという愛はないのか、

俺は母親ゆずりの短気のせいで
我を忘れることがあるだけなんだ。

ブルータス　愛はあるさ、キャシアス、以後
君のブルータスは君に食ってかかられるたびに、
君の母上に叱られていると思って聞き流すよ。

ジョンのいいかたは皮肉がききすぎ、わたしからすればこの場面を弱めていた。わたしは引きつづきキャシアスに友への愛すべき、優しい告白をさせた。心中では真逆を感じながら。

キャシアス　ああ、大切な兄弟、
今夜の始まりは険悪だったな。
二度とあんな諍《いさか》いが二人の間に割って入りませんよう！
な、そうだろう、ブルータス。

ブルータス　万事良好だ。

キャシアス　おやすみなさい、閣下。

ブルータス　おやすみ、兄弟。

（セリフ部分は『シェイクスピア全集25　ジュリアス・シーザー』松岡和子訳、筑摩書房、２０１４）

わたしは最後のセリフをかろうじて口にした。ジョンに激怒していた。カーテンコールのあいだ、わたしは目に涙を浮かべ、楽屋へできる限り急いで戻った。だれとも話せるムードではなかった。

ところが、ドアにノックがした。「どうぞ」気短に応じた。

ジョンが入ってきて、ドアを閉めた。どうしたんだとわたしにきく。ああ、このときを待っていた！　怒りにまかせ、両手でジョンののどもとを締めあげると、頭をドアに思いきり押しつけて怒鳴った。「この自分勝手な最低野郎！」わたしは殺意満々で、それ以上おおごとになる前にジョンが口をきいて幸いだった。とはいえ正確にはなんといったのか、怒りに目がくらんでよくわからなかった。

一瞬かかって、ジョンのことばが意味を結んだ。「ガンなんだよ」

すぐに彼から手を放した。

「待て……なんだと？」

「ガンだ」ジョンが繰り返した。「それも悪性の」

わたしはおそろしくひどい気持ちになり、怒りがたちまちこぼれ落ちた。ジョンに腕をまわしてぎゅっと抱きしめ、それからたっぷり謝った。彼は礼をいってすぐに出ていった。

いやな、眠れぬ夜を過ごした。ジョンのためにひどく悲しみ、自分の態度を激しく後悔した。この暴力の発作はどこからきた？　わたしのなかの父が顔を出したという考えが浮かんだが、すぐに打ち消した。父の暴力は常に酔っ払っているときに現れたが、わたしは飲んでいなかった。ジョンの間違えようのない優秀さに、心の底で嫉妬したのか？　ジョンが主役をものにし、わたしは違うからか？　未熟すぎて彼のメソッドを受け入れる度量がなく、そこはもっと寛大であるべきだった？

いずれにしろ、二度と再び暴力に支配されまいと心に誓った――今日これまで守ってきた誓いだ。

つぎの朝、ステージドアに向かっていると、ジョンがわたしのほうを歩いてくるのがみえた。そばまできた彼の肩に片手を置いて謝罪を繰り返し述べ、健康問題について、大丈夫かたずねた。

「大丈夫かだって？」わざとらしく謙遜して彼はいった。「いたって健康さ。どこも悪くないよ」

ジョンはきびすを返すと劇場へ入っていった。まじか⁉　嘘つきの、策士野郎！

再度カッカしながら、その日の遅くトレヴァーに話し合う時間をもらった。会ったとき、ジョンとわたしのあいだにあったことを話し、『ジュリアス・シーザー』からおりたいといった。ところがまるで戯曲のなかのジョンみたいに、トレヴァーは首を横に振って遮った。

「きみにとって楽じゃないのはわかるよ、パット。でもきみとジョンが舞台でやっていることはすばらしい。ふたりのあいだの駆け引きは申しぶんない。あの場面はうまくいっ、て、い、る」

のちのち考えれば、本当にうまくいったのだろう。ふたりはストラットフォードのシーズンとロンドン公演をくぐり抜け、ジョンの演技は熱狂的な反応を呼び、わたしの受けた評価は……まあまあだった。わたしが知る必要のあることは、観客がぜんぶ教えてくれた。評価がどうあれ、ブルータスとキャシアスの場面の終わりでは、しばしば万雷の拍手が起きた――英国の劇場ではまれなことだった、とりわけ悲劇においては。

その後、ジョンとわたしは舞台でもう二作共演し、映画も一本、トレヴァー・ナンが撮り、二十歳のヘレナ・ボナム＝カーターが主演した一九八六年の公開作『レディ・ジェーン　愛と運命のふたり』で共演した。ジョンは二〇一一年に八十一歳で永眠した……若いときに患ったガンのせいではなく、そして幸い、わたしの手によってでもなく。


わたしはロイヤル・シェイクスピア・カンパニーで永遠に脇役を演じつづける運命なのだろうか。タイトルロールをかっさらう俳優には決してなれないのか？

とうとう、ジョン王の役をもらった、その名前を冠したシェイクスピアの戯曲でだ。だが、〝注〟がふたつついている。ひとつ、『ジョン王』はザ・バードの戯曲中それほど愛されても舞台化されてもいない。ふたつ、われわれのは一種のフリンジ演劇で、RSCのスケジュールのすきまに押しこまれ、制作費はぎりぎりだ。メインステージを与えられたのは週なかのマチネのみ、それゆえ上演数も少なければ観客数もひかえめ、たいていが学校の集団見学だった。

けれどそんな不名誉も、意志堅固な若い女性、バズ・グッドボディという珍しい名前の演出家と仕事ができる機会によって中和された。わたしはバズに畏怖を覚えた。ジョン・バートンのアシスタントとして足がかりをつかんだバズは、否定しがたい才能をみせつけ、無視できなくなったジョンとトレヴァーから『ジョン王』の演出を任された。

本名はメアリー・アンだが、こどものときに好奇心旺盛なため「バズ（ハチの羽音）」というあだ名がついた。バズとわたしはすぐに友人になり、女性が演出する初のＲＳＣ作品に主演できるのを光栄に思った。バズは熱烈なフェミニスト兼ラディカルな共産主義者で、シェイクスピアと演劇は概してエリート主義の余興だというばかげた偏見を打ち破ろうと熱心だった。彼女の見立てでは、『ジョン王』は石頭で見当違いの男たちが何世紀もつづけてきた、戦争の不毛についての寓話だ。バズはまた、『コリオレイナス』では演出助手としてトレヴァーの下についてヴォルサイ軍の場面の演出を任されたため、そちらの演目でもわたしとは緊密に仕事をした。

演出家であるのと同様ヴィジョナリーのバズは、トレヴァー・ナンを説得してＲＳＣに実験的な演劇専用の小さな小屋を新たにつくらせ、それを〝ジ・アザー・プレイス〟と命名した。メインステージにかかる華麗な作品に比べれば演し物は質素だが、その代わりチケットはもっと手に入れやすくなる。ジ・アザー・プレイスはトタンでできた倉庫を転用して拠点とした。暑い日は地獄より暑いが、彼女のヴィジョンを体現していた。シェイクスピアと実験的な芝居を格安料金で。チケットはたったの七十ペンス、一アメリカドル以下だ。

ある夜、バズはわたしを飲みに誘い、ジ・アザー・プレイスのロンドン版プロデュースを任されたと教えてくれた。ＲＳＣはユーストン・ロードでダンススタジオを借りており、すばらしい戯曲に出会ったバズはそれを新たな小屋、単に〝ザ・プレイス〟と呼ばれるはずの空間でかけたかった。芝居はトレヴァー・グリフィスによる『オキュペーションズ』、サルデーニャ人の共産主義活動家アントニオ・グラムシとブルガリア人の共産主義活動家クリスト・カバックの関係を描いている。バズはベン・キングズレーにもの柔らかなほうのグラムシ役を当て、わたしにはより攻撃的なカバックを演じさせた。エステル・コーラーがカバックの恋人に扮し、ロシア人貴族の彼女は芝居のあいだずっと死の床についている。どシリアスなアジプロ（プロパガンダ）劇にきこえるのはわかっているが、バズはわくわくして楽しい演し物にした――その熱意は伝染しやすく、バズは自分のしていることをよくわかっていた。

バズとベンとの仕事はとても自由でのびのびでき、冒険が楽しすぎて内心稽古をいつまでも終わらせたくなかった。『オキュペーションズ』は英国演劇のレーダーにまたたく輝点にすぎなかったが、みた者は堪能した。

一九七五年、ストラットフォードのジ・アザー・プレイスでかける『ハムレット』の現代版で、バズはベンに最初の大役を与えた。悲しいかな、バズは彼女とベンに贈られたすばらしいレビューを目にすることはなかった。

知らせをきいたとき、わたしはロサンゼルスに戻っており、今回はRSCの『ヘッダ・ガブラー』をひっさげてグレンダ・ジャクソンと北米をまわっていた。シーラと幼いダニエルを同道し、ホテルのプールでバシャバシャやっていたら、緊急電話が入っているとフロントデスクが知らせてきた。やはりロスにきていたトレヴァー・ナンからだった。劇場で会うようにいわれて行くと、ステージドアの前に立っており、あきらかに動揺している。すぐにわたしをきつく抱きしめ、涙をあふれさせた。

「バズが死んだ。昨夜息をひきとった」

睡眠薬の過剰摂取。たった二十八歳だった。トレヴァーもベンもわたしも、彼女の世界で何かがうまくいっていなかったなんてまったく知らなかった。ものすごくこたえた。バズはピーター・ブルックやピーター・ホール級の大スターになる運命で、これから何十年も一緒に仕事ができると期待していた。バズはわたしのなかで強烈に存在しつづけている。〝バズ〟は最近ひんぱんに使われることばだが、耳にするたび、彼女の顔が浮かぶ。

一九七六年、ロイヤル・シェイクスピア・カンパニーはシーズン終幕にいつもと違う演し物を選んだ。ユージン・オニールの『氷屋来たる』。舞台となるのはニューヨークの木賃宿とバーで、わたしの想定では高級化する前のマンハッタンのローワー・イーストサイドに位置する。シェイクスピアの宮廷やローマの戦場とは、天と地ほども違った。出演者は十九名の大所帯。十二人のへべれけの酔っ払い、三人の娼婦、ふたりのバーテンダー、ふたりの警官。わたしが演じるのはラリー・スレード、酒飲み仲間のひとりが「おいぼれの哲学ばか」と呼ぶアナーキストだ。

『氷屋来たる』はどこからみても骨の折れる戯曲で、陰々滅々とし、上演時間はゆうに四時間を超える。だがこの舞台に出ることには個人的に純然たる価値があった。登場人物全員から一目置かれるカリスマ的なセールスマン、主役のヒッキーを演じるのが、わたしがだれよりも崇める俳優のイアン・ホルムだったのだ。

キャストのうち、三人だけ――ノーマン・ロドウェイ、パトリック・ゴッドフリー、わたし――が上演中舞台を一度もおりない。それはつまり、われわれ三人だけが、テクリハと試演のあいだに展開した追加のドラマを目撃したことになる。

ロンドンでの稽古開始早々、イアンはわたしの記憶のなかと変わらず、現実でも千両役者であるのをみせつけた。第一幕のほとんどをすでに〝オフブック（台本いらず）〟で演じ、数日のうちに自分のセリフをすっかり入れてしまった最初の団員となり、いくら賛嘆しても足りなかった。日が経つにつれ、イアンはどんどんヒッキー役のなかに埋もれていった。ほかの俳優からきいた話では、イアンは毎日フルハムのフラットからコヴェントガーデンまで徒歩で往復し、片道一時間の道のりを歩きながらセリフを暗記するらしい。

ぜんぶで四時間超の通し稽古をフルでやる金曜日の初日までには、イアンとわれわれその他の俳優との差が歴然となった。イアンはわれわれの住む太陽系とは違う恒星系で演技している。その午後の彼の演技は、俳優によるものでわたしが目撃したどんなわざよりも並外れていた。みんながきたる公演への期待ではちきれそうになりながら、その週末を家路についた。

だが、期待どおりにはいかなかった。あの通し稽古がピークだった。週が明けると、イアンはほころびはじめた。日が経つごとにつまずき、ブロッキング、タイミング、そしてわれわれみんなに先んじてあれほど熱心に入れていたセリフさえ、どんどんおぼつかなくなった。舞台の進行に追いつくためにプロンプトにつぐプロンプトを要求し、そのことを気に病むあまり人相が変わり、瞳の輝きがくもった。また、団員と話さなくなり、孤立して近寄りにくくなった。

この舞台の演出家で、才能豊かなハワード・デイヴィスがイアンと内々に話したが、実りはなかったことをわたしにうちあけた。ハワードはとほうにくれていた。忌み嫌われていることば、〝ブレイクダウン〟が会話に忍びこんだが、全霊でそうではないことを祈った。

テクリハのあいだは、少し持ち直したようだった。ハワードがしょっちゅうストップをかけ、照明や音響のキューをスタッフと話し合うため、場面が中断して細切れになる日がつづき、イアンに仕切り直す時間ができた。ところがゲネプロの初日がくると、イアンは最悪の演技をした。何度も何度もプロンプトを頼み、正面にまわって演技の一部をみていた俳優は、ときどきイアンの声が小さすぎて客席に届いていないといった。

その時点で、オープニングナイトを数日延期する話が出た。だが最終的にハワードが最初の試演をしようと決め、満席の観客でイアンの集中力が戻ってくれることを願った。

場内はまさしく満員で、すばらしいスタートを切った。だが、イアン扮するヒッキーは第一幕が五十分進むまで登場しない。その瞬間がくると、舞台装置のバーに居並ぶイアン以外のキャストが全員、舞台奥をみる。スイングドアが開くと、ドア正面の小さなプラットフォームにイアンが立っている。観客が彼の登場に拍手喝采し、それが必要なすべてだった。賞賛に包まれながらイアンが深呼吸を二度すると、体全体から光が放たれるみたいだった。

ところがセリフをいう段になると、イアンは無言のままだ。数歩歩いて、センターステージで立ちどまる。バーに腰かけるわたしからわずか数フィートの距離だ。ぎこちない沈黙。ヘッドバーテンダーのハリー役を演じるノーマン・ロドウェイが、なんとこの事態に備えていた。ノーマンはセリフをアドリブしはじめ、ヒッキーに握手をして抱きしめた。数名の俳優が手を叩き、それはこの戯曲の設定に沿っていた。バーのみんながヒッキーを尊敬し、到来を待ち望んでいたからだ。

とうとう、イアンがセリフをしゃべりはじめた。だが唐突にいったと思うと、すぐにとまってしまった。もう一度深く息を吸って、吐く。それからイアンがものすごくそうっと「だめだ、だめだ」というのがわたしにはきこえた。

どうにかこうにか、ほかのみんなが大いに即興をとりいれ、第一幕の最後のページをかろうじて終えた。幕がおりる。イアンは拍手を浴びるときに立っていた場所から動かない。

ノーマン・ロドウェイがイアンの腕をとり、わたしととなりあう楽屋へ連れていった。そのシーズンのRSCロンドン公演の責任者で、演出家のデイヴィッド・ジョーンズがイアンの部屋へ行って優しく励ます声がきこえた。「すべてうまくいくよ」

当時のわたしは知らなかったが、プロダクションは結局、手を打っていた。イアンの代役アラン・ティルヴァーンはバーの常連のひとりで、もと汚職警官のパット・マグロインを演じていたが、数日前に代役を打診され、もしイアンが本番中にブレイクダウンしたら、休憩を入れてデイヴィッド・ジョーンズが観客の前に出、舞台はイアン抜きでつづけると告げる手はずになっていた。そして、まさしくそれが起きた。

アランはそんな状況ですばらしい仕事をし、別の俳優レイモンド・マーロウが難なくマグロインになりかわった。急きょの代役をつとめた俳優に、観客がスタンディングオベーションでねぎらわなかった例をわたしは知らず、アランは終幕後に大喝采を浴び、キャストからはお礼と賞賛を受けた。だが、すべてはやりきれないほど悲しかった。その夜、デイヴィッド・ジョーンズと一杯——か二杯——飲んだとき、デイヴィッドがイアンの楽屋へ行くと、われらがスター、わたしのアイドルが、床に横たわり、胎児のようにまるくなっていたと明かした。

イアンは何年も舞台に戻らなかった。幸い彼は映画に才能のはけ口をみつけ、その止まっては進む撮影ペースが彼の気質により合っていた。実際、リドリー・スコットが監督し一九七九年に公開された記念碑的映画『エイリアン』にて宇宙船ノストロモ号の科学士官アッシュを演じたイアンは、今日までのキャリアで最大の名を馳せた。イアンはその後映画界でますます力を発揮し、オスカー受賞作『炎のランナー』〔一九八一〕（助演賞にノミネート）、『未来世紀ブラジル』〔一九八五〕『フィフス・エレメント』〔一九九七〕『普通じゃない』〔一九九七〕に出演、そしてついにはピーター・ジャクソンの『ロード・オブ・ザ・リング』〔二〇〇一〕と『ホビット』シリーズ〔二〇一二・二〇一三・二〇一四〕のビルボ・バギンズ役で、国際的に賞賛された。

やがては自分を舞台から遠ざけていた悪癖を克服し、一九九八年にナショナル・シアターでリア王を演じたイアンは、一種の晩年のウィニングランをした。象徴的なこの役でローレンス・オリヴィエ賞を受賞したイアンは、同年ナイトの称号を受ける。

追伸。二〇〇三年、ウェストエンドでヘンリク・イプセンの『棟梁ソルネス』が上演されたとき、わたしはハルバード・ソルネスを演じた。最後の通し稽古の際、演出のアンソニー・ペイジが数名の見学者を稽古場に招いた。そのなかに、白いひげの小柄な老人がまじっているのに気がついた。通し稽古が終わると、客をふくめた全員が集まり、劇場のバーへお茶をしに行った。老人がわたしのほうへ、のんびりやってきた。

「すばらしい舞台だ。そしてきみはすごくパワフルで複雑で、それから……」

彼の発したことばでわたしの耳に入ったのはそこまでだった。なぜなら、そのとき老人がだれだか気がついたからだ。サー・イアン・ホルムだった。

第十四章

演劇の世界で経験し、目撃してきた浮き沈みのあれこれにもかかわらず、自分が本当にいたいと思う場所は、やはり舞台の上だけだった。映画やテレビのスターダムには色気を覚えず、エージェントにオーディションやスクリーンテストをとってこいと要求したこともない。

それでも、一九七〇年代なかば、わたし自身は何も行動を起こさぬまま、映像関係の仕事がわたしのほうへやってきた。七五年、有名な英国のテレビ監督ロドニー・ベネットがロイヤル・シェイクスピア・カンパニーでのわたしの仕事に目をとめたといい、「*North and South*」というテレビのミニシリーズの主人公役をオファーした。エリザベス・ギャスケルの小説『北と南』が原作で、ヴィクトリア朝時代のイングランドにおける階級間、地方間の闘争を探っている。たまたまギャスケルの別の小説を前の年に読んで非常に気に入ったため、喜んでこの仕事を引きうけた。わたしは英国の俳優サークルではヨークシャー男で通っていたから、当然わたしの役は北部人、工場の持ち主だ。

さらにでかいのが、映画の初出演だった。すでに述べたスリラー作品『怒りの日』がそれで、主演はロッド・スタイガー。『波止場』にてマーロン・ブランドとエヴァ・マリー・セイントと共演してマーフィールドの少年時代にわたしの心をわしづかみにし、演技の無限の可能性に目覚めさせた俳優だ。ロッドが演じるタイトルロール（『怒りの日』の原題はHennessy）のアイルランド人ヘネシーは英国軍に妻を殺され、復讐に燃えて国会議事堂を吹っ飛ばす決意をする。わたしの役は大きくはなく、一日半のみの撮影ですみ、脚本は優れてよくもなかった。だが、ＩＲＡの男を演じるわたしは組織が綿密に立てたプランを一匹狼のヘネシーに台なしにされるのを阻止しようとし、映画に映る一瞬一瞬、偉大なロッドその人と一緒だった。そして、脚本によれば、あるシーンでは車の後部座席にロッドと座る、彼がブランドとやったように。わたしに選択の余地があるだろうか？

わたしの撮影初日は、ロジスティクスシーンのリハーサルからはじまった――わたしがロッドを車に押しこめるショットのセッティングはかなり複雑で、時間がかかる。だが、昼休憩の三十分前にはそのシーンの撮影に入っていた。あとから監督が編集室で選べるように、様々なアングルでロッドのカバレージも押さえた。あとはわたし単独の撮影を残すのみだ。助監督がいった。「オーケー、ロッド。あなたの出番はおしまいです。ランチに行ってください、われわれはあとから行きます」

一瞬沈黙があり、つづいてロッドが、ひどく静かな声でいった。「パトリックは？」

助監督がいった。「ああ、だれかにあなたのセリフを読ませるので、大丈夫です」

わたしの左、ロッドが座っているところから、突然波が……なんというか、何かが押しよせてきた。ロッドがやはり、とても穏やかな声でいった。「おれをだれだと思ってるんだ？　どあほうめ。こいつを置いて昼飯に行くとでも？」突然、もう穏やかじゃなくなった。「このくそったれの、最低の俗野郎！　パトリックのショットを撮るんだ、いますぐ」

わたしはいった。「いいんです、スタイガーさん。お気になさらず。わ、わたしは別に――」

「だめだ！」彼は叫んでわたしを遮った。「くそよくなんかない、おれのくそ映画では！　それからおれはロッドだ、スタイガーさんじゃないぞ！　準備しろ！」

それで、スタッフはわたしのショットを撮った。ロッドがカメラの外からわたしの目をみてセリフをいう。こんなふうに撮ってもらうのは、いい気持ちだった。スターが、わたしがすごく憧れている人物が、わたしを擁護してくれたことはいうまでもない。

撮り終えると、ロッドがわたしに昼はどうするかきいた。わからない、映画に出るのは初めてなのでとこたえた。

「ほんとに？　なら一緒に食べよう。あのテントでもらってきて、それからおれのトレーラーにおいで」

わたしは感極まった。『怒りの日』はたいした映画じゃないが、夢の一対一ランチミーティングを、自分史上最高にインスピレーションを受けたひとりとるという贈りものをくれた。ロッドに出身地や以前の仕事や今後についてたずねられた。わたしは一九六四年のシドニー・ルメット監督作『質屋』について二、三質問した。ロッドは強制収容所の生存者を演じてオスカーにノミネートされている。わたしがその映画をみていたのをロッドはあきらかに喜び、機嫌よくこたえてくれた。『質屋』における演技を自身の最高のできとみなしていた。あのときの昼食は、まるごとすばらしかった。

つぎの朝、二日目にして最後の撮影に行くと、ロッドが香盤表に載っていなくてがっかりした。けれど撮影には満足し、映画の演技についてロッドが昼食の席で授けてくれた知恵、「カメラは考えを撮る」以上の重要なルールを学んだ。もしカメラ外のセリフがあれば、つきあってやれ。それが正しい流儀だ。気にもかけない俳優とどれだけひんぱんに仕事をしたかを知れば、読者諸兄姉は驚かれることだろう。

約十五年後、わたしは「新スター・トレック」の撮影で多忙だった。もはや『怒りの日』の無名俳優にはあらず。ビバリーヒルズのレストランに入ると、隅のテーブルに、三人の連れと一緒に座るロッドをみつけた。突然、わたしはスターに会えて胸がいっぱいの若造に戻っていた。うざったいファンだと思われたらどうしようと思い、近づくのをためらう。だが、そのときロッドがわたしに気づいて立ちあがり、大声で呼んだ。「パトリック！」

その昔ロッドが助監督にいったセリフをジョークに使おうかと考えた。「おれをだれだと思ってるんだ？」だが、自重した。その代わり、ロッドはわたしを抱擁して数分間おしゃべりした。わたしのことをちっとも忘れていなかったし、ジャン＝リュック・ピカード艦長役の成功を祝ってくれた。一流の人だ。ずっと昔、マーフィールドで初めてみたときから、変わらず。

一九七六年、わたしはこれまでで最高のテレビ出演のオファーをもらった。ロバート・グレーヴスの叙事詩小説『この私、クラウディウス』を映像化したＢＢＣテレビの連続ドラマだ。説得の必要はなかった——ティーンのとき、原作本と続編『*Claudius the God and His Wife Messalina*』〔未邦訳〕を夢中で読んでいた。どの役を振られてもぞくぞくしただろうが、なぜか驚いたことに、わたしはシリーズの極悪人、ルキウス・アエリウス・セイヤヌスに抜擢された。

『ハリー・ポッター』と『Ｘ-ＭＥＮ』フランチャイズが舞台出身の英国人俳優にとっての金の鉱脈に

なるはるか昔、「*I, Claudius*」ありき。桁違いの国際的な視聴率を稼いだ最初期のドラマシリーズで、高い評価を博し、キャストは英国の有名どころが大集結した。デレク・ジャコビがクラウディウス、ジョージ・ベイカーがティベリウス・シーザー、シアン・フィリップスがリウィア、ジョン・ハートがカリギュラ、マーガレット・タイザックがアントニア、パトリシア・クインがリウィッラ、そしてわたしがいちばんわくわくしたのは、ウェストライディングで過ごしたティーン時代の友人、ブライアン・ブレスドがシーザー・アウグストゥスを演じることだ。ブライアンとわたしが共演したのはたったの二シーンのみで、プロとして一緒に仕事をしたのは、それきりだった。

わたしの役、セイヤヌスはかつて一近衛兵だった。だが、野心とティベリウスへの狡猾なへつらいで親衛隊司令官に出世する。そしてクラウディウスの姉リウィッラをたらしこむと、ゆくゆくはみずからローマ皇帝の座につけると確信する。こざかしい、尊大なばちあたりめ！　わたしのお気に入りはパトリシア・クインとの共演シーンだ。ふたりでしめしあわせたとおりにリウィッラとは結婚せず、代わりに彼女のまだ年若い娘を娶《めと》るとわたしがいい出す。これは自分がリウィッラの一族に加わるための方便にすぎず、娘は眼中にないとセイヤヌスは保証する。だがリウィッラはほだされない。「じゃあ、お前はわたしたちふたりにサービスするっていうわけ⁉　種馬みたいに」と叫ぶ。

かつて俳優と相対して本物の恐怖を感じたことが二度だけあり、どちらも相手は女性だった。パトリシアが体ごと襲いかかってきて「このひとでなし！」と叫んだとき、わたしは殺されると確信した。もうひとつ震えあがったのは、ケイト・フリートウッドがマクベス夫人を演じた『マクベス』の舞台で、ケイトの夫ルパート・グールドが演出した。

わたしは「*I, Claudius*」全十三話中、四話のみの出演――セイヤヌスは元老院にのしあがる道なかばにして、かなり悲惨な最期を迎える――だが、ほとんど経験したことがないほどの演じる喜びを味わった。基本的にあのシリーズでわたしを知っている人々が、いまでも一定数いる。しばらく前、シカゴのレストランへ入ると、ひとりの女性が叫んだ。「あらまあ――セイヤヌスよ！」びっくりだった、こんなに月日が経ったというのに。

つぎの特筆すべき映画出演は、フランク・ハーバートの名作ＳＦ小説をデイヴィッド・リンチが映画化した一九八四年製作の『デューン　砂の惑星』だ。だが、『デューン』にいたる道はトレヴァー・ナンが演出した一九八二年の舞台『ヘンリー四世』を通るため、まずはそこからはじめよう。

八二年、ロンドンにパフォーミングアーツの複合施設をつくるという長年の計画が実を結び、バービカン・センターがついに落成する。第二次世界大戦時にドイツ軍の空襲でほぼ焼け野原になった一帯を一から新たに開発し、アートセンターに加えて豪華マンション、公園、人工の湖と滝を備えた街づくりをしようと、ロンドンの金融中心地の有力者が立てた壮大なプランの一部だ。バービカンは物議を醸すプロジェクトだった。建設の遅れと予算超過に苦しみ、建築様式にブルータリズムを採用したせいだ。

しかし、ロイヤル・シェイクスピア・カンパニーはバービカンのメイン・シアターをロンドンの拠点にするべく奮闘した。トレヴァーがこけら落としに選んだのは、『ヘンリー四世』第一・二部のワンツー・パンチマラソンだ。二編のあいだにディナー・ブレイクをはさんだ、七時間の上演。わたしのRSC初シーズンの舞台が『ヘンリー四世』だったのを覚えておいでだろうか。第一部ではウォルター・ブラント、第二部ではモーブレー、どちらも端役を演じた。今回は万歳、ヘンリー王その人だ。そんなわけで、わたしはバービカンの新舞台で上演される最初の作品でセリフを放つ、最初の俳優になる栄誉に浴した。「我が国は内戦に疲れ果て、心痛に蒼ざめている（『シェイクスピア全集24　ヘンリー四世　全二部』松岡和子訳、筑摩書房、2013）……」。ヘンリー王の第一声はこれ以上ないほどふさわしい。いま、われわれの踏んでいる場所の完成をみるまでに費やされたストレスに満ちた歳月を思えば。

新しい劇場をわたしは気に入ったが、多くの者がこの場所を味気ないとみなした。わたしのおもな愚痴は、基本的にすべてが地下にあること。楽屋は窓がひとつだけで、地下の駐車場のアクセスランプに面している。舞台は地下三階、稽古場はさらに一階下だった。劇場に入り、午前十時にエレベーターで地下へおりたが最後、再び空を拝めるのは午後の十一時で、そのころ地上にひとけはない。劇場界隈は散歩に向いた魅力的な街並みとはいいがたかった。

だが、人々の注目が集まるなか、幸先のいい幕あけとなった作品に出演できるのはわたしの喜びであり特権だった。なぜならこれが、さらなる大きな箱、ロンドン一野心的な戦後にできた文化センターの露払いにもなったからだ。そんなめでたい感覚から、観客は開演前、館内照明が暗くなるやいなや拍手喝采した。そして、これはいい演し物だった。とりわけ楽しんだのは、ヘンリーの有名な独白、数世紀にわたる不眠のスローガンのくだりだ。「ああ、眠りよ、ああ、安らかな眠り、大自然の優しい乳母よ、俺はそんなにお前を怯《おび》えさせたのか（前同）……」

トレヴァーがした選択でひとつ鋭いのは、ヘンリー王を職務がつらいと嘆くめそめそした君主ではなく、余力を使い果たしたワーカホリックの戦士として演じさせたことだ。わたしはこの役を受け身ではなく攻撃的に演じ、有名な最後の独白――「王冠をいただく頭に安眠の枕はない。(同前)」――を自己憐《れん》憫《びん》ではなく、しゃれたアイロニーとしていった。その伝では最近、われらが新国王の胸の内について思いを馳せている。数回お目にかかって好感をもった。国王夫妻が睦まじいことを願う。

『ヘンリー四世』は満員御礼の興行と好評を博しはしたが、わたしのキャリアを厳密には新たな高みへ打ちあげることはなかった。あくる年は日本映画の助演出演を引きうけていた(1984年公開の原田眞人監督・渡辺裕之主演の日本映画「ウインディー」のこと)。主演するのは演技をしたことのないポップスターだ。報酬がいい、それだけの出演理由だったが、役得としてはたいして働く必要がなく、撮影隊が何度か気持ちのいいヨーロッパロケに連れていってくれ、その地で歌手役の人物が歌うという設定だった。

ホテルの窓から美しいドイツのモーゼル渓谷を眺め、撮影初日の遅い入りを最大限活用していると、部屋の電話が鳴った。ロンドンのエージェントとつながり、彼が数ヶ月前に送って寄こした脚本を覚えているかときかれた。フランク・ハーバートの小説『デューン　砂の惑星』の映画化脚本だった。わたしは覚えていると即答した。脚本を読む前にSFの知識はほとんどなかったが、素材の虜になっていた。その時点で特定の役へのオファーはなかったものの、もし出られるならすごく乗り気だとエージェントに伝えておいた。

それからすでに数週間が過ぎていたが、続報はなかった。映画チームはわたしをパスしたのだろうと推測し、ひどくがっかりした。『デューン』の監督がデイヴィッド・リンチであるのを発見していたからだ。新進気鋭の監督で、最初の二本の作品、ビザールで不穏な『イレイザーヘッド』〔一九七七〕と美しい『エレファント・マン』〔一九八〇〕はみごとだった――ダークなムードのなかにもユーモアがあり、ヴィジュアルは大胆。リンチはわたし好みの監督として刷りこまれた。しかし、これまでの演技ビジネスですでに学んでいたように、失った望みは手放し、先へ進むべし。エージェントが電話してきた日、わたしは自分の時間をポップアイドルの映画撮影に費やし、それがすんだらドイツのワインカントリーをまわって観光としゃれこむつもりだった。

だが、エージェントには『デューン』を持ちだす理由があった。「ガーニー・ハレック役のオファーがきた。土曜日にメキシコシティへ飛んできてほしいそうだ」

「ええ？　そいつは無理な相談だ。わたしはドイツで撮影中なんだぞ！」

「心配しなくていい、すべて手を打った。『デューン』はきみのヨーロッパのスケジュールを避けて撮影する。でもそれはつまり、きみは三、四週間ヨーロッパとメキシコを往復することになる」

「それでみんなは文句ないのか？」

「まったくない」とエージェントが請けあった。「デイヴィッド・リンチは本当にきみを欲しがっているんだ」

それはうれしい驚きだ。それに、なんという急展開だろう。あるときは気が乗らないアイドル映画の撮影にきているかと思えば、つぎにはヴィジョナリーが監督し、フランセスカ・アニス、マックス・フォン・シドー、ユルゲン・プロホノフ、カイル・マクラクラン、ディーン・ストックウェル、シアン・フィリップス、ホセ・ファーラー、ブラッド・ドゥーリフ、フレディ・ジョーンズ、ケネス・マクミラン、ヴァージニア・マドセンらすばらしい俳優陣が出演する大予算のアメリカ映画に出るのだ。

空路は楽ではなく、フランクフルトからロンドンへ戻り、そのあとロンドンからマイアミ、マイアミからメキシコシティへ飛ぶ。けれどあのころはまだ空の旅が好きだったから、一日機上にいても平気だった。

シーラへニュースを伝えようとすぐに電話した。シーラは色めきたち、また機転を利かせてメキシコの気候に合う洗濯ずみの服をスーツケースに詰め、ヒースローで落ち合うことになった。わたしはフランク・ハーバートの小説を入手するよう頼んだ。小説は脚本よりも、戦士兼吟遊詩人ガーニー・ハレックの役づくりにきっと役に立つだろうから。

指定の日、シーラとわたしはヒースローで落ち合い、スーツケース、すごく分厚い『デューン』のペーパーバック、手づくりのごちそうの入った包みを手渡された。たっぷり名残りを惜しんだ――エージェントから『デューン』は長い撮影になるときかされていた。「今後六ヶ月は空けておくように」、と。撮影はメキシコシティのチュルブスコ・スタジオとのことで、豪華なホテルへ投宿する。

シーラとわたしはターミナルで朝食をとり、こどもたちの学校が夏休みに入り次第、メキシコで合流して家族の時間を満喫することで同意した。妻とは互いの仕事のスケジュールのせいでずいぶん長い時間を別々に過ごしていたから、六、七週間を異国の地で団らんできるとなれば、全員にとって楽しいはずだ——ある点で、ダニエルと妹のソフィーは父が留守がちの家庭で育ったといえる。

わたしのフライトがアナウンスされ、愛に満ちた別れをしたあとゲートに急ぎ、パンナムの長い搭乗待ちの列に並んだ。順番がきて、チケットをフライトアテンダントに渡すと、相手は戸惑った顔をした。

「搭乗口が違います、スチュワート様。ファーストクラスへおまわりください」

なんだって？　わたしは驚かずにはいられなかった。快挙だ！　四十三年かかったが、とうとうマーフィールドのトレインスポッティング小僧が、ファーストクラスに搭乗する身分に出世したぞ！

わたしはこの機会の一分一秒を味わった。ファーストクラスの搭乗口に列はなく、魅力的なフライトアテンダントがいるのみ、チケットをみせる前にわたしを名前で呼んで、温かく歓迎してくれた。また別の等しく魅力的なフライトアテンダントが機内をエスコートしてくれ、左手の特権者の神殿へ導かれた。ファーストクラスのキャビンには、空席はひとつしかなかった。幸い、わたしの席に間違いない。アテンダントはわたしのバッグを受けとって頭上のコンパートメントに入れ、コートを脱ぐのを手伝い、かいがいしくわたしを椅子へ座らせた。座席の足もとは何エーカーも余裕があり、枕と毛布が備えつけられている。自分がこのようないたれりつくせりを受けているとは信じられなかった。

となりに座るのは、若く美しい南アジアの女性だ。女性はファーストクラスのキャビンにいるわたし以外の全員が親族だと説明した。一緒に世界を旅するインドの一族——ロンドンで三日間過ごしたあと、つぎの目的地マイアミへ移動する途中で、今後ひと月でいろいろな土地をまわる。話していると、シャンパングラスがつまみを載せた小皿と一緒にわたしのトレイへ配られた。こんなぜいたくは座席の隣人が説明してくれるまで、とんと知らなかった。「こいつになじんでやるぞ」と、意気ごんだ。

隣席の若い女性とわたしのふたりはおしゃべりをつづけ――すると、彼女は演劇ファンで、ストラットフォードで『お気に召すまま』を観劇したことがあるとわかった。しばらくしてひとりの男性がやってくると女性の父親だと自己紹介し、娘がおしゃべりしすぎてわたしを困らせていないかと、険しい顔でたずねた。たいへん楽しい話し相手で、すばらしいフライトを味わっているとわたしは請けあった。彼は身を乗りだして、小声で名前を教えた。「もし娘がわずらわしくなったら、わたしを呼んでください。エコノミーに席をとってあるので、そこへ座らせます」。ぜんぜん困ってませんよと返事をし、空席を実際に予約できる太っ腹をおもしろく思った。

　シュールな機上の営みはつづき、頼んでいないのにキャビアのボウルがブリニ、生クリーム、トーストポインツ（三角形のトースト）のつけあわせと一緒に供された。これは手にあまった。それまでキャビアを食べたことはおろかみたこともなく、作法もわからない。幸いわたしのコンパニオンは知っていたので、一部始終を研究して間違いがないように真似た。

　メインコースにはローストビーフを注文する。カットずみの皿がくるのを待った。だが違った。フライトアテンダントが目の前にカートを押してきて、それには汁気たっぷりの、いいにおいを漂わせた豪勢なビーフの塊が載っていた。どの部位が好みかたずねられる。調子に慣れてきて、よさそうな部位を選んでイングリッシュ・マスタードをつけてもらえるか頼んだ。驚いたことに、イングリッシュ・マスタードの用意はないという。なんだと？　そいつは犯罪だ！　二時間のうちにわたしは北部の田舎者から、すっかり甘やかされた紳士気どりに変身した。なんて、実際はもちろん気にせずにすばらしい夕食をたいらげた。

機長がマイアミまであと三十分とアナウンスすると、新しい友人が立ちあがり、わたしも立つようにうながした。彼女は自分の家族にわたしがロイヤル・シェイクスピア・カンパニーの俳優だと教えた。大きな拍手喝采が起きる。飛行機に乗っただけなのに。便からおり、素敵な一家の全員と心温まるさよならを交わし、いまにいたるまで人生で最高のフライトになった。

メキシコシティへの乗り継ぎは短く、到着時にもたついている時間はなかった。搭乗機の出口でプロダクションチームのスタッフと落ち合い、税関と入国審査をさっさと通されて待機中の車に乗る。ソナ・ロサ近辺のホテルへ着いたのは夜も遅い時間だったが、衣装とメイクアップ係がわたしを待っており、また、アシスタントが新しい脚本と、明朝十一時に迎えがきてデイヴィッド・リンチと打ち合わせに入るという知らせを持ってきた。

　時差ぼけがひどかったため、ぐっすり寝られた。時間どおりにデイヴィッドに会いに行く。彼は近くのホテルに投宿しており、教わった番号の部屋へまっすぐ、フロントデスクを通さずに行くようにとの指示だった。

　ドアはなかば開いている。ノックをすると男の声が応じた。「どうぞ」。そこに、デイヴィッドが座っていた。もの柔らかな無表情と、ふさふさの髪の毛をして。彼は何かを熱心に読んでいたが、わたしが入っていくと顔をあげた。

沈黙。

「パトリック……パトリック・スチュワートです」わたしはみずから名乗った。デイヴィッドはまだ口を開かず——もしくは身じろぎしなかった。ただわたしをみつめた。とうとう一生分と思えたあと、ゆっくり立ちあがって握手をした。握手には熱がこもらず、わたしのいたたまれなさが増した。ふたりで腰をおろしたまま、奇妙な沈黙がつづく。このおかしな状況を打破するのは自分の役目だと感じ、それで彼に会えてうれしい、大ファンだ、キャスト参加の招待を受けて光栄に思うといった。

デイヴィッドはただこくんとうなずいて、そのままうつむいていた。何かがあきらかにおかしく、何かひどい手違いが生じたのではといぶかしんだ。ありがたくも、マックス・フォン・シドーが突然部屋に入ってきて、デイヴィッドにあいさつし、それからわたしを向くとこういった。「パトリック！『デューン』とメキシコへようこそ。きみが引きうけてくれてすごくうれしいよ、カイルはとくに喜んでいる。彼もすぐにくる——ロビーですれ違った」

そういってもらえるのを期待し、デイヴィッドの口からきけるものと思っていたが、まぁよしとしよう。カイル・マクラクランとユルゲン・プロホノフが現れたとき、雰囲気はよいほうへがらりと変わった。シェイクスピアマニアで、ＲＳＣでのわたしの立ち位置を知っていたカイルはハグをしてくれ、ユルゲンとは熱い握手を交わした。わたしは結局望まれていた。ほっとする。

彼らの来室は、またデイヴィッドをも活気づかせた。椅子を何脚か移動して輪をつくり、全員が翌日の撮影を話し合えるようにした。いくつか理解できないことがあったので、デイヴィッドに何度か質問をした。だがわたしが質問をするたび、デイヴィッドはこたえをわたしにではなく、グループ全体に向けていう。いったいここで、何が起きてるんだ？　カイルの外向的な親しみやすさのおかげで、度を失ったり自己不信に陥ったりせずにすんだ。その夜、カイルからほかのキャストともども夕食に招かれ、歓迎されているという気分を味わえた。とはいえデイヴィッドの態度はやはり悩ましかった。

　また、チュルブスコ・スタジオの古くさくみすぼらしい設備にも辟易した。トレーラーはなく、代わりの部屋には不潔そうな家具が置かれ、エアコンディショナーは気まぐれだった。けれど格別重要な備品は衣装ハンガーで、そこに吊りさげられたワンピースのゴム製スーツを、全員がほぼ毎日着こまなくてはいけない。

　スーツの着用は、悪夢だった。衣装係のアシスタントふたりがかりでも時間を要する。一日の撮影が終了するまでスーツを脱いではいけないといわれた。一度汗をかくと、着直すのは不可能になってしまう。せめてものお慈悲にと、滝のような汗をやわらげるためにTシャツの着用を許された。とはいえスーツのジッパーを締めると――上げ下げするだけでひと苦労――すごくクールにみえ、未来的な威圧感が出るのは認める。

　わたしは映画俳優としてはまだ駆けだしで、監督が撮影のセッティングをしているあいだの終わりのない待機時間に慣れていなかった。カイル、マックス、ユルゲンとわたしはオーニソプターと呼ばれる小さなヘリコプターのようなマシンに座り、ゴム製スーツのなかで汗だくになった。とはいえ、セッティングに払う注意と、何テイクでも撮る労を厭わないデイヴィッドには感心した。俳優三人組は長い一日をなるべく耐えらえるものにするべく努力したが、「撮影終了」の声がかかると、わたしに考えられるのは大瓶のスコッチのソーダ割りを浴びるように飲んで、ホットバスに浸かり、ベッドへ直行することだけだった。

デイヴィッド・リンチはキャストを気遣っていたと、はっきりしておくべきだろう。ヴィジュアルと特殊効果だけを気にかけているという印象は、決して与えなかった。絶えずわれわれの様子を確認し、ときには褒めさえした……とはいえ、わたし個人には一度もない。

絶対に何かある。毎日現場に入るたび、監督と俳優の関係に雪解けが起きるか、少なくとも平常化するのを期待した。デイヴィッドは単にわたしをよく知らないだけで、知り次第、もっとくだけた、あえていえば人間的な態度で接してくれるはずだと信じた。しかし、それは決して起きなかった。確かにわたしに直接話しかけ、ここへ立てとかあっちへ動けとか指示することもあったが、そこどまりだった。数ヶ月ともに働きながら、個人的、もしくは演技に対する指示、真の演出を受けたためしがない。ときどき自分はセットの一部であり、それ以上ではないように感じた。そしてそれが何ゆえなのか、まったくわからなかった。

キャスト仲間との温かくフレンドリーな関係がなければ、とてもじゃないが撮影を耐えきれなかったはずだ。シアン・フィリップスとフレディ・ジョーンズとは英国のテレビで一緒に仕事をした顔なじみで、カイル、マックス、ユルゲンとはすぐにわたしの士気をあげてくれる友人になった。もうひとり、

『デューン』以前に面識がない俳優について触れるべきだろう。四年前、アラン・パーカー監督の『ミッドナイト・エクスプレス』〔一九七八〕をみた。おそろしくもみごとな映画で、記憶に残り、わけても衝動的に残虐な暴力をふるうトルコの看守、ハミドゥという山のような怒れる巨漢が印象的だった。

とある遅い、どんよりしたチュルブスコの午後、小説を手に静かな一角でまるまっていると、だれかの声がした。「パトリック？　パトリック・スチュワート？」影のなかから現れたのは、背の高いずんぐりした人物で、ひと目みて気がついた――いや、まさか！――ハミドゥその人だと。たちまち現実から、映画の記憶のなかに弾き飛ばされ――チュルブスコ・スタジオではなく、イスタンブールの牢獄にいて、めった打ちされるのを待っていた。わたしはショックで立ちあがり、心底おびえ、手をあげて身を守った。ところが、巨漢の男からやっぱり巨大な手がのびて、優しくわたしの両手を包む。それからチャーミングな、親しみのこもる声でこういった。「パトリック、はじめまして。ぼくはポール・スミスです。お会いできて光栄です。ロンドンの舞台をみましたが、すばらしかった。一緒に仕事ができるなんて信じられません」

これこそが演技のパワーだ――揺るぎない確信、能力、そして技術。イスラエル系アメリカ人のポール・スミスはわたしの会ったなかで最も穏やかな、優しい男だった。だがそれでも、これを書きながら彼とふたりきりでいるところを想像すると、恐怖で少しばかり身震いせずにいられない。

撮影に入って二週間目のある日、現場に行くと皆がやけに浮き足だっていた。〝スティング〟なる人物が『デューン』のキャストに加わるとのうわさが駆けめぐった。わたしは基本的にはクラシック音楽のファンで、界隈随一のポップカルチャー通ではないのを気にとめていてほしい。このスティング何某《なにがし》は翌日到着した。彼のゴージャスなルックスとひかえめな態度に、わたしはすぐさま感銘を覚えた。

一日か二日後、彼と共演するシーンの撮影があった。デイヴィッド・リンチと彼のスタッフが撮影現場ではつきものの準備に手一杯のあいだ、われわれはとなりあって座り、出番を待っていた。ひとつむだ話でもしてこの男のご機嫌をとってやろう。

「それで、きみはミュージシャンなんだね？」

「そうですよ」

「どんな楽器を演奏するの？」

彼がわずかに微苦笑するのが感じられた。「ベースです」

「実はね」いまや本格的なおしゃべりモードに入り、「常々不思議だったんだけど、ミュージシャンはどうしてベースみたいな大きな楽器を好き好んで持ち歩くんだい？　不可能だろ」

「いえ、ダブルベースは演奏しません。ベースギターです。エレクトリックのやつ」

わたしはこのスティング某氏といて落ちつかなくなりだした。出だしを間違えたかもしれない。

「きみは……グループで演奏するの？」

「ええ、ポリスで」

わたしはにっこりした。「警察《ポリス》の音楽隊で演奏するの？　ワオ！　そりゃすごい！」

世界屈指の大物ロックスターのひとりと交わした会話が撮影現場に流出したときにわたしがかいた赤っ恥を、決して完全にはぬぐえなかった。それから数年後、ロンドンのロイヤル・フェスティバル・ホールのコンサートでスティングの演奏をきき、彼の音楽に完全に心が弾んだ。最初に会話して以来、彼はわたしを大目にみてくれている。

すばらしい人々と出会うほか、『デューン』の撮影現場にいるもうひとつの大きな御利益は、ヴィヴィアン・リーとオールド・ヴィック一座の海外ツアーのときよりも、じっくりメキシコを探検できたことだ。あのとき見物した先コロンブス期の遺跡に恋をした。今回はメキシコシティをさらに散策した。国立人類学博物館ではアステカ、マヤ、オルメカの驚異的な遺物のコレクションを鑑賞し、街なかの狭いストリートでは様々な建築と延々とつづく食べ物のマーケットをみてまわった。優雅さと手早さを兼ね備え、楽々とタマレ（トウモロコシの粉をこねた生地に具をつめ、トウモロコシの皮で包んで蒸したメキシコの伝統料理）をつくる高齢女性に釘づけになり、一時間ほどその場に立って眺めていた。

平均すると仕事は週に一日か二日すればよく、そのためわたしはさらに遠方へと足をのばした。マックス・フォン・シドーの勧めに従い、シワタネホと呼ばれる海辺の街で、手近な逃亡生活を楽しんだ（映画ファンには『ショーシャンクの空に』〔一九九四〕の重要なロケ地として見覚えがあるかもしれない)。そこで泊まったホテルはウォーターフロントにヴィラの集落を所有しており、まるごと一軒をひとりで使えた。シーラとこどもたちが到着すると、わたしはメキシコシティの裕福なエリア、ポランコですばらしい家を借りた。まるまる十日間出番がないと教えられた期間ができ、家族で初めて一緒に旅行に出た。ユカタン州の北端にあるメリダを個性あふれる素敵な場所とききつけ、フライトを予約した――個性はあったが、ただ、期待とは違った。シーラとわたしがホテルのチェックインをすませたとたん、広々としたロビーを見渡すと、大勢の美しい、裸同然の若い女性に気づいた。ばかげた考えがわたしの頭に浮かんだ。「シーラ、みてみろよ。おれたち……売春宿にいるのか?」

彼女は一秒も躊躇しなかった。「そのようね」

ほかをあたろうとわたしが提案する前に、実際家の妻がいった。「ねえ、もう日も遅いし、別の宿を探すのはたいへんかもしれないでしょ。部屋をみせてもらってそれから決めれば」

そうすることにした。部屋はだだっ広く、アンティークの家具が美しく配置されていた。ベッドリネンは清潔で、悲鳴をあげながら建物から逃げだして消毒する必要があるような兆候は何もない。なるほど四人はひとつのベッドで寝ることになったが、平和な夜を楽しみ、あくる朝は一級の朝食が出た。何はともあれ、メキシコ湾近辺でみつけられる最もファミリーフレンドリーな売春宿だった。

車を借りて、ユカタン半島からカンクンまでドライヴ旅行に出た。カンクンは富裕層向けブラックプールのトロピカル版でしかないとの印象を受けたが、こどもたちは満喫した。そこに三日間滞在したあと、オアハカでひと晩過ごす。メキシコ全土でいちばん気に入った街で、食べ物、住民、そして編み物や彫刻や絵画の制作に従事する職人たちに親しみを覚えた。

観光と家族と過ごした時間はすべて、撮影現場の不穏さに水を差された。デイヴィッド・リンチはキャスト全体に指示を出すとき、カイルやマックスら他の俳優とはなんの問題もなく直接アイコンタクトをとるのに気づいた。ところが、彼の頭がわたしのほうへ振られると、その視線はやはりわたしを素通りした。まるで、わたしが透明人間のように。これは傷つくし、へこむ。

『デューン』をみるのはこれだけ月日がたったいまでも、快適な行為ではない。気合いのなさがにじみ出て、演技は誇れたものではないといわざるをえない。だが少なくとも、デイヴィッド・リンチとのあいだにいったい何が起きていたのか、プロデューサーのラファエラ・デ・ラウレンティスのおかげでとうとう解明した。

ラファエラは伝説的なイタリア映画のプロデューサー、ディノ・デ・ラウレンティスの娘で、彼女自身が映画業界の敏腕家だった。撮影中のある日、夕食を一緒にする時間があるかラファエラがきいてきた。わたしは驚き、喜んだ。ラファエラを好きになってきたからだ。

ふたりがワイングラスを手にするなり、ラファエラはデイヴィッドについて切り出した。デイヴィッドがわたしと距離をとり、よそよそしい態度をとるのに気がついていたという。そして、同時にわたしがデイヴィッドの振る舞いに動揺していることにも気づいていた。

「彼があんなふうに振る舞うのには、理由があるの」ラファエラがいった。

「ききたくて死にそうだ」
『デューン』への道は『ヘンリー四世』を通っているとわたしがいったのを覚えておられるだろうか? ラファエラの説明によれば、一年前、ラファエラとデイヴィッドがRSCの舞台に出ているとある若手俳優と会うため、バービカンへやってきた。ふたりがその人物を検討していた役は、最終的にカイル・マクラクランの手に渡った。バービカンの舞台裏のグリーンルームでラファエラと待っているあいだ、ふらりと入ってきた別のキャストメンバーに、デイヴィッドはピンときた。中年の男で、白髪まじりの長髪がやつれた青白い顔にすだれ落ちている。デイヴィッドはラファエラに俳優の名前を調べるようにいった。男の風貌を気に入ったからだ。

一年後に早送りし、『デューン』はすでに撮影に入っていた。デイヴィッドとラファエラは深刻な問題に直面する。ガーニー・ハレック役に雇った俳優が個人的事情により突如降板したのだ。キャスティング部門との打ち合わせ中、デイヴィッドがラファエラに、ロンドンの楽屋裏でみかけたうらぶれた役者の名前を覚えているかとたずねた。ラファエラはメモをとっていた。パトリック・スチュワート。「スケジュールを調べてくれ」デイヴィッドがいった。「彼なら完璧なガーニーになる」。すかさずキャスティングディレクターがわたしのエージェントに電話を入れ、彼がわたしの予定を伝えた。これが、わたしを大至急ドイツから経費不問でかっさらってくるまでのいきさつだった。

レストランでラファエラの話をきくうち、すべてに納得がいった。デイヴィッド・リンチはバービカンでみた、おそろしくやつれた風貌のヘンリー四世王を獲得したと思ったのだ。演技と食事制限と、すばらしいヘア&メイクアップ係によってわたしがつくりあげた男を。ところが、デイヴィッドのホテルへやってきたのは、無毛の、こんがり日に焼けた、健康的な外見の男だった。

ああ、まったく。思い返すだに恥ずかしくてかなわない。わたしがパトリック・スチュワートだと自己紹介したときの、デイヴィッドの沈黙と混乱。わたしをガーニー役に起用する以外に選択の余地がないことを、彼はすぐさま悟った。わたしは契約をすませ、書類にサインし、どちらにしろ時間が押していた。また、なぜデイヴィッドはときどきわたしが視界に入るのが耐えきれない様子だったのか、少しだけ理解した。わたしは実際、少しばかり彼をかわいそうに思った。それでも、デイヴィッドが何かことばをかけて場の空気をほぐし、あそこまでわたしがいたたまれなさを感じずにすむようにしてくれていたらと思う。

ラファエラの話の断片をぜんぶつなぎ合わせても、わたしは憤慨していた。テーブルに座ったまま、完全にぼう然となった。「その、デイヴィッドはあなたがわたしにこの話をするって知っているんですか？」とうとう、わたしはきいた。

「いいえ」と彼女はいった。「彼には知ってほしくない。心配ごとならもうじゅうぶんあるから。わたしはただ、あなたにちゃんと知ってほしかったの。パット、いわせてもらえばあなたはすばらしい仕事をしているわ」

日が経つにつれ、デイヴィッドはわたしにそれほど構えなくなり、キャストに加わったのが禿げ頭の日焼けした男で、記憶にあるバービカンの俳優ではないという事実を徐々に受け入れていった。たとえ、衣装とメイクアップがその問題を一瞬で解決できたとしても。撮影の終わりが近づき、われわれ主だった俳優の撮影が完了したあと、ラファエラがメキシコシティの粋なレストランで打ちあげの席を設けた。ひどく驚いたことに、デイヴィッドが近づいてきてしばらくわたしのとなりに座り、初めて社交した。わたしの勘では、秘密が漏れた——わたしが（ミス）キャスティングの話をきいたと知り、別れる段になってわたしにとった不愉快な態度をとりつくろおうとしたのだ。

『デューン』以降デイヴィッド・リンチには会っていないが、その後の彼の監督作はすべて楽しんでみた。とりわけ『マルホランド・ドライブ』〔二〇〇一〕と、みんなと同様に画期的なテレビシリーズ「ツイン・ピークス」〔一九九〇～九一・二〇一七〕に驚嘆した。ふたりはメキシコのあとでもう一度つながった。一九九〇年代、わたしは超越瞑想《TM》法に入れこんだが、デイヴィッドは世界的に有名な支持者のひとりだ。どうやってかわたしがＴＭを信奉していることを知ったデイヴィッドは、学校で生徒たちに導入するキャンペーンの支援を求めた。わたしは喜んで手を貸した。すばらしいアイデアだと思う。

『デューン』からまもなく、また別のカルト監督による映画に起用された。トビー・フーパー、『悪魔のいけにえ』〔一九七四〕を撮ったホラー映画の巨匠だ。映画は『スペースバンパイア』〔一九八五〕という題名だった。ミスター・リンチの試みよりも、ぐんと威信が落ちたというにとどめよう。人間の体を乗っとる宇宙の吸血鬼が出てくる映画だ、記憶が確かなら。だが、それはまた別の、わたしに縁があるらしいジャンル、サイエンス・フィクションへの幸先のよい一歩だった。

『スペースバンパイア』でおもに記憶にあるのはわたしの演じる医師が、手術台の上で全裸で横たわる美しい女性にキスをすることになっていたシーンだ。目の覚めるような若いフランス人女優マチルダ・メイが、わたしと唇を合わせるはずの〝スペース・ガール〟を演じた。その後、彼女はスティーヴ・レイルズバック演じる映画の主人公カールセンの形態をとる。そのシーンの撮影準備が整い、服を脱いだマチルダの上にわたしがおおいかぶさる。と、そのときトビーが突然、スペースガールはカールセンに変身するべきだ、わたしがキスするよりも前にと決めた。

　スティーヴはハンサムな男だが、これにはたいへん失望した。ひとつなぐさめになったのは、ふたりの親密な時間が持てなくて自分もがっかりした、とマチルダが優しくいってくれたことだ。とにかく、トビー・フーパーのおかげで、わたしの映画におけるファースト・キスはスティーヴ・レイルズバックとのものだと公式に記録された。

第十五章

両親はわたしが世界的に知られる俳優になるのを目にすることはなかったが、英国の舞台に立つわたしの晴れ姿は楽しんでもらえた。生粋の北部人らしく、ロイヤル《R》・シェイクスピア《S》・カンパニー《C》の舞台をみるためであれ、ふたりは決してロンドンまで南下することはなく、ストラットフォードへ遠征してきたのも一度だけだ。だがシェフィールド、マンチェスター、リヴァプールで舞台に立ったときは、喜んで駆けつけてくれた。

これには胸がいっぱいになった。若いころ父に苦しめられた身としては、わたしの選んだ仕事を誇りに思ってくれたのがひどくうれしかった。わたしのたったひとりの父であることには変わりないのだから。母に関しては、無償の愛と支援を惜しみなく与えてくれ、多大な努力を払ってわたしの演技をみようと妹のアニーをちょくちょくお供に連れて、劇場まで足を運んでくれた。

フリンジ演劇の出演作を母はすべて理解したわけではなかったものの、役者として食べていく夢を果たした息子の姿を喜んでくれたのがうれしかった。また、となり近所の人が〝おれたちのパット〟をテレビでみたと興奮して知らせてくるのよ、ときかされたときもうれしかった（父は似たような報告をパブの飲み友だちから受けて、満足を覚えたに違いない）。

一九七七年、母が突然、この世を去った。兄のトレヴァーに電話で訃報を伝えられ、わたしは葬儀のため北のマーフィールドへ飛んでいった。とうとうブチ切れた父が枕で母を殺したというぞっとしない長男ジェフリーのセオリーには耳を貸さなかった。真相は、貧困、夫の虐待、工場で浴びる化学薬品にふちどられた厳しい七十六年間を母は生き、余力のほとんど残っていない心臓が鼓動をとめたのだ。

葬儀の前日、母に最後の別れを告げにひとりで葬儀場に行った。唐突に、かしこまって遺体と同室した新米新聞記者の日々が甦ったが、あれとは違う。よりつらいと同時により楽でもあった。葬儀社の係員が「お好きなだけ時間をかけて最後のお別れをなさってください」といってドアを閉め、プライバシーをくれた。

トレヴァーからもたらされた訃報の衝撃が覚めやらぬまま、そしていまだに遺体に近づくのに気おくれし、部屋の中央に置かれたふたの開いた棺へ、じりじりと歩みよった。ところが母の顔をのぞきこむ直前、「あら、きたのねパトリックや」という声がきこえた。確かにきいた。想像ではない。

しばらく母のなきがらの前に立ち、涙を流した。訃報欄の取材で訪れた悲しみにくれる親族と、死出の旅に出た愛する者を指していう彼らの決まり文句を思い出した。「立派な死に顔じゃありません？」いまの自分がそうだった。そして、掛け値なしに母は立派にみえた。

母の頬にキスをし、愛していると告げ、お別れをした。

三年後、同じ部屋にいるわたしが、ゆっくりと父の棺に向かっていた。父は母が亡くなったのとほぼ同じ年齢だったが、やはり予期せぬ死で、そしてまたもトレヴァーからの緊急電話で訃報を知った。最後の三年間を父はカウンシルハウスにひとりで暮らした。階段で倒れ、転げ落ちたらしい。発見されたのは翌日になってからだった。

棺にじりじり進みながら、父が母のようにわたしに話しかけてくるのを待ち受ける。けれどそんなスーパーナチュラルなあいさつはやってこなかった。

それでも、部屋のなかに電流が走るのを感じた、まるで父がすぐにも起きあがって、わたしをぶつみたいな。母を弔ったときのように悲しみでいっぱいではなかった。父への根本的な感情は――まだ――怒りと恐怖だった。別れのキスはしなかったが、さようならをいった。

わたしがさらに飛躍するのをみるまで両親に生きていてほしかったと、よく思う。「スター・トレック」や『X-MEN』映画に出たり、『マクベス』や『ゴドーを待ちながら』の舞台に立つ姿を。チャールズ・ディケンズの『クリスマス・キャロル』のひとり芝居版を母は絶対に気に入ってくれたはずだ。それに、バッキンガム宮殿での叙勲式にふたりを連れていったのは間違いない。両親は基本的に英国人であることを誇りにし、サー・パトリック・スチュワートの称号は、深い喜びをもたらしただろう。

しかし、両親に新居を買ってやるような真似はしなかったと思う。たとえ買ってやるといったところで、ふたりは望まなかっただろうから。新興住宅地のカウンシルハウスはキャム・レーン十七番地からは天と地ほども違い、すでにぜいたくに暮らしていると信じていた。それに、母の全宇宙はマーフィールドだ。ほかに行きたいところなど、どこにもなかった。

一九八〇年代初頭にわたしが『デューン　砂の惑星』のような映画に自由に出られたのは、七〇年代が終わりに近づくと、もはやフルタイムのメンバーでいたくないと、わたしがロイヤル・シェイクスピア・カンパニーに申告したためだ。退団は劇的でも袂《たもと》をわかったのでもなく――劇団の舞台には引きつづき出演し、ただ頻度が減っただけだ。一シーズンに一作か二作。わたしはストラットフォードで夢の田園生活を送った。映画とテレビの仕事をかなり継続して受けるようになったいま、よい頃合いに思えた。シーラとわたしはウォーリックシャーの家を売り、ロンドンを拠点に据えてより柔軟な生活を選んだ。

けれどわたしは今日この日まで、RSCのアソシエイトだ。一九八一年、『冬物語』のレオンティーズ役に乞われた。『冬物語』はシェイクスピア後期の作品であり、一般的にはトーンの一貫していない問題作とみなされている。主人公のレオンティーズはシチリア王で、パラノイアに陥り家族と友情をぶち壊すが、どうにか最後に贖罪する。

RSCでのわたしの出演歴を思えば、主役を断る意思はなかった。だが、この戯曲を読んだことがなく、遅まきながら読んでみると、釈然としない話だとの感想に同意せざるをえなかった――この役をどう演じたらいいか、脚本からはまったくつかめない。

ストラットフォードを訪れていたある日、劇場のグリーンルームへ行くと、英国屈指の舞台俳優デイム・ペギー・アシュクロフトがいて、ぽつんとひとりでお茶を飲んでいた。当時七十代のデイム・ペギーは伝説的存在だった。用心深いいつもの習慣を押して、わたしはデイムに声をかけた。「デイム・ペギー、ちょっといいでしょうか？」

「ええ、もちろん」デイムは茶目っ気のある笑顔でこたえ、となりに椅子を持ってこいとジェスチャーした。

レオンティーズ役をオファーされ、それはわたしにとってRSCのメインステージで張る初めての主役となるが、彼が何者で、どう演じればいいやらさっぱりわからない、と相談した。

デイム・ペギーは間髪おかずにこたえた。「断りなさい」そういって、わたしの腕をつかむ。「うんざりするから。レオンティーズを好きな人間はいないの。あなただって好きになれない。虫唾《むしず》の走る役よ」デイムの剣幕に面食らったが、シェイクスピアを演じることにかけては権威者の意見を信じない手はない。

そのあと、デイムは会話の矛先を転じた。「あなた、ヨークシャー出身なんでしょ」。そのことばが、わたしに「デイム・ペギーがおれのことを知っているだと?」との考えを吹きこんだ。「それならもちろんクリケットをやるわよね。打者でしょ、賭けてもいい」。その後の話題はクリケット一色になり、レオンティーズは忘れ去られた。あとになってデイム・ペギーがストラットフォードにいたとき、RSCの舞台に立っていたのを知った。オフステージではクリケットに情熱を傾けたデイムは、俳優の素顔がどれほど謎に包まれているかという例の、最たるものだった。

いっぽう、わたしはレオンティーズを蹴って主役の機会をふいにした。

二日後、『冬物語』の演出家ロナルド・エアから電話を受けた。エアは優れた演出家で、わたしのベテラン俳優の友人が「英国演劇界で最も知的な人物」と評した。それで、会いたいとの要望に応じた。ロンにはすぐ、役柄を好きになれず、どう演じたらいいかわからないと伝えた。彼はしばらく沈黙し、それからこういった。「パトリック、役を演じる必要はない。わたしはきみの仕事をたくさんみてきた。きみのなかにはすでにレオンティーズがいるとわかっている。ただ彼を外へ出してやるだけでいい」

あのような唾棄すべき人物がわたしのなかにいると思われたことを、侮辱ととるべきだったかもしれない。けれどわたしは興味を引かれ、もう一度脚本を読み直すことを承知した。自分の楽屋へ閉じこもり、「入室禁止」の札をドアノブにかけた。読むときはレオンティーズの苦悩に集中した。彼の怒り、不安、乱れたことばづかい、周囲の人間すべてを、わが子でさえも敵意と欺瞞《ぎまん》に満ちているとみなす性癖。

読み進むうち、いつしか自分のこども時代を追体験していた——父親の脅し声をきき、母にふるう暴力を再生し、どうか死んでくれと願った日々。

そのときだった、レオンティーズを理解しはじめたのは。ロンが請けあったように、彼はわたしのなかにいた。はっきりさせるが、レオンティーズは父ではない。それは安易すぎる。そうではなく、レオンティーズはわたしが成長するとともに父について抱いた複雑な感情すべての反映だった。愛情、憎しみ、尊敬、敵意、恐怖、混乱の、めまぐるしいかけあわせ。レオンティーズを演じるために必要なのは、あのころの感覚を呼び覚まして利用することだと悟った。

わたしは方針転換をしてレオンティーズ役を引きうけ、悲惨と魅惑のとばぐちに、何週間も立ちつくした。そんな感情に身も心も任せきった状態で稽古場に入ったことは、一度もない。レオンティーズの忠臣カミロー役にはぴったりの、わたしの親友バーニー・ロイドがある日わたしを脇に引っぱっていき、大丈夫かとたずねた。今回みたいに振る舞うわたしをみたことがない、落ちこんでみえるのに同時にエネルギーに満ちている、そういわれた。

　わたしは役づくりのアプローチをバーニーにうちあけた。多少疑わしげだったが、必要なことはなんであれサポートすると誓ってくれた。わたしはこのくだりを書きながら、オフィスに飾ったふたりの写真を再度眺めている。当時彼が示してくれたわたしへの信頼と、心からの憂慮がみえる。バーニーがすごく恋しい。

　演目は一九八一年の夏、ストラットフォードのメイン劇場にて幕をあけた。わたしのひどく個人的なアプローチは激賞されたといいたいが、賛否両論だった。それでも、わたしのなかに役がすでにいるというロン・エアのシンプルな指摘は、わたしの奥深くに響いた。完璧な俳優となり、イアン・ホルムやデイヴィッド・ワーナーのいる世界に近いレベルで演じるために、くぐらねばならない進化の最終段階にいたる扉の鍵を、ロンがあけてくれたと感じた。それは予期せず開放的な感覚だった。

　教育目的の小さなシェイクスピア一座を組んで、北米の大学キャンパスをまわったとき、わたしはカリフォルニア大学ロサンゼルス校《UCLA》英文科のデイヴィッド・ローズ教授と親しくなった。デイヴィッドはなんと、レオンティーズを演じるわたしをみに、わざわざイングランドまで飛んできてくれた。彼の皮肉な感想は、「自分たちのみているものが、おおやけの舞台にかけるには私的かつ個人的すぎると感じさえしなければ、新聞の劇評と観客の反応はもっとずっと好意的だったろう」だった。そいつは実際、すごい褒めことばだと、わたしはデイヴィッドにいった。

この洞察を武器に、一九八〇年代なかば、わたし自身が生涯最高の舞台と信ずる作品にとりくんだ。一九八五年、わたしにはめったにないことだが、RSCのライバルたるナショナル・シアターの舞台に抜擢された。『エクウス』や『アマデウス』の劇作家ピーター・シェーファーの新作『ヨナダブ』で、ピーター・ホールが演出を手がける。

Jonadabとも綴《つづ》られるYonadabは、旧約聖書に出てくる実在の人物で、ダビデ王の甥にして、宮廷のずる賢い扇動家だ。シェーファーの戯曲では、ヨナダブはダビデの息子アムノンを操って腹違いの妹タマラを襲わせ、タマラがもうひとりの兄アブシャロムのもとに逃げこむと、ヨナダブはすでにトラウマを負った妹を誘惑しろとアブシャロムをそそのかす。ヨナダブは二件の近親相姦を組み合わせれば、約束の地で新たな超支配層が生まれると信じているらしい。あるいは、ただの頭のおかしい変態かもしれない。

もし、これが一九八五年の上々のヒット作にきこえなかったとしたら、そうじゃなかったからだ。『ヨナダブ』は概して悪評を頂戴し、主役を演じたアラン・ベイツにとってそれは受け入れがたかった。アランは英国では敬愛される有名人で、一九六〇年代にジョン・オズボーン、サイモン・グレイ、ハロルド・ピンターの作品に出演して演劇界で名を馳せたのち、映画界のスターダムに進出、ケン・ラッセルの『恋する女たち』〔一九六九〕で悪名高いオリヴァー・リードとの裸のレスリングを演じた。どこにでもいる凡庸な俳優扱いされる時間は、アランにはなかった。

わたしはダビデ王を演じ、稽古中でさえこれは失敗するぞと感じていた。しかし、それは問題ぶくみの素材のせいでもアラン個人のせいでもない。それはたぶんに、俳優と役柄のミスマッチのせいだった――アランはヨナダブを演じるのが好きではないと気づき、そのため役づくりに身が入らなかった。

週明けにはテクリハとゲネプロがはじまる予定の日曜日、不安を感じて気持ちがふさぎ、居間を歩きまわっているわたしをシーラが目にとめた。すぐに空気を読んで、どうしたのかきいた。

胸の内を明かすと、ピーター・ホールに電話して相談してみたら、と提案した。それは演劇の世界においてはもってのほかの行為だった。演目の現状について役者が演出家に話し合いを望むなど、とりわけ準備がここまで進んだ段階では。そんな思いきった手段に出たことはこれまでのキャリアでなく、けれどシーラは正しいと感じた。

ピーターはすぐに電話に出た。わたしは大きく深呼吸をして、ためらいがちに気にかかっていることの説明をはじめた。ピーターは遮らずに話をつづけさせてくれ、勇気づけられた。話し終えると、ピーターが静かにいった。「われわれはどうすべきだと思う?」

再び、大きく深呼吸をした。そして、初日を一週間遅らせて稽古場に戻ってはと提案した。さらに思いきった、おそろしい禁じ手だ。

ピーターはしばらく沈黙したあとで口を開いた。「きみが正しいと思う」。いくつか電話をかける必要があるが、すぐにかけ直すと説明された。

晩になってピーターから電話がきた。「すまない、純粋に不可能だ」。われわれは契約条項と劇場スケジュールに縛られていた。だがわたしの率直な意見を感謝され、そして、それで終わりだった。酷評が出ると、キャストは意気消沈し、楽屋のムードが暗くなった。アランはきく者があればだれかれとなくおおっぴらに上演を打ち切るべき――もしくは単に自分をおろすべきだといった。ピーターはそのうち好転すると説得しようとしたが、無駄だった。

つぎの日曜日の朝がきて、わが家の電話が鳴った。再びピーターからで、今度はヒースローから、わたしにヨナダブの役を引きつがないかたずねた。わたしをおいて適任はいないという。十二回の上演を引きつぐだけでよく、その後は終演になる。ピーターは稽古時間を三日間フルで与えると確約した。考える必要があるとこたえたが、迷っている時間はないといわれた――ニューヨークに向かう便に搭乗する前に知る必要がある。

さて、演目が浴びた散々な評価の嵐に反し、シェーファーが創造した役柄に、わたしは病的なほど魅了されていた。それに、ヨナダブは一瞬も舞台を離れない。だいいち、ナショナル・シアターの堂々たる主役だ。わたしに拒めるだろうか？　イエスといった。

これは、キャストにはすこぶる不評だった。出演者たちは残りの上演がどうにかキャンセルされるのをむなしく願っていた。けれどもわたしができるだけ役に慣れるために開いた緊急の稽古で、彼らも多少はウォームアップをした――アランが残念ながらみいだせなかった何かを、わたしはこの役にみつけた。ヨナダブはおびえて、やけっぱちになっていたのだ、巧妙に策をめぐらしたのではなく。この発見が舞台の方向性を変え、素材を向上させた。ピーター・シェーファーとホールは惜しみなく支援し、感謝してくれた。

劇は十二回上演され、客の入りがわずか十二名の回もあった。しかし、一座がましなアプローチを思いついたという評判がたつと、チケットセールスは少しだけ上向いた。『ヨナダブ』は青息吐息でナショナルでの興行を終えたが、そのあとピーター・シェーファーがわたしに連絡をくれた。ブロードウェイの劇場を数多く所有するシューバート・オーガニゼーションの友人がニューヨークでの再演に前向きで、ピーターも乗り気だった——わたしがタイトルロールを続投するという条件で。ピーターはわたしに当てて素材に少し手を入れるつもりで、そのときはわたしに打診する。二年ほどかかるかもしれないが、ブロードウェイ公演の実現に向かっているとの確信があった。

それをきいて、もちろんわたしはとんでもなくうれしかった。紆余《うよ》曲折の甲斐があった。『ヨナダブ』！　一九八七年にヨナダブを演じる自分を思い描いた。

一九八六年、わたしが主役級の俳優として軌道に乗ったことを示すもうひとつの例として、サウスバンクにあるヤング・ヴィック・シアターの芸術監督デイヴィッド・タッカーからの電話を受けた。ヤング・ヴィックはお察しのとおりオールド・ヴィックの副産物で、より実験的、または若者指向の強い芝居やミュージカルを提供している。電話口のデイヴィッドはずばり要件に入り、エドワード・オールビーの戯曲『ヴァージニア・ウルフなんかこわくない』の稽古をはじめるところだと説明した。映画版〔一九六六〕ではいがみあう主役夫妻ジョージとマーサを、リチャード・バートンとエリザベス・テイラー

が印象的に演じた。

デイヴィッドは苦境に立っているといった。ジョージを演じる契約をした俳優が突然降板したのだ。それで、デイヴィッドはふたりめの候補に躊躇なくわたしを選んだ。まあその、わたしは求められたわけだし、いますぐ欲しいと乞われたことだし。決める前に一日台本を読む時間をもらえるかたずね、受け入れられた。

『ヴァージニア・ウルフ』は長尺の劇だ。ロンドンの自宅の庭に面した居間で第一幕を読み終え、わたしはお茶を淹れに立ちあがった。キッチンにいたシーラがいまのところ台本をどう思うかきいた。ぜんぶ読み終わるまでいいたくないとこたえ、紅茶を持って居間に戻る。判断を保留してよかった。はじめはまあまあ気に入った。だが読み進むほど、どんどん揺すぶられていく。第三幕になるとあまりに激しい感情に襲われたため、一度ならず間をとって深呼吸しないといけなかった。

とうとうジョージとマーサの客である若いカップルが、家主にあいさつをして去るくだりまできた。ジョージとマーサは三時間近くあとで初めてふたりきりになり、そしてその晩の、とりわけマーサが受けた影響でふたりはぐったりする。ジョージは初めて、苦悩し消耗した妻に優しくそっと接する。脚本の最後のページのなかほどまでいくと涙があふれ出し、終えたときには嗚咽を抑えきれなかった。オールビーの戯曲が、わたし自身の結婚の奥深い真実に触れている点に心を動かされ――そしてまた、いわざるをえないが、おののかせた。キッチンに戻るあいだに気をとり直したものの、げっそりして、涙あとの残るわたしの顔をシーラにみられた。

「すごく気に入ったのね？」わたしはそうだと認め、それからこの作品が四日後にはつぎのプロジェクトになると伝えた。だが、それほど心をかき乱された理由は明かさなかった。

わたしの相手役、マーサを演じるのはビリー・ホワイトロー。ロンドンの伝説的女優で、サミュエル・ベケットの戯曲における演技をたいへん高く評価されていた。マシュー・マーシュとサスキア・リーヴスが若い恋人たち、ニックとハニーに扮する。マーシュとサスキアとのわたしの相性はすばらしかったが、上演中、舞台の上と下の両方でいちばん重要な関係は、ビリーとのものだ。残念ながら、抜群とはいかなかった。稽古場でのビリーは冷ややかで、自分が何をしたくて何をしたのかは正確にわかっているようだったが、ビリーのしていることは、しばしばわれわれ共演者と嚙み合わなかった。ふたりで演じる場面では、わたしのすることは何ひとつビリーに届かず、いっぽうわたしはできる限りビリーの演技を自分にとりこもうとした。

観客の目からは、わたしの懸念はおおごとではなかった。彼らと劇評家はビリーのマーサと舞台全体を愛した。公演の終わりに向け、プロデューサーがわれわれに自己紹介をして、ウェストエンドに舞台を持っていく意向だと発表した。

わたしはわくわくした――ビリーが続投を望まないと知るまでは。これは深刻な痛手だった。なぜならビリーがこの舞台のスター、ボックスオフィスの呼びものだったからだ。追いうちをかけたのが、演出のデイヴィッド・タッカーと会ったとき、ビリーがおりたがる理由がわたしと仕事をしたくないからだときかされたことだ。ショッキングにも、わたしには〝威圧的〟な存在感があるそうだ。自分ではまったく思いいたらず、ビリーが直接話してくれていたらと願った。わたし自身舞台で相手に威圧されて苦しみ、実にいやな思いをしたことがあるのだから。

この経験から学ぼうとした——自分の行動を振り返って評価し、間違ったメッセージを伝えたのかもしれない粗けずりな角を磨きあげられないか、気を配る。けれどもやはり、心底がっかりした。ウェストエンドで長期間、六ヶ月かそれ以上ふたりで演じるのを想像していたのだ。そして、興行が終わるころ、ピーター・シェーファーとシューバートがわたしをニューヨークへ連れていき、手を入れた『ヨナダブ』の舞台にかかる。わたしが思い描いた壮大なプランは砕け散った。

そんな次第で、わたしのスケジュールはごっそり空いてしまった。わたしは四十六歳だった。自身で最高の演技と思える舞台に最近立ったばかりというのに、とほうにくれた。

信頼を寄せ、良き友人になったＵＣＬＡのデイヴィッド・ローズ教授に電話を入れて相談した。同情からか本物の興味からかわからないが、彼はわたしに寛大なオファーをしてくれた——ロサンゼルスの教授宅に短期滞在し、その間ワークショップとシェイクスピア・マスタークラスを開く。それは『ヴァージニア・ウルフ』の失望の特効薬になるし、灰色のイングランドから離れて陽光ふりそそぐ地に行けるのも魅力だった。シーラも賛成してくれ、家族と離れるのは寂しいが、すぐに発つことになった。

ロサンゼルスでシェイクスピア研究の客員教授としてささやかな活動をはじめて数日後、デイヴィッドに手伝いを求められた。彼はＵＣＬＡキャンパスのロイスホールで夜間講義をする予定だった——生徒にではなく、興味のある一般市民に向けて。講義の要点を表現する芝居をふたりの俳優に演じさせ、クラスを活気づかせたかった。すでに女性役を演じてもらう友人の女優は確保ずみだ。男性パートを演じてもらえるか？　わたしの〝報酬〟は百ドルプラス、講義のあと、新規開店した〈ＴＧＩフライデー〉ウェストウッド店での夕食。デイヴィッドの頼みを喜んで引きうけ、われわれ全員——俳優、教授、出席者——は楽しい夕べを徹頭徹尾、楽しんだ。

だが、この夜を、おぼろげにしろきたるべき自分の未来との顔合わせになるとは思わなかった。

つぎの日の朝早く、デイヴィッドの家の電話が鳴った。彼は客用寝室にいるわたしをみつけ、受話器を手渡していった。「きみにだよ。きみのＬＡエージェントだそうだ」

当時はエージェンシーのＩＣＭにアメリカ側の代理を頼んでいた。わたしレベルの英国俳優で、ロサンゼルスが拠点のタレントエージェントと個人的に契約している者はそのころまずいなかった。だが、ハリウッドのだれかがわれわれの仕事に興味を示すというめったにない案件が生じた場合、名目上エージェンシーのだれかに代理を頼み、合衆国側の仕事を扱ってもらう。電話口でわたしと話すのを待っていた人物、スティーヴ・ドンタンヴィルはわたしのエージェントだった。彼と話したこともなければ、会ったこともない。

デイヴィッドから受話器を受けとり「もしもし？」というと、スティーヴはすぐに要点に入った。

第十五章

「昨日の晩、UCLAであんた何をした?」と彼がたずねた。「それで、なんでジーン・ロッデンベリーが今朝あんたに会いたがっているんだ?」

第十六章

ジーン・ローダンバリー？　最初に名前をきいたときにはそうきこえた。そして、なぜジーン・ローダンバリーがわたしに会いたがっているのかというスティーヴ・ドンタンヴィルの質問へのこたえは持っていなかった。単純な理由だ。ジーン・ローダンバリーがどこの何者か知らなかったからだ。

スティングを警察の音楽隊でダブルベースを弾いていると思った男が「宇宙大作戦／スター・トレック」〔一九六六～六九〕を何も知らないといっても、驚きはしないだろう。スティーヴがその題名を持ちだして、一九六〇年代のこの伝説的ＳＦ番組のクリエイターが新シリーズを開発中であり、わたしに役を振ることを検討中らしいと説明したとき、どことなくなじみがあるような気がした。思い出した。こどもたちがまだ幼いころ、マチネとソワレのあいまにお茶をしに帰宅したとき、ダンとソフィーがテレビの前に陣どって、色つきの長袖シャツを着た男たちの出ている番組をみていた。番組は「スターウォーク」だか「スタートラック」みたいな題名で、座って一緒にみたことはなくても、こどもたちが夢中で、父親に邪魔されずに最後までエピソードをみたがっているのはわかった。

話がよくみえないというと、スティーヴは電話越しにため息をついて、それから小さなこどもを諭すように、点と点を結んでくれた。有名なハリウッド・スタジオのパラマウント・ピクチャーズが「スター・トレック」の新シリーズを立ちあげ、「新スター・トレック」（Star Trek: The Next Generation、略してTNG）と題した。ウィリアム・シャトナー扮するカーク船長とレナード・ニモイ扮するスポックが活躍した時代から百年近い未来を舞台とし、登場人物は一新される。新シリーズのプロデューサー、ロバート・ジャストマンが昨晩ロイスホールにきており、デイヴィッド・ローズ教授が演出したわたしの演技を楽しんだ。ジャストマンはジーン・ロッデンベリー――「スター・トレック」の生みの親の正しい名前――にわたしと会うように勧めた。その朝の午前十一時にジーン宅をわたしが訪問する。それには身じたくをして歯を磨くだけの時間しかない。

ハリウッドヒルズの某所まで、レンタカーを走らせた。一九五〇年代に建てられた平屋の家はごくありふれた外観で、少々手入れの必要がありそうだった。ドアをノックすると笑顔を浮かべた金髪の男が応対し、ロバート・ジャストマンだと名乗った。玄関マットの上に立つわたしに、ロバートはロイスホールでの講座と、わたしが演じた様々な役柄をどれほど気に入ったかを話してくれた。そのあと、なかへ通された。

室内ぜんぶ――廊下、居間、それから垣間みたあらゆる空間――の床に、むかつくような緑色の、毛足の長いカーペットが敷かれていた。居間でわたしを待っていたのは、ふたりの男性だ。ひとりは背が高くて恰幅《かっぷく》がよく、苦労しながら安楽椅子から立ちあがって握手をした。男はジーン・ロッデンベリーだと名乗った。

終始、非常に気まずかった。二言三言社交辞令を交わしたが、わたしは座るようにいわれなかった。それどころかほんの数分後にはロッデンベリーが会話を中断し、突然わたしを向いて「きてくれてありがとう」といった。

どうやら打ち合わせは終わったようだ。ロバート・ジャストマンがドアまで案内し、再び力強く握手をした。彼はいいやつだが、会合全体は非常に不愉快で、わたしは外へ出られてせいせいした。数ヶ月後ロバートをもっとよく知るようになったあと、顔合わせがあんなてんまつになったことを詫びられた。わたしが辞したあと、ジーンはわたしを推薦したことで彼を罵ったという。その二ヶ月後、プロデューサーのリック・バーマンが揺籃期の「新スター・トレック」チームに加わったころ、わたしの名前が再度、キャスティング会議中に浮上する。リックはロバート同様わたしを熱心に推し、あきらかにそれがかんに障ったジーンは、さらに激しく反応した。「わたしの前で〝パトリック・スチュワート〟の名前を二度と出すな！」

とはいえ当時のわたしは何も知らず、奇妙な短い打ち合わせのあとデイヴィッド・ローズの家に戻ると収穫ゼロだったよ、と話した。UCLAであともう二回ばかりワークショップをやり、それからサンタバーバラへ移動してさらに何度かやった。終わるとロンドンに戻り、ロッデンベリーとの打ち合わせはあのひどいカーペットをのぞき、ほとんど記憶から消え去った。そのころのわたしの使命はビリー・ホワイトローの代役をリストアップし、われわれの『ヴァージニア・ウルフなんかこわくない』の舞台をなんとかウェストエンドに持っていけるようにすることだった。

だがその方面でわたしにツキはなく、イングランドに戻っても正直いって仕事はほとんどなかった。中年で、人生の曲がり角に立ち、現実を悟った。俳優としての持ち駒を、おそらくは使い切った？パット・スチュに配られたカードに、真の当たり役は皆無？　理由がなんであれ、英国のスカッシュ・チャンピオンでも目指してみるかと考えた。常々スカッシュをたしなんできたが、まじめに励んだことはない。今回は違い、精力的にトレーニングをして毎日プレイした。だが、おそらくゴムボールを繰り返し壁に打ちつけながらわたしが本当にやっていたのは、俳優として行き詰まった不満をぶつけていたのだと思う。

そして、自分に正直にならなくてはいけない。スティーヴ・ドンタンヴィルからの電話が、わたしに新たな野心を植えつけた。ハリウッドはどうだろう？ アメリカでテレビと映画の仕事を追求してみたら？ 映画に出て見返りがあった英国人俳優だっている。やってみるべきか？ それとも、すでに一度きりのチャンスを逃したのか？

野心と実存的落ちこみがないまぜになって悶々としていると、電話が鳴り、出てみればよりによってスティーヴ・ドンタンヴィルからだった。彼の知らせは、驚くべきものだった。「新スター・トレック」のプロデューサーたちがわたしにロサンゼルスへ戻ってほしがっている、今度はとある役のオーディションのために——特定はされていないが、実があった。

できるだけ早く機上の人となり、まもなくパラマウントのゲートについたときにはおそろしく興奮していた。ゲートをさっさと通されたあと、目の前のテーブルに横並びについているのは、プロデューサーとキャスティングの担当者たちだ。「書抜《かきぬき》」（オーディション用の台本のページをそう呼ぶ）の内容はあいまいだった——Qのセリフを読んだように思う。最終的に、そしてふさわしく、芸達者なジョン・デ・ランシーがものにした役だ。オーディションはうまくいったように思えた。みんなが愛想よく、ただしジーンはわたしにまったく声をかけなかった。そして、それで終わり――ロサンゼルス空港からヒースローへ。わが家へ、シーラとこどもたちのもとへ、そして再び当面の無職状態へ戻る。

まだ時差ぼけも治らないうちに、スティーヴがまたもや電話してきた――週明けの月曜日、午前九時にロサンゼルスに来いという。今度はパラマウントのテレビ部門重役の前で読む。さらに、おまけがあった。これは主役たる〈U.S.S.エンタープライズ〉新艦長のオーディションだ。主役候補には最終的に二名残り、ひとりがわたしだった。きた。でかいのがきたぞ。

とって返すまでに四日あり、身のまわりの荷物をまとめた。デイヴィッドの家にもう一度泊まらせてもらう。土曜日に着いた。パラマウントはすでに新たな書抜をブレントウッドのデイヴィッド宅に配達ずみだった。わたしの読む役の敬称が「艦長」なのはわかったが、ジャン＝リュック・ピカードの名前はまだ出てこなかった。

また、わたしが乗り換え中に身の毛のよだつドラマが起きていたのを知った。ヒースローで搭乗中、ロンドンのエージェントから自宅に電話があり、シーラが出ると、パラマウントの連中から連絡がきて、わたしがかつらを持っているか、もし持っているならオーディションに持ってこられるかきかれたという。シーラは急いでわたしの〝オーディション・ウィッグ〟をクローゼットの置き場所からとってくると箱に入れ、ブリティッシュ・エアウェイズの使いに渡し、ロサンゼルス行きの後発便に乗せられた。

わたしのかつらがファーストクラスで飛んだのかどうかは知らない。ともかく日曜までに到着し、わたしはロサンゼルス空港へ運転して戻り、箱を受けとった。月曜の朝にパラマウント・スタジオの屋外撮影所まで車を走らせたとき、かつらはブリーフケースのなかにおさまっていた。

もうひとつ、斬新なひねりがこの経験全体にある。同じ日曜日、デイヴィッドの家にいるわたしにコリー・アレンという人物から連絡があり、「スター・トレック」新シリーズのパイロット・エピソードの監督だと自己紹介した。自分は指揮系統からはずれて動いていて、この電話をプロダクション上層部は関知していないという。だが、翌日のオーディション前の午前八時に落ち合い、ふたりで台本の読み合わせをするのをどう思うかときかれた。それはすばらしいアイデアにきこえる、と返事をした。それにまた、彼の名前にピンときたが、どこできいたのかまでは思い出せなかった。

四月のその月曜日は、幸先よいスタートとはいかなかった。パラマウント・スタジオの有名なメインゲートまで運転していき、守衛室でわたしの名前を尊大ぶって厳かに告げ、通されるのを待つ。ところが、レンタカーのなかで待つあいだ、守衛ふたりが戸惑った調子で話し合うのを眺めていると、ひとりが戻ってきて撮影所に駐車する許可がわたしにはなく、引き返して路上のどこかで駐車スペースをみつけるようにといい渡した。わたしはとても重要な打ち合わせの予定があり、ロサンゼルスの通りには通じていないと抗議した。しかし、守衛はほだされなかった。

このやりとりのあいだにも背後には短気な従業員を乗せた車の列が増えていき、ストレスをさらに煽った。だが、わたしのすぐうしろにつけた車に乗った魅力的な若い金髪女性に救われた。女性は守衛室まで突進していくと、こういった。「この人がだれか知らないの？　パトリック・スチュワートよ。スタジオの重役たちとすごく大事な打ち合わせがあるんだから。遅刻させちゃだめでしょ」。守衛たちはすぐさま彼女に従ってわたしを通した。女性はすぐに自分の車に戻ったので、このよきサマリアびと（善意の人のこと）にお礼をいえず、彼女がだれかもわからなかった。

撮影所に着くと、気分はずっと晴れた。わたしはここにいる、ハリウッド映画をみて育ったマーフィールドの少年が、パラマウント・ピクチャーズの有名な通りを運転し、サウンドステージとプロダクション・オフィスの前を走っている！　パラマウントはとりわけロマンチックな外観の、ハリウッド界隈では唯一、草創期から中断することなく実際に操業しつづけているスタジオだ。

コリー・アレンの〝オフィス〟をみつけた。それは、実際にはスタジオの撮影所《ロット》でときおりみかける、キャビンに似た間に合わせのトレーラーだった。コリーはポットにコーヒーを用意して待っており、すぐに読み合わせに入った。紳士的な五十代の男性のコリーは、すばらしいダイアログコーチだった。役立つ指摘をいくつもしてくれ、とりわけ、声の大きさを落とし、もっと会話らしくすべきだとのアドバイスにはっとなった。演劇と史劇スタイルの映像作品を主軸にやってきたせいで、大声でしゃべるくせがついていたから、これは絶対に気をつけなくてはいけないことだった。コリーはまた、自分がわたしと会っていることはだれも知らず、秘密にしておくように念を押した。あきらかに、わたしは彼の推している候補だった。こそこそ会わないといけない点に多少どぎまぎしたが、ハリウッドの流儀に不案内すぎて、どう判断したものか見当つかなかった。

四十五分ほどセリフを練習したあと、われわれは「新スター・トレック」のプロダクション・オフィスへ向かう。もし関係者のだれかに出くわしたら、途中で出会ったことにしろと入れ知恵された。脇のオフィスへ案内されると、ヘアドレッサーがオーディション用のかつらと一緒にわたしを待っていた。

しかして、そのヘアドレッサーとは？　ゲートで守衛たち相手にわたしを擁護してくれた若い女性その人だった。名前はジョイ・ザパタといい、それが素敵な友情のはじまりだった。わたしの到着に備えて送られてきた顔写真で、ジョイはわたしがわかった――オーディションのためにわたしにかつらをつける担当がジョイで、ジョイはリサーチを怠らなかった。ジョイは仕事にかかり、その朝かつらを整えてくれた。そのあととなりの部屋に行くと、パラマウントのお偉方が待っていた。

三人の重役とキャスティング担当の人物がふたりいて、ひとりがわたしと読み合わせをするといった。そのとき、それまでずっと沈黙していたコリーが声を張りあげた。「ぼくがパトリックの相手をつとめても構いませんか？　自分は俳優だから役に立てると思うんです」。ああ、コリーは俳優だったんだ。そうか！　あとで、なぜ彼の名前にききおぼえがあるかが判明した。『理由なき反抗』〔一九五五〕でジェームズ・ディーンに車のレースを挑んで転落死を遂げるチンピラ、バズ・グンダーソンを演じる俳優として記憶にあったのだ。いまや彼は引っぱりだこの、エミー賞を受賞したテレビ番組の監督だった。

コリーの提案に異議は出なかったため、彼はわたしにうなずいた。「用意はいいかい、パトリック？」そして、ふたりは読み合わせをはじめた。シーンはふたつあった。ひとつ目を読んだあと、コリーがわたしによかったよといい、けれどふたつ注意点を挙げてもう一度読んだ。終えると、重役のひとりがいった。「これ以上きく必要はないと思う。ご苦労様、パトリック。追って連絡する」

ふたつ目のシーンにかかりさえしなかった。それはいいしるしなのか悪いしるしなのか？　さっぱりわからない。それが俳優の運命だ――何かがわかるまで、何もわからない。

小さな隣室に引っこむと、ジョイ・ザパタが美しい顔に大きな笑みを浮かべて待っていた。吐息のようなささやき声で彼女はいった。「すばらしかったわ。頭からそれをとりましょう」。とってしまうと、確かにもう少し楽に息がつけた。ところが、突然ドアにノックがして、重役たちが歩いて入ってきた。「くそ、悪い知らせがくるぞ」。けれど彼らがしたのはもう一度わたしに礼を述べ、いい一日をといっただけで、すぐに出ていった。ドアが閉まると、ジョイがほがらかにぴょんぴょんジャンプしはじめた。「どうしてあのひとたちがあんなことをしたかわかる？　かつらなしでどうみえるか、確かめたかったのよ。それで、みたものを気に入ったんだと思う！」

この役の別の候補者がオーディションにくるのを知っており、それがだれであろうと会いたくないのは確かだった（「スター・トレック」をめぐる歴史で俳優の名前がいくつか挙がっているのをみたが、特定はできていない）。急いでかつらをブリーフケースに詰め、ジョイをハグして外へ出る。まっすぐ車に戻り、どこかへ車を走らせて遅い朝食を楽しむつもりだった。しかし、二度と再びパラマウント・スタジオの撮影所にくる機会はないかもしれないとの考えが浮かび、少しセルフツアーをしようと決めた。サウンドステージ群を歩いて通りすぎながら、お気に入りの映画が撮影されたのがどれかわかればなぁ、と思いをめぐらせる。バックロットまでぶらぶら歩いていくと、都会の一区画がまるごと建てこまれていた。水中シーンを撮る〝タンク〟にも行きあたった。背後には巨大なグリーンスクリーンが張られ、ポストプロダクションで監督がどんな背景にも指定できるようになっていた。

そのうち、はらぺこなのに気がついた。朝からまだ何も食べていない。名残りを惜しみつつスタジオをあとにし、通りを流しているとメルローズ・アヴェニューでよさそうなコーヒーショップをみつけた。そばには大きな新聞の売店があり、英国紙の日曜版を売っている。完璧だ！　数紙を買い、メルローズをみわたせるブースに腰をおろし、新聞を読みながらボリュームたっぷりのアメリカの朝食を食べた。そして、ロサンゼルスの人々が通りすぎるのを眺める、おそらくはこれを最後に。

いっぽうそのころ、わたしがどこにいるのか、どうすれば連絡がとれるのか、だれもまったく知らなかった。こういった問題は電話と一心同体の現在からは想像もつかないが、一九八〇年代後半の人間は、周囲から完全に、ただ消えることができた。それがまさしく、わたしのしたいことだった、たとえいっときでも。もしわたしが抜け目ない事情通のハリウッド俳優であれば、即刻固定電話にしがみつき、スティーヴ・ドンタンヴィルからの吉報または凶報を待っていただろう。しかしわたしはしばらくのあいだ、ただ息抜きがしたかった——そして、そうした。二時間半の恵み多い時間を過ごした。

ではここで、わたしが朝食を楽しむあいだに何があったのか、頭のくらくらする再現をしよう。

オーディション直後の午前九時半ごろ、スティーヴにパラマウントから電話が入り、わたしに「新スター・トレック」のジャン＝リュック・ピカード艦長役をオファーしたいとの意向を伝えられた。わたしがデイヴィッド・ローズ宅に滞在しているのを知っていたスティーヴは、すぐに彼の家に電話をした。デイヴィッドは不在だったが、当時のパートナーのジムが出て、ＵＣＬＡで講義中だと教えた。もし緊急の用件ならば、大学の英文科に電話をすればつないでくれるとジムは助言した。

スティーヴは助言に従い、デイヴィッド・ローズ教授の客人のパトリック・スチュワートにできるだけ早く契約してもらう必要があると説明した。英文科とのわたしの関係は良好だったため、喜んで協力してもらえた。だれかがデイヴィッドの教室にメモを持っていった。それを読んでデイヴィッドはすぐに生徒に自習を指示し、それから自分のオフィスへ向かった。幸い、ホーマー・スワンダー教授とランチをとるつもりだとわたしがいっていたことをデイヴィッドは思い出した。旅するシェイクスピア教育プログラムを発案したアメリカ人の学者だ。どういうわけか〝マーフ〟とあまねく呼ばれるホーマーは、カリフォルニア大サンタバーバラ校に在籍していたが、マーフをよく知るデイヴィッドは、ロサンゼルス滞在時にどのホテルに投宿するか把握していた。

わたしが立てたプランは、ホテルでマーフを拾ってそれからランチに行く。彼の部屋のドアをノックし、マーフが開けたとたん電話が鳴った。マーフが出て、それからちょっと不思議そうにいった。「きみにだった。デイヴィッドだよ」

デイヴィッド・ローズは興奮で息を切らしながら、エージェントのスティーヴが至急きみに連絡をとりたがっているが、理由は知らないといった。それで、わたしはマーフに断ってその後すぐスティーヴに電話をした。スティーヴはハリウッド・エージェントの怒りでカンカンになってわめいた。「いったいどこにいたんだ⁉」

それから、やや口調を緩めてつづけた。「何時間も探してたんだぞ！　パラマウントがきみに艦長役をオファーしている。明日ふたりで会って話し合い、先方に返事をする必要がある。早めのランチをとろう」。スティーヴはレストランの名前をいった。彼の勤め先の、古いＩＣＭビルが立つビバリー大通りの向かいにある店だ。「昼の十二時、そこで落ち合う。遅れるなよ。ああ——おめでとう、ところで」。いったよね、頭がくらくらするって。

その晩はデイヴィッドの家で、家主が特別なディナーを料理してくれ、ワインをしこたま飲んだ。翌日は酒が残っていたが、スティーヴ・ドンタンヴィルと会う——初対面だ——時間までには頭がすっきりしていた。すぐに彼を好きになった。意外にも、パワースーツではなく、カジュアルな服装の小柄な男だった。電話口よりもじかに会うほうがはるかに気さくではあったが、〝おれを甘くみると痛い目にあうぞ〟という雰囲気を自然に発散させていた。

スティーヴのオフィスに連れていかれると、書類の山が印刷されていた。大部分はわたしには意味不明だったが、〝報酬〟の項目にくると、スティーヴが簡潔に要約してくれた。すぐにはっきりしたのは、これはそれまでわたしがみたことも想像したこともないような額だったことだ。アメリカのテレビシリーズの主役を張る俳優にしてはひかえめな額だとおいおい学んだが、そのときは知るよしもなかった。

スティーヴが第一シーズンのエピソードごとの報酬額を述べたとき、わたしは繰り返すよう頼まなくてはならなかった。それから紙に書きつけた。「いやまさか」と思った。「わたしの名前のとなりにそんなケタの数字が並ぶのをみたことがない」

だが、本当に驚いたのは、シーズンを重ねるごとにサラリーがあがる恩恵があるとスティーヴが説明したときだ。「シーズンを重ねる」とはどういう意味かわたしはたずね、すると彼はいくらかいらだって返事をした。「その意味はだ、きみは六シーズン分の契約をする」

六シーズン？　わたしの人生の六年間？　なんだと？　実際に声に出していったかもしれない。スティーヴはまったく意に介さなかった。「それが標準だ」

「でも、それはできない、スティーヴ。わたしは……他にすることがあるんだ。ほら、ピーター・シェーファーの戯曲の『ヨナダブ』とか……」

　スティーヴはまるでわたしの頭がイカれたかのような目つきをした。

「これより重要なことも、金銭的にうまみのある話も、きみのこれまでの全キャリアを通じてありはしない」。とうとう彼がいった。「第一、未来があると決まったわけじゃない。だがね、これは私見だが、最初のシーズンが無事に最後まで行ったらラッキーだ。オリジナルの『宇宙大作戦』の成功を繰り返すことはだれにもできないさ。感謝祭までもてばラッキーだよ、正直いって」


　その後の数ヶ月、打ち合わせの席でほぼ毎回、同じ文言をどれほど繰り返しきくことになるかを予期していなかった。アメリカのテレビ業界をよく知り、ロサンゼルスで一定期間仕事をしたことのある俳優の知人が何人かいて、相談すると、みんなが口をそろえてスティーヴがいったことを繰り返した。ひとりがこういったのをよく覚えている。「いいから契約書にサインしろよ。仕事をして、人生で初めての額を稼いで、日焼けをして、女の子のひとりかふたりとお近づきになって、それから家に帰ればいい」

　だが、異議を唱える声がひとつあった。イアン・マッケランとはまだ親友ではなかったが、ロイヤル・シェイクスピア・カンパニーの顔なじみだ。われわれのテニュアは重なっていたのに、なぜか同じ舞台に立ったことは一度もない。わたしはイアンの仕事をたいへん尊敬していたが、わたしよりはるかに能力が上だとみなした他の同業者と同様、敬遠していた。しかし、この「スター・トレック」騒動が持ちあがっているあいだ、イアンはたまたまロサンゼルスにいたため、ランチに誘った。

契約書にサインするところだというと、イアンはほとんど体を張って阻止しようとした。

「だめだ！」彼はいった。「よせ、サインするんじゃない。舞台の上で、はるかに重要な仕事がきみを待っているんだ。それを捨ててテレビをとるなんて間違っている。あり得ない。やめろ！」

相談相手として、とくにこと演技に関して、イアンよりも信用している人物はそう多くない。だが今回に限っては、こちらの準備ができているときは舞台はいつでもわたしの人生に戻ってくるが、ひるがえってアメリカのテレビシリーズの主役をオファーされる機会は、二度とこないかもしれないと感じる、と彼に反論せねばならなかった。イアンは、まるでわたしが軍隊に志願したかのように悲しげに首を振ったが、それでも幸運を祈って大きなハグをしてくれた。

その後何年ものち、われわれはよき友人、かつ『X-MEN』の同僚になり、彼が間違っていてわたしが正しかったとイアンは認めた。実際、何度も——基本的に、イアンにそういわせるのが好きだったからだ。

とはいえイアンの助言はわたしにインパクトを与えた。たとえわたしの同胞と業界の大半が、番組の未来についてどれほど悲観的な予測をしようと、全力でとりくもうと自分に誓った。「新スター・トレック」を貧乏英国人俳優の有給休暇などとシニカルに受けとめるつもりはない。やがてそれはわたしのオブセッションになり、万難を排してでも自分を捧げるようになる。この誓いをかたくなに守りすぎ、不健康の域に入りこんでいたといまならばわかるが、四十代なかばのわたしはもうこどもではなく、大きなチャンスはつきかけていた。そのときよりほぼ二倍歳を重ねたいまでさえ、ときどき同じように感じる。

信じようと信じまいと、運命的な月曜日の展開に混乱するあまり、シーラに電話をして現状を伝えるのをすっかり忘れていた。思い出したときには自分を蹴り飛ばしたが、ロサンゼルスとロンドンの時差を考えると、夜が更けすぎていた。

いまにして思えば、無意識にシーラに電話するのを引きのばしたのは、それが難しい会話になるとわかっていたからだ。最後のオーディションのために合衆国に飛んだとき、この役をものにできそうなみこみにシーラが盛りあがってはいないのを知っていた。ふたりとも、その仕事を引きうければ大半の時間をカリフォルニアで過ごすことになるとわかっていて、すでにふたりのあいだには、撮影地を問わず映画に出ようとするわたしの野心をめぐって少なからぬ緊張があった。わたしのいいわけは、カリフォルニアへ移住すれば、ふたりの結婚にポジティブな効果をおよぼして修復できるはずだと——新鮮なスタートになるということだった。けれどシーラはロサンゼルスを好きになれず、自身がイングランドで立派なキャリアを持っていた。

火曜日に電話をいれたときは、悪くなかった。シーラは祝福してくれ、役をもらえてうれしいといった。だが、それからロジスティクス面の質問がきた。「いつからはじめるの？　どこに住むの？　家からどれぐらいの期間離れることになるかわかる？」

わたしは機会を逃すまいと勢いこんで飛びこみ、そういったことはまったく考えていなかったと認めた。ところがいまやそれが目の前に迫り、そして、ジャン＝リュック・ピカードがいる。「パトリック」わたしは思った。「お前の人生はこれから劇的に変わるぞ」

第十七章

一九八七年五月二十九日に「新スター・トレック」の撮影がはじまるとの通達があり、契約書にサインしてから数日後にはロンドンに戻った。イングランドでの生活を整理してカリフォルニアに居を構えるまで数週間しかない。わたしは北部のヨークシャーに旅をして、兄のトレヴァーとその家族に大ニュースを伝えた――しばらく会いにこられない理由を知っていてほしかったからだ。

家に戻ると、こどもたちはよりによってわたしが〈エンタープライズ〉の新艦長になると知り、おもしろがった。ふたりは「トレック」のファンであり、わたしのではなかった。けれど寛大にも、いまではそう呼ばれているように、〝オリジナルシリーズ〟の速修コースと、番組がポピュラー文化全般におよぼした影響を教えてくれた。「宇宙大作戦／スター・トレック」は六〇年代後半にＮＢＣで放映され、三シーズンのみで終了した。一九七〇年代にシンジケーションで再放送されるとアメリカ国内でカルト的な地位を獲得し、人気は急速に世界的規模に拡大する。一九八〇年代にはパラマウントのうしろ盾のもと、ジーン・ロッデンベリーは「スター・トレック」フランチャイズをオリジナルキャスト出演の大成功映画シリーズとして復活させた。われわれの番組「新スター・トレック」は、ジーンの地球征服計画のつぎなるフェイズだった。

わたしのこどもたち、ダンとソフィーはまた、父親の「トレック」の無知ぶりをからかう機会を逃さなかったとも、つけ加えておこう。ふたりはウィリアム・シャトナー演じるカークとレナード・ニモイ演じるスポックのセリフを、わたしがわからないのを百も承知で目の前で引用し、困惑するわたしの様子をみて悦に入った。とはいえ、もちろんこどもたちは興奮した。無味乾燥な韻文を舞台でしゃべっている退屈な父親が、自分たちが好きな作品の仕事をするなんて信じられないでいた。シーラは平静を装い、タイムゾーンをいくつも隔てる生活を今後送っていく方法を、ふたりでみつけられるよう願った。こどもたちは単純に、学校が休みに入ったらロサンゼルスに行けると喜んでいた。

その時点で、オリジナル・キャストによる「スター・トレック」長編映画は四本あった。『スター・トレック』〔一九七九〕『スター・トレック2　カーンの逆襲』〔一九八二〕『スター・トレック3　ミスター・スポックを探せ!』〔一九八四〕『故郷への長い道　スター・トレック4』〔一九八六〕。新しい仕事に備え、四本を順番にみていく。映画は六〇年代に制作されたテレビシリーズよりも、参考になる点が多々あった。感受性とプロダクション・ヴァリューにおいてより現代的になり、俳優たちは単調な演技になりがちなテレビよりも、映画のほうがよりシャープな演技を披露できるのを心得ていたからだ。

それだけの準備を終え、五月なかば、ロサンゼルスに戻った。デイヴィッド・ローズの申し出をありがたく受け、仕事に通う最初のひと月はデイヴィッドとジムが住むブレントウッドの家に身を寄せさせてもらう。不安に苛まれていたわたしにとって、家に帰って〝家族で食卓を囲む〟ことができるというのはたいへん意味があった。でなければ異国の大都会でひどい孤独をかみしめながら、テイクアウトの食事をする羽目になるところだった。

第一シーズンの後半、英国人の知人がベルエアに構える家に移った。家はすばらしい眺望とスイミングプール付きで、ピカードの引きしまった体形を維持するために毎日泳いだ。ぜいたくできたが、「新スター・トレック」の仕事をはじめて何週間かをデイヴィッドとジムの家で食客としてもてなしてもらえたのが、何よりありがたかった。毎晩撮影から帰ると家主が夕食を用意して待っており、わたしが必要とした友人とよい食事とくつろげる空間を提供してくれた。ふたりはしょっちゅう客を呼んだが、とても興味深い人たちばかりだった。お返しに、わたしは撮影現場で起きた四方山話《よもやま》をたっぷり披露した。

なんというクルーだったろう、〈エンタープライズ〉の新しい士官たちときたら！〝有名〟俳優はたったのふたりしかおらず、彼らはキャストのなかの年少組だった。三十二歳のレヴァー・バートンは十九歳のときに壮大なミニシリーズ「ルーツ」〔一九七七〕のクンタ・キンテを演じて有名になり、八〇年代にはPBS局のこども番組で、多大な影響力のあった「*Reading Rainbow*」〔一九八三〜二〇〇六〕の司会者としてさらに名声を高めた。そして、十五歳のウィル・ウィートンは一年前に公開されたロブ・ライナーのヒット作『スタンド・バイ・ミー』〔一九八六〕に出演し、優しさと沈着冷静さを体現して世界中の耳目《じもく》を集めた。レヴァーが演じるのは、特製ヴァイザーで視覚を与えられた盲目の操舵士ジョーディ・ラ＝フォージ。ウィルは艦の医療士官ドクター・ビバリー・クラッシャーの早熟の息子、ウェスリー・クラッシャーを演じる。

残りのキャストは様々な経歴の、いまだ大ブレイクに賭ける運試しとばくち打ちの面々だ。ダンスの正統的なトレーニングを受け、振付師としてまったく別のキャリアを持つゲイツ・マクファデンが、ドクター・クラッシャーに配役された。テレビドラマを渡り歩くジョナサン・フレイクスは、ピカードの副官ウィリアム・ライカー、別名〝ナンバー・ワン〟を演じる。ニューヨークの舞台とシットコムの経歴を持つブレント・スパイナーが扮するのは、アンドロイドのデータ少佐だ。長身にして低音《バッソ・プロフンド》の声を持ち、ロックバンドで演奏し、警察ドラマ「白バイ野郎ジョン&パンチ」〔一九七七〜八三〕に出演歴のあるマイケル・ドーンは、クリンゴン人の戦術士官ウォーフを演じる。伝説的な歌手ビング・クロスビーの孫娘で、ソープオペラ出身のデニス・クロスビーが保安主任ターシャ・ヤー役に抜擢された。そして、ギリシャ人の両親を持つ英国人のマリーナ・サーティスは、わたし同様演劇学校で訓練を受け、最近ロサンゼルスへ活動拠点を移した。マリーナが演じるのは、艦のテレパスにしてエンパスのカウンセラー兼予言者ディアナ・トロイ。最初のころは、とりわけマリーナに救命ボートのようにしがみついた。文化的価値観を共有する同志をどうしようもなく必要としたからだ。マリーナは北イングランドではなく北ロンドンの出身だったが、労働者階級と演劇学校出身の経歴、サッカーへの情熱という共通項がある。マリーナは過去も現在もトッテナム・ホットスパーの熱烈なサポーターだ。わたしのクラブ、ハダースフィールド・タウンとはいまや格の違うフットボールクラブではあれど、ハダースフィールド・タウンにはイングランドフットボールリーグのどのクラブにも劣らない百年の歴史があり、〈エンタープライズ〉のブリッジにその名前をきいたことがある人物がいるのは、ものすごく心強かった。

　われわれは自分たちのトレーラーの惨状を嘆きあい、すぐにグループとして結束を固めた。誤解しないでほしい——全員がこの仕事をもらえて有頂天だったし、ディーバ的なかんしゃくを起こしているのではない。だが、テレビのシリーズもので仕事をする場合、週に五日、一日に十二時間かそれ以上、トレーラーがわが家になる。台本を研究したり、仮眠をとったり、頭をすっきりさせるための避難所だ。それで、われわれのトレーラーは？　まあ、地方劇団でさえましな設備だった。各自小さな箱型のキャビンをあてがわれ、壁につくりつけの片方がさがった棚に、ブタ箱でしかお目にかからないような薄いマットレスが敷かれている。それに加え、小さなテーブルと硬くて座りにくい椅子。しかも、トイレもシンクもなし。ロットの全員にまじって共用設備を使うしかなかった。だれもパラマウントでぜいたくできるとは期待しなかったものの、少しは利便性と快適さを望んでもばちは当たるまい。

早いうちに、ロサンゼルス・タイムズ紙の芸能欄に「新スター・トレック《TNG》」キャストの紹介記事が載り、わたしは「無名の英国人シェイクスピア俳優」と形容されていた。まるで、サインを求める熱狂的なファンに、わたしがデイヴィッド・ワーナーじゃないというのでがっかりされた一九六六年のあのときに戻ったようだ。「あんた、有名なの?」だが、おとなになったわたしはそんな形容を受け流し、そして共演者たちはすぐにそれを冗談のタネにした。記事が出た翌日、わたしがトレーラーに行くと、ドアに警告文がテープでとめてあり、こう書かれていた。「**注意。無名の英国人シェイクスピア俳優がいます**」。

ブレント・スパイナーの仕業だと、すぐにわかった。グループのいたずら者として、頭角を現しつつあるらしい。数年前、たまたまこの警告文がオークションに出品され、わたしはオークションハウスに偽物を扱っていると一報しなくてはいけなかった。スパイナーお墨つきのオリジナルはわたしが所有し、私物アーカイブに大切にしまってある。

少しずつ、このおそろしくバラバラな経歴の、見知らぬ寄せ集め集団がアンサンブルへとまとまりはじめ、孤独感が薄れていった。パイロット・エピソードを撮影中のあるとき、どこぞの媒体からインタビューを受けるため席をはずした。サウンドステージに座ってジャーナリストと話しているあいだ、レヴァー・バートンがそばにいて一部始終をきいているのに気づかなかった。終了後、レヴァーはわたしの前に現れるとこれだけいった。「きゅうりのスープ」

「なんだって?」

「きゅうりのスープ。あんたはきゅうりのくそスープ並にクールだ（きゅうりを冷静な人物にたとえる慣用句をひねっている）」

いまでもこれを、わたしが受けた最高の褒めことばのひとつとみなしている。というのもレヴァーこそ、わたしがいままでにあったいちばんクールな人物だからだ。

レヴァー、ジョナサン、そしてブレントのおかげで最初のシーズン中に正気を保てた。彼らのそれぞれが友情の手を差しのべ、わたしの気分を明るくしようとできるだけのことをしてくれた。なぜなら、確かにわたしには明るさが必要だったからだ。

自分に誓ったように、わたしは艦長《キャプテン》の役を、このうえなく真剣に受けとめた。ドラマ内の指揮官として以上に、職場の、キャスト陣のキャプテンとして。「新スター・トレック」の成功も失敗も、息の合ったアンサンブルを組めるかどうかにかかっていると信じた。俳優に限らず、プロデューサー、監督、デザイナーらスタッフもふくめて。そして実のところ、身にあまる重責におびえていた。

番組の撮影がはじまった当初、正直にいえばウィル・ウィートン演じるウェスリー・クラッシャー、それにウィル自身をやや持てあました。「〈エンタープライズ〉にティーンがいる」コンセプトをいささか作為的に感じ、と同時にウィルの思春期特有の自信に鼻白んでもいた。当初は生意気に感じた。しかし、自分の感情を探るうち、それは本当はウィルのことでも、子役として自分の分をわきまえるべきだという考えのせいでもなく、自分自身のもろさを反映しているのだと気づいた。最初の数週間、わたしはウィルの自信をうらやんでいた。

第一シーズン中のわたしの生活態度はきわめて禁欲的で、楽しむ余裕はほとんどなかった。わたしは周囲でいちばんわびしい人間だったに違いない。「新スター・トレック」の準備以外はまず何もしなかった。準備不足でセットに到着するのが怖かったからだ。月曜日から金曜日まで、われわれはパラマウントで長い一日を働いて過ごした。土曜日は少しだけ朝寝坊をして、それから汚れものを洗濯してたたみ、それはいまでもつづけている。わたしの強迫観念だ。ジョナサン・フレイクスがこれに目を白黒させた。テレビシリーズの主役が、なぜ業者に任せるなりハウスキーパーを雇うなりしないのか、理解に苦しんでいた。わたしには「貧乏根性」が染みついていると、いまだに冗談をいわれる。古い習慣は容易になくならないようだ。

土曜日の晩は、しばしばダウンタウンのミュージックセンターに行き、ロサンゼルス・フィルハーモニックの演奏をきいた。ロイヤル・シェイクスピア・カンパニーがアーマンソン・シアターで再演した舞台を通じ、ほんの少し立ちあげに貢献したアートの複合施設が二十年後に繁栄している姿を目にでき、うれしく思った。

また、金曜日に行くこともあった——撮影が早めに終わりそうなら、トレーラーに常備しているロサンゼルス・フィルのスケジュールを調べる。もしその晩わたしが楽しめそうなコンサートがあれば、艦長の制服を脱ぎ捨てて私服に着替え、ダウンタウンのドロシー・チャンドラー・パビリオンまで大急ぎで駆けつけた。わたしは運営側にコネがあり、いつも座席をひとつ、そしてパトロン専用バーのパスを気前よくみつくろってもらえた。翌日は仕事がないため、センターのメインレストランで遅いディナーをひとりで好きなだけ楽しめた。連れを同伴するのがいやだったからではなく――仕事仲間を誘ったが、キャストのなかで唯一ゲイツ・マクファデンだけが、ときどきにしろ応じてくれるぐらいだった。

日曜日は一日かけて月曜と火曜に撮影するエピソード、そしてもし時間が許せば、そのあとの撮影日の脚本研究に没頭した。「ごめん、パトリック。まだ脚本があがってないんだ」といわれたら、わたしは不機嫌になった。

それから、ジャン＝リュック・ピカード自身については？　この男の暗号を解読しなくてはならない。フランス出身で英語を操り、宇宙艦隊アカデミーの卒業生なのは知っている。好きな飲み物は「紅茶。アールグレイをホットで」（あきらかにヨークシャー男にあらず）。だが、どうやってわたしのなかのピカードをみつけよう？　レオンティーズとヘンリー四世をみつけたように。

わたしの人生でまああるように、ウィリアム・シェイクスピアが助けになった。「新スター・トレック」は艦長に関する限り、自然主義のテレビドラマではないとすぐに了解した。セリフと態度に、舞台で何度となく演じてきたシェイクスピア劇の場面を思わせる型が存在する。ジャン＝リュックを、あたかも勇敢な男たちを描いた『ヘンリー四世』の登場人物のごとく演じるべきだと閃《ひらめ》く。

また、ジーン・ロッデンベリーからまれなアドバイスを受けた。ある晩、彼はわたしをパラマウント近くの高級レストランに連れていった。ジーンは決してわたしとうち解けなかった。ときどきセットを訪れて、おそろしく丈の高いディレクターズ・チェアーから現場の進行を見守っていた。わたしがブリッジの自分の艦長席に座ると、顔をしかめてわたしをみているのが折にふれ目に入った。しかし、やがてはわたしの存在をあきらめ、そして礼儀正しい振る舞いは、何度かわたしを食事に連れ出すことであると腹を据えた。それは気まずい会食だった。二度目はジーンのクラブで昼食をとり、彼はゴルフのことしか話さず、わたしはたしなまなかった。一度目の会食ではおもに「スター・トレック」以前にジーンが手がけたテレビ番組の話をしたが、わたしはジャン＝リュックの話題を振った。

「きみはホレイショ・ホーンブロワーの本を読んだことがあるか？」と、ジーンがきいた。

「ありますよ、ええ――ティーンエイジャーのときに」。英国人の小説家C・S・フォレスターが書いたホーンブロワーの小説シリーズが出版されたのは、一九四〇年代から五〇年代にかけてのわたしのこども時代と符合し、かつわたしの好みにぴったり合った――架空の人物ホレイショは十九世紀の英国海軍士官で、頭と大胆さを駆使して下っ端の、先のみえない身分から提督までのしあがる。

「もう一度、ぜんぶ読みたまえ」ジーンがいった。「それがジャン＝リュック・ピカードだ」

わたしはその返事に、少なからぬ不満を覚えた。ジーンは彼自身のジャン＝リュック・ピカード像を話してくれる代わりに、読書の山を課題に出して追い払ったという印象を受けた。はねつけられたも同然に感じた。しかも、かなり無礼に。おかげで孤独感がいや増した。舞台で演じるときは、劇作家や演出家と自由かつ友好的に話し合う英国演劇の共同作業的なプロセスに慣れていたからだ。

しかし、孤独には利点があり、それによって以前はみえなかったジャン＝リュックの一面にわたしを押しやった。彼は生来、ひとりぼっちだ。ある意味で艦長としての彼の立場が、とりわけTNG時代、真実そうであることを要求した。とはいえピカードの単独主義的態度を、初期のエピソードでは強調しすぎたかもしれない。ときとともに確かにわたしはピカードをもっとオープンで近づきやすい男にした、とりわけ最近の「ピカード」シリーズにおいて。

ジャン＝リュックの人となりにひと味つけ加え、そしておそらく大きく影響したのは、わたしの父、アルフレッド・スチュワート連隊付き曹長だ――父からピカードの厳めしく、威圧的な性向を借りてきた。けれど艦長が温かみと分別をみせるとき、彼のなかにわたしの母もいると思うのが好きだ。ふたりとも、役を通して生きている。

そしてひとつ、ある特定の局面において、ウィリアム・シャトナーに借りができた。オリジナルシリーズのひそみにならい、「新スター・トレック」は毎回、冒頭にかの有名な「宇宙、そこは最後のフロンティア」のナレーションを流す。そのセリフを録音すべきときがきた。一九六六年版と一九八七年版の唯一の違いは、TNGがデビューした時代をよく物語り、カークが「人類《マン》最初の試み」でナレーションを締めるのに対し、ピカードは「人類《ワン》未踏の宇宙」という。より開かれた時代を反映していた。わたしの番に備えてビル（ウィリアムの愛称）のナレーションを注意深くきき、そして気がついたのは、改良できる点が何もないことだった。ビルは完璧に演じ、トーンと抑揚はドンピシャリ。それで、わたしは基本的に、ビルのヴァージョンを音節から音節までそのとおりに演《や》った——ビルのカーク船長の演技を、意図的に真似た唯一の例だ。

パイロット版の「未知への飛翔」〔一九八七〕は、二話分の長さがある。このエピソードでピカードは前に述べた、割れアゴのジョン・デ・ランシーが悪魔的に演じる不定期の宿敵Qと出会う。ピカードを愚弄しようとQは様々な歴史上の人間の装いで現れ、ホモ・サピエンスの野蛮性と貧弱な知性をみせつける。Qはある種の進化した、ほとんど全知の種族であり、額面どおりにも比喩的にもピカードを裁判にかけ、人類は生来野蛮ではないと証明しろと要求する。〈エンタープライズ〉のクルーの協力により、ピカードは問題解決のために暴力ではなく平和的な戦術を用い、囚われの身の巨大なクラゲ様《よう》エイリアンを解放し、つがいと再会させる。「未知への飛翔」はオリジナルシリーズのドクター・レナード・マッコイことデフォレスト・ケリーのカメオ出演まであり、いまでは齢《よわい》百三十七を数える提督から新たなキャストにバトンタッチがなされる。

よく練られたエピソードで、メインキャラクター全員をうまく噛み合わせていた。わたしは仕事にかかるのを待ちきれなかったが、がっかりしたことに、初日の撮影香盤表にわたしの名前は載っていなかった。プロデューサーたちはグリフィスパークでのロケ撮影ではじめることを選び、ライカーとデータが初めて森のなかで出会うシーンを撮影した——それは実際には〈エンタープライズ〉のホロデッキ、つまりホログラフィックで環境をシミュレートする艦内施設なのだ。

いずれにしろ、わたしは立ち合った。もしジャン＝リュック・ピカード艦長が「新スター・トレック」の主役というなら、撮影第一日目からきっちり番組の一部になりたい。そういう次第で、わたしはグリフィスパークへと車を走らせた。

香盤表に載らなかったことが、結果的に吉と出た。初日のプレッシャーなしにジョナサンとブレントを観察でき、ふたりの相性のよさがすぐにみてとれた。これは、わたしに希望の火を灯した。今回が初顔合わせとなるふたりの俳優がこんなふうに気楽にシーンを演じてのけられるなら、わたしにもチャンスがあるかもしれない。

二十四時間後、カメラの前でわたしが演技をする初めての日がやってきた。そのシーンでわたしは〈エンタープライズ〉の通路を断固とした足どりで歩き、ターボリフトの前を通るとドアがあく。ライカー副長が出てきて、わたしに話しかける。わたしは彼に視線を向けるが、返事をせずに歩きつづける（本編映像とやや異なる）」。

最初のテイクを終えると、ジョナサンが叫んだ。「ワオ！　いまのがかの有名な〝英国式顔演技〟ってやつだね！」

セット全体が笑いに包まれた。さて、階級が下の士官、もしくは少なくともそれを演じる俳優からそんなくだけたものいいをされたら、激怒しただろう俳優を何人か知っている。だがわたしは一緒になって笑い、それは本当におかしかったためで、なぜならジョナサンにからかわれたことで、自分が仲間だと感じられたからだ。わたしは自分のコンフォートゾーンから著《いちじる》しく外れて内心ひどくおびえており、切実に息抜きを必要としていた。

けれど、わたしはくそまじめにもなれる。共演者たちは何回もテイクをトチっては大笑いし、リハーサルではときどき脚本にないアドリブを入れてセリフをもっとおもしろくしようとした。ロイヤル・シェイクスピア・カンパニーとナショナル・シアターの稽古中、空気は張りつめ皆が真剣だった。もちろん多少は脱線もするが、概して時間は限られているとわかっていたから、じゃれあいはしなかった。TNGのセットで仲間の行状に怒りをつのらせ、集合をかけておどけるキャスト一同に講釈をたれ、デニス・クロスビーの「ときには楽しまなくちゃ、パトリック」の意見に「デニス、われわれは楽しいむためにここにいるのでない」と返したのは、そのときだ。

のちにわたしをふくめ、みんながこの話を傑作だと思った。だがあのとき、わたしの高慢ちきなご託宣にキャストがヒステリックに爆笑したとき、わたしはうまく対処できなかった。笑われることを楽しめなかった。セットを勢いよく飛び出してトレーラーに戻り、ドアを叩きつけるように閉めた。

しばらくむかついていたら、そっとノックの音がした。ドアを開けると、ジョナサンとブレントが立っていた。「ねぇ、いやだな、話し合いましょうよ」と、ジョナサンがいった。

ふたりはたいへん賢明かつ巧妙にわたしを教育した。とりわけ、わたしがキャストのなかで年長だったことを考慮すれば。「すべてうまくいきますよ。みんなあなたを尊敬してる。だけどあなたはここの状況を誤解してるんだ」と、ブレントがいった。

ブレントとジョナサンは確かにふざけあう度が過ぎ、引きしめないといけないと認めた。だが、キャストに説教と叱責をして問題を解決しようとすることがどれだけ不穏当か——そしてよいリーダーシップの手本ではないのかを——はっきりさせた。わたしは場の空気を読むのに失敗し、ＲＳＣの流儀を、テレビのエピソードを撮りだめていく方法に慣れた人々に押しつけようとした——つまるところ、テレビドラマをわれわれは撮影していたのだ。

何年もかけて、「新スター・トレック」の友人から実に多くを学んだ——テレビ向けの演技について、単によい同僚になることについて。基本的にジョナサン・フレイクスがその首謀者で、彼が優秀な監督へと成長したことは驚きではない。セット上でのジョナサンの態度はいつもリラックスし、瞳をキラキラさせ——仕事を非常に楽しんでいた、たとえ真剣にとりくんでいるときでも。彼のアプローチを真似ようと、わたしはベストを尽くした。なぜならわたしの問題のひとつが、真剣に仕事をするだけでなく、真剣に仕事をしているとみられたいと切望していることにあると気づいたからだ。

第一シーズンまるごとかかったが、リラックスし、堅苦しい英国人から疑似アメリカ人的態度を身につけて、くだけた、人あたりのよい同僚へと軟化した。少しずつ、そこへたどりついた。寛大でおもしろいと同時に才能豊かな仲間に入りこむチャンスがやってきた。互いへの敬意がときとともに友情へと発展し、究極的には家族の感覚へ——そしてその感覚は、年を重ねるにつれて強まっていく。

生来の仲間意識が、金曜の夜にはとりわけあらわになった。だれもが疲れ、早くその週の撮影を切りあげて家に帰りたがっていた。金曜の晩はたいてい〈エンタープライズ〉のブリッジを撮影する。慣例的に、セット全体をカメラにおさめるワイドショットからスタートした。操舵士席正面の大型のヴュースクリーンから背面のコントロールパネルまで、カメラが移動するにつれ、ショットがだんだんと寄っていく。われわれブリッジの正面中央に座る者は出番を終えてトレーラーに戻り、普段着に着替えたあと、まだ撮影中の俳優に向けてオフカメラのセリフをしゃべる。ウォーフ役のマイケル・ドーンはかわいそうに、毎回制服姿のままセリフをしゃべる最後の登場人物になった。なぜならいちばん奥にある保安パネルの前に立っていないといけないからだ。しかも、頭が隆起したクリンゴンの分厚いメイクアップをしたまま。メイクには何時間もかかり、閃いたフレイクスのつけたあだ名は「甲羅頭」。

マイケルはＴＮＧの俳優中、おそらく最も役柄とかけ離れている——優しくて法外にハンサムな男が、おそろしくて好戦的な、気むずかしいエイリアンを演じる。マイケルがひどい笑い上戸で、たやすく役の皮がはげ落ちるのを発見した。英国ではそれを「コープシング（笑い死に）」と呼ぶが、アメリカでは「ブレイキング」と呼ぶのがより一般的だ。というわけで、金曜の晩はマイケルをブレイクするのがわれわれの任務となり、おかしな顔をしたり、セリフをおどけた声でいったりした。クリンゴンのメイクアップが彼のブレイキングを一層傑作にした。マイケルが笑うと上唇がのびてひげがはがれてしまい、それで、役柄を保ちつつひげを押さえようとする彼の悪戦苦闘に自分たちが大受けする。そのうちわたしではなく監督が厳格な人間を演じ、手を叩いていう。「オーケー、もういい。そこまでだ！　撮影を終わらせるぞ！」

マイケルの役、ウォーフはまた、われわれの大事な内輪ジョークの源泉のひとりでもあった。ウォーフは自己鍛錬が自慢のクリンゴンだ——だがクリンゴン種族の戦士であるがゆえに、ときどき度を失ってどうしようもなく暴力的な怒りに身を任せてしまう。この落差のため、収拾のつかない事態や、不機嫌になって感情的に予測がつかない状態を表現するのに、〝ウォーフランド〟ということばを使いはじめた。「やばいぞ、ウォーフランドだ！」が〝取扱注意〟の略語になった。

場をなごませるためのわたしの持ちネタは、ピカードの準定番のセリフ「仕事をしたまえ、《ドゥー・ユア・デューティ》データ少佐《ミスター・データ》」を粗野なブルックリンなまりでいうことだ。「ドゥー・イェア・ドーディ、ミスタァ・ダッタ！」これは狙いあやまたずブレントを破顔させ、そこがまさしく愉快たるゆえんだった。ブレントとジョナサンはいっぽう、セリフに脈絡なく「制服なんてだい嫌い」とつけたすのが定番だ。

週末、もし金曜日の撮影があまり遅くならなければ、あとでグループの、たいていは男たちで〈ニッコーデル〉に集合した。そこはメルローズ・アヴェニューにパラマウント撮影所ととなりあって立つ、うらさびれた老舗レストラン・バーだった。バーテンダーとじっこんになり、皆が店に顔を出すなり各自にドリンクをつくりはじめてくれる。ストリチナヤ・マティーニのオンザロックを、ジョナサンに。ベルヴェデール・マティーニのオリーブ・アンド・ツイストを、ブレントに。ブッシュミルズ・アイリッシュウイスキーを、レヴァーに。シングルモルトスコッチ・オンザロックを、ゲイツに。そしてマカランスコッチのオンザロックを、不肖わたくしめに。

古いハリウッドの雰囲気を心地よく醸しだすこの場所を、みんなが愛した。「新スター・トレック」の放映末期にパラマウントのＶＩＰ用駐車場拡張のため閉店になり、その後とり壊されたときは全員が惜しんだ。〈ニッコーデル〉のあらゆる内装がオークションにかけられたらしい——古い革張りのブース、壁にかけられた絵画、ランプとシャンデリア、スツール、バー本体にいたるまで。〈エンタープライズ〉の面々はオークションがあったのを知らず、逃したことをいまもって嘆いている。わたしはブースが欲しかった。かつてのグラマラスな時代と、ハリウッドの最も美しい人々のお尻の思い出とをひっくるめて。

新しい仲間にとけこめたとはいえ、放映前の撮影当初数ヶ月は不安でしょうがなかった。「未知への飛翔」の撮影終了後ですら、いまにも打ち切りになるとささやかれていた。業界は一貫して、われわれの番組を愚行とみていた。再現不能の名状しがたいものを再現しようとした無分別な試みであり、シンジケーション放映は必至だと。なぜならパラマウントは番組の放映権をいまだにメジャーネットワークと結んでいなかったからだ。

だが、決して仕事の手を休めはしなかった。パイロット版のあとも全速力で前進しつづけ、さらに二十四話分のエピソードを撮影した。そして、なんてこった、つぎに撮影したエピソードにわたしは腰がくだけた。それは「未知からの誘惑」〔一九八七〕と題され――オリジナルシリーズの一挿話、「魔の宇宙病」〔一九六六〕の直接的な続編――で、エロティックな笑劇だった。一部のクルーがウイルスに感染して酩酊状態に陥る。発汗し、クスクス笑いだし、しかるのち発情する。ドクター・クラッシャーはピカードに発情し、ピカードはドクター・クラッシャーに発情し、ターシャ・ヤーはほぼ全員に発情したのちにデータを標的にする。デニスとブレントのセリフは「スター・トレック」ファンのあいだで語り草になり、腹部の露出した服で腰をくねらせたターシャが、データに向かってアンドロイドは「ちゃんと機能するんでしょう?」と質問する。データの返事は、「マルチテクニックでプログラムされている――ヴァラエティに富んだ喜びをあげられる」

大勢が「未知からの誘惑」を楽しんだが、わたしにはやけっぱちに映った。まるで、長寿番組の脚本家が早くもいいアイデアの底をついたかのように。もっとも、ジーンの女性の曲線美嗜好は周知の事実で――彼はパイロット版ではまるで一九六〇年代が永遠につづいているかのごとく、ミニドレスとゴーゴーブーツをマリーナ・サーティスに着用させ、ディアナ・トロイの乳房をみっつか四つにしようと考えた。われわれ全員が多かれ少なかれ、「セクシーにみせろ」との指示に悩まされた。ワンピースの制服はオリジナルの「スター・トレック」の衣装デザイナー、ウィリアム・ウェア・タイスがデザインを手がけ、スパンデックスでつくり、わざとワンサイズ小さく断裁してしわが寄るのを避けたため、体形が絶えず強調された。

問題は、制服が想像の余地を残さないという以上に、痛みをもたらすまでに締めつけることだった。まっすぐ立ったとき――役柄上必要だった――ワンピースの胸と太ももと背中の部分がぎちぎちにのび、あらゆる痛みを引き起こした。わたしは制服を変えてくれとジーンに直談判したが、耳を貸してもらえなかった。そのあとわたしのエージェント、スティーヴ・ドンタンヴィルがすばらしい思いつきをした。医師に相談して医療的見地から制服を変えるように進言してほしいと頼んだのだ。スティーヴはさらにハリウッドでの知名度を利用し、もし状況が改善しなければ、わたしがこうむった筋肉および関節の被害の損害賠償を求めて裁判に訴えるとパラマウントの重役を脅かした。

戦略が功を奏した。変更の実現には二シーズンかかったものの、とうとう新任の衣装デザイナー、ロバート・ブラックマンが同情してポリエステル製のツーピースの制服を考案した。わたしの新しいお仕着せはボトムとトップが別れ、まだぴったりしてはいたが締めつけがなくなった。けれどジーンはピカード艦長の制服は常にしわひとつあってはならないといい張った。それで、艦長席に腰かけるたび、チュニックのすそを引っぱるようになり――そのくせは「スター・トレック」ファンから〝ピカードマヌーバー〟と命名された。

まだ第一シーズンの撮影真っ最中だった一九八七年九月二十八日、「未知への飛翔」が放映された。その朝、わたしをパラマウントに推してくれた最初の後見人、ロバート・ジャストマンがセットにお祝いをいいにやってきた。「わかっているのかい」と彼はわたしにいった。「今夜、きみの全キャリアの演技をみた人数の総数よりも、多くの人間がきみの仕事を目にするって」

これは一考に値するものの、不安すぎて手放しでは喜べなかった。番組の打ち切りにわたしを備えさせようとするロバートの戦略なのかしらんと首をひねった。基本的に、こういう意味で。「これで終わりだ。だけどアメリカのテレビに出たもの珍しさを楽しんでくれ、少なくともひと晩は」

だが、ロバートは本当に楽観的だった。それにはよい理由があった。パイロット版は二千七百万ものあっぱれな視聴者数を稼ぎ、シンジケーションの一時間ドラマとしてはテレビ史上最高の視聴率を記録した。ロサンゼルスとデンバーの市場では、「未知への飛翔」は独立系放送局での放映だったにもかかわらず、八時から十時までのすべてのネットワーク番組を制した。レビューは否定的なものから、よくて不承不承の肯定どまりだったが、レビューは問題ではなかった。ファンが問題だった。わたしの周りの懐疑派の全員が、基本的なことをつかみ損ねていた。「スター・トレック」の忠実なファンは「新スター・トレック」のあら探しをしていたのではない。愛する理由を探していた。


わたしが最初にその事実を把握しはじめたのは、共演者たちが参加した「スター・トレック」コンベンションのめまいがするようなレポートを持って、週明けに戻ってきてからだ。

「スター・トレックの何に出たって？」とある月曜日の朝、わたしはマリーナ・サーティスにたずねた。

「コンベンション」と、マリーナ。「以前のシリーズのを何年も開催してるの。でも、今度はわたしたちのために開いてくれてる。みんな番組を気に入ってた。ステージに出て、Q&Aをやって、サイン会をするの。反応をみられてすごく楽しい。一度出てみなさいよ、パトリック」

「わたしに会いたがる人間がいるなんて想像できん」と、わたしは返した。マリーナはわたしの無知に、にんまりした。

　最初のシーズンの大半を、閉じこもってピカードの準備に費やしていたわたしには、週末をコンベンションと呼ばれるものに割く余裕はなかった。それに、恥をかくのが怖かった。出ていったら部屋は空っぽ、という事態を。とはいえ第一シーズンが終わりに近づくと、用心深さをとうとう投げ捨て、デンバーの「スター・トレック」コンベンションに出席した。

グリーンルームで待機中、親切な運営者が声をかけた。「あなたがやっと出てくれるなんてすばらしいです、パトリック。あと十分であなたをご紹介しますよ」

「人の入りはどうかな？　だれかきている？」と、わたしはたずねた。きわめて真剣に。周りはおかしな顔をした。

時間になり、舞台袖まで案内されると、だれかがわたしを紹介した。「さあ、それではご登場願いましょう、ジャン＝リュック・ピカードその人、パトリック・スチュワート！」

わたしが歩いて出ると、二千人以上の聴衆が立ちあがって叫んだ。まだ何もしていないのに！　話をはじめようとしたが、できなかった。大騒ぎが静まらなかったからだ。わたしは圧倒された。四十七歳にして、何千回もの舞台に立ち、何百作もの芝居で演技をした。しかし、こんな経験はしたことがなかった。ストラットフォードのロイヤル・シェイクスピア・シアターにいた「あんた、有名なの？」ときいたミニスカートの女の子をまたもや思い起こした。「ああ、あの子がいまのわたしをみてくれたらいいのに」、そう思った。

第十八章

「新スター・トレック」第一シーズンは確かに賛否両論だったが、実際、そうではない第一シーズンがあるだろうか？　わたしはジャン＝リュック・ピカードと連続ドラマのテレビ俳優としての道をみいだしつつあり、脚本家たちは番組のトーンを固めつつあり、キャストは自己解決しつつあった。デニス・クロスビーは役に不満を呈して残念ながら最初のシーズンで袂をわかった。脚本家たちは役柄上のターシャを殺したが、キャストはデニスになんの悪意ももたず、実際、別の時間軸のターシャ役と、ターシャの半ロミュランの娘シーラ役で数回番組に復帰している。

わたしはどんどん「スター・トレック」ユニバースでも自分なりのやりかたを学んでいった。第五話「謎の宇宙生命体」（一九八七）で、ピカードはフェレンギと出会う。うさんくさい小柄な種族で、巨大なパドル形の耳を持ち、顔の上を走る軟骨が鼻梁《びりょう》で合体している。これぞジーンの真骨頂、おそろしいと同時にこっけいな強敵エイリアンをひねりだす。フェレンギのリーダーを演じた俳優アーミン・シマーマンがカリスマ的すぎたため、ＴＮＧのスピンオフ・シリーズ「スター・トレック　ディープ・スペース・ナイン」にてクワークという新レギュラーを演じた。

オリジナルシリーズでジーンはよく、ビル・シャトナーと仲間たちにコスチューム・プレイをさせようと画策したが、わたしがレイモンド・チャンドラーの探偵小説が好きだといううわさが出まわると、脚本家たちはわたしのために「宇宙空間の名探偵」〔一九八八〕と題するエピソードを思いついた。そのシナリオでは、ピカードがホロデッキでディクソン・ヒルという名の、チャンドラーが創作したフィリップ・マーロウを彷彿《ほうふつ》させるノワール的人物に扮する。これは、ピカードの空想ロールプレイが、わたし自身のものと事実上区別がつかなくなるエピソードのひとつだった。四十代後半のわたしがパラマウント・ピクチャーズのサウンドステージをトレンチコートと中折帽というでたちで闊歩《かっぽ》するなんて、あまりに「夢がかない」すぎた。

プロデューサーはまた、わたしの敵役に本格派を連れてきた。ローレンス・ティアニーは年輩の俳優で、『犯罪王ディリンジャー』〔一九四五〕のタイトルロールをふくめ、実際に一九四〇年代のフィルムノワール作品に多数出演している。ブレントとジョナサンが、ティアニーはみかけどおりの人物だとわたしに警告した――酒に酔ったうえのけんか沙汰で長い前科があり、こわもてで有名だった。セットにしかめっつらで現れたときは、まるでけんかのタネを探しているみたいだった。とりあえずわたしはティアニーのところへ歩いていき、歓迎の意をこめて手を差し出した。ゲスト出演者にはいつもしていることだ。ティアニーはわたしの手をとらなかった。単に、わたしを上から下までねめつけた。「お前はアメリカ人じゃないな。なんだ、英国人か?」

これは何かのテストなのか? わたしは確かに英国人だと認めた。ほっとしたことに、彼はニヤリとしてこういった。「いい役者ってことだ、英国人ならな」

最初のシーズンの最後から三番目のエピソード「時のはざまに」は、ピカードの焼けぼっくいに火がついた逸話として特筆すべきで、若かりしころの思い人ジャニースはいまは別の人物と結婚している。

それはまた、ミシェル・フィリップスがジャニースを演じたことでも特筆すべきだ。ジョナサン・フレイクスがポップカルチャー音痴のわたしに、ミシェルは有名な音楽界のスター、ママス&パパスの四人組のひとりだと教えてくれた。わたしは本当に何ひとつ知らず、彼女の温かさと磁力のような美しさに圧倒され、演技に影響すらした。制作陣はわれわれにケミストリーがないと文句をいった。それはわたしが自制に成功したからだと前向きにとらえている。妻帯者の身で、頬を赤らめたりしたくなかった。

われわれはシーズンを急《せ》かされて撮了した。一九八八年初頭に全米脚本家組合がストライキに入るといううわさがささやかれていたからだ。その年の三月七日、それは実際に起きた。最後の数話はおざなりな脚本だったが、われわれはベストを尽くして光るものにしようとした。そして、春先になるころ、「エンゲージ」とできるだけ口早にいい、ヒースロー行きの便に乗って家に戻った。

イングランドに帰ってくると、奇妙な感じがした。一部には、変わっていなかったために——いつものわたしの古巣だった。だがここ数ヶ月間のできごとを通し、わたしの感じかたは変わっていた。道路の反対側を運転するのは、毎日トランクスを履かないのは、そしてたいてい朝の五時に起きないのは、おさまりが悪かった。

ともあれここ、チジックの鉄道駅にほど近い、パークロードのセミデタッチドハウスのわが家に戻った。ウェストロンドンの非常に典型的な、静かなミドルクラスの住宅街だ。そのとき家にいたのはシーラとわたしだけだった。ダニエルはいまでは海外留学中で、カリフォルニア芸術大学《カルアーツ》の一年生だ。ティーンエイジャーのソフィーはサウスロンドンの美しい田園地帯の寄宿学校に入り、家に帰るのは二週間に一度だけ。ふたりともあっという間に成長した。

　前インターネット時代の当時、ニュースはいまのようにすぐには広まらず、〝ジャン＝リュック・ピカード〟の名前は、地元のだれにとっても特別な意味はなかった。昔なじみに出会うと、一度ならず、だいたいこのようなことをいわれた。「びっくりしたな、このへんでみかけないから、ストラットフォードのRSCでシーズン興行に出てるんだとばかり思ったよ」

　ヨークシャーの親族を訪れたときはもっとわたしの状況に通じていたが、それはわたしが動向を知らせていたからだ。ロサンゼルスのわたしを訪ねるプランを練っていると数名が話した。しかしわたしはあまりそのプランを推さなかった。ハリウッドの脚本家組合のストライキはまだ進行中で、「新スター・トレック」の第二シーズンがあるかどうかが不明だった。

　そう、二十六話すべてがうまくいき、すばらしい視聴率を稼ぎ、そしてわたしの出席したコンベンションには二千人の来場者があったあとで、まだどう転ぶかわからなかった。それは永遠に心配性のわたしの単なる杞憂ではない。TNGは制作費のかかる番組であり、ストライキが長引くほど勢いを失い、パラマウントは損失をカットしてTNGを一シーズンきりの番組にする可能性が増える。

　ストライキはまさしく一九八八年の八月まで長引き、そしてほとんどの人が認識するよりわれわれはキャンセルに近づいていた。休止期間中、パラマウントはカンヌのテレビコンベンションにわたしを招待した。カンヌは映画祭でも有名な、フランスのリビエラともいうべき街だ。シーラが同行し、世界はすべてつつがなかった。われわれは港に寄港中のアメリカ海軍士官と会い、TNGは宗教のような扱いで鑑賞されていると知らされた。さらによいのは、つぎの晩に艦上で開かれるイベントに招かれた。ホテルに迎えにきた車で埠頭に向かい、埠頭からフェリーで艦へ渡ると、そこでわれわれはヒーロー並みの歓待を受け、音楽と飲み物でもてなされた。

だが、そのあとのパラマウントのお偉方とのディナーで、ひとりがわたしにこっそり「新スター・トレック」のキャンセルはまず確実だと耳打ちした。そのとき、すぐにはさほどがっかりしなかった。英国に戻って数週間が経ち、昔の習慣に戻り、南カリフォルニアでの日々はすべて、少しばかり夢のように思えてきた。おそらく、結局は『ヨナダブ』にかかるべきときがきたのだろう。

ところが、カンヌから戻って数日もしないうちにストライキが終わり、スティーヴ・ドンタンヴィルから電話で十日後にはパラマウントに戻ることになったと知らされた。

第一シーズン中、住まいに関しては友人たちの情にすがった。だが、今回ロスに戻ったときは当てがない。ビバリーヒルズ・ホテルに宿をとってその間《かん》に賃貸物件を探し、職場に近くて便利なウェストハリウッドで小さなアパートメントをみつけた。

というか、正直にこの場所を形容しよう。それはアパートメントビルでもなく、集合住宅でもない。だれかのガレージの上のスタジオだった。居間があって、片側にオープンキッチンがあり、仕切られた隅には寝室と小さなバスルームがついていた。瀟洒とは真逆で、実際あまりに居心地が悪いためにだれも招かなかった。これがわたしの共演者たちに疑惑を起こさせ、わたしが彼らに会わせたことのない女性とこっそり同棲していると勘ぐる者もいた。事実は違った。ひとりでしゅくしゅくと番組に没頭し、そしていわゆる貧乏根性ゆえに招けなかっただけだ。

第二シーズンがはじまってひとつ、一目瞭然の変化が駐車場でみられた。走行距離数千マイルのくたびれた車が、それぞれ新品のアウディやメルセデスに置きかわっている。パイロットの免許を持つマイケル・ドーンは小型飛行機さえ購入した。わたし？　ロンドンではホンダを運転していたわたしは、ビバリーヒルズのホンダのショールームを訪ね、最新のシルバーのプレリュードを選んだ。鼻高々でパラマウントの駐車場へ乗りいれ、これぞテレビシリーズの主演俳優にふさわしい高級車だと悦に入った。ところが、わたしの買い物は散々からかわれた。俳優仲間と一緒にディナーに行き、駐車係がわたしのプレリュードを車寄せに持ってくると、みんなはわたしの連れだと人に思われたら恥だといわんばかりに、プレリュードとわたしから背を向ける振りをした。ジョナサン・フレイクスが最悪の主犯だった。

奇遇にも、現在の住まいはあの車庫上のねぐらから数ブロックしか離れていない。住み心地は格段に勝るけれど。だが、昔の間借り部屋の前を走りすぎるたび、あのころを思い出して謙虚な気持ちになる。笑うな、ジョナサン。

まったく問題なしの自分のスタジオにこもっているうち、「新スター・トレック」がすぐには消えてなくならないことに、そしておそらくは六年間の契約満了までずっとつづく可能性に、はたと思いあたった。そのせいで、軽いパニックに襲われた。番組の成功を願いこそすれ、いま現在にいたるような未来を思い描いたことがなかったからだ。エピソードの準備にわたしがかける密度と、「スター・トレック」が一年のうち十ヶ月を費やして、一シーズンにつき二十話以上制作することを考えると、とんでもなく長期にわたって舞台に関わる余裕がなくなる。

『ヨナダブ』のリバイバル上演に手を染める機会はやってこなかった。

第二・第三シーズンは、「人間の条件」(一九八九)「亡霊戦艦エンタープライズ〝C〟」(一九九〇)「汚名 クリンゴン戦士として」(一九九〇)などのエピソードにより、回を追うごとに質があがっていった。脚本家たちが番組独自の世界観をつかんでいき、オリジナルの「宇宙大作戦」でやったプロットラインを繰り返す傾向は減っていく。また、アンサンブルに巨大な助っ人が現れた。第二シーズンでウーピー・ゴールドバーグが加わり、〈エンタープライズ〉に新しく設けられたカクテルラウンジ、〈テンフォワード〉の異種族バーテンダー、ガイナンを演じるようになった。すでにブロードウェイと映画界の確固としたスターたるウーピーがわれわれの番組出演を引きうけるなど、とても信じられなかった。

撮影二日目、ウーピーがひとりで座っているのをみつけたわたしはとなりに座ってもいいかたずねた。会話が弾んでうち解けたころ、どうしてみあげるようなキャリアのさなかに、シンジケーションのSFテレビシリーズの脇役を演じようと思いたったのかきいてみた。ウーピーはすぐに、貧しいマンハッタン地区の公営団地で育ったこども時代のことを話しはじめた。シリーズオリジナルの「宇宙大作戦」をみたウーピーは、ファンになった。番組にそれほど惹かれた大きな理由は、ウーピーがいうには、テレビ画面の真ん中に黒人女優のニシェル・ニコルズが映り、宇宙艦隊士官ニヨータ・ウフーラ大尉を演じていたからだ。ウーピーはニシェルをみることで希望とプライドを持てたという。「わたしはこう思ったわけ、『まぁ、少なくともわたしたちのひとりは未来まで残って宇宙に行けたんだ』って」

これが記念すべきはじまりとなり、その後たくさんのすばらしい時間をウーピーと過ごすことになる。ウーピーはキャストとスタッフにぴったりはまり、エピソードにユーモアを与え、そしてここぞというときには彼女にしか出せない重みをもたらした。

第二シーズンのはじめに、ひとつ大きな損失があった。ゲイツ・マクファデンが解雇されたのだ。彼女の役、ビバリー・クラッシャーの描かれかたのとある面に関し、ゲイツが不満に思い批判的だったのは知っていたが、追い出すというのは極端で、ジーン・ロッデンベリーの所業にしては酷な仕打ちだと思った。つい最近、ゲイツに真相をたずねると、ジーンとはいつもうまくやっていたとはっきりさせた。ぶつかった相手は「新スター・トレック」立ちあげ時の脚本統括兼ショーランナーのモーリス・ハーレイだった。モーリスがゲイツを追い出すように仕向けたという。

ダイアナ・マルダーが〈エンタープライズ〉の新任医療部長ドクター・キャスリン・ポラスキとして参入した。ダイアナはいい俳優で、オリジナルシリーズに二度の出演歴があるが、最後までわたしと積極的にうち解けようとはせず、他のキャストとも距離を置いているようだった。一度、印象的なできごとが、ダイアナがピカードに対してかなりこみ入ったセリフをいう日にあった。セリフを覚えるのにダイアナに与えられたのは、たった二時間のみ。「新スター・トレック」ではテレプロンプターを採用していなかったので、義侠心からセリフを印刷した紙を、毛髪のないわたしの額にテープでとめてやった。ダイアナはトチらずにその場面を演じ、生けるテレプロンプター役をつとめたわたしに感謝した。だが、シーズンが終わるころにはＴＮＧに合わないのが歴然とし、降板する。幸い、第二シーズン終了後にモーリス・ハーレイが抜けたため、ゲイツ復帰の道が開けた。リック・バーマンの招きでゲイツが第三シーズンに戻ってきた。

ストーリー上の第二シーズン最大の進展は、ピカードと〈エンタープライズ〉のクルーが、ついに真におそるべき敵、ボーグを得たことだ。ボーグはサイバネティック・ドローンの集合体で、中央の集合精神《ハイブマインド》に接続されている。ボーグのおそろしい外見は、衣装デザイナーのドリンダ・ウッドとメイクアップ・チーフ、マイケル・ウェストモアのすばらしいコラボレーションの賜物《たまもの》だ。外骨格の体を消化管のチューブでおおうボーグの全体的な外見をドリンダが構想し、いっぽうマイケルは頭部のデザインを担当、青白いゾンビのようなベース・メイクアップを開発し、顔面の機械部品には解体した電子機器を利用した。たいそう不穏な仕上がりとなり、とりわけピカードが一時的に集合体に〝同化〟され、わたし自身の頭部にチューブとガスケットがとりつけられた姿ときたら——番組中白眉の印象的な仕事だと広くみなされた。「浮遊機械都市ボーグ」〔一九九〇〕は二部作で、クリフハンガーのまま第四シーズンへつづく。

仕事に全力を傾けていたため、シーラとこどもたちが遊びにきたときはぞんぶんに相手をしてやれなかった。ダンとソフィーはビーチではしゃいでいればご機嫌で、ときどきシーラとわたしは素敵なディナーの外食を楽しんだ。だが、シーラにもキャリアがあり、当時は多忙だった。そして、仕事はロンドンにある。妻が軟化してくれるかも、との望みに反し、ロサンゼルスに本格的に移り住むという考えには決して乗ってこなかった。

夫婦の危機は、一念発起してロスに真っ当な家を買ったときにいくらか遠ざけられた。不動産屋の助けを借りてみつけた物件は、いまでこそ高級な一等地だが、当時はこじゃれた街になりはじめたばかりのシルバーレイクにあった。一目惚れだった――一九二〇年代に開発された土地のため、建物は古く、また丘の中腹に多く建てられた住宅は眺望抜群だった。モレノ・ドライヴの新居は湖（実際には貯水池）をはしからはしまでみわたせ、さらにその先にはボールディ山をふくめたサンガブリエル山脈のパノラマ的な景色が広がっていた。妻とこどもたちが一九八八年のクリスマスに遊びにくると、皆は絶景に目をみはったが、ソフィーは東部の立地に文句をいった。「海がみえないならカリフォルニアに住んでる意味がある？」

だが、シーラとわたしがふたつの都市に住んで仕事をしているという事実は残り、わたしたちのどちらも譲歩したくなかった。悲しいかな、ふたりの距離は避けがたく離れていった。わたしはひとり暮らしにゆっくりと慣れた。土曜日の晩にＬＡフィルハーモニックのコンサートに出かけ、こちらへ移り住んだ英国人の友人とたまにディナーをともにした。

そして、ＴＮＧの第三シーズン中に出会いがあった。

しばらく前から「トレック」の脚本家たちに、女性との絡みをライカーがぜんぶ持っていってしまうとこぼしていた。ジョナサン・フレイクスは番組の現代版カーク船長であり、いちゃつきやロマンスの相手にはこと欠かず（ライカーとディアナ・トロイはかつて恋仲でさえあった）、いっぽう孤独な偏屈じじいのわたしはもと恋人との苦い再会を果たしたのみで、ことのてんまつはものほしげな「もしあのとき……」で終わる。

「ピカードがだれかと実際に恋愛をするエピソードをつくったらどうだろう？」と、わたしは提案した。「ふたりの関係はリアルタイムに進行するが、おそらくは結局、成就しない」

喜ばしくも、脚本家たちはわたしの売りこみ《ピッチ》を買ってくれたらしく、脚本家のひとり、アイラ・スティーヴン・ベアがチャーミングな脚本を書いて「大いなるホリデイ」（一九九〇）と題し、上述の事項をぜんぶ満たした。過労ぎみのジャン＝リュックは荷物を詰めて〈エンタープライズ〉を離れ、いわゆる「享楽の星」ライサ星へ休暇を過ごしに追いやられる。ピカードはレジャーウェアに着替え、パウダーブルーの深く切れ込んだVネックのチュニックというでたちになる。

アイラはシリーズ全体でも屈指の笑えるやりとりをジョナサンとわたしに交わさせた。ピカードの出発時、ライカーが何気なくホーガンという土産《みやげ》を頼む。ピカードは「わかった」と請けあう。そしてライサに着き次第、躊躇なく買いもとめる。知らなかったのは、マヤ族の手彫りの男根のようなホーガンが、現地では多産と肉欲の象徴だったことだ。ピカードがプールサイドに座り、何気なくホーガンをとなりのラウンジチェアーに置いて本を開くと、裸同然の女性たちが次々に粉をかけてきて閉口する。とうとうひとりが、その理由を説明する。

「ライサではホーガンはセックスのシンボルなのよ。持っていれば力が湧いてくるといわれているし、人にみせれば『相手を求めている《ジャマハロン》』っていう意味になるわ。お相手はいらないの？」

ピカードはふつふつと怒りをたぎらせ、つぶやく。「ライカーめ！」

わたしはそのとき〝ジャマハロン〟を求めてはいなかった。ピカードもだ。だが「大いなるホリデイ」のなかで、話が進むにつれ、ピカードはバッシュという美しい考古学者に恋をする。ふたりのロマンスは長つづきしないが、どちらにせよピカードはあきらかに楽しい思いをしたのち、〈エンタープライズ〉のクルーのもとに帰る。

このエピソードの撮影二日目、香盤表をみると、バッシュを演じる女優のジェニファー・ヘトリックが午前に仕事に入るのがわかった。すでに書いたように、番組のゲスト出演者を個人的に歓迎するのがいつものわたしの流儀だ。それで、撮影所《ロット》に着いてミス・ヘトリックの居場所をたずねると、すでにメイクアップ用のトレーラーに行っていると教わった。

メイクアップトレーラーはわたしのトレーラーからほんの五歩ばかりの距離だ。自分の手荷物を置くと、きびすを返して二歩歩き、それからなぜか立ちどまった。理由は説明できない——行く手に何らかの力が働いて、わたしの歩みをとまらせた。十五秒かそこら地面をみつめ、それから自分のトレーラーに引き返す。だが、またもや凍りついたように立ちどまった。一、二分後、わたしは首を横に振って、再びドアから離れた。

メイクアップトレーラーに入ると、普段のあわただしい朝の光景に迎えられた。すべての席が埋まり、フレイクスが「おはよう、ナンバー・ワン！」といつもの声をかけ、わたしは同じ三語で応じた

(〝ナンバー・ワン〟はもちろんピカードが〈エンタープライズ〉のブリッジでライカーに呼びかけるときの呼称だ。ジョナサンがわたしを〝ナンバー・ワン〟と呼ぶのは、わたしがTNGの香盤表でいちばん上に載っているからだ)。唯一知らない顔が、ドアの反対側に座っている女性だった。わたしは鏡越しにアイコンタクトをした。彼女は麗《うるわ》しく、明るく微笑みかけた。

「こんにちはジェニファー。番組へようこそ」といって、手を差し出す。ローレンス・ティアニーと違い、彼女は喜んで握手をした。

すぐにわたしの同僚が横やりを入れた。「おおお、気をつけろジェニファー、この男は問題だぞ。アクセントに惚れるなよ、偽物だから」。こういったたぐいの職場での冷やかしはそのころはお約束だったが、たぶんいまではしないだろう。

調子を合わせてわたしはいった。「ジェニファー、もしこの男たちが問題行動や悪さをしたら、なんだろうといつでもいってくれ。わかったね?」

マイケル、フレイクス、ブレント、そしてマリーナがフーフーはやしたてる。ジェニファーはただ笑ってこういった。「自分の面倒は自分でみれると思うけど、ありがとう艦長」

その日の仕事はうまくいった。みんなが撮影に満足し、ゲストと一緒に楽しんでいた。その晩家に向かって運転しながらやっと、トレーラーとトレーラーの真ん中で凍りついて立ちつくしたことを考えた。何が起きたんだろう? どうしてわたしは立ちどまってきびすを返したんだ? それはある種ずっしりくる感覚だったが、とくにこれとは指摘できない。それでわたしは考えを脇にどけ、家に帰って夕食を食べて寝た。

その週の撮影はスイスイ進んだ。ジェニー（本人がそう呼ばれたがった）とわたしは親しくなり、ふたりとも楽しんでロマンチックな場面を演じた。ジェニーと一緒に働くのは楽しく、わたしがとても惹かれたのは疑いようもないが、それだけだった。わたしはどんなプランも立てていなかった。

同僚はできるだけ行儀よくしていたが、一度か二度、秘密めかして声をかけてきた。「あんたはついてるよ、彼女はいい俳優だ」および「ワオ、彼女は美人だな」。まったくそのとおり。

「大いなるホリデイ」の撮影最終日、ジェニーとわたしはずいぶん遅くまで仕事をした。やっと撮影が終わり、ジェニーが着替えたあとわたしのトレーラーにさよならをいいに寄ると声をかけた。わたしはどこかに飲みに出かけられたら素敵だが、もうすごく遅いからね、と返事をした。「でもワインのボトルがトレーラーにある。グラス一杯つきあってくれないか」

それが、正確に起きたことだった。気がついたら一時間が過ぎて、そしてわたしはジェニーに惹かれていることをうちあけた。

わたしはジェニーをあくる土曜日の夕食に誘った。彼女は承知した。ふたりは楽しい土曜日の晩を過ごし、ディナーのあとジェニーのアパートへ送っていった。

そして、それから本当に起きた。ジャマハロンができた。

ジェニーといると夢心地になったが、また心配で落ちつかなくもあった。いい逃れはできない――わたしは妻を裏切っていた。これはわたしにとって未知の領域だった。ジェニーとわたしは長いあいだ目立たぬようにしていた。だが、ブレントとジョナサンに彼女と会っていると話すと、どちらも驚いてはいないようだった。ふたりはとても支えになってくれたが、ゆっくりことを進め、騒ぎに巻きこまれるなとわたしに忠告した。

難しい時期が待っていた。イースターがくる。そしてシーラとソフィーが二週間、シルバーレイクの家でわたしと過ごすために飛んでくる（ダニエルは大学に留学中のため、すでにカリフォルニアにいた）。わたしはもう一度ジェニーと会い、状況を話し、家族が町にいるあいだは連絡できないと説明すると、納得してくれたようだった。

シーラが滞在した二週間はとてもつらかった。ふたりとも内心葛藤し、不吉な兆しを感じていた。滞在の終わりが近づくと、ふたりで財政アドバイザーに会うためサンタモニカのオフィスに向かった。フリーウェイ10号線を西に走っているとき、シーラが突然いった。「だれかと会ってるんでしょ？」

わたしはいまでも正確に、そのときフリーウェイのどこにいたかを覚えており、そこを通るたびに震えている。

シーラの質問に、わたしはまったく備えていなかった。長いあいだ、黙って前方の道路をみつめていた。だが、とうとう頭をうなずかせ、静かに、かろうじてことばを口に出した。「そうだ」

今度はシーラがしばらく黙りこむ。それからいった。「うん、知ってた」

ふたりは黙りこくって走りつづけた。ショックだった。オフィス近くにパーキングメーターをみつけて車をおり、メーターにコインを入れシーラにドアを開けてやる。彼女は動かなかった。車内で待っているという。わたしは歩道に立ったまま長いあいだシーラの横顔をみつめた。

財政相談をできるだけ早くすませ、車まで戻った。エレベーターでおりながら、シーラは待っていないかもしれないと閃いた。通りに出てタクシーを拾ったかもしれない。だが、そこにいた、まだ車のなかに。

わたしは車に乗りこんでいった。「シーラ、おれたち話し合わないと。そうだろ?」

シーラは軽蔑をこめて鋭くわたしをみた。まっすぐ家には帰れないのを知っていた。年ごろの娘のソフィーがいるからだ。ウィルシャー大通りを東に走り、やがてどうすべきか思いついた。UCLAのそば、ウェストウッドヴィレッジにホテルがあり、そこに目立たないバーがある。午後四時は客足が少なく、バーは静かでプライベートを確保できるのを知っていた。隅に座ってワインを注文する。ふたりとも必要としていた。

わたしは彼女にすまないといい、どうすべきか話し合った。シーラは離婚したいのかときいた。わたしはわからないとこたえた——ひどいこたえだが、それが本音だった。

わたしはロスにひとりで暮らしていることを話し、シーラはロンドンで仕事に明け暮れていることを話した。ふたりとも、落ちついて腹を割って話し合った。たぶんにワインの力を借りて。一時間かそこらして、車に戻るとシルバーレイクの家に帰った。

こどもの洞察力をあなどってはならない。ソフィーはすぐに何かがおかしいと感じとった。シーラはわたしたちの娘に腕をまわしてぎゅっと抱きしめ、何も問題ないと請けあった。最後の二日間、ふたりは家にいたが、全員にとって散々なものとなった。イングランドに戻る日がくると、シーラもわたしもほっとしたと思う。少なくともいまでは問題があきらかになった。

いい例がひとつ。最後の日、階段をのぼっていると、踊り場でシーラと会った。「ここ何日かであなたが歌っているのを初めてきいた」。わたしは自分が歌っていたことすら気がつかなかった。

シーラとソフィーが発ったあと、わたしは仕事をつづけた。自分を「スター・トレック」の世界に入りこませるのは難しかったが、また恵みでもあった。忙しくして、友人たちに囲まれた。ブレントとジョナサンにイースターのいきさつを話すと、ふたりは思慮深く、支えになってきいてくれた。

わたしは数日間ジェニファーに連絡をとらなかった。時間をたっぷりかけて自分の現状を、何が起きているのか、そしてどうしたいのかを考えた。わたしの分別のある部分は、ジェニーと会うのをやめろという。感情的な部分は、そんなのは問題外で彼女に電話しろという。だが、しなかった。それよりロンドンのシーラに電話し、ふたりの状況について、さらに話し合った。話し合いはうまくいかなかったと書くにとどめよう。

そんなとき、運命とパラマウントがわたしに三日間のオフ日を与えた。この機会を利用してひとりきりで遠くへ行き、自分の未来を考えた。パシフィックコースト・ハイウェイを走り、ビーチのそばに気持ちのよい小さなホテルをみつけて毎日何マイルも歩いた。ひとりになってうれしかった。シーラとの関係だけでなく、ジェニファーとの不倫がそれにおよぼした影響についても反芻する余裕ができたからだ。家に戻る前に、ひどく悲しいが、確かな結論に達した。結婚は終わったのだ。

実際、自分に正直になれば、ずいぶん前、わたしがジェニーに会うよりずっと前にすでに終わっていた。シーラとわたしがいちばん幸せだったのは、わたしがフルタイムのロイヤル・シェイクスピア・カンパニーの団員だった日々だと思う。それは、職業俳優が望める限り、決まった職場で定職につくのにいちばん近いことだった。ときにはストラットフォード、ときにはロンドンにいなくてはいけなかったが、それをのぞけば通勤サラリーマン並みにルーティンに拘束されていた。しかし、一九八〇年代に入るとわたしは落ちつかなくなり、自分の可能性を舞台やテレビ、あるいは映画界で試してみたくなり、そうなると好奇心を追求するわたしの姿勢をシーラが快く思っていないのを感じた。もちろんシーラを悪者にしたいのではなく、ふたりの描く共同生活のヴィジョンは、「スター・トレック」とロサンゼルスがわたしを招くずっと前から分かれはじめていたと指摘したかったのだ。

シーラに手紙を書いて自分の出した結論を告げ、電話でフォローアップした。シーラの反応ははじめ非常に実際的で、あきらめた口調だったが、よそよそしかった。ただ、それは長くはつづかなかった。ロスに飛んで戻り、わたしに直接ぶちまけようと決めた。

ソフィーとダニエルもわたしを責めた。こどもたちを非難できない。仕事でひどく遠方へ引っ越し、ほかの女性と恋に落ち、自分たちの母親と別れ、それも平和的な別離とはとても呼べない。だが、町にいるあいだ、シーラとわたしはひとつの点で合意した。離婚を確かなものとする。シーラはロンドンに戻って法的な助言を求め、わたしは同じことをロサンゼルスでやった。

ジェニーに電話をして、会えないかたずねた。すべてを話した。ジェニーはたいへん同情を示し、もう会うのをやめにしたいかときいた。わたしはひどく会いたいと、迷わずいった。

一九八九年の四月に第三シーズンの撮影が終了すると、ジェニーと数日間旅行に出て、目立たないように行動に注意した。おそろしいことに、セレブリティという慣れないステータスが意味するのは、わたしの懸案の離婚を嗅ぎつけた英国のタブロイド紙がロンドンの自宅のドアをノックし、門前をうろつくという不当な仕打ちでシーラを苦しませることであると学んだ。悪い事態がさらに悪化していった。

いっぽう、わたしはウェストハリウッドのジェニーのアパートメントでときどき夜を過ごしていた。泊まるときは用心して車をビルの近くには決してとめず、一、二ブロック離せば目立たずに出入りできると考えた。考えが甘かった。ある朝ふたりで外に出ると、男がひとり、歩道を歩くふたりの正面に飛びだしてきて、ロングレンズを装着したカメラをわれわれの顔に向けた。「ああ、くそう」わたしはジェニーにいった。

ふたりできびすを返すとカメラマンが追ってきた。わたしは拳を握って男を殴ろうとした（おそらくもうひとつの誤った判断）が、ジェニーが賢くもわたしを引きとめた。「車はそんなに遠くない。角を曲がって乗ろう」

ところが、角を曲がったとたん――パシャッ、パシャッ、パシャッ！　雲霞《うんか》のごとく、パパラッチがシャッターを切る不愉快な音がした。さらにふたりのカメラマンが真正面にいる。チームに囲まれた。

ジェニーとわたしは車に乗って、サード・ストリートを走り出した。四百ヤード行ったところで、別の車が正面にまわりこんで行く手を阻む。カメラマンとぐるだ。車を反転させたが、二台目の車が前方に折れてきた。罠にかかった。

幸い、パトカーが偶然通りかかったため、手を振って呼びとめた。パトカーが近づくと、二台のカメラ班は逃げだした。ジェニーとわたしは解放されたものの、いましがたの体験にブルブルおびえ、プライバシーの侵害を受けた。タブロイド紙の記者に囲まれる話を読んだことはあっても、自分が被害に遭うとは想像もしなかった。

ジェニーとわたしはしばらく会いつづけたが、つけ狙うカメラから身を隠さねばならなかった。用心が高じ、フィジーの東海岸に浮かぶ島にある小さな、人目につかないリゾートハウスを友人に予約してもらう。南太平洋をずっと南に下がった、絶海の孤島だ。さらなる用心のためジェニーとわたしは別々に現地に向かった。わたしの二日後にジェニーが到着した。できるだけリラックスして楽しもうとしたが、ある朝ジェニーはストレスがひどすぎるといった。こんな調子ではやっていけず、家に帰りたがった。わたしは理解を示し、空港まで送っていった。お互い悲しくはあったが、遺恨なく別れた。

ジェニーは「新スター・トレック」にバッシュ役でもう一度出演し、さらには「ディープ・スペース・ナイン」でも同キャラクターに扮した。ジェニーはのちに結婚して娘をもうけ、その知らせにわたしは心から喜んだ。

だが、ジェニーが去ったあと、わたしはフィジーの島でひとり寂しく五日間を過ごし、自分を負け犬のように感じた。無名の英国人シェイクスピア俳優が、どういうわけかパパラッチとタブロイドの餌食になった。彼のキャリアは上昇したが、家庭はボロボロになった。どうしてこうなった?

第十九章

ささやかななぐさめがあった。フィジーからの帰路、予期せず志気のあがる経験をした。プライベートの出発ラウンジにいると、ひとりの男性がわたしのところにやってきて、とても丁重にわたしのファンだといった。男性の名前はピーター・ダグラス。機内で夫人を紹介され、ハネムーン帰りだと説明した。父親はカーク・ダグラスだという。

レジェンドのカーク・ダグラスはこども時代のわたしのヒーローだ。『地獄の英雄』〔一九五一〕『炎の人ゴッホ』〔一九五六〕『探偵物語』〔一九五一〕などの彼の映画は、ヨークシャーの映画館に通った日々の大本命だった。ピーターにその話をすると、紹介しましょうと優雅に申し出てくれた――カークとアン夫妻はまもなくパーティを開く予定で、ピーターはわたしが招待状を確実に受けとれるように手配してくれた。

ダグラス邸では往年のハリウッドの人々にまじってひとり場違いな気がしたが、カークはたいへん歓迎して優しく接してくれたため、肩の力を抜けた。親友になったとはいえないが、われわれはその後も（忘れられないあるひとときをふくめ）親しい知人として連絡をとりつづけた。かつてのマーフィールドの少年には、想像のつかないなりゆきだった。

数十年後の二〇一六年、カークが百歳の誕生日を祝ったというニュースに注意を引かれた。お父上に再び会いたいとピーターに打診した。面会の時間をつくってもらい、当時の妻サニーと連れだってカークとお茶をしに行った。そのころにはたいへん衰弱していたが、われわれふたりをみてうれしそうな様子で、これは書かずにおけないが、魅力的で美しいわたしの妻の存在をあきらかに喜んでいた。わたしはカークのキャリアについていくつか質問することができ、そして驚いたことに、何百本という出演作のうち、たったの三本しか誇れるものはないとのこたえが返ってきた。その三本がどの映画なのかたずねると教えてくれたが、だれにもいわないという条件付きだった。だから許してほしい――約束は約束だ。

一九八九年、ロスのシルバーレイクに立つ空っぽのわが家に戻る。妻も恋人もいない、つらい時期を過ごした。仕事に戻り、気がつけば支障なく撮影をこなすのに必要な睡眠をとるため睡眠薬に頼っていた。八週間後にやっとブレイクに入り、薬をやめたものの夜はほとんど眠れなくなっていた。しばしば早朝に目が覚めると全身がパニック状態になり、両脚に大汗をかいたが、以前にそんな経験は一度もなく、それ以降もない。

これはわたしの人生で最もつらい時期だったと思う。こどものころ父の怒りにさらされていたとき、わたしは母と兄ともども間違いなく犠牲者だった。だがシーラとの別離と懸案の離婚はわたしに責任があった。しかもまた、離婚はつきつめればわたしのできる最も責任ある行為だとも感じた。この混乱した感情がわたしにまとわりついて離れなかった。そのうえ、こどもたちはふたりともわたしに怒っており、とりわけソフィーはかたくなで、決して完全におさまることはなさそうだった。

わたしの家は、以前は癒やしとプライドの源であったが、こちらも問題になってきた。眺望に飽きることは決してなかったが、立地のせいで、建築家は奇妙なレイアウト上の選択を迫られた。家は小さな三階建ての住居だった。下の二階は急斜面に埋まっており、キッチンや居間などのコモンエリアになっている。三階の寝室は一般道路および車庫と同じ高さにあった。そのため、車庫の裏口がまっすぐ主寝室に通じていた。

ただ、それはたいしたことではなかった。前に述べたように、わたしは自分から超常体験を求めたり、とりたてて信じたことは一度もない。演劇教師のルース・ウィン・オーウェンの家にあった肖像画の霧と輝きは、驚異よりも不安を引き起こした。そのためモレノ・ドライヴで奇妙なことが起こりはじめたとき、わくわくしたりはせずに警戒した。パラマウントの撮影所から晩に帰宅し、主寝室へのドアを開けたとたん、階下のキッチンから何かを焼くにおいがのぼってきて、鼻腔がいっぱいになった。前の晩寝る前にオーヴンをつけっぱなしにしたに違いないと思い、急いで下におりてキッチンに行くと、匂いはさらに強まった。ところがレンジには電源が入ってすらおらず、オーヴンは冷たくて空っぽだった。

あるいはダニエルがわたしの家に泊まりにきたある日、わたしが仕事から帰ると、あきらかにおびえた様子だった。どうしたのかきくと、居間へ連れていかれた。壁に並んだ本棚から本が落ち、床に散乱している。地震か？　違う。ダンがいうには、テレビをみていたら、突然、まるですごい力で投げ飛ばされたみたいに、本が部屋を飛びかった。その現象に心底おそれをなした息子は家を飛びだし、やっと戻ったのはわたしがいつも帰る時間の直前だった。その後、ダンは二度とひとりではモレノ・ドライヴの家で夜を過ごさなくなった。

つぎに、物音がはじまった。空っぽの部屋から声がきこえる。だれも使っていないときに階段をのぼりおりする足音がする。わたしは就寝前に下から上へ、照明と不要な電気をすべて消していく習慣があった。上のベッドルームに行こうと、一階のホールを歩いて階段の一段目に足をかける直前、毎晩部屋の温度が突然凍りつく。足を乗せたとたん、平温に戻る。思わず振り返りたくなるが、そうする勇気はなかった。

そんなことがつづき、この家を売ってよそに住む場所をみつけようと考えた。だが当時の不動産市場は芳《かんば》しくなかったため、貸し出すというオプションを選んだ。こどもがひとりいる、感じのよい若い夫婦のおかげで迅速に契約がすんだ。夫妻はこの家がすっかり気に入り、わたしのほうはすでにビバリーヒルズに借家をみつくろっていた。弾丸スピードで家を出て、コンクリートとガラスと鋼鉄でできたモダニスト建築の新居に移るや、格段に安全に感じた。ただ安全なだけでなく——ひとりだった。

数ヶ月後、わたしのテナント一家から、特定すると母親から電話があった。洗濯乾燥機によくある問題が二、三あり、みてくれるよう頼まれた。ひとしきり楽しくおしゃべりをしてから切ろうとしたら、彼女がいった。「ああ、ところであなた、この家におまけがついてくるっておっしゃらなかったわね」

どういう意味かたずねると、わたしが述べたのと似たような経験を語った。罪悪感がこみあげ、ダンの本騒動のようなことが何か起きたかきいた。彼女は起きていないといったが、娘にはあった——男の人影が階段のすぐ下のホールに立っていた。その家族があきらかにわたしよりも冷静に対処してくれて、助かった。

一年後、モレノ・ドライヴの家を売りに出した。カリフォルニア州には売主が把握している問題点を、超常現象をふくめて購入を検討する者に周知させる義務を定めた法律がある。これには驚いた。英国では、不動産契約は基本的に買い手の責任という意味の項目しかついてこなかったからだ。

わたしはカリフォルニア州の要求を無視した。モレノ・ドライヴの借り手と交わした最後の会話のためだ。ある日昼寝をしようとしていた母親は、幽霊の声と階段の足音にあまりにうんざりし、踊り場に歩いて出ると叫んだ。「だれだか知らないけど出てってよ、わたしたちを放っておいて！」その瞬間、うるさい物音はぴたりとやみ、二度と戻ってこなかったとのことだった。それが理由で、家を購入した家族に自分の経験を話す必要を感じなかった。

安心したことに、その後買い手からは一度も苦情をきいていない。けれど、ある映画のプレミアイベントで、たまたま最初にわたしに家を売った夫妻にばったり出くわした。あいさつをしに行くと、目にみえてそわそわしだし、そそくさとわたしから逃げだした。ふたりには何か隠しごとがあるとの、確たる印象を覚えた。

この時期の暗闇からわたしを救ったのは、仕事だった。「新スター・トレック」でもＲＳＣの一座と同じぐらい親しい仲間ができ、そして幸い、番組は第三シーズンに入り、波に乗ってきた。十話目の「亡命者」〔一九九〇〕ではトップクラスの脚本家ロナルド・D・ムーアが、いまではかなりよく知られるようになったシェイクスピア俳優としてのわたしの経歴に茶目っ気たっぷりの目配せをした。ロナルドの脚本は、データがホロデッキで『ヘンリー五世』の第一幕第四場を演じているシーンではじまり、そこでは王が開戦前夜に野営地の兵士たちを訪れ、そのひとり、ウィリアムズというけんか好きの男と口論する。

データに扮したブレントがヘンリー王を演じ、わたしは特殊メイクとかつらとひげで大仰に変装してウィリアムズを演じた。この機に乗じて、粗野でコミカルなロンドンなまりの鼻にかかった声でセリフをいった。「正義《せぇぎ》の戦でねぇんなら王様《おお》自身てぇへんな責任《しぇきにん》をしょいこむぞ。最後《せぇご》の審判の日《い》にゃ戦場で切り落とされちまったたくさんの首《くい》が集まり『俺たちゃ無意味な戦《たたけ》ぇでくたばった』ってがなっだろ」

ホロデッキのシーンの最後でわたしはピカードとして現れ、ピーター・ホールばりの助言をデータに与える。「データ、きみの目的はあくまで人間の心を学ぶことだ。その意味においてはシェイクスピアの作品ほど最良のものはない。いいか？　人の物真似をするのではなく自分で解釈して演じること」。少しだけわざとらしく、自己言及的ではあれ、ブレントと大いに楽しんで演じ、マイケル・ウェストモアのメイクアップで遊べるまたとない機会に感謝した。仕事を楽しむための場所とみなすのは、ほっとできることだった。

今シーズンは「浮遊機械都市ボーグ」前編で終わる。評価の高い二部作で、第四シーズンの幕が後編をもってあがる。このエピソードでピカードはボーグに同化されてしまい、ロキュータスと命名され人類への使者に指名される。ロキュータスの特殊メイク用パーツを頭部と体にすべてつけるには三時間ほどかかり、その日の終わりにはずすのも約一時間かかった。なぜ生来上機嫌なマイケル・ドーンがしょっちゅう惨めな顔をしているのか、やっと理解できた。

だがそれは、わたしにとってはふさわしい、張りつめた物語の旅でもあった。ロキュータスはジャン＝リュックが自分のなかで生きてはいるが無力な状態で囚われているのを知っており、そこが当時のわたし自身に深く響いた――〝セレブリティ〟になったわたしのなかには、人生の大半がそうであった単なる一職業俳優がまだ存在し、それが〝本当の〟自分なのを知っていた。あの二話を演じるのは心情的に近くもあり、ときには非常に苦痛でもあった。

同じ時期、われわれの番組の人気ぶりを、肌で理解した。「浮遊機械都市ボーグ」の前編――銀河系がボーグ化される直前で終わる――が一九九〇年六月十八日に放映されたあと、後編が九月二十四日に放映されるまでのあいだ、番組は視聴者を宙づり状態にした。ピカードと〈エンタープライズ〉のクルーは、ボーグの魔手から逃れる手段をみつけられるのか？　この疑問を未解決のまま放っておいたわれわれにいらだつ視聴者が大勢いた。その怒りがどれほど激しいのかを、わたしは思い知らされた。ある日、ロサンゼルスを運転中、赤信号で待っていると一台の車が横につけ、助手席側の窓がおりた。運転手がフロントシート越しに、こうわめいて寄こした。「あんたらのせいでおれたちの夏が台なしだ！」

一九九一年十月、ジーン・ロッデンベリーが急逝したのは、彼が七十歳の誕生日を迎えてまもなくのことだった。わたしは大いに悲しんだ。ＴＮＧの撮影がつづくあいだも彼の不在を寂しく思った。疎《うと》まれこそすれ、ジーンの生みだした壮大な「スター・トレック」ユニバースの一部になる特権にあやかり、彼の導きの手によって自信をとり戻した。

ある意味でわたしのことではジーンを気の毒に思った。ジャン＝リュック・ピカードは彼の創造物であり、彼の抱くピカード像にははまらない俳優をキャスティングすべしと圧力を受けた。そのせめぎあいに勝ってくれたロバート・ジャストマンとリック・バーマンには毎日感謝しているが、ジーンにもっと長生きして、「スター・トレック」とピカード自身が深化し成長しつづけるのを、みとどけてもらいたかったと思う。

ジーンが最後に監修した「新スター・トレック」の一話にふさわしく、第五シーズンの二部作「潜入！　ロミュラン帝国」ではオリジナルシリーズのスター、レナード・ニモイをＴＮＧの世界に引きいれた。いまでは大使となったスポックは独断的な外交使命に従事し、バルカンとロミュランのあいだに和平を結ばんと暗躍する。大使捜索の任に、ピカードとデータが駆り出される。脚本はみごとで、われわれから厚い信頼を受けるベテランライターのジェリ・テイラーとマイケル・ピラーが、マイケルとリック・バーマンの原案から起こした。

レナードとの仕事は好ましかった。彼はだれに対してもたいへん温かく接し、スポックの印象的な信念と精妙さを兼ね備えていた。レナードとブレント・スパイナーとのあいだにすばらしいシーンがあり、半バルカン人とアンドロイドに可能な限り、腹を割った話し合いにいちばん近い会話を交わす。「人生を振り返ってみて」と、データがスポックに質問する。「人間性に憧れを感じませんか？」

「後悔はしていない」とスポックがいう。

「後悔？」しばらく間を起き、困惑したデータがいう。「人間的表現ですね」

「そうだな」いつもどおり、冷静にスポックがいう。「驚きだ《fascinating》」

前後編のエピソードを撮り終えたとき、みんながレナードとの別れを惜しみ、いまでも惜しんでいる。誇らしかったのは、わたしの役柄に賛辞を送るセリフを、脚本家たちがスポックにいわせたことだ。「興味をそそる、あのピカードは」スポックがデータにいう。「驚くほど分析好きで沈着冷静……非常にバルカン人に近い人間だ」

シーズン終盤に、TNG全話中おそらく最も感動的だとわたしが思う「超時空惑星カターン」〔一九九二〕が制作された。共同脚本のモーガン・ジェンデルは、ジョージ・ハリソンが書いたビートルズの曲をもとに脚本を起こした。その歌詞自体が中国の哲学的な古典『老子道徳経』のことばをもとにしている。このエピソードは一種独特で、アクションのほとんどがピカードの心のなかで起きる――ドアの外に出ることなく、ハリソンの歌詞のひそみにならって形容すれば。〈エンタープライズ〉のブリッジにいたジャン＝リュックが、エイリアンの探査機によって意識を失う。彼は別の世界で目覚める。そこは水が枯渇しつつある比較的原始的なカターンという惑星で、彼は皆からケイミンと呼ばれる〝鉄工芸師〟であり、愛する妻がいると知る。妻エリーンを演じるのは温かく優しい人柄のマーゴット・ローズだ。

最初は転生に腹を立てるものの、ピカードは徐々にあきらめてケイミンとして生き、やがては別の人生に引きこまれる。四十年のあいだにケイミンはこどもを持ち、孫を持ち、愛する妻の臨終に立ち合う。真相がわかるのはピカードがブリッジで意識をとり戻したあとで、艦長はたったの二十五分間しか気を失っていなかった。ピカードを昏倒させた探査機は、千年前に滅亡した文明から送り出され――彼らの最後の遺言であり、ピカードはあの星の物語を記憶させるための器《うつわ》だった。

「超時空惑星カターン」のわたしへの大きな褒美は、ケイミンが妻とのあいだにもうけた女の子と男の子ふたりのこどものうち、男の子が成長して青年になった姿を演じたのが……そのころにはプロの俳優になっていたわたし自身の息子、ダニエルだったことだ。ダンは立派になった現在と違ってこのエピソード当時はまだ少年ぽさを残し、いまみると、のどもとにこみあげるものがある。「超時空惑星カターン」が後世もずっと残り、息子と一緒に「新スター・トレック」で仕事をした大切な時間にいつでもアクセス可能だと思うと、深い満足を覚える。

悲しいことに、娘のソフィーとは彼女の母親と別れたあと疎遠になってしまったが、ダニエルとは定期的に会っていた。演技という共通項からふたりは恩恵を受けた。そして、わたしがチャールズ・ディケンズの『クリスマス・キャロル』のひとり芝居版を演じるというアイデアを思いついたとき、息子の助けを借りて舞台俳優復帰がかない、頼りになることを証明してくれた。

少々先走った。一九八八年には「新スター・トレック」が当面フルタイムの仕事になるのが確実になり、そうなると、長期にわたってまともな舞台に出る手段を失うことに気がついた。夏の撮影休止期間でさえ、稽古とテクリハと試演をこなし、それから週に八回の舞台に立つだけのじゅうぶんな時間はとてもとれない。しかし、まだ舞台への憧れは根強く、なぜならわたしの初恋であり、正気を保つ手段だからだ。そういうわけで、土曜の朝の貧乏根性洗濯セッションのあと、コーヒーと一緒に腰をおろし、ひとり芝居の可能性について考えてみた。

最初に思いついたのが、チャールズ・ディケンズの『クリスマス・キャロル』だった。数年前、マーフィールドの教区教会が修復作業の資金集めのイベントにひと晩わたしを招いたとき、小説の朗読劇をやったことがある。物語を短く編集したが、やってみると、まだまだ長すぎた——二時間以上聖書台にしがみついていた。それでも聴衆は気に入ってくれたようだった。朗読中にぞろぞろ出ていくものと思っていた。十二月の教会の身廊はとうてい暖かい場所とはいえないからだ。ところが驚いたことに、だれも出ていかなかった。この一件は、『クリスマス・キャロル』の不朽のパワーについて改めて考えさせた。すでになじみがあり、とりわけ結末をよく知っていてさえも、人々がききたいと思う物語のパワーについて。

早速、わたしはその土曜日、ロスの書店で『クリスマス・キャロル』の本を買ってきた。週末の残りを再編集に費やし、ページを繰るごとにますます興奮していった。わたしは決めた。つぎにやるときは聖書台のうしろに張りついていないで、朗読もしない。台本をまるごと暗記し、登場人物全員を演じてやるぞ。

それからUCLAの友人デイヴィッド・ローズと彼の英文科の同僚アル・ハッターに電話し、つぎの一手への助言を求めた。アルはこたえを持っていた。「簡単だ」彼はいった。「わたしの家でパフォーマンスしてみたらいい、英文科のほかのメンバーも招こう。それに、たぶん生徒も何人か」。決まり、完璧だ。

二週間後、アルの居間でトライアルをした。そんなに短期間では台本を手放せなかったが、全体としてはうまくいった。教会の聴衆のように、客たちは本当の感情を返し、おかしなパートでは笑って拍手をし、厳粛な場面では押し黙ってじっと座っていた。ひとりの女性客はスクルージが悔恨とともに人生を振り返る最後の数分間、一度とならず目頭をぬぐったとわたしにいった。

勢いづいたわれわれは、その後まもなくＵＣＬＡキャンパスのワズワース・シアターで土曜日の晩に芝居を上演する予定を立てた。大成功だったと書きたい。だが違った——散々だった。第一に、寒い夜というロサンゼルスではめったにない事態を迎えた。つぎに、劇場の暖房システムが壊れた。暖房がきかず、客の入りも少なかったため、芝居の中止を大学のだれかが提案した。わたしは激昂した。怒りをたぎらせてこういった。「たとえたったひとりしかこなくても幕をあけるぞ！」鼻持ちならない気どり屋だ。

結局、四十名ほど集まった。その夜はのちに「閑古鳥」上演と呼ばれるようになった。皆ベストを尽くしてわたしをサポートしてくれたが、だれもが寒がり、わたしはまだ台本を手放せずにいた。ものすごく落胆して家路についた。

しかるに一年後、クリスマスの季節がもう一度近づくと、わたしは自信をいくらかとり戻す。それまでには台本の大半を頭に入れ、ＵＣＬＡとの関わりがある照明デザイナーのフレッド・アレンに声をかけると、フレッドが奥さんのケイト・エリオットを舞台監督として引きいれようと提案した。ケイトはワズワースとＵＣサンタバーバラで二公演ずつ、計四回の舞台のセッティングに手を貸してくれた。フレッドの照明はすばらしく、予想外に複雑な仕事をみせ、全体の雰囲気および、親密な瞬間や啓示的な瞬間、すべてがぐんと効果的になった。ケイトは舞台と人間のとり扱いの両方に長けるところをみせ、このプロジェクトに深く関わるようになるにつれ、わたしのよりどころ、わたしのアドバイザー、わたしの守り手、そしてわたしの大事な、大事な友人になった。芝居が終わり、カーテンコールを終え次第——それもケイトが完璧に監修した——楽屋にいるケイトがワインのボトルをあけ、ふたりのためにグラスを二杯満たした。

うれしい驚きだったのは、南カルフォルニアでのパフォーマンスが大入り満員になり、大喝采を浴びたことだ。わたしは完全には暗記できておらず、舞台に台本を持ちこんでいたのに。ＴＮＧの友人がＵＣＬＡの日曜日のマチネをみにきてくれ、公演後、楽屋裏にてシャンパンの乾杯をした。この演目は革新的で将来性があると彼らはいい、そしてわたしにいたずらをしないと誓った。ジョナサンですらも。

「ふむ、これは本当にいい線行くかもな」と、わたしは思った。

一九九一年になると、ケイトとわたしは『クリスマス・キャロル』の上演にもっと欲を出した。ウェストコーストの劇場で、秋の巡演《ツアー》を組むのはどうだろう。そのあとはブロードウェイの劇場で二週間の興行を打つ。リック・バーマンを話に引きいれた。「新スター・トレック」のチーフ・プロデューサーの彼には、TNGの撮影真っ最中にわたしが週末をクリスマス劇に当てるのを、承認してもらう必要があるからだ。

幸い、リックは話のわかる男だと判明し、そして奇跡中の奇跡、ニューヨークのユージン・オニール・シアターに、われわれの演し物にちょうどぴったりの空きがあり――なんと、受け入れられた！ けれど契約書にサインした瞬間、わたしは少しばかり〝役者の後悔〟に陥った。いったい、何を考えていたんだ？ 自分には本業があり、この演し物には演出家もいなければ舞台装置すらないのに、あと先考えずに十五回分の上演をブロードウェイのキャパ千席の劇場でやるなんて！

演出面の助けがいる。そして、この時点で息子のダニエルが参入した。カルアーツ仕こみの演劇人ダンの鑑識眼は信用できる。わたしが通しで演じるあいだ、稽古場でみていてくれるよう頼んだ。息子は期待に違わぬ働きをした。ちょくちょくわたしをとめて、演出上の提案をし、セリフの解釈を深めてくれた。ダンの助言は鋭く、舞台が見違えるほどよくなった。

そんな状況になったことはなかった。それまでは学生演劇で演じるダンをみるのはわたしのほうだった。この新たな息子との力関係を、すばらしい体験に感じた。間違いなく、六十年以上演劇の仕事をしてきて、白眉の稽古場の思い出になった。ダニエルはいまではわたしの演目の一員となり、ブロードウェイの舞台で初上演するときは必ず一報し、精神的にわたしのとなりに立ってもらうと約束した。

ニューヨークで、あれほど気前のいい劇評を受けるとは予想もしなかった。わたしのお気に入りは、もとニューヨーク・タイムズ紙、当時はニューヨーク・ポスト紙の劇評家クライヴ・バーンズのもので、みる前は装置もない、ひとり芝居の『クリスマス・キャロル』など「けっ、くだらん！」《Bah humbug》（主人公スクルージの口ぐせ）とばかにしていたが、「思いのほか美しくスリリング」な舞台に魅了されたと告白していた。演じている役者がロイヤル・シェイクスピア・カンパニー出身なのをバーンズは知っており、「一座でずっと飼い殺しにされていたスチュワート」と書いている。イタタ。

けれどバーンズの辛口は美味で、わたしにとっては褒美だった。「オニール・シアターに現在群がっている大勢の観客がスチュワートをみにくるのは、どうやら彼が『新スター・トレック』の勇敢なジャン＝リュック・ピカード艦長を演じているかららしい。わたしは違う。食わず嫌いなのは自覚している。わたしはトレッキーにあらず。つい先日まで、スチュワートがテレビドラマに出ていることすら知らなかった……五年間ばかり、彼はどうしているんだろうとぼんやり考えていた。いまでは知っている。彼は『クリスマス・キャロル』を稽古していたのだ」

だからといって、高評価のレビューに悦に入ってはいなかった。ケイト、フレッドとわたしは演目に手を入れつづけ、毎年クリスマスが近づくたびに再演した。そして、一九九三年、アル・ハッターの居間ではじめたときには想像すらしなかった場所を押さえた。ロンドンのオールド・ヴィック・シアターだ。

まずはアメリカ国内のツアーで肩慣らしだ。セリトス、サンタクルーズ、サンタバーバラ、テルライド、ラ・ホーヤ、そしてパサデナと、週末ごとにまわっていく。わたしはすでに五十三歳になっており、正直どうやったのか自分でもわからないが、「新スター・トレック」の第七シーズンの撮影を同時にこなしていた。『クリスマス・キャロル』は舞台装置がなくて助かった。それはつまり、各劇場が基本的に同じ仕こみでいいことを意味した。奥舞台を黒い幕で隠すだけですむ。

ケイトはまた、各日程に関するほぼすべての面倒をみてくれ、わたしの心労を減らした。演技中ケイトはプロセニアム・アーチ（舞台と観客席を隔てる額縁状の仕切り）のそばについているが、観客の目には入らない。これは、わたしには重要だった。なぜならひとり芝居を演じるのは満員であるなしにかかわらず孤独であることに気づき、そして目線を向けられる慣れ親しんだ顔を必要としたからだ。ときどきわたしがオフステージの袖にちらりと目をやると、ケイトは卑猥なジェスチャー付きで見返した。思わず笑ってしまったら、即興で演技を笑いに合わせる方法を思いつかないといけない。このやりとりが大好きだった。なぜならわたしを舞台にとどめてくれると同時に、共演相手に舞台に出てきてほしいというせつなる望みを抑えてくれたからだ。

パサデナでは、『クリスマス・キャロル』のツアーをするなかで、これ以上ないほど自信を引きあげてくれる経験をした。日曜日のマチネのあと、わたしは舞台の一階下のロッカールームでシャワーを浴びていた。パフォーマンスごとに汗まみれになるのに、楽屋には専用のバスルームがなかったからだ。突然、ドアを叩く音に邪魔された。ケイトだった。「パトリック、すぐこなきゃダメ。カーク・ダグラスとご家族が楽屋にいらして、会いたがってる！」

わたしはできるだけ早くタオルで体をふき、古いドレッシングガウンを巻きつけると階段を駆けあがった。狭苦しい室内はダグラス一家で混みあい、グループの中央に、カークその人がいた。わたしが入ると拍手喝采が起きたが、そのときボスにして家長のカークが手をあげた。全員が静まる。

当時のカークの健康状態が芳しくなく、のどをひどく痛めていたのを知っていた。それで、とっさにわたしに代わってスピーチするのをとどめようとした。「カーク、どうぞしゃべらないでください。大丈夫ですから」

けれどカークはわたしに近づくと両腕でわたしを引きよせて、鼻がくっつきそうになった。それから、意志の力で声を絞りだした。「パ、トリック……きみ……は……わたしの……イン、スピ、レー、ションだ」。カークが目を潤ませているのがみえ、一瞬後にはわたしの目も潤んだ。この俳優、わたしのヒーローのひとり、十四歳からこのかたインスピレーションの源だった人が、これまでに受けた最良の褒めことばをくれた。

では、査定に入ろう。これまで過去数度のクリスマスごと、大勢の人々を楽しませるのに成功し、こども時代のアイドルをふくめ、その多くは舞台をみて変化を感じたといってくれた。これには法外な満足感を覚えた。『クリスマス・キャロル』のストーリーとテクストはたいへん親しまれており、この素材で人々に語りかけるまったく新しい方法をみつけた。

とはいえ、オールド・ヴィックの上演に向けてさらに向上しなければならないのはわかっていた。あそこでひとり芝居を打つことが、わたしにとってどれほど大きなキャリア上の頂点であるかを理解してもらうのが肝心だ。ブリストルの演劇学生時代にあの劇場でシェイクスピア劇をみたことがある。それまでにわたしの人生でみた最高のシェイクスピアだった。ヴィヴィアン・リーとの海外ツアーのためのオーディションはそこで行われ、そのころのわたしはまだ何者でもなく、意地の悪いダグラス・モリスのおもちゃだった。かかっているものは大きい。

部外者の目が必要だ。芝居を新たな視点でみ、ありのままに批評し、向上のための提案をしてくれる者が。この役目に最適だと目星をつけた男がひとりいた。そして幸い、ロジャー・リースはすでにロサンゼルスにいた。

ロジャーはロイヤル・シェイクスピア・カンパニーにわたしの一年あとに加わったことを覚えておいでだろう。二十六年が経ち、彼は俳優として、演出家として、美しい仕事をしてきた。一九八一年にRSCの八時間半の演目『ニコラス・ニクルビーの生涯と冒険』に主演し、ブロードウェイの花形になった。ディケンズには一家言ある人物だ。それにとても優しくて思いやりがあり、わたしにはそれが必要だった。フィードバックは欲しかったが重箱の隅をつつかれたり、わたしのアプローチが根本的に間違っているとはいわれたくなかった。

ロジャーに電話を入れ、ひとしきり雑談したあと、目的を話す。喜んで手伝うといってくれ、サンタバーバラの上演がある週末、日曜日のマチネをみにくるとの約束をとりつけた。その日の午後がやってくると、早めに楽屋入りし、台本に目を通して神経を静めようとした。神経質になり、ロジャーを招待したのがいいアイデアだったかどうか思い悩んだ。

ケイトが楽屋に入ってきて、ロジャーが劇場ロビーのバーでコーヒーを飲んでいると教えてくれた。彼はメモ帳を持っているかきいてみた。持っていないとケイトはこたえた。メモ帳とペンを持って、ロジャーをみつけて渡してほしいと頼んだ。すぐに彼女が戻ってきて、ロジャーはメモ帳を持っていないし、メモをとりたくないといった。わたしはその知らせにがっかりした。たくさんの助言をもらうことを期待していたからだ。しかし……まあ、天才には天才のやりかたがあるんだろう。

上演後、ロジャーが楽屋裏にやってきて力強いハグをした。「すごいよパトリック、すばらしかった。さて、明日は何をするんだい？」

わたしはランチまで自由で、その後パラマウントの撮影所に仕事に出かけないといけないといった。ロジャーは明日の午前九時に寄るよといって、すぐに立ち去った。

テストは提出したが、先生の採点待ちで、結果はまったくわからないときの気持ちをご存じだろう？それが、このときの気持ちだった。つぎの朝に起きると、この二年間で初めて『クリスマス・キャロル』が心配になった。ロジャーの批評に、気落ちする結果になったらどうしよう？　彼がいったことすべてに賛成できなかったら？　わたしが怒って、彼に出ていけということになったらなんとしよう？

ロジャーは九時きっかりに正面玄関に現れ、わたしがまだコーヒーを淹れているあいだに芝居について話しはじめた。まずは幕あけからはじめた。わたしがやったやりかたはとてもシンプルだ。舞台に歩いていくと照明がつき、登場時の拍手喝采に微笑みでこたえ、観客に向かっておもむろに最初のセリフの半分を語りかける。「マーレイは死んでいた……」

それからわたしはきびすを返して観客に背中を向け、葬儀の準備をはじめるマイムをはじめ、つぎに再び振り返って、もう半分をいう。「……最初にいっとく」。それはいつもうまいこと笑いを誘い、芝居のしょっぱなにすごく励まされた。

ロジャーはいった。「パトリック、あれはおかしいね、でも、警告としていったらどうだろう？　観客に親しげなストーリーテラーとしてあいさつし、その後ピシリと、これはほんわかしたおとぎ話じゃないぞって教えてやるんだ」

わたしはすぐに反論した。「ロジャー、それはどちらにもとれると思うが」

「そうだ」彼は意気ごんでいった。「わかったね！」そしてつぎに進む。その朝の残り、彼は実際全ページに注意書きをくれた——ペンを借り、わたしの台本に書きこんだ。ただしそれらは本当にはダメ出しではなく、感想や推測、「もしかしたら」「可能かも」の提案に近い。純然たる鼓舞で、くさす要素は皆無。セリフや場面の演じかたを何種類も示唆するロジャーの発想に、わたしはものすごく意気があがった。チャールズ・ディケンズはすばらしい作家だが、そのうえでなお『ニコラス・ニクルビー』を知りつくしたロジャーが、わたしの理解がおよぶよりずっとすばらしいことを気づかせてくれた。

三時間後に終わったとき、ロジャーはわたしが淹れたコーヒーを飲み終えてさえいなかった。彼はただ「行かなくちゃ」といい、そして消えた。スーパーヒーローの演技コーチみたいだった。

さらにいま一度、まだカルアーツに通うわたしの息子ダニエルに助けを求めた。パラマウントはわたしの『クリスマス・キャロル』熱にずっと協力的で、今回スタジオは寛大にも空いているサウンドステージを使わせてくれた。そのステージは撮影所でいちばん大きく、わたしの舞台で使う機材以外、室内は空っぽだった。ダニエルとわたしは驚異の面持ちで周囲をみまわした。われわれの座るまさにこの場所で、好きな映画のどれが撮影されたのかを想像しながら。それから仕事にかかった。

　まだ助けのいる場面のリストを持ってきたので、ダニエルはわたしに演じさせ、問題が生じたら個別にあたった。そしてランチのあと、芝居全体をひとりの観客、息子のために演じた。ダニエルとロジャーのおかげでわたしは準備万端、ロンドンに飛んで英国の容赦ない演劇ファンに対峙する用意が、五年間で初めて整う。


　離婚したため、わたしはもはやロンドンに家を持たず、それで、思いきって奮発し、パークレーンのドーチェスターホテルでスイートを予約した。わたしの父がその昔、ドアマンの仕事をオファーされた例のホテルだ。スイートは豪華かつ快適で、ハイドパークをみはらせた。アルフ・スチュワートがいまのわたしを目にできていたらよかったのに。

　わたしは土曜日の早い時間にロンドンに着いたが、その週末にオールド・ヴィックで上演される舞台があったため、ケイト、フレッドとわたしは日曜日の晩まで舞台の上に立てなかった。とうとう実現したとき、われわれ三人は舞台の真ん中で長いあいだ抱擁しあった。ケイトとフレッドはこの仕事がわたしにとってどれほど大きな意味を持つのか知っていて、事実上わたしがディケンズの冒険をはじめたときから一緒だった。稽古とテクリハでつぎの数日間があわただしく過ぎ、だがときどきうしろにさがって、この魔法の場所がつぎの二週間わたしの家になるという事実を楽しむのを忘れなかった。

わたしの唯一の不安はロンドンの劇評家たちだ。英国では〝出る杭は打て〟症候群と呼ばれるものがあり、卑しい身分から成りあがった者たちは残酷な儀式によって引きずりおろされる。パパラッチ事件も生々しく、心の片隅では断頭台の上に首を乗せ、はねられるのを待っているという妄想に屈していた。**「ヨークシャーの宇宙艦長、身のほど知らずのディケンズ芝居で地球に墜落」**という見出しが目に浮かぶ。わたしは故国の男たちが浴びせる嘲笑と誹謗《ひぼう》にびくびくしはじめた。

フレッドとケイトがいてくれてよかった。ふたりは楽天家以外の何者でもなく、気持ちを安定させてくれた。公演の最初のふたつの舞台は基本的に試演だったが、チケットは売り切れとなり、それで、あとは出るだけだった。

だが、最初の舞台に立って数分すると、新たな感覚を覚えた。アメリカでやった舞台では経験しなかった感情だ。ものすごい観客の集中度。役柄とことばへの本能的な同調。

それからはっとした。あたりまえだ。これは単なる英国の観客じゃない、ロンドンの観客なんだ。この芝居は彼らの町について、同胞についての物語だ。アメリカ人にとって、わたしの『クリスマス・キャロル』はあたかも暗いおとぎ話の世界で起きているように感じることもあるに違いない。現実と生々しい経験からは完全に切り離された物語だ。だがここロンドンの観客は、わたしが語る街角を知っていた。ディケンズの筆になる、とりわけ風が身に染みる冬を。「霧と闇が濃くなった。そして寒さが一段と強まった。突き刺し、探しあて、噛みついてくる寒さだ」

観客の原作に対する感度を感じとり、わたしはリラックスしはじめた。劇場全体に染みわたる温かさ、劇中の状況と登場人物への感情的なつながりを感じた。それまでこんなことは、ついぞなかった。

わたしは決めた。パトリック・スチュワートにこの物語を新しい方法で探検させ、調査させよう、ロジャー・リースが励ましたように。各ページが新しいものに感じられた。そのことばと感情はわたしの心、わたしの頭、わたしの奥底から生まれ出る。

そしてもちろん、ミスター・ディケンズから。初めてわたしは彼を感じた、舞台上で最も超越した瞬間にシェイクスピアを感じたように。彼はわたしのなかにおり、彼の反応はわたしの一部だった。

　舞台は飛ぶように過ぎた。突然、わたしはこのすばらしい物語の最後のページにきて、最後のセリフをしゃべっていた。「スクルージはクリスマスをきちんと祝うやりかたを知っていると、よくいわれた。生身の者にそんな知識があるとすればだが。われわれに対しても、それがまことのことばとなりますように、あまねくすべての人にとって。さて、それでは、タイニー・ティムにあやかろう。わたしたちみんなに、神さまの祝福がありますように《God bless us, every one》」

　驚いたことに、観客席全体から、締めのことばをわたしに合わせて唱える声がした。ぶつぶつぶやく者もなかにはいたが、大半はさもうれしそうに、勝ち誇って唱和した。舞台上でこんなことは一度も経験したことがない。観客と俳優がひとつに合わさった。わたしは感動で熱くなり、フレッドに静かに感謝した。その最後のセリフで完全な暗転になり、カーテンコールの照明がつく前に、顔から涙をぬぐうすきを与えてくれたことに。

　けれどどっちみち、カーテンコールで涙が流れた。なぜならみんなが立ちあがり、拍手をして叫んだからだ。とんでもなかった。何度カーテンコールをしたか覚えていないが、最後にケイトとフレッドをステージに引っぱりあげた。ふたりはしおらしく戸惑ってみせ、観客の大半はふたりが何者かわからなかった。ただ、ふたりがこの舞台で重要なパートを演じたことを、わたしがはっきりさせたという以外は。

フレッドが楽屋でシャンパンをあけ、戻ってきたわたしもすぐに仲間に加わった。と思うと、ドアがノックされた。グラスを置いて三十分後には、また持ちあげた。小さな部屋は、友人と成功を祝う者たちであっという間にぎゅうぎゅうになった。メアリー・タイラー・ムーア、アーサー・ミラー、ベン・ヴェリーン、アンドレ・プレヴィン、ジョエル・グレイ。

さらには英国の劇評家たちに驚かされた。わたしにナイフを突き刺しはせず——それどころか好意的なことばを舞台とわたしの演技にかけてくれた。ポール・テイラーはインデペンデント紙にこう書いている。「最も揺るぎない非トレッキーでも認めざるをえない。スチュワートが——宇宙船〈エンタープライズ〉号をいまはおりて——この作品に要求される複数のロールプレイングに適した生身の、年齢を感じさせない活力を有することを」

数ヶ月後、『クリスマス・キャロル』はオリヴィエ賞にノミネートされた。英国演劇界最高の権威ある賞で、トニー賞に匹敵する。リック・バーマンが「新スター・トレック」から数日のオフをくれ、わたしはケイトとフレッドを誘って一緒にロンドンへ渡った。勝とうが負けようが、わたしの国で評価されて誇りに思った。そして、それから『クリスマス・キャロル』は実際に勝ち、最優秀エンターテインメント部門を受賞した。

翌火曜日にTNGのセットに戻ったとき、わたしはオリヴィエ賞の像を携えて行った。像を掲げるとはやし声と拍手が起き、キャストとスタッフのみんなが代わる代わるトロフィーを握りしめた。初めて、演劇とハリウッドの二足のわらじで快適に歩んでいけると感じた。

数日後、郵便でカードが届いた。ロジャー・リースからで、カードにはひとことだけ、こう書いてあった。「ブラヴォー」

第二十章

「スター・トレック」の裾野はとほうもなかった。はじめ、そのユニバースのしきたりに不慣れな者として入ったとすれば、「新スター・トレック」終盤のわたしは、何百万人、おそらくは何億人もの人々が愛してやまない作品の守護者だった。

これまでおびただしい数の見知らぬ人に話しかけられ、いかにつらいことも時代を送ったか、耐えられたのはひとえによりどころにできるもの——希望を与えられ、乗り切れたものがありそれがわれわれの番組だと、赤裸々に告白された。アメリカで話しかけてくるファンのかなりの割合がアフリカ系なのに気がついた。理由をはっきりとはいえない。だがウーピー・ゴールドバーグがわたしにいったことが、多くの有色人種にあてはまるのではと思う。「スター・トレック」がシリーズを通してみせてくれるのは、現在よりも好ましい憧れの未来——インクルーシヴな社会が、努力で勝ちとるのではなくあたりまえにある未来だからではないだろうか。

それから、有名人のファンがいる。トム・ハンクスはTNGをとりつかれたようにみて、全エピソードの題名をいえるとわたしに豪語した。だれあろうフランク・シナトラが熱心にみていたと、信頼すべき情報筋からきいた。その理由をきければよかったのに。

そして、いつも奇妙な感情に襲われるのが、偉業を成し遂げた人物と話していて、相手が少しばかり挙動不審なのは、ピカード艦長とつるんでいるからなのだと突然気がついたときだ。これが起きたのは、小説家のサルマン・ラシュディと会ったときだった。彼の著書と知性を崇敬するあまり、わたしは口がきけないほど怖じ気づいていた。そのとき、ラシュディがわたしに対して同じように振る舞っているのに気がついた——もじもじして、〈エンタープライズ〉とボーグについて半分出かかった質問をするのを抑えている。ああ、わかったと内心思った。彼は番組のファンなんだ。

本書執筆のため、「新スター・トレック」のほぼ全話を見直した。まるで感情のジェットコースターに乗ったみたいだった！　番組について、そのときどきに浮かんだ感想を追加で共有させてほしい。あなた自身がもしかして見直す気になったとき、思い出されるかもしれない。

初期のエピソードの何本かでは、拳を握りしめた。四話目「愛なき惑星」（一九八七）では黒人を野蛮な、おそろしい人種的ステレオタイプに貶めていた。ターシャ・ヤーがリゴン人という人々にさらわれる。彼らの首長はターシャを彼の「正妻《ファースト・ワン》」、基本的には愛人と激しいケージファイトをさせる。

第一シーズンの第十五話「盗まれたエンタープライズ」（一九八八）を見直すのは、もっと楽しめた。〈エンタープライズ〉が、短期間ハイジャックされる（のちに害のない目的と判明）。犯人はバイナー人という小柄でおしゃべり好きなヒューマノイドだ。プロデューサーはバイナー人役にこどもを起用したかったが、子役が働ける時間には厳格な規定があるため、代わりに小柄な女性が演じた。メイクアップ・アーティストのマイケル・ウェストモアがボールドキャップを引きのばして被せ、わたしはかわいらしいと思った。このエピソードの精神はオリジナルの「宇宙大作戦」のスタイルをよく反映し、一見一九六〇年代にあってもおかしくなさそうだが、楽しく撮影でき、バイナー人にさよならするのは悲しかった。ジャン＝リュックと違って、わたしはこどもも、こどもみたいなクリーチャーも好きなのだ。

　だが、第三シーズンまでくると、TNGが独自の足場を固めるのかわかった。ジョナサン・フレイクスが初めて監督した最初のエピソード「アンドロイドのめざめ」（一九九〇）では、データがアンドロイドのこどもを創造して「ラル」と名づける。彼女は十代の女の子の容姿をとり、ハリー・トッドによって感動的に演じられるが、長期間機能するように設計されておらず、命がこぼれ出すのを見守るデータは本物の人間の感情に近いものを会得する。ブレント・スパイナーの演技は信じがたいほどよく――ブレントは彼の役柄の、人間の発明品が人間になりたいと願うピノキオ的な境遇に新しい深みを加えた。ブレントがデータ役で一度もエミー賞を受賞していないとは、理不尽極まる。アンドロイドのローアとB‐4、マッドサイエンティストの奇妙なスン一族役は、いうに及ばず。

　昔のエピソードを見直しているとまた、われわれの人気がどれほど高まっていったか、有名人の訪問者を惹きつけたかを思い出す。第二シーズンで、フリートウッド・マックのリーダー兼ドラマーのミック・フリートウッドがどれほどやっかいな条件でもいいから出してくれと、番組に直訴した。かくしてプロデューサーは彼を魚頭のエイリアンに配役する。頭部の特殊メイクを施すにはミックが一九七七年以来生やしているひげをそらねばならない。彼は喜んでそり、「魅せられて」（一九八九）の回で本人だとまったくわからない役を数分間演じた。セリフはたったのこれだけ。「食べ物、食べ物、食べ物」。

第四シーズンのフィナーレ「クリンゴン帝国の危機」〔一九九一〕前編を撮影中、リック・バーマンがサウンドステージに現れ、二年前に大統領を退任したロナルド・レーガンが番組の大ファンで、セット訪問を要請してきたと知らせた。わたしはすでにレーガンの統合参謀本部長ウィリアム・J・クロウの案内役をつとめたことがあり、クロウはブリッジにくると恥ずかしそうに艦長席に座ってもいいかとたずねた。あなたはわたしより上官につき、許可は不要ですとこたえた。

レーガンについては、政治信条は合致しないものの、わたしのなかの若い映画ファンは『バファロウ平原』〔一九五四〕や『Prisoner of War』〔一九五四〕でみた人物に会えるというのでわくわくした。前大統領が到着したとき、わたしは番組の大部分が撮影される第八&第九ステージを案内した。

レーガンはこのうえなく感じがよかったが、もの静かで、ときどき周囲の状況に混乱してみえた――三年後、彼がアルツハイマー病を患っていると公表したとき、腑に落ちた。

第六シーズンのフィナーレ「ボーグ変質の謎」〔一九九三〕前編では、データがホロデッキでポーカーをしている。相手はホログラフィックが再現したアルバート・アインシュタイン、アイザック・ニュートン、そして本人演じるスティーヴン・ホーキングだ。悔しいことに、わたしはこの偉大な物理学者に会えずじまいだった。その朝の香盤表にわたしは載っておらず、ホーキングの出演は本番ぎりぎりになってのリクエスト――たまたまイングランドからロサンゼルスに訪れていた――であり、厳重に守られた秘密でもあった。わたしは家にいてセリフを練習していたため、彼のカメオ出演を知ったのは撮影終了後だった。ホーキング博士はあきらかに仲間の天才たちを負かす場面を楽しんでいたとブレントが話してくれたが、わたしはブリッジを案内したかったのにとほぞをかんだ。

それに、サー・アイザック・ニュートンを演じた俳優に会えたらどんなによかっただろう。破壊的にハンサムな英国人俳優、ジョン・ネヴィル。一九五六年の昔、ロンドンのオールド・ヴィックの舞台でロミオを演じる彼をみて、夢中になった。まぬけなアイザック・ニュートンのかつらを被っていても、彼はいつもどおり決まっていた。

振り返ると、番組は第五および第六シーズンがピークだったといえる。第六シーズンではファンタスティックな経験を味わわせてもらえた。それ以前であれば、空想のなかだけにとどめおいたであろう経験。デイヴィッド・ワーナーとテレビドラマで共演できるとは。

一九六五年の舞台『ハムレット』で彼をみて以来、デイヴィッドは手の届かない俳優のひとりであり、幸運にも同じ舞台を踏む特権にあやかったにすぎない天才だと考えていた。それなのに、われわれは一週間パラマウントの撮影所に通い、劇中王とハムレットが再会した。これは「戦闘種族カーデシア星人」という二部作の撮影のためで、そのなかでピカードはカーデシアという軍事国家的な異星種族（念のため、リアリティ番組のカーダシアン家とは無関係）に捕らえられる。デイヴィッドはカーデシアの士官ガル・マドレッドを演じ、ピカードを拷問して連邦の秘密をききだすことを目的とした。

デイヴィッドがガル・マドレッド役の候補だとは露知らず、もったいなくも彼が承知するなど想像もしなかった。そのためリック・バーマンがある日デイヴィッドが出演するとのニュースをわたしに漏らしたとき、舞いあがった。エピソード中ワンシーン以外彼の出番すべてで共演し、そして彼はわたしを拷問するのだ！　ああ、もったいなや。

セットに到着したとき、デイヴィッドは絵に描いたような好人物で、「新スター・トレック」出演をあきらかに喜んでいた。力関係に少し違和感を覚えたことを認める。デイヴィッド・ローズからUCLAのイベントに直前に誘われて演技をしたことに端を発する、奇妙で想定外の一連のできごとを通し、わたしは四十代から五十代にかけてメジャー・テレビドラマシリーズに主演した。そしていま、わたしが駆けだしだったころの英国演劇界の最も偉大なスターが、わたしの番組にゲスト出演できるとうきうきしている。人生とは実に奇妙だ。

「戦闘種族カーデシア星人」にデイヴィッドが抜擢されたのは撮影間際だったため、セリフを覚えるひまがほとんどなかった。実際、デイヴィッドはふたつのエピソードでかなりの場面をキューカードに頼っていたが、視聴者には絶対にわからない——そこがガル・マドレッドに扮した彼の偉大なところで、実に自然に毎回役になりきり、真実味があってリアルな演技をいつでもやりのけてみせた。

デイヴィッドは数々の賞に彩られた長くすばらしいキャリアを、二〇二二年に人生を終える間際まで楽しんだと喜んでいえる。デイヴィッドの演技を惚れ惚れとみていた——カーデシアの戦闘服と突起状のパーツを顔につけ、わたしの周りをまわりながら、ささやくような小声と脅すような叫び声を使いわける名人芸を。「戦闘種族カーデシア星人」は「トレック」信者たちに愛され、それはわれわれふたりのシーンが大きな理由だと思う。ガル・マドレッドは人道的因習をことごとく破ってピカードを裸にむき、天井から吊るし、苦痛を与える機器を埋めこむ。オーウェル的な残酷さを発揮し、ピカードに苦痛から解放してやろうと約束する。もし艦長の顔を照らすライトが五つだと認めるなら――実際には四つしかないのに。ピカードは抵抗し、繰り返し「ライトは四つだ」といいつづけ、それがさらなる拷問を引き起こす。ついにマドレッドがピカードの解放を迫られたとき、艦長は拷問者に向かってドラマチックに叫ぶ。「ライト……は……四つだ！」いまでは定番の「トレック」ネタになっている。

「戦闘種族カーデシア星人」を見返し、初めてピカードがその「ライトは四つ」のセリフをいったとき、わたしは微笑んだ。だが、彼がその主張を繰り返すたび、罰としてさらに強い苦痛を与えられていくにつれ、どんどん緊張していった。エピソードが終わるころ、気をとり直して様々な感情をやりすごす必要があった――デイヴィッドとわたしの力演に対するプライド、物語の悲痛さに覚えた疲労、そして、デイヴィッドをひどく惜しむ哀惜の情。

第七にして最終シーズンにくると――イエス、当初の契約よりももう一シーズン長くつづいた――わたしはひどく落ちつかなくなった。そして、脚本がそれまでと同じ水準に達していないように感じた。正直にいって番組の終了が決まったときはうれしかった。この感情を共演者の多数とはわかちあえないのを知っているし、パラマウントはわたしが乗り気ならば番組をもう数シーズンつづけたかもしれない。だが、わたしは変化を必要とした。七年は長く、わたしは映画出演の機会を失うおそれをつのらせていた。なぜならハリウッドはわたしを「スター・トレック」俳優としかみなくなるからだ。これは単なる杞憂ではない。ひとりの大物監督がわたしに面と向かっていった。「なんでわたしの映画にジャン=リュック・ピカードを出さなきゃいけないんだ?」

この一件に触発され、わたしはエージェント、スティーヴ・ドンタンヴィルにピカードから可能な限り離れた役を持ってきてくれとの指示を出した。わたしの要望をスティーヴは確かにきいた。テレビ番組の仕事を減らしつつ、わたしが出演契約をした最初の非「スター・トレック」映画は、『ジェフリー!』〔一九九五〕だった。ポール・ラドニックの舞台喜劇をもとに、エイズが猛威を奮っていたころのゲイロマンスを描いている。わたしは年輩のゲイの紳士スターリングを演じ、ブライアン・バットがわたしのHIV陽性のパートナー、ダリアスを演じた。ダリアスは俳優兼ダンサーで、『キャッツ』の長期出演者だ。わたしはスターリングの役と、ブライアン、スティーヴン・ウェバー、クリスティーン・バランスキー、シガニー・ウィーヴァー、ヴィクター・ガーバーらそうそうたるキャストと共演できる機会を大切にした。とはいえ、いまならわたしがゲイ男性を演じるかどうかは、現在のセンシティヴィティとわたしがヘテロセクシャルである事実を思えば、定かではない。最低でも、周囲の意見をきいて、彼らの感情を考慮するだろう。

けれどこの映画の撮影は楽しく、信頼と笑いにあふれていた。『ジェフリー!』は限定公開されて少数の観客にしか届かなかったが、高い評価を博した。映画からはまた、すばらしい時間をもらった。役柄の同棲生活に信憑性《しんぴょう》を与えるための小道具づくりに、ブライアンとわたしは一日を費やしてニューヨーク市を歩きまわり、ロマンチックな場所で幸せなカップルを装いツーショットの記念写真を撮った。写真はいまでも大切にしている。

「新スター・トレック」については、脚本家たちが立ちあがって有終の美を飾ってくれたといえて、うれしく思う。「永遠への旅」〔一九九四〕というふさわしいタイトルの前後編、第一七七話と一七八話（！）にて、われわれの長年にわたる放映が終わった。ピカードが時間から遊離し、みっつの異なる時代を行き来する。過去、特定すればTNGのパイロット「未知への飛翔」の事件が起きる直前、現在、そして二十五年後の未来では、ピカードは健忘症に似た衰弱症状を呈し、ライカーは少しばかりジョナサン・フレイクスのいまある実際の姿に似ていた。ピカードはみっつの時代の分裂状態を時空連続体に戻し、人類の破滅を防がなければいけない。

これはQ連続体が考案したパズルであると判明し、それはつまりわれわれにとってジョン・デ・ランシーがQとしてだけでなく、パイロット・エピソードの有名な審問官衣装をまとって現れ、シリーズ全体をブックエンドのようにはさんで締めくくることを意味した。もしそのエピソードを何かの拍子で見逃したなら、ピカードは確かに人類を破滅から救ったと知っても、驚かないだろう。そして、騒動がすべておさまったとき、〈エンタープライズ〉士官のうちピカードのみが時空の亀裂の記憶を有している。最後のシーンでは上級士官――ライカー、クラッシャー、ラフォージ、ウォーフ、トロイ、データ――がいつものポーカーに興じている。一同が驚いたことに、艦長がいつになく上機嫌で、初めて仲間に入る。

ピカードはカードを配る名誉を与えられる。より大きな余韻を巧みに残す締めのセリフを思いついたのは、脚本家ではなくブレント・スパイナーだった。カードを配りながらピカードは明るくいう。「ようし、ファイブ・カード・スタッド・ポーカー……ワイルドカードはなしだ。上限は空の彼方《the sky's the limit》といこう」

しかし、一九九四年四月五日の撮影最終日はそのシーンではなく、デ・ランシーとわたしの二ページ分のシーンだった。撮影をはじめたときセットは訪問客で混んでいたが、第一助監督が「これにて撮了でーす」と宣言すると、仕事熱心なスタッフのみが残っており、まばらな拍手があがった。けれどリック・バーマンがセットにいてわたしを抱きしめ、仕事をねぎらってくれた。

これが今生《こんじょう》の別れではないのをわれわれは知っていた。オリジナルの「宇宙大作戦」に並び、すでに「新スター・トレック」を映画フランチャイズへと移植しはじめていたからだ。事実、映画版第一作『ジェネレーションズ　STAR TREK』（一九九四）が公開されたのは、たった八ヶ月後（アメリカ公開日は一九九四年十一月十八日）だった。とはいえ、映画が第七シーズンでやっていたことからもっと離れていたらよかったのだが。わたしにとってあれは長編映画というよりも、高額な一挿話の拡大版のようだった。

だが、あの作品ではジャン＝リュック・ピカードとジェームズ・Ｔ・カーク船長の注目すべき組み合わせが際だっていた。作劇上の超次元的ロジックの妙により、ふさふさの髪に白いもののまじりはじめた壮年のカークと、彼の後継とがともに居あわせる。その時点までビル・シャトナーは比較的ＴＮＧに冷たく、ほとんどみたことがないと媒体に公言しており、われわれの最初の映画にカークを投入しようと決めたプロデューサーと脚本家たちに、わたしは少々がっかりした――まるで「新スター・トレック」のキャストたちだけで映画をもたせられるとは信用していないような印象を受けた。

それでも、最後にはことばを飲みこんだ。なぜならビルとの仕事は楽しく、オープンで鷹揚な気性の男で、そして彼の死の場面は感動的だったからだ。ピカードとカークはタッグを組んで本作のヴィラン、トリアン・ソランの計画をくじこうとする。ソラン役は、マルコム・マクダウェル。ロイヤル・

シェイクスピア・カンパニーの仕出し役者の日々からは隔世の感がある。カークとピカードは、ソランが発明した死の宇宙探査ロケットの爆破に成功するが、カークが究極の犠牲を払って致命傷を負う。

　わたしが彼の上におおいかぶさり、ビルはカークに完璧な門出を与える。最後にニヤリとしてトレードマークの笑みを巧みにみせたあと、「輝けた……最後に」という。すると、わずかに顔の造作が自然と変化し、弱々しく虚空をみつめ、カークは末期のことばをつぶやく。「ああ、何て……」。ファンはオリジナルの船長を悼んだが、カークが事実上、ピカードの腕のなかで息絶えたのは好評だった。


　TNGキャストとつくった『ジェネレーションズ』と二作目の映画『ファースト・コンタクトSTAR TREK』〔一九九六〕とのあいだに、パブリック・シアターの《1995シェイクスピア・イン・ザ・パーク》で上演される『テンペスト』のプロスペロー役をオファーされた。一九七〇年に名優イアン・リチャードソンが主演したロイヤル・シェイクスピア・カンパニーの舞台で、わたしは小さな役のステファノーを演じたことがある。イアンのプロスペローへの刺激的なアプローチをみて、いつの日か自分がその役を演じてやると空想したものだ。いまや、その日がきた——そして、それはセントラルパークの屋外ステージ、デラコート・シアターで千五百人の観客を前に上演される。

　このときの『テンペスト』は、パブリック・シアターの当時の芸術監督で精力的な若いヴィジョナリー、ジョージ・C・ウルフの演出だった。ジョージがシェイクスピアの演出経験がないと知って驚いたが、しかし心配するより触発された。われわれはいいコンビだった。ジョージの素材に対するフレッシュなアプローチと、実験精神を気に入った。

キャストもすばらしかった。アーンジャニュー・エリスがエアリエル、キャリー・プレストンがミランダ、ティーグル・F・ブジェーレがキャリバン、ビル・アーウィンがトリンキュロー、ジョン・パンコウがステファノー、ラリー・ブリッグマンがアロンゾーを演じた。様々な経歴の異種混淆《こんこう》な一座ながら、みごとにはまった。劇評家はわれわれを愛し、夏いっぱいのタダ券は配布開始後数時間でなくなった。

『テンペスト』は基本的に、長年映画とテレビ界で働いたあと、ひさびさにシェイクスピアの舞台を踏むわたしの復帰作となり、責任の一端を担っているのを自覚した。観客の多くは「スター・トレック」ファンで、おもにジャン＝リュック・ピカードとして知るわたしをみにくる。彼らの大半にとって、これが初めてのシェイクスピア観劇だ。最後の観劇にはしたくなかった。そして、わたしの演じるプロスペロー体験をいい思い出にしてほしかった。一座として、この点において成功したと思う。観客の熱狂は舞台上のわれわれを痺れさせ、ブロードウェイのブロードハースト・シアターに舞台を移しての限定公演ではチケットが毎回売り切れ、観客は恍惚となった。

「新スター・トレック」のキャストによる映画第二弾『ファースト・コンタクト』は一九九六年に公開

された。わたしはこれを、チームで撮った「スター・トレック」作品の最高峰とみなしている。『ファースト・コンタクト』はジョナサン・フレイクスの長編映画監督デビュー作だ。ドラマシリーズの撮影中、われわれ全員が彼の監督を気に入っていた。ただし、これがジョナサンの本当の出世作になる。ジョナサンはおかしく、温かい心の持ち主で、セットにいつも明るい空気をつくり出した。だが今回は、番組中に表現した以上の真に迫る感情をわれわれに要求し、集中力をとぎすまさせた。

映画の題名は、二〇六三年の歴史的瞬間をほのめかしている。「スター・トレック」正史の伝説では、その年人類は初めて異星種族、具体的にはバルカン人に出会い、それが惑星連邦の創設につながる。〈エンタープライズ〉のクルーは二〇六三年の過去にタイムトラベルせざるをえなくなる。なぜならボーグがすでに時間をさかのぼり、バルカン到着以前に人類を同化することで歴史の流れを変えようとしているからだ。二十一世紀のアメリカ人発明家ゼフラム・コクレーンが彼の船〈フェニックス〉で初めてワープを成功させ、それによってバルカン人の調査船の注意を引き、地球人類との接触が早まるタイムラインを保全することにすべての命運がかかる。

リック・バーマン、ブラノン・ブラガ、ロナルド・D・ムーアによるストーリーは一級品だった。彼らは大きな賭けに出て、主要キャストにほとんど宇宙艦隊士官らしからぬ、予想外の生々しい、共感できる感情を与えて向き合わせた。ピカードのボーグ・クイーンとの丁々発止の場面は、「新スター・トレック」で確立された宇宙を翔《か》ける高潔なヒーローではなく、失敗を犯す人物としての彼を描く。ボーグに同化された過去による積年のＰＴＳＤが、ピカードを復讐に燃える短気な男にした。それは勇気のいる作劇だ。ユーモアの気前よい使いかたも同様で、ライカー、データ、ジョーディ、トロイ、ドクター・クラッシャー、ウォーフは実世界における不機嫌な、ストレスのたまった同僚に近く――『ファースト・コンタクト』の尺の大半が今世紀で展開することを思えば、基本的に事実そうだった。

われわれの方針は、すばらしいゲスト俳優トリオにはかり知れないほど助けられた。人間サイドではふたりのオスカーノミニー、ゼフラム・コクレーン役のジェームズ・クロムウェルと、彼の副官リリー・スローン役のアルフレ・ウッダード。ボーグサイドではアリス・クリーグが集合体のやんごとなき、悪意に満ちた女王に扮した。

ジェームズは歴史上のヒーロー・イメージが現実とはほぼ相反する人物を演じて知性とウィットで肉づけし、最後の瞬間の感情的な葛藤を経てこの不一致に橋を渡し、力量をみせつけた。アリスは引きのばされ、てらてらした頭部にメデューサのようなエクステンションをつけ――メイクアップのマエストロ、マイケル・ウェストモアの冴え渡った仕事――おそろしいと同時にセクシーだった。データが一時的にせよ、その魅力によろめいたのを非難できない。

アルフレについては、彼女は映画にハートをもたらし、二十一世紀の感性をジャン＝リュックにぶつけて彼の高慢な二十四世紀のみせかけをはぎとった。ボーグが〈エンタープライズ〉に侵入するクライマックスのシーンにおいて、リリーはピカードには不慣れな反抗をみせ、艦長のエゴと血への飢えを非難する。彼は自明の行動――〈エンタープライズ〉を自爆させ侵入したボーグを滅ぼす――を拒否する。なぜなら戦況をすべて個人的な感情で判断していたからだ。リリーがきつい皮肉をいう。「悪かったわ、お楽しみを邪魔する気はなかったの。エイハブ船長はクジラを捕まえにいかないとね」

それがピカードを爆発させる。彼はブチ切れ、粗野にわめき、展示用ケースのガラスを割る。怒りに燃え、ボーグには一インチたりと二度と譲らないとリリーに宣言する。

脚本を読んだ瞬間、アルフレとわたしはこのシーンがどれほど爆発的になるかに気づいた。ジョナサンに支えられ、ふたりで限界までいった。双方の役柄の熱量にジョナサンはとことんつきあって、安心感を与えてくれた。このシーンでジャン＝リュックは最も無防備になり、怒りと攻撃性をたぎらせておそろしい激情にわれを忘れる。自分の感情とアルフレの強さに呪縛され、わたしはことばを吐きだす。「もうこれ以上あとには引かん！」毒のように。「これ以上先には行かせないっ、いっ、いっ！！」

撮影したあと、みんながこのシーンによい感触をもったが、わたしのエキセントリックな発音が物議を醸す運命にあるといち早く気がついたのは、ジョナサンだ。ジョナサンはあらゆる機会にわたしの声《こわ》音《ね》でいいはじめた。「もうこれ以上行かせないっ！」もちろん、それはポップカルチャーの常套句になり、しょっちゅう引用されパロディになった。わたしはすこぶる愉快だった。

ジョナサンの監督術について、ひとこと。キャストの如才ない扱い以上に、技術に習熟したところもまた披露し、カメラは映画の感情的シーンでの親密さを邪魔することなく情景を写しとっている。『ファースト・コンタクト』はまた、今日までで最高に見栄えのする「スター・トレック」映画であり、卓越した照明デザインと美術への、そしてジョナサンのカメラワークとカラーパレットの選択眼に対するトリビュートになった。

『ファースト・コンタクト』の自分をみると、刺激を受ける。俳優にとってテクニックは流動的で、高いレベルを保つのはひと苦労だ。一九九六年のパトリック・スチュワートはどうやってそれを成し遂げたのかを思い出させる。

『ファースト・コンタクト』が公開されたとき、みんなは映画フランチャイズの可能性をもう少しで確立できるという手応えを感じた。残念ながら、つづく二作『スター・トレック—叛乱—』（一九九八）と『ネメシス　S·T·X』はともに期待はずれに終わる。二〇〇二年に公開された『ネメシス』は、とりわけ弱かった。演じてわくわくする場面はひとつもなく、映画のヴィラン、シンゾンを演じた俳優は、奇妙な孤独癖の、ロンドンからきた若者だった。彼の名前はトム・ハーディ。

　トムは社交レベルでわれわれのだれともうち解けようとしなかった。一度も「おはよう」といわず、一度も「おやすみ」といわず、そしてセットに詰めている必要のない時間は何時間もトレーラーで恋人と過ごした。敵対的なわけではまったくない——ただ、親交を深めようとするのが困難だっただけだ。役柄の撮影が終了した晩、トムは彼らしく、礼儀作法もへったくれもなしに単にドアから出ていった。ドアが閉まったとたん、わたしはブレントとジョナサンにこう耳打ちした。「二度と会うことはないだろうだれかさんのご退場だ」

　トムがわたしのひどい判断違いを証明したのは、喜ばしい限りだ。彼は『インセプション』（二〇一〇）『ダークナイト ライジング』（二〇一二）『レヴェナント：蘇えりし者』『マッドマックス　怒りのデス・ロード』『レジェンド　狂気の美学』（二〇一五）などのブロックバスター作品で活躍し、テレビシリーズ「ピーキー・ブラインダーズ」（二〇一三〜二二）でも同様だった。だが、わたしのお気に入りは『オン・ザ・ハイウェイ その夜、86分』（二〇一三）だ。画面に映る俳優はトムただひとりで、ほぼ全編にわたって運転席に座るあいだ、オリヴィア・コールマン、ルース・ウィルソン、トム・ホランドなどの俳優が声のみで演じる人物からの電話に出る。いつかトムと夕食をともにして、その頭のなかがどうなっているのかぜひとも探ってみたい。

だが『ネメシス』は、わたしに関する限り失敗作だ。あの映画が公開されて終了するころには、SF、制服、または宇宙に関する作品にはもう金輪際出たくなくなった。ジャン＝リュック・ピカードとしてのわたしの時間は、永遠に過去のものになったと確信した。


いっぽう、私生活ではウェンディ・ヌースというすばらしい女性と交際しはじめていた。「新スター・トレック」の第二シーズンから、ポストプロダクションである音響チームの一員として彼女がシリーズに参入して以来、長年の友人同士だった。ウェンディはアフレコの責任者だった。アフレコは別名〝ルーピング〟ともいい――撮影が完了したあとに追加のセリフを録音する作業を指す。

アフレコは退屈になりがちだが、ウェンディは伝染力のあるウィットと熱意でキャストの気持ちをほぐした。わたしは他のだれよりもアフレコ時間が長かった。というのも、問答無用でほぼ毎回、番組冒頭で流れる〝航星日誌〟のナレーションを録音しないといけないからだ。それに、叫び声、ため息、うめき声、笑い声、荒い息づかい等々、ことばにならない感情の発露を録音する必要もあった。そういった声を録音する共同作業は楽しく、われわれの属する業界へのウェンディの辛らつなコメントは痛快だった。「ノミネートされたあとに負けるのって、くそよね」と、彼女はいった。「勝つのもね」

その辛らつさは、わたしの気を引き締めてくれた。それに、わたしのがっついた食習慣をからかうのも。「パトリックは食べてるときが最高に絵になるの」と、よくいいふらしていた。

何よりいいのは、生の舞台とクラシック音楽のファンだったことだ。ゲイツ・マクファデンが共演仲間のなかで唯一、ＬＡフィルハーモニックの演奏会の誘いに応じてくれるいっぽう、ウェンディとは安定のコンサート仲間になった。

初めて会った日からウェンディを魅力的だと思ったが、何年間もわれわれはただの友だちだった。しかし時間が経つにつれ、いつしか恋に落ちていた。ふたりには共通点がたくさんあり、一緒にいると楽しかった。わたしはそれが、よい結婚の秘訣だと考えた。だがそれだけではじゅうぶんではないことを、やがて発見する。一九九九年の末、ウェンディが人生をともに送りたい人だった。それで、わたしは彼女にプロポーズし、彼女はイエスといい、二〇〇〇年に結婚した。

この同じ期間、信じてもらえるなら、わたしの人生でさらにまた別の大きな展開が、ルーピングセッションから生まれた。一九九七年、リチャード・ドナー監督のスリラー『陰謀のセオリー』でわたしはジュリア・ロバーツとメル・ギブソンを相手に悪役を演じた。ちょうどその映画のアフレコを終えたとき、アシスタントがスタジオに駆けこんできて、わたしに封筒を手渡した。表にはわたしの名前、それに「いますぐ読め」との文字が。

封を開けると、いちばん上にローレン・シュラー・ドナーの名前が印刷されたメモ用紙が一枚入っていた。ローレンがリチャードと結婚予定で、また、成功し非常に尊敬されている映画プロデューサーなのを知っていた。前に一度会ったことがあり、意気投合した。メモはわたしに、録音が終わったらオフィスに立ち寄るよう求めていた。

オフィスのドアは開いていたが、とりあえず丁重にノックした。ずっと昔、メキシコシティでデイヴィッド・リンチとの初顔合わせの際に負ったトラウマをまだ少しばかり引きずっており、これがなんらかの人違いシチュエーションなのを心配した。だが入ったとき、ローレンは正確にわたしがだれかを承知しているとすぐにわかった。デスクについていたローレンが、車椅子に座るわたしに似ただれかのモックアップ写真をかざしてあいさつした。

「それはいったいなんですか、ローレン?」

「は!」彼女は勝ち誇っていった。「あなたよ、六ヶ月後の。あなたは生まれついてのチャールズ・エグゼビア教授だわ」

「それはいったいだれですか」

「X-MENのリーダーよ」

この会話はうんと昔、どうしてジーン・ロッデンベリーがわたしと会いたがっているのかとスティーヴ・ドンタンヴィルにきかれたのと同等の、意味不明なやりとりだった。チャールズ・エグゼビア? X-MEN? 何が起きているのか、さっぱりわからなかった。

『X-MEN』はマーベル・コミックスのスーパーヒーロー・チームをもとにした大予算の映画になると、ローレンは辛抱強く説明した。チャールズ・エグゼビアはコミックブック界のレジェンド、スタン・リーとジャック・カービーの創造した人物だ。対麻痺のテレパス、エグゼビアはミュータントが人類の進化したつぎの段階である世界に生きる。だが、ミュータントの超人パワーは偏見と差別を生む。彼は「恵まれし子らの学園」と呼ばれる学校と、X-MENと呼ばれる善のミュータント特別班を組織する。X-MENに〝X〟をつけたのはエグゼビアだ。

そして、リーとカービーはエグゼビアの外見を、元祖セクシー禿頭《とくとう》男優ユル・ブリンナーからインスピレーションを受けてデザインした。

わたしの好きな映画『ユージュアル・サスペクツ』〔一九九五〕でアカデミー賞を受賞したブライアン・シンガーが映画の監督をするとローレンがいった。ブライアンはわたしをランチに誘うべく、ローレンのゴーサインを待っている。

そのとき、わたしがどう思ったか？　やめてくれ。ファンタジーはもうたくさん、SFはもうたくさん、テレパスはもうたくさんだ。ジッパーで閉じるぴちぴちコスチュームの俳優なんかお呼びじゃない。ぜんぶがもう、うんざりなんだ。わたしをご検討くださりありがとう、でも――いやだね、絶対お断り。

第二十一章

いうまでもなく、その後まもなくブライアン・シンガーと昼食をとっていた。自信に満ちた若手監督はわたしが並べたてる抗議を辛抱強くきき、一度も遮らなかった。だが、話し終えたとわかるや自論を展開した。ブライアンはジャン＝リュック・ピカードとチャールズ・エグゼビア、または「スター・トレック」と『X-MEN』のあいだに大きな類似点はないと熱く説いた。かたやレガシーSFのフランチャイズ、こなたコミックブックの映画化という大予算の成長株——スタイルと中身がまったく違う。ブライアンは過去十年にわたるわたしの仕事を研究したが、『X-MEN』はそのどれとも似ていないといった。これはわたしにとってまったく新たな領域になる、そして全世界がわたしの仕事を目にすると大見得を切った。

わたしは自分がその気になるのを感じた。最大限クールにみせようとしたものの、ブライアンはすでにわたしを釣りあげていた。翌日、エージェントにローレン・シュラー・ドナーのオフィスに電話を入れさせ、交渉をはじめた。

詳細を詰めるのに少しかかったが、一九九九年までにわたしは『X-MEN』フランチャイズに巻きこまれていた。その間わたしはチャールズ・エグゼビア、または彼のミュータントの敬称を使うならばプロフェッサーXについて研究した。彼はミュータント種の善玉で、人間とミュータントはこの世界で完全に共存できると信じる一派のリーダーだ。これは彼のミュータント仲間にして悪玉のエリック・レーンシャーと対をなす。レーンシャーはアウシュヴィッツ強制収容所の生存者であり、以前はエグゼビアの味方だったものの、人類を疎んじはじめ自身の特殊部隊「ブラザーフッド」を結成、ミュータントによる世界支配を押し進めようとする。磁場を自在につくり出せる彼はマグニートーを名乗る。

キャスティングの最後のほうでやっと、レーンシャー／マグニートーをイアン・マッケランが演じることを知った。やった！　イアンとわたしは一緒に仕事をしたことがほとんどなかった――ロイヤル・シェイクスピア・カンパニー在籍時は一度もなく、ロンドンで一度だけ、トム・ストッパードの戯曲『良い子はみんなご褒美がもらえる』で共演したが、極端に短期間の上演だった。そのためマグニートーとプロフェッサーXには友情と憎悪のからんだ長く複雑な関係があるいっぽう、イアンとわたしは互いをほとんどまったく知らなかった。この状況が変わるのが楽しみだった――そしていやはや、変わりも変わったり。

撮入のためにトロントに向かい、ハル・ベリーおよびジェームズ・マースデンと合流する。ふたりは順にわたしの味方、ストームとサイクロップスを演じる。だが、配役リストのウルヴァリンの名前は空白だった。ウルヴァリンは『X-MEN』シリーズの主役だ。俳優のダグレイ・スコットがキャスティングされたが、『ミッション：インポッシブル2』〔二〇〇〇〕をトム・クルーズと撮影中の彼は、スケジュールの超過により拘束されているといわれた。そこでわれわれはウルヴァリンなしの撮影をはじめ、彼の登場しない場面にとりかかった。

撮影二日目、イアン、ハル、ジェームズとわたしが座ってコーヒーを飲み、照明のセッティングがすむのを待っていると、プロダクション・アシスタントが若い男性をサウンドステージに連れてきて一同に紹介した。ハンサムな黒髪のその男はリラックスした愛想のよいものごしで、ブライアンに会い、カメラの前に立つスクリーンテストを受けにきた、と説明した。

われわれはすぐに彼を仲間に入れ、セットに呼ばれたとき――ウルヴァリン役のオーディションだと判明した――ひとりずつ握手をして幸運を祈った。彼が席を外しているあいだ、「ヒューと呼んでください」といったその新参者を話題にした。みんなが彼を応援した――どことなくスター性がある。だが、ヒューにはまた、強いオーストラリアなまりがあった。そのせいで、不採用になるかしらん？　なまりを隠せるかどうかいぶかしみ、ダイアログコーチをつけたらいいのでは、などと話していた。

約三十分後、ヒューが戻ってきた。最初にまとっていた、くつろいだ自信に満ちた雰囲気が引っこんでいた。

「どうなった？」だれかがおずおずたずねた。

ヒューが悩ましそうに首を横に振る。「その、あなたたちとはこれでお別れになりそうです」

一同そろってうめき声をあげ、立ちあがるとなぐさめた。だがその瞬間、ヒューはプロデューサーのひとりに呼ばれ、別の打ち合わせに行った。「かわいそうに」わたしはいった。「たぶん残念賞の端役をあてがわれるんだろう」

しばらく沈んで座っていた。この稼業がどれほど情け知らずかに思いを馳せながら。すると、さきほどのかわいそうな男が椅子に座る一団のもとへ、ぽかんとした顔で戻ってきた。彼を連れてきたプロデューサーがいった。「紳士諸君、ウルヴァリンを紹介しよう！」

それはもう、快哉があがった――みんなが立ちあがって彼を抱きしめ、肩をポンポン叩いた。ヒュー・ジャックマンはそのときまで基本的に舞台俳優としてミュージカルに出ていたが、いまではわれわれのひとり、ミュータント仲間だ。のちにヒューからきいた話では、あの落ちこんだ顔つきでオーディションから戻ったとき、まっすぐ空港に向かうつもりだった。その代わりに衣装部門に引っぱられていき、緊急の衣装合わせをした。われわれの仕事は情け知らずなだけでなく、ときには完全に常軌を逸していた。

それからまもなく、残りのキャストに引きあわされた。ファムケ・ヤンセン、レベッカ・ローミン、レイ・パーク、ブルース・デイヴィソン、タイラー・メイン、そして十七歳のアンナ・パキン。アンナはジェーン・カンピオンの並み外れた映画『ピアノ・レッスン』〔一九九三〕でホリー・ハンターの娘を演じ、鮮やかな印象を残した。同役でアンナは十一歳にして二番目に若いオスカー女優になった。たいした集団だ、この『X-MEN』キャストは。

撮影は、全体的にポジティブな経験となった。キャストとは非常に親密になり、けれどブライアン・シンガーは映画のヴィジョンに固執するあまり、ときに独裁者すれすれの態度をとった。それでも彼は約束を守り、われわれの物語を荒唐無稽なスーパーヒーローものにせず、人間性に重きを置いた。一本目の『X-MEN』〔二〇〇〇〕映画を撮了してほとんどすぐに続編の『X-MEN2』〔二〇〇三〕が製作準備に入ったと知らされる。どうやら、また別のメジャー・フランチャイズに引っかかってしまったらしい。

とはいえ「スター・トレック」のテレビシリーズと違い、『X-MEN』映画ではもう一度、定期的に舞台の仕事をする余地ができた。しめたとばかり、よい作品にたくさん出た。ミネアポリスのガスリー・シアターで上演された『ヴァージニア・ウルフなんかこわくない』にてとうとうジョージ役を再演でき、マーセデス・ルールがマーサ役を演じてすばらしい仕事をした。ブロードウェイではアーサー・ミラーの『モーガン山を下る』に主演し、わたしは作品を心から愛した……しかし、苦境に立たされた。カーテンコール中にプロデューサー、基本的にはシューバート・オーガニゼーションを、舞台の宣伝を怠ったとして非難したせいだ。

具体的にはこういった。「ブロードウェイの舞台を成功に導くには、たくさんの要素があります。配役、演出、美術、演技、台本。そして『モーガン山を下る』が並外れた、挑発的な、非常に楽しめる戯曲であるのをわれわれは知っています。必要なのは、プロモーションと宣伝です。人々は舞台が上演されることを知る必要があります。アーサー・ミラーとわたしはもはや、プロデューサー、とりわけシューバート・オーガニゼーションがこの作品に尽力しているとは信用できません。もしくは彼らがプロモートと宣伝をしようという意欲を有しているとは」

これは、土曜日のマチネのあとに起きた。一時間とたたず、シューバート・オーガニゼーションのジェラルド・ショーンフェルド会長から激怒の電話がかかってきた。ソワレのあと、カーテンコールの折にもう一度声明を出し、今度はわたしの文句を引っこめて正式にオーガニゼーションに謝罪しろといい張る。わたしはやらないといって切った。

そのあとアーサー・ミラー本人が電話してきて、百パーセントわたしの行為を支持すると伝えた。夜の部の舞台に一緒に立ちたかったが、反故にできない約束があった。わたしはこの電話ですっかり落ちついた。もしアメリカ演劇界の巨人、アーサー・ミラーがわたしのあと押しをしてくれるなら、どんな害があり得よう？

ソワレの終幕後、わたしはカーテンコールの列から前に出て、抗議スピーチをはじめた。すると劇場内に昼間に感じたのとは違うエネルギーをすぐに感じた。今回は事態をおさめるようなスピーチをわたしがすると期待する人々が客席にまじり、野次が飛ぶのと同時にぱらぱらと拍手が起きた。いい気持ちがせず、アーサーがとなりにいてくれたらとせつに願った。

つぎの朝、わたしの抗議はニュースネタへと発展した。月曜日になるとアメリカン・アクターズ・エクイティから電話を受け――すごく同情的に――知らされたのは、シューバート・オーガニゼーションから申し立てがなされ、わたしは聴聞会への出席を求められた。

聴聞会はジェラルドの繰りごとではじまり、わたしが契約上の規約を尊重せずに彼と彼の制作会社について虚偽の告発をしたと主張した。つぎに、わたしの番がきた。はじめにジェラルドがいったことはすべて事実だと認めた。確かに契約を破ったのは承知していたが、それは演目を救おうとしてやったことであり、全員の利益になるはずだ。また、他のキャストのなかで本件に関わっている者も、わたしの抗議に関し相談した者もいないと明言した。支持を表明した唯一の人物は、劇作家のアーサー・ミラーだけだと。
聴聞会が終わって、全員一時間の昼食休憩をとりに行き、それから裁定をきくようにいわれた。わたしは有罪と、おそらくは罰金を覚悟した。だが組合《エクイティ》から追い出されたくはなかった。そして、まさしくそうなった——わたしは契約の条件を破ったことで有罪になり、少額の罰金を課され、さらにはショーンフェルドと彼の会社に正式に謝罪しろと要求された。組合の資格は保持した。実際、組合の委員会のひとりは、多数の組合員が無罪の裁定を望んだとあとから教えてくれた。だが、この争議によって強大な権力を有するシューバート・オーガニゼーションとの良好な関係に終止符が打たれ、それがわたしの払った最大の代償となった。いまならそのような状況になればもっと穏便に対処するだろうが、当時は自分たちの舞台にとって最善だと感じることをやった。

二〇〇三年、とうてい断れないオファーがわたしのもとにやってきた。ロンドンのウェストエンドに戻り、ヘンリク・イプセンの『棟梁ソルネス』でハルバード・ソルネスを演じる。この偉大な戯曲の主役、ソルネスは意欲にあふれた野心的な建築家として大成していたが、愛のない家庭生活は冷めきっていた。ヒルダ・ヴァングルという若い女性が彼の玄関先に現れ、十年前のこども時代に会っていたことを思い出させる。そのときヒルダはソルネスに恋をし、それ以来彼と再会しようとの固い決意を抱きつづけた。ソルネスは急速にヒルダの虜《とりこ》になる。だがご想像のように、戯曲は幸福な幕切れを迎えない。

イプセンはこのプロットを一部、彼が六十代のときに十八歳のウィーンの学生と持った短い恋愛関係をもとに書いた。芸術が人生を模倣する。けれどわたしの場合、人生が芸術を模倣した。この舞台の稽古期間とロンドンでの初日を前に、英国の各都市を巡演するうち、ヒルダを演じる女優リサ・ディロンにどんどん惹かれている自分に気がついた。二十三歳のリサは王立演劇学校を卒業して二年しか経っておらず、ほがらかなユーモア感覚と年齢以上の演技力を有していた。

わたしはばかではない。何十年も前に年上の俳優から受けた忠告を覚えていた。舞台の上でだれかに「アイ・ラブ・ユー」といいつづけるうち、その感情が本物だと思いこんでしまう傾向があり、それは演技に真実味を与えるが、私生活をあやうくする。

案の定、ロンドンのアルベリー劇場で限定公演がはじまると、リサとわたしはカップルになった。これは実に危険な状況で、なぜならリサにはすでに恋人がおり、わたしはウェンディと結婚していたからだ。

シーラとの結婚同様、他の女性と関係を持ちはじめたときのわたしは、すでに不幸だった。「新スター・トレック」および共同製作した数本の長編映画で仕事をしたとき、ウェンディとわたしは無敵のペアだった。一緒にコンサートに出かけ、すばらしい時間を過ごした。だが、共同生活を送るカップルとしては単にソリが合わず、ほとんど初めから結婚生活は張りつめていた。

『棟梁ソルネス』の興行の半分が過ぎたころ、ウェンディがロンドンにやってきた。それは、シーラがロサンゼルスにやってきて、フリーウェイI-10でことが発覚したときの悲しい繰り返しになった。わたしは浮気を隠し通していたが、何度も口論になり、ふたりのケミストリーは消えた。そして興行が終わったとき、ウェンディに結婚は間違いだったと告げると、彼女はだれか女がいるのかときいた。わたしはそうだとうちあけた。それはリサかときいた。わたしはそうだとこたえた。

そして再度、離婚した。自分をまぬけに思い、責任を感じた。シーラとの二十三年間の結婚生活は間違いではなかったが、愛しあうカップルが疎遠になるケースだった。しかし、ウェンディとの三年間の結婚生活を同様には考えられなかった。それでもわたしは妻を裏切って若い女性と――またもや――関係を持ち、それについてはいいわけできない。そしてジェニー・ヘトリックとの恋愛のように、リサ・ディロンとわたしの蜜月はまたもや比較的短命に終わった。

わたしは恋愛相手の女性と、より建設的な関係を築く必要があった。喜びと成功に包まれた人生のうち、ふたつの失敗に終わった結婚は、最大の後悔のタネだ。

第二十二章

「スター・トレック」と『X-MEN』フランチャイズで手にした名声は、俳優として当初抱いた夢をはるかに超えた可能性と機会を、わたしの前に開いた。一九九〇年代と二〇〇〇年代初頭、わたしはコミカルな役どころに引っぱりだこだった。ジャン=リュック・ピカードとプロフェッサーXを重々しく演じ、シェイクスピア劇で鍛えた能弁でしゃべるわたしに、柄じゃない役を演じさせたらおもしろいだろうと思われたのが大きいとにらんでいる。

すべては一九九四年、深夜のスケッチ・コメディ番組「サタデー《S》・ナイト《N》・ライブ《L》」（一九七五〜）のホストを頼まれたときにはじまった。これは、栄光の瞬間のひとつになるはずだった。番組のホストをつとめた俳優やコメディアンやアスリートの大半にとってそうだったように。けれどもわたしはそのころいまほどくだけておらず、全体的にとんでもなくストレスのたまる経験となった。オープニング・モノローグは番組の歴史上でも有数のひどいできだった。「スター・トレック」の退屈なジョークが満載で、わたしはオチをはずし、そしてSNLのキャストとうまくつながれなかった。優秀なタレントぞろいの集団なのに。

例外はマイク・マイヤーズで、そのスケッチではかんしゃく持ちのスコットランド人に扮するマイヤーズはスコットランド製の商品を売る雑貨店を経営し、キャッチフレーズが「スコットランド製じゃなければがらくただー！」――サニーとわたしはいまだに家でよくいっている。しかし、SNL史にいちばん長く残るわたしが与えたインパクトは、その回のゲストミュージシャン、ソルト・ン・ペパを声を限りに紹介した部分で、SNLのもとライターだったコメディアンのジョン・ムラニーが、スタンダップ・セグメント全体を構成した。

風向きが変わりはじめたのは、アニメーション・シリーズの「ファミリーガイ」（一九九九〜）と「アメリカン・ダッド」（二〇〇五〜二四）の背後にいる神童、セス・マクファーレンの手腕に自分を預けたときだ。二〇〇五年、セスは両方の番組で、声の不定期ゲスト出演者としてわたしをリクルートした。セスは映画スターのルックスを備えた好人物だが、根っからの優しいSFオタクだ。そこが気に入っている。いうまでもなく、セスは筋金入りの「スター・トレック」ファンでもある。ときどきわたしに自分自身かジャン＝リュック・ピカードを演じさせ、何か不適当なことを出し抜けにいわせた。たとえば、「ウォーフ大尉の頭はケツみたいだぞ！」（マイケル・ドーン本人がウォーフ役でゲスト出演し、フレイクスとわたしに「あんたたちふたりともおれの割れ目をくらえ！」と怒鳴る）とか。

わたしはいまでも「アメリカン・ダッド」ではセス演じる主人公のCIAエージェント、スタン・スミスの上司エイヴリー・ブロック役でレギュラー出演している。エイヴリーを演じるのは楽しい。極悪非道にして自己中心的な口八丁野郎だ。お気に入りの特徴はきつい英国なまりでしゃべる点で、アメリカの情報局員にはまったくもって不適当。傑作なのは、エイヴリーの部下のだれも気がついていなさそうなところだ。番組のプロデューサーはずっと昔、もしシリーズがついに終わりを迎えるときは、エイヴリーのまぬけな部下のひとりにこんなセリフをいわせると、わたしに保証した。「なあ、ブロック副長官に変ななまりがあるって気づいたか？　なんだろう、オーストラリアなまりかアイルランドなまりかな？」

　おそらくわたしのいちばん有名なコメディ演技は、二〇〇五年のテレビ番組「エキストラ：スターに近づけ！」〔二〇〇五～七〕のエピソードだ。そこでのわたしはわたし自身を演じている。というか、空想上の、たがが外れた、変態ヴァージョンのわたしを。ある日の夕方、地元のスーパーマーケットで日用品の買い物をしていたら、わたしの携帯が鳴ったのがそもそものはじまりだ。声の主は、リッキー・ジャーヴェイスと名乗った。コメディ番組のヒット作「ジ・オフィス」〔二〇〇五～一三〕のオリジナルUK版を共同原案、主演した人物として彼のことは知っていた。リッキーは電話口で、新番組にゲスト出演してほしいとすぐさまピッチをはじめた。番組のなかでリッキーは売れない脚本家兼俳優を演じ、彼がエキストラとして出ている映画で業界の有名人に出会う。

　これは絶対にひっかけだと思った。なぜなら、同じ手口でわたしをひっかけて遊ぶ友人がいたからだ。けれどわたしが問いつめてもリッキー本人だと主張しつづけ、そのいい張りかたがいかにもやけっぱちなジャーヴェイスっぽい口調だったため、話をきいてみることにした。リッキー――本当に本人だった――はすでにベン・スティラーとケイト・ウィンスレットの出演を押さえ、わたしには新番組のデビューシーズン六話目にして最終話に出てほしいという。それ以上は説明せず、興味があるかどうかだけをきかれた。

　こんな形で役をオファーされたためしはない。レーズンブランの箱を持って、スーパーの通路に突っ立った状態では。わたしはリッキーに会って役の詳細をもっときけるかたずねた。できないという。なぜなら彼とプロデューサー・パートナーのスティーヴン・マーチャントは、わたしがうんというまで脚本を書きはじめないからだ。注意深くレーズンブランを棚に戻し、わたしは深呼吸をしていった。「わかった。やろう」。リッキーがいった。「やった！」そして電話が切られた。いまだにどうして彼がわたしの携帯番号を知っていたのかわからない。

　つぎの朝、エージェントのスティーヴ・ドンタンヴィルが電話を寄こし、リッキー・ジャーヴェイスと何をしているのかきいた。いましがた彼のオフィスから連絡があったという。幸い、スティーヴは「エキストラ」を知っており、契約を承認した。一週間でリハーサルと撮影がある。だが……そのエピソードでわたしが何を演じるのやら、いまだにさっぱりわからなかった。これはまったく初めてのことだ――役柄を明かされぬまま、出演に同意するなどは。

　やっと脚本が到着すると、たちまち気に入った。必要なのは、わたしがパトリック・スチュワートになることだけ……しかるにこのヴァージョンのわたしは、どうやら問題を抱えている。彼は『テンペスト』の映画化を撮影中で、リッキー扮するアンディはパトリックのトレーラーに首尾よく忍びこみ、名高い俳優の手から、アンディのオリジナル脚本を重要人物のだれかに渡してもらえないかと頼みこむ。パトリック・スチュワートはアンディに、彼自身も開発中の脚本を書いたことがあるといい――それは終始、主人公がマインドコントロール能力を使って女性の服を脱がせるという展開になる。「わたしが歩いていると」と、パトリックが脚本の典型的なシーンを描写する。「美しい女性をみかけ、裸がみたいと思う。すると、服がぜんぶ脱げ落ちる。女は服をかき集めて着なおす。だがパンティを履く前に、わたしはすべてをみる。そう、ぜんぶみてしまうんだ」

「コメディなんですね?」と、アンディがたずねる。

「いいや」と、パトリック。その質問に少しだけ気色《けしき》ばむ。

リッキーとスティーヴンの脚本はここから不条理度がエスカレートし、パトリックがどんどん気色悪い人物になっていく。ものすごくおかしなひとこまになるとわかった。

ところが、いざ撮影となると、そううまくはいかなかった。わたしが実際にそのセリフをいうのをリッキーとスティーヴンがきくのは、本番が初めてだった。パトリックのトレーラーでアンディとパトリックがカウチに座り、わたしがそのセリフをいうと、リッキーは大笑いしてしまい、とまらなかった。はじめは「パンティ」ということばでばか笑いした。だが、すぐにわたしが何かいうたびに笑うようになった。わたしがまじめくさっていうほど、リッキーが吹きだす。

まもなくスティーヴンがトレーラーにやってきて、リッキーにしっかりしろといった。リッキーはすまなさそうにそうするといい、すごくまじめな顔になった。けれどわたしが「パンティ」のセリフに行きつく前から新たに震えはじめた。この時点で、わたしまでつられて笑いはじめた。

スティーヴンがすごく不機嫌になって再びやってきた。リッキーにトレーラーをおりるようにいい、代わりにスティーヴンがリッキーのセリフを画面外で読みあげ、あとから編集室でシーンをつなぎあわせると宣言した。それをきいたリッキーは、悲しそうな、不満そうな顔になった。

スティーヴンとわたしは中断することなくそのシーンを演じあげたが、同じとはいかなかった。何かが足りず、その何かとは、あきらかにリッキーだ。てのひらを返し、スティーヴンがリッキーをトレーラーに連れ戻した。「今度はできるってわかってるよ」。リッキーとわたしはまさしく使えるテイクを撮り終え、そっくりそのまま本編に使用された。

ふたりと過ごした二時間は、ショービジネスでわたしが経験したとびきり楽しい時間だった。いまでも「エキストラ」のあの回をたまたまみた人が、わたしのシーンに「なんだこりゃ?」と目を白黒させるのを楽しんでいる。

さらにはわたしの努力が評価され、なんと、エミー賞コメディ・シリーズ部門のゲスト男優賞にノミネートされた!!!

二〇〇〇年初頭、わたしは仕事の面では充実していたが、恋愛部門ではあまり恵まれていなかった。ありがたいことに、わたしの最高のブロマンスと一般にいわれている関係にはまった。

マーベル印のブロックバスター映画ならなんであれ、撮影中俳優には待ち時間がたくさんある。そのため今世紀最初の十年にわたしの映画人生の多くを『X-MEN』シリーズが消費するあいだ——一作目が二〇〇〇年、『X-MEN2』が二〇〇三年、『X-MEN ファイナル ディシジョン』が二〇〇六年に公開——イアン・マッケランとなりあった豪華なトレーラーで、一日の多くをひまつぶししてい

た。

一歳違いのイアンとわたしは楽しくやった。午前に紅茶、晩にはワインを飲みながら会話をはじめ、かれこれ二十三年間休みなく、それはつづいた。イアンとわたしが年端もいかないロンドン大空襲のころから親友だったと考える向きがいるが、実際はマグニートーとプロフェッサーXに変身後に初めて腹心の友となったのであり、そうなるめぐりあわせだった。

だが、われわれはさらに重大なステージをともに踏んだ。二〇〇八年、イタリアでひとり休暇を過ごしていると、携帯電話が鳴った。たまたまフィレンツェにいたわたしは、サンタマリア・デル・フィオーレ大聖堂のドームてっぺんを囲む狭い通路に立っていた。どの方向をみても絶景で、呼び出し音がわずらわしかったが、ロンドンのエージェントからだったため、とることにした。

「ショーン・マサイアスが『ゴドーを待ちながら』の新作を演出する」と、彼がいった。「八週間の地方巡演を皮切りに、その後ウェストエンドで興行、劇場は未定だ。きみにウラジミール役のオファーがきている。イアン・マッケランはすでにエストラゴン役に決定ずみだ」

フィレンツェの高所のみはらし台から、躊躇なくわたしはいった。「受けよう」

『ゴドーを待ちながら』がサミュエル・ベケットのほかの戯曲と同様難解かつ挑発的、複雑にしてあいまいだとの一般的な誤解がある。まあ、間違った手で扱われればそうなり得るが、そうでなければならないいわれはない。ウラジミールとエストラゴンは貧しい浮浪者の役で、ゴドーがふたりとの約束を守って面倒をみてくれると期待し、毎晩落ち合う。ふたりの敵ポゾーとラッキーもやはり浮浪者だが、ウラジミールとエストラゴンが受け身で人生に何かが起きるのを待っているいっぽう、ポゾーとラッキーは彼らなりの機能不全の方法で、積極的に求めに行く。

『ゴドーを待ちながら』の奇妙な魅力に初めて触れたのは、数十年前、演劇学校の初年度前期にみたときで、ピーター・オトゥールがウラジミール、ピーター・ジェフリーがエストラゴン、デイヴィッド・キングがポゾー、そしてバリー・ウィルシャーがラッキーを演じた。たった十七歳のわたしはほとんど無教養だったが、何が起きているか理解するのは難しくなかった。

というか、あまりに楽しみすぎた。われわれ生徒はゲネプロにのみ参加を許され、天井桟敷に座って、絶対に騒ぐなと厳命された。拍手も感想も笑い声も禁止。だがオトゥールはこの過酷な命令を知ると、われわれをからかおうと、役から外れて気どった仕草を生徒だけに向けてやった。われわれが笑いをこらえきれないと、ピーターは芝居がかって舞台稽古を中断し、こちらに向かって叫んだ。「静かにみてられないなら出ていけ！」

ざっとみ、『ゴドーを待ちながら』の脚本はワイルドなごった煮、ことばの湖だ。だがじっくり読めば湖のなかのさざ波と泡立ちのパターンを区別でき、ことばが意味と意図をなし、ウラジミールとエストラゴンの目的にヒントを得られる。二〇〇九年にロンドンのシアター・ロイヤル・ヘイマーケットでプレミア上演される舞台に向け、わたしは毎日頭を脚本にうずめて過ごした。この素材をわたしの頭と体で吸いこみ、舞台の上でそれに命を持たせられるようにしようとした。シェイクスピアとディケンズをのぞき、劇作家のことばと――そしてこの場合、舞台演出と――そのような完全な結合を経験したのは、ベケットだけだ。この会話をみてほしい。

エストラゴン　（不安に駆られて）で、おれたちは？
ウラジミール　はい？
エストラゴン　おれたちはって聞いてるんだよ。
ウラジミール　はあ。
エストラゴン　おれたちの立場は？
ウラジミール　立場って？
エストラゴン　ゆっくり考えてみて。
ウラジミール　立場ねぇ。ていうか地面にひれふすんだろ。
エストラゴン　そこまで悲惨？
ウラジミール　閣下は特権を主張されるおつもりか？
エストラゴン　おれたち、もうなんの権利もないの？

ウラジミールの笑い、前と同様に固まる。ただし微笑みはなし。

ウラジミール　笑わせてくれるよ。笑えるものならね。

エストラゴン　おれたち権利を失ったってこと？

ウラジミール　（きっぱりと）自分から手放しちまったんだよ。

沈黙。二人、動かない。腕をだらりと下げて首を垂れ、膝を折ったかたちのまま。

（『新訳ベケット戯曲全集1　ゴドーを待ちながら／エンドゲーム』岡室美奈子訳、白水社、2018）

一読すると、このやりとりはたわごとに映るかもしれない。だが奇妙なリズムと微妙な慇懃さ（「閣下」「ゆっくり考えて」）に慣れるにつれ、絶望をわかちあうふたりの男の優しさを発見する。スパーリングパートナーがイアン・マッケランであれば、なおのこと。イアンがたったいまここに一緒にいて、このセリフを演じられたらいいのに。ロンドン興行の初日は熱狂的な観客に迎えられ、おそらくはわたしがこれまでに英国の報道媒体から受けた最高の賛辞を贈られた——それ自体、記念碑的な瞬間だ。興行中、われわれの演じたすべての舞台は満員御礼《おんれい》だった。オープニングナイトのパーティでは、ふたりの著名ベーシストが顔を出してわれわれを祝福してくれた。警察隊のバンドで演奏していたスティングと、ぴかぴかのアストンマーティンに乗っていたポール・マッカートニーだ。

キャリアの終盤において、人生で初めてわたしはダブルアクトの一員になった。ショーン・マサイアスは時間を無駄にせず、イアンとわたしを再び組ませた。今回はハロルド・ピンターの『誰もいない国』、『ゴドーを待ちながら』同様いくらでも解釈可能な浮世離れした戯曲だ。わたしの演じるハーストは裕福な有名作家で、とりすました態度とサヴィル・ロウの高級紳士服で内面の不安をおし隠している。イアン演じる売れない詩人スプーナーは、はじめはハーストにサイコパス的な態度をとるが、だんだん軟化していく。シュラー・ヘンズリーとビリー・クラダップがハーストの使用人ブリッグスとフォスターを演じ、悪意のこもった空気を発散する。

二〇一三年、ブロードウェイに先立ってカリフォルニア州バークレーで上演し、魅力的なその町で一ヶ月を過ごした。そしてその後、七十代の男ふたりにしては勇猛果敢な計画を立て、ブロードウェイへ『誰もいない国』のみならず『ゴドーを待ちながら』を持っていき、シュラーとビリーがポゾーとラッキーの役を引きうけた。ふたつの舞台をレパートリーにして、『ゴドーを待ちながら』のソワレと『誰もいない国』のソワレをコート劇場で交互に——そして水曜と土曜には、一日に両方を上演した。

この組み合わせでは、イアンがいちばんの重労働だった。なぜならエストラゴンとスプーナーは決して舞台を去らないからだ。わたしは少なくともピンターではふたつの場面、ベケットでは一分間のオフがある。だが、イアンは『ゴドーを待ちながら』の公演終盤に向け、舞台の上で〝昼寝〟をするようになった。二度ばかり、わたしは実際に彼を起こさないといけなかった――イアンはその手の場面で居眠りをするので悪名高い。いつも、まるで起こされるのをいやがるように怒った顔でわたしをみた。それはもちろん、エストラゴン役として完璧だった。

疑いなく、このベケットとピンターのワンツー・パンチが、今日までのわたしの舞台キャリアの頂点だ。ふたつの戯曲をイアン、シュラー、ビリーと演じるために、コート劇場のステージドアを毎日くぐる。どんな喜びが待ち受けているかを知りながら――そして等しく、どんな喜びが待ち受けているかを知らずに。それは、この仕事で常々望んできたことのすべてだ。わたしは本当に祝福を受けた。われわれは四ヶ月半興行し、二〇一四年の三月末に千秋楽を迎えた。最後のカーテンコールで観客席をみわたしながら、なじみのある顔に大勢気がついた。セレブリティではなく、何度も足を運んでくれた観客、両方の芝居を楽しんだあまり、繰り返し戻ってきた人々だ。

カーテンコールのあと、舞台裏にイアンの姿がみあたらなかった。舞台をおりたのち消えてしまったと、だれかがいった。それで、探しに行った。

階段に座るイアンをみつけた。両手で頭を抱え、すすり泣いている。わたしは彼のそばにしゃがんで両腕を彼の周りにまわし、涙がおさまるまで抱きしめた。愛と励ましのことばをふたつみっつ探してかけたが、イアンは払いのけた。「いいや、そんなんじゃないんだ。ぜんぶをやってしまった。これでおしまいだよ。もう何も残ってない」

イアンがいうのは演技キャリア、栄光の頂点をきわめたことだ。だが周知のように、これで〝おしまい〟とはならなかった。

第二十三章

イアンのとっておき話がもうひとつあり、それは二〇〇七年、ルパート・グールド演出の『マクベス』に出演中のわたしへくれた賢明なアドバイスにまつわる。チチェスターのミネルヴァ劇場で開幕したあと、一座はウェストエンドのギールグッド劇場へ移動した。ある日ロンドンで稽古をしていると、チャリングクロス・ロードでイアンとばったり鉢合わせた。舞台はどんな調子だい、とイアンはわたしにきいた。

イアンはいまや、わたしの世代中いちばん重要なマクベス俳優だ。一九七六年、トレヴァー・ナン演出による最高水準のロイヤル・シェイクスピア・カンパニー作品に主演して名を馳せた。共演したジュディ・デンチのマクベス夫人はイアンに劣らずみごとだった。イアンの問いに正直わたしはかなり気おくれを感じ、それであいまいな返答をした。

すると、イアンが脅かすようにいった。「パトリック、ひとことといわせてくれ。『明日も、明日も、また明日も』のセリフがあるだろ？　いちばん大事なことばは〝も〟だよ」

のみこむのに一瞬かかったが、それから正確に、彼のいう意味がわかった。マクベスはその有名な独白で、彼の未来に待つのは疲れきった絶望でしかなく、それは決して消え去ることはないと悟り——事実、彼を日ごとに苛む。イアンの「明日も、明日も、また明日も」の指摘は、戯曲後半のわたしのアプローチに大きなインパクトを与えた。あの指摘がなければ、舞台での最終的な自己破滅の演技はずっと意味の薄いものになっていたと思う。それはまた、承知してはいてもしばしば見逃してしまうあることを思い出させた。シェイクスピアがあまりに英語を自在に操るため、最も平凡なことばこそ、登場人物の最もだいそれた心情の吐露につながることが、ときどきあるのだと。

　イアンの指摘がずしんときたもうひとつの理由は、わたし自身そのときどっぷり浸かっていた心境が、マクベスに危険なほど近かったからだ。ぜんぶを書こう。

明日《あした》も、明日も、また明日も、
とぼとぼと小刻みにその日その日の歩みを進め、
歴史の記述の最後の一言にたどり着く。
すべての昨日は、愚かな人間が土に還る
死への道を照らしてきた。消えろ、消えろ、束の間の灯火《ともしび》！
人生はたかが歩く影、哀れな役者だ、
出場のあいだは舞台で大見得を切っても
袖へ入ればそれきりだ。
白痴のしゃべる物語、たけり狂うわめき声ばかり、
筋の通った意味などない。

（『シェイクスピア全集３　マクベス』松岡和子訳、筑摩書房、１９９６）

自分を「哀れな役者」にたとえるマクベスの生を舞台の上で生き、その哀れな役者が自分であるときにどんな感じがするか、想像してみてほしい。もしくは、どのみちわたしがどう感じたかを。わたしは私生活では袋小路に入りこみ、それは演技の助けにはなったが精神状態は別の話だ。ひとりで暮らし、パートナーはなく、舞台だけがわたしの支えだった。ああ、それとアルコールがあった。稽古と本番で過ごす時間は天国だったものの、数週間もすると役に飲みこまれ、休演日でさえ頭のなかはぐちゃぐちゃだった。人殺しのスコットランド王は、お持ち帰りするのに楽しい相手ではない。

それでも、ルパートの舞台へのアプローチには興奮した。衣装はおおむね現代的――つまり、第二次世界大戦下を思わせる服装――で、アンソニー・ワードの舞台美術は寒々とした病室を思わせ、スコットランドの森というよりスターリンの独裁国家に建てられたバラックのようだ。

ルパートは柔軟な発想の演出家としての評判に恥じず、われわれはほぼ全面的に彼の選択に同意した。マクベス夫人の配役について意見を求められ、チチェスター演劇祭の芸術監督ジョナサン・チャーチを交えてその件を話し合ったとき、わたしはケイト・フリートウッドの名前を挙げた。ルパートはケイトの名前が出ると居心地が悪そうだった。彼の妻だったからだ。しかしわたしはケイトの仕事をみたことがあり、完璧だと思った。当時三十代のケイトは、マクベスを演じるわたしの年を考慮すれば、この役には若すぎるのではないかとジョナサンが指摘した。だがそれこそがわたしの狙いだった、もしくは部分的には。マクベス夫人はマクベスよりずっと若くあるべきだ。わたしには、戯曲のはじめ三分の一で夫に与える夫人の影響力の強さは、もし美しく野心的な花嫁にマクベスが血迷ったためだとすれば、より納得がいく。マクベスの人生が崩れ去るとき、夫人を失ってより鋭い痛みを感じることになる。再び、おそらくはわたし自身の個人的体験――この場合は、一連の苦い恋愛体験――をわたしのアプローチに生かせそうだった。

ルパートは他の女優にするのと同様、ケイトを彼とわたしでオーディションすべきだと主張した。わたしがにらんだとおりケイトはすばらしく、狂気のふちにいる人間がやるように、柔から剛へと一瞬で変じた。劇評家たちものちにこの技巧に気づき、彼女の演技に熱狂した。

それから、ひげの問題があった。わたしはほとんどほうきみたいな濃い口ひげを生やしていた。これについてルパートと話し合ったことはなく、ただ本能的に生やしたのだ。舞台の時代設定を考えれば、ふさわしいと思えた。奇妙にも、父を手本にはしなかった。一九二〇年代と三〇年代と四〇年代に従軍した軍人の父は、ずっと口ひげを生やしていた。彼のは薄く、もっときちんと手入れされたいわゆる〝軍曹ひげ〟だ。

だが無意識に、わたしは父を思ったに違いない。わたしの顔の変わりようは絶大だった。最初のテクリハで、衣装――制服、オーバーコート、軍帽を身につけ、ライフルを肩にかけてふと鏡をみた。父がまっすぐわたしを見返し、はっとなった。はっとはしたが、動転はしなかった。アルフレッド・スチュワートを――だがごく一部を――マクベスへチャネリングできると思うと、いい刺激になった。

リハーサルではだれもが、これは特別な舞台になると感じた。ルパートとわたしは戯曲のサブテクストを深く掘りさげたいとの望みを共有し、実際のテクストにはないが、適切な身ぶりや行為を加えていった。いちばんの成功例は、のちに「サンドイッチの場面」と呼ばれるようになる。特定すれば、第三幕第一場、マクベスが「暗殺者1」と「2」とだけ表記されるふたりの男をけしかける場面だ。長丁場で、マクベスはふたりを懐柔してバンクォーばかりかバンクォーの若い息子フリーアンスまでも暗殺させようとする。ある日の稽古で、わたしは長く複雑なセリフの最中に中断していった。「くそっ、ルパート、この場面で何かやれることがあればいいんだが――セリフを反映するような行為を」ルパートが一瞬眉根を寄せ、それからいった。「あなたのいうとおりだ。じゃあ、サンドイッチをつくるのはどうかな」

みんなが笑ったが、わたしは笑わなかった。「サンドイッチ？　どうして？」

「わからない。でもやってみよう」

アシスタントがパンを一斤――スライスではなく――と、バター、茹でたハム、ピクルスとパンナイフを買いに行かされた。ルパートはパンをかたわらの小さなテーブルに置いて、バターとサンドイッチの具が小型の冷蔵庫に入っている振りをするようにわたしにいった。第一場をはじめからやり直す。

その瞬間、わたしはマクベスに非常に手際よくサンドイッチをつくらせようと決めた。その場面の二番目に長いスピーチのはじまりで、ふたりの男を説得できないと感じとり、いいやめると、パンとナイフを手にとって部屋の中央に置かれたテーブルに持っていく。

ふた切れ、非常に注意深く切ってパンくずをひとつもこぼさないようにしながら、セリフを再開する。バターを塗り、ハムとピクルスを載せ、二枚目のスライスではさむとサンドイッチを半分に切り、さらに半分に切って四分の一にした。四分の一ずつをふたりの男に手渡し、半分の大きさのを自分で持ち、ガブリとやる。三人は食べながら場面の終わりまで話し、マクベスがバンクォーの死を望む。

……それに、あいつは一人ではない、
――この仕事には後腐れが残っては困るのだ――
息子のフリーアンスが同行している。
こいつの始末も父親に劣らず俺にとっては重要だ。
この小せがれにも闇に葬られる運命を
抱きしめてもらおう。

（同前）

いい終えた瞬間、サンドイッチの最後のひとくちを口のなかへ放りこみ、ふたりの男と握手をする。だが、ふたりはどちらも四分の一のサンドイッチを食べ終えていない。その場面は、稽古場でみている者から拍手喝采を浴びた。

日にちが経ち、われわれの『マクベス』をより多くの観客がみるにつれ、その場面はもはや「殺人者たちの場面」ではなく「サンドイッチの場面」と呼ばれるようになった。チチェスターとロンドンのウェストエンドでは上演が終わらず、二〇〇八年にニューヨークへ『マクベス』を持っていくと、ブルックリン・アカデミー・オブ・ミュージック（BAM）とブロードウェイのライシーアム・シアターで満員札止めになった。ライシーアムの観客は、とりわけわたしのサンドイッチづくりに熱狂した。

二〇〇八年いっぱい上演した『マクベス』の舞台はものすごくやりがいがあったが、代償を払った。前述したように、わたしの人生にはスコットランドの血塗られた晩を払い落とす助けになってくれる相手がだれもいなかった。代わりに酒ばかり飲んでいた。たいていの場合カーテンコール直後の楽屋ではじまり、ワインを一杯から三杯やる。それから部屋を借りているトライベッカの高層マンションまでタクシーで帰る。玄関のドアを閉めたとたん、ジェイムソン・ウィスキーをグラスにそそぎ、テレビをつけ、やっているものはなんでも流す。夕食はほとんどとらなかった、ウィスキーを夕食とみなさない限り。

深夜、しばしばソファの上で目が覚め、そこで意識をなくしたことに気がつく。それからベッドまで這っていき、朝遅くに起きたときにはたいてい二日酔いだった。ニューヨーク・タイムズ紙を読み、水をがぶ飲みし、昼食を食べて酔いを覚まし、それから昼寝をして目覚めたときにはしゃっきりしていた。二、三時間したらまた『マクベス』の舞台に立つ。それだけで元気が出た。わたしはこの摂生《せっせい》法で切り抜けたが、本書を読んでいるかもしれない前途ある俳優たちにはまったく推奨しない。こんなのは生活とは呼べない。

だがそれから……

ＢＡＭでの公演最終週の金曜日、観客のなかに友人にしてレジェンドのジョエル・グレイがいた。彼は終演後わたしの楽屋に上機嫌で現れ、ディナーに行こうと誘った。当時はブルックリンに不案内で、ジョエルは行くところはひとつ、フラットブッシュ・アヴェニューの〈フラニーズ〉で決まりだという。その店に行ったこともなければきいたこともなかったが、友人を信用した。

着いたときは午後の十一時に近く、金曜の夜の客でごった返し、テーブルには空きがなかった。だがバーに二席分、スツールが空いていた。われわれはバーテンダーに酒とディナーを注文した。料理が届く前にジョエルがトイレに立ち、わたしは店内をみまわして喧騒を楽しんだ。目が、レストラン奥のテーブルで給仕している魅力的なウェイトレスに吸い寄せられた。女性は元気いっぱいで、客の全員に等しく気を配っている。

ジョエルとわたしが食べ終えて皿が片づけられたあと、さきほど目をとめたウェイトレスがふたりのすぐうしろに立ってバーテンダーに何かいっていたが、内容はわからない。それからわれわれを向いて、店持ちでデザートをおごらせてほしい、自分の名前はサニーだといった。

数週間後、このとき裏で何が起きていたかを知った。サニーはわたしとジョエルが入ってくるのをみていた。ジョエルは常連で、サニーはすでに彼を気に入っていた。また、わたしにも気がつき、そのせいで柄にもなくそわそわした。家族と一緒に「新スター・トレック」の全エピソードをみていたサニーは番組の大ファンだった。サニーの振る舞いが少しばかりおかしいのに気がついたレストランのフロアマネージャーが、どうしたのかたずねた。サニーの説明にうなずいてみせたものの、それまで幾多の有名人に給仕してきたいつもの様子とはどうみても違う。

そこでマネージャーはサニーにしっかりしろと活をいれ、われわれふたりにデザートをおごると伝えるよう指示した。サニーは抵抗したが、いうとおりにしないとクビにするといわれた。かくして、この若い女性がわれわれのもとにやってきた。

さらにあとで知ったのだが、サニーはジョエルとわたしがカップルだとみてとったという——褒めことばだと受けとめよう。

デザートを持って戻ってくるまでに、サニーは少し落ちついた。BAMで『マクベス』をみたかったがすでに売り切れだったとわたしにいう。わたしはブロードウェイの劇場に小屋を移すから、もしどの日にみたいか教えてくれれば喜んでチケットを手配しようと申し出た。それから——どうしてそんなことをしたのかわからないが——一歩進んで、わたしの電話番号を伝えた。普通は決してやらないことだ。サニーは感謝して「よい夜を」といった。

BAMからブロードウェイに移行するあいだに五日間のオフがあり、カリブへミニヴァケーションに行った。現地は携帯電話の通信状況が悪く、JFK空港に戻る途中にやっとサニー・オゼル・マイケルソン——それが彼女のフルネームだ——からのメッセージを受信した。チケットのオファーへの礼と、希望の日付が吹きこまれていた。

飛行機が到着後、サニーに折り返し電話をして何枚欲しいかきいた。つかのまためらったあと、彼女は返事をした。「ええと、一枚だけお願いします」

サニーがひとりでくると思うと、うれしくなって弾みがついた。舞台がはねたあと、ワインを一杯飲みに楽屋に寄るよう誘った。

くだんの夜の終演後、サニーは楽屋にこないのではと心配になり、みつけて連れてくるよう客席に人をやった。出口でつかまったサニーが楽屋へ案内されてきた。

おおあわてで劇場を出るところだったと、あとで本人が認めた。槍に刺さって高々と掲げられたわたしの生首から血が滴っているという芝居の結末をみたばかりで、ぐったりしてしまったという。これは、珍しい反応ではなかった。息子ダニエルの姑《しゅうとめ》が観劇にきたとき、その光景に動転しすぎて終演後わたしに会いにこられず、代わりに通りをはさんだバーの列に並んだ。だが、サニーを帰らせるつもりはなかった。あけるのを待っている上等なワインボトルがあるのだ、なんにせよ。

ワインのグラスを楽しんだあと、おろしてほしいところへ送っていくと彼女に申し出、サニーは承諾した。車のなかでわたしはいった。「もう遅いのはわかっているが、腹が減ってね。トライベッカの〈オデオン〉で夕食を一緒にどうかな?」（待て待てパトリック。図に乗るな）。

だがサニーは〈オデオン〉に行ったことがなく、喜んで同行した。ふたりは何時間も語り合い、気がつくとレストランの最後の客になり、閉店時間だった。わたしがトライベッカで車をおりたあと、運転手にブルックリンのパークスロープにあるサニーの家まで送ってもらえばいいと提案し、彼女は同意した。

トライベッカへの道中、わたしはサニーにワインを一杯やりにこないかたずねた。

幸い、そしてその後の未来に対し、サニーは「イエス」といった。運転手に帰っていいといった。『マクベス』のあの夜を最初のデートとするならば、月曜夜の二度目のデートでは『ザ・レディーズ・フー・シング・ソンドハイム』という慈善コンサートに行った。最高に素敵な一夜だった。ラウル・エスパーザが直前に代役として登場し、「ノー・ワン・イズ・アローン」をうっとりするほど美しく歌い、ふたりでむせび泣いた。今回のディナーはもう一軒の〝レイトナイター〟、〈バルタザール〉でとった。サニーがシンガーソングライターだと知ったのはその店でだ。それまでは口にしなかった。わたしはサニーの謙虚さにひどく感心した。芸名は苗字を落とし、サニー・オゼル。ギグの予定はないのかときくと、恥ずかしそうにあるとこたえ、つぎの月曜の晩だが、彼女のスロットは夜の十一時だという。ひるんだものの、でも……いいさ。彼女にはその価値がある。デートナンバー・スリーだ。

サニーはのちに、夜の十一時にライブハウスにひとりでやってくるのをわたしが承知するなんて、信じられなかったといった。彼女はニューヨークの名ギタリスト、ジム・カンピロンゴと組んでステージに立ち、このデュオはすばらしかった。

サニーがミュージシャンであることが、わたしの生活に変化をもたらした。以前よりも音楽をきくようになっただけではなく、彼女のミュージシャン仲間とのつきあいに慣れていったからだ。それまでは音楽畑の人間に対しては怖じ気づいていたが、いま現在親交のある者たちは温かくて気やすく、賢く、優しく、愉快だった。

ポール・サイモンがブルックリン音楽アカデミーでの定期コンサートをたまたま『マクベス』のあとに開いたため、すばらしい席とコンサート後のパーティのパスを入手できた。あとで知ったが、サニーは舞台裏の場が苦手で、わたしの舞台であっても落ちつかなかった。だが、デイヴィッド・バーンとレディースミス・ブラック・マンバーゾがゲスト出演したポールのショーのあと、わたしはサニーをパーティに強引に連れ出し、そこでポールが隅っこにぽつんと立って少し退屈そうにしているのに気がついた。

わたしはサニーの腕をとり、部屋の反対側へ引きずらんばかりにしていき、自己紹介した。ポールは最初は気乗り薄だった。だが数分間おしゃべりし、サニーが彼のアルバム『リズム・オブ・ザ・セインツ』のとある曲のホーン・アレンジメントについて質問をし、彼女の人生を変えたというと、ポールはとたんに興味を引かれ、すぐにわたしには複雑すぎる専門用語が飛びかう音楽談義に発展したため、会話から抜け、ふたりが頭をくっつけあい、実のある会話を楽しんでいる様子をただ眺めていた。そのうちレディースミスのメンバーたちが歌いはじめ、小さな部屋にぎゅう詰めになっているわれわれの頭上を、歌声が魔法のように渦巻いた。

その後、メンバーのふたりが「スター・トレック」の大ファンだと自己紹介した。それ以上の素敵な夕べになりようがあるだろうか？

ふたりは急速に真剣なカップルになり、三百六十五平方フィートのサニーご自慢のアパートで数晩をすごすのに慣れていった。ブロードウェイの最後の数週間、わたしの精神がぼろぼろになるのをサニーが救い、基本的にそれ以来ずっと救いつづけてくれている。

その冬、ふたりの関係は大西洋を横断した。なぜならルパートの『マクベス』映画化のため、わたしはイングランドに渡る必要があったからだ。キャストとスタッフはイングランド中部地方のみすぼらしいモーテル暮らしをがまんしなくてはならなかった。電話をかけるため、朝まだきに起きるとあまりの寒さに震えた。暖かいオーバーコートが必要になるのはわかっていたので、服を吊るしたガタつく押しいれのほうへ歩く。

押しいれの扉を閉めようとして、隅の床の上に英国の雑貨チェーン、〈セインズベリーズ〉のビニール製キャリーバッグが落ちているのに気がついた。中身はすぐにわかった。映画のロケ地に向かう前、ひと晩だけ過ごしたロンドンのフラットにたまっていた郵便物一式だ。時間があいたときに調べるつもりだった。一週間前のことだ。

出かけるまでに数分あった。それで、袋の中身を小さなテーブルの上にあける。床に何通か郵便物が滑り落ち、最初に拾いあげた茶色の封筒には「**内閣事務局**」の文字が印刷されていた。どうして政府のだれかがわたしに通知を送ってくるんだろう？　すぐに破いた。中には便せん一枚だけが入っていて、二行のパラグラフが印刷されていた。急いで読み、それから二度目をもうちょっとゆっくり読んだ。

きたる新年の叙勲《ニューイヤー・オナーズ》にて、わたしがナイトに叙されるとある。

なんだって？

わたしの最初の反応は、だれかの仕掛けたジョークとみなすというものだった。その手のひっかけが大好きな友人、もしくは敵が何人か、確実にいる。けれど文面にもレターヘッド——もう一度「内閣事務局」と読み——にも、いたずらのヒントになるものは何もなかった。

なんてこった、わたしは悟った。こいつは本物だ。寝乱れたままのベッドにバタンと倒れ、なんの変哲もない茶色の壁紙をみつめた。わたしが？　ナイトに？　胸がぎゅっとなった。驚き、喜び、おびえた。だが、気をとり直す。こなせるとわかっていた。くそっ、わたしは「陛下」と何度も呼ばれたことがあるんだぞ！

この知らせを、だれかとわかちあわなくては。手紙には「他言無用」とあったが、信用できる人間がいる。それで、サニーに電話した。ニュースを口早に伝えると、最初サニーは理解できずにいた。つぎにふざけているのかときかれた。違うと請けあった。これから撮影に向かわなければいけなかった。すでに遅刻しており、それで「あとで話そう」といった。あわてすぎて、ドアに鍵をかけるのを忘れた。

その日は一日、感情の嵐だった。撮影したシーンにはほぼ全キャストが登場し、何をおいても、こうぶちまけたかった。「みんな、ちょっときいてくれ。知らせたいことがあるんだ！」

だが、できない。その日の早く、手紙にあった電話番号に電話を入れると、電話線の反対側で、担当者がわたしの懸案の叙任を保証した。だが拝受する旨を書面にするよう要求され、その晩したためた。

サニーに電話をかけ直し、細部を埋めて叙勲式にサニーも呼べるというと、こういった。「なんてくっそ奇妙なの、わたしがバッキンガム宮殿に行って、彼氏がナイトに叙されるなんて。何を着ていきゃいいのよ？」

式典は二〇一〇年六月二日に開かれた。兄のトレヴァーと奥さんのパットを式に招いた。家族の近しい者、わたしの全人生をまさしく知っている者とこのイベントをわかちあえるとは、なんてすばらしいのだろう。マーフィールドの少年がナイトに叙される。いまだに信じられない。

叙勲式の前、わたしはバッキンガム宮殿でもうひとりの受勲者のビジネスマンとリハーサルをした。式ではふたりが最初に呼ばれ、わたしが全受勲者のふたり目になると知って驚いた。なぜならふたりのほかは、アルファベッド順かつ勲位順に授けられることになっていたからだ。教えられた叙任の手順は、つぎのとおり。女王に拝謁するあいだ、まさしくこの目的のためにつくられた布張りの〝ナイト・スツール〟にひざまずく。するとと女王陛下が立ちあがり、勲章を授け、抜き身の剣でわたしの両肩を叩く。つぎにごく短い会話を交わし、最後にあとじさり、そのまま階段をおりて左手から出ていく。

式はすべてつつがなく進み、ほっとした。まっすぐ背筋をのばし、いちばんおそれていたつまずいたり転んだりする失態を避ける。女王はわたしが想像したとおりに優雅で、けれどわたしを本当にご存じだったかどうかは定かではない。われわれの〝雑談〟中、こうたずねられた。「それで、どれだけ仕事をされていらっしゃるの？」

「はい、女王陛下。とてもとても長くです」

「ああ、そうなの？」

それでおしまい。

サニーと家族に加わって席につき、残りの式をみた。さらに五十名かそこらの人々が叙任されるなか、ひとりの女性受勲者に女王がずいぶん熱心なご興味を示されるのに気がついた。「馬が趣味ときました」と女王陛下が声をかける。女性が肯定すると、ふたりは数分間おしゃべりをはじめた。

しかしながら、チャールズ現国王は「スター・トレック」ファンだと確信している。前に述べたように、国王がプリンス・オブ・ウェールズだったときに何度かお目にかかったことがあり、決して話題にはしなかったものの、番組をよくご存じな印象を受けた。ファンかどうか、ぜひ確かめてみたい。

当日のお楽しみがそのあとに控えていた。芸術の大物パトロンで、友人のレディ・スージー・セインズベリー（夫君が〈セインズベリーズ〉スーパーマーケット経営者一族のひとり）が祝賀昼食会を開いていいかわたしにきき、喜んで承認した。出席者のなかにはトレヴァーとパット、旧友のゴウン・グレインジャーとブライアン・ブレスドがいた。だが主賓は、こども時代の英語教師セシル・ドーマンド、そもそものきっかけをつくってくれたわが恩師だ。先生を奥さんのメアリーと一緒にこの席に呼べて、感無量だった――実の母と父を呼ぶのもほぼ同然だ。

昼食会の終わりに向けて、スージーが一同をテーブルに集め、順々に祝いのことばをかけてくれた。わたしは不意を突かれて胸がいっぱいになり、何度かこみあげた。けれど最高の瞬間は、セシルの話す段にきた。彼はすばらしいねぎらいのことばをかけてくれ、知り合ってから五十八年間、わたしがずっと先生を〝サー〟と呼んでいたと指摘して、こう締めくくった。

「それで、今後はいったい互いになんて呼びあうんだい、パトリック？」

〝サー・パトリック〟になるにあたっての最後の逸話がある。式典のころにはサニーの家に入りびたっており、そのおかげでブルックリン界隈でわたしの顔はよく知られるようになった。実際、パークスロープ七番街に立つ古い素敵な薬局の常連客だった。はじめ、サニーから経営者に紹介された。寄る年波で薬局にはたびたびお世話になり、処方箋が永遠に積みあがっていった。なかでもジョンというおしゃべり好きの愛すべき薬剤師とはじっこんになった。

式のあとブルックリンに戻って最初の朝、薬局を訪れた。カウンターに歩いていくと、ジョンが透明な仕切りから頭を突き出してこういった。「これはこれは、サー・パトリック！　サー・パトリック・スチュワート。今後はどうあいさついたしましょうかね——おじぎしやすか？」

サニーとのふたり旅を楽しんだ。英国にいるわたしを最初にサニーが訪ねてきたのは、ロイヤル・シェイクスピア・カンパニーの『ハムレット』の最新公演でデイヴィッド・テナントがタイトルロールを、わたしがクローディアスを演じたときだ。ロンドンからウォーリックシャーへドライヴに連れ出し、初めて英国の田舎をみたサニーが目をまるくして喜ぶ姿ににんまりした。そして、うんざりする観光地とみなすようになったストラットフォードの中心街を、サニーの新鮮な目を通して見直した。

ホーリー・トリニティ教会の祭壇に面したとき、目の前の石に彫られた文章を指さした。

「え、待って」と、サニーが叫んだ。「ウィリアム・シェイクスピアがここに葬られているの？　まさか！　どうしてそんなことがあり得るの？」

また、バズ・グッドボディの他界後すぐに、彼女を偲《しの》んで植えられた木をみせた。サニーはバズの話をきいたことがなく、いまでは樹齢三十歳あまりの青々と茂る樹木の立ち姿に、ふたりとも感銘を受けた。

さらにはサニーをパリに連れていき、セーヌ川に浮かぶサン＝ルイ島にある友人のアパートメントに滞在もした。そしてまた、わたしの愛するメキシコへも足をのばした。ユカタン半島北西部の都市メリダにおもむき、最近発掘されたエク・バラム遺跡のピラミッドにのぼり、人生最高のマルガリータを賞味した。マルガリータには発酵させた蜜と、アニスの実でつくったユカタンの酒シュタベントゥンを加えてある。

旅の終わり、メキシコシティでふたりは別れた。サニーはブルックリンに戻り、わたしはロンドンへ。この関係は、一種の宙ぶらりん状態にあった。互いに一緒にいたいのを知っていたが、どうやるかはわからない。サニーはウェイトレスから夢の仕事へ移り、食べ物と料理の知識を生かし、有名な料理本の著者にしてニューヨーク・タイムズ紙の料理欄のコラムニスト、メリッサ・クラークのアシスタントになった。わたしはいまだ、旅まわりの俳優としての暮らしを送っていた。

われわれがどれだけ真剣な関係になったかを測るひとつに、サニーの両親、ビルとジュディ・マイケルソンの住むネバダ州のレノに招かれた件がある。四人でシエラネバダ山脈の麓《ふもと》にある一家の牧場までドライヴした。彼らはそこで四頭の馬を飼っている。それはつまり、全員で乗馬ができるということだ。だが、ビルはわたしとふたりだけで頂上のトレイルを遠乗りするプランを立てた。乗馬ならイングランドでたっぷり経験がある。たいていは映画かテレビのためだったが、ウェスタンスタイルでは一度もなかった。サドルと乗りかたが完璧に違い、遠乗り前夜は心配しながら床についた。これは『ミート・ザ・ペアレンツ』〔二〇〇〇〕のロバート・デ・ニーロばりに、ビルがわたしの男らしさを試すテストなのか？

ビルはただ、わたしにトレイルの両側に広がるすばらしい眺めをみせたいだけだったとわかり、それにビルがリノのダウンタウンにあるセント・メアリー・リージョナル・メディカル・センター病院のER部長だと知って、ほっとした。なぜなら人生でこれほどの鞍ずれになったことがなかったのと、もし背中をおかしくしたら、少なくとも一流の医師がそばにいてくれる。ジュディには遠乗り用にビールのパックを持たされ、サニーはサンドイッチをつくってくれ、実際、それは一家と知り合う素敵な機会となった、痛む尻をひっくるめて、すべて。

また、クリスマスもマイケルソン家と過ごした。彼らはタホ湖にほど近いアルペンメドウズにスキー小屋を持っていた。わたしはスキーをしなかったが、小屋の周囲の景色は美しく、散歩をしたり、火の番をしながら読書にいそしめるのを楽しみにした。マイケルソン一家は情熱的なスキーヤーで、わたしは恋人について新しいことを学んだ。十代のとき、サニーは州大会でダウンヒルスキーの競技に出たことがある。「みなさんとスロープへご一緒したいのはやまやまだが」と、わたしはホストに話した。「わたしはスキーはできず、この年でやりかたを覚えるには遅すぎます」

知らなかったのは、マイケルソン家がすでにわたしのためにプランを練っていたことだった。ジュディがスキー服を買いにわたしを街に連れていき、ビルがこう告知した。「きみの最初のレッスンは、月曜朝の八時開始だ」

わたしは抗議した。「習いごとにはもう遅い、年をとりすぎている。死んじまうよ！」

「そうだな、遅すぎる」と、ビルがいった。「だから四時間のトレーニングを予約し、すばらしいインストラクターを頼んでおいたぞ。つきっきりで一対一のレッスンを受けてもらう」。それなら少なくとも、恥をかくのはひとりの前ですむ。

わたしのインストラクターは優しい中年女性で、立ちかた、バランスの保ちかた、リフトへの飛び乗りかた、飛びおりかた、そしてスロープの滑りかたを忍耐強く教えてくれた。その晩自分の進展ぶりがどれほどうれしかったかをホストに報告すると、三人のマイケルソンはわたしをスパイしていたことを白状した。まるでわたしが十歳のこどもで、彼らのパトリック坊やをすごく誇らしく思ったかのように。四回目のレッスンのあと、リフトで頂上へのぼり、人生で初めてひとりでクラブハウスまで滑りおりた。わくわくした。おくびょう風とひとりよがりを克服させてくれたホストに、惜しみない礼をいった。

残念ながら、ほんの二週間後、つぎにスキー小屋を訪ねたときは、十二月に経験した完璧なクリスマス・ストーリーとは正反対となった。ジュディとビルは以前と同じく素敵な人たちで、ふたりを歓迎してくれたが、サニーとわたしの上に暗雲がたちこめていた。二晩目、緊張がはじけ、深刻ないい争いになった。原因は、われわれが陥っている長距離恋愛の、会えるときに会おう方式についてだった。ふたりの生活はあまりに刹那《せつな》的で、地理的にちぐはぐなため、関係を築いているのではなく、無目的に漂っているようだった。

認めるのはつらかったが、別れることで同意した。翌朝サニーの両親に事情を説明したあと、わたしは山をおりる。その晩は別々の寝室で寝た。

朝、ふたりは悲しいニュースをジュディとビルとわかちあった。わたしは〝ふたり〟と書いたが、説明の大半をわたしがしたのを、サニーが思い出させた。サニーは泣いてばかりだった。あとで、朝のうちにわたしはロサンゼルスへのフライトを予約した。ビルが空港までの運転を申し出てくれた。サニーの両親はこの件を話し合ったような印象を受けた。ジュディが娘と残り、道中わたしが話したかったらビルに話すと決めたのだろう。

ふたりはことばを交わしたが、ほんの少しだ。出発ロビーでビルとわたしは抱擁しあった。どちらもひどく動揺していた。自分のそばにいてほしくても、もう二度と会えないすばらしい人たちにたったいま別れを告げた事実をかみしめる。フライトまでに非常に長い待ち時間があり、わたしはゲートの椅子にじっと座って、旅客機が滑走路を離着陸するのを大きな展望窓から眺めて過ごした。それはわたしの人生のメタファーのようだった。

ロサンゼルスへ戻ったときはだれにも会う気分ではなく、どこにもいたくなかった。そのためサンタバーバラ近郊のリゾート、サン・イシドロ・ランチに電話を入れて二晩予約した。わたしはひとりになって、いましがた起きたことを懸命に考える必要があった。二十年前、わたしは同じホテルまで、シーラとの結婚について考えながら、パシフィックコースト・ハイウェイを運転した。独り身の男、ことの終わりを嘆く。この脚本を繰り返し繰り返し演じる運命なのだろうか？

二月、ルパート・グールド演出によるＲＳＣの舞台『ヴェニスの商人』の準備のため、ロンドンへ飛んで戻った。わたしはシャイロックを演じることになっていた。稽古中、サニーとわたしは電話で再びつながりだした。声だけで、サニーはわたしの人生に欠けている落ちつきと希望をもたらした。

お互いの求めるものと必要なことについて、じっくり話し合った。六月、わたしに会いにイングランドにくることをサニーが承知した、五ヶ月ぶりに初めてふたりがじかに顔を合わせる。彼女が訪ねてきたその週の手帳は空白で、われわれが何をしてどこへ行ったかの記録は何もない。ふたりはただ……一緒に過ごし、これがわれわれのありたい状態なのだと、再発見した。

ふたりはもとの鞘《さや》に戻ったが、それでもまだ離ればなれのまま、普段は別々の大陸で暮らした。だが、二〇一二年四月、ヴェニス行きオリエント急行の席をふたつ予約したとき、それは変わった。最もロマンチックな都で、ふたりはとうとう結婚について話し合った。おかしいのは、わたしは一度も彼女にプロポーズした覚えのないことだ。ふたりは単に共通の結論に達した。サニーの記憶を、サニー自身のことばで語ってもらおう。

パトリック、わたしたち、もう話し合ったじゃない、イースターの日曜日にヴェニスのおしゃれなレストランであなたが正式にわたしにプロポーズする前に。わたしがぜんぜん理解できないのは、まったく予期していないことを前提にプロポーズされる女性と、そしてそれを驚いて喜んでみせる女性よ。だって、いったい何なの？　結婚は人生の一大事なのに、だれかがただ**不意打ちでこたえを迫り**、そして相手はただ**喜ぶべし**ってこと？？？　あなたと**わたし**はそんなじゃなかった。結婚について思い描いた互いの考えを、愛に満ち、でもまじめに率直に語り合ったのを知っている。それがわたしにどんな意味があり、あなたにどんな意味があるのかを。話すことはたくさんあり、そうであるべき。だからヴェニスであなたがわたしにプロポーズするころにはそれはもう決着ずみで、本当にはたいしたことじゃなかった。指輪はなし、あなたがひざまずくのもなし。ていうか、勘弁して。

ふたりの結婚生活の至福に向けての暴走《スタンピート》は、わたしがイアン・マッケランと出ていたピンターの戯曲『誰もいない国』のバークレーからニューヨークへの行程と軌《き》を一にした。イアンはサニーに、そしてサニーはイアンに、おそろしい勢いでなついたため、ふたりが駆け落ちしないで幸運だったとしかいいようがない。

バークレーとブロードウェイ公演のあいまに、サニーとわたしは彼女の実家のスキー小屋に行った。ある午後、サニーが所持していたMDMA《エクスタシー》を、おっかなびっくり少しだけ試した。わたしは概してそういうものに手を出さないが、サニーは遊び半分にやっていた。結果は、サニーが携帯電話で録画した「四度見」に関するわたしの講釈とデモンストレーションとして表れた。二度見とか三度見とかならあなたはきいたことがあるに違いない。しかし、わたしが講釈で——サニーのペディキュアを塗った足の爪が、わたしの膝に押しつけられているのが画面にみえる——明確にしたのは、四度見は、一度見、二度見、三度見と違い、自然主義ではなく様式化された、カートゥーンっぽい動きにもとづく。

ふたりはビデオを録画したあと二十四時間放っておいた。投稿する価値が少しでもあるかどうか自信がなかったからだ。だが翌日、共有しても別にばちは当たらないと決めた。ネットに流すやいなや、電光石火の速さでヴァイラルになるとは、どちらも予想しなかった。わたしは喜んだ。この手の映像はパトリック・スチュワートが何者なのか、違ったみかたを提供してくれる。長きにわたってまじめな面以外の自分を不特定多数の人間にみせるのは気が進まなかったが、最近では吹っ切れた。実際、コメディの技量はよりシリアスな仕事に恩恵をもたらし、演技の選択肢を増やしてくれると考えている。

ついに、二〇一三年九月七日、サニーとわたしは結婚した。会場のサンダーバード・ロッジは、タホ湖の東海岸を走る古い海岸通りに立っている。司式者は、だれあろうサー・イアン・マッケラン（彼自身もナイトに叙されている）だ。役目を果たすため、急場しのぎにユニバーサル教会のオンラインコースで資格をとった。招待客はあらゆる地からやってきた。ロサンゼルス、サンフランシスコ、ニューヨーク、シカゴ、そして英国から。彼らにまじり、息子のダニエル、兄のトレヴァーとその妻パット、それからサニーのご両親。

サー・イアンは式を歓迎スピーチではじめ、つづいてサニーとわたし、ふたりへの彼の愛を心のこもったことばで語りかけた。終わったときには、たくさんの目から涙がぬぐわれた。サニーとわたしのをふくめて。

レセプションでかかる音楽は、サニーのバンドと花嫁自身が演奏した。だが、スチュワート夫人との最初のワルツはかっさらわれた。イントロがはじまると、レヴァー・バートンがわが妻の手をとってダンスフロアに導いた。太っ腹なところをみせて、レヴァーに譲ってやろう。

この輝かしい晩、われわれふたりとイアン、そして『誰もいない国』の共演者であるシュラー・ヘンズリーとビリー・クラダップをのぞいてだれも知らなかったのは、サニーとわたしが、すでに結婚していたという事実だ。

　ことの次第はこうだ。『誰もいない国』がまだバークレーのレパートリー劇場で上演中、ネバダ州はオンラインで資格をとった司式者が執りおこなう挙式の法的効力を――叙任され、磁場をつくりだし、オーク軍を追い払う能力を有する司式者ですら――認めないことを、サニーが発見する。だが、この発見をしたときには結婚式の招待状は発送ずみで、式場を変えるには遅すぎた。ぎゃー。

　けれどカリフォルニア州なら、指名司式者による挙式を受け入れる。イアン、サニーとわたしは頭を突きあわせ、秘密の式のアイデアを思いついた。秘密にするためには終演後、すぐに執りおこなう必要がある。劇場から角を曲がったところのメキシカン・レストランが深夜まで営業しており、午後十一時ごろの店内が静かなのを知っていた。完璧だ。われわれはビリー、シュラーとたまたま街にいた演出家のショーン・マサイアスを招いて、正式な立会人に仕立てた。けれど本人たちの役まわりについてはいわなかった――彼らにとっては単に舞台がはねたあと、ディナーに誘われたにすぎない。

　ありがたいことに、レストランに着くと、期待にたがわず静かだった。パーティの名目で、シャンパングラスを注文する。シャンパンがやってき次第、イアンがバッグから式典用のマントをぱっととり出して羽織った。立会人側は戸惑っていたが、イアンがポケットから指輪を出した。

　最初に何が起きているのか気がついたのはビリーで、興奮して大声で叫び、給仕と残っていた数名の客が振り向いた。イアンはビリー、シュラーとショーンの三人にいまから起きることの重要かつ不可欠の立会人になってもらうと説明した。イアンはサニーとわたしがオークランドの裁判所にこっそり行ってとってきた正式な書類を出し、イアン流結婚式をはじめた。

その瞬間、ウェイターが現れ、「ご注文は？」と、サー・イアンのマントを疑わしげにみながらたずねた。イアンは「ちょっと待て、ちょっと待て」といって手で払い、つづきをはじめた。再びそのウェイターが割って入り、今度はちょっと怒っていった。「いま注文されないと、キッチンを閉めますよ」

イアンも同じくいらだった。「いいからいいから、ちょっと待ってくれよ」と、男をにらむ。だが、シュラーがいった。「何か頼もうぜ、なんでもいいから」。それで、みんなはお気に入りのメキシコ料理を並べたて――「タマレ！　タコス・デ・カルニータス！　チレ・レジェノ！」――そして、イアンが急いで式を終えた。わたしが指輪を受けとってサニーの指にはめると、テーブルの残りの面子が冷やかして喝采した。一瞬後、料理が運ばれてきた。けれどわれわれはシャンパンをぜんぶ飲みほしていた。もう一杯だけ注文する時間が残っている。いい加減疲れた店員は、われわれがとうとう料金を支払って立ち去ったとき、喜んだのではと思う。まさしく、忘れじの夜だ。

第二十四章

自分のこどもより若い女性との結婚に眉をひそめる向きもあるのを、わたしは知らないわけではない。「男は血迷ったに違いない」「女は金目当てに決まってる」——そんな中傷をきいた。ゴシップネタだ。もちろん、真実とはほど遠い。サニーとわたしが結婚十周年を祝ったところなのが、末永くつづく本物の愛だというういい証拠だろう。

ところで、年齢というのはわたしにはおかしな概念に思える。ジャン＝リュック・ピカードは「新スター・トレック」のころから外見がちっとも変わっていないようだ、とよくいわれる。それが若禿げの戦略的利点に大きく負ういっぽう、実年齢に負けまいとする長年の努力のたまものでもある。こどものころは年上の少年たちと普通にスポーツをやり、おとなたちにまじって素人演劇をやった。二十代に三十代の女性、シーラと結婚した。そして現在、自分が八十代とはとうてい信じられない、実際にそうであっても。どうしてこうなった？　長いあいだずっと、四十代なかばの気分でいた——若い時分からすでに中年で、いまでもそうであるような気がする。

結婚については、サニー様々で、一般の人々はわれわれの味方だ。サニーはわたしよりもソーシャルメディアのことをよくわかっていて、ふたりが楽しんでるのをみせる名手だった。わたしの「四度見」や「ニューヨーク・スライス」モーメントを撮ったのはサニーだ。また、わたしのいちばんとっぴなコメディの成果物、フェイクアルバム『パトリック・スチュワートのカウボーイ・クラシックス』のフェイク広告に責任の一端がある。ある日、思い出のカウボーイソングをわたしが歌っているのを、サニーのドラマー兼プロデューサー、イーサン・ユーバンクスが耳にした。どうしてその歌を知っているのかたずねられ、遠い昔にBBCラジオの「チルドレンズ・チョイス」できいていたからだと説明した。
イーサンはそれらの懐メロを数曲、彼とサニーのバンドで録音しようと提案した。わたしは言下に断った。だがイーサンに押し切られ、練習をはじめてみると、あまりに楽しすぎて、先へ進めずにはいられなかった。それで、実際にそれらの歌を録音した。それからミュージシャンのサニーとわたしがウェスタンの衣装を着て、マンハッタンのローワー・イーストサイドのミュージッククラブ〈アーリーンズ・グロッサリー〉でグリーンスクリーンを背景にフッテージを撮った。その結果完成した短編ビデオ、「イングランド随一のカウボーイ・シンガーといわれて久しい」男によるプロモーションビデオをＹｏｕＴｕｂｅで鑑賞可能だ（タイトルは"P Stew's Cowboy Classics"）。二度とわたしを尊敬できないかもしれないが、わたしは大いに満喫した。

サニーはまた、わたしとイアン・マッケランがニューヨークで打った『ゴドーを待ちながら／誰もいない国』のダブルパンチ公演のプロモーションプランを検討した際にも、代えがたい宣伝係になった。サニーとわたしはそのころには、ふたりで住むためにやっと購入したパークスロープの家に住んでいた。

イアンとわたしには一級の宣伝チームがついており、地元の報道媒体、テレビ、ふたりの露出など、一連の提案をピッチした。けれどわれわれのような異色プロジェクトには平凡すぎ、保守的すぎるように感じはじめた。ある日、わたしが泣きごとを並べたてた結果だと思うが、サニーが長いあいだ温めていたアイデアを提案した。サニーはそれを「ゴゴとジジ、NYC《ニューヨーク》を行く」と題した――ゴゴとジジは『ゴドー』のエストラゴンとウラジミールのあだ名だ。

サニーの戦略は、われわれ三人が土曜日を一日費やして、マンハッタンの名所をぜんぶ訪れるというものだった。イアンとわたしは普段着だが、劇中それぞれの役がずっと被っているくたびれた山高帽を被る。プロの写真家は雇わず、サニーが自分の携帯で撮り、写真に親しみやすい「ツーリスト」の雰囲気を与える。わたしはアイデアを気に入り、イアンも同じぐらいいやる気になった。

土曜日当日、わたしが長年お世話になっている運転手兼親しい友人のルディ・ゴンザレスに終日運転を頼み、護衛役もつとめてもらった。ゲリラ方式で実行するため、携帯カメラを手にしたファンを惹きつけたくはなかった――流出は容認できない。成功させるには素早く動く必要があった。車から出て、位置につき、写真を撮り、ただちに車に戻り、つぎなる目的地へ向かう。

ほぼマンハッタン島のはしからはしを移動したため、午後の遅くにはみんなぐったり疲れていた。サニーの写真を車中で確認すると、イアンもわたしも気に入った。一枚一枚の写真をいかにも別個のできごとらしくみせるため、服をひんぱんに変えるようにサニーが提案し、それには車の後部座席でふたりが下着姿になる事案が発生する。ルディが左右のドアを見張り、多少の危険と、ふたりのナイトを公然わいせつ罪に問われるのを防いだ。

計画では、写真をゆっくり小出しにしていき、二作の舞台への期待を煽る。わたしとイアンがニューヨークを浮浪者の服装でまわってスナップ写真を撮るなど品位を貶める行為だと、ＰＲ会社の抵抗に少しばかりあったものの、われわれは決行した。それどころか、サニー、イアンとわたしは再度、週末の撮影を今回はブルックリンでやろうと決めた。結局、コニーアイランドで二日目の大半を過ごし、ほとんどの有名スポットをまわった。スキーボール・アーケード、観覧車、遊歩道、そしてもちろん〈ネイサンズ・フェイマス・ホットドッグス〉。

運命のいたずらで、〈ネイサンズ〉でだれあろう、レナード・ニモイに出会った。彼はホットドッグをぱくついていて、そしてありがたいことに、一緒に写真を撮ることを承知してくれた。コニーアイランドからわれわれはダンボへ向かい、ブルックリン・ハイツの遊歩道に沿ってそぞろ歩き、ブルックリン橋を渡ってその日を終えた。

三人のＰＲ戦略は、ゴゴとジジの写真がソーシャルメディアを野火のように広がったときに正当化された。肝心なのは、説明しすぎないこと、みた者の好奇心を煽ることだと、サニーは賢くも理解していた。たとえば、われわれがエンパイア・ステート・ビルディングの眺望台にいる写真のキャプションは、単に Empire State! #gogodididonyc @TwoPlaysInRep のみ。メディアがわれわれのキャンペーンをとりあげはじめ、イアンとわたしのツーショットはソーシャルメディアにとどまらず、テレビにも登場した。「グッド・モーニング・アメリカ」がふたりのご当地観光を特集し、チケットの売りあげははねあがった。

この件で味をしめ、二〇一三年十月、サニーはばかげた成人サイズのロブスターのコスチュームを手に入れると、それを着たわたしが空っぽのバスタブに横たわる写真を撮った。キャプションはただひとこと、「ハッピー・ハロウィーン」。すると、ロブスターのわたしは、ピザのスライスを楽しむわたしよりも世界的に大きな話題になった。自分で思っていたよりはるかに立派なお笑い芸人になれることを、サニーはわたしに証明した。

いにしえのパトリック・スチュワート、セットの俳優たちは楽しむためにいるのではないと一喝したまじめなあの男は色をなすだろうが、コメディを演じるのは好きだ。二〇一〇年代、小説家で劇作家のジョナサン・エイムズとわたしは、彼が脚本執筆している三十分間のテレビコメディ番組にわたしが出演する可能性について、ひとしきり打ち合わせをした。傲慢でおしゃべりなもと兵士兼ジャーナリストが、ケーブルテレビで自分のインタビュー番組の司会をするというものだ。わたしはアイデアを気に入り、ジョナサンがこの人物に名前が必要だといったとき、すぐにこう提案した。「ウォルター・ブラント」――わたしがロイヤル・シェイクスピア・カンパニーの劇団員として初めて演じた『ヘンリー四世』第一部の役名だ。

ジョナサンは笑って、由来と名前のどちらもぴったりだと褒めた。「彼の持ち番組を『ブラント・トーク（弁駄）』って呼べるね」

わたしのコメディのゴッドファーザー、セス・マクファーレンが仲間に入ってエグゼクティヴ・プロデューサーをつとめ、Ｓｔａｒｚケーブルネットワークから青信号をもらい、ジャッキー・ウィーヴァー、エイドリアン・スカーボロー、ドリー・ウェルズ、ティム・シャープ、カラン・ソーニ、メアリー・ホランドら、一流のコメディ俳優を呼び集めた。架空の番組名と同じ「*Blunt Talk*」〔二〇一五～

一六〕と題して二シーズン全二十話を制作したが、さて視聴者をつかもうというとき、打ち切りになった。説明はされなかった。わたしのコメディのキャリアはこうして幕を閉じる。

しかし、うつうつとする時間はない。『X-MEN』映画最後の一本、六本目の出演作に打ちこんでいたせいだ。あの世界でさらに仕事をすることに特別気乗りはしなかったものの、新作をジェームズ・マンゴールドが監督すると知って気が変わった。マンゴールドは『君に逢いたくて』〔一九九五〕『17歳のカルテ』〔一九九九〕などの文芸作品、そしてもちろん、わたしがちょっとだけ顔を出した『ウルヴァリン　SAMURAI』〔二〇一三〕を監督している。ジェームズの仕事を高く買っており、彼がわたしと会ってチャールズ・エグゼビア役への復帰を求めたとき、新作は以前の『X-MEN』映画とはずいぶん異なるものになると保証した。

この保証をもってしても、それがどれほど異なるのか、完全には備えがついていなかった。二〇一六年三月、『Natchez』と題した脚本が送られてきた。映画の実際の題名『LOGAN　ローガン』を伏せておくためのダミータイトルだ。脚本を読みはじめる。ワオ。二〇二九年、X-MENたちの人口が急速に減りはじめ、二十五年間ミュータントは生まれていない。ジェームズと共同脚本のスコット・フランクとマイケル・グリーンは、スーパーヒーローのエントロピーに関するアイデアを押し広げていた——彼らが疲弊して年をとり、パワーは衰え、一般大衆に見放されたとしたら、何が起きるのか？

　脚本の二ページ目、ヒュー・ジャックマン演じるローガンが、もはやウルヴァリンではなく、メキシコ国境の町で汚いリムジンを運転しながらかつかつの惨めな暮らしを送っているのがわかる。それで、チャールズ・エグゼビアは？　九十代のチャールズはいまではローガンの介護を受け、以前の自分の抜け殻となり、認知症を患い、子守歌と意味不明なことばをつぶやいている。ローガンは廃工場のような場所でチャールズの面倒をみ、発作を抑える薬を飲ませ、起きたときは静脈注射で静めた。これほど弱っていてさえチャールズは超人的なテレパシー能力を保持し、そのため発作を起こすと甚大な、地震規模の破滅をもたらす。

　二〇一六年五月、撮影に入った。ヒューとセットに戻るのは、ぞくぞくして爽快だった。スティーヴン・マーチャントが新たに加わり、ミュータントのキャリバン――フィルターをかけなくなった新たな状態のチャールズの呼びかたでは「あのなまっちろいの《ファッキング・アルビノ》」――を演じ、そして子役のダフネ・キーンはわたしが一緒に仕事をしたなかで、最も並外れた子役だった。ダフネはローラという新登場の役を演じている。ローラは野生児のミュータントで、殺しに特化した遺伝子操作をされているが、良識があるため任務に抵抗する。

　リハーサルと撮影のときにみせるダフネの集中力と真剣さには、舌を巻いた――わたしの若かりし「楽しむためにいるのではない」日々を思い起こさせる。だが、カメラと照明のセッティングのために撮影が中断するときの、素に戻ったダフネは楽しい子だ。賢くてごく普通の、すごく茶目っ気のある十一歳のこどもだった。

　ジェームズは映画を細心の注意と感受性を持って監督し、俳優からの創造的な提案を受け入れ、彼のほうからはわれわれの演技を高める提案をした。彼とはまた組んでみたいし、『ローガン』のわたしの出番が終わったときは悲しかった。急ぎの仕事がつぎに控えていたため、わたしの全シーンは撮影初期に完了した。ジェームズ、ヒュー、スティーヴン、ダフネにさよならをいうのはつらかった。

ヒューとわたしは二〇一七年二月にベルリン映画祭で行われた『ローガン』のワールドプレミアのときに再会した。舞台上であいさつし、そのあと劇場中央の客席にとなりあって座った。まだ映画をみたことがなかったわたしは、それがもたらすインパクトに備えていなかった——そしてヒューも。（ネタバレ警報）チャールズ・エグゼビアが死に、ローガンとローラが彼の墓標である土まんじゅうの前に立つシーンで、ヒューが手をあげて頬の涙をぬぐうのを目のはしにとらえた。彼の手を握る以外、わたしに選択肢はなかった。ヒューがわたしに微笑み、われわれはエンドクレジットが流れるまで手を握りあっていた。

その後まもなく、ふたりの名のある映画脚本家、アレックス・カーツマン（クリス・パイン主演でリブートした「スター・トレック」映画フランチャイズの共同脚本）と、ロン・ハワードの『ビューティフル・マインド』（二〇〇一）でオスカーの脚色賞を受賞したアキヴァ・ゴールズマンがわたしに会い、ふたりが構想中の新テレビシリーズについて話をしたがっているとわたしのエージェントが知らせてきた。設定は？　いまでは晩年を迎えたジャン＝リュック・ピカードを再び主役に据える。わたしの即座の反応？「いや、興味ゼロだ。悪いね」

十五分後、わたしはエージェントに折り返し電話して、おそらくはややあいまいに、アレックスとアキヴァと会うが、なぜわたしが「スター・トレック」の王国に再入国する意志がないかを説明するためだと伝えた。それぐらいの礼儀は払うべきだ、どちらにしろ。

ホテル・ベルエアでランチをともにするため、アレックスと落ち合った。なぜかアキヴァは現れず、だがアレックスは一緒に、「スター・トレック」小説を多数手がけた作家カーステイン・ベイヤーと、キーラ・セジウィックのテレビドラマ「クローザー」〔二〇〇五～一二〕の共同原案で脚本家のジェームズ・ダフを同行していた。わたしは内心ため息をついた――どうやら、ピッチをきかされるらしい。

予防線として、ランチの招待主たちに「新スター・トレック」とつづく四本の長編映画でわれわれがやった仕事を誇りにしていると、はっきり述べた。ジャン＝リュックに扮するのをすごく楽しみ、そして彼を心のなかで身近に感じつづけている。だが、それはそれ。彼とは終わったのだ。彼について語るべきことは語りつくした。彼の旅はわたしに関する限り完了し、そしてわたしは残りの人生でできるだけ「スター・トレック」から遠く離れた仕事をみつけたい。俳優として前進しつづけるために。アレックス、カーステインとジェームズに時間と興味を割いてもらって感謝したが、それで終わりだ。

彼らが反撃したといっても、あなたは驚くまい。

三人ともにそれぞれ違った表現で、ピカードの話が終わったとは思えないといった。「新スター・トレック」のキャストで撮った最後の映画『ネメシス』から十七年が経った。あれは遠い昔のことだが、ピカードの人生はまだ終わっていない。実際、彼の人生は『ネメシス』のあと、大きく違う方向へ進んだかもしれない。

「どう違うと？」わたしはたずねた。

招待主たちはこの問いに備えており、質問の雨を降らせた。ピカードはまだ艦長なのか？　彼はまだ宇宙艦隊士官なのか？　昇進したのか？　退役したのか？　まだフランスにシャトーを持っているのか？　妻かパートナーはいるのか？　あれからボーグとの関係はどうなったのか？

だがたいてい、彼らはピカードの精神状態についてたずねた。ジャン＝リュックはいまでは年をとっている――加齢は彼を変えただろうか、おそらくわたしを変えたように？

ひゅう。質問のこたえを考える時間が必要だった。

解散になったとき、あとで彼らのアイデアを書いたメモをわたしに送り、それをわたしが検討するということになった。

送られてきたメモは十ページ以上の長さがあり、わたしは注意深く吟味した。サニーと何度も話し合った。このような企画に加わることになれば、ふたりに大きな影響が出るからだ。スケジュールに拘束され、身も心もブルックリンになじんだあとでロサンゼルスに舞い戻らなければならない。

ピカード再訪は一考の価値ありとふたりで判断し、さらなる打ち合わせを求めた。今回はアキヴァ・ゴールズマンが参加した。アキヴァは新シリーズへの個人的なヴィジョンを熱く語り、マイケル・シェイボンの参入に前向きだという。シェイボンのピューリッツァ賞受賞作『カヴァリエ＆クレイの驚くべき冒険』〔二〇〇〇〕は好きな小説だ。それがわたしの関心を真に引いた。

「スター・トレック　ピカード」〔二〇二〇～三〕とのちに題されるシリーズに復帰する旨、アキヴァとチームに告げた。ただし、つぎの条件を飲むならだ。

一、シリーズは「新スター・トレック」の登場人物再集合を目的としない。彼らと関わるのはほんの少し、または皆無が望ましい。これは、わたしの愛する俳優仲間たちをないがしろにするものではまったくない。そうではなく、完全に新しい登場人物たちに囲まれた、完全に新たな環境にピカードを置くのが重要だと単に感じるからだ。おそらくはライカーかドクター・クラッシャーに第二シーズンで会うかもしれない。だが、そのような出会いがシリーズの存在理由にはならない。

二、ピカードはもはや、宇宙艦隊士官ではない。そしてどんな制服もバッジも身につけない。

三、シリーズは三シーズン以上にはならない。

脚本家チームがみっつの条件に完全には同調していないのはあきらかだったが、基本的に全員が了承した。制服着用なしルールがなぜかいちばん根強く抵抗され、強硬路線を再検討するように再三つつかれた。わたしは意地を通した。

けれどいったんジャン＝リュックに再び関わるとなったら、全力でコミットした。新番組のプロデューサーたちに「スター・トレック　ピカード」の発表は派手にやりたいと伝えた——二〇一八年にラスベガスで開催される例年の「スター・トレック」コンベンションに、サプライズで登場する。一九八七年のコンベンション嫌いなパット・スチュはどこへ行ったやら！

わたしのラスベガス行きは内々に、完全な秘密のうちにやりたかった。奇跡的に秘密は守られた。Tシャツとジーンズの普段着でわたしがセンターステージに歩いていくと、割れんばかりの拍手で迎えられ、わたしは故意に間をとって満喫した。もう内気はなし、恥じらいもなし——わたしは人に好かれることが好きだ。来場者に「新スター・トレック」撮影初期の定番になった逸話を二、三披露し、好意的に受け入れられた。四本の長編映画がジャン＝リュックの物語に終止符を打ったてんまつについて、長年考えていたことを話す。それにはいくつかのうめき声があがった。

そして、不意打ちを浴びせた。「ジャン＝リュック・ピカードが返ってくる！」うぉーー！（喜びの鬨《とき》の声、さらなる拍手、熱狂的な雄叫び）。あの瞬間だけでも「スター・トレック」ユニバースへの復帰は価値があり、そしてわれわれはまだ、一シーンも撮っていなかった。

撮影がはじまり、ジャン＝リュックを演じるにあたって新しい衣装を目にすると、安心して満足した。「*Blunt Talk*」での仕事ぶりを見直して気がついたのは、ときどきわたしはセリフを少しばかり重々しくいいすぎる。滑舌がよすぎ、セリフが芝居がかりすぎていた。それを直そうと、固く決心した。また、わたしの声は年とともにしゃがれてきた。それで、八十歳近いジャン＝リュックのために、トーンをもう少し和らげて優しくすると、すごくうまくいった。

わたしの全キャリアは大なり小なり、発声と力強さを売りにしてきた。それでもいま、ピカードとわたしが高齢の男として直面している限界を認め、わたしは以前よりずっと表現豊かに、自然に出せる自分の声をみつけた。また、思考と感情をこの声につなげ、陰影の深い、枯れたピカードを前面に押し出せたのは、わたしには新鮮だった。願わくば番組の視聴者にも新しいピカードに映りますように。

脚本家たちは新たな登場人物を生みだすべく目覚ましい仕事をした。ピカードのもと宇宙艦隊副官ラフィ・ムジカーはアルコール依存症に苦しみ、サイバネティクスの専門家アグネス・ジュラティは最終的にボーグに同化される。プロデューサーたちも等しくすばらしい仕事をして、優秀な俳優のミシェル・ハードをラフィ、アリソン・ピルをアグネスに配役した。世界中の人々とわかちあうのが待ちきれなかった。

「スター・トレック　ピカード」を世に問えるというわれわれの多幸感は、二〇二〇年初頭にコロナウイルスのパンデミックが起きたせいで、いくらか水をさされた。まだ第一シーズンを大急ぎで完成させようとしている最中にウイルスが頭をもたげ、世界中がロックダウンする前に、どうにか完成をみた。何はともあれ、われわれには新しい「スター・トレック」の番組をありがたがってみてくれる自宅軟禁状態の視聴者がいた。

だが、サニーとわたしにとっては仕事のうえでフラストレーションのたまる時期だった。わたしはつぎのシーズンにすぐにとりかかるのを楽しみにしており、いっぽうサニーはオリジナルソング集の新譜『オーヴァーナイト・ロウズ』が発売前で、数回のコンサートと宣伝のための露出を予定していたのに、すべてキャンセルになった。コロナが襲来し、大半の者が経験したことのないロックダウンに入ろうとしていた。アルバムは発売されたものの、宣伝はほぼ皆無だった。

とはいえ、自分たちの特権に無自覚ではなかった。ふたりが最近移り住んだロサンゼルスの美しい一角にある家は通勤至便、スイミングプール付きで、シトラスの木が繁り、暖炉の備わったウッドパネルの書斎がある。世界的パンデミックを過ごすには南カリフォルニアよりもっと劣悪な場所があり、自分たちがいかについていたのかを重々わきまえていた。ブルックリンの家は貸家にして、それ以来ロサンゼルスにずっと住んでいる。

ロックダウン初期のある日、サニーと散歩中、わたしはシェイクスピアのソネット百十六番を暗唱しはじめた。「真心同士の結婚に邪魔を入れてくれるな。変化されて変化するような愛は愛でなく、また動かされて動くような愛は愛でない。（「ソネット詩集」『世界古典文学全集45　シェイクスピアⅤ』所収、西脇順三郎訳、筑摩書房、1966。句読点は原文に準じ引用者が入れた）」

「いいわね」とサニーがいった。「ぜんぶ暗唱できるの？」

できるとも！　そしてやった。憂鬱なパンデミックのさなかにこのエクササイズですごく気持ちが上向いたサニーは、ソネット百十六番をわたしが読む映像を録画してＩｎｓｔａｇｒａｍに投稿しては、と提案した。たぶん家に閉じ込められた人類の同胞の一部なりと、一日を明るくできるかもしれない。

その投稿が、あれほどの人気を呼ぶとは予想しなかった。一週間たらずで動画は四十万回以上再生され、何千もの感謝のコメントが寄せられた。それなら、シェイクスピアのソネットを全編読んで、一日一回投稿してはどうかとサニーが提案した。それを実行に移したのは、「ソーシャルディスタンス」や「非接触配送」等の新語がわれわれの語彙に加わった二〇二〇年の悩ましい数ヶ月のあいだだった。これは、たいへんな労力を要した。ソネットを伴奏なしで暗唱したことは一度もなかったからだ。ソーシャルメディアの投稿ひとつごとに、大量の研究と練習を前もってやった――シェイクスピアの詩をできるだけなめらかに、楽しげに流そうと決心していた。

正直いって、シェイクスピアのソネット百五十四編の最後の一編を読んだときは、うれしかった。新しいコンテンツをくる日もくる日も投稿するのはきつい作業で、たいへん消耗した。だが、ロックダウン中にサニーとわたしがやり遂げたことを誇りに思う。「ソネットをありがとう――おかげで切り抜けられました」とファンからいわれずに一週間が過ぎることはなく、そして驚いたことに、ソネットがそのファンたちの話題にするすべてだった――「スター・トレック」でも『X-MEN』でも「アメリカン・ダッド」でもなく。シェイクスピアの長年の擁護者として、これにはとてつもなく満足だった。

ロックダウンが図らずも生みだした明るいできごとが、もうひとつある。先に、七歳のときに目撃したリスの死について書いた。その記憶は七十年以上わたしにのしかかり、潜在意識に潜んでときたま表面に現れては再びトラウマを負わせる。ところがパンデミック中に、その痛みが消えはじめた。ある生き物、別のリスが癒やしてくれたおかげだ。

ロサンゼルスの家に移ってまもなく、サニーとわたしは裏庭に毎日訪問者があるのに気がついた――リスがちょっとしたごちそうを探しにやってくる。はじめ、その個体をオスだと考え、「リスのシリル」と名づけた。ところがシリルは妊娠し、ついには二匹の子リスを生んだ。けれどその重大事の前から、シェリルと名づけ直したリスは、妻と特別気が合った。

シェリルに高い声で優しく話しかけ、サニーはリスの信用を勝ちとった。忍耐強ければおいしいおやつ、おもに殻つきの煎ったピーナッツにありつけるとシェリルは理解するようになった。ロックダウン下で生活を送るすべての人々と同様、サニーとわたしは時間を持てあまし、気晴らしを必死に求めていた。日ごとにシェリルはふたりの存在に慣れ、裏口のパティオに置いたえさを食べるようになる。とうとう、あるどきどきする朝、ひどく腹をすかせたシェリルはサニーの手から直接クルミのかけらをとって食べた。

その晩サニーとシェリルの友情を祝してシャンパンで乾杯したものの、人間とリスの即席の親交にすぐにわたしもあやかれるとは想像もしなかった。

シェリルはすっかりわたしたちに慣れて、毎日お知らせをするようになった。キッチン側に開く裏口に近づくと、ガラス窓を鋭い爪で叩いて来訪と――空腹を訴える。サニーもわたしも何をおいても反応した。ドアを開けて外へ出ると、シェリルは習慣としてうしろに逃げ、それからどちらかがえさを差し出すなり戻ってきてとった。サニーは地面にひざまずいてシェリルがよじ登ってとれるようにと膝の上にナッツを並べ、リスはまさしくそうしはじめた。この進展につづけて、ドアを開くがキッチンにとどまり、床にかがみこむという戦略をすぐにサニーがとった。しばらくかかったものの、二、三週間後シェリルは用心しいしいキッチンにやってきて、毎日のごちそうを受けとった。

最近では、もう躊躇しない――ドアを開けたとたん、シェリルはキッチンへまっすぐ駆けこんできてえさをもらう。ナッツがぜんぶなくなったと確信すると、回れ右をして駆け出ていく。そして、わたしもシェリルの親しい友人の仲間に加わり、ナッツで釣ると、わたしの膝に乗って食べてくれる。

画期的なできごとが起きつづけた。数ヶ月前のある日、シェリルは立ち去る前にサニーに二回頭をなでさせた。さらに最近、正面玄関から外出する際に低い枝にとまるシェリルをみつけたわたしは名前を呼んだ。すぐにやってきたが、あいにくおやつを持っていない。急いで行ってしまう前に、後頭部をなでてやった。

シェリルから勝ちとった信用はサニーとわたしに喜びをもたらした。とりわけ、わたしは一九四七年から抱きつづけた悲しいできごとの罪悪感から解放された。リス社会から恩赦を与えられたと思っている。

われわれは「スター・トレック　ピカード」第二と第三シーズンをつづけて撮影し、ロスタイムをとり返そうとした。少しずつ、プロデューサーたちにまるめこまれ、わたしはシリーズ参加時の強硬路線を緩めていった。ブレント・スパイナーとジョナサン・フレイクスが第一シーズンで戻ってきておなじみの役を演じ、マリーナ・サーティスもいまではライカーとは夫婦のディアナ・トロイ役で、一話だけ顔をみせた。第二シーズンにはQが頭をもたげ、それはジョン・デ・ランシーの復帰を意味し、ウーピー・ゴールドバーグがガイナンに再び扮して非常に貴重な出演を二話ほど果たしてくれた。さらには才能と美貌に恵まれたジェリ・ライアンが全三シーズンを通して加わり、一九九〇年代後期のテレビシリーズ「スター・トレック　ヴォイジャー」（一九九五〜二〇〇一）で演じたもとボーグドローンのセブン・オブ・ナイン役に再び扮した。

最後の第三シーズンについては、そのころ「スター・トレック　ピカード」のショーランナーだったテリー・マタラスから、スタジオは「新スター・トレック」全員を呼び戻したがっていると打診された。うぐ、それこそ断じてやりたくないといったことだ。だが、それは三年前の話だった。いまではわたしは矛をおさめ、ジョナサン、ブレント、マリーナ、ジョン、ウーピーと働くのを楽しんでいた。エグゼクティヴ・プロデューサーとして、わたしは全員との再会をどう実現するか、考えがあった。「そのアイデアに乗ろう、いっぺんに全員を戻すのでなければね。少しずつ戻そう」と、テリーにいった。

ＴＮＧの各登場人物が関わってくるからにはそれぞれ特定の貢献を果たし、単に感傷的なにぎやかしにしないことが、わたしには重要だった。ジャン＝リュックが歳月を経て大幅に変わったのであれば、〈エンタープライズ〉のほかのクルーも確実に変わったはずだ。脚本家たちはありがたいことに、その点を真摯《しんし》に配慮してくれた。

テリー、アキヴァ、マイケル・シェイボンが執筆した最終シーズンのプレミアエピソードは、ピカードが宇宙艦隊退役後の人生をゆったり過ごし、素敵なアイルランド人俳優オーラ・ブレイディ演じるロミュラン人の管理人ラリスに「ソーリアン・ブランデーを飲み、回想録の構想を練る」と公言する。おや、それには共感できるぞ！

すると突如、ジャン＝リュックは救難通信を受信する。だれあろう、彼の船のもと医療主任にしてときには恋人だったドクター・ビバリー・クラッシャーからだ。ハロー、そしてお帰り、ゲイツ・マクファデン！

ドクター・クラッシャーを助け、彼女の息子——そしてピカードの息子でもあると判明する——をさらおうとする未知の敵を撃退する計画を練るうち、ジャン＝リュックは信用できる人間、すなわち〈エンタープライズ〉の昔の仲間たちを徐々に駆り集めていく。ハロー、そしてお帰り、ブレント、ジョナサン、マリーナ、レヴァー、マイケル！（白いやぎひげの平和主義者になったウォーフの変わりようが、とりわけわたしのお気に入りだ）

また、しぶしぶながら、ハロー、そしてお帰り、艦隊士官のバッジと制服。みんなはそれを身に着けたが、テリー・マタラスはわたしの制服嫌いを承知していて、妥協案をひねりだした。ピカードの服は艦隊の制服と同じシルエットでありながらもっと普段着っぽく、ツートンカラーではない。

第三シーズンはすばらしいできだった。だが、最後のシーンで再結集したクルーが飲み物を手にテーブルを囲み、グラスを合わせて乾杯するというのは当初考えた終わりかたではない。わたしには別の案があり、シリーズ撮影終了の数ヶ月前に脚本家たちに提案した。

「番組の締めくくりにわたしがみたいのは」と脚本家たちに伝えた。「満ち足りたジャン＝リュックだ。ピカードが、完全に自分の状況に安穏としている姿がみたい。心配ごとはなく、おびえてもおらず、落ちこんでもいない。それはつまり、妻がいるということだ」

そら、ジャン＝リュックとわたしの境目が、さらにぼやけてきた。もしわたしがついに真の愛をみつけたなら、彼だってそうすべきでは？

脚本家たちが素敵なシーンを思いついた。ジャン＝リュックのワイン畑に日が落ちようとしている。彼は背中をこちらに向けて景色を眺めており、そばには愛犬がはべる。

すると、画面外から女性のすずやかな声がする。「ジャン＝リュック？　夕飯ができたわよ！」声の主はビバリー・クラッシャーだろうか？　それともラリス？　あるいは、われわれの知らないだれかだろうか？　それははっきりしない。だが、サニーがセリフを吹きこむことになっていた。

彼の妻の呼び声をきき、振り向いたジャン＝リュックが、彼の犬に「おいで」といい、そして屋敷のなかに入る。夕闇が夜になり、ピカードは歴史のなかに消える。

ところが、このシーンは決して撮影されなかった。ある意味ではわたしの責任だ。第三シーズンの撮影最終日はやることリストがものすごい長さになった。約八時間が経ち、このままでは終わるのが十四時間か十六時間後になると気がついた。働きすぎだ。それに、わたしは明朝いちばんにニューヨークに飛ぶ予定が入っていた。そのためスタッフにこんな提案をした。

「きいてくれ、犬との共演シーンはごく短いが、照明やグリーンスクリーンや何やらをセッティングするには何時間もかかる。そんな時間はない。だからそのシーンを今日は撮らないでおこう。きみたちの好きなときにいつでも戻ってきて、それをやっつけるよ。わたしと犬だけで」

スタッフは感謝して、ほっとなった。そしてニューヨークから帰ったら最後のシーンを撮ろうと、わたしは請けあった。

だが、わたしは呼ばれなかった。二、三問い合わせても、はぐらかされつづけた。とうとうだれかが教えてくれた。「スタジオが渋っているんだ。高くつきすぎるし不必要だと考えている」。不必要？　ピカードのアークを閉じるのが肝心かなめだろうに、とわたしは思った。でも、まあしかたがない。テレビシリーズは乾杯で終わり、わたしのひいきの宇宙艦隊クルーへの温かく、心に染みる送別となった

（シェイクスピアの引用を確かわたしが提案し、皆の気に入った）。いずれにせよ、わたしのもともとの意図を、いまでは読者諸賢はご存じだ。

それで、ジャン＝リュック・ピカードはこれでおしまい？

ほぼおそらく。けれど「ネバー」とは決していうまじ。「ピカード」映画を一本撮らせてほしいと、パラマウントにそれとなくもちかけている。「新スター・トレック」映画にはならない。それはすでに、四本やっている。映画版は「スター・トレック　ピカード」でみてきたユニバースを拡大・深化させる。ジョナサン、ブレント、レヴァーとこれについて話し合い、みんなが乗り気だ。監督の第一候補はジョナサンで間違いない。

第二十五章

大半の人にとってわたしはまず何よりも、ジャン＝リュック・ピカード役として、「発進《エンゲージ》」とか「遂行せよ《メイク・イット・ソー》」みたいなキャッチフレーズを吐いたことで永遠に知られるのだろう。その現実を受け入れがたく感じるときもあった。本格的な舞台俳優としての経歴と、世間から受ける評判との折りあいが悪かったからだ。そして、それはわたしだけではなく――英国の劇評家たちもかつて、わたしは自分の才能を「荒唐無稽な宇宙服姿のクローズアップをテレビ画面に映してもらうために」捨てていると紙面で揶揄《やゆ》した。

だが、わたしはジャン＝リュックを大切に思うまでに成長した。「未知への飛翔」で紹介された当初の比較的硬いキャラクターから、彼は長い道のりをやってきた。一九八七年の過去にタイムトラベルして、おびえた、永遠に心配性の英国人俳優に、『冬物語』の演出家ロナルド・エアがわたしにレオンティーズ役を演じてほしがったときにいったことばを教えてやれたらいいのに。「きみのなかにはすでにジャン＝リュックがいるとわかっている、パトリック。ただ彼を外へ出してやるだけでいい」

わたし同様、ジャン＝リュックは数奇な人生を送り、市井の人間が経験する距離よりもはるか彼方を旅した。だが彼はまた、地球人としてのルーツを重んじてもいる。それが自分のアイデンティティの核だからだ。最後には故郷が呼んでいるとジャン＝リュックは感じ、わたしもそう感じる。

地球のルーツについていえば、わたしの核家族のうち、わたしがこの世に立っている最後のスチュワートになった。愛する兄トレヴァーは、二〇二〇年十月二十五日に他界した。兄はしばらく前から体調を崩しており、二年前に奥さんのパットを亡くした悲しみから完全には立ち直れなかった。二〇二〇年四月、兄の介護施設を訪れた最後から二番目、トレヴァーはわたしがだれかほとんどわからない素振りをみせ、この世を去ろうとしているのを感じた。

トレヴァーの四人のすばらしいこどもたち、イアン、アン、ロバートとジュリーは、医師から臨終が近いと告げられたら連絡をくれると確約した。そのときはいつそれが起きるのかを本当には予期していなかった。なぜならトレヴァーはまだ意識をしっかりさせて、周囲とつながることもあったからだ。いよいよというときわたしは何千マイルも離れたところで舞台に立っているか、映画を撮っているのではと、絶えず気が気ではなかった。深夜または早朝に電話が鳴るたび、ぎくりとして心臓が早鐘を打った。

だが、とうとうおそろしい電話を受けたとき、幸いにもわたしはオックスフォードシャーでサニーとわたしが所有している別荘に滞在中で、ヨークシャーにあるトレヴァーの介護施設へはそこから車で三時間の距離だった。姪のジュリーがその知らせをもたらした人物だ。介護施設の経営者からトレヴァーの容態が悪化していると連絡があったという。

早く来るように、とジュリーはいった。

サニーが即座にタクシーを呼んだ――そのときがきたら、わたしはひとりでトレヴァーと彼のこどもたちのもとへ行くと、すでに話し合っていた。車中でやるつもりの仕事を少し持っていったが、手につかなかった。わたしにできたのは窓の外に目をやり、初秋を迎えた平穏で美しいイングランドの田園風景を眺めるだけ――トレヴァーが愛した風景だ。

運転手はわたしの用向きの緊急性を心得、できるだけ早くわたしを介護ホームのあるヘックモンドワイクに送り届けるべく、交通規則内でなんでもやった。着いたときは、病院のガウンを肩に羽織っただけの兄が枕に上体を預けていた。姪や甥を抱きしめたあと、わたしはトレヴァーのベッドのはしに腰かけ、兄の手を両手で包んだ。体重が著しく減っている。顔はげっそりやつれて口が開き、薄く色を失った唇からわずかな空気をせわしなく呼吸していた。わたしをみると、少しだけ顔をしかめた。

わたしはトレヴァーに会えてとてもうれしい、すごく愛しており、サニーも愛を伝えてほしいといっていたと話しかけた。わたしのいったことを、またはわたしがだれかすら理解しているか定かではなかったが、なぜかそれはどうでもよく思えた。

そのうち兄が座りたいといいだし、それで、両手をそっと体にまわし、ごく近くに抱き寄せた。すると少し楽になったようだった。両手を兄の頭のうしろに添えて、自分に近づけた。ふたりの頭が触れそうになると、兄の目と唇にうっすら微笑の痕跡が浮かんだ。

トレヴァーはしばらく口を閉じた。それから再び唇が開いた。すごく小声でささやく。「パ……トリック」

わたしの顔を笑みがおおい、うなずいてこういった。「うん、トレヴァー、兄さんの弟だよ。すごく愛してる」。わたしは額を下げて彼の額に置いた。頬を涙がつたう。わたしの唇に兄の息を感じ、それで、兄がわたしの息を確実に感じられるように、キスをした。

トレヴァーと一緒に家族で三時間以上座っていると、看護師が彼は少し寝ないといけないと告げにきた。看護師が兄を横にし、わたしはもう一度頭を寄せていった。「また明日会おう、トレヴァー」

だが、そのチャンスはなかった。その夜はジュリーと夫のニールが家に泊めてくれた。午前一時半ごろ、電話が鳴った。姪のアンからだった。介護施設からたったいま電話があり、トレヴァーが息を引きとったと告げられたという。

こどもたちの全員で最後にもう一度父親に会いに行くが、わたしに同行したいかたずねた。だがわたしはそんなふうに兄には会いたくないと決めた。なきがらの記憶が多すぎる——母、父、そしてわたしが訃報欄担当だったときの、悲運な人々。いや、わたしは愛する兄トレヴァーが生きて、人生のはじまりにベッドをわかちあった記憶、臨終間近の晩、兄に腕をまわした記憶を残しておきたかった。

オックスフォードシャーの家に戻ると、サニーが待っていてわたしを抱きしめ、思いきり泣かせてくれた。それが、わたしがいちばん必要としていたことだった。サニーはなぐさめてくれ、また、わたしが向かっていると知らされたトレヴァーが、最後にひと目わたしに会ってから逝くことを選んだのでは、といった。あり得るとは思わなかったものの、すごくサニーらしいみかただ。それはたちどころに慰藉《いしゃ》と平和を、悲しみとともにくれた。

葬儀はトレヴァーとわたしが聖歌隊に所属していたのと同じ、マーフィールドの教区教会で行われた。サニーとわたしが会場まで車を走らせていると、自然の脅威に打たれた。ふたりがみたなかで最もくっきりとした虹が、マーフィールドに完璧な姿でかかっていた。天がトレヴァーの死を知っているみたいだった。

わたしのこどもたち、ダニエルとソフィーが葬儀に参加してくれ、うれしかった。ふたりはトレヴァーおじさんをとても愛していた。わたし自身のふたりとの関係は鋭意進行中——ふたりの母親との別離でわたしがつけた傷は、決して完全には癒やされない。彼らのこどもたち——四人のすばらしい孫とわたしはとてもうまくやっていた。いちばん上は二十代前半で、残りの三人は十代だ。兄の死がわれわれにもたらした大きな痛みが、家族の大切さをいまさらながら実感させた。わたしの家族をひとつにしてくれ、トレヴァーに永遠に感謝している。

兄の限りある命と向きあったことで、いやおうなく自分自身の寿命に目を転じた。断っておくが、わたしは生き急いではおらず、そして近々別れを告げる予定もない。幸い活動的な生活を送り、健康を維持している。だが、わたしの年齢において、当然と受けとっていいものは何ひとつないのは確かだ。軽く食べるとか、体を動かすとか、普通のことをしている。また、記憶力も鍛え、頭をシャープに保っている。

なぜそんなことをやるのか、そしてなぜ、ただ引退してクロスワードなりピックルボールなりをして過ごさないのか、理由は……自分の仕事が好きすぎるからだ！　十三歳のときから演じることはいちばんの幸せであり、そしてそれは七十年後のいまも変わらない。わたしには、まだたくさんやることがある。舞台に見切りをつけていない。まだコメディ番組に挑戦したい。たくさんの役がまだわたしのなかにあり、出してやる必要がある。そして、ありがたいことに、わたしにはまだ需要があり、それこそが職業俳優の求めるすべてだ。それなら、どうしてやめることがある？

わたしがおしまいにするのは、この本の執筆だけだ。あなたはもう、わたしのことをだいたいわかっているだろうから。

それに、サニーが呼んでいる。夕飯ができた。

謝辞

つぎの方々のご助力のおかげで、本書を世に出すことができました。ＣＡＡのジェニファー・ジョエルとカーター・コーエン。アノニマス・コンテントのサンドラ・チャンとトニー・リップ。インデペンデント・タレントのポール・ライアン＝マリス。ＩＤのケリー・ブッシュ・ノヴァク、スコット・ブラウン、エイドリアン・ディロン。ギャラリー・ブックスのジェン・バーグストローム、エイミー・ベル、エド・シュレシンジャー。また、編集コンサルタントのデイヴィッド・カンプとコピーエディターのメアリー・ベス・コンスタントにも感謝します。そして、三年にわたる本書の執筆中《メイキング・ソー》に励まし、支え、相談相手になり、愛をくれた妻のサニー・オゼルに、とびきりの感謝を。

訳者あとがき、または航星日誌補足

本書は英国の俳優サー・パトリック・スチュワートの回想録〝Making It So : A Memoir〟（Gallery Books UK, 2023）の日本語翻訳版です。……ん？　でも自伝なら、もうとっくに出ていたはずでは？　と一瞬錯覚しかけますが、それはスチュワートの分身、ジャン＝リュック・ピカード〈U.S.S.エンタープライズD〉艦長の自伝でしたね。ピカードが生まれたのは二三〇五年、フランスのラバール。一九四〇年生まれの中の人、スチュワートはドーバーを挟んだイングランドの出身です。北イングランド、ヨークシャー地方の田舎町マーフィールドで過ごしたスチュワートのこども時代の描写が、まずは意外すぎて引きこまれます。テレビも冷蔵庫もなく、週に一度の入浴にもひと苦労するような、およそ裕福とはいえない、よくいえばノスタルジックな暮らし（スチュワートの現在の伴侶で、年の離れたアメリカ人ミュージシャン、サニー・オゼルにはヴィクトリア朝時代の話かと思われるほど）のなか、スチュワート家はもと戦争の英雄だった父アルフレッドの、いまでいうＰＴＳＤという問題を抱えてもいます。にもかかわらず、パトリック少年の日常をなんだかうらやましいと思ってしまうのは、なぜでしょう。スチュワートは自身の少年時代を「ディケンズの小説みたい」と形容しています（周囲の環境と、肉親以外のおとなやコミュニティの援助を受けたという両方の意味において。それが、様々なかたちで地元に恩返ししてきた著者の強い動機になっているのですね）が、街並みや人々の様子、兄と一台のベッドを共有し、トイレは屋外にあるなど、ところどころ『リトル・ダンサー』や『ケス』『ベルファスト』といった、労働者階級の少年を主人公にした英国（&愛蘭）映画を彷彿させもします（手加減なしのヨークシャー英語がききたい向きには『ケス』がおすすめ）。てのひらにむちを受けたあとは、わきの下に挟むのが、英国式マナー⁉

ジャン＝リュックが幼少時から夢見たのは宇宙艦隊の艦長になることでしたが、パトリック少年が興味を抱いたのは、演じることでした。なにせまだお母さんのお腹の中にいるときからの映画好き、年季が入っています。近所の映画館でみたカーク・ダグラス作品や『波止場』のメソッド演技から大いに刺激を受け、また、兄と参加した町の野外劇で演技に開眼したスチュワートは、学校ではシェイクスピアおたくの英語教師ドーマンド先生や、アマチュア演劇人向けセミナーで出会った演技コーチ、ルース・ウィン・オーウェンらの薫陶を受けます。いったんは労働者階級の出自から職業俳優の道などありえないと否定するも、やはり真にやりたいのは演技であると腹を決め、奨学金を得て十五歳で宇宙艦隊アカデミーならぬ、ブリストルの演劇学校に入学。ローレンス・オリヴィエが一九四六年に開いたこの名門校で二年間本格的な演技法をみっちり学んだあと、地方のレパートリー劇団で修行を積むうち、どういうわけか、ロンドンの超一流劇団オールド・ヴィック・シアター・カンパニーから海外ツアー参加の誘いを受けます。オーストラリアや南米をまわる一年半の海外ツアー一座の座長は、だれあろう、伝説の女優ヴィヴィアン・リー！　一エキストラ俳優に過ぎないスチュワートが、カンパニーの底意地の悪いマネージャーやスノッブな演出家ロバート・ヘルプマン（彼のドキュメンタリー“Sir Robert Helpmann”は一見の価値あり）から不当な扱いを受ける一方、大スターでありながらも気のおけないリーには目をかけられ（リーのとなりに座って『風と共に去りぬ』を劇場鑑賞できる特典付き！）、たちまち熱をあげるパトリック青年。リーにもらったハンカチ、いまでも大切に持っています。人間的にも俳優としても一皮むけて帰国したあと、いよいよ大本命、ロイヤル・シェイクスピア・カンパニーのコバヤシマルテスト——もとい、入団テストを受けたスチュワートは、みごと一発合格。シェイクスピアの出生地ストラットフォード・アポン・エイヴォンにあるロイヤル・シェイクスピア・シアターを本拠地とし、ナショナル・シアターと双璧を成す国立劇団ＲＳＣ《ロイヤル・シェイクスピア・カンパニー》（最近では『となりのトトロ』の共同製作も手がけていますね）在籍時代を描いた数章では、当時の英国演劇界の内幕が生々しく語られ、ＲＳＣの創設者で演出家のピーター・ホールをはじめ、ピーター・ブルック、トレヴァー・ナン、ジョン・ネヴィル、ジョン・ウッド、ヘレン・ミレン、ベン・キングズレーら名演出家や名優たちがバンバン登場します。のちにスチュワートとは「スター・トレック」でスクリーンをわかちあうことになるマルコム・マクダウェルやデイヴィッド・ワーナーの、初々しいデビュー時代の逸話を披露してもくれます（あのサディストカーデシア人のデイヴィッド・ワーナーが女の子たちのアイドルだったとは！）。リーの海外ツアーもですが、ピーター・ブルック演出の『夏の夜の夢』やＲＳＣの《ローマ・シーズン》、『氷屋来たる』のイアン・ホルムブレイクダウン事件など、英国演劇史に刻まれるようなできごとにいくつも居あわせたスチュワート、やっぱりなにか持っているというか、ついているのでしょうか⁉

さて、七〇年代も後半になると、スチュワートはテレビや映画への出演が徐々に増えていきます。映画デビュー作となる『怒りの日』では憧れのロッド・スタイガーから映画向け演技の秘訣を授かり、

『デューン　砂の惑星』ではトラウマ的な体験をします（パグ犬を抱えて戦う武器の使い手というキャラの立った役どころながら、いつもの存在感がないのはそのせい？）。

このあと、スチュワートはいよいよジャン＝リュック・ピカード艦長として第二の人生（？）を歩みはじめます。「スター・トレック」の生みの親である故ジーン・ロッデンベリーに強硬に反対されながら、ピカード役をものにした一連のいきさつは、実に運命的（Ｑの介入が疑われますねー）。しかし、大役をつかんだはいいが、妻子（と舞台）と離れ、異国の地ロサンゼルスで送る長期間の単身赴任生活は、スチュワートにはこたえました。そんな彼を支えたのが、ライカー副長役ジョナサン・フレイクスやデータ役ブレント・スパイナー（彼が二〇〇一年に上梓した〝Fan Fiction: A Mem-Noir: Inspired by True Events〟は「新スター・トレック《ＴＮＧ》」ファンなら必読！）ら、キャストとのいまにつづく友情でした。著者にならい、ＴＮＧをパイロット版から順にみていくと、最初は正統派舞台俳優としての流儀を押しとおそうと頑なだったスチュワート＝《イコール》ピカードから、フレイクスたちの影響でだんだんと肩の力が抜けていくのが画面から伝わってきます（それにしても、やはり絶品です、ＴＮＧとピカード艦長）。ところが、だれもが成功をあやぶんだＴＮＧが何シーズンもつづく人気シリーズに化けると、「無名の英国人シェイクスピア俳優」たるスチュワートの胸がざわつきはじめ、なんとか舞台に立つ方法はないものかと思案します。そしてたどりついた結論が、『クリスマス・キャロル』のひとり芝居。これが好評を博し、全米各地で上演を重ねるうちにどんどん磨かれていき、ついには念願の大舞台ロンドン・オールド・ヴィックで上演、ローレンス・オリヴィエ賞を受賞するまでに。カーク・ダグラスの目を潤ませた伝説の生舞台をみるのは無理でも、幸いこれはオーディオブック版が出ているので、得意だというオノマトペ含めてスチュワートの声の妙技を存分に楽しむことが可能です。
その後も『X-MEN』のエグゼビア教授役や「ピカード」、イアン・マッケランと組んだ『ゴドーを待ちながら』の舞台など、老いてなお、シンス体となり（？）俳優業で多忙な日々を送るサー・パトリック。つぎは、どんな役を演じてくれるのでしょうか。そして「ピカード」映画化は、果たして実現なるか。上限は空の彼方《sky's the limit》です。

★

航星日誌　補足1：『砂の惑星』と同時期に出演した〝日本映画〟『ウインディー』は、臨場感あるレース場面がみどころの、基本的にはバイクのロードレース映画（原作は泉優二の『ウインディー1』）。スチュワート演じるワイン醸造家［！］が、「スーホの白い馬」のお話を語りきかせてくれる。
航星日誌　補足2：パトリック・スチュワートは二〇〇一年にOBE（大英帝国四等勲士）を受勲、本書にあるとおり二〇一〇年にエリザベス女王よりナイト（下級勲爵士）の称号を授けられた。
航星日誌　補足3：本書ではシェイクスピア等の戯曲を多数引用している。訳の引用もとは都度本文中に注で示したが、ごく短いか、舞台の演出家がもとのセリフを少し変えるなどでそのままでは訳を使えないような箇所は、既存の翻訳複数を参考に拙訳した（引用表記のない戯曲等のセリフがそれにあたる）。また、映画やテレビのセリフは基本的に吹き替え版を下敷きにした。

西暦二〇二四年六月

有澤真庭

INDEX

人物（バンドも含む）

【ナ行】

【ハ行】

作品

◉テレビ・ラジオ

◉映画

◉戯曲・舞台

【アルファベット】

【あ行】

【か行】

【さ行】

◉本

【訳】有澤真庭　Maniwa Arisawa
千葉県出身。アニメーター、編集者等を経て、現在は翻訳者。主な訳書に『自叙伝 ジャン=リュック・ピカード』『ジョージ・ミラーとマッドマックス　誕生から伝説までのデス・ロード』『マッド・マックス　怒りのデス・ロード　口述記録集』（竹書房）、『スピン』（河出書房新社）、『ミスエデュケーション』（サウザンブックス社）、字幕に『ぼくのプレミア・ライフ』（日本コロムビア）がある。

自叙伝　パトリック・スチュワート
MAKING IT SO

2024年9月25日　初版第一刷発行

著　パトリック・スチュワート

訳　有澤真庭
カバーデザイン　石橋成哲
本文組版　IDR
編集協力　横井里香

発行所
株式会社 竹書房
〒102-0075
東京都千代田区三番町8-1
三番町東急ビル6F
email : info@takeshobo.co.jp
https://www.takeshobo.co.jp
印刷所
中央精版印刷株式会社